Tina
Joline. Wenn de

Tina Sieweke

Joline

Wenn der
Kreis sich schließt

ROMAN

BIBLIOGRAFISCHE INFORMATION DER DEUTSCHEN NATIONALBIBLIOTHEK

Die Deutsche Nationalbibliothek verzeichnet diese Publikation in der Deutschen Nationalbibliografie; detaillierte bibliografische Daten sind im Internet über www.d-nb.de abrufbar.

Einbandgestaltung unter Verwendung einer Abbildung von
© Yang MiQi, Fotolia.com
© karandaev, Fotolia.com (Ausschnitt)
Herstellung und Verlag: BoD- Books on Demand, Norderstedt
© 2019 Martina Sieweke
ISBN 978-3-7494-5094-7

Dieses Buch ist die Fortsetzung von Joline's fantastischer Reise ›Nichts, ist wie es scheint‹ und ›Wie auch immer die Würfel fallen‹. Es geht wieder einmal durch die Zeit und durch ihr Leben. Alle Charaktere sind frei erfunden. Namensgleichheiten, Geschichtsabläufe, Clanhistorie oder Ortsangaben sind willkürlich und rein zufällig.

Kleines Lexikon für Kosenamen
und gälische Wörter

Al – Kosename für Alistair
Am – Kosename für Amber
aye – gälisch – *ja*
bhuntàta – gälisch - *Kartoffel*
brathair – gälisch – *Bruder*
Cal – Kosename für *Caelan*
Da – Abkürzung/Kosewort für *Vater*
daingead – gälisch – *verdammt*
diah – gälisch – *Teufel*
faesgar math – gälisch – *guten Abend*
fathair – gälisch – *Vater*
Granny – Abkürzung/Kosewort für *Großmutter*
Granpa – Abkürzung/Kosewort für *Großvater*
Jo – Kosename für *Joline*
Ky – Kosename für *Kyla*
lad, laddie – gälisch – *Junge, Bürschchen*
lass, lassie – gälisch – *Maid, Mädchen*
latha math – gälisch – *guten Tag*
m'anam – gälisch – *mein Bernstein*
Ma – Abkürzung/Kosewort für *Mutter*
madainn mhath – gälisch – *guten Morgen*
Marv – Kosename für *Marven*
mathair – gälisch – *Mutter*
mò bheatha – gälisch – *mein Leben*
mò bhrámair – gälisch – *meine Freundin*
mò chridhe – gälisch – *mein Herz*

mò leannan – gälisch – *mein Schatz*
mò nighean – gälisch – *mein Mädchen, meine Tochter*
naye – gälisch – *nein*
Nia – Kosename für *Etenia*
Nola – Kosename für *Enola*
òmar – gälisch – *Bernstein*
piuthar – gälisch – *Schwester*
slàinte math – gälisch - *Prost, zum Wohl*
tha gaol agam ort – gälisch – *ich liebe dich*
tha thu laidir – gälisch – *du bist stark*
uighean – gälisch – *Eier*

Alle anderen Kosenamen wie *Willie* oder ähnlich sind landläufig bekannt oder üblich.

Vorbemerkung

Auf die Bitte einer treuen Leserin hin möchte ich auf die zwei vorausgehenden Folgen der Trilogie *Joline* hinweisen. In eigener Sache würde ich mich über entsprechende Bewertungen in den Portalen der Händler freuen. Nicht nur, weil sie der Aussage über Ihre Einschätzung des Lesevergnügens dient, sondern weil es mir persönlich helfen würde. Dabei geht es nicht vorrangig um Verkaufszahlen, dabei geht es auch darum, ob meine Romane gefallen.

Hier gebe ich gern eine kurze Zusammenfassung der Folge 1 und der Folge 2 dieser Trilogie kund:

Joline wird Opfer des letzten Jakobitenaufstandes in Schottland. Als behütete Tochter eines Pferdezüchters am Loch Bruicheach in den Highlands hat sie keine Ahnung von Politik und Gewalt. Doch als sie den Tod ihrer Stiefmutter und ihres kleinen Bruders miterlebt und brutal von marodierenden Soldaten geschändet wird, wendet sich das Blatt. Da weiß sie noch nicht, dass der englische Hauptmann Gordon Fletscher, der für ihre Vergewaltigung verantwortlich ist, ihr Dämon wird. Von flüchtenden Schotten unter der Führung von Robert MacDonald gefunden, entscheidet sie sich für die Flucht. Doch bald trennen sich die Wege und sie schlägt sich allein durch. Robert kann nicht ohne sie sein, sucht und findet sie wieder. Vorsichtig nähert er sich an und gibt Joline Zeit, um sich gegenseitig kennen und lieben zu lernen. Doch da holt sie auch schon wieder ihr Schicksal ein und der bösartige Engländer will ihr erneut Gewalt antun. Doch ein Fall durch die Zeit in das einundzwanzigste Jahrhundert rettet sie vermeintlich. Nun steht sie vor mehreren Rätseln, die zu lösen sind. Sie erfährt einiges über ihre Mutter, die ebenfalls per Zeitreise in das achtzehnte Jahrhundert gelangte, jedoch dort blieb. Aber auch hierhin wird sie von Gordon

Fletscher verfolgt, vor dem sie erneut fliehen kann, jedoch nicht, ohne sich diesen Mann endgültig zum Feind zu machen. Mit Hilfe ihrer vermeintlichen Schwester Kyla und ihrem ominösen Onkel Marven, der bei der Kriminalpolizei arbeitet, schafft sie es zurück in ihre alte Zeit und in die Arme ihres geliebten Robert, dessen Kind sie erwartet.

Kyla und Marven verbleiben in der Gegenwart, werden von Finley MacDonald aufgeklärt, wie sich die tatsächlichen Beziehungen verhalten. Erstaunt, aber auch erfreut über diese neuen Erkenntnisse, bereiten sich die beiden auf die Zeitreise vor. Am schwersten trifft es Kyla, die vom achtzehnten Jahrhundert nicht wirklich eine Ahnung hat und ihr altes, verwöhntes Leben komplett hinter sich lassen muss. Ein hartes Training und ihre erwachte Liebe zu Marven bringen sie allerdings auf den benötigten Wissenstand. Zusammen mit Marven's Freund Caelan geraten sie in die alte Zeit, da es Marven's Aufgabe ist, seine wahre Mutter Joline zu retten. Erneut ist es Gordon Fletscher, der nicht nur Joline, sondern auch Marven's Geschwister bedroht und ihnen nach dem Leben trachtet. Obgleich Marven es mit Hilfe seiner Familie und deren Freunden schafft, Gordon auszuschalten, geht dieses nicht ohne Opfer einher.

Diese Episode wird Aufschluss darüber geben, wie sich die weiteren Abenteuer der Joline und ihrer Lieben entwickeln.

Ich wünsche also viel Vergnügen beim Lesen und weise natürlich nochmals darauf hin, dass es durchaus sinnvoll und dem Lesevergnügen nicht abträglich wäre, auch die ersten beiden Bücher, *Joline. Nichts ist, wie es scheint* und *Joline. Wie auch immer die Würfel fallen*, zu lesen, damit man der Geschichte wirklich folgen kann. Da die Charaktere sehr gut gezeichnet sind, ist die Möglichkeit gegeben, hier einen kleinen Kinofilm im Kopf ablaufen zu lassen, der direkt Spaß macht.

Prolog

Nova Scotia 2017

Zitternd starrte Nia Eswik auf den dünnen Umschlag, den der Postbote eben abgegeben hatte. Obgleich sie im Haus der alten Dame wohnte, um die sie sich kümmerte, seitdem ihre Mom gestorben war, war dieser Brief allein für sie. Es war so ein fremdes Gefühl und jagte ihr beinahe etwas Angst ein, doch sie hatte mindestens genauso sehnsüchtig darauf gewartet. Träumerisch sah sie auf das Logo des Verlages und wendete den Umschlag hin und her. Er war dünn, der Inhalt konnte höchstens ein oder zwei Blätter enthalten.

»Etenia, wer war das?«, konnte sie eine leise Stimme aus dem geschlossenen Salon hören, die sie wieder in die Gegenwart zurückholte.

»Die Post, Miss. Ich bin gleich da und bringe dir das Frühstück«, antwortete sie schnell und eilte in die Küche, wo bereits alles vorbereitet war, außer dem Tee, den sie noch aufgießen musste. Sie legte den Brief zur Seite, begab sich an die Arbeit und brachte Miss Jo ihre Morgenmahlzeit.

»Danke, Liebes«, raunte die alte Dame, die sogleich von dem Tee nahm, um davon zu trinken, damit ihre Stimme nicht zu krächzend und altersschwach daherkam.

»Aber gern geschehen, Miss Jo. Soll ich dich allein lassen?«, fragte Nia schnell nach und wollte sich schon wieder fortbegeben, als Jo sich räusperte und nun klar sprechen konnte.

»Nein, bleib! Und lass dieses unglaubliche ›Miss Jo‹. Das ist doch albern. Ich kenne dich, seit du geboren bist, und du kennst mich genauso lange. Und du bist nicht meine Sklavin, Etenia.«

11

Nia stöhnte innerlich. Wie gern hätte sie sich ihrer Post gewidmet. Diese Diskussion um die Anreden würde wohl niemals vollständig geklärt werden. In einer Minute so, in der anderen wieder anders. Nia hatte sich einfach das ›Miss‹ und das ›du‹ angewöhnt, das war schließlich ein Kompromiss. Sie fand das in Ordnung und überhaupt nicht albern. Sie trat von einem Fuß auf den anderen und wartete, dass von Miss Jo noch etwas kam, aber die hatte sich irgendwie in sich selbst verabschiedet, so tat sie es ihr nach und dachte wieder an ihren Brief.

Immerhin war das der erste Brief seit den vielen, die wegen der Beerdigung ihrer verstorbenen Mutter eingetrudelt waren. Nicht, dass es sich damals um Beileidsbekundungen gehandelt hätte, nein! Alles waren Rechnungen. Rechnungen vom Bestatter, Rechnungen von der Kirche und Gemeinde. Rechnungen, die sie niemals vermutet hatte. Sterben war eindeutig zu teuer, hatte Nia wutentbrannt gemeint.

Sie war damals dem Nervenzusammenbruch nahe, weil sie keine Ahnung hatte, wie sie diese Summen jemals würde aufbringen können. Doch Miss Jo hatte ihr geholfen. Sie hatte einfach alles bezahlt. Dann hatte die Freundin ihrer Mutter ihr das Angebot gemacht, die Nachfolge der verstorbenen Enola anzutreten und als Gesellschafterin und Haushaltshilfe bei ihr zu bleiben.

Nova Scotia 1782

Enola Eswik war halb indianisch und halb schwedisch. Als Jo im Frühjahr 1783 auf dem Anwesen Campbell in Nova Scotia ankam, krank an Leib und Seele, hatte Nia's Mutter sie gepflegt und ihr geholfen, wieder auf die Beine zu kommen.

Robert, Al und Sarah waren bei ihr gewesen, bis zu einem bösen Sturm, der ihr alles genommen hatte, was Jo noch liebte, als wäre ihr nicht bereits ein großer Teil abhanden gekommen, als das Schicksal sie von ihren Kindern trennte. Nun kam es ihr vor, wie wenn dieser Sturm nie aufhörte. Sie dümpelte ohne eigenen Antrieb dahin. Eine Zeit lang sehnte sie sich danach, den Tod wie einen lang erwarteten Geliebten zu umarmen. Doch Enola hatte sie nicht eine Minute lang aufgegeben und für sie gegen den Wunsch zu sterben angekämpft wie eine indianische Kriegerin.

Es waren genügend Arbeitskräfte auf dem Gut, aber so gut wie niemand hörte auf eine Frau. Schon gar nicht hörte man auf ein Halbblut. Irgendwie hatte es die junge Enola mit den tief dunkelbraunen Augen und dem glatten, langen Haar, das wie ein schwarzer Seidenvorhang aussah, wenn sie es offen trug, geschafft, den Betrieb mehr recht als schlecht aufrecht zu erhalten. Der Mann, der ihr mit Rat und Tat zur Seite gestanden hatte, war ein älterer Highlander. Dem Aussehen nach kam er Jo's Vater Alistair sehr nahe. Aber er hieß nicht MacDonald, sondern MacKenna. Er respektierte die junge Frau, mochte sie auch gern, vielleicht war er gar ein wenig verliebt, aber vorrangig galt seine Loyalität der beeinträchtigten Highlanderin Joline.

Joline hatte nach ihrer vollständigen Genesung auf sein Anraten hin nahezu das komplette Personal ausgetauscht. Alle Engländer sollten gehen. Sie wollte diese Leute nicht mehr sehen. Denn immer noch war ein Dünkel zu spüren. Es gab tatsächlich einen hintergründigen Unmut, der sie davon abhielt, einer schottischen Lady zu dienen. So geizte sie nicht mit Abfindungen oder Startgeld, damit sie die Leute loswurde. Dann wagte sie mit schottischen Zuwanderern, immerhin dem ihr bekanntesten Menschenschlag, einen furiosen Neustart. Sie kaufte Pferde aus Schottland und Spanien und begann wieder, was sie am besten konnte: eine Pferdezucht aufzubauen.

Die beiden ungleichen Frauen, Enola und Joline, wuchsen zu einer freundschaftlichen Einheit zusammen und trotzen allen Widrigkeiten. Perditus MacKenna wurde ihr Schutzschild und der Mann im Hintergrund, wenn es darum ging, Geschäfte abzuschließen. Dies war leider immer noch eine Männerdomäne und Joline musste zugeben, dass MacKenna zuverlässig und geschäftstüchtig war. Er konnte rechnen und war ein aufgeweckter Mann. Zwar hätte er ihr niemals Al oder Robert ersetzen können, aber sie schätzte ihn als wahren Freund.

Der Einzige, der ab und an noch aus Enola's Familie vorbei kam, war ihr Bruder Hania. Alle anderen aus ihrem Stamm hatten sie als unwürdigen Bastard abgeschrieben. Hania hatte genauso ein Händchen für Pferde wie Jo selbst. Jedoch auf eine andere Weise. Als könnte er mit ihnen kommunizieren, half er bei Problemfällen gerne aus. Auch ließen sich die Reittiere durch sein Geflüster viel eher darauf ein, zugeritten zu werden. Ihn freute die Zufriedenheit der Gutsdame mit seiner Arbeit. Doch er nahm nie ein materielles Dankeschön an. Die strahlenden Bernsteine, die ihm ab und an von Jo entgegenfunkelten, reichten ihm voll und ganz als Lohn. Wäre diese Frau jünger, hätte er sie in seinen Wigwam geholt, aber er wusste auch, dass sie viel verloren hatte. Unter anderem auch einen Teil ihres Herzens, das ihrem ertrunkenen Ehemann gehörte. Immer noch gehörte.

Genauso, wie er dieses Strahlen ihrer Augen brauchte, brauchte er auch seine Freiheit. So verschwand er immer wieder wie ein Geist, wenn es ihm danach gelüstete. Oft ohne Abschied, was die beiden Frauen irgendwann, nachdem sie ihre anfängliche Entrüstung darüber abgelegt hatten, mit einem nachsichtigen Schulterzucken zur Kenntnis nahmen. Wenigstens hatte er ein Pferd angenommen, welches ihn als Seelenverwandten erkoren hatte. Das versöhnte Joline mit ihrem schlechten Gewissen, ein anderes Dankeschön nicht geben zu können, weil dieser sture Indianer es nicht annahm.

Auch konnte sich Jo endlich bei ihrer Freundin revanchieren, als Enola von einem ziehenden Landarbeiter vergewaltigt und geschwängert wurde. Jo hatte alles verloren, was ihr jemals etwas bedeutet hatte, ihre ganze Familie – und nun? Nun schien sich eine neue Familie zu ergeben und diese würde sie so lange hüten, wie sie bräuchte, um wenigstens wieder Kontakt zu ihren verbliebenen Kindern zu bekommen, wenn es denn überhaupt möglich wäre. Sie erzählte Enola ihre tragische Geschichte und Enola war nicht im Ansatz bestürzt, als Jo den Wechsel in eine andere Zeit erwähnte. Im Gegenteil, als Joline ihren Traum äußerte, es noch einmal zu versuchen, war es Enola, die ihre Hoff-

14

nung schürte. Das Halbblut kannte eine Schamanin, die ihr von diesen Zeitenwechseln erzählt hatte. Glücklich konnte sie Joline berichten, dass es eine Höhle auf der Insel gab, in der Menschen bereits verschwunden waren. Das war ein Geschenk des Himmels für Joline, die sich geschworen hatte, niemals wieder ein Schiff zu betreten.

Perditus MacKenna wurde eingeweiht und versprach, das Anwesen zu leiten, zu verbessern und für ihre Rückkehr, wann immer diese auch sein möge, bereit zu halten. Der Mann war ihr so gewogen, dass sie ihm vertraute. Lange schon vertraute, und das sagte sie ihm auch. Sie händigte ihm eine Vollmacht aus, in der immer zwar *Joline MacDonald* als Eigentümerin stand, allerdings die vollkommene Geschäftsfähigkeit besagtem P. MacKenna übertragen war, bis sie wiederkehren oder sie sich wiedersehen würden.

Joline tauschte Geld in Gold oder Juwelen und versteckte sie mitsamt einer Besitz- und Erbschaftsurkunde im Grab ihres geliebten Robert. Einem Grab, das ohnehin keinen Leichnam beherbergte und allein als Erinnerngsmonument diente. Offiziell wurde ihr Verschwinden mit einer Reise in die Heimat begründet, doch nur einer wusste, dass die beiden Frauen in diesem Leben möglicherweise nicht zurückkommen würden.

Dann begaben sich die beiden Frauen, die einander Hilfe und Stütze waren, auf einen unglaublichen Weg. Die eine zweiundfünfzig, die andere hochschwanger, landeten sie im Jahr 1996. Beide hatten jedoch Nia, Enola's Tochter, die wenig später in der neuen Zeit zur Welt kam, nie auch nur ein Wort davon erzählt.

Nova Scotia 1996

Für beide war es zunächst ein Kulturschock der anderen Art, jedoch hatten sie gewusst, dass sich alles würde verändert haben. Das Campbell-Gut war noch da, aber nicht annähernd so gut bewirtschaftet, wie sie es verlassen hatten. Es lag im Dornröschenschlaf, hätte man meinen können. Doch dann tauchte ein alter Mann auf, der sich als P. MacKenna vorstellte. Joline traute ihren Augen nicht. Wie konnte das sein? Doch der Mann händigte ihr die Urkunde aus, die sie 1783 selbst verfasst hatte. Er entschuldigte sich für den Zustand des Gutes. Das hatte er so nicht hinterlassen wollen – aber Joline wäre sehr spät dran mit ihrer Rückkehr, entschuldigte er sich.

»Ihr kommt spät, Lady MacDonald. Ich bin alt und hatte irgendwann keine Kraft mehr, das Gestüt besser zu machen. Außerdem wurde es immer hoffnungsloser, nach euch Ausschau zu halten. Ich hatte keine Kinder, die meine Aufgabe hätten übernehmen können. Langsam bekam ich Angst, dass meine Zeit abläuft. Aber nun …«, hatte er traurig gemeint, kurz bevor er mit einer Träne im Augenwinkel in sich zusammensackte und starb.

Sie hatte selber das Unglaubliche geschafft, mehrmals sogar. Warum also, sagte sich Joline, sollte der Verstorbene nicht auch Perditus MacKenna sein? Er war ihm wie aus dem Gesicht geschnitten, nur eben viel älter.

Sie sah ihn sich genau an, doch er war es nicht. Seine Augen waren braun, nicht stahlgrau. Perditus musste diese Urkunde über Generationen weitergegeben haben, in der Hoffnung, dass es immer wieder eine weitere Generation gab, der er sein Vermächtnis hinterlassen konnte. Dieser Mann mochte P. MacKenna geheißen haben, aber er war nicht der Perditus, den sie gekannt hatte. Dennoch war sie diesem hier unglaublich dankbar.

»Mein lieber MacKenna, ich danke Euch und verspreche Euch, dass Euer Opfer nicht umsonst war«, schluchzte sie ergriffen, als sie kniend vor dem Toten saß, dem sie die Augen schloss. »Auch wenn Ihr nur die Vertretung des Ahnen seid, der Euch den Auftrag gab, auf mich zu warten. Perditus, dass ich nicht lache. Verloren habt Ihr gar nichts. Ihr habt gewonnen, hört Ihr?« Sie schaute auf in den Himmel, als würde sie ihm hinterherrufen, und dann schwor sie Enola:

»Jetzt erst recht, aye.«

»Aye, Miss Jo. So machen wir es«, hatte das Halbblut ebenso ergriffen geantwortet.

Mit den versteckten Wertsachen hatte Joline genügend Rücklagen, um alles wieder herzurichten, und es entstand ein Gestüt, wie sie es in Schottland verlassen hatte. Das ungleiche Paar meisterte die Hürden, die ihm in den Weg gestellt wurden. Sie arbeiteten mit Charme, mit Zuversicht und zur Not mit dem Gold, das sie noch hatten.

Dieses verschworene Frauenduo kümmerte sich gemeinsam um die Erziehung von Nia, bis sie auf ein Internat geschickt werden konnte, wo ihre Ausbildung geschliffen wurde. Nia machte sich hervorragend in der Schule. Sie konnte gut mit Wort und Schrift umgehen und schickte ihnen Gedichte und Erzählungen. Ihren Abschluss machte sie ebenfalls überdurchschnittlich. Das Mädchen hoffte so sehr auf eine gute Anstellung in der Stadt.

Aber sie war halt ein Mischling. Ihr indianisches Aussehen konnte sie nicht wegdiskutieren und die Menschen in Kanada waren selbst jetzt noch rassistisch angehaucht und trauten einer Indianerin nichts zu. Nia hatte nur noch zu einem Viertel indianisches Blut, dennoch galt sie als Squaw. Jo hatte oftmals darüber geschimpft wie ein Rohrspatz. Wie konnten Menschen nur so dumm sein! Es gab so viel, was vermischt viel besser war als im Original. Allein ihre Pferde waren gelungene Züchtungen. Nia war der hübscheste Hybrid, den sie, mal abgesehen von Rosen und Pferden, jemals hatte aufwachsen sehen.

Zeitgleich hatten Enola und sie weiter für den Fortgang auf dem Gestüt gesorgt, bis Joline sich fühlte, als wäre sie steinalt. Eine Orientierungslosigkeit und Kraftlosigkeit suchte sie heim, die sie sich nicht erklären konnte. Enola war jünger und übernahm mehr Aufgaben, kümmerte sich um Jo und stellte einen Vorarbeiter ein, der das Geschäft unterstützte.

Doch dann geschah das Unfassbare. Unerwartet war Enola einfach umgefallen. Das geschah irgendwo auf den Fohlenwiesen, die nur noch einige Stuten mit ihren Füllen beherbergte. Enola bedeutete auf indianisch *die Einsame* oder einfach nur *einsam*. Als wäre der Name Programm, wusste Jo, dass Enola allein, ohne eine haltende Hand oder ein liebes Wort, gestorben war. Als Ursache für Enola's Tod stellte man ein Aneurysma fest. Das geplatzte Blutgefäß hatte sie in null Komma nichts umgebracht. Niemand hätte das aufhalten oder verhindern können, hatte der Arzt damals gesagt. Es sei halt Schicksal gewesen. Selten zwar, aber es komme eben vor.

Nun hatte Joline schreckliche Angst davor, dass sie einsam würde weiterleben müssen.

Loch Bruicheach
1775

Leben oder Tod

1

Sarah hörte nur, dass jemand mit Getöse ins Haus trat. Sie war schon aus der Hocke vor dem Herd, den sie gerade schürte, in den Stand gekommen, da brüllte Duncan's mächtige Stimme nach ihr. Also eilte sie durch die Küche, denn wenn jemand so vehement nach ihr verlangte, hatte das meist nichts Gutes zu bedeuten. Sie öffnete schnell die Küchentür und sah den Hünen im Eingang stehen. In seinen Armen hielt er einen jungen Mann. Ihr stockte der Atem.

»Caelan«, hastete sie zu Duncan's Fracht und sah das Blut an seinem Hemd. Mit ängstlichen, fragenden Augen sah sie zu Duncan auf und bat mit bangem Blick um Aufklärung.

»Schussverletzung, der Irre hat Amber entführt. Es eilt. Ich muss Kyla holen und los. Wo soll ich ihn hinlegen, Sarah? Schnell!«, gab er gehetzt an, weil er nun mit dem Mädchen so schnell wie möglich zum Moor reiten musste, wenn er Marven's Plan ausführen wollte.

»Bring ihn mir in die Küche, da habe ich alles, was ich zuerst brauche«, kam Sarah seiner Frage nach und dirigierte ihn zu dem großen Esstisch, auf den der junge Mann abgelegt wurde.

»Kyla ist oben, ruf sie. Ich könnte sie zwar jetzt gut hier gebrauchen, aber Duncan, nimm sie mit und schwör mir, dass diese Bestie nicht überlebt«, sah sie Duncan zornesrot an. Dann wischte sie sich mit dem Unterarm über die Stirn, drehte sich um und bereitete vor, was sie konnte. Sie dachte nach und dachte an alles. Sie machte Wasser heiß und auch ein wenig Kiefernnadelöl, damit würde sie die Wunde ausgießen. Zum einen, um durch die Hitze die Blutung zu stoppen, zum anderen wusste sie, dass dieses Öl Keime abtöten konnte. Diese reinigende Wirkung brauchte sie, damit Cal nicht noch innerlich vergiftete. Dann schaffte sie diverse Kräuter herbei, aus denen sie einen Tee brauen wollte, saubere Leinenstreifen lagen bereit und genügend Tücher, mit denen sie ihn waschen wollte, bevor sie ans Werk ging. Sauberkeit war ihr das Wichtigste von allem. Dann legte sie Faden und Nadel in Alkohol und sah sich um, ob sie noch irgendetwas vergessen hatte. Bei ihrem Sohn würde sie nichts falsch machen, schwor sie sich. Nachher würden ihr bestimmt einige starke Arme helfen, den Jungen in sein Bett zu bringen. Die Küche war hell und sie machte sich daran, das Leinenhemd aufzuschneiden und sich die Wunde anzuschauen, zu säubern und dann zu entscheiden, was zu machen sei. Aber sie verschätzte sich fast an dieser Belastung. Er war ihr Sohn. Der Junge, an den sie ihr Leben lang geglaubt hatte und der erst vor Kurzem tatsächlich für sie Wirklichkeit geworden war. Zischend sog sie den Atem ein, als sie die Verletzung sah. Beinahe hätte sie vor Schreck die Hand vor den Mund geschlagen, um ihren schrillen, kurzen Schrei gleich im Keim zu ersticken. Sie kämpfte gegen aufsteigende Tränen an. Es kostete sie übermenschliche Kraft, nicht weiter zu schreien oder wutentbrannt zu brüllen, als sie endlich sah, was die Kugel angerichtet hatte.

Doch als der erste Schock abebbte, schwor sie sich, das Ganze mit Abstand aus Sicht einer Heilerin zu betrachten. Für die Sicht der Mutter war später Zeit, wenn das Leben gerettet war und die Heilung kommen konnte. Sie begann zu summen. Ein Wiegenlied aus lang vergangener Zeit, als sie selber noch Kind war und eine Mutter hatte, beruhigte sie und half ihr, ihre Aufgaben nacheinander mit stoischer Präzision abzuarbeiten.

Froh, dass Caelan besinnungslos war und sich bisher nicht bei den Waschungen gerührt hatte, verdrängte sie die Tatsache, ihm Schmerzen zufügen zu müssen. Sie musste ihn nun abtasten, ob sich Knochensplitter oder Kugel unter der Oberfläche befanden. Doch einigermaßen versöhnlich stimmte es sie, dass sich nun herauskristallisierte, dass er den Schuss scheinbar nicht frontal abbekommen hatte. Sein Herz wurde Gott sei Dank verfehlt. Dann gewahrte sie bei einem Kontrollblick auf Cal's Gesicht, dass er ihr Amulett getragen hatte. Das Kleinod hatte sie ihm zurückgegeben, als er mit Marven damals zum Gestüt kam. Er sollte es tragen, bewahren, einfach haben. Sie hatte es so lange schon nicht mehr besessen und brauchte es jetzt auch nicht mehr. Jetzt schimmerte ihr dünn das edle Metall der Kette entgegen, dass in einer Falte seines Halses verborgen war. Sie zog daran und schon hatte sie das Amulett in der Hand. Es war verbeult.

»Hast du das Schlimmste verhindert?«, sprach sie das arg verbogene Schmuckstück lächelnd an und dankte irgendeiner Macht, die ihren Sohn womöglich beschützte. Doch sie musste weitermachen. Sie war noch lange nicht am Ende mit ihrer Behandlung. Wenn sie die Kugel herausholen konnte, würde sie es versuchen. Aber wenn sie zu tief in seiner Brust sitzen sollte, würde sie es nicht wagen. Wie viel mehr Schaden könnte sie durch ihre groben Werkzeuge anrichten! Nein, da musste sie passen.

Also drückte sie tastend um die Wunde herum, konnte aber nichts Hartes ausmachen. Dann schaute sie sich die Rückseite an und fand dort keine Austrittswunde, so wie damals bei Al. Sie nahm eine sehr lange Haarnadel, die sie von Al hatte stumpf machen lassen, zog tief Luft ein und ließ sie in den Wundkanal gleiten. Ganz vorsichtig prüfte sie, ob sich bald ein Widerstand ergäbe, und hoffte inständig, dass der Junge keine Schmerzen spürte. Aber die Nadel war fast verschwunden, als sie spürte, wie der Weg durch einen Gegenstand versperrt war. Langsam zog sie die Nadel heraus und wusste auch jetzt schon, dass eine Entfernung des Geschosses undenkbar war. Das Schlimme an der ganzen Untersuchung war jedoch, dass die Wunde wieder Rinnsale von Blut herausließ. Sie musste etwas unternehmen, aber schnell. Zuerst reinigte sie wieder alles und drückte dann eine Zeit lang eine mit Whisky getränkte Kompresse aus gefaltetem Leinen auf die Wunde. Sie hoffte, dass der Druck den Blutfluss stoppen würde, und nach einer gefühlten Ewigkeit war da nur noch ein fadendünner Fluss, der ihr die Zeit verschaffte, sich das heiße Öl zu holen, um die betroffenen Gefäße zu veröden. Ein Stoßgebet wanderte gen Himmel, das heißt, eher zur Zimmerdecke, und sie ließ das Öl in den Wundkanal laufen. Das schmerzverzerrte Stöhnen von Caelan hätte beinahe dazu beigetragen, dass sie das kleine Tiegelchen komplett hätte fallen lassen. Aber sie musste stark sein und durfte sich nicht ablenken lassen. Ein wenig legte sie ihn dann auf die Seite, damit der Überschuss wieder ausfließen konnte, wobei er wieder stöhnte. Gut, dachte sie, wenn er spürt, kommt wieder Leben in ihn. Sie begann wieder leise zu summen, um sich und ihn zu beruhigen. Dann machte sie sich daran, die Wunde fein säuberlich zu verschließen. Feine, kleine Stiche, als wäre er ein Mädchen, dessen Wunde man so unsichtbar wie möglich heilen lassen wollte, verschlossen nun die Einschusswunde. Letztendlich sah es so aus, als hätte sie ihrem Sohn ein vierblättriges Kleeblatt aufgestickt.

Akkurat verbunden, lag der junge Mann nun immer noch auf dem Küchentisch und konnte eigentlich vorsichtig in sein Bett gebracht werden. Doch erst musste sie ein wenig sitzen und sich ausruhen. Sie setzte sich auf die Bank nahe seinem Gesicht und streichelte ihm feuchte blonde Strähnen aus der Stirn und säuselte leise auf ihn ein. Doch der Transport in sein Bett würde ihn schmerzen, sobald er zu sich kam. So stand sie stöhnend auf, öffnete eines der Fenster und rief zwei der Knecht um Hilfe an.

Die beiden, die am nächsten waren, ließen ihre Arbeit stehen und liegen und eilten auf das Haupthaus zu. Sarah wies sie an, wohin sie Cal bringen sollten, und ging voraus, um ihnen die Tür zu seinem Zimmer zu öffnen. Vorsichtig legten sie den Jungen dort ab und erkundigten sich nach weiteren Aufgaben. Doch Sarah lehnte ab, sodass sich die beiden trollten.

»Ach Hump, bitte schick doch Aileen herüber, falls sie Zeit hat, dann kann ich noch einiges vorbereiten und sie kann derweil auf ihn achten, aye?«, rief sie dem einen nach, der lauthals bejahte und seine Frau sofort suchen gehen wollte.

Bis die junge Frau da war, blieb sie bei ihrem Sohn und beobachtete seinen ohnmächtigen Schlaf und seine Atmung. Er war zwar immer noch bewusstlos, machte aber einen relativ stabilen Eindruck. So hatte sie auch keinerlei Angst, ihn für eine Weile in Aileen's Obhut zu lassen, als diese endlich kam.

2

Duncan stand noch an der gleichen Stelle, wo er Gordon Fletscher den Rest seines verdammten Lebens genommen hatte, obwohl auch Kyla ihn mit ihrem Messerwurf ins Herz getroffen hatte. Allerdings war der Mistkerl nicht sogleich zu Boden gegangen, sondern sah ihn mit ungläubigen Augen an. Als er auf ihn zu ging, waberte Sarah's Auftrag durch seinen Kopf: »*Schwör mir, dass diese Bestie nicht überlebt*«, hatte sie ihm gesagt. Seine Hände legten sich wie automatisch an den Kopf dieses Wahnsinnigen. Den Rest brachte sein eigensinniger Verstand zustande, der den Befehl gab, Fletcher mit einem kräftigen Ruck die Halswirbelsäule zu brechen. Er verfluchte sich für eine Sekunde, dass er ihn so schnell getötet hatte.

Da sah er schon aus den Augenwinkeln, dass Marven wie ein blaubemalter Irrwisch an ihm vorbeieilte, um sich zu Kyla zu knien, die ohnmächtig zusammengesackt war. Mit schlechtem Gewissen, weil er das Mädchen einfach stehen gelassen hatte, um seinem Anflug von Berserkertum Genüge zu tun, brummelte er eine Entschuldigung. Doch als Marven ihn beschwichtigte, dass nichts Außergewöhnliches passiert sei, lockerte sich seine Anspannung. Lachlan kam über die Ebene und zog Marven's Rappen hinter sich her, Collin und Aidan schafften den Leichnam des Irren beiseite und der Rest stand beisammen und erholte sich vom Geschehen, als er Amber zu ihrem Pferd laufen sah. Mit einem kraftvollen Sprung saß sie augenblicklich auf dem Rücken der Schimmelstute, um das Tier in Richtung Struy zu treiben.

Lachlan hatte ihn fast erreicht, sodass er über das Moor

brüllte, dass er dem Mädchen mit Hamish folgen solle.

»Kyla, geh zu Ma und Da und reite mit ihnen zurück, mein Herz. Ich folge Amber und muss zu Cal, alles klar?«, raunte Marven Kyla zu, um sogleich hastig aufzustehen und sich gleichermaßen gekonnt auf seinen Rappen zu schwingen, wie es seine Schwester vorgemacht hatte.

»Pass jetzt auf sie auf«, wies er Duncan an und wendete sein Reittier brüsk. Lachlan staunte ihn an, als Marven ihn einholte, noch bevor Hamish aufgeschlossen hatte.

»Sie wird reiten wie der Teufel, Junge«, murrte Lachlan, der sich den Tag nicht ganz so stressig vorgestellt hatte, nachdem doch das Ziel des Tages vollkommen erreicht war.

Der Widersacher von Joline und ihren Kindern war mausetot und für immer und ewig in die Anderwelt überstellt.

»Warte auf Hamish und folgt dann so zügig wie möglich. Ich reite schon voraus. Vielleicht hole ich sie ja schnell ein«, gab Marven zurück und gab seinem Pferd die Fersen.

Amber ritt wie der Wind. Sie zählte nahezu jede vergeudete Sekunde, die es ihrer Meinung nach zu lange dauerte, um zurück zum Gestüt zu kommen. Caelan war ihretwegen angeschossen worden. Sie schonte ihre treue Stute nicht, die bereits ächzte. Doch dafür hatte sie kein Ohr. Ihre Gedanken waren bei Cal. Es konnte doch nicht sein, dass sie endlich den Mann gefunden hatte, den sie lieben wollte, und nun sollte alles vorbei sein, bevor es noch richtig begonnen hatte.

Doch bevor sie ihr Pferd zuschanden reiten konnte, wurde sie von Marven eingeholt, der sich an die Seite der Stute quetschte, um das Tier nicht zu erschrecken, aber zu einem langsameren Lauf zu zwingen.

»Bist du von Sinnen, Lass? Sieh dir das Tier an, das bricht gleich tot zusammen«, schimpfte Marven sie an und erst da realisierte Amber, dass sie nicht mehr allein war. Er griff in ihre Zügel und verringerte so das Tempo noch einmal.

»Lass mich, Marv. Ich muss zu Cal«, wütete sie grimmig zurück, als sie merkte, dass ihr Bruder ihr kostbare Zeit zu stehlen versuchte. Ein unbestimmter Schatten lag auf ihrem erröteten Gesicht und ihre bernsteinfarbenen Augen glichen kleinen Whiskyseen. Marven konnte sich ihre Seelenqual gut vorstellen, ihm ging es schließlich nicht besser. Auch er wollte aus demselben Grund so schnell wie möglich zurück. Für ihn war Caelan ein langer Weggefährte. Er war – *ist!*, berichtigte er sich – mein bester Freund, und schließlich, gab er sich selbst gegenüber zu, fühlte Caelan sich an, als wäre er sein Bruder. Mehr als William, wie er traurig zur Kenntnis nahm. Willie war ihm noch nicht so eng wie Cal, den er fast sein ganzes Leben lang kannte. Nein, er wusste genau, wie Amber sich fühlte. Nur machte es keinen Unterschied, ob sie eine Stunde früher oder später kamen, ging ihm auf. Wenn Cal es schaffen würde, könnten sie ewig an seinem Bett sitzen und wachen, wenn nicht, nahm er an, wäre er ohnehin bereits tot. Er hoffte und er vertraute Sarah. Das war das Einzige, was ihn jetzt vernünftig sein ließ. Daher entschied er, das Ganze mit etwas mehr Verstand und Weitsicht anzugehen. Er musste für Amber stark sein und ihr ebenfalls auf diesen umsichtigen Weg helfen, bevor sie innerlich zerriss.

»Was denkst du, wie lange es zu Fuß dauern würde? Schau dir Snowwhite an, sie bricht gleich entkräftet zusammen«, brüllte er sie an, damit diese Frau endlich zur Besinnung kam.

»Oh«, kam es wie durch eine Nebelwand zu ihm. Erst jetzt registrierte Marven die Tränenspuren und immer noch verwässerten Augen seiner Schwester, die wie in Trance versucht hatte ihr Ziel zu erreichen, ohne Rücksicht auf Verluste. Doch nun sah sie den schaumbewehrten Hals der Stute, den sie aufgrund des weißen Fells nicht eher wahrgenommen hatte. Snowwhite war ihr immer treu gewesen und sie behandelte das Tier derart egoistisch. Das hatte sie nicht bei ihrer pferdenärrischen Familie gelernt. Sie kam sich scheußlich vor. Langsam glitt ihr Arm nach vorn und sie streichelte über den Hals des Reittieres, klopfte ihn leicht und murmelte Snowwhite Entschuldigungen zu.

Marven, der das eine ganze Weile beobachtete und spürte, dass Amber wieder bei sich war, gab ihr die Zügel zurück und schnalzte, bevor er sie fragte:

»Ist alles wieder gut, Mädchen? Wir können im Moment nichts für ihn tun und er ist bei seiner Mutter in den allerbesten Händen. Gleich kommt ein Bach, da sollten wir den Tieren ein wenig Wasser und Ruhe gönnen, was meinst du?«

Amber sah zu ihm auf und nickte bedächtig. Wäre sie nicht so verzweifelt, hätte sie beinahe ein Lächeln zustande gebracht. Doch so, wie es um sie stand, erstarb es noch im Ansatz. Natürlich sah sie ein, dass sie ohne ein Pferd gar nicht von der Stelle käme, und musste Marven recht geben. Keine andere würde so um das Leben von Caelan kämpfen wie Sarah. Doch da musste sie sich selber widersprechen und sagte es laut, ohne dass sie es wollte:

»Ich würde alles tun, was nötig wäre, um ihn am Leben zu erhalten. Ich liebe ihn und ich könnte ohne ihn nicht mehr sein.«

»Ich weiß, Am, aber glaub mir, der Junge ist zäh. Er wird bei dir bleiben und ob du es glaubst oder nicht, freiwillig lässt der dich auch nicht mehr aus seinen Fängen«, erwiderte Marven, um seine Schwester zu beschwichtigen, doch sie sah ihn völlig entgeistert von der Seite an. Erst bei ihrem irritierten Blick erfasste Marven, dass ihr bis dahin nicht klar gewesen war, dass sie laut gesprochen hatte. Also schüttelte er sein Haupt und grinste sie aus seinem blau gestreiften Gesicht an:

»Naye, ich bin nicht hellsichtig. Du hast laut gesprochen und ich würde es auch tun, oder tue es ab und an, wenn mich was extrem beschäftigt.«

»Was?«

»Na, laut denken, Schwesterchen«, griente er weiter.

»Es tut mir leid, ich kann gerade gar nicht darüber lachen«, sah sie ihn grimmig von der Seite an und atmete schwer durch.

»Ich weiß, Lassie. Aber wir müssen hoffen, oder?«

»Marven, warst du bei ihm? Hat er noch irgendwas gesagt?«, stammelte sie ziemlich hoffnungslos und voller Trauer.

Argh, dachte Marven, *wie hole ich sie nur aus diesem Loch?* Doch da kamen Lachlan und Hamish und hatten endlich aufgeschlossen. Keine Sekunde zu früh, entspannte er sich ein wenig und hoffte der Antwort vorerst enthoben zu sein, doch Amber's

Blick forderte etwas anderes.

»Naye, er war nicht bei Bewusstsein. Wir hatten wenig Zeit und mussten Fletscher verfolgen, schließlich hatte er dich auch noch verschleppt. Duncan hat ihn aber sofort nach Hause gebracht und ich denke, Sarah kümmert sich gut ...«

»Verdammte Axt, Marven. Meinst du, das beruhigt mich jetzt?«, unterbrach sie ihn brüsk und mit schriller Stimme.

»Bleib ganz ruhig, Mädchen«, mischte sich nun Lachlan ein, der Amber's Fragen zwar nachvollziehen konnte, aber nicht viel für Schuldzuweisungen übrig hatte. »Der Junge hat noch geatmet und du warst nicht die Einzige, die entführt worden war. Deine Mutter und dein Bruder hatten schon tagelang unter diesem Irren zu leiden. Was hätten wir also anderes tun sollen, hä?«

Marven, der sich beinahe über Amber's Ausdrucksweise hätte amüsieren können, war augenblicklich froh darüber, dass Lachlan ihm zur Hilfe kam. Cal hatte sich augenscheinlich bereits mit seiner Sprache verewigt. Nun musste er nur noch durchkommen und für dieses Mädchen überleben. Er schickte ein Stoßgebet gen Himmel und hoffte, dass Gott ihm seinen geringen Glauben an die kirchliche Ideologie nachsah und ein einziges Mal so in Erscheinung treten würde, damit sich seine Meinung ändern könnte.

»Würde es dir wirklich besser gehen, wenn du wüsstest, dass Caelan in etwa in die Brust getroffen wurde und vielleicht an inneren Blutungen stirbt?«, fragte Marven seine Schwester nun seelenruhig, wobei die ihn mit weit aufgerissenen Augen anstierte und sehr langsam ihren Mund wieder schloss, als sie merkte, dass er weit offen gestanden hatte. Mit einem tiefen Schluchzer wandte sie ihren Kopf nach vorn, senkte ihren Blick auf die spielenden Ohren ihrer Stute und schien in sich zusammenzufallen.

Lachlan und Hamish rollten mit den Augen und schüttelten ihre Köpfe, doch sie machten Marven keinen Vorwurf, weil er so knallhart Fakten schuf. Letztendlich hatte er recht. Man konnte mit eigenen Augen sehen, dass es ihr mit diesem Wissen nun ganz und gar nicht besser ging.

»Der Bach«, wies Hamish seine männlichen Mitstreiter mit

auffahrendem Kinn darauf hin, dass die Pferde getränkt werden mussten. Also griff Marven wieder in die Zügel der Schimmelstute und geleitete das traurig anmutende Paar zum Rasten an den kleinen Lauf. Er hob Amber vom Pferd, als wöge sie nichts, und schloss sie in seine Arme.

Lachlan nahm die beiden herrenlosen Tiere, die ohne Antrieb neben dem Geschwisterpaar verharrten, an den Zügeln mit zum Bach und ließ die beiden in ihrer Umarmung unangesprochen stehen. Manchmal war Schweigen Gold, dachte er und nickte Hamish zu, ihm leise zu folgen.

»Alles wird gut, Am. Ich liebe den Jungen auch und wir müssen doch daran glauben, oder?«, raunte er ihr zu.

Ein schniefender, nickender Kopf und ein durch unendlich viele Schauer durchgerüttelter Körper gaben ihm recht. Dennoch mussten zuerst alle Dämme brechen, um neue Kraft zu schöpfen.

»Du liebst ihn wirklich sehr, oder?«, fragte er leise und nah an ihrem Ohr.

»Aye, das tue ich. Niemals habe ich einen Mann getroffen, der mich so sehr in die verschiedensten Schwingungen versetzen konnte«, seufzte sie und spürte, wie Marven, der sein Kinn auf ihrem Scheitel gelagert hatte, nicken wollte. Sie wand sich aus seiner Umarmung und sah zu ihm auf. Seine Augen waren in eine andere Zeit gerichtet und sie verspürte einen leisen Stich im Herzen. War das Eifersucht? Weil sie den Geliebten nicht so lange kannte wie ihr Bruder?

»Wie war er so?«, wollte sie wissen. »Damals … ähm, in der Zukunft, meine ich.«

Marven's Blick kam zu ihr zurück und fokussierte sie. Dann ging ein zittriger Schauer durch den gestählten Körper ihres Bruders, den sie leise spürte, da sie sich wieder an ihn gelehnt hatte. Sie sah auf und merkte, dass sich sein Gesicht zu einem Grinsen verzogen hatte. Das, was sie gespürt hatte, war also ein lautloses Lachen gewesen. Ihr Herz hob sich für einen Moment.

»Das, meine liebe Schwester, willst du nicht wissen«, kicherte er schließlich.

»Natürlich will ich das, sonst hätte ich wohl nicht gefragt, oder?«

»Kann sein, aber ich denke, wenn du etwas wissen willst, frag ihn selber, Mädchen«, gab er nun aufgeräumter zurück. Er entließ sie aus seiner Umarmung, um sie zu einem nahe liegenden Findling zu geleiten, auf dem sie Platz nehmen konnte. Als sie saß und fragend zu ihm aufblickte, sah er wieder Tränen in ihren Augen.

»Und wenn ich ihn nicht mehr fragen kann, Marven«, schniefte sie entsetzlich traurig, sodass es ihn bald selber angriff. Dieses arge Gefühl, ihn zu verlieren, eignete sich tatsächlich, um hoffnungslos zu werden. Ein Anflug von Angst, seinen besten Freund nur noch tot vorzufinden, beschlich ihn. Doch hier musste er jetzt stark sein und außerdem wollte er es auch gar nicht glauben. Er wollte seinen Freund behalten und wollte Vertrauen haben in Cal's Kampfgeist.

»Er wird es dir erzählen, Am. Vertrau ihm. Er wird es dir erzählen.«

»Wie kannst du nur so sicher sein«, wimmerte sie niedergeschlagen.

»Ich denke, weil er dich liebt … Wenn er dich spürt und wenn er dich hört, wird er kämpfen. Das eine kann ich dir wenigstens sagen, Amber. In der Zukunft hatte er keinen Grund, sich ans Leben zu klammern. Diesen hat er erst hier gefunden. Und der heißt Kyla Amber Sarah MacDonald«, erklärte er mit klarer Stimme. Es hörte sich sogar in seinen eigenen Ohren mehr als aufrichtig an. Mit seiner gerade aus dem Herzen ausgesprochenen Begründung ging Marven erst auf, dass das tatsächlich sogar wahr war. Froh, dass so eine starke Motivation vielleicht Caelan's Rettung sein würde, wenn es schlimm um ihn stand, wuchs sein Glaube noch mehr. Innerlich verfluchte er den Zeitdruck, den er gehabt hatte, als sie ihn fanden. Hätte er doch nur nachsehen können. Aber nun blieb ihnen nichts übrig, als das Beste zu hoffen.

3

Sarah verräumte die gebrauchten Dinge, die sie noch in der Küche vorfand. Es sah dort aus wie auf dem Schlachtfeld, musste sie sich eingestehen. Ihr wurde fast schwindlig, als sie das viele Blut in Cal's Hemd sah, das nun völlig zerschnitten dalag. Viel zu viel Blut. Er musste sehr geschwächt sein. Sie nahm die verschmutzten Tücher, das zerfledderte Hemd und warf alles in Feuer. Kurz starrte sie in die lodernden Flammen, nahm wie in Trance wahr, wie sie um das Tuch leckten, um es in Windeseile zu zerstören, und erwachte mit dem Gedanken, einen Heiltrunk zu brauen.

Schnell setzte sie noch einmal Wasser auf und ließ Brennnessel, Wermut, Tausendgüldenkraut, Wacholderbeere und Minze vor sich hin simmern. Das, glaubte sie, sei ein wirksames Mittel, um das Blut wieder anzuregen. Zumindest hatte es den Frauen, die bei Entbindungen viel Blut verloren hatten, immer gut geholfen. Zudem wollte sie Alistair die beste Flasche Rotwein abluchsen, die er hatte, um ihn Caelan mit verquirltem Ei einzuflößen, damit er wieder zu Kräften kam. Ein Schmunzeln huschte über ihr Gesicht, als ihr aufging, dass sie Al niemals darum würde anbetteln müssen. Ihr Mann würde ihr ein ganzes Fass beschaffen, wenn sie ihren Sohn damit heilen könnte. Sie hoffte so, dass ihm das würde helfen können. Sie sollte beten, aber das brachte sie nicht über sich. Zu oft hatte Gott sie nicht erhört. Andererseits hatte eine Macht, die sie nicht benennen konnte, auch für Glück in ihrem Leben gesorgt. Eines davon war mit Sicherheit Alistair MacDonald. Das zweite war das wirklich schöne Leben, das ihr seine Familie bot, und das dritte Glück sollte ihr vielleicht nun wieder entrissen werden.

»Nein«, schrie sie. »Niemals bekommst du auch nur einen von den Menschen, die ich liebe«, brach es noch wütender aus ihr heraus. Grimmig schaute sie zur Küchendecke und eigentlich darüber hinaus oder hindurch, bis sie wieder zu ihrer Arbeit blickte. Der Trank sollte nun fertig sein und sie stellte das Gebräu zur Seite, damit es abkühlen konnte. Dann brachte sie die restlichen Kräuter wieder in ihr kleines Krankenhaus. Die alte Kate von Joline's Eltern war ein dankbarer Ort für sie. Dort konnte sie in aller Stille brauen, Salben herstellen oder Kranke versorgen. Auch war es ein Rückzugsort, der ihr in unheilvollen Stunden Geborgenheit bot. Allein er wäre zu dunkel gewesen, um nun ihren Sohn dort richtig behandeln zu können. Das würde sie mit Al besprechen. Es mussten größere Lichtquellen eingebaut werden, wo es nötig war. Dunkel oder etwas dämmrig konnte es im Lager für ihre Kräuter bleiben. Dort war Licht eher schädlich. Sie nahm die Gelegenheit wahr, da sie hier schon einmal war, und bediente sich an getrockneter Johannisbeere und Hagebutte und ging zurück zum Haupthaus. Auf dem Weg dahin hörte sie Hufschläge und drehte sich um, um zu sehen, wer da kam. Es kostete sie keinen zweiten Blick, um zu erkennen, dass Amber und Marven mit zwei weiteren Kämpen in das Gestüt einritten. Bei Marven's Anblick blieb sie allerdings einen Moment hängen. Der freie Oberkörper, mit der blauen, mittlerweile verschmierten und verblichenen Kriegsbemalung ließ sie den Kopf schütteln.

Amber, die Sarah schon von Weitem gesehen hatte, gab der armen Stute noch einmal die Fersen und sprang vor Cal's Mutter vom Pferd.

»Lebt er?«, war die einzige Frage, die ihr in aller Seelennot und bald geflüstert aus dem Mund rauschte.

Mitleidig sah Sarah das Mädchen an, das völlig geschafft und beinahe wankend vor Schwäche vor ihr stand. Sie ging einen Schritt auf Amber zu, zog sie in ihre Arme und tätschelte ihr liebevoll den Rücken. Sie war ihre Enkelin und würde bald ihre Schwiegertochter sein. Sarah zwang ihre Tränen zurück, die sie am liebsten schon seit Stunden geweint hätte, und raunte:

»Ja, Kind. Er lebt und ich werde weiterhin um ihn kämpfen.«

Dann löste sie sich aus der Umarmung und sah die beiden an.

»Geht euch waschen und dann kommt in die Küche. Brot und Käse sind da, zum Kochen hatte ich noch keine Zeit. Ich hatte mit Cal alle Hände voll zu tun, aber nun werde ich mich um das Essen kümmern. Die anderen werden wohl auch bald hier sein, oder?«

»Grandma, können wir nicht erst zu Cal?«, fragte Marven hitzig, weil er den seltsamen Drang verspürte, sich persönlich vom Atmen seines Freundes überzeugen zu müssen.

»Naye, so kommt ihr nicht in das Krankenzimmer. Wascht euch«, scheuchte Sarah die beiden fort, als wären sie unliebsame Fliegen, die um heißen Brei herumflogen.

Amber lief so schnell, wie es ihre kraftlosen Beine zulie- ßen, in ihr Zimmer und beeilte sich, sich ihrer verschwitzten Kleidungsstücke zu entledigen. Dann eilte sie splitternackt mit frischem Hemd und Rock in den Baderaum, den Joline hatte haben wollen, als sie dieses Herrenhaus damals gebaut hatten.

Schnell füllte sie das Badeküben mit Wasser und es war ihr egal, wie kalt es war. Für heißes Wasser hatte sie einfach kei- ne Zeit. Sie ließ sich in das kühle Nass gleiten, was ihr zuerst ein schockiertes »Brrr« abverlangte, aber dann wohltuend ihren aufgeheizten Körper und ihr gestresstes Gemüt herunterkühlte. Erfrischt und munter trocknete sie sich ab, rubbelte ihre nassen Haare trocken und flocht sie zu einem dicken Zopf. Dann such- te sie sich den Tiegel mit der Lavendelcreme und balsamierte sich damit ein. Zuletzt zog sie sich das schnörkellose, gelbe Lei- nenhemd über den Kopf und ließ ihre langen Beine in den brau- en, langen Rock gleiten, den sie bis zur Taille über das Hemd zog und am Bund schloss. Ein kurzer Blick in den Spiegel, ein zufrie- denes Nicken ihres Spiegelbildes und wie ein Wirbelwind war sie aus dem Baderaum. Wie auf der Flucht eilte sie zu Caelan's Zimmer. Erst kurz davor bremste sie ab und bemühte sich um innere Ruhe, damit sie den Patienten nicht erschreckte. Dann drückte sie die Klinke seiner Tür herunter und sah als Erstes Aileen, die in einem Schaukelstuhl saß und strickte, wobei sie leise vor sich hin summte. Ein Anflug von Eifersucht stahl sich in Amber's Herz. Warum durfte diese Magd, die mit Sicherheit nicht frisch gewaschen war, hier sein? Doch sogleich schalt sie sich und trat ein, um auf Cal's Bett zu schauen. Blass und mit strähnig feuchtem Haar lag Caelan dort. Sein Oberkörper war nackt, aber sein Brustkorb mit weißem Leinen bandagiert.

Aileen stand auf, sammelte ihre Siebensachen zusammen und verließ den Raum mit dem kurzen Hinweis, dass sie Sarah in der Küche helfen würde, da Amber sicher jetzt hier aufpassen würde.

»Halt, Aileen. Was muss ich tun?«, sah sie der Magd hinterher.

Aileen blieb stehen und schaute Amber irritiert an, doch dann antwortete sie ergeben:

»Auf ihn achten. Wenn er stöhnt oder erwacht, solltet ihr Sarah rufen. Ansonsten ist wohl Warten das Einzige, was du tun kannst.« Damit war Aileen endgültig verschwunden und Amber schlich auf leisen Sohlen zu Cal. Vorsichtig streifte sie eine Locke aus seiner schweißnassen Stirn und besah sich ihre Finger. Schweiß – er hatte Fieber. Schnell lief sie zur Tür und rief Sarah:

»Granny – Fieber – kaltes Wasser. Ich brauche kaltes Wasser«, rief sie nach unten und hoffte, dass sie gehört wurde.

Marven, der sich zuerst am Brunnen einige Eimer Wasser über seinen Körper gegossen hatte, um schon einmal die Kriegsbemalung abzuwaschen, fluchte vor sich hin. Grimmig schnauzte er den lachenden Lachlan an, der noch kauend aus dem Herrenhaus kam und sich mit Brot und Käse vollgestopft hatte.

»Geht diese blöde Farbe überhaupt ab?«

»Aber sicher, Lad. Versuch es mal mit Öl und Wurzelbürste«, johlte der zufrieden zurück.

Wütend warf Marven den Eimer gegen den Brunnenrand und Lachlan einen vernichtenden Blick zu. Er hatte keine Zeit. Er wollte zu seinem Freund, verdammt. Grimmig stapfte er an Lachlan und dem ebenfalls grinsenden Hamish vorbei. Als er die Tür zum Manor öffnete, hörte er nur Amber's verzweifelten Ruf. Schnell eilte er in die Küche, brüllte Amber's Bitte hinein und eilte in mächtigen Sätzen die Treppe herauf. In wenigen Sekunden stand er in Cal's Zimmer und warf einen Blick auf seinen verletzten Freund und seine ratlose Schwester. Auch er legte behutsam eine Hand auf Caelan's Stirn und umfasste sein

Handgelenk, um den Puls zu fühlen. Dann rannte er wieder zur Zimmertür, um die Forderung nach Hilfe noch einmal laut hinunterzubrüllen, als er beinahe mit seiner Großmutter zusammenstieß.

»Geh weg. Wie siehst du aus, Marven? Sieh zu, dass du Öl bekommst, und wasch dich gefälligst«, herrschte sie ihn an.

Er war zwar den barschen Ton von Sarah nicht gewöhnt, verstand aber, dass die Frau Todesängste wegen ihres Sohnes auszustehen hatte und wohl noch immer um sein Leben kämpfte. Also machte er sich auf den Weg in die Küche, bat um Öl und Wurzelbürste und eilte wieder hinauf in den Baderaum. Das Küben war noch voll und er hatte kein Problem damit, dass das Wasser schon gebraucht war. Als er hineintrat, konnte er sich einen Fluch nicht verkneifen, hatte er doch geglaubt, dass Amber es wenigstens warm gemacht hatte.

Nun, dass es nicht so war, konnte er jetzt nicht mehr ändern. Also ölte er Gesicht und Brust großzügig ein und schrubbte erst einmal auf seiner Brust herum. Als sie nach dieser wüsten Behandlung deutlich rot war, kam ihm die Vorstellung, seinem Gesicht die gleiche Prozedur antun zu müssen, vage masochistisch vor. Wieder verfluchte er Lachlan, den er für diese Sache verantwortlich machte. *Idiot,* dachte er grimmig und setzte sich in das kalte Wasser. Eine gefühlte Ewigkeit und so vorsichtig wie möglich schrubbte er in seinem Gesicht herum, bis er meinte, dass es genug sei. Er versuchte nun krampfhaft, auch das Öl wieder loszuwerden, was sich als genauso schwierig herausstellte, da er nicht daran gedacht hatte, sich Seife mitzunehmen. Das kalte Wasser war auch nicht besonders hilfreich, stellte er wütend fest.

»Verfluchter Bastard«, entwischte es ihm lautstark.

»Wen könntest du denn damit bloß meinen?«, kam es grinsend von der Tür her. Marven erschreckte sich fast zu Tode und schaute mit verschleiertem Blick hoch. Er konnte durch die Ölschlieren, die in seine Augen geraten waren, nicht richtig sehen, aber die Stimme gehörte eindeutig seinem Vater.

»Bloody fucking day«, fluchte Marven leise und rutschte etwas tiefer in die Wanne. »Muss sich heute jeder über mich lustig machen?«, fragte er vorwurfsvoll in Richtung des Eindringlings, hörte jedoch, wie die Tür geschlossen wurde und sich eine Person zum Kamin bewegte. Einige Geräusche wiesen darauf hin, dass Feuer gemacht und ein Kessel aufgesetzt wurde. Dann wurde ein Schemel verschoben und jemand reichte ihm ein Tuch.

»Reib dir die Augen frei, Junge«, raunte Robert. »Was ist bloody fucking day?«

»Das ist ein übler Tag, den Rest willst du nicht wissen«, schnippte er, bevor er seinem Vater das Tuch bockig aus der Hand riss.

»Mann, Da, ich wollte mich nur schnell waschen, damit ich zu Cal vorgelassen werde. Granny benimmt sich wie ein Höllenhund. Jetzt sitze ich hier in kaltem Wasser und kriege diese blöde Farbe nicht ab«, beschwerte sich Marven wie ein kleiner Junge, der nicht eher zu essen bekommt, als dass seine Fingernägel weiß sind wie Papier.

»Wisch dir deine Augen aus. Sieh mich an, Sohn«, sagte sein Vater.

Marven tat es und schaute seinem Vater fragend in die herrlich blauen Augen, die auch ihm selbst zu eigen waren.

»Ich danke dir, Marven. Ich danke dir, dass du meine Frau und meine anderen beiden Kinder gerettet hast.« Marven sah in sein kaltes Badewasser und er fühlte sich immer noch schmutzig.

»Ach, hab ich das? Ohne euch alle hätte ich das doch gar nicht geschafft und letztendlich haben Kyla und Duncan den Mann für immer unschädlich gemacht. Das Einzige, was ich geschafft habe, ist, dass ich meinen besten Freund verliere und nicht zu ihm darf.«

»Unter dem Strich könntest du das so sehen, Marv«, sinnierte Robert vor sich hin, wobei Marven ruckartig seinen Kopf wendete und seinen Vater wieder ansah. *Marv.* Er hatte das erste Mal seinen Spitznamen gebraucht. Den benutzten eigentlich nur Cal und Kyla.

»Aber nun macht alles einen Sinn. Deine Reise in die Zukunft. Deine Rückkehr, eben alles«, schloss Robert seine Gedanken ab, wobei Marven eher seine eigenen Sorgen bedacht hatte und nicht wirklich folgen konnte.

Er spürte, wie sich mehrere Fragezeichen durch seine Schädeldecke nach draußen bohren wollten, wurde jedoch durch seinen Vater in dem Versuch unterbrochen, diese in Worte zu fassen. Robert stand auf, prüfte das Wasser im Kessel auf Temperatur und reichte seinem Sohn ein Stück Seife.

»Hier, seif dich ab, damit das Öl von der Haut kommt. Du kannst die Seife auch zum Haarewaschen nehmen. Warmes Wasser zum Abspülen kommt sofort«, grinste ihn sein Vater an.

Schnell erledigte Marven seine Waschung und erhielt sogleich eine Warmwasserdusche.

»So, raus da. Deine Mutter möchte auch noch baden«, forderte Robert seinen Sohn nun zu ein wenig mehr Eile auf und reichte ihm ein Leinentuch zum Abtrocknen. Marven stand auf und fand es ein wenig befremdlich, nackt vor seinem Erzeuger zu stehen. Doch dann zuckte er mit den Schultern, trocknete sich ab und stieg aus der Wanne. Das Tuch schlang er sich um seine schmalen Hüften und wollte sich auf den Weg in sein Zimmer machen.

»Der Abstand, die Strategie und die Besonnenheit bei der Durchführung dieser Geschichte heute konnten nur von jemandem stammen, der zwar ausreichend Motivation hat, aber ...«

»Da, ich hatte aber auch gute Helfer. Angefangen bei Ma, die die Skizzen gemalt hat. Grandpa, der ebenfalls besonnen ist. Duncan und die anderen drei, auf die man sich todsicher verlassen kann. Kyla, die mitgespielt hat, und dann irgendwann auch du, durch deine Zustimmung«, klärte Marven seinen Vater auf, warum er sich den Orden niemals würde anstecken lassen. Robert sog zischend den Atem ein und pustete ihn wieder aus.

»Ja, kann sein. Dennoch ist es dein Verdienst. Duncan und ich hätten ziemlich kopflosen Mist gebaut und Al hätte alle Hände voll zu tun gehabt uns zu bändigen. Du jedoch hast niemals das Ziel aus den Augen verloren. Ich danke dir ... und nun verschwinde«, wedelte er mit seinen Armen, damit sein Sohn endlich in seine Kleidung und dann zu Caelan kam. Marven nickte kurz mit einem Schmunzeln und verschwand.

4

Obgleich Sarah alles tat, damit ihr Sohn wieder zu Kräften kam, blieb er sehr blass und beinahe in einem komatösen Zustand. Marven schritt in dem Krankenzimmer auf und ab und überlegte krampfhaft, was man noch tun könnte, als Kyla leise eintrat und ihn flehentlich anbettelte, einen Moment hinauszukommen.

»Was, Kyla, Cal braucht mich. Ich muss nachdenken, wie …«

»Das habe ich bereits getan, Marv«, unterbrach sie seinen Vorwurf und sah ihn mit ernster Miene an.

»Er braucht Blut. Er hat viel Blut verloren und die einzige Lösung ist und bleibt Blut. Sarah's Mittel helfen nicht schnell genug.«

»Und, Kyla? Wie stellst du dir das vor? Du weißt so gut wie ich, dass wir hier keine Klinik haben, wo das so einfach ginge. Und dann ist da noch die Sache mit der Blutgruppe«, schüttelte er verzweifelt den Kopf. Diese Idee war ihm ja auch schon gekommen, aber er hatte sie wegen der unlösbaren Aufgabe, eine Transfusion zu bewerkstelligen, verworfen.

»Marven, ich habe gehört, dass John einen Arzt in Bulloch Castle hat, der sich auch mit Medizin auskennt, die es scheinbar noch nicht gibt. Duncan hat erzählt, dass der junge Mann wahre Wunder bewirkt hätte … kann doch sein, dass der helfen kann.«

»Ja und dann? Nicht jeder kann ihm sein Blut geben. Ich würde mich aussaugen lassen, wenn ich Cal retten könnte, aber ich habe die falsche Blutgruppe«, ließ er verzweifelt den Kopf hängen.

»Was brauchen wir denn für eine Blutgruppe?«, wollte seine Braut nun energisch wissen.

»Ich habe A+ und Cal A-, ich weiß das nur zufällig, weil wir mal einen Unfall bei den Ritterspielen hatten und …«, erklärte er, bis Kyla ihn unterbrach, indem sie ihre Hand zudrückte, die auf Marven's Unterarm lag. Hellhörig geworden, sah er seiner Kyla in die teichgrünen Augen und gewahrte hellgrüne Sprenkel. Sie war eindeutig aufgeregt, also rutschte ihm ein genauso aufgeregtes «Was?» heraus.

»Ich habe A-. Ich weiß es genau. Ich kann ihm auch mein Blut spenden, Marven.«

»Nein, das kannst du nicht. Du bist schwanger!«

»Also gut«, drehte sie sich wütend um und ging einige Schritte, um sich ihm dann mit einem Gesicht gleich einer Furie zuzuwenden und zu brüllen:

»Weißt du was, Marven MacDonald? Hieße ich Joline, wäre das überhaupt kein Thema. Dann würde ich als die einzige Chance, die Cal überhaupt hat, sofort akzeptiert. Aber ich bin ja nur Kyla und schwanger dazu. Selbst wenn ich Cal retten könnte und dieses Kind verlöre, wäre das zu verschmerzen, denn ich bin jung und kann noch viele Kinder bekommen, aber Cal kann nur hier und jetzt gerettet werden … Argh«, stampfte sie auf und drehte sich nun doch wutentbrannt um und lief in ihr Zimmer.

Marven sah ihr entgeistert hinterher und rieb sich kraftvoll mit einer Hand durchs Gesicht, als könnte er damit seine Sorgen fortwischen. Kyla hatte ja recht. Sie wäre die Einzige, die helfen konnte, um Cal zu retten, wenn sie denn eine Konstruktion schaffen könnten, die eine Transfusion überhaupt gewährleisten würde. Außerdem, auch damit hatte sie recht, könne sie noch viele Kinder bekommen, da sie jung sei. Natürlich. In der Zukunft hätte sie nie im Leben ein Kind mit sechzehn Jahren bekommen, wenn es sich hätte irgendwie vermeiden lassen. Und das hätte es sich definitiv. Allerdings, und das ging ihm ebenso auf, wären sie kein Paar. *Noch* kein Paar, stellte er für sich klar. Er hätte auf sie gewartet. Drei lange, entbehrungsreiche Jahre, stöhnte er innerlich. Das Gesetz verbot es und er war schließlich dessen Hüter gewesen. Sie wäre als Minderjährige unmöglich seine Geliebte geworden.

Hier nun ging das als normal durch und er würde das mit keinem Gedanken ändern wollen. Niemals, dafür liebte er dieses kleine Biest viel zu sehr.

Es versetzte ihm einen Stich, dass sie sein Kind anscheinend nicht wollte. Es schmerzte direkt und er fühlte sich schlecht. Nein, dieses grausame Gefühl, das ihn beschlich, türmte sich auch noch auf. Letztendlich fühlte er selbst sich nicht gewollt, genauso wenig wie das Kind. Sein Kind.

Traurig drehte er sich um und ging wieder zu Cal. Die Blässe, die den Teint, der sonst immer sonnengebräunt und frisch daherkam, überzog, erschreckte ihn einmal mehr. Der Junge war halt immer ein Naturkind gewesen, wurde er sich bewusst. Es erschütterte ihn direkt. Er wollte Caelan nicht verlieren. Der Mann war sein Bruder im Geiste, sein ewiger Weggefährte, und er gab sich die Schuld an dieser Verletzung. Ja, letztendlich hatte er ihn genötigt, auf Amber zu achten und sie zu beschützen. Das aber hatte er alles nicht so gewollt. Niemals hatte er damit gerechnet, dass Cal mit seinem Leben würde bezahlen müssen. Völlig in Gedanken saß er nun am Bett seines besten Freundes und verlor sich in Schuldgefühlen. Dann kam er wieder zu sich und blickte noch mal auf Cal.

Kyla hatte auch hier wieder recht. Er brauchte Blut. Dringend!

Mit allem analytischen Verstand, den er aufbringen konnte, versuchte er sich nun in sie hineinzuversetzen. Da kam ihm der Satz von Trish in den Sinn:

»Nein, Marven. Das Mädchen ist jeden Cent wert. Wenn ich es mir richtig überlege, ist sie unbezahlbar. Du tätest gut daran, sie zu hüten und zu beschützen. Sie gibt mit ganzem Herzen und fordert nichts. Sie liebt bedingungslos und kämpft ihre eigenen Ängste und Dämonen nieder, nur um zu gefallen. Das ist ihr einziger Fehler, denke ich. Sie muss sich ihren Ängsten stellen und sie muss zulassen, dass man sie ihr nimmt. Das wird dann wohl deine Aufgabe sein, schätze ich.«

Und weiter begriff er, dass er sich entscheiden musste, so wie sein Vater sich vor fünfundzwanzig Jahren entschieden hatte. Und plötzlich war es ihm klar. Hier ging es nicht um eine Entscheidung, hier gab es ohnehin nur einen Weg. Schnell stand er auf und rannte in die Küche.

»Wo ist Duncan?«, bellte er hinein und schreckte die arbeitenden Frauen auf.

»Draußen, denke ich. Ist etwas mit Cal?«, kam ihm Sarah schnellen Schrittes entgegen und hatte noch einen langen Holzlöffel in der Hand, den sie wie ein Schwert vor sich hertrug und beinahe drohend auf ihn richtete.

»Nein. Ja, irgendwie schon. Ich muss los«, drehte sich der junge MacDonald um und ging schnellen Schrittes nach draußen, wo er nach Duncan rief.

Der alternde Hüne kam sofort aus den Stallungen, als er Marven über den Hof brüllen hörte, und stürmte dem jungen Mann entgegen. Denn wenn Marven laut wurde, bedeutete das nichts Gutes. Der neue Mac war ein besonnener Mann und brüllte eigentlich nie, sodass Duncan alarmiert war.

»Was ist, Junge«, donnerte er Marven seine tiefe Stimme entgegen. Mit einem kurzen Sprint war der junge Mann bei ihm.

»Duncan, der Arzt von John, ist doch ein fähiger Mann, wie ich hörte. Wir brauchen ihn schnellstens hier. Reite so zügig du kannst nach Bulloch Castle und schaff ihn her. Sag ihm Bluttransfusion!«, erklärte er dem Hünen aufgeregt und wollte schon wieder abdrehen, um mit Kyla zu sprechen.

»Marven«, bremste ihn Duncan's Befehlston aus, sodass der sich wieder umdrehte:

»Was, Duncan, beeil dich. Es geht um Cal's Leben, Mann!«

»Junge, das dauert vier Tage hin und zurück für mich und wie schnell ich mit dem Doktor bin, kann ich gar nicht schätzen«, wollte Duncan einwenden, doch da kam Marven eine andere Idee.

»Ich reite selber und nehme Amber mit. Sie kennt den Weg auch und ist eine gute Reiterin. Wir sind leichter und können es mit Ersatzpferden zügiger schaffen. Mach außer unseren Pferden Ares und Pegasus bereit. Mit denen werden wir es ja wohl schaffen. Bitte!«, drehte er sich nun auf seinem Absatz um und eilte wieder zum Herrenhaus.

»Am«, schrie er und hoffte, dass seine Schwester in der Küche war. Doch ihre Stimme kam von der Galerie aus. Sie war gerade auf dem Weg zu Caelan, um zu wachen. Nun, da Marven eine neue Richtung gewiesen bekommen hatte, sah sie ihren aufgeregten Bruder zu ihr die Treppe hinaufstürmen. Mit großen, fragenden Bernsteinaugen schaute sie ihm entgegen.

»Was ist geschehen?«, hauchte sie beinahe, weil sie glaubte, um Cal stände es schlechter, was auch stimmte.

»Mach dich bereit, wir reiten zu John, Am. Wir brauchen dringend seinen Leibarzt«, drang Marven in sie und machte keinen Hehl daraus, dass er einer Panik nahe war.

»Aber ich kann ihn doch nicht hier allein lassen, ich …«

»Am, wenn du mir den Weg nicht zeigst, wird er sterben, ob du bleibst oder nicht. Willie ist noch nicht wieder so weit genesen von seiner Kopfverletzung, sonst würde ich ihn bitten. Also? Wir beide sind die leichtesten Reiter, also mach schnell«, fuhr er sie an und Amber begriff, sodass sie umgehend in ihr Zimmer eilte und sich für einen anstrengenden Ritt umzog.

Marven rannte in Kyla's Zimmer und trat, ohne zu klopfen, ein.

Erschrocken fuhr die kleine, rothaarige Person zusammen, als sie ihn so aufgebracht vor sich sah. Für lange Worte hatte Marven keine Zeit, so ging er bedrohlich ausschreitend auf Kyla zu, deren Augen sich ängstlich weiteten. Doch als sie von Marven in die Arme gezogen wurde und er ihr liebevoll auf den Scheitel küsste, war die Angst verflogen. Dann raunte Marven ihr eine Entschuldigung zu und gab ihr recht. Nachdem er sie darüber informiert hatte, dass er fortmüsse, damit der Leibarzt diese unvermeidliche Bluttransfusion durchführte, wurden ihr vor lauter Mut, den sie gerade gar nicht mehr aufbringen konnte, die Knie ganz weich. Marven sah sie fragend an:

»Es war dein Vorschlag, Liebes. Es ist aber noch nicht zu spät. Du kannst noch ›Nein‹ sagen«, schlug er vor, obwohl er selbst so dermaßen hin- und hergerissen war, dass er sich fühlte, als wäre er nur eine Marionette in diesem tödlichen Spiel.

»Nein. Ich mach das«, entschied sich Kyla nun mit fester Stimme und sah ihn mit einem leichten Lächeln an, gleich dem kurzen Aufflackern einer Flamme in beinahe erloschener Glut. Doch ihre Augen hatten lindgrüne, leuchtende Flecken in der teichgrünen Iris. Ein Merkmal für Aufregung, aber auch Willen, wie Marven bereits gelernt hatte.

»Bitte erklär Sarah, was wir vorhaben. Machst du das?«

»Ja, natürlich«, hauchte Kyla zurück.

»Und, Marven, ich werde unser Kind nicht verlieren, ich schwöre es dir«, sagte sie mit der Inbrunst einer Heiligen. In dem Moment sah sie für ihn auch genauso aus und er wusste, warum er diesem Mädchen verfallen war. Doch genauso tief saß der Stachel, den sie ihm vor Cal's Zimmer eingepflanzt hatte. Liebte sie ihn wirklich genug, um ihn und sein Kind zu wollen, obwohl sie es ihm gerade versichert hatte? Er wankte, ob er ihr glauben konnte oder nicht, gestand er sich ein. Trotzdem tat er es für den Moment ab, denn jetzt hatte er eine wichtige Mission zu erfüllen.

»Ich danke dir, mein Schatz. Iss gut und trink viel, du musst kräftig sein. Für euch beide. Bitte, versprich mir das«, raunte er seiner mutigen Braut ins Ohr, die es nickend hinnahm. »Ich muss jetzt los und werde hoffentlich noch früh genug zurück sein«, damit küsste er Kyla nun richtig. Nachdem sie sich aus dieser innigen Verbindung lösen konnten, die so viel mehr gesagt hatte als die Worte vorher, nickten sie sich zu und Marven verschwand, bevor sie gewahr werden konnte, dass er sich innerlich einen Anfall von Egoismus nahm, weil ihm das alles nicht gefiel. Gar nicht gefiel.

Merkwürdigerweise blieb ein fader Beigeschmack bei Kyla. Sie wollte helfen, aber Marven schien sich nicht im Mindesten darüber zu freuen. Er kochte vor Wut, das hatte sie gespürt. Aber warum nur? Das alles schmeckte eher nach Abschied … irgendwie. Doch den Gedanken verwarf sie. Das konnte ja auch gar nicht sein, oder?

5

Amber und Marven flogen auf ihren Pferden, die sie gewissenhaft wechselten, damit die Tiere durchhielten, nur so zum Loch Tay. Als sie John erklärt hatten, dass sie unbedingt seinen Leibarzt benötigten, war der natürlich sogleich einverstanden. Er ließ den Arzt kommen und stellte Marven Paul Guttmann vor. Für ein ausführliches Gespräch war keine Zeit und nach einem Imbiss wollte Marven sogleich zurück, bevor es zu spät war.

»Ich erkläre ihm alles auf dem Ritt«, stellte Marven klar und mahnte zur Eile.

»Gut«, wendete sich Paul vertrauensvoll an John, der Paul nur mit äußerst warmen, braunen Augen zunickte, sodass Marven für einen Augenblick stutzte. Jedoch konnte er nicht die Muße und Ruhe aufbringen, um diesen beinahe liebevollen Blick final für sich zu interpretieren. John stattete die beiden Männer mit frischen, schnellen Pferden aus, damit sie eiligst wieder bei dem Patienten am Loch Bruicheach sein konnten. Er würde ihnen mit Amber und den erschöpften Reittieren folgen und bald zum Gestüt nachkommen. So verließ Marven Bulloch Castle, das einen bleibenden Eindruck bei ihm hinterließ, da es dieses Schloss zu seiner Zeit überhaupt nicht mehr gab. Es war ja später von dem Neubau Taymouth Castle vollständig überbaut worden. Die beiden Männer ritten zügig, teilweise schnell, wobei Marven froh war, dass es sich bei Paul um einen guten Reiter handelte, doch für eine tiefgreifende Unterhaltung war keine Zeit. Erst als sie anhalten mussten, um die Pferde zu tränken und selber eine Kleinigkeit zu essen, hätten sie miteinander sprechen können. Nur, Marven war mit seinen Gedanken ganz woanders. Sie saßen an einem kleinen Bachlauf und kauten auf ihrem Brot und Käse herum, als Paul seinen Begleiter aber dann doch ansprach:

»Also, Marven, richtig?«, begann er. »Was erwartet mich denn nun für ein Fall? Nur damit ich mir schon einmal Maßnahmen überlegen kann.«

»Mein Freund wurde angeschossen. Sarah, seine Mutter ist Heilerin und …«, wollte Marven ausführlich erklären, wurde allerdings unterbrochen.

»Ich kenne Sarah. Sie ist für die hiesige Zeit sehr kompetent und hat vermutlich bisher richtig gehandelt. Was ist das Problem?«

Marven stutzte einen Moment, verwarf allerdings seine Frage nach der »hiesigen Zeit« und erklärte:

»Caelan hat viel Blut verloren und nun scheint Grandma mit ihren Kräutern an ihre Grenzen zu stoßen. Haben Sie Erfahrung mit Blutübertragungen von Mensch zu Mensch? Oder haben Sie schon davon gehört? Das haben wir vor. Vielmehr scheint das die einzige Lösung, um sein Leben zu retten … Verstehen Sie mich nicht falsch, aber als Laie sehe ich keinen anderen Ausweg«, brachte Marven seine Idee direkt vor und sah Paul eindringlich an. Ein leichtes Zucken sagte ihm, dass sein Gegenüber ein wenig geschockt war. Selbst für die Zeit im 18. Jahrhundert klang Marven's Ansinnen mehr als verwegen, das war ihm durchaus klar. Darum beobachtete er die Reaktion des Arztes so genau. Nach einer Weile, Paul hatte sich gestreckt und seine Schultern gerollt, als wollte er sich auf einen Kampf vorbereiten, fragte der:

»Woher wissen Sie, dass es so etwas gibt?«

»Was?«

»Bluttransfusionen«, flüsterte Paul beinahe, aber Marven hatte es verstanden und sah Paul mindestens genauso geschockt an wie der ihn.

»Sie kommen aus einer anderen Zeit, oder?«, fragte er automatisch, denn Bluttransfusion war kein Wort, das man in diesem Jahrhundert kannte.

»Nein. Ja, also ich bin 1918 irgendwie hier gelandet und musste feststellen, dass es 1745 war. Das war eine … wie soll ich sagen? Eine bizarre Angelegenheit.«

»Krass«, rutschte es Marven heraus, der sich einen fragenden Blick mit hochgezogenen Brauen von Paul einfing und entschuldigend zurücklächelte.

»Wir kommen aus dem Jahr 2017 und sind 1775 gelandet. Allerdings nicht so zufällig, wie es Ihnen scheinbar passiert ist. Wir sind absichtlich hergekommen. Darüber können wir aber später noch sprechen, wenn es Ihnen nichts ausmacht. Ich weiß jetzt, dass Sie von Transfusionen schon gehört haben. Können Sie das bei Cal durchführen?«, fragte er nun mit einer Dringlichkeit, dass auch Paul verstand, alles andere hintanzustellen.

»Lass uns ›du‹ sagen, bitte«, antwortete Paul, um hinzuzufügen: »Nun, wenn du darüber Bescheid weißt, weißt du auch, dass es eine Übereinstimmung der Blutgruppen braucht, und das ist derzeit das Problem«, wendete der Arzt ein.

»Nein, ist es nicht. Ich kenne Cal's Blutgruppe und meine Braut hat die gleiche. Das wissen wir definitiv«, nahm er dem Arzt diesen Einwand ab und fragte: »Können Sie … ähm, kannst du es mit deinem Wissen durchführen, Paul?«

»Ich denke, das müsste gehen, wenn Empfänger und Spender tatsächlich kompatibel sind, allerdings haben wir keinen Überblick über die übertragene Menge. Es ist gefährlich für beide«, ließ der Arzt grüblerisch verlauten.

»Wir wissen, dass dieser Eingriff nicht ohne Gefahr ist, aber uns bleibt keine Wahl«, zuckte Marven nahezu hoffnungslos mit den Schultern und forderte Paul auf, wieder aufzusitzen und sich zu sputen.

Indes warteten die Daheimgebliebenen auf die erhoffte Hilfe. Sarah, die zuerst völlig aufgebracht war und die Idee, ihrem Sohn Kyla's Blut einzutrichten, zumal sie überhaupt nicht verstand, wie das vonstatten gehen sollte, wurde von Tag zu Tag unruhiger. Cal's Verfassung verbesserte sich keinen Deut. Also erfasste sie der Wagemut und auch sie begann darauf zu hoffen, dass die Blutübertragung, wie Kyla es genannt hatte, das Leben ihres Sohnes retten würde. Sie war mit ihren Kräfte am Ende und mit ihrem Wissen zumindest auch, wie sie sich zerknirscht eingestehen musste. Auch wenn Al und Joline sie bei Stimmung zu halten versuchten, musste sie sich demnächst auf Beten verlassen. Da sie aber keine fromme Christin war, denn Gott hatte sie schon zu oft verlassen, hatte sie auch dort wenig Hoffnung auf Hilfe. Die einzige Möglichkeit blieb nun noch der Arzt von John, dem ein fähiger Ruf vorauseilte.

Endlich kam Marven mit dem ersehnten Mann an. Nachdem man den beiden eine Erfrischung und ein Bad gegönnt hatte, wurde Kyla vorbereitet. Nach einem ausgiebigen Bad bestrich der Arzt ihren Spenderarm mit Jod.

»Jod? Wie, um Himmels willen, kommen Sie denn an Jod?«, fragte Kyla, die es noch nie in dieser Zeit gesehen hatte.

»Das, meine Liebe, gewinne ich aus Seetang. Ich habe eine Möglichkeit gefunden, es hier herzustellen, um dieses widerliche Karbol nicht benutzen zu müssen, das derzeit üblich ist«, zwinkerte er Kyla zu und ihre Antenne schlug sofort aus.

»Sie sind nicht von hier?«, flüsterte sie, obwohl alle, die im Raume waren, von Zeitreisen wussten.

Langsam schüttelte er sein Haupt, ließ aber nicht von seiner Arbeit ab und bat sie mit einem intensiven Blick um Schweigen. Auch Caelan wurde mit dieser Jodtinktur behandelt, der jedoch nur eine Waschung erhalten hatte. Mehr war nicht möglich.

Zunächst schafften Al und Robert etwas mehr Platz auf dem Bett, damit sich Kyla neben Cal legen konnte. Sie lag dort nun etwas erhöht und ganz zur Zufriedenheit des Arztes neben dem komatösen Patienten. Paul erklärte den Anwesenden, wie er die beiden nun zu verbinden gedachte, und schritt zur Tat. Er zeigte ihnen einen Schlauch, den er sich aus Kautschuk hatte herstellen lassen.

»Das, meine Lieben, wird der Transportweg sein. Er ist ähnlich wie eine dicke Ader und lässt das Blut gut von A nach B fließen«, erläuterte er den misstrauischen Zeugen dieser außergewöhnlichen Maßnahme.

Zwei Kanülen mit winzigen Absperrhähnen, die ihm ein Goldschmied gemacht hatte, schob er vorsichtig in die Blutgefäße der beiden Patienten und stülpte die Schlauchenden vorsichtig über die jeweils verlängerten Enden seiner Miniaturzapfanlagen. Dann setzte er eine Spritze ein, die als Pumpe fungieren sollte, und öffnete den Blutfluss von Kyla und dann von Cal. Beherzt begann er mit der Übertragung durch vorsichtiges Pumpen mit der Spritze. Immer wieder überprüfte er den Puls von Kyla, die das Ganze mit einer beinahe stoischen Ruhe über sich ergehen ließ. Die permanente Fragerei des Arztes, zur Kontrolle ihres Bewusstseins, nahm sie geduldig hin und antwortete sofort, bis ihre Stimme lallend wurde und sie in einen dichten

Nebel geriet.

Ab da konnte sie nur noch vage begreifen, was um sie herum geschah. Allerdings spürte sie noch, wie ihr eilig mit einem kleinen Ziepen, das sie empfand, der Arm gelöst und verbunden wurde. Dass Marven sie in ihr Bett brachte, merkte sie nicht mehr.

6

Ich saß an Kyla's Bett und fühlte ihre kalte Stirn, nahm ihre beinahe eiskalte Hand und rieb sie warm. Der Arzt hatte gesagt, dass er die übertragene Blutmenge nicht einschätzen konnte, meinte jedoch, dass es nicht lebensbedrohlich für das Mädchen gewesen sei. Ihre Blässe machte mir dennoch Sorgen. Auch ihre körperliche Kälte ließ mir selber das Blut in den Adern gefrieren. So steckte ich die bereits vorhandene Decke um sie fest und legte eine weitere über dieses mutige Mädchen. Einen heißen Stein legte ich an ihre Füße, damit sie von außen genügend Wärme erhielt, um wieder zu sich zu kommen.

Meine kleine Schwester, dachte ich, und das war genau das, was ich immer noch empfand. Auch wenn sie nun meine Schwiegertochter werden würde und dreimal so jung war wie ich selbst, konnte ich sie nur als Schwester in meinem Herzen begreifen.

Ich griff nach meinem Malpapier und Kohlestift, skizzierte sie, studierte sie und wachte über sie. Völlig auf meine Arbeit konzentriert, merkte ich nicht, wie Marven leise die Tür öffnete und zu uns hereinschlich. Erst als er mich leise ansprach, sah ich zu ihm auf.

»Hallo, Ma. Wie geht es ihr?«, fragte er im Flüsterton, wobei er nur seine kleine Frau ansah. Sein Blick liebkoste ihr blasses Gesicht mit einem Teint, der als Elfenbein bezeichnet werden konnte. Nur der Kontrast zu den Schatten, die unter ihren Augen lagen, und den roten Lockensträhnen, die es umrahmten, gab dem Ganzen etwas Farbe.

»Ich denke, sie ist immer noch ein wenig blutarm. Ich habe

ihr bereits des Öfteren von Sarah's Stärkungstrunk eingeflößt, aber ich weiß nicht, ob das tatsächlich genügt. Vielleicht fragst du Paul nach etwas Besserem«, riet ich leise und er nickte, ohne auch nur einmal den Blick von seiner Frau zu nehmen. »Wie geht es Cal?«, fragte ich also, weil ich noch nicht gehört hatte, ob hier wenigstens Besserung eingetreten war.

»Cal's Temperatur steigt und er hat sich bewegt. Nur ein wenig, aber immerhin scheint wieder Leben in ihn zu kommen«, wandte er mir nun doch seine Aufmerksamkeit zu, indem er mich auch ansah.

»Das Baby?«, fragte er flüsternd und geradezu hoffnungslos.

»Alles gut bis jetzt, Marven. Mach dir keine Sorgen. Unsere kleine Kyla schafft das schon«, versuchte ich, ein wenig Sicherheit in meine Stimme zu legen und meine Aussage mit einem huschenden Lächeln zu untermalen.

»Gut. Ich geh zu Paul. Er sollte etwas Kräftigendes für Kyla haben, denke ich«, murmelte er, nickte scheinbar sich selbst zu und ging.

Ich sah noch eine Weile auf Kyla nieder und wollte mich gerade wieder setzen, um meine Skizze zu vervollständigen, als ich ihre Lider flattern sah. Schnell trat ich wieder an ihr Bett und sprach sie sanft an:

»Kyla, Schatz. Wach auf. Komm zu dir, Mädchen.«

Ihre Augen blieben zunächst verschlossen, doch sie murmelte vor sich hin, sodass ich ihr Gesicht streichelte, so wie sie es damals mit mir getan hatte. Damals in einer entfernten Zukunft, wie es mir durch den Kopf schoss.

»Ist alles gut verlaufen?«, wollte sie mit hauchdünner Stimme wissen.

»Ja, Kyla. Marven sagt, dass Cal wohl bald zu sich kommt … Kannst du mich ansehen?«, bat ich inständig.

»Ich bin so müde, Jo. Vielleicht später, aye«, antwortete sie kaum hörbar. Doch dann kam ein mächtiges Aufbäumen, als wäre ihr siedend heiß etwas eingefallen, wie es ihre Art war: »Das Baby, Jo? Was ist mit dem Baby?«

»Ich denke, dem Baby geht es auch gut. Komm, trink wenigstens noch von Sarah's Stärkungstee, damit es euch beiden bald besser geht. Bitte.«

Sie nickte schwach und ich griff sofort nach dem Becher, der genau dafür bereitstand, und flößte ihr so viel ein, wie mir und auch ihr möglich war.

»Marven ist, glaube ich, böse auf mich, weil ich Caelan's Leben vor das des Kindes gestellt habe, Jo. Aber das stimmt nicht. Ich möchte es genauso sehr wie er«, stöhnte sie und ihre Stimme war matt, aber ich sah die dicken Tränen, die sich aus ihren Augenwinkeln lösten.

»Mach dir keine Sorgen, Lassie. Marven war vielleicht zu Anfang aufgebracht und fühlte sich zurückgewiesen, aber er ist ein Verstandsmensch. Er hat es begriffen, dass ihr beide keine Wahl hattet. Schlaf noch eine Weile, Süße. Ich passe auf dich auf, aye«, versicherte ich ihr und sah, wie sie sich entspannte. Als ihr Atem wieder ruhig und regelmäßig ging, verließ ich für einen Moment ihr Zimmer und machte mich zu dem anderen Patienten auf.

»Marven?«, raunte ich durch den Türspalt von Cal's Zimmer. Als er mich sah, war er in drei langen Schritten bei mir, öffnete die Tür und trat zu mir auf den Flur.

»Sie war kurz wach, Sohn«, ließ ich ihn wissen. Er nickte und schickte sich an, wieder in Cal's Krankenzimmer zu gehen. Meine erste Verwirrung mündete in Ärger, und den ließ ich nun auch zischend heraus:

»Weißt du eigentlich, wo du jetzt zu sein hast, oder weißt du es nicht? Deine Braut liegt in ihrem Zimmer und braucht dich. Du sitzt hier bei Cal, der mehr als genügend Kümmerer um sich hat. Was ist los mit dir?«

»Ma«, begann er zaghaft. »Ich glaube, sie will mich nicht und das Kind auch nicht. Sie ist noch nicht so weit.«

»Du bist so ein Narr! Ich hatte dich für besonnen und intelligent gehalten. Alles, wonach sie völlig übermüdet gefragt hatte, war nach dem Wohlergehen eures Kindes und du schmollst hier wie eines!«, damit drehte ich mich wütend um und ging zurück zu Kyla.

Weder Marven noch ich hatten gesehen, dass Robert ebenfalls im Flur war und das Wortgefecht gehört hatte.

»Irgendwie habe ich den Eindruck, dass du uns deine Kindheit, die wir leider verpasst haben, noch im Nachgang präsentieren möchtest. Die Nörgelei im Baderaum und nun dieses trotzige Verhalten gegenüber Ma und Kyla … Da möchte ich nicht wissen, wie sich demnächst mein Enkelkind gebärden wird«, flachste er und ging an Marven vorbei. Der sah seinem Vater verwirrt hinterher und bekam nur noch mit, wie dieser ebenfalls in Kyla's Zimmer huschte.

Marven fühlte sich das erste Mal im Leben geohrfeigt, obwohl ihn niemand auch nur berührt hatte. Verstohlen sah er auf den Boden, als könnte er dort den Schmerz erden, den er gerade empfand. Doch dann besann er sich. Er hatte sich dieses Leid selber zugefügt, indem er über Kyla's wahres Empfinden hirnlos hinweggetrampelt war. Er hatte sie völlig falsch verstanden, wie es schien. Einen Moment später drehte er auf dem Absatz um, nahm seinen Rappen und ritt zum Loch, wo er sich in das eiskalte Wasser warf, um wieder Herr seiner Oberstübchen-Überhitzung zu werden.

Abgekühlt und mit klarem Verstand begab er sich zu seiner Herzdame, bei der er so einiges richtigzustellen hatte. Er selbst hatte ihr schließlich einmal vorgeworfen, dass sie eine verzogene Göre sei, die sich nicht in den Dienst der Allgemeinheit stellen wollte. Nun hatte sie es getan und er war ihr gram. Das beschämte ihn und er hatte einiges gutzumachen.

Freud und Leid

1

Paul Guttmann saß in Sarah's Kräutergarten auf einer Steinbank und war müde. Einen Becher Tee mit seinem belebenden Guarana hielt er in der Hand und ließ seinen Blick schweifen. Ein Freund, er musste schmunzeln. Der Mann war eher ein Abenteurer gewesen, der zu seinen Freunden gezählt hatte. *In einer anderen Zeit,* dachte er wehmütig. Dieser Mann also, hatte dieses Teemehl von einer Reise nach Südamerika mitgebracht und als unvergleichbaren Wachmacher und Wachhalter angepriesen. Paul selber hatte dieses Pulver ausprobiert und als zuverlässig erkoren. Daher hatte er sich angewöhnt, es bei sich zu haben, wenn es denn Phasen gab, in denen er ansprechbar sein musste. Wie jetzt eben, was selten genug vorkam, anders als in der Zeit als Lazarettarzt. Gott sei Dank hatte John gute Kontakte, sodass ihm dieses Mittel zugänglich blieb, obwohl er die Zeit gewechselt hatte. Überhaupt hatte John viel für ihn getan und er selbst liebte diesen großzügigen Mann dafür und aus ganz vielen anderen Gründen, lächelte Paul versonnen vor sich hin. Er freute sich, dass der Campbell auf dem Weg hierher war.

Dies war jetzt wohl so ein Guarana-Fall, kam er wieder zu seinen ersten Gedanken zurück. Der lange Ritt von Bulloch und dann sein zeitnaher Einsatz als Arzt hatten ihn geschafft. Also genoss er nun diese kleine Verschnaufpause und seinen kleinen Trick, der ihm ermöglichen würde, noch eine Weile ansprechbar und auch einsatzfähig zu bleiben. Dennoch sog er die frische Luft ein und hoffte auf eine Extraportion Sauerstoff in seinem Hirn. Einen kurzen Moment schloss er die Augen und genoss den erdigen Geruch, der nach einem Regen die Luft aromatisierte. Ein kleines Räuspern ließ ihn wieder in die Gegenwart

51

schnellen und seinen Kopf in Richtung des Geräusches drehen. Fast erwartete er einen Einsatz bei seinen Patienten und wollte schon aufstehen, als Marven ihm bedeutete, einfach sitzen zu bleiben.

»Darf ich mich zu dir setzen, oder brauchst du noch ein wenig Ruhe?«, fragte er bedächtig, um Paul sogleich zu informieren: »Ähm ich glaube, die Patienten sind so weit in Ordnung«, wedelte er mit seinem Arm hinter sich, als wären die beiden Kranken in unmittelbarer Nähe. »Also wenn du …«

»Nein, nein. Alles gut. Ich genieße die Ruhe zwar, aber ich habe auch nichts gegen deine Gesellschaft«, beruhigte Paul den jungen MacDonald und klopfte mit der flachen Hand auf die Steinbank.

»Setz dich ruhig. Ich hoffe, dass wir unser Gespräch fortsetzen können, bezüglich … ja, wie soll ich mich ausdrücken? Bezüglich unserer Herkunft«, regte er das Gespräch mit Marven, der Platz genommen hatte, an.

»Gern«, antwortete Marven. »Ehrlich gesagt bin ich völlig neugierig. Wie kann man die Zeiten einfach zufällig wechseln?«

»Nun, es ist mir genauso passiert. Eben zufällig. In einem Moment war ich in einem Schützengraben in den Niederlanden, während Gefechte des Ersten Weltkrieges tobten, und im nächsten Moment in einem anderen Krieg«, sinnierte Paul. »Es war wie in einem schlechten Traum, wie du dir sicherlich vorstellen kannst. Natürlich wollte ich zurück, das kannst du mir glauben, obgleich die Welt zur Zeit meines Verschwindens nicht gerade so attraktiv war. Der Erste Weltkrieg und die Spanische Grippe waren nicht wirklich dazu angetan, wieder zurückzuwollen«, machte Paul eine kurze Pause. »Aber der letzte Aufstand der Schotten gegen England war ebenfalls nicht so erstrebenswert. Leider war ich in Geschichte immer eine Niete, sodass ich mich mit den Vorgängen kaum auskannte. Die Leute waren mir fremd, die Sprache ungewohnt, und überhaupt war alles primitiv. Also wollte ich im ersten Moment unbedingt zurück. Ich bin meinen Hinweg nach 1745 so oft im Geist zurückgegangen, um diesen Vorgang zu rekonstruieren, dass ich beinahe schon an einen Anfall von Irrsinn denken musste. Aber ich fand und ich finde bis heute das fehlende Puzzleteil einfach nicht«, schloss der Arzt seine kleine Einführung mit einem leicht gesenkten Kopfschütteln.

»Was hat dich umgestimmt?«, wollte Marven wissen, da Paul augenscheinlich müde geworden war, nach einer Lösung zu suchen.

»Im ersten Moment natürlich die Chancenlosigkeit. Ich musste mich in mein Schicksal fügen, ob ich nun wollte oder nicht.«

»Und in Wahrheit, als du dein Schicksal angenommen hattest?«

»John Campbell!«

»Wie das?«, fragte Marven, hatte jedoch gesehen, dass Paul bei dem Namen seines Freundes eine leicht verträumte Sehnsucht durch den Blick huschte. Irgendwie wusste er ab dem Moment und auch, weil er John's Neigungen kannte, woher der Wind wehte. Gerade darum beeilte er sich anzufügen:

»Paul, du brauchst es mir nicht sagen. Es ist …«, zögerte er einen Moment. »Vermutlich eine gefährliche Sache, zu den Gegebenheiten zu stehen … Ich meine, in dieser Zeit.«

Paul sah Marven an und verstand sofort. Doch gerade weil Marven diese Tatsache irgendwie überhaupt nicht schockte, fragte er:

»Wird es irgendwann anders sein?«

Nun war es Marven, seinen Gesprächspartner intensiv zu betrachten. Was konnte oder sollte er ihm sagen? Er entschied sich dafür, dass Paul mit seinem Wissen, welches eher oberflächlich war, würde umgehen können.

»Ja, Paul. Es wird anders. In der Zeit, aus der ich komme, konnten gleichgeschlechtliche Paare sogar heiraten. Aber bis dahin war es ein langer Weg voller Diskriminierungen, und auch dann gibt es noch Menschen, die so ein Verhältnis nicht akzeptieren oder gut finden. Hingerichtet wird seit Mitte des zwanzigsten Jahrhunderts meines Wissens niemand mehr. Zumindest nicht im alten Europa. Anders verhält es sich sicherlich noch in den vorderasiatischen Ländern. Da werden sogar noch Steinigungen bei Ehebruch und so vorgenommen. Allerdings wurde Homosexualität lange als Krankheit behandelt, war aber straffrei. 2017 war ganz Europa sich einig, dass gleichgeschlechtliche Partnerschaften legal sein müssen, egal ob Männlein oder Weiblein. Tja, und da enden meine Kenntnisse, denn ich wechselte mit Cal und Kyla in diese Zeit«, schloss er seinen Vortrag. Mehr wusste er nicht darüber. Aus dem Augenwinkel sah er Paul langsam nicken.

»Wie habt ihr euch kennengelernt? Nein, besser, wo und unter welchen Umständen?«

»Na ja, wie schon gesagt, fand ich mich zufällig im Jahr 1745 in den Niederlanden wieder.« Das, Marven's Blick dennoch fragend blieb, entging Paul nicht, weil er das ja bereits erwähnt hatte. Deshalb beeilte er sich mit seiner Erklärung.

»Genau gesagt in der Nähe eines Soldatenlagers. Es herrschte Chaos in dem, wie ich herausfand, österreichischen Erbfolgekrieg. Erbprinz Friedrich der II. war der Befehlshaber der Hessen, bei denen ich nun gestrandet war. Gerade hatte ein Gemetzel stattgefunden und ich geriet irgendwie unbeachtet in die Sanitäter-Riege. Das war eigentlich mein Glück«, zuckte er unwillkürlich mit den Schultern. »Schließlich war ich Arzt und dort konnte ich am besten helfen und am wenigsten auffallen. Allein meine Kleidung ließ die anderen zuerst misstrauisch werden. Doch ich erklärte ihnen, dass ich mir irgendetwas zusammengesucht hatte, weil meine Klamotten vor Blut nur so abgestanden hätten. Sie akzeptierten es und gaben mir später dann andere Kleidung.«

»Ja, aber John war nie in den Niederlanden, soweit ich weiß«, wendete Marven nachdenklich ein.

»Friedrich war der Schwiegersohn von Georg II. von England und schickte sich an, dem König seine Gefolgschaft im Jakobitenkrieg zu leisten. Allerdings nahm er am Ende nicht an der Schlacht von Culloden teil, da er sich mit Cumberland überworfen hatte. Der Hesse war sich nicht zu schade, dem Herzog seine widerlichen und unehrenhaften Wünsche bezüglich der geplanten schändlichen Behandlung der Schotten abzuschlagen und sich aus diesem Krieg zurückzuziehen.« Ein Schmunzeln fegte über Paul's Gesicht.

»Warum lachst du?«, fragte Marven, der gerade gar nicht verstand, was an dem Untergang Schottlands so komisch war.

»Na ja, ich war anwesend, als Friedrich seinem Schwager sagte, was er von dessen kranken Vorstellungen bezüglich der marodierenden Soldaten hielt. Die englische Armee wurde förmlich zu diesem sadistischen Gebaren verpflichtet, sollte England siegen. Der Hesse sagte wohl so in etwa: »Es ist eine Schande für einen jeden Soldaten, wenn er den geschlagenen Feind nicht mit Respekt behandelt. Deine Abschlachtungen kannst du mit deinesgleichen erledigen.« So habe ich es zumindest damals verstanden«, meinte Paul und räumte ein, dass er damals noch nicht so ganz sattelfest war, was die englische Sprache betraf.

»Cool. Das hat er gesagt? Jetzt verstehe ich, warum die Hessen immer noch in Schottland geachtet sind und nicht mit den Engländern in den gleichen Topf geworfen werden.«

»Also, wir zogen zurück nach London und wollten wieder auf den Kontinent, aber ich wurde krank und man hat mich aus dem Regiment entlassen … Was im Nachhinein ein Glück war. So lernte ich deinen Onkel in London kennen und …«, grinste Paul Marven an.

»Dann seid ihr ja schon echt lange ein Paar. Weiß Amber es?«

»Alle aus deiner Familie wissen es. Amber war unsere Schildmaid«, witzelte Paul.

»Sie hat den weiblichen Vorstand der Familie Campbell gegeben, um unsere Verbindung bisher zu tarnen. Mich wundert, dass du es nicht gewusst hast«, meint Paul mit hochgezogenen Brauen. Marven zuckte mit den Schultern und versprach dem besonnenen Mann, dass er es ebenfalls für sich behalten würde. Natürlich würde er seine Braut Kyla einweihen und sie ebenfalls darum bitten, diesen Umstand als gegeben, aber nicht der Erwähnung wert zu handhaben. Dann erklärte er Paul, warum er noch so unwissend war.

»Ich bin noch nicht so schrecklich lange hier und wir hatten andere Probleme. Ich denke, dafür war irgendwie noch nicht die Zeit, aber ich würde mich freuen, wenn wir uns weiter über deine Geschichte unterhalten können«, gab Marven freimütig zu.

Er hatte gehört, dass Reiter gekommen sein mussten und das Gespräch leider ein Ende finden sollte. Also streckte er nun Paul, während er aufstand, seine Hand entgegen, der sie verdattert ergriff.

»Herzlich willkommen dann, *Onkel Paul*«, schmunzelte er John's Liebhaber zu und war sich sicher, den Mann zu mögen. Letztendlich, so fand er es jedenfalls, musste jeder selber wissen, wie er sich sein Glück vorstellte, und außerdem war er sich sicher, dass die beiden es in dieser gefährlichen Zeit wohl nicht raushängen ließen. Dass er es in seiner Zeit manchmal sehr befremdlich empfunden hatte, wenn sich Männer in der Öffentlichkeit ganz ungeniert abknutschten, behielt er für sich. Nicht, weil er etwas dagegen hatte, dass sich Männer liebten, letztendlich war ihm das egal. Wobei ihm bei diesem Gedanken auffiel, dass ihn homosexuelle Liebe unter Frauen eher überhaupt nicht tangierte. Nun gut, vielleicht kam ihm das so vor, weil er ein Mann war.

Wie auch immer, Schwule hatte es wohl schon immer gegeben. Alexander der Große, einige bekannte Griechen sowieso. Ohnehin war er mit der Gewissheit aufgewachsen, dass es diese Spielart unter gleichgeschlechtlichen Menschen nun einmal gab. Es behagte ihm trotzdem nicht, aber er tolerierte es. Es sah einfach komisch für ihn aus. Es war ihm dann immer so, als ob er ein hochgelobtes Gemälde ansah, bei dem er den Sinn nicht verstand und auch die Kolorierung definitiv nicht stimmte. Schlussendlich kam er zu dem Fazit: *Mann* konnte das doch auch weniger offensiv ausleben, ohne andere damit zu provozieren. Spontane Gefühlsausbrüche blieben dabei außen vor, denn jedem musste gestattet sein, Freude oder Liebe, Glück oder Leid öffentlich auszudrücken. Doch provokant musste niemand rüberkommen. Das empfand er wie Trotz. Und Trotz war ihm zu billig.

Aber wenn er solche Paare persönlich kennenlernte, konnte

er deren Liebe durchaus verstehen. Es waren ebensolche Beziehungen wie zwischen Mann und Frau. Das ganze Programm, von Eifersucht bis Gemecker, von Bewunderung bis Beschützerinstinkt. Schmunzelnd beendete er seine Gedanken.

Mit einem »Danke« verabschiedete er sich und ließ den Arzt in Ruhe mit seinem Tee und seinem fernen Blick in den Kräutergarten von Sarah.

Marven lief durch den dunklen Flur auf die Eingangsdiele zu und sah gerade noch, wie ein schwingender Rock auf der Treppe verschwand, die nach oben zu den Schlafräumen führte. John stand ebenfalls im Eingang und sah seiner gehetzten Großnichte nach. Doch bei näherem Hinsehen erschien es Marven, als wäre der Blick eher suchend. Also grüßte er kurz und freundlich und zeigte in die Richtung, aus der er gerade gekommen war. John nickte ihm dankbar zu und verschwand, während Marven immer zwei Stufen gleichzeitig nehmend hinter seiner Schwester hereilte, die vermutlich gleich zu Cal gerannt war.

2

»Caelan«, stürzte sich Amber beinahe in die Arme ihres Bräutigams, der sie mit sehnsüchtigem Blick ansah, kurz bevor seine Augen vor lauter Schreck groß wurden. Plötzlich war er von Angst erfasst. Das Mädchen würde hoffentlich mit seiner Eile keinen Schaden anrichten, der gerade so eben in Heilung begriffen war, dachte er. Doch Amber bremste sich zu seiner Erleichterung kurz vorher ab und fuhr vorsichtig ihren rechten Arm aus, um mit ihrer Hand die Verwundung zart abzutasten. Ihre bernsteinfarbenen Augen blickten fragend auf ihn nieder und baten quasi um seine Erlaubnis, denn auch diese Berührung führte sie nicht aus.

Cal sah ihre Angst, nickte ihr kaum merklich zu und fühlte sogleich, wie ihre Finger leicht wie Schmetterlingsflügel über seinen Verband wanderten.

»Hast du noch große Schmerzen, mein Schatz?«, fragte sie

mit zittriger Stimme. Ihr Hals war ihr irgendwie eng geworden. Sie hatte diese gefährliche Blutdingens nicht miterlebt und hatte ihm nicht beistehen können. Das, weil sie erst jetzt mit John angekommen war. Der schnelle Ritt nach Bulloch Castle hatte ihr wirklich alles abverlangt.

In Wirklichkeit war sie froh gewesen um die kurze Pause bei ihrem Großonkel. Sie hatte Abstand haben müssen, ging ihr jetzt auf. *Feigling,* schimpfte sie sich innerlich.

Aber sie war nun doch mehr als erleichtert, denn dieser Bluttransport musste ja augenscheinlich gut funktioniert haben. Dennoch hatte sie keinen blassen Schimmer, wie.

Alles, was sie allerdings durchaus sehen konnte, war, dass Cal nicht mehr ganz so blass war und immerhin sein Bewusstsein wiedererlangt hatte. Das machte ihre Abwesenheit doch wohl mehr als wett und ihren persönlichen Einsatz irgendwie wertvoll, sodass ihr Gewissen sich sehr beruhigte.

»Es geht mir gut, dafür, dass ich schon länger als zwei Wochen hier herumliege. Ma und die ganze Familie kümmern sich aufopfernd um mich.« Er sah sie nun mit seinen stahlgrauen Augen direkt an und sie machte den blau unterlegten Schimmer aus, der ihr von seiner innigen Liebe zu ihr kündete.

»Ich habe dich vermisst«, sagte er dann mit fester, tiefer Stimme, gerade als sich wieder leise die Tür öffnete und beide aufgeschreckt, als hätten sie etwas Verbotenes genascht, auseinanderwichen und den Eindringling ansahen.

»Marv«, stöhnte Caelan, als er seinen Freund ausmachte und innerlich verfluchte, weil der ihn gerade störte. Zu gern wäre er mit Amber allein.

»Hi, Cal. Schön dich zu sehen«, nickte er den beiden zu. »Ich wollte nicht stören, aber …«

»Du störst definitiv, Marv. Hau ab!«, wurde er von Caelan trotzig unterbrochen.

Sogleich drehte Marven auf dem Absatz um, wobei er Ambers entgeistertes Gesicht gerade noch wahrnahm, welches sich nun mit leicht wütender Note Cal zuwendete. Als er die Tür hinter sich geschlossen hatte, dachte er nur kurz, dass er jetzt nicht in Caelan's Haut stecken wollte. Amber war diesen harschen Ton keineswegs gewöhnt und würde ihm die Ohren lang ziehen. Krank hin oder her. Kaum hatte er zu Ende gedacht, hörte er sie auch schon.

»Das war nicht nett, Caelan. Marven ist wie der Teufel zu John geritten, um dir das Leben zu retten. Ihn derart grob aus dem Zimmer zu jagen ist völlig unangebracht. Er wird jetzt bestimmt schwer beleidigt sein«, entrüstete sie sich, wobei ihre Stimme leicht keifend wurde.

»Wird er nicht«, versuchte Cal sie zu beruhigen. »Der Ton zwischen uns war nie anders und glaube mir, mein Herz, er wird es verstehen.« Er bat sie mit ausgestreckter Hand wieder näher zu sich und blinzelte sie mit seinen schönen Augen verführerisch an. Sie konnte diesem Blick nur einen Moment widerstehen, bevor sie sich vorsichtig zu Cal setzte und nun ihrerseits seine Nähe suchte. Es dauerte genau einen Wimpernschlag, bis sich ihre Lippen berührten und seine Hand sich an ihren Hinterkopf legte, um sie erst einmal nicht wieder zu entlassen.

Schwer atmend zog sich Amber dann jedoch zurück und schaute den Mann verträumt an, der ihr Gefühle einimpfen konnte, die sie noch nie vorher empfunden hatte. Allein durch seinen sehnsüchtigen Kuss war er in der Lage, sie zu einer willenlosen Marionette zu machen.

Halt! Das stimmte auch wieder nicht. Sie war nicht willenlos geworden, nein, ganz im Gegenteil hatte sie mehr gewollt. Am liebsten hätte sie ihm seine Bettdecke entrissen, sich selbst ihrer Kleider entledigt und jeden Zentimeter seiner Haut gekostet. Das erschreckte sie zutiefst. Caelan brauchte Ruhe, auch wenn er vielleicht leichtsinnig davon abgesehen hätte. Umso mehr musste sie wenigstens vernünftig sein. Sie musste sich zusammenreißen und fort, bevor sie beide Schaden anrichten konnten. Also zog sie sich zurück, stand auf und schickte sich an, mit geröteten Wangen, das Zimmer zu verlassen. Cal's Blick bohrte sich spürbar in ihren Rücken, warum sie sich noch einmal zu ihm umdrehte.

»Ich habe dich auch vermisst, Cal. Und ich habe mich um

dich gesorgt. Ich liebe dich«, war es ihr entwichen, bevor sie ihre Geständnisse aufhalten konnte. Verlegen biss sie sich auf die Unterlippe, senkte die Lider und griff zur Türklinke.

»Ich liebe dich auch, Amber«, hörte sie Caelan noch sagen, als sie auf den Flur trat. Einen Moment lehnte sie an der wieder geschlossenen Tür und schnaufte durch. Erschrocken sah sie hoch, als sie von einer anderen Seite angesprochen wurde.

»Alles in Ordnung, Lassie?«, raunte ihr die tiefe Stimme ihres Vaters ins Ohr. Sie sah hoch und tauchte in seine azurblauen Augen ein, die sie sorgenvoll betrachteten.

»Oh, ja, Da. Alles ist gut. Ich bin nur ein wenig durcheinander. Ich verstehe bestimmte Veränderungen nicht und glaube fast, meine gute Erziehung geht gerade gnadenlos den Bach runter.«

»Ach Mädchen«, vernahm sie nun beinahe mitleidig. Aus seinem Blick verschwanden jedoch sogleich die Sorgen und wurden durch ein freudiges Schmunzeln ersetzt. Seine raue Hand strich über ihre noch etwas gerötete Wange, als wollte er sie trösten. Die leicht gehobenen Brauen trugen nicht dazu bei, dass sich bei ihr mehr Selbstsicherheit einstellte. Eher wuchs ihre Unsicherheit ins Unermessliche. Missmutig begegnete sie seinem entspannten Gesicht. Also zog Robert sie in seine Arme und wiegte sie hin und her.

»Liebe, mein kleiner Schatz. Liebe macht uns wieder zu Kindern. Keine Angst, Lassie. Das ist völlig normal. Geh zu deiner Mum, sie wird es dir besser erklären können als ich«, flüsterte er ihr verschwörerisch zu und schickte sie zu Joline.

So langsam begann ich mir wirklich Sorgen zu machen. Ich stand an William's Bett und sah auf meinen Erstgeborenen nieder, der immer wieder über üble Kopfschmerzen klagte und dann, kaum dass er es geäußert hatte, in einen tiefen Schlaf fiel. Leise verließ ich sein Zimmer und ging die Treppe hinab in das Obergeschoss dieses Manors, das nun seit nahezu dreißig Jahren mein Zuhause war.

Ein schlechtes Gewissen und eine noch viel schlimmere Ahnung hatten mich im Griff. Sorgenvoll lief ich Robert in die Arme, der sich bester Laune erfreute. Allerdings änderte sich dieser Ausdruck augenblicklich, als er mich sah. Plötzlich kniff er seine lachenden Augen zusammen. Über seiner Nasenwurzel entstand die übliche tiefe Furche, bevor er ärgerlich wurde, und sein Mund öffnete sich leicht.

»Mò chridhe, was ist dir?«, fragte er sogleich und seine Arme griffen nach meinen Schultern und er drehte mich ins Licht.

»Du siehst aus wie der Tod, Jo. Du übernimmst dich!«

»Ach Rob, ich mache mir große Sorgen um Willie. So langsam müsste doch Besserung eintreten, aber er hat nur starke Kopfschmerzen oder schläft wie ein Bewusstloser«, stöhnte ich an seiner Brust, als er mich an sich gezogen hatte.

»Dann muss Paul ihn sich auch mal ansehen. Ich gehe gleich und sag ihm Bescheid, aye?«

»Ja gut, ich bin derweil bei Kyla. Ruft mich bitte dazu, wenn ihr zu Willie geht. Im Moment schläft er wieder. Lasst ihn noch ein wenig in Ruhe. Aber ich möchte dabei sein, wenn Paul ihn untersucht. Vergiss das nicht! Ich will hören, was Paul dazu zu sagen hat«, sagte ich bestimmt und wanderte müde auf Kyla's Zimmer zu, während Robert's Schritte auf der Treppe nach unten verklangen, bevor seine tiefe Stimme nach Paul rief.

Ich trat leise und immer noch mit gesenktem Blick in Kyla's Gemach ein und sah erst hoch, als Marven mich ansprach, der es sich neben Kyla auf dem Bett gemütlich gemacht hatte.

»Ma, was ist mit dir? Geht es dir nicht gut?«, richtete er seinen Oberkörper auf, der bis eben noch lässig an der hohen, gepolsterten Rückwand des Bettes gelehnt hatte. Seine Beine, die er, locker an den Unterschenkeln überschlagen, auf dem Bett gelagert hatte, wurden angewinkelt, mit einer Drehung aus der Liegefläche gehebelt, bis er mit den Füßen auf dem Boden stand. Der geschmeidige Bewegungsablauf, der seinem Vater ebenfalls zu eigen war, hielt mich einen Augenblick gefangen. So bemerkte ich verzögert, dass er mir schnell entgegenkam, als ob er eine Mordsangst hätte, dass ich im nächsten Moment zusammenbrechen würde.

»Setz dich erst einmal und dann erzähl«, geleitete er mich zu dem Sessel, in dem ich nun schon so einige Stunden bei Kyla verbracht hatte, die mich ebenfalls besorgt musterte.

»Marven, ich glaube, Willie wird nicht mehr gesund. Der Schlag auf seinen Kopf ...«

»Hat Paul sich das schon angesehen, Ma?«, unterbrach er mich brüsk. »Ma, wir haben einen Arzt im Haus und er sollte sich das unbedingt ansehen. Manchmal reichen Grandma's Tränke nicht. Ein Schlag auf den Kopf kann sonst was auslösen«, warf er mir vor. »Vielleicht ...«, wollte er seinen Gedanken ausführen, doch ich unterbrach ihn, denn für diese Untersuchung war schon alles in die Wege geleitet.

»Dein Vater spricht schon mit Paul. Sie gehen gleich zu ihm, Marven, aber ich habe solche Angst«, sah ich ihn an und merkte, wie sich mein Blick verschleierte, weil mir unwillkürlich Tränen in die Augen traten. Das ließ meinen erhitzten Sohn augenblicklich abkühlen. Trotz der verschleierten Sicht sah ich, wie sich sein Blick von grimmig in leidig verwandelte.

»Jo, gib die Hoffnung doch nicht auf, bevor irgendetwas feststeht. Möglicherweise kann Dr. Guttmann ja helfen. Du musst daran glauben und nicht schon vorher das Handtuch werfen«, mischte nun auch Kyla mit.

Irritiert sah ich sie an. Da ich schon in der Zukunft mit diversen Redewendungen so meine Probleme hatte, verdrehte sie kurz die Augen und bot mir einige Erklärungen an:

»Na ja, Kopf in den Sand stecken, das Kind mit dem Bade ausschütten, die Lichter ausgehen lassen ... aufgeben halt«, zuckte sie verdrießlich mit den Schultern.

»Kyla, das will ich auch gar nicht. Aber diese böse Ahnung lässt mich einfach nicht los«, gab ich mit mäßiger Entrüstung zurück. Als hätte mich dieses Aufbäumen meinen ganzen Willen und meine ganze Kraft gekostet, sank ich in mich zusammen und begann hemmungslos zu weinen. Auch wenn ich die Gesichter von Marven und Kyla nicht sehen konnte, die sich mit Sicherheit völlig hilflos und erschrocken angesehen haben mussten, wusste ich, dass es sich genauso verhielt. Erst als Marven mich in seine Arme zog, mir tröstend über den Kopf streichelte und meinen Kopf an seiner breiten Brust bettete, fühlte ich mich geborgen. Leise murmelte er beruhigende Worte vor sich hin, die mich als solche gar nicht erreichten. Eher kam es mir vor wie ein Wiegenlied, welches mich innerlich wieder etwas zur Ruhe kommen ließ.

»Weißt du, bevor Finley starb, hat er mir noch etwas gesagt, das ich niemals vergessen werde.«

»Was denn«, fragte ich schniefend.

»Die Würfel sind lange schon gefallen und unsere Lebensfäden gewoben. Darauf haben wir keinen Einfluss«, zitierte Marven seinen Ziehgroßvater und hatte damit meine volle Aufmerksamkeit.

»Du meinst, es ist Willie's Schicksal, so früh zu sterben?« Wieder quollen mir dicke Tränen aus den Augen und liefen meine Wangen hinunter, nässten Marven's Leinenhemd ein und machten mich für den Augenblick noch einmal mehr hilfloser.

»Ma, nun lass es uns doch erst abwarten. Vielleicht gibt es ja eine Lösung und Paul kann ihm helfen. Wenn nicht, kann ich es vielleicht«, hörte ich ihn sagen und hob abrupt meinen Kopf an, damit ich ihn ansehen konnte. Ich nahm kurz seinen wehmütigen Blick wahr, bevor mein Verstand begriff, was er mir damit zu sagen versuchte.

»Nein!«, brüllte ich ihn an. Kyla zuckte erschreckt zusammen, doch konnte ich egoistischerweise keine Rücksicht auf sie nehmen, denn dieses Angebot zerrte gerade ganz und gar an meiner desolaten Fassung.

»Niemals. Ich möchte nicht, dass du wieder gehst. Ich hab dich doch gerade erst wieder. Wenn du Willie mit dir nimmst, verliere ich zwei Söhne auf einmal, hast du daran schon einmal gedacht?«, hörte ich mich nahezu keifen.

Nun war es an Marven, zusammenzuzucken, denn meine überirdisch schreckliche Stimme nahm sein Trommelfell viel zu sehr in Anspruch. Dennoch blieb sein Gesicht eine Fassade, die weder Schmerz noch Mitleid zeigte. Sie war ein einziges Pokerface, das mich beinahe aufregte. Denn eigentlich hätte ich jetzt sein Einlenken erwartet, nicht diese Eiseskälte, die mich forttreiben wollte. Aus diesem Gefühlswirrwarr holte mich Robert's Stimme von der Tür aus, die mir mitteilte, dass Paul nun so weit sei, sich William anzusehen. Verkniffen sah er Marven an, der ihm hinter meinem Rücken etwas in Zeichensprache übermittelt haben musste, von dem ich nichts mitbekommen sollte.

»Kommst du auch mit?«, fragte Robert daraufhin seinen Sohn ganz offen, der sofort aufstand, Kyla kurz zuwinkte und uns dann in Socken folgte.

3

Auf dem Weg zu William's Zimmer versuchte ich krampfhaft meine Fassung, wiederzuerlangen. Froh war ich, mich so weit wieder in den Griff bekommen zu haben, dass ich Willie ganz normal ansprechen konnte, als wir uns dort eingefunden hatten. Robert und Marven blieben im Hintergrund, während Paul sich auf der anderen Seite des Bettes postiert hatte.

»Willie?«, sprach ich meinen Ältesten nun leise an und wischte ihm dabei eine verirrte blonde Strähne aus der Stirn. Doch ich erhielt keine Antwort. Also versuchte ich es noch einmal etwas lauter:

»William, wach auf!«

Gott sei Dank begannen seine Lider zu zucken und Paul sah genau hin, als sich Willie's Augen öffneten. Er hatte die gleiche Augenfarbe wie seine Schwester und wie seine Mutter, das wusste Paul. Doch diese waren leicht verschleiert, sodass Paul ihn fragte:

»Will, was siehst du? Siehst du deine Mutter oder siehst du Amber?«

Ich schaute Paul irritiert an, doch er ließ sich nicht von meiner Zornesfalte, die sich über meiner Nasenwurzel bildete, wie mir schuldbewusst aufging, einschüchtern.

Müde antwortete William:

»Ich höre Ma.«

»Will, ich will nicht wissen, wen du hörst. Ich will wissen, wen du siehst«, wurde Paul deutlicher.

»Paul, ich sehe sie nicht richtig, aber ich weiß doch, dass es Mutter ist. Lass mich schlafen, ich bin so müde.«

»Gleich, Will«, ließ er den Jungen nicht in Frieden, was für mich nur sehr schwer zu ertragen war. Aber wir alle wollten Gewissheit und wir alle wollten helfen. Also streichelte ich ihm wieder durchs Gesicht, das nicht mehr das eines Kindes war, was mich daran erinnerte, dass ich ihn bald würde rasieren müssen.

»Reich mir deine rechte Hand, Will!«, befahl Paul nun und hielt ihm seine eigene entgegen. Will hätte sie nur diagonal über seinen Körper hinweg ergreifen müssen, aber er sah sie nicht einmal. Zischend sog ich Luft ein und meine Augen wurden tellergroß. Robert konnte meine Angst von der Tür aus sehen, kam sofort auf mich zu, nahm mich in den Arm und führte mich hinaus. Erst dort ließ ich meinen Atem kraftvoll heraus.

»Robert, er erblindet«, keuchte ich.

»Jo. Wir müssen abwarten, ob Paul ihm helfen kann. Es hilft nicht, jetzt den eigenen Verstand zu verlieren«, forderte er mich mit aller Selbstbeherrschung, die er aufbringen konnte, auf. Ich kannte meinen Mann in- und auswendig und wenn er so besonnen war, dann brodelte es unter der Haut.

»Komm«, zog er mich mit sich. »Lass uns in die Küche gehen und sehen, ob wir was Essbares finden. Ich habe Hunger und du hattest bestimmt auch noch nichts Richtiges zu essen, aye.«

»Und die anderen?«, riss ich mich los und wedelte unschlüssig mit den Armen.

»Die anderen kommen schon zurecht und werden ebenfalls in die Küche kommen, wenn sie fertig sind, mò chridhe«, beruhigte er mich, nahm wieder meine Hand in seine und zog mich nun energisch mit sich. An der Treppe nahm er mich auf den Arm und trug mich, weil er es plötzlich eilig zu haben schien, von dort fortzukommen. Doch ich wusste genau, dass er es um meinetwillen tat, nicht aus eigener Panik. Er wollte mich vor mir selber schützen. Sein einziges Trachten war, einfach seine

Frau aus der Gefahrenzone zu bringen. Diese Zone hieß für ihn aktuell Hoffnungslosigkeit, die sie in einen Strudel ziehen würde, dem selbst seine Liebe nicht gewachsen wäre. Obwohl er nicht mehr der Jüngste war, ich war es schließlich auch nicht, konnte er mich noch, ohne außer Atem zu geraten, herunterbringen. Ich lehnte meinen Kopf in seine Halsbeuge und genoss diesen schuckeligen Moment.

Wie kam er bloß auf die Idee, dass seine Liebe den Anforderungen des Lebens nicht gewachsen sein könnte? Mit diesem Mann, dem nichts wertvoller war als ich und danach seine Kinder und danach der Rest der Familie und danach …, sinnierte ich, würde ich jeden Sturm bezwingen. Er tröstete mich, er ehrte mich, er respektierte mich und er liebte mich. Was also wollte ich noch?

In diesem Moment wollte ich mein Kind nicht verlieren, war ich mir sicher, und gleich darauf wurde mir klar, dass ich es dennoch machtlos würde hinnehmen müssen. Gott hatte mich verlassen.

War der überhaupt jemals da gewesen? Nein, entschied ich bitter. Er hatte mir viel Leid zugefügt und nun brauchte ich ihn nicht mehr. Nun würde ich auch den Rest meines Schicksals so annehmen wie Finley:

»Die Würfel sind lange schon gefallen und unsere Lebensfäden gewoben. Darauf haben wir keinen Einfluss«, wiederholte ich Finley's Zitat, wie Marven es mir erzählt hatte, als wäre es ein Gebet.

»Was?«, kam es von Robert, der die Eingangshalle mit mir erreicht hatte und sich anschickte, mich wieder auf die Füße zu stellen.

»Die Würfel sind lange schon gefallen und unsere Lebensfäden gewoben. Darauf haben wir keinen Einfluss«, wiederholte ich nun lauter und erklärte ihm dieses Zitat.

Er trat einen Schritt zurück, kreuzte seine Arme vor der Brust und sah mich mit einer angehobenen Braue abschätzig an. Hätte ich nicht selbst erlebt, was für ein Häufchen Elend ich gerade noch war, hätte ich diesen Highlander für einen arroganten Blödmann gehalten. Doch nun sah ich mich einem irritierten

Mann gegenüber, der seine Frau zu ergründen versuchte. Ich zuckte mit den Schultern, lächelte ihn schwach an, mehr konnte ich nicht zustande bringen, sagte aber:

»Er hatte wohl recht damit. Das Leben hat uns schon so viele Schlingen gelegt. Aus den meisten haben wir uns retten können, für viele haben wir teuer bezahlt. Jetzt werden wir erfahren, ob es uns noch mehr kosten könnte. Aber ich denke, dass er damit richtig liegt, dass jedem sein Schicksal vorherbestimmt ist.«

»Aber manches ist doch wohl einfach nicht hinnehmbar. Gott …«

»Vergiss Gott. Wer ist das? Gott wird für so viel Gutes verantwortlich gemacht. Dass aber einfach vergessen wird, dass er mindestens genauso viel Schlechtes über uns kommen lässt, ist unglaublich. Also? Wer soll das sein?«, spie ich förmlich aus, ohne dass ich Robert anfahren wollte. »Entschuldigung, war nicht an dich gerichtet«, brummelte ich und dennoch zornig drehte ich mich um stapfte in die Küche, wo mich augenblicklich drei sehr interessierte Augenpaare musterten.

»So ungefähr, stelle ich mir vor, haben Glaubenskriege begonnen«, schmunzelte mich John an.

Sarah verdrehte kurz die Augen, bevor sie wieder eine neutrale Maske aufsetzte, und meinem Vater entfleuchte ein brummendes »Hmpf«.

Ich setzte mich kommentarlos an den gedeckten Tisch und machte Robert Platz, der mir ebenso wortkarg gefolgt war.

»Hat Paul etwas feststellen können?«, brach John die Stille, die gefühlte Stunden angedauert, tatsächlich aber nicht länger als eine Minute in Anspruch genommen hatte.

Mit gesenktem Blick schüttelte ich nur den Kopf, während Robert seine Sprache wiedererlangt hatte.

»Noch wissen wir nichts Bestimmtes. Er wird herkommen, wenn er Willie komplett untersucht hat«, sagte er sachlich, nahm sich ein Stück Käse und einen Bannock und mümmelte beides ziemlich lustlos.

Selbst John, der es nicht so sehr mit Feingefühl hatte, bemerkte unsere Anspannung und kaute auf seiner Unterlippe, um sich unangebrachte Kommentare zu sparen.

Nun, er war vielleicht nicht feinfühlig, aber ich hatte seinen trockenen Humor lieben gelernt und auch seine Spitzen, mit denen er unterschwellig austeilen konnte. Es hatte eine spezielle Intelligenz, wie er sich durchsetzte, ohne ein Breitschwert zu gebrauchen. Er gehörte zu den intellektuellen Kriegern und wäre auf einem wirklichen Schlachtfeld hoffnungslos verloren gewesen. Aber solche Kriege waren vorbei. Gottlob. Doch er war immerhin ein ehrenhafter Zeitgenosse und hielt sein Versprechen, uns zu beschützen. Er war mein Onkel und irgendwie hatte ich ihn von Anfang an gemocht, besonders als ich erfahren hatte, dass er seinesgleichen bevorzugte und meiner Amber mit Sicherheit nicht zu nahe treten würde, als er uns anbot, sie einer Campbell angemessen erziehen zu lassen.

Für William hatte er ebenfalls gesorgt und ihn später auch nach Bulloch Castle geholt. Beide Kinder hatten sich stets bei ihm wohlgefühlt und dafür war ich ihm dankbar. Nun saß er dort und hoffte genau wie wir alle, dass sein Ziehsohn wieder gesund würde.

Obgleich ich noch nichts gegessen hatte, konnte ich mich kaum dazu durchringen, auch von den gebotenen Cerealien zu nehmen. Meine Hand fuhr vor, verharrte und gehorchte meinem Geist, der Fasten befohlen hatte. Wie an einem Faden gezogen, wich sie zurück, um wieder in meinen Schoß zu wandern, wo sie die andere bereits liegende Hand knetete.

»Möchtest du wenigstens was Heißes trinken?«, fragte mich Sarah, die bereits aufstand, um einen Becher mit einer stärkenden Brühe zu füllen, den sie mir einen Moment später vorsetzte. Obwohl es mich einiges an Überwindung kostete, nippte ich daran, dann legte ich meine eiskalten Hände um das gewärmte Gefäß und war froh, mich daran festhalten zu können.

4

Die Küchentür öffnete sich und Marven kam mit Kyla herein, die zwar noch ein wenig Unterstützung brauchte, sich dennoch bereits wacker schlug. Bei ihr hatten Sarah's Tränke und die kräftigende Brühe beinahe Wunder gewirkt. Auch Paul trat hinter den beiden ein und wir übersahen nicht, wie er liebevoll John's Schulter mit seiner Hand streifte, als er an ihm vorbeiging und sich ebenfalls einen freien Platz suchte. Marven's Miene gab keinen Aufschluss und Paul wirkte versteinert. Sarah war die Erste, die verstand.

»Wir sollten alle erst einmal was essen, bevor wir hören, was Paul herausgefunden hat, aye«, schlug sie aufmunternd vor. »Ich habe einen leckeren Kanincheneintopf im Kessel, der dürfte jetzt fertig sein. Was meint ihr«, fuhr sie mit unvermindertem Enthusiasmus fort, um die allgemeine Stimmung etwas zu heben und die schweren Sorgen für den Moment auszublenden. »Vielleicht möchten Am und Cal ja auch herunterkommen. Will ihnen einer von euch Bescheid geben?«, schnatterte sie weiter. Niemand von uns hatte sie jemals so gesprächig erlebt. Vater stand auf und erbot sich, die beiden zu holen, falls Caelan sich den Treppenabstieg bereits zutrauen sollte.

»Tragen werde ich ihn nicht, Frau«, beschied er und verschwand. Kyla nahm die Schälchen und Löffel von Sarah entgegen und deckte vor jedem von uns ein. Dann füllte Ma den Eintopf in zwei große Terrinen und stellte sie auf den Tisch, sodass sich jeder selbst bedienen konnte.

Vater erschien und ihm folgten Amber und Caelan, der noch ziemlich wackelig auf den Beinen war, sich aber, typisch Mann, hergequält hatte, um seiner Braut beizustehen. Es hatte sich auch zu den beiden herumgesprochen, dass es William schwerer erwischt hatte als angenommen.

Nachdem alle kräftig zugelangt hatten, räumten Sarah und Amber das Geschirr ab und setzten sich wieder. Weil ich von einer permanenten Übelkeit befallen war, die einfach nicht weichen wollte, hatte ich stillschweigend auf den Eintopf verzichtet.

Gottlob sprach mich niemand darauf an und niemand nötigte mich dazu, doch etwas zu essen.

Nun waren alle Augen auf Paul gerichtet, der den Aufschub mit sichtlicher Erleichterung und somit gern in Kauf genommen hatte. Doch die Verzögerung des Unausweichlichen war verstrichen. Paul räusperte sich und begann uns behutsam aufzuklären:

»Ich denke, dass Will durch den extrem harten Schlag auf den Kopf eine Blutung im Hirn hatte oder womöglich immer noch hat. Wenn man vorsichtig über die Verletzungsnarbe streicht, kann man erfühlen, dass die Schädeldecke dort einen Bruch erlitten hat. Dadurch ist es vermutlich auch zu einem Riss eines Gefäßes gekommen. Nun ist es so«, schnaufte er kurz durch, »dass der Schädel einer Blutung keinen Platz lässt, wie etwa bei einem blauen Fleck am Arm oder Bein. Diese Anschwellung hat also keine Möglichkeit, sich auszudehnen, außer in Richtung Gehirn. Wenn diese Blutung eine Größe angenommen hat, von der ich glaube, dass dies bei Will der Fall ist, dann kommt es häufig zu starken Kopfschmerzen und Bewusstlosigkeit. Sollte die Blutung nicht gestoppt haben – und dann reichen minimale Mengen –, fallen nach und nach bestimmte Fähigkeiten aus. Sehen, Hören, Orientierung.«

»Ja, aber was kann man denn tun? Wir müssen doch irgendwas tun können«, keuchte ich, schirr wahnsinnig von dem Schmerz, mein Kind derartigem Leid ausgesetzt zu wissen.

»Im alten Ägypten haben die Heiler den Patienten ein Loch in den Schädel gebohrt. Sie haben an Gehirnen operiert, aber es sind nicht viele mit dem Leben davongekommen. Auch heute noch würde ich von derartigen Dingen absehen. Es ist einfach nicht hygienisch und steril genug, um an der Schaltzentrale des Menschen herumzudoktern.«

»Aber du könntest es?«

»Nein, Joline. Ich könnte es vielleicht theoretisch. Aber nein, ich bin kein Gehirnchirurg und würde es niemals verantworten. Nein!!«

»Also wird er …?«

»Ja, vermutlich wird er sterben. Es ist ohnehin ein Wunder, dass er noch lebt, würde ich sagen. Tatsächlich aber ist er auch jetzt schon irreparabel geschädigt. Er ist nahezu blind, zumindest schärfenblind. Hell und Dunkel kann er noch unterscheiden. Er hat keine optimale Steuerung mehr über seine Arme, Hände, Beine. Ja, Jo. Er wird sterben. Es tut mir so leid.«

Das war definitiv zu viel für mich. Ich hörte mich gerade noch schreien: »Gordon Fletscher, du bist zu schnell gestorben«, als alles Blut aus meinem Kopf zu sacken schien und es dunkel wurde.

Bevor seine Jo von der Bank rutschen konnte und sich dabei selber noch den Kopf verletzte, zog Robert sie zu sich auf den Schoß und wiegte sie hin und her. Nicht nur, um ihr Trost zu spenden, sondern auch, um sich selber zu fangen. Dass sein Sohn sterben würde, traf ihn hart, aber härter traf ihn seine Machtlosigkeit. Hier konnte er nicht Mann gegen Mann kämpfen. Hier konnte man einfach gar nichts mehr für seinen Jungen tun. In diesem Moment konnte er Joline verstehen, dass sie mit Gott nicht rechnete, jedenfalls nicht in diesem Leben. Vielleicht hatte sie damit wirklich recht. Nach einer Weile nahm er sie fest auf seine Arme und verließ mit ihr wortlos die Küche.

Zurück blieb eine schweigende Gesellschaft von Menschen, die krampfhaft versuchten, mit dem Todesurteil für William umzugehen. Caelan war gerade gerettet worden und selber noch ganz schwach. Kyla hatte sich halbwegs erholt und hoffte ihr Kind nicht doch noch zu verlieren. Sarah hatte sich nahezu mit Cal's Pflege verausgabt. Amber hatte nur an Cal gedacht und nicht eine Minute an Willie verschwendet, obwohl sie wusste, dass er verletzt war. Marven fühlte sich schlecht, weil er es nicht geschafft hatte, alle zu retten. Die Einzigen, die sich keine Schuldgefühle einredeten, waren Al, sein Halbbruder John und Paul. Doch auch sie standen irgendwie unter Schock.

»Wir können es ihm so schön und leicht wie möglich machen. Noch ist er am Leben und ganz bestimmt bekommt er noch das ein oder andere mit«, setzte Paul an, um der schlimmen Nachricht doch noch eine gute Seite abzugewinnen, und erntete nur verzagte Blicke. Hilfesuchend sah er John an.

»Gut, jeder kümmert sich um Willie. Wir machen einen Plan. Ob vorlesen, erzählen, füttern, waschen. Was auch immer. Wir müssen jetzt zusammenhalten und für ihn da sein«, bestimmte John rigoros.

»Aye, gute Idee. Heute Nacht werde ich bei ihm wachen«, stand Al auf, ging zu Sarah, die sich in den Hintergrund der Küche verzogen hatte. Er küsste seine Frau, umarmte sie tröstend, raunte ihr zu, dass sie sich keine Vorwürfe zu machen hätte, und ging. Mit einem Märchenbuch bewaffnet machte er sich auf, seinem Enkelsohn vorzulesen, wie er es früher immer getan hatte, als der Junge noch klein war. Paul hatte ihm gesagt, dass man nicht wisse, was und wie viel Bewusstlose mitbekämen, aber er solle sich nicht einschüchtern lassen.

Auch alle anderen zogen sich nach und nach in ihre Gemächer zurück und blieben mit ihren Gedanken für sich.

5

Auch wenn Willie oft dahinzudämmern schien, war es erstaunlich, wie viel er mitbekam. Die jungen Paare übernahmen zumeist den gemeinsamen Dienst bei William, während Sarah und ich uns um seinen Leib kümmerten. Da und Robert wechselten sich mit Vorlesen oder Geschichtenerzählen ab und Paul schaute hin und wieder nach ihm, um uns medizinisch auf dem Laufenden zu halten. Sogar John, der Earl persönlich, beteiligte sich an Williams Betreuung. Auch er verbrachte Zeit mit ihm, ob mit Lektüre oder mit Reden, das tat nichts zur Sache. Doch was er noch in die Wege geleitet hatte, kam eines Tages per Kutsche auf dem Gestüt an. Er hatte nach Paul's Vorgaben einen Rollstuhl bauen lassen, mit dem er vorhatte, Willie wenigstens für eine kurze Zeit am Tage an die frische Luft zu befördern. Staunend standen nun alle um dieses seltsame Gefährt herum, bis Paul sich hineinsetzte und uns klarmachte, wofür man diesen mobilen Stuhl gebrauchen konnte und wie er anzuwenden war. Bei Willie würde der Stuhl nur noch geschoben werden können, da er selber weder die Kraft noch die Koordination hatte, allein von A nach B zu gelangen.

»Ich hol ihn«, wandte sich Marven spontan um und war wenig später mit seinem gerade erwachten Bruder auf dem Arm zurück. Vorsichtig ließ er ihn nun in den Rollstuhl sinken und besah sich das überraschte Gesicht von William, dem ein zaghaftes Lächeln gelang.

»Luf riech gu«, gurrte er freudig. Auch wenn es müde klang, kannten wir alle mittlerweile seine Stimmungsschwankungen.

»Ja, mein Schatz. Dank John können wir dich jetzt spazieren fahren, wenn du magst, und du kannst sooft du möchtest an die frische Luft«, kniete ich vor meinem Sohn und mir traten vor Ergriffenheit die Tränen in die Augen. Mit wie wenig Veränderung dieser Junge glücklich zu machen war, erstaunte mich.

»Dürfen wir?«, trat nun Robert hinter den Stuhl und sah in die Runde, um mit seinen Blicken zu fragen, ob ich und er als Erste mit William spazieren gehen dürften. Sein finaler Blick blieb bei John hängen, der natürlich lächelnd nickte. Ich konnte nicht anders, als wie ein kleines Mädchen zu ihm zu hüpfen, ihm einen dicken Kuss auf die Wange zu schmatzen und ein frohes »Danke« in sein Ohr zu hauchen. Sein »Gern geschehen« bekam ich gar nicht mehr mit, weil ich mich beinahe tanzenden Schrittes zu Robert und William gesellte, die bereits auf das Tor zusteuerten.

Bruderherz

1

»Marv, wo is Ky?«, fragte Willie, als Marven sich zu ihm ans
Bett setzte, um wie immer ein wenig Zeit mit seinem Bruder zu
verbringen. Er räusperte sich kurz mit einem schlechten Gewissen und spürte, wie ihm die Wangen erröteten. Er hatte seiner
Braut in der letzten Nacht so einiges abverlangt und als er sich
aus ihrem Bett stahl, schlief sie noch friedlich. Sein Blick fiel auf
William's grinsendes Gesicht. Auch wenn er nicht mehr sehen
konnte und auch nicht mehr laufen, hatte Willie ein ausgesprochen überirdisches Gespür entwickelt, als könnte er hellsehen.
Wie ein Blinder, der sich auf seine Ohren verlassen konnte,
konnte auch Willie sich auf seine Intuition verlassen. Aber eben
auch auf seine Ohren und die hörten aus jedem heraus, wie es
um ihn stand.

»Ah, schau mich nicht so an, Bruder. Es ist einfach nicht
möglich, die Finger von dem Mädchen zu lassen«, stammelte
Marven. Es hatte keinen Zweck, seinen Bruder anzuflunkern,
und er wollte es auch gar nicht.

»Ih müss heira«, kommentierte er trocken. »Un Am un Cal
au«, vervollständigte er seinen Satz, wobei Marven sich denken
konnte, dass auch die beiden nicht verheimlichen konnten, wie
es um sie stand.

»Willie, du hast so was von recht. Weißt du, wer noch heiraten sollte? John und Paul.«

Eine tiefe Furche entstand plötzlich über William's Nasenwurzel, als hätte er große Probleme damit, Marven's Gedanken
zu begreifen.

»Da ge doch ni«, keuchte er hervor. »Ode?«

»Na ja, da, wo ich herkomme, geht das schon. Heutzutage

natürlich nicht. Aber ich finde, dass die beiden zusammengehören, auch wenn ich nicht unbedingt ein Fan von Männerehen bin. Allerdings geht diese Familie so fortschrittlich damit um, dass ich der Meinung bin, dass sie es wenigstens vor uns tun sollten.«

»Meins tu?«, fragte Willie, immer noch irritiert.

»Jop, meine ich.«

»Dan bal. I glau nich, da ich da vapass will«, wendete er sich frenetisch an Marven.

»Ich weiß aber nicht, ob John das will. Du kennst ihn besser und länger als ich. Paul hätte, glaube ich, nichts gegen diese Idee«, dämpfte Marven die Euphorie seines Bruders ein wenig.

»I re mi ih. Da kri wi hi«, meinte William sinnesfroh. Doch schon bald verdunkelte sich sein Gesicht wieder und Marven fragte ihn sogleich, ob es ihm nicht gut ginge.

»Marv. Bal. I bi nich me lang da«, äußerte Willie gepresst. Marven spürte, wie ihm Tränen aufsteigen wollten, und drängte sie eisern zurück.

Zu seiner Rettung hörte er Schritte auf dem Flur. Sarah oder Ma sollten wohl gleich zu ihnen stoßen, um Will zu waschen und zu füttern. Das holte ihn aus dem Tal der Melancholie und er stand auf.

»Jop, Willie. Bald. Ich spreche mit allen einen Termin ab. Du sollst dein blaues Wunder erleben. Drei auf einen Streich, Bruder«, hoffte er auf einen ausgelassenen Tonfall, der ihm unendlich schwerfiel.

Gerade hatte er zuende gesprochen, da öffnete sich schon die Tür hinter seinem Rücken und seine Ma kam, um Willie sein Frühstück zu geben. Die dampfende Waschschüssel, die Sarah nur kurz hereinreichte und auf einem Sideboard abgestellt hatte, bevor sie wieder verschwand, bemerkte er nicht. Allein der plötzliche Geruch nach Lavendel, der ins Zimmer strömte, fiel ihm auf. Er drehte sich so weg, dass Joline ihm nicht ins Gesicht sehen konnte, was unnötig gewesen war, da seine Mutter die Augen auf die Schale mit Brühe gerichtet hatte, um nichts zu verschütten.

»Bis später, Will. Hi Ma,« blieb er in seiner gerade noch fröhlich klingenden Tonlage und verließ, mit einem flauen Gefühl und schnellen Schrittes, den Raum. Es war das erste Mal, dass Will geäußert hatte, dass er bald sterben würde. Marven schluckte. Auch wenn er immer meinte, Cal stände ihm näher als sein Bruder, so lernte er in diesem Augenblick, dass Blut dicker war als Wasser. Er schämte sich seines Vergleiches und noch mehr grämte er sich seines Unvermögens. William würde sterben und er hatte ihn nicht retten können, obwohl das seine Aufgabe gewesen war. Nun, da er allein im Haus unterwegs war, ließ er seinen Tränen freien Lauf.

»Marven?«, raunte ihn sein Vater an und er erschreckte sich fast zu Tode. Konnte er nicht ein einziges Mal für sich sein und, wenn es sein musste, auch mal heulen?, dachte Marven griesgrämig. Langsam wurde ihm der Mann unheimlich. Stets tauchte er auf, wenn Marven lieber nicht erwischt worden wäre.

»Herrgott noch mal. Wenn du noch einen Sohn verlieren willst, mach so weiter. Dann erleide ich wenigstens einen schnellen Herztod«, brummte Marven und hätte sich am liebsten selber die Zunge herausgerissen. Denn das eben noch freundliche Gesicht wurde bleich.

»Nein, ich möchte nicht noch einen Sohn sterben sehen. Lieber würde ich mein Leben geben. Weinst du deshalb?«

»Da, ich …« Weiter kam Marven nicht. Er würgte seine Tränen krampfhaft ab. Weder eine Entschuldigung für den blöden Spruch noch eine Erklärung für seine Stimmung konnte er abgeben. Er konnte nur noch fliehen, und das tat er. Robert sah ihm geschockt hinterher.

Der Junge sauste wie von der Tarantel gestochen aus dem Haus, lief fast Duncan um, der sich eigentlich nur sein Frühstück gönnen wollte und beinahe ins Straucheln kam, um dem jungen Mac auszuweichen. Grummelnd und kopfschüttelnd sah er Marven nach, der auf den Pferdestall zuhielt und sich eilig auf seinen Rappen schwang, ohne ihn aufzusatteln.

2

Al, der in der Küche bei Sarah saß, hatte aufgehorcht, als er jemanden laut die Treppe aus dem Obergeschoss herunterlaufen gehört hatte. Die massive Eingangstür hatte beim kraftvollen Aufreißen quasi die Zimmerwand zur Küche zum Beben gebracht. So behände, wie das in seinem Alter noch möglich war, war er aufgesprungen und in die Diele gelaufen, um mit Robert zusammenzu prallen, der mit bewölktem Gesicht ebenfalls die Treppe herunterhastete.

»Uff«, entwich es ihm unweigerlich, als die beiden ineinanderrasselten. »Was ist passiert, Robby?«

»Marven, er kam beinahe heulend aus Willie's Zimmer und dann ist er davongelaufen, als wäre der Allmächtige hinter ihm her. Ich muss ihm nach«, keuchte Robert, der sich nach dem Zusammenstoß noch fangen musste. Um ehrlich zu sein, war er mehr besorgt um Al, der sich bestimmt eine Prellung zugezogen haben musste, wenn es ihm selber schon Schmerzen bereitet hatte, mit dem alten Mann aneinanderzugeraten. Doch dieser hatte sich augenscheinlich schon wieder beruhigt, rieb sich allerdings die Rippen in Höhe des Brustbeins, wo ihn Robert wohl getroffen haben musste.

»Komm in die Küche, Lad«, sagte Al und zog Robert mehr oder weniger hinter sich her. »Ich weiß, wo er ist, und wenn du dich selber kennst, weißt du es auch. Wenn du dich noch besser kennst, weißt du, dass er einen Moment für sich braucht, also setz dich zu uns und erzähl«, forderte Al seinen Schwiegersohn auf.

Stöhnend ließ sich Robert auf die Bank in der Küche sinken und Sarah stellte ihm sogleich eine Schale mit Porridge vor die Nase. Gleich darauf ging sie zurück zum Kessel und füllte eine weitere, denn sie hatte Duncan durch das Fenster bereits gesehen und ahnte, dass er herkommen würde. Keinen Augenblick später trat er ein und brummte:

»Diese jungen Hunde machen mich fertig.«

Al und Robert blickten ihn mit schiefen Mündern an, während Sarah mit zusammengekniffenen Lippen stöhnte und das Schälchen mit seinem Haferbrei auf einen freien Platz stellte. Fragend sah er die drei MacDonalds nun an und wartete auf eine Erklärung, wobei er seinen immer noch massigen Körper neben Robert auf die Bank quetschte, der etwas zur Seite rückte.

»Marven kam heulend aus Willie's Zimmer und als ich ihn ansprach, hätte er mich, glaube ich, am liebsten laut angeblafft. Er konnte sich allerdings noch zurücknehmen. Was er sagte, hat mich umgehauen«, sagte Robert beinahe zu leise, als dass es die anderen verstehen konnten. Doch sie hatten es verstanden und er sah, wie sie alle wie auf Kommando die Augenbrauen in die Höhe schnellen ließen, also wiederholte er Marven's Vorwurf:

»Herrgott noch mal. Wenn du noch einen Sohn verlieren willst, mach so weiter. Dann erleide ich wenigstens einen schnellen Herztod.«

Alle drei schauten einen Augenblick ziemlich verdattert drein, als müssten sie das erst einmal sacken lassen. Dass Willie sterben würde, war nun für niemanden mehr etwas Neues, insgeheim hatten sie mit einer Heilung wohl geliebäugelt, doch nicht gerechnet. Dennoch war es ein Schock, aber scheinbar hatte Marven damit ein größeres Problem als alle anderen.

»Ja, Robert«, war es nun Al, der sich wieder einschaltete und ihm klarmachte, dass Marven sich zweifellos überhaupt nicht von seinem Vater unterschied. »Allein dass der Junge in manchen Situationen völlig beherrscht agiert, scheint eine Erbschaft von mir zu sein«, grinste er nun und sah in Robert's grimmiges Gesicht. »Nur scheint er sich Vorwürfe zu machen, für Geschehnisse, für die er nichts kann. Erst Caelan's Verwundung, nun Willie's bevorstehender Tod … Und die will er anscheinend nicht als außerhalb seiner Verantwortung akzeptieren. Er ist dir so viel ähnlicher, als du denkst.«

Robert's Miene verdüsterte sich um einige Nuancen mehr, sodass Al nicht umhinkam, noch anzufügen:

»Wenn ich dir jetzt, in diesem Moment, einen Spiegel vorhalten könnte, wüsstest du auch, was ich damit meine.«

»Aye, das weiß ich wohl auch so, Al. Nur weiß ich nicht, wie ich ihn aus diesem Tal der Tränen herausholen kann«, quetschte Robert durch die Zähne.

»Es muss einen Auslöser geben«, mischte sich Sarah ein. »Irgendetwas hat ihn doch so aufgebracht. Kann man das nicht zuerst herausfinden?«

»Wie gesagt, er kam aus Willie's Zimmer. Es muss eine Unterhaltung zwischen den beiden gewesen sein, denke ich«, warf Robert ein und setzte sich aufrecht.

»Gut, klärt ihr das hier«, beschied Duncan mit tiefer Stimme. Er hatte das Gespräch verfolgt, wobei er sich nicht von seinem Frühstück hatte abhalten lassen. Nun gesättigt, wurde ihm diese analytische Unterhaltung zu viel. Er war einfache Lösungen gewohnt.

»Sarah, gib mir eine Flasche Whisky und ein bisschen Brot und Käse mit. Ich reite zum Loch und ihr könnt hier für Aufklärung sorgen«, verabschiedete er sich, als er den Beutel mit den gewünschten Cerealien in Händen hielt. Sarah, versuchte ihr Schmunzeln zu unterdrücken, als sie dem Hünen den Proviant übergab. Doch so recht wollte es ihr nicht gelingen. Also wendete sie sich kurz ab, damit die anderen nicht sahen, dass sie Duncan's Idee, den Jungen über ein ordentliches Besäufnis von seinen Sorgen zu befreien, außergewöhnlich hilfreich fand. Nicht, dass sie es grundsätzlich befürwortete, aber in diesem Fall würde der Campbell-Berserker vermutlich das Richtige tun. Sicher, dass es weder dem einen noch dem anderen langfristigen Schaden zufügen konnte, mal von heftigen Kopfschmerzen abgesehen, wäre es ihr nur recht, wenn der Geist ihres Enkels so für die Worte seiner Väter geöffnet werden konnte. Während die beiden Männer noch kopfschüttelnd hinter Duncan hersahen, machte Sarah wieder Ordnung in der Küche.

»Wollt ihr denn nicht ergründen, wieso Marven gerade jetzt diesen Anfall von schlechtem Gewissen hatte?«, scheuchte sie die beiden mit Bedacht hoch und hieß sie diese Frage aufzuklären. »Es wird wohl ein wenig dauern, bis Duncan den Jungen wieder herbringt …« Sie beendete ihren Satz nicht, sondern wedelte die beiden förmlich aus ihrem Reich.

Dann stellte sie ein kleines Frühstück für Joline zurecht, die sie in Kürze erwartete und der sie so schonend wie möglich beibringen musste, dass sie außer William auch noch einen anderen Sohn hatte, der sie brauchte.

3

»Oh. Gut, dass ihr kommt. Ich habe Willie gerade gewaschen und der Junge hat mir versichert, dass er noch Hunger hat. Ich würde gern noch eine Schale Porridge holen gehen«, wendete ich mich zur Tür und sah Vater und Robert beinahe gleichzeitig die Köpfe durch die Tür stecken. Es war ein Bild für die Götter und am liebsten hätte ich angefangen zu lachen. Es hätte eine Szene aus lang vergangener Zeit gewesen sein können. Wären die beiden nun jünger gewesen, hätte ich direkt an die Tage nach Willie's Niederkunft denken können. Schon verschwand der eben noch entstandene Wunsch zu lachen und wich einem höflichen Lächeln, was von den beiden Highlandern mit einem nickenden Grunzlaut quittiert wurde.

»Sicher, Mädchen, geh nur. Wir bleiben hier und machen uns eine schöne Zeit mit Willie«, antwortete Vater.

»Lass dir Zeit und iss du auch erst etwas. Sarah hat sicher noch nicht alles abgeräumt und wartet auf dich«, beschied Robert, der mir im Vorbeigehen leicht über die Wange streichelte.

Argwöhnisch sah ich ihn an, doch sein Lächeln, das mich aus seiner azurblauen Iris anfunkelte, wischte dieses eigenartige Gefühl fort, dass die beiden etwas im Schilde führten.

Die beiden großen Männer schoben den Jungen in die Mitte der Schlafstatt. Dann zogen sie ihre Stiefel aus und flankierten den im Bett sitzenden William zu beiden Seiten, ließen sich ebenfalls auf dem breiten Bett nieder und legten die Beine hoch. Drei Generationen der attraktivsten Männer, die ich je gekannt habe, saßen entspannt auf diesem Bett, kreuzten nahezu zeitgleich ihre Arme über ihrer immer noch mächtigen Brust und sahen einfach nur umwerfend aus.

»Oh mein Gott«, kicherte ich. »Werdet bloß nicht alle gemeinsam krank. Diesen Anblick kann ja keine normale Frau aushalten.« Damit drehte ich mich um und ging lächelnd zur Küche.

Sarah erwartet mich bereits, denn sie hatte mir ein Frühstück hingestellt und war schon damit beschäftigt, Gemüse für einen Eintopf zu schneiden.

»Ah, Liebes. Da bist du ja. Setz dich und iss was. Wir brauchen genauso unsere Kraft wie die Männer. Du bist schon ganz dünn geworden, Mädchen. Denk bitte ab und an auch an dich, aye.«

»Aye, Ma«, setzte ich mich artig und spürte meinen Magen tatsächlich revoltieren. Ja, ich hatte Hunger und dieses Bild meiner Lieblingsmänner gab mir Hoffnung und Mut.

»Also, du glaubst nicht, was ich eben erlebt habe«, griff ich freudig zum Löffel und versenkte den Porridge in meinem Mund, der mir nie so gut geschmeckt hatte wie heute.

Sarah sah von ihrer Arbeit hoch und ihre ebenfalls hochgeschnellten Augenbrauen verrieten Neugier.

»Was denn?«, fragte sie schnell.

»Drei der bestaussehenden Highlander sitzen oben mit lang ausgestreckten Beinen auf einem Bett und tun so, als ob die Welt ihnen allein gehören würde«, beschrieb ich den letzten Eindruck, den ich erhaschen konnte und der mir ein Lächeln ins Gesicht gezaubert hatte.

»Oh, darum siehst du aus, als hättest du eine eigenartige Gesichtslähmung, die man nur mit einem Vorschlaghammer wieder lösen könnte«, griente sie mich an.

»Ja. Heute ist ein guter Tag und ich habe das erste Mal wieder richtig Hunger«, richtete ich mich auf und ging zum Kaminherd in der Hoffnung, ich könne noch ein wenig von dem Haferbrei stibitzen.

»Ist der Porridge schon alle?«, fragte ich enttäuscht, als ich nichts mehr entdecken konnte.

»Oh ja, tut mir leid, Mädchen, aber anscheinend geht es dir heute nicht alleine so. Die Männer, und damit meine ich alle

81

Männer, von John, Paul, Duncan bis hin zu unseren beiden, konnten heute nicht genug davon bekommen und Cal, Marven und die Mädchen waren noch nicht einmal hier.«

»Willie hat auch noch Hunger, Ma. Vielleicht sollten wir noch einen Kessel davon kochen. Was meinst du?«

»Aye, vielleicht sollten wir das«, antwortete Sarah, offenbar in Gedanken versunken, obgleich ich das nicht sehen konnte, denn sie hatte sich nicht zu mir umgedreht. Doch sie hatte mit ihrer Gemüseschneiderei aufgehört. Ich zuckte mit den Schultern und machte mich daran, das geschrotete Hafermehl in einen Kessel zu füllen und Wasser zum Quellen darauf zu geben. Eine ordentliche Prise Salz wanderte hinterher und ich setzte mich wieder und tat mich vorerst am Brot und Käse gütlich.

Da Sarah nun eher schweigsam daherkam, überlegte ich, ob ihre abschweifenden Gedanken von vorhin doch keine Einbildung von mir waren.

»Ma, ist etwas?«, rutschte es mir heraus, bevor ich dem Einhalt gebieten konnte. Sie sah mich an und versuchte abzuwiegeln, doch ich sah die Wolken, die ihre smaragdgrünen Augen verdunkelten. Mein Hunger war schlagartig gestillt und mein Magen zog sich krampfhaft zusammen.

»Ma? Was ist passiert? Sag jetzt was, sonst werde ich wahnsinnig!«

Sarah sah zu mir auf und ich machte mich auf Ungemach gefasst.

»Ist dir heute Morgen bei Willie irgendetwas aufgefallen?«

»Wie meinst du das?«, wollte ich wissen. Denn in der Tat war mir nichts besonders Erwähnenswertes aufgefallen, außer …

»Marven war schon sehr früh bei ihm und sie hatten sich wohl unterhalten, aber Willie war deshalb nicht verstört oder so«, sagte ich mehr zu mir selbst.

»Und? War Marven verstört?«, ließ Sarah nicht locker.

Ich dachte darüber nach. Aber wenn ich ehrlich war, war mir nichts an ihm aufgefallen. Allerdings, so musste ich mir auch eingestehen, hatte ich gar nicht wirklich auf ihn geachtet und er war so schnell verschwunden, dass ich mich nur an eine kurze

Begrüßung seinerseits erinnern konnte. Also antwortete ich:

»Nein, ich denke nicht. Angehört hat er sich nicht so, aber er hat, glaube ich, auch nur ›Bis bald, Will, hi Ma‹ gesagt. Ich habe ihn nicht angesehen, weil ich die Brühe für William nicht verschütten wollte«, fügte ich an. »Warum fragst du?«

»Nun, ich denke, dass das vorangegangene Gespräch zwischen deinen Söhnen Marven sehr aufgewühlt hatte. Zumindest ist er sehr aufgebracht aus dem Haus gestürzt, wobei Robert und Duncan seiner lausigen Stimmung angesichtig wurden. Dein Vater und ich haben ihn zwar nicht gesehen, aber wir wurden unfreiwillige Zeugen seines durchaus lauten Unmutes. Ich dachte, die Haustür fliegt aus der Wand, als er sie wutentbrannt aufriss und gegen die Dielenwand hat knallen lassen.«

»Aber Ma, er war ganz sicher nicht wütend. Das hätte ich doch gemerkt«, hörte ich meine Stimme zittern, als ich das sagte.

»Nein, das glaube ich auch nicht. Wütend hat ihn vermutlich das Zusammentreffen mit Robert gemacht«, gab sich Sarah wieder nachdenklich.

»Wie das denn? Ich habe keinen Streit zwischen den beiden gehört.«

»Ach Mädchen. Es muss nicht immer gestritten werden, um Wut zu fühlen. Manchmal reicht es, wenn man sich ertappt fühlt.«

»Wobei hat Robert den Jungen denn erwischt, beim Honig naschen?«, wollte ich mich witzig geben, es gelang mir aber nicht einmal im Ansatz.

»Naye, Jo. Er hat geweint. Bitterlich geweint. Du weißt selber, dass kein Mann der Welt dabei gesehen werden will, aye?«

Ich versenkte mein versteinertes Gesicht in meinen Händen, die es umfingen wie eine Schale. Doch meine Hände waren eiskalt geworden und mein Gesicht schien ebenfalls zu vereisen, hätten da nicht heiße Tränen für die Fähigkeit gesorgt, noch etwas zu fühlen. Schluchzend hob ich meinen Kopf und zog unbewusst die Nase hoch.

»Er macht sich Vorwürfe, aye«, wimmerte ich und sah Sarah mit verquollenen Augen an.

»Aye. Er macht sich Vorwürfe für etwas, dass er nicht hätte verhindern können. Er konnte unmöglich überall sein und auch noch eigenmächtige Entscheidungen verhindern. Dennoch gibt er sich die Schuld dafür, dass Willie sterben wird … Was genau nun zu diesem Ausbruch geführt hat, wollen Robert und Al bei William herausfinden.«

Sarah reichte mir ein Taschentuch, damit ich meine Tränen abwischen und meine Nase putzen konnte, und wies mich an:

»Jo, sei so lieb und mach das Porridge und wenn die Männer wiederkommen, kannst du es Willie bringen. Aber bitte zeig weder ihm noch den beiden Männern, dass du erschüttert bist. Sei stark und vergiss nicht, dass auch Marven deine Hilfe und Kraft brauchen könnte. Genauso wie Amber. Du hast eine große Familie und niemand von ihnen ist mehr wert als der andere.«

»Aye, Ma. Du hast recht«, stand ich auf und lenkte meine Gedanken mit der Kocherei ab.

4

Duncan war eilig zum Loch geritten, obwohl er wusste, dass er Marven nie im Leben hätte einholen können. Doch irgendwie hatte er das Gefühl, sich beeilen zu müssen. Die Lichtung zum See öffnete sich und er konnte den Rappen grasen sehen. Plötzlich hörte er ein markerschütterndes Brüllen, das selbst ihn aus der Fassung brachte. Einen Augenblick später gab er seinem Hengst die Ferse und stob in die Lichtung. Eine lange Spur an Kleidungsstücken, denen der Junge sich nach und nach entledigt hatte, wies ihm die Richtung. Ein lautes Platschen ließ ihn stocken und er spürte, wie sich seine Kehle deutlich verengte. *Der Bengel hat doch wohl nicht vor, sich zu ertränken*, ging es ihm durch sein Hirn. *Mist! Ausgerechnet!* Auf ein Bad in dem kalten Loch hatte er nun ganz und gar keine Lust, dennoch stieg er hastig ab und begann sich eiligst auszuziehen. Mittendrin stoppte ihn das Geräusch von gleichmäßigen Schwimmbewegungen. *Wenn du mich zu diesem Bad genötigt hättest, hätte ich dich wie einen kranken Welpen ersäuft,* dachte Duncan, stöhnte jedoch erleichtert auf. Da er nun nicht mehr gezwungen war, Marven hinterherzuhechten, sammelte er seine Stiefel wieder ein. Langsam zog er sich an. Er ging zu seinem Pferd, nahm den Proviantbeutel und setzte sich auf einen Felsen am Ufer, um auf den jungen Mac zu warten. Der Junge hatte Ausdauer, ging ihm auf, da er nun seelenruhig dabei zusah, wie Marven mehrmals den See mit ausladenden Zügen durchfurchte.

»Endlich! Ist dir dein Mütchen jetzt wieder abgekühlt, Junge?«, rief er Marven mit seiner tiefen Stimme zu, als der nackt aus dem Wasser watete.

Erschrocken sah Marven in Duncan's Richtung. Seine Haut war gerötet von dem kalten Nass. Schmunzelnd nahm der Hüne zur Kenntnis, dass der Junge zumindest im Gesicht tatsächlich noch eine Nuance dunkler werden konnte. Doch er stockte nicht, sondern ging seine Kleidung einsammeln und zog sich dabei mehr oder minder elegant an. Dann kam er zu Duncan, der ihn immer noch von seinem Sitzplatz aus beobachtete, und setzte sich wortlos neben den großen Mann.

Duncan nestelte den Whisky aus dem Beutel und reichte ihn Marven.

»Nimm erst mal 'nen großen Schluck zum Aufwärmen, Lad«, brummte er.

Marven nahm die Flasche an, trank aber nicht sofort, sondern wandte Duncan seinen Blick zu.

»Sollst du Babysitter spielen?«, fragte er verächtlich.

»Naye«, knurrte der Hüne zurück. Ihm war der Ton, mit dem die Frage gestellt wurde, keineswegs entgangen und für einen kurzen Moment ärgerte es ihn. Doch was hatte er erwartet? Sogar ihm war klar, dass die Laune des Jungen nicht unbedingt die beste war, als er ihm am Morgen begegnete. Allerdings war Duncan auch kein Mann, der um den heißen Brei herumreden konnte. So ging er in die Offensive. Ihm war irgendwie klar, wo Marven der Schuh drückte.

»Du konntest nicht überall sein, Lad. Du bist kein Hellseher und kein verdammter Geist. Also gib dir nicht für jeden Furz und Feuerstein die Schuld.«

»Mein Bruder ist kein Furz und Feuerstein«, konterte Marven grantig.

»Naye, das ist er nicht. Aber er ist beinahe fünf Jahre älter als du und hätte den Verstand haben müssen, nicht allein zu reiten«, gab Duncan in aller Deutlichkeit zu bedenken. »Und glaub mir, er weiß das selber. Wir haben es ihm eingebläut, seit er reiten kann.«

Nun endlich nahm Marven einen tiefen Schluck aus der Flasche und der Whisky brannte sich heiß durch die Speiseröhre und breitete sich warm in seinem Magen aus. Er reichte den Buddel zurück an Duncan, der es ihm gleichtat.

»Ja, aber …«, setzte Marven an, wurde aber von dem alternden Mann neben ihm unterbrochen:

»Nichts aber, Marven! William wusste zwar nicht, dass ihm geschehen würde, was ihm geschehen ist. Doch die Gefahren in diesem Land sind ihm geläufiger, als sie dir jemals sein könnten. Hier in Schottland war und wird nie etwas sicher sein, außer dem Tod«, grunzte er mit seiner tiefen, brummigen Stimme. »Hör auf, dich schuldig zu fühlen.«

»Duncan, du weißt, warum ich zurückgekommen bin, und alle haben sich auf mich verlassen. Mein Vater …«

»Himmel, Arsch und Zwirn. Junge!«, fluchte der Hüne so laut, dass Marven zusammenzuckte. »Dein Vater macht dir nicht auch nur den Hauch eines Vorwurfes. Du hast keine Ahnung, wie sehr du ihm ähnelst. Nicht nur, dass du aussiehst wie der MacDonald. Du bist auch wie er. In mancher Hinsicht erschreckend gleich. Dein unbeherrschter Aufbruch heute Morgen sah deinem Vater in seiner ersten Zeit unter unserem Schutz mehr als ähnlich«, erklärte er viel ruhiger weiter. »Robert ist immer ein Ehrenmann gewesen und beinahe erbsenzählerisch, was Regeln betraf. Auch da gleichst du ihm, wobei du nicht alles so sehr auf die Goldwaage legst, sondern auf Besonnenheit setzt. Möglich, dass du das von deinem Großvater hast. Aber Robert hat irgendwann eingesehen, dass kein Sterblicher jemals alle Eventualitäten einbeziehen kann.« Duncan reichte Marven den Whisky wieder herüber, nachdem er seine Kehle befeuchtet hatte. *Meine Güte, ich glaube, ich habe niemals in meinem Leben so viel hintereinander erzählt*, dachte er.

»Du hast merkwürdige Ausdrücke auf Lager, alter Mann«, schmunzelte Marven gezwungen.

»Paul hat mir einige deutsche Flüche beigebracht«, griente der bärenhafte Mann auf Marven nieder. »Er hat sie mir auf Deutsch beigebracht, wie du gehört hast.«

»Und? Was bedeuten sie?«

»Himmel heißt *sky*, Arsch ist *as* und Zwirn ist ein sehr starker, fester Faden zum Nähen. Weiß der Geier, warum die Hessen diese Wörter zum Fluchen aneinanderreihen, aber ich hab es mir gemerkt«, gluckste er. »Die Steigerung ist: Himmel, Arsch und zugenäht. Wobei dort schon der Zwirn verarbeitet ist«, lachte Duncan nun laut und dabei flossen Tränen über seine feisten Wangen.

Mittlerweile entspannte sich der junge Mac ein wenig. Der Ärger über Duncan's Erscheinen war lange verflogen. Auch Marven konnte sich ein ehrliches Grinsen nicht verkneifen, bevor er wieder ernst wurde.

»Und Ma?«, ließ er eine neue Frage im Raume stehen, bevor auch er noch einen großen Schluck aus der Flasche nahm, sich einmal schüttelte und den brennenden Nachhall mit einem erstickten *»Argh«* kommentierte. Das Glucksen von Duncan versuchte er mit einem wütenden Blick zu erwidern, der ihm allerdings nicht ganz gelingen wollte.

»Jo ist traurig. Aber sie wird es überleben, denke ich. Ich habe zwar keine eigenen Kinder, aber Willie und Amber fühlten sich immer so für mich an. Auch mir tut es weh, dass der Junge uns bald verlassen wird. Aber in meinem Herzen wird er immer einen Platz behalten. So wird es Joline handhaben, genau wie bei dir, als sie dich fortgeben musste. Und alle anderen werden es ihr gleichtun.«

Auch Duncan spülte diese Worte nun nach, als würden sie ihm wie eine Gräte im Hals stecken. Dann räusperte er sich und fragte, was er eigentlich klären wollte:

»Was habt ihr beide eigentlich besprochen, dass du so wütend losgerannt bist?«

Marven sah Duncan wieder an, der seine Brauen fast bis zum Haaransatz hochgezogen hatte.

»Wütend war ich nicht wegen Will. Wütend wurde ich erst, als mich Da heulend im Flur entdeckt hat.«

Eine kleine Pause entstand, in der Marven mit seinen Augen die Ferne suchte und einen unbestimmten Punkt hinter dem See anvisierte. Dann kam sein Blick zurück, er nickte einmal, als er sich sicher war, wie er es formulieren sollte, und begann:

»Will bat mich, dass wir unsere Hochzeiten bald feiern sollten, weil er sie gerne noch erleben würde. Er sprach also selbst von seinem nahen Tod. Das hat mich schockiert.«

Wieder folgte eine kleine Pause.

»Er fand sogar ein Gelübde zwischen John und Paul gut, weil ich ihm erzählt habe, dass in der Zeit, aus der ich komme, auch Männer heiraten konnten …«

Das grimmige Räuspern neben sich ließ ihn aufhorchen. Offenbar war Duncan noch nicht so weit, um diese »Abart« der Liebe zu akzeptieren. Marven zuckte mit den Schultern.

»Wenn du das blöde findest, nimm halt nicht an dem Gelübde teil, falls die beiden es denn ablegen wollen«, sagte Marven ohne jegliche Wertung.

»Wir wissen alle, dass John mit Paul … Aber heiraten, Junge, ist das nicht ein bisschen weit hergeholt?«

»Nun, findest du nicht, dass dreißig Jahre für sich sprechen?«

»Aye und naye. Ich kann damit leben, dass die beiden sind, wie sie sind, aber damit auch basta«, brummte er und nahm wieder einen kräftigen Schluck aus der in Bälde leeren Flasche Whisky. Dennoch reichte er sie Marven. Schließlich wollte er ehrlich teilen.

»Danke, Duncan«, keuchte Marven, nachdem er ebenfalls von dem Hochprozentigen genossen hatte und sich fühlte, als hätte dieses Teufelszeug seine Schleimhaut verätzt.

»Oh, gern geschehen«, antwortete der Hüne und reichte Marven ein Stück Brot und ein wenig Käse.

Nun saßen sie noch eine Weile schweigend beisammen und mümmelten gedankenverloren vor sich hin.

»Wollen wir?«, brummte Duncan irgendwann.

»Aye, sollten wir, oder?«, erwiderte Marven und erwartete nicht wirklich eine Antwort, sondern erhob sich. Beide Männer schlenderten zu ihren Reittieren und machten sich auf den Weg, zurück zum Gestüt.

5

Inzwischen waren wir auf dem Gestüt nicht untätig, denn die beiden Väter des Hauses hatten den Grund ausgemacht, der Marven so sehr aufgebracht hatte. Also trommelten sie alle beisammen und wir beschlossen in Marven's Abwesenheit, die Vorbereitung für zwei Hochzeiten, ein Treuegelübde und zwei lange überfällige Hochzeitsfeiern, nämlich die von Al und Sarah und die von Robert und mir, aufzunehmen.

Amber brachte mir ein grünes Kleid mit cremefarbener Spitze, das Annie für Kyla ändern konnte.

John und Paul ritten nach Struy und machten ein riesiges Geheimnis aus dem Grund.

Vater und Robert sahen ständig aus dem Fenster, um den verlorenen Sohn abzupassen, und Caelan war bei Willie und erzählte ihm Geschichten aus der Zukunft, die der Junge so sehr zu lieben begann. Ab und an verfluchte ich mich, weil ich verhindert hatte, dass Marven seinen Bruder in ein Krankenhaus des einundzwanzigsten Jahrhunderts brachte, wo man ihn vielleicht hätte retten können. Doch dieser Gram hielt nie lange an. Finley's Philosophie über die bereits geknüpften Lebensfäden setzten sich in meinem Kopf fest. Wenn er recht hatte, dann wäre es Willie's Schicksal, bald in die Anderwelt zu entschwinden. Es machte mich traurig, aber die Leichtigkeit, mit der er sein Schicksal hinnahm, versöhnte mich.

Sarah und ich bereiteten das Abendessen, als die beiden Männer beinahe zeitgleich von der Bank aufsprangen und die

Küche verließen. Ich nahm an, dass Duncan mit Marven angekommen war, sah aber dennoch aus dem Fenster, um mich zu vergewissern. Schreckliche Vorwürfe hatten mich gemartert, seit ich von Marven's Schuldgefühlen erfuhr. Nun trieb es mir wieder die Tränen in die Augen, als ich sah, wie Robert seinen Jüngsten umarmte, als der von seinem Pferd gerutscht war.

Die vier Highlander standen eine Weile zusammen und sprachen miteinander, bis Duncan dem Jungen liebevoll die Schulter klopfte und zu seinem Koben abdrehte. Die anderen kamen in unsere Richtung. Diesmal flankierten die Väter des Hauses den anderen Sohn. Beide umfassten seine Schultern, wobei sich ihre Arme auf seinem Rücken überkreuzen mussten, so als bildeten sie einen unauflösbaren Halt für den Jungen. Es war ein wirklich genauso schönes Bild wie das von heute Morgen, als sie Willie in ihre Mitte genommen hatten.

Sie kamen nicht in die Küche, aber ich hörte, wie sie ihm mitteilten, dass seine junge Braut vermutlich noch auf einen angemessenen Antrag warten würde.

»Wasch dir das Gesicht und spül dir den Mund mit der Salbeipaste im Bad aus, damit sie nicht von deiner Fahne betrunken wird, wenn du sie küsst. Dann kleide dich ordentlich an und geh zu Kyla, aye«, wies ihn Robert liebevoll an und schob ihn auf die erste Treppenstufe.

»Aye, Da. Und … entschuldige, dass ich dich heute Morgen so angemurrt habe. Es war unangemessen und herzlos.«

»Kein Problem, Sohn. Schon vergessen und es erinnert mich an einen Mann, den ich vor vielen Jahren mal kannte«, schmunzelte Robert seinen Jüngsten an.

»Aye, davon habe ich gehört«, entgegnete Marven, drehte sich um und lief eilig die Treppe hinauf.

Ich sah kurz zu Sarah.

»Na, geh schon zu Marven. Er braucht dich genauso wie seinen Vater, Jo«, rief sie mich an und winkte mich fort.

Schon war ich durch die Küchentür, schlängelte mich durch die zwei Männer, die immer noch in der Diele herumstanden, als würden sie Wache halten, damit keiner ausbüchsen konnte.

»Ich habe noch einen Sohn, der mich auch braucht«, flüsterte ich lächelnd, war mir aber sicher, dass Da und Rob es gehört hatten, denn ich bekam noch den Tipp:

»Geh zum Bad, Liebling.«

Das tat ich. Die geschlossene Tür gab mir einen Moment, in dem ich mich sammeln konnte. Dann klopfte ich kurz an, bevor ich sie aufschob.

»Marven, darf ich …?«, fragte ich leise in das Bad, obwohl ich wusste, dass er dort war. Doch mehr aus Verlegenheit musste ich einfach wissen, ob er mich sehen wollte.

»Aye, Ma. Komm rein. Ich muss mich gerade noch rasieren, wenn es dich nicht stört, setz dich doch«, antwortete er ganz locker. Duncan hatte ganze Arbeit geleistet. Unser Sohn hatte sich wieder im Griff.

»Ist es dir recht, dass wir die Hochzeiten festgelegt haben, obwohl du nicht mitreden konntest?«, erkundigte ich mich, nur damit ich das Gespräch in Gang brachte. Er hätte ohnehin nicht mehr widersprechen können.

»Ma, natürlich ist es mir recht. Ich will, dass mein Bruder dabei ist, und ich werde ihn bitten, mein Trauzeuge zu sein.«

»Oh, da bist du nicht der Erste. Amber hat ihn auch schon darum gebeten. Der Junge wird sehr beschäftigt sein an diesem Tag, denke ich.«

»Aber das ist ja super. Wenn William Trauzeuge von Am und mir wird, dann wird er es sicher genießen und niemals auf die Idee kommen, das fünfte Rad am Wagen zu sein«, plauderte Marven und schien davon überzeugt zu sein, dass er seinem Bruder etwas Gutes tat.

»Hatte Willie eigentlich jemanden, den er liebte? Ich meine, wollte er auch demnächst …«, verhedderte er sich in Fragen, bevor er mein Gesicht im Spiegel sah und sich zu mir umdrehte.

»Aye und naye. Willie freut sich wie verrückt, dass John und Paul sich Treue geloben. Das hätte er wohl auch gern getan, denke ich.«

»Du meinst, Willie steht auch auf Männer?«, krächzte er, als hätte er sich an etwas verschluckt.

»Naye. Er liebte eine Bauerstochter, doch sie wurde an einen anderen verschachert, obwohl Willie eine gute Partie gewesen wäre. Aber die Absprache war bereits per Handschlag fest und der Bräutigam nicht gewillt, das Mädchen gegen eine ordentliche Summe freizugeben«, verriet ich ihm.

»Oh, das … das tut mir leid. Er hat sich also nie wieder verliebt?«, staunte er. »Und? Wisst ihr irgendetwas von dem Mädchen, ist sie nun verheiratet? Ist sie womöglich schon Witwe? Vielleicht könnten wir sie herschaffen«, sprudelten die Ideen, nur um seinen Bruder für einige Stunden glücklich zu machen.

»Marven, er war gerade dabei, wieder glücklich zu sein und ihr nicht mehr hinterherzutrauern. Denkst du, dass es schlau wäre, ihn wieder unglücklich zu machen, jetzt, wo er weiß, dass er nicht mehr lange zu leben hat?«, fragte ich nachdenklich. »Ehrlich gesagt, glaube ich nicht, dass wir ihm das antun sollten, auch nicht für einen einzigen Tag Glück.«

»Naye, vermutlich nicht. Das wusste ich nicht«, sinnierte er, um gleich darauf mit einem »Autsch« einen Schnitt mit dem Rasiermesser zu quittieren.

Ich stand auf, sprühte etwas von Sarah's Parfum auf ein Tuch und reichte es ihm.

»Der Alkohol wird die Wunde schnell schließen«, raunte ich ihm zu. »Ich geh dann mal wieder, aye. Und Marven. Ich bin traurig, dass ich ein Kind verliere, aber ich mache dir keinen Vorwurf deswegen. Mach dich bitte von der Idee frei, dass du die Schuld der Welt auf deine Schultern laden musst. Denk daran, was Finley gesagt hat«, sagte ich ihm, während ich auf ihn zuging und mit meiner Hand über seine unverletzte Wange strich.

»Danke, Ma«, stammelte er und blinzelte dabei seine azurblauen Augen frei, bevor sie zu Seen werden konnten.

Ich wendete mich betroffen ab und verließ meinen Sohn mit der Gewissheit, dass ihm meine Absolution irgendwie wichtig war. Meine Hoffnung, ihn von seinen Sorgen befreit zu haben, trug mich beinahe schwerelos zu den anderen in der Küche.

Der nächste Morgen begrüßte uns mit dem Sonnenschein, den wir uns für unsere Hochzeiten mit einem großen Grillfest für alle unsere Bediensteten und Freunde gewünscht hatten. Nachdem ich William gewaschen und im Hochlandstil gekleidet hatte, trug Robert ihn nach unten zu seinem Rollstuhl.

»Ich werde dich in den Kräutergarten schieben, da kannst du ein wenig die wärmende Sonne genießen, aye. Wir müssen uns schnell noch anziehen, damit du nicht so auffällst in deinem Hofstaat«, witzelte Robert und setzte den Rollstuhl in Bewegung.

»Ma nell, Da. I bi so au gere«, entgegnete William.

»Versprochen, Sohn. Ich denke, dass du nicht lange warten musst. Bis gleich. Lauf nicht weg, aye.«

»Wi…zig, Da«, versuchte Willie ein krächzendes Lachen.

Bevor die beiden jungen Paare vom Pfarrer aus Struy unter offenem Himmel getraut werden sollten, hatten wir unsere Gelübde nach alter schottischer Tradition geplant. Nur für uns und unter Ausschluss der Öffentlichkeit.

Wir waren im Salon versammelt und standen paarweise beieinander, allein William's Rollstuhl stand für sich. Allerdings türmten sich fünf lange bestickte Bänder und die gleiche Anzahl Schmuckkästchen auf seinem Schoß, die er hütete wie einen imaginären Goldschatz.

Vater trat an den jungen Truchsess heran und bat um ein Band, welches Willie beinahe ehrfurchtsvoll aushändigte. So ging es reihum, bis wir alle versorgt waren. Dann zogen alle Männer ihr Skian Dubh und ritzten sich selber die Haut über dem Handgelenk ein, um es kurz danach auch bei uns Frauen zu tun.

John und Paul schlossen sich dem Tun an. Dann legten wir die Wunden unserer Partner übereinander, banden die bestickten Schärpen um unsere verschränkten Handgelenke und sahen uns an.

Zeitgleich begannen die Männer, wobei sich John der Män-

nergruppe anschloss, damit wir Frauen Zeile für Zeile wiederholen konnten:

Blood of my blood,
bone of my bone,
I give ye my body,
that we may be one,
I give ye my spirit,
till our life will be done.

Als wir das getan hatten, ging John zu William und bat ihn
um die Kästchen, von denen er jedem Paar eines reichte und das
letzte für sich behielt.

»Ihr dürft die Kästchen öffnen und solltet die Ringe, an die
unser Willie uns dankenswerterweise erinnerte, anstecken.

Ich möchte mich bei euch bedanken. Für alles, was ich durch
euch und mit euch erfahren durfte. Als verwöhnter Sohn eines
Earls war ich nicht dazu auserkoren, jemals Laird zu werden,
doch ich verlor meine Brüder. Mein Vater jedoch, damals schon
kein Kind von Traurigkeit, schenkte mir einen weiteren Bruder,
als niemand mehr da war. Zuerst ließ mich der Gedanke schau-
dern, einen Bastardbruder ertragen zu müssen. Aber ich sah
meinen Vater noch nie so glücklich wie an dem Tag, als er mir
meine neue Verwandtschaft vorstellte. Heute bin ich meinem
alten Herrn mehr als dankbar, denn er hätte mir keinen besseren
Bruder geben können. Zum Zeichen unseres Zusammenhaltes,
unserer Verschwiegenheit und unserer Liebe füreinander sollen
diese Ringe mit Achtung und in Ehre getragen werden. Jeder
von euch kann sich mit diesem Ring auf den Earl of Breadalbane
berufen und sich als unter meinem Schutz stehend ausweisen«,
holte John kurz Luft, um ganz trocken anzufügen:

»Außerdem finde ich sie hübsch als Ehering, aye.« Dann ging
er zu Willie, der keinen Ring bekommen hatte, zog einen anderen Ring von seinem kleinen Finger und schob ihn William auf

eben diesen.

»So, mein Junge. Den fetten Klunker brauche ich nicht mehr. Er steht dir viel besser«, gluckste der Earl und klopfte Willie liebevoll auf die Schulter.

Wir umarmten uns alle, bedankten uns bei unserem Gönner und dachten uns, *wieso tut er das?*

Wie auch immer, die Feier nahm ihren Lauf, alle waren fröhlich und tanzten, aßen, tranken. Sogar William schien seinen Spaß zu haben.

Irgendwann wurde er von Caelan und Marven in sein Zimmer getragen. Ich kleidete den Jungen aus und deckte ihn zu. Einen Moment später war er eingeschlafen.

Amber und Kyla kicherten im Flur und warteten auf ihre Männer, um ihre Hochzeitsnacht zu begehen. Also verwickelte ich sie nicht mehr in ein tiefgreifendes Gespräch, sondern rief ihnen nur »viel Vergnügen, Mädels« zu, als ich an ihnen vorbeiging. Ich fand Robert noch immer draußen im Hof.

Am nächsten Morgen, es war etwas später als sonst, machte ich mich auf zu Willie, doch schon der erste Blick in das fahle Gesicht ließ mich wissen, dass ich zu spät kam. Ich konnte mir den markerschütternden Schrei, der mir automatisch entwich, nicht verkneifen, bevor ich auf die Knie sank. Es war keine Minute vergangen, bis das kleine Zimmer völlig überfüllt mit verschlafenen, struppigen Menschen war, die, gerade mal mit Nachthemden bekleidet, auf den schmunzelnden Tod starrten.

An diesem Tag verlor Kyla ihren kleinen Sohn, den sie mit Marven's Einverständnis *William* taufte, ohne dass ein Priester zugegen war.

So fand William's Beerdigung zwei Tage nach unseren Hochzeiten statt. Er wurde nicht einsam und allein beigesetzt, denn das Baby seines Bruders begleitete ihn auf seinem letzten Weg. Auch wenn es ein trauriger Umstand war und Kyla und Marven völlig apathisch neben dem Grab standen und dem Sarg hinterherstarrten, so konnten wir alle nun loslassen. Willie's letzter Wunsch war erfüllt. Er war mit einem Lächeln gestorben. Als wollte er uns zum Ende noch sagen:

Danke dafür, euer Sohn, euer Enkel und euer Bruder gewesen zu sein. Es war ein schönes Leben mit euch.

Klein Willie war ihm beigegeben, sodass keiner der beiden fortan alleine war. Es war irgendwie ein schöner Gedanke.

Highlands 1779

Pferde für den König

1

Obgleich wir trauerten, hatten wir auch immer wieder Grund zur Freude.

So verging die Zeit wie im Fluge, ein Jahr, zwei Jahre. Das dritte Jahr war vorüber und das vierte brach an.

Nach den dunklen Wintertagen also erwachte der Frühling. Die Sonne schaffte es immer öfter, den nebligen Morgen zu verdrängen und sich einige Stunden am Tage durchzusetzen. Die Nächte blieben frostfrei und kein Reif zierte mehr das noch nicht ganz satte Gras der Fohlenweide. Auch wenn es noch etwas feucht daherkam, beschlossen die MacDonald-Männer, die Einjährigen mit den Stuten, die im Sommer erneut fohlen würden, auf die geheim liegende Weide zu bringen, denn sie brauchten nach der langen Zeit im Stall wieder Bewegung.

Der Morgen war trocken und bereits fortgeschritten, als sich die Prozession in Gang setzte. Die Stuten wurden von Knechten an gehalfterten Leinen geführt. Die Füllen folgten, ohne dass sie ihren Müttern groß von der Seite wichen. Am Anfang ritten Vater, Robert und Duncan, der nun stetig auf dem Gehöft blieb und nicht mehr zwischen Bulloch und Struy pendelte. An den Seiten flankierten Marven, Caelan, Collin und Hamish den Zug. Den Schluss bildeten Sarah, ich und die Mädchen, Amber und Kyla. Wir hatten Essen und einige Strohballen auf dem Wagen, den ich mit zwei älteren New-Cleveland-Bays, die den Ansprüchen des Königs nicht genügt hatten, lenkte. Für mich waren diese beiden Pferde völlig in Ordnung, aber ich sah das natürlich auch mehr oder weniger aus Sicht einer Mutter. Der König nahm nur Pferde, die sich wie geklont ähnelten. Das Stockmaß, die Färbung und die Gesichter mussten beinahe gleich sein. Nun, das war bei den meisten Füllen der Fall, sodass er sie kaufte. Andere Pferde konnten wir auf dem freien Markt verkaufen und diese beiden hatten wir eben behalten.

Heute also sollte es nach getaner Überführung ein erstes ausgiebiges Picknick an der Fohlenweide geben. Das nächste würde folgen, wenn die Einjährigen ihr Brandzeichen bekämen.

Damit die Pferde nicht eine für jeden offensichtliche Schneise in das kleine, vorgelagerte Wäldchen laufen konnten, wurden sie beizeiten vereinzelt und nach und nach an verschiedenen Stellen hindurchgeführt. Danach achtete man peinlichst genau darauf, dass alle Spuren verwischt wurden.

Wir Frauen nahmen die Päckchen vom Wagen und jeweils einen Strohballen und schleppten die Sachen zur Wiese. Auch einige der mittlerweile freien Männer schnappten sich Ballen, die als Sitzgelegenheiten dienen sollten. Der Boden war zum Sitzen noch viel zu nass.

Einer der Knechte kam uns schon entgegen, denn er sollte das Gefährt alsbald wieder zum Gestüt bringen. Im Anschluss an diesen kleinen Imbiss würden wir von den Männern auf ihren Pferden mitgenommen, sodass wir für den Rückweg keinen Bedarf mehr für den Wagen hätten. Er musste also nicht verräterisch am Wegesrand stehen bleiben.

»Mam«, nickte Hump uns zu und wir grüßten lächelnd zurück.

»Ach, Hump, wenn Aileen Lust hat, komm doch mit ihr schnell hierher zurück, dann könnt ihr euch auch noch an den Leckereien, die Sarah und die Mädchen gemacht haben, laben«, lud ich ihn mit seiner Frau ein. Ich fand es einfach ungerecht, dass er zurückmusste, während die anderen sich an den Speisen erfreuen konnten. Auch den pflichtbewussten Ausschluss, wegen der allgemeinen Sicherheit, empfand ich nicht als optimal, obgleich mir der Sinn, dieses Tal geheim zu halten, natürlich klar war.

»Naye, Miss Jo. Aileen kümmert sich um den kranken Collum und ich glaube nicht, dass ich sie von seiner Seite loseisen kann. Also bleib ich auf dem Hof und seh nach dem Rechten«, erwiderte er mit, wenn überhaupt nur, einer leichten Spur von Bedauern. Demnach hatte er sich wohl freiwillig gemeldet und war nicht wie sonst der Fall ausgelost worden. Ein wenig versöhnt stiefelte ich nach diesem kurzen Gespräch den anderen hinterher, die bereits Ballen zu einen großen Kreis legten. Heute würde Vater auch die Parole für dieses Jahr ausgeben, so wie es von Anfang an Brauch gewesen war.

Die Speisen wurden in Körben in die Mitte des Platzes gestellt und jeder konnte sich nach Belieben gütlich tun. Die Leute saßen in friedlicher Runde, erzählten sich mit gefüllten Backen undeutliche Witze und tranken das selbst gebraute Ale, für das Kyla zuständig gewesen war. Nachdem sie ihre Mägen gefüllt hatten, richteten sie ihren Blick erwartungsvoll auf Vater.

Mit einem Ächzen stand er schließlich auf, denn der Winter hatte seinen Knochen in diesem Jahr nicht gut getan. Selbst Sarahs gute Pflege konnte sein Rheuma nur unzureichend lindern.

»Männer vom Campbell-Gestüt«, begann er mit sonorer Stimme. »Es ist mir eine Ehre, dieses neue Jahr wieder mit euch bestreiten zu dürfen. Allerdings wird sich dieser Sommer von den vergangenen unterscheiden. Der Earl hat mir geschrieben, dass der König in diesem Jahr keine Cleves als Kutschpferde abnimmt.«

Ein erschrockenes Raunen ging durch die Knechtschaft und alle sahen plötzlich wie erschreckte Rehe aus. Vater machte es aber auch so spannend, dass selbst ich in Erwartung einer echten Neuigkeit an seinen Lippen klebte. Der König, es war mittlerweile Georg III. an der Macht, biss sich gerade an der nordamerikanischen Kolonie die Zähne aus. Die Kolonialisten sahen überhaupt nicht mehr ein, so hohe Steuergelder nach England zu schicken, nur damit Georg es sich gut gehen lassen und seinen Endloskrieg mit Frankreich finanzieren konnte.

»König George möchte Pferde für den Krieg in Amerika«, ließ Vater laut vom Stapel und erntete damit zunächst völliges

Unverständnis, bis sich Randy verschmitzt meldete.

»Ja, Sir, wer sagt denn, dass man einen Cleve nur vor den Wagen spannen kann?«

Vater schaute Randy wohlwollend an, während Sarah, Robert, die Kinder und ich unsere Gesichter senkten, um unser Grinsen zu verstecken.

»Genau, Randy. Du bist ein echter Schotte. Wer sagt, dass man einen Cleve nicht als Kriegspferd nutzen kann?«, nickte er dem gewieften Knecht lächelnd zu, dessen Wangen eine leichte Röte bekamen. Vater sah in die Runde und die Blicke erhellten sich.

»Außerdem, die Sassanachs brauchen Pferde, die ihre blöden Kanonen von A nach B ziehen. Wer wäre dafür wohl besser geeignet als unsere prachtvollen Pferde«, rühmte er sich und alle grummelten ein genuscheltes »Wohl wahr«.

»Also, die Dreijährigen werden sowohl als Zug- als auch als Reitpferd ausgebildet. Wir müssen darauf achten, dass sie alles lernen. Aber behutsam. Wir dürfen sie nicht überbeanspruchen. Die Dreijährigen sind noch nicht zu massig, aber das ist auch ein Vorteil, denn von ihnen passen mehr auf das Schiff, als wenn sie ausgewachsen wären. Dennoch. Mit Fingerspitzengefühl wird uns das gelingen und zehn Pferde gehen im Sommer auf Reisen.«

»Zwanzig«, warf ich ein. Vater schaute mich fragend an und auch Robert erwachte neugierig aus seiner Trance.

»Der König braucht für den Krieg wohl kaum auf Gleichfarbigkeit achten. Also können wir das Ganze auch noch um Whitesocks Kinderschar aufstocken. Einige der Pferde kann ich gern heraussuchen.«

»Deine Züchtung in allen Ehren, aber denkst du wirklich, dass sich diese eigenartige Rasse für die Armee eignet? Die sind doch viel zu dickköpfig«, schmetterte er mich ab. Das konnte ich nicht auf mir sitzen lassen.

»Eigenwillig ja. Aber jedes dieser Pferde ist seinem menschlichen Gefährten treuer als sein Adjutant. Wer so ein Pferd sein Eigen nennen kann, braucht keine Angst zu haben, irgendwohin zu Fuß laufen zu müssen«, ereiferte ich mich. »Wo ich dir allerdings recht geben muss, ist: Hier sucht sich das Pferd den Reiter aus.« Eine kurze Pause und die hochgezogenen Brauen von Vater verrieten mir leichte Zweifel.

»Aber das müssen wir ja nicht sagen, oder? Jedenfalls nicht, wenn es nicht dienlich ist«, lenkte ich ein. »Ich bilde sie aus. Dann kannst du immer noch entscheiden«, fügte ich an und hoffte, dem Geschäftssinn meines Vaters mit dieser etwas gebeugten Werbung für meine Züchtung nicht in die Bresche gefahren zu sein.

»Also gut. Der neue Einkäufer für die Krone kommt im September. Bis dahin haben wir knapp sechs Monate Zeit. Wenn alle mithelfen, werden wir es schaffen«, wandte sich Vater nun wieder an alle und beschwor mit tiefer, lauter Stimme die Motivation aller herauf, die wie aus einem Mund riefen: »Vade mecum – per mare – per terras.«

Hamish wurde nach Bulloch Castle geschickt, damit John das Geschäft mit den kriegstauglichen Pferden einfädeln konnte. Zu unserer Unterstützung schickte Vaters Bruder weitere Knechte und Bereiter. Außerdem erhielt er die Erlaubnis für drei Gewehre, deren Besitz für Schotten völlig undenkbar war. Sollten die Pferde jedoch für den Kriegsdienst taugen, durften sie nicht bei dem erstbesten Knall durchgehen. Mit der Begründung, die Tiere an Waffen gewöhnen zu müssen, erlaubte der Vertreter des Königs ausnahmsweise die Aushändigung der Schusswaffen. *Leihgabe*, wurde ausdrücklich bei der Auslieferung vermerkt.

Alles, was helfen konnte, wurde eingespannt, um die Tiere auf ihren neuen Verwendungszweck vorzubereiten. Die New-Cleveland-Bays stellten keine große Herausforderung dar. Schnell war zu spüren, dass sich dieses vielseitige, ruhige Pferd für alle möglichen Dinge eignen würde.

Der Verkauf dürfte also kein Problem sein. Selbst die Zweijährigen gewöhnten sich schnell an Schüsse und scheuten nicht mehr. Nur waren sie viel zu jung, um Reiter zu tragen. Leichte Wagen wären möglich, aber die Jugend der Pferde hinderte uns, die Ausbildung zu vervollständigen.

Whitesocks Kindeskinder hingegen zeigten sich als störrische Biester. Aber wer es auf ihren Rücken schaffte, hatte ein nahezu perfektes Pferd. Amber, Marven und Caelan gingen mir beim Einreiten zur Hand und gewöhnten sie an Kriegslärm. Als wagemutige, angstfreie und schnelle Stoßtrupp-Pferde würden sie sich gut machen. Kutschen waren diesem Hybrid allerdings ein Greul. Sie waren eben nur als Reitpferd tauglich, aber von einer Schönheit, dass einige Offiziere der Kronen danach lechzen würden, so ein Pferd zur Verfügung zu haben, gar zu besitzen. Krieg war doch wohl immer auch eine arrogante Kräftemesserei, dachte ich so bei mir.

Aus meiner kleinen Nebenzucht hatte ich zehn Tiere verschiedenen Alters ausgebildet. Ich hoffte sehr für das Gestüt, dass der Einkäufer der Krone ein Pferdeliebhaber sei, wie mein Großvater John es zeitlebens war. Obwohl der bald das Interesse an Whitesocks verloren hatte, nachdem sich mein Hengst als zu schwierig für ihn herausgestellt hatte. Mir war allerdings niemals entgangen, dass er neidisch herübergeblickt hatte, wann immer ich mit dem stattlichen Tier unterwegs war.

2

Es war schon spät. Das Geschirr vom Essen war abgeräumt und Annie, das Hausmädchen, spülte in dem Raum hinter der Küche, als Aidan hereingestürmt kam.

»Aidan, so spät. Setz dich. Schön, dass wir dich auch mal wieder zu Gesicht bekommen«, sah Robert ihm freudig entgegen.

»Aye, Rob. Danke. Ich freue mich auch, euch zu sehen. Ich habe Nachricht von John, deshalb bin ich, so schnell es ging, hergekommen«, krächzte er, wobei sein Gesicht völlig gehetzt aussah. Der arme Kerl hatte bestimmt seit Stunden kaum etwas getrunken. Dennoch nickte er grüßend in die Runde und blieb mit seinem Blick an Marven und Caelan hängen.

Sarah stand sofort auf und holte einen weiteren Krug mit Ale und zu essen für Aidan. Vater rutschte auf der Bank zur Seite und klopfte auffordernd neben sich, damit sich der Campbell-Krieger endlich setzte. Erst als der immer noch die beiden jungen Männer am Tisch fixierte, während er sich setzte, wurde Roberts Gesicht kritisch und er fragte:

»Was ist los Aidan? Ist es wegen der Pferde?«

»Naye … aye. Ich meine, wegen der Pferde auch, aber ich soll euch den Armee-Einkäufer ankündigen. Der ist mit John vorgestern losgeritten, aber sie sind langsam unterwegs. Wichtiger ist, dass ich sagen soll, dass die Jungs weg müssen«, keuchte er aufgeregt. Dann setzte erst einmal den Krug an, den Sarah ihm vorgesetzt hatte, damit seine Stimmbänder wieder richtig arbeiten konnten.

»Warum sollen sie weg?«, fragte Vater argwöhnisch.

»Al, die Pferde kaufen sie, aber die Jungs ziehen sie einfach ein. Sie pressen sie in ihre verfluchte englische Armee und schaffen sie als frisches Kanonenfutter nach Amerika«, ereiferte sich Aidan. »Sie werden sie gleich mitnehmen. Darum schickt mich John. Bei ihm haben sie zehn Knechte gepresst.«

»Aber dann sind ja nicht nur die beiden in Gefahr. Wir haben John's Knechte noch hier und einige unserer Leute sind ebenfalls noch nicht zu alt«, rief Vater schockiert.

»Aye. Dann schaff sie alle fort. So schnell du kannst, Al«, ließ Aidan undeutlich verlauten, weil er noch auf einer Scheibe Braten herumkaute.

»Das glaubt uns doch keiner, dass wir nur mit Frauen dieses Gestüt am Leben halten«, warf ich mürrisch ein, da mir die Idee, uns auf das Alter von durchschnittlich sechzig Jahren ausdünnen zu lassen, gar nicht gefiel. »Wenn alle kampftauglichen Männer fort sind, sind wir höchstens noch zehn Leute.«

»Dann füllt euch mit älteren Männern aus der Gegend auf. Von mir aus auch mit welchen, die dumm sind oder an Krücken gehen. Aber warnt auch sie, dass ihre Söhne sich verstecken sollen. Eine andere Idee habe ich ganz ehrlich nicht«, warf Aidan noch immer mampfend ein, wobei ihm ein Krümel von den

Bannocks entfleuchte.

»Gute Idee, Da«, stand Marven auf und winkte Caelan mit sich. »Wir ziehen sofort los nach Struy und auf die anliegenden Gehöfte. Dann bringen wir ein paar alte Männer mit und ihr gebt den anderen hier Bescheid.« Die beiden waren schon beinahe aus der Tür, als Cal in Marven's Rücken lief und ein erschrockenes »Uff« von sich gab, während sich Ersterer umdrehte und fragte:

»Wohin sollen wir gehen? Wo verstecken wir uns? Bis wann überhaupt?«

»Ich gehe mit euch und zeige euch ein Versteck für mindestens dreißig Männer. Ihr bleibt dort, bis ich oder Vater euch zurückholen«, beschied Robert, der ebenfalls aufgestanden war. »Sarah, kannst du bitte schnell für Proviant sorgen, Wasser wird dort sein, alles andere können wir hinschaffen, wenn wir mehr wissen«, bat er seine Schwiegermutter um Unterstützung.

»Wir gehen erst zu unseren Leuten und holen das Essen später ab, aye.« Damit verschwanden die drei und klapperten jede Kate des Gestütes ab, damit sich die jüngeren Männer in Sicherheit bringen konnten.

Nachdem alle zusammengetrommelt und abmarschbereit waren, bewaffnet mit warmen Decken, Proviant und kleineren Waffen, hatte ich den Eindruck, als wäre ich Zeuge des Auszuges der Israeliten aus der Gefangenschaft in Ägypten. Ein Fackelzug entfernte sich in Richtung Süden.

Am nächsten Morgen kam Robert mit einer Horde älterer Männer zurück, die auf die Katen verteilt wurden, aus denen der Vater oder Sohn verschwunden war, um den Schein intakter Familien zu wahren.

»Wo sind die Jungs?«, fragte ich, weil ich keine Ahnung hatte, wo ein Versteck sein könnte, das niemand finden würde.

»Nun, ich habe sie zu den Plodda Falls geschickt. Einer der Männer in Struy meinte, dass es dort sogar eine Grotte gebe, wo sie einige Tage geschützt lagern können. Außerdem ist es ganz und gar nicht das bevorzugte Gelände von Sassanachs, Jo.«

»Oh, aye. Nette Gegend«, ätzte ich, denn ich wusste, dass es dort durch den hohen Fall des Wassers, immerhin fast vierzehn Fuß, äußerst feucht sein würde. »Hoffentlich kommen sie ohne Lungenentzündung zurück, Robert«, setzte ich verärgert hinzu.

»Joline, das sind junge Männer. Sie sind nicht aus Zucker. Besser dort als auf dem Moor, wo man ihre Pferde schon von Weitem ausmachen könnte, aye«, erwiderte mein Mann genervt. »Glaubst du, ich finde gut, dass sie fort mussten? Aber sag was Besseres, dann reite ich sofort los und leite sie um.«

»Naye, schon gut. Jetzt brauchen wir nur noch eine Ausrede für Kyla's Anwesenheit«, grummelte ich.

Robert riss den Kopf hoch und starrte mich entgeistert an.

»Aye, nun. Du glaubst doch wohl nicht ernsthaft, dass dieser Engländer uns abnimmt, sie hätte einen Ehemann jenseits der fünfzig. Auch für Amber sollten wir uns was überlegen, denke ich.«

Kaum hatte ich meine Überlegung in Worte gefasst, war Robert verschwunden und keine zehn Minuten später preschte Aidan vom Gestüt.

»Warum ist Aidan wie ein Gejagter vom Hof geritten?«, fragte ich, als Robert mir auf der Treppe nach oben begegnete.

»Nun, er sollte Kyla's und Amber's Ehemänner darauf vorbereiten, dass sie sich auch als freudige Gatten verhalten, wenn sie kommen, und ihre Ehefrauen entsprechend begrüßen. Na ja, zum Beispiel, dass sie ihre Gattinnen schrecklich vermisst haben, während die beiden hier bei uns zu Besuch sind, aye«, grinste er verschmitzt, weil er seinen Einfall wirklich brillant fand.

Mir stockte der Atem.

»Was hast du gemacht, Robert?«, quäkte ich fast panisch.

»Nun, Kyla ist vorübergehend mit Paul verheiratet und Amber wird sich mit Aidan selbst vergnügen, solange die rechtmäßigen Ehemänner versteckt bleiben müssen«, tat er mir die Neuigkeit kund und wies mich an, den beiden ihren neuen Status beizubringen. Ich zog gleich einer Schildkröte den Kopf ein, als würde er zwischen meine Schultern passen. Auf diese Offenbarung freute ich mich überhaupt nicht, aber Robert klopfte mir siegessicher auf den Arm.

»Du machst das schon, mò chridhe«, munterte er mich mit seinem schelmischen Grinsen auf. »Kyla wird sich freuen, wenn sie ihre Schauspieltalente offenbaren kann. Denk nur an ihren Auftritt mit Duncan auf dem Blarnacuiflich Moor. Amber wird ihr in nichts nachstehen wollen. Außerdem kennt sie Aidan schon ihr Leben lang. Es wird ihr nicht schwerfallen, sie mag den Hünen. Außerdem wird er John's Ring tragen, damit auch der blödeste Engländer sieht, dass sie zusammengehören«, schmunzelte er erneut und ich hätte ihm am liebsten sein dämliches Grinsen aus seinem immer noch hübschen Gesicht geschlagen. Aber dafür hätte ich einen Vorschlaghammer gebraucht und so groß war mein Ärger dann doch nicht. Ich nickte ihm kurz zu und machte mich auf den Weg zu den Mädchen, die noch völlig im Ungewissen weilten.

3

Sarah und Vater standen auf den Stufen zum Manor, Robert und ich bereits am Fuße der Treppe, als die Truppe der Engländer in John's Begleitung eintraf. Die Tür vom Manor flog auf und Kyla und Amber rannten quietschend vor Freude an uns vorbei und eilten auf ihre Schauspielkollegen zu. Die beiden Auserwählten rutschten sogleich von ihren Pferden, um ihre Kurzehefrauen mit dem entsprechenden Umarmungs-Kuss-Umarmungs-Schunkel-Munkel zu begrüßen. Uns fielen beinahe die Kinnladen herunter bei der Brillanz, die uns hier von unseren beiden Töchtern geboten wurde. Doch ein Stöhnen ließ mich herumfahren und zu meinen Eltern blicken. Sarah lag ohnmächtig in Vaters Arm, der sich anschickte, seine Frau zurück ins Haus zu tragen.

»Du musst sie allein begrüßen«, wisperte ich Robert zu, der mir mit einem Nicken zu verstehen gab, dass ich Sarah zur Hilfe eilen sollte.

»Was hat sie?«, fragte ich Vater leise, aber mit einer gehörigen Portion Angst. Sarah war weiß wie die Wand und atmete flach.

»Ich weiß es nicht wirklich, aber ich kann es mir denken«, antwortete er böse, was mich völlig irritierte. Aber die plötzliche Übellaunigkeit hatte einen Grund und ich war mir sicher, dass er nicht nur dachte, sondern auch wusste. Daher wurde meine Laune gerade bei Sarah's angegriffenem Anblick auch nicht besser.

»Was?«, fragte ich spitz und mindestens genauso ärgerlich, weil ich langsam den Eindruck gewann, für blöd gehalten zu werden.

»Brae Fergusson! Cal's Vater! Dieser Verräter. Erst schwängert er unschuldige Frauen und lässt sie sitzen. Jetzt klaut er schottische Männer für den englischen König. Hundsfott, elender!«, spuckte er mir eine wütende Antwort hin.

»Oh, gut. Gut, dass der Junge nicht hier ist. Der Mann muss Sarah auch nicht sehen. Bring sie in euer Gemach. Ich kümmere mich um sie, Da«, beschwichtigte ich ihn. »Versuch einfach, du selbst zu sein. Der Mann ist doch nach dem Handel wieder verschwunden und ...«, setzte ich an, doch Vater unterbrach mich.

»Ich kann nicht ich selbst sein. Der Mann hat meine Frau beinahe umgebracht. Ich möchte ihm seine arrogante Fratze einschlagen, so ...«, wetterte er leise, aber bedrohlich, während er Sarah in ihr Gemach trug.

»Da, alles wird gut. Denk daran, dass ihr beide nicht mehr die Jüngsten seid. Hast du es wirklich nötig, dich aufzuführen, als wärst du vierzig? Ich achte auf Sarah und ihr wickelt ganz kühl das Geschäft ab, aye«, bat ich ihn um weise Zurückhaltung.

»Aye. Keine Angst, Lassie. Ich werde ruhig bleiben, solange sich die zwei nicht aus Versehen über den Weg laufen. Versprochen«, lächelte er auf seine Frau nieder, die er vorsichtig auf ihr Bett legte. Doch das Lächeln kam in seinen Augen nicht an, das hatte ich wohl gemerkt und spürte seine Anspannung fast körperlich.

Mit der letzten Selbstdisziplin, die Vater aufbringen konnte, streckte er sich zu seiner immer noch beachtlichen Größe und verließ das Zimmer, um seinem Schicksal zu begegnen.

»Latha math, John«, begrüßte Al seinen Bruder und klopfte ihm freundschaftlich auf die Schulter. »Stell mir deine Geschäftspartner doch vor. Ich konnte leider nicht an der offiziellen Begrüßung teilnehmen. Meine Frau hatte leider einen Schwächeanfall. Vielleicht kann Paul gleich nach ihr sehen.«

»Latha math, Al. Ich hoffe, dem Mädchen geht es schnell wieder gut, Bruder. Ich hatte mich auf ein leckeres Mahl gefreut«, antwortete John geistesgegenwärtig und versuchte Al auf dessen Gesinnung hin zu scannen. Doch sein Bruder hatte sich augenblicklich wieder im Griff und sein altbekanntes Pokerface aufgesetzt. John nahm nur wahr, dass er den graublonden Schotten mit seinen dunkelbraunen Augen anvisierte. Ein Schotte in roter Uniform. Al's dunkler Blick schien sich mit dessen Stahlgrau seines Gegenübers zu messen. *Die Augenfarbe, die Cal von diesem verräterischen Unhold geerbt hat,* dachte Al grimmig. *Genau wie die Statur und das Gesicht.* Der Mann sah durchaus attraktiv aus, strahlte jedoch eine Arroganz aus, die seinem Sohn, Gott sei Dank, nicht zu eigen war.

»Oh, Verzeihung«, holte John ihn aus seiner offensichtlichen Musterung, die wiederum Robert nicht entgangen war, die er jedoch zunächst nicht verstand.

»Das, brathair, ist Brae Fergusson. Er beschafft die Ausrüstung, Pferde und Männer für die Angelegenheiten der Krone in der Kolonie Amerika.«

»Ah, guter Mann. Ihr seid Schotte, wie ich weiß, wir kennen uns, nicht wahr?«, konnte sich Vater die bösartige Spitze gegen den Mann nicht verkneifen und hatte einen Hauch Verachtung im Blick. Das konnte ja heiter werden. John verdrehte die Augen, wobei er sich kurz wegdrehte, damit es niemand bemerkte. Beim Aufblicken sah er Robert an, der ihn stumm fragte, was da los sei. Also zuckte er leicht mit den Schultern, denn auch er wurde momentan nicht schlau aus dieser Feindseligkeit. So schüttelte er nur den Kopf ob dieser Dummheit und hoffte inständig, dass Al weise genug war, hier keinen Streit vom Zaun zu brechen. Zurzeit war der König sehr angespannt und nicht auf Beilegung von Zwistigkeiten unter Schotten aufgelegt. Das

Schicksal eines Pferdezüchters würde ihn wohl kaum interessieren. Wenn dieser mit einem seiner Amtsmänner stritt, wäre Georg vollkommen auf dessen Seite. Konnte sich sein eigensinniger Bruder das nicht denken?, dachte er missmutig. Er würde Al hier nicht beschützen können.

»Ja, ich bin Schotte. Genau wie Ihr, MacDonald. Und ja, ich glaube, wir hatten bereits das Vergnügen in irgendeiner Rauferei«, kam es neckend von Brae zurück. Dass er sein Gegenüber damit provozieren wollte, konnte sogar der Spatz im Baum über ihnen hören, doch auf dieses kleine Erbsenhirn kam es nun gerade nicht an. John nahm die Gunst der Stunde wahr, ließ seine Hand auf dem Rücken seines Bruders nieder und tippte wie verrückt mit einem Finger auf dessen Wirbelsäule. Er hoffte damit verkünden zu können, dass sich Al zusammenreißen sollte. Der Grund für seine Aggressivität spielte für ihn derzeit nicht einmal eine Nebenrolle.

»Darf ich fragen, ob Ihr schon einen Blick auf die Pferde geworfen habt?«, fragte Al nun wie ausgewechselt.

»Aye, das haben wir. Der König wollte dieses Jahr keine Kutschpferde«, blaffte Brae Al nun entrüstet an. »Wie es scheint, hat uns der Earl ganz umsonst in diese Wildnis gebracht. Nicht einmal einen Mann kann ich hier rekrutieren.«

»Oh, habt Ihr vor, in den Krieg in Amerika einzugreifen? Wann werdet Ihr segeln?«, fragte Al nun, als wäre er höchst interessiert.

»Ich bleibe in Schottland und arbeite hier für König Georg.«

Das war ja klar. Wie schon als junger Mann würde er feige in der hintersten Reihe weilen, damit er bloß unbeschadet aus dem Krieg hervoring. Danach würde er in Selbstlob ersticken – hoffte Al zumindest.

»Oh, löblich, löblich. Nun, Ihr seid vielleicht ein wenig voreilig mit Euren Schlüssen, was die Pferde betrifft, Brae«, erwiderte Al, ohne dass man dieses Mal eine Zensur feststellen konnte. Weder John noch Robert konnten in dem Stimmenmuster eine Richtung seiner inneren Zerrissenheit feststellen, die allerdings in der knisternden Luft durchaus für beide fassbar war.

»Was soll das heißen MacDonald? Kutschpferd ist Kutschpferd, basta«, stampfte Fergusson Al's gespielte Freundlichkeit ein.

»Amber, Kyla, Robert«, rief Al seine Helfer zu sich. »Würdet ihr dem netten Herrn bitte demonstrieren, zu was diese Tiere taugen?«

Al drehte sich an Brae's Seite, nahm ihn am Arm und brachte ihn ein paar Schritte weiter bis zum Holzzaun der Koppel. Beinahe hätte er gebrochen, weil er diesen Mann berühren musste. Er würgte Galle herunter, schluckte einmal kräftig, atmete durch und erzählte, was nun zu erwarten wäre. Er wies auf den Einsatz von Schusswaffen hin, damit die Engländer nicht sofort einen Krieg anzettelten.

Brae sah sein Gegenüber mit einer tiefen Falte über der Nasenwurzel an.

»Schotten dürfen keine Schusswaffen besitzen.«

»Wir besitzen ja auch keine Schusswaffen, Brae. John hat sie uns mit Genehmigung von Georg III. zur Verfügung gestellt, damit wir die Tiere für ihn zu Kriegspferden ausbilden konnten.«

»Georg weiss, dass Ihr nur New-Cleveland-Bay züchtet«, wandte Brae ein.

»Ja, das weiß er. Darum seid Ihr wohl auf sein Geheiß hin hier, um Euch zu überzeugen, dass diese Tiere nicht nur Kutschpferde sind, nehme ich an«, säuselte er dem verenglischten Schotten zu, dass sogar John heiße Ohren bekam.

Die ersten Schüsse fielen und die kleine Herde zuckte nicht einmal mit den Ohren. Brae forderte bereits nach dem ersten Schuss eine ganze Salve, um die Standhaftigkeit der Tiere zu prüfen. Die Cleves blieben an Ort und Stelle. Zwar horchten sie auf, stellten sich enger zusammen, aber sie flohen nicht.

»Ordentlich«, meinte Brae anerkennend.

»Wir haben sie aber auch noch zu Wagenpferden erzogen, damit sie Mörser und Kanonen ziehen. Wenn Ihr möchtet, können wir das Euch auch noch zeigen.«

»Nicht nötig, aber ich würde sie gern in Formation unter

Beschuss sehen. Können meine Soldaten sie reiten?«, fragte Fergusson skeptisch.

»Natürlich. Sattelt sie auf und macht, was Ihr wollt. Für die Offiziere hat meine Tochter noch einige Tiere ausgebildet. Sie wird sie Euch im Anschluss gerne zeigen. Allerdings ist diese Rasse nicht ganz so einfach zu handhaben«, lockte Al seinen ungeliebten Gast und hoffte, dass der sich in das schrecklichste von Jo's Biestern verlieben würde und sich beim ersten Reitversuch den Hals brach.

»Erst diese hier, damit wir sicher sein können, dass wenigstens dieses Kontingent schon steht«, bestimmte Brae rechthaberisch und wies seine Soldaten an, die eigenen Pferde abzusatteln und die Cleves aufzusatteln, um in Formation und Reihe zu reiten. Er wollte wirklich sehen, dass diese Pferde ausbrachen. Nur ein einziges, damit er diesem MacDonald seine offensichtliche Arroganz, mit der er diese Gäule anpries, in seinen campbelltreuen Arsch schieben konnte. Doch nach einigen angespannten Minuten musste er sich eingestehen, dass diese Pferde von Könnerhand erzogen und abgerichtet worden waren. Hier war er sich dann auch nicht zu schade, seine Anerkennung zu bekunden:

»Ganz famos, MacDonald. Ganz hervorragend. Damit werden wir weit kommen«, sagte er zu Al, schwenkte dann aber sogleich seinen Blick zu John. »Wir nehmen sie, Campbell. Der Preis ist wie immer und die Tiere kommen sofort mit. Wir bringen sie nach Wick zur Verladung«, verkündete er und John nickte und gab damit sein Einverständnis.

»Kyla, kannst du bitte Jo holen, damit sie ihre Pferde zeigt? Und bleib bitte bei meiner Frau, aye«, wies Al Kyla an, die ihre Nase für einen Moment krauste, als wollte sie fragen, warum er nicht *Sarah* sagte. Aber sie verkniff es sich und bahnte sich schnellen Schrittes ihren Weg zum Haupthaus.

Ich ging auf die Männertraube zu, in der ich meinen Vater und John erkannte und etwas weiter hinten auch meinen Mann.

Robert schien die Gruppe argwöhnisch zu betrachten. Als er

111

mich erblickte, trat er näher und reihte sich ein.

»Vater?«, säuselte ich ergeben, sodass alle aufblickten und sogar mein Vater seinen Kriegspfad für einen Moment verließ, um mich zu begrüßen und vorzustellen.

»Dies, meine Liebe, ist Brae Fergusson. Er ist zuständig für die Beschaffung von Pferden, Männern und Ausrüstung für die Gefechte in Übersee«, klärte er mich auf, obwohl er wusste, dass mir das ja bereits bekannt war. Ich tat ihm also den Gefallen und stellte mich halbwissend.

»Oh, um all das müsst Ihr Euch kümmern, Mister Fergusson. Das stelle ich mir anstrengend vor. Ich dachte, Ihr müsstet nur Pferde beschaffen«, quietschte ich beinahe, da ich meine Rolle als beinahe dumme Pferdezüchtertochter zu spielen hatte.

John blickte mich an, als verstünde er die Welt nicht mehr, aber auch ihm war inzwischen aufgegangen, dass es hier eine Vorgeschichte gab, die er später erst erfahren würde.

»Nun, nicht nur Pferde, wie Euer Vater erwähnte, aber ich habe ihn von Euren Reittieren vorschwärmen hören. Ich bin gespannt«, erwiderte er charmant.

»Nun, dann sollten wir zu der Weide hinter dem Haus wechseln, damit Ihr die Tiere in Augenschein nehmen könnt.«

Ich drehte mich um, wartete kurz, bis Mister Fergusson zu mir aufgeschlossen hatte, hakte mich vertrauensselig bei ihm ein und überhörte das Schnaufen meines Gatten, begleitet von dem lauten Würgen meines Vaters, und machte gute Miene zum bösen Spiel.

»Nun, Mister Fergusson, die Pferde, die ich aus reiner Liebe zu diesem Hybrid züchte, sind Tiere, die eher für die Repräsentation einer mächtigen Streitmacht geeignet sind. Diese Tiere sind stolz und eigensinnig, nicht so wie die Cleves von Vater. Nein, sie haben ihren eigenen Charakter. Aber haben sie sich ihren Reiter ausgesucht, gibt es kein treueres Pferd, keinen waghalsigeren, angstfreieren Gefährten als diese Rasse. Mal ganz davon abgesehen, dass sie sehr hübsch sind«, gluckste ich und fühlte, dass mir diese Leichtigkeit schwerfiel. Auch oder gerade, weil ich diese Welle der Abneigung hinter mir spürte, als wollte sie mich in der nächsten Sekunde überrollen. Damit die Herren sich etwas zurücknahmen, drehte ich kurz den Kopf und blickte über die Schulter zurück, über die Seite, die Fergusson abgeneigt war, damit er nicht von meinem warnenden Blick, den ich meiner Familie sandte, sehen konnte.

»Ah, schaut, Sir, da sind wir. Wie findet Ihr meine Hübschen?« Oh, ich hasste nichts mehr, als dieses dumm-dämliche Gefasel. Doch wenn man einen Mann vor sich hatte, der mit diesem niveaulosen Charme zu Geschäften überredet werden konnte, dann würde ich heute mein Bestes geben.

»Tatsächlich. Sehr schöne Pferde. Ehrlich gesagt mag ich Pferde, die man auch als das eigene erkennen kann. Die Cleves sind doch alle eine Suppe, aber diese hier«, schnalzte er laut, damit die Tiere sich näherten, was sie auch taten.

»Wie bereits erwähnt, sucht sich das Tier den Gefährten aus, nicht andersherum. Aber dafür ist es seinem Herrn dann für ewig treu«, streute ich mit einem kessen Augenaufschlag ein, um den Mann neben mir zu bezirzen. Seine arrogante Ausstrahlung schrie direkt danach, ihn kokett herauszufordern.

»Das hört sich ein bisschen so an, als würdet Ihr sie nicht abgeben wollen. Als wären diese Pferde für die Allgemeinheit ungeeignet«, murmelte Brae Fergusson mir zu. Er schien seine eigenen Erfolgschancen abzuschätzen, wie bei einer hübschen Dame, die er ins Bett kriegen wollte. Mir wollte sich bei der Erinnerung an Sarah der Magen umdrehen. *Genauso wird er damals ausgeschaut haben*, dachte ich verbittert. Man sah förmlich, wie er überlegte, ob er es tatsächlich wagen sollte, sich den Tieren zu nähern. Doch seine Einbildung forderte ihn direkt auf, das sah man an seiner Körpersprache. Er wollte von einer der Schönheiten erwählt werden. Es war ihm ein innerer Zwang, das spürte ich. Seine Arroganz blitzte für einen Moment in den stahlgrauen Augen auf, als er mich anfunkelte und stumm um mein Einverständnis bat, es versuchen zu dürfen.

»Nur zu. Geht zu ihnen. Vielleicht habt Ihr Glück, Sir«, forderte ich ihn auf und gab seinen Arm frei, in den ich mich immer noch eingehakt hatte. Im Stillen betete ich, dass eines der Tiere bereit war, es mit diesem Mann auszuhalten, damit er am Ende alle nahm. Tatsächlich wendeten sich sechs der Pferde gleich ab, als wollten sie nichts mit ihm zu tun haben. Vier beäugten ihn vorerst neugierig, doch ein Vierjähriger ging nach einer Weile einige Schritte vor und schnupperte an seiner dargebotenen Hand. Kurz schnaubte der Hengst, riss seinen Kopf hoch und ich hielt den Atem an. *Lauf bitte nicht davon,* dachte ich nur.

Und der Braune tat mir den Gefallen und blieb. Mit einem schelmischen Lächeln, das ich von Caelan so gut kannte, drehte Brae Fergusson mir sein Gesicht zu und fragte leise:

»Kann ich ihn reiten?«

»Mit oder ohne Sattel?«, fragte ich zurück.

»Mir egal«, meinte Brae und ich zeigte mit offener Handfläche zu dem wartenden Pferd.

»Wenn er Euch lässt, dann probiert es gerne aus.«

So näherte er sich dem Braunen noch mehr an, sprach mit ihm und baute eine Verbindung auf. Er war kein unerfahrener Mann, was Pferde betraf, musste ich mir eingestehen. Einen Augenblick später hatte er sich auf den Rücken des Hengstes geschwungen und jagte mit ihm über die Wiese davon. Als er wieder zu uns kam, fand seine Begeisterung keine Grenzen.

»Nun, Mister Fergusson«, zwitscherte ich. »Auch diese Pferde scheuen nicht bei Gewehrfeuer. Wenn Ihr das auch noch ausprobieren wollt, geben Robert und Amber gern noch einige Salven ab.«

»Nicht nötig, denke ich«, meinte er so beiläufig, wie es ihm möglich war, während seine Körpersprache jedem mitteilte, dass er diese Prüfung eher sich selber und nicht aus Tierliebe dem Pferd gegenüber ersparen wollte.

»Diese Pferde werde ich auch nehmen. Wie ist der Preis?«, fragte er.

»Nun, sie sind schöner als die Cleves, schneller, wendiger und vor allem ungleicher. Daher denke ich, dass sie vier Guineen mehr wert sind«, stellte ich fest.

»Naye. Sie sind nach ihrer Angabe eigensinnig und das Pferd

wählt den Reiter. Also sind sie für die meisten wertlos. Höchstens einen Guinee für jedes mehr«, handelte er den Preis herunter.

»Nun, Ihr müsst ja die Pferde nicht nehmen. Ihr stellt es als Nachteil hin, dass das Pferd wählt. Aber Ihr seht den Vorteil nicht. Drei Guineen, mein letztes Wort«, versuchte ich meiner Stimme Entschlossenheit zu geben.

»Den Vorteil möchte ich doch bitte einmal genannt bekommen«, ätzte Brae Fergusson, doch sah ich seinen sehnsüchtigen Blick, der den Hengst abschätzte.

»Der Vorteil, dass diese Pferde nur für ganz bestimmte Menschen sind? Wenn niemand anderes mit dem Pferd etwas anfangen kann, sehe ich das als sichere Bank. Da man es weder stehlen wird noch anderweitig nutzen kann, ist es demjenigen sicher, dem es gehört, oder? Wie es aussieht, könntet Ihr schon einer von ihnen sein, Sir. Aber wie gesagt. Ih müsst sie ja nicht nehmen«, verhandelte ich gelassen weiter, denn ich wusste, dass ich bereits gewonnen hatte. »Drei Guineen und das ist immer noch mein letztes Angebot.«

»Gut, drei Guineen mehr pro Pferd. Sie werden ebenfalls an den Earl angewiesen«, gab er nach und hielt mir die Hand hin. Stolz ergriff ich sie, hatte aber sofort ein wirklich madiges Gefühl, sodass ich mich schleunigst aus diesem Handschlag befreite. Ich drehte mich zu Amber und bat sie darum, Ale und Whisky zu beschaffen, damit wir auf die Geschäfte anstoßen konnten, und hoffte, dass die Engländer danach aufbrechen würden.

»MacDonald, Eure Tochter ist ein harter Verhandlungspartner«, sprach Fergusson Vater nach dem zweiten Whisky entspannter an.

»Aye, ist sie. Aber meiner Meinung nach hat sie die Tiere zu billig hergegeben. Wenn ich mir die Ahnenreihe so ansehe, dann waren das alles prachtvolle Pferde. Aber es sind ihre und so kann sie damit machen, was sie will«, antwortete Vater, und seine Ansicht über mein Verhandlungsgeschick fühlte sich ein wenig nach Ohrfeige an.

»Ihr lasst der Frau freie Hand?«, fragte der Blödmann obendrein, sodass ich bald völlig die Nerven verlor.

»Aye, natürlich. Es sind ihre Pferde. Sie züchtet sie und sie macht das wirklich gut, Fergusson«, schwärmte Vater nun. Ich war hin- und hergerissen. Was war ehrlich und was war Spiel? Doch bevor es wie aus einem Vulkan aus mir herausprudelte, biss ich mir auf die Unterlippe wie ein unsicheres Schulmädchen. Dann schaute ich in eine andere Richtung, um dieses Sodbrennen in meinen Eingeweiden zu unterdrücken.

Inzwischen hatten die alten Knechte die Pferde reisefertig geleint und bereitgestellt. Hump, der zwar noch jünger war, allerdings ein Bein nachzog, teilte Vater den Stand mit und verschwand so schnell wie möglich.

»Erstaunlich, dass ihr hier nur alte Leute habt. Oder ein paar Gebrechliche. Das kann doch nicht mit rechten Dingen zugehen. Auf meinem Rückweg schau ich womöglich noch einmal vorbei, um zu sehen, ob ich hier um Männer betrogen worden bin«, biss Brae auf einmal heimtückisch von der Seite.

»Hey, hey, mal nicht so verärgert, Fergusson. Als wenn Ihr von diesem Gestüt betrogen worden wärt. Sind die Pferde nicht in Ordnung, dann lasst sie hier und geht Eurer Wege. Wir handeln nicht mit Menschen«, konterte Al, der sich von dem Whisky fernhielt, solange diese Schlange sich in seinem Garten Eden befand.

»Aye, schon gut. Das mit den Pferden ist besiegelt. Wir müssen ohnehin los, wenn wir in Struy übernachten wollen«, antwortete der verräterische Schotte gelassener, erhob sich und schlenderte zu seinem Neuerwerb. Der Braune war bereits gesattelt und wartete auf seinen neuen Herrn.

Ein allgemeines Raunen ging durch die umherstehenden Leute, als die Engländer das Gestüt endlich verließen.

Doch damit kehrte keine Ruhe ein. Die Sorge um die jungen Männer, die in ihrem Versteck verharren mussten, zerrte an unseren Nerven. Auch geisterten zu viele Fragen in John's, Robert's, meinem und den Köpfen der Mädchen herum. Also begaben wir uns zu guter Letzt in die Küche, wo Vater uns zunächst den Grund für sein aufgekratztes Verhalten erklärte.

»Es ist ja nicht so, dass ich dich nicht verstehen könnte. Dieser Mann ist auch nicht unbedingt nach meinem Geschmack, aber der König ist im Augenblick ziemlich angespannt, Al. Bitte sei in Zukunft etwas zurückhaltender. Ich habe im Moment keinen Zugriff auf Georg. Ich kann dich und deine Familie nicht schützen, wenn du mir quertreibst«, erklärte John daraufhin. Er war sehr ernst und man sah seinem sorgenvollen Blick an, dass es ihm völlig ernst war.

»Aye, John. Es wird nicht wieder vorkommen, dass ich meine Wut so auslebe, obgleich ich mich wirklich schon schwer zurückgenommen hatte«, versprach Vater, dennoch konnte man sein Gemoser widerhallen hören, wenn man sich ausmalte, was er gern noch gesagt hätte.

»Gut. Ich möchte euch noch etwas sagen«, kündigte John nun mit dunkel umwölktem Blick an. Dabei sah er kurz zu Paul auf, dessen leichtes Nicken von einem zusammengekniffenen Mund begleitet wurde.

Alle sahen ihn erwartungsvoll an und stellten fest, dass es John nicht leicht fiel, sich mitzuteilen. Er atmete schwer ein und ließ die Luft zischend entweichen, bevor er begann.

»Ich bin krank!«

Jeder sah jeden an. Köpfe drehten sich hin und her und alle schauten verwirrt. Nur Vater fand mal wieder einen trockenen Kommentar:

»Das ist beinahe jeder von uns, John. Der eine hat Rheuma, der andere Schnupfen und der nächste hat einen Arm gebrochen oder ein Lungenleiden. Du wirst älter, wie jeder von uns. Was also hast du, dass es dir wichtig ist, dass wir alle es wissen?«

»Ich habe Diabetes mellitus. Diese Krankheit wird mich bald zerstören. Wie mir Paul sagte, gibt es in dieser Zeit keine Rettung. Seine Forschungen würden für mich zu spät greifen. Also kündige ich euch hiermit an, dass ich ein toter Mann bin«, erklärte er mit kräftiger Stimme, doch sein anschließend gesenkter Kopf und das harte Schlucken, bevor er ihn wieder hob und seine Iriden wie kleine Pfützen auf Torf aussahen, zeigten, wie ergriffen er selber noch war, obgleich Paul ihm den Verlauf bestimmt schon hundertfach erklärt hatte.

»Ich will, dass ihr alle in Sicherheit seid, wenn ich aus dieser Welt scheide«, sagte er beinahe heroisch.

»Mein Gut in New Scotland habe ich Joline überschrieben, da sie die jüngste lebende Verwandte ist, die direkt von meinem Bruder abstammt«, klärte er uns auf und blieb dabei vollkommen ernst, als würde er eine Messe lesen. Auch wir waren still, sodass man eine Nadel hätte fallen hören können. Doch ich räusperte mich:

»Warum mir? Warum vererbst du es nicht Vater?«

»Weil dein Vater noch älter ist als ich. Ich weiß nicht, ob er mich oder ich ihn überlebe, mein Mädchen. Aber bei dir habe ich Hoffnung, dass du nicht vor mir gehst. Deshalb!«, stellte er nüchtern fest. Seine Tränen in den Augen waren verschwunden und er überreichte mir eine Grundbesitzurkunde, die ich mit zitternden Händen annahm.

»Die Eintragung des Grundbesitzes in New Scotland ist sowohl hier in Edinburgh als auch in Kanada erfolgt. Sodass, wenn dieses Schriftstück verloren gehen sollte, dennoch alles rechtens ist«, wies er mit seinem Zeigefinger auf die Urkunde und sah nun, zufrieden mit sich, Paul an. Einen Augenaufschlag später tat er kund, dass er nun Hunger habe und einen Gebirgssee austrinken könnte. Wir Frauen sprangen auf und sorgten für ein anständiges Mahl und brachten Ale und Wein, damit sich die Herren wohlfühlten. Als alles so weit vorbereitet war, dass eigentlich nur noch die Garzeit abgewartet werden musste, ging ich zu Sarah, die von allem noch gar nichts mitbekommen hatte.

»Na, geht es dir wieder besser?«, fragte ich leise, als ich in das Eheschlafzimmer meiner Eltern huschte.

»Aye. Geht schon. Ich dachte, mir bliebe das Herz stehen, als ich Cal's Erzeuger erkannte«, rechtfertigte sie müde ihre Ohnmacht und wandte ihr Gesicht ab, damit ich ihren Schmerz nicht sah.

»Aber Ma, du brauchst dich deswegen doch nicht zu grämen. Nicht mehr, hörst du ... Es ist so lange her. Cal wäre bereits einundfünfzig. Du konntest doch nach dieser ewigen Zeit nicht damit rechnen, ihm noch einmal in diesem Leben zu begegnen«, beschwor ich sie, damit sie wieder lachen konnte.

»Naye, das ist es nicht, Jo. Ich hatte mir ausgemalt, wie ich diesen Bastard verletze. Und nun bin ich schon allein bei seinem Anblick gescheitert. Ich bin so ... feige. Das war ich wohl damals schon, als ich mich mit dem Kind, das ich trug, umbringen wollte.«

»Ach Ma, du bist Heilerin, keine Kriegerin, und das ist gut so. Vater hat sich schwer zusammenreißen müssen, um nicht Genugtuung für dich zu fordern. Aber ich denke, es ist besser so, dass er weder von dir noch von Cal weiß. Wenn wir es verhindern können, wird er niemals erfahren, dass er euch hier finden würde, aye«, begann ich ihr den Nachmittag zu beschreiben, ließ nichts aus und erzählte auch von John's Krankheit.

»Hast du auch Hunger und bist so weit, dass du mit mir in die Küche kommst? Ich glaube, es würden sich alle freuen, dich zu sehen«, lud ich sie ein, mir zu folgen, was sie nach einer kurzen Instandsetzung ihrer Frisur auch tat.

Highlands 1780

Männer für den König

1

Robert hatte sich zwei Tage, nachdem Fergusson mit den Pferden abgereist war, auf den Weg zum Plodda Fall gemacht, nachdem er sich in Struy umgesehen hatte und sicher wusste, dass Brae Fergusson mit seinen Soldaten und den Pferden nach Norden aufgebrochen war. Wieder zwei Tage später kamen die jungen Männer der Umgebung zu uns zurück. Sie brachten einiges an Wildbret mit und bestanden darauf, sich mit einem ordentlichen Grillfest zu bedanken.

Amber und Kyla erzählten Marven und Cal von ihrem unehelichen Ausflug und scherzten über die Dummheit der Engländer, die ihnen ihr unzüchtiges Manöver augenscheinlich abgenommen hatten.

Bis in den frühen Abend feierten wir gemeinsam die Rettung vor der missglückten Pressung in die englische Truppe. Dann trollten sich auch die Letzten wieder nach Hause.

Wir hofften auf einen Monat Ruhe und Ungezwungenheit, doch dann begannen wir nach Brae Fergusson und seinen Mannen Ausschau zu halten. John's alte Recken Aidan, Collin und Hamish waren bei uns geblieben und ritten täglich das Gelände im Norden ab, damit wir frühzeitig gewarnt wurden, wenn Marven und Caelan wieder verschwinden mussten. Auch die anderen Kätner und Leute aus Struy waren auf der Hut.

Irgendwann, immerhin war das eine Jahr vergangen und das nächste angebrochen, der Frühling wieder in Sicht, vergaßen alle ihre Vorsicht und machten nur noch ab und an ihre Runden.

Die Bedrohung war nicht mehr akut, und erst als niemand mehr daran dachte, hatte man Rotröcke unter Führung dieses schottischen Verräters gesichtet. Doch sie verschwanden gen Norden und wurden ebenso schnell wieder vergessen. So als hätte das Herz kurz polternd geschlagen, weil man sich erschreckt hatte, aber seinen ruhigen Takt wieder aufgenommen.

Es musste ein besonders kalter Winter gewesen sein, witzelten die Männer, als sich herausstellte, dass Kyla endlich wieder schwanger war. Allerdings rückte sie erst mit der Sprache heraus, als man eine leichte Wölbung ihres Unterleibs sehen konnte. Glücklich nahmen wir wenig später zur Kenntnis, das auch Amber und Caelan Eltern werden würden. Eine gute Nachricht. Für Amber freute mich das ganz besonders, denn sie war immerhin schon bald zweiunddreißig, für diese Zeit bereits viel zu alt für ein Kind. Doch war es für mich so, als ob diese Kinder einen schmerzlichen Verlust ausgleichen sollten. Mein Sohn war gegangen, aber bald würde er durch neue MacDonald-Babys ersetzt. So war das Leben. Es nahm und es gab. Für Trauer blieb letztendlich immer nur wenig Zeit. Doch vergessen würde man die, die man geliebt hat, nie. Das hatte ich gelernt und das tröstete mich.

Die guten Nachrichten lenkten einmal mehr von der Bedrohung und auch von der Vorsicht ab.

Leider hatte niemand von uns damit gerechnet, dass dieser Hundsfott Fergusson die Gegend so weit umgehen würde, dass er eines Tages aus dem Süden zu uns stieß.

Als er eines Nachmittags ins Gestüt einritt, brachte er als Erstes einige junge Knechte auf und ließ sie sogleich anketten, als handelte es sich um streunende Hunde, die zum Abschlachten gebracht werden sollten. Wehrlos die einen, ehrlos die anderen. Doch als das Gezeter auf dem Hof losging, eilten auch Marven und Caelan hinaus, um nach dem Rechten zu sehen, gefolgt von Vater und Robert. Zu spät erkannten die beiden Jungspunde, dass sie dem abtrünnigen Schotten in die Fänge geraten waren.

»Ah, MacDonald. Als hätte ich gewusst, dass du ein Betrüger bist. Allein hier haben wir jetzt …«, unterbrach sich Brae

Fergusson selbst und machte sich kurz ein Bild davon, wie viele junge Männer er für die Armee gefangen hatte. »Zehn und die zwei da«, dabei wies er auf unsere Söhne. Kurz kam er bei Cal's Anblick ins Stocken, als hätte er in einen verjüngenden Spiegel geschaut. Doch dann schüttelte er dieses Gefühl ab und befahl seinen Soldaten, auch diese beiden anzuleinen.

Cal und Marv sahen zu Al, der einmal kurz den Kopf schüttelte und sie damit anwies, sich nicht zu wehren. Dabei zwinkerte er, für Fergusson unsichtbar, denn er versuchte ihnen damit zu vermitteln, dass er sie irgendwie aus dieser Misere befreien würde.

Sarah und ich sahen der Festnahme aus dem Küchenfenster zu und wir beide zitterten vor Angst und spürten förmlich, wie uns die Farbe aus dem Gesicht wich. Zunächst.

Als unsere Männer keine Anstalten machten, die Jungs zu befreien, änderte sich unsere Stimmung und nahezu zeitgleich kochte Wut in uns hoch. Wir wollten aus der Küchentür stürmen und die Angelegenheit auf unsere Weise klären, als uns Duncan mit seinem immer noch massigen Körper den Ausgang versperrte.

An einem anderen Tag hätte ich den liebenswerten Hünen angelacht und mich über seine bärenhafte Gestalt amüsiert, aber nicht heute. Heute fand ich ihn einfach nur im Weg.

»Geh uns aus der Sonne«, fauchte ich ihn an.

»Naye, kleine Lady. Heute ist nicht der Tag zum Kämpfen«, brummte er.

»Wer sagt das? Du? Hast du Kinder? Lass uns vorbei, Duncan«, krächzte ich ihm hysterisch zu und war beinahe ohnmächtig vor Zorn.

»Hast du nichts von deinem Sohn gelernt, Jo?«, schimpfte er gedämpft. »Vertrau deinem Vater und deinem Ehemann. Wir erledigen das leise. Jetzt hört endlich beide auf zu zetern, sonst wird dieser Mistkerl noch auf Sarah aufmerksam«, schalt er uns.

Ein Blick über die Schulter sagte mir deutlich, dass meine Mutter dieser Begegnung nicht gewachsen war, denn sie zog sich augenblicklich kreideweiß zurück und ließ sich wie ein Sack

Kartoffeln auf die Bank am Esstisch fallen.

»Ich habe ihn schon wieder verloren«, wimmerte sie.

Also ließ ich von meinem Hahnenkampf mit Duncan ab und setzte mich zu ihr. Ich zog sie tröstend in die Arme und streichelte ihr über den graumelierten Schopf. Plötzlich kam sie mir nur noch zerbrechlich vor und viel älter, als sie in Wahrheit an Jahren zählte.

»Wir werden ihn retten. Wir werden auch Marven retten«, ich konnte nicht genau sagen, warum ich auch meinen Sohn erwähnte. Vermutlich, weil auch ich den Jungen einmal verloren hatte und nun schon wieder. Sarah war also nicht allein mit ihrem Schicksal. »Wir holen sie alle da raus. Nur habe ich das Gefühl, wenn wir der Natter nicht den Kopf abschlagen, wird sie uns immer und immer wieder beißen«, sinnierte ich leise vor mich hin. Sarah hob ihr Kinn und wurde plötzlich sehr entschlossen.

»Das, meine liebe Tochter, ist meine Sache. Ich habe Schuld auf mich geladen, als ich diesen Unmenschen zwischen meine Schenkel ließ. Ich habe mich beinahe selbst getötet. Ich habe gelitten, aber ich habe auch geschworen, dass der Tag kommen wird, an dem ich die Chance habe, die Rechnung mit Brae Fergusson zu begleichen«, stellte sie mit einer Kraft in der Stimme fest, dass es sich wie ein tödlicher Schwur anhörte.

»Ja, die Rache sei dein«, entfremdete ich einen Bibelspruch, weil mir echt die Worte fehlten, genauso wie Duncan, der uns erstaunt anstarrte.

Wie in einem Traum hörten wir die englischen Soldaten fort reiten. *Langsame Gangart*, schlich sich ein Gedanke in mein Hirn. *Sie lassen die jungen Männer zu Fuß gehen.* Ein weiterer Lichtblitz streifte meine Sinne. *Dann haben wir Zeit. Schön, dann haben wir Zeit für einen Plan. Das ist mal eine gute Neuigkeit*, schöpfte ich Hoffnung.

Kaum war wieder Stille draußen eingekehrt, kamen unsere Männer in die Küche gestürmt.

»Geht es euch gut?«, fragte Robert aufgeregt, der Duncan einfach zur Seite geschoben hatte, um sich vor uns zu knien.

»Sarah, wir holen ihn zurück«, sprach Vater seine Frau genauso entschlossen an, wie sie sich vor einigen Minuten mir offenbart hatte, so gab ich ungefragt Antwort:

»Aye. Wir holen sie alle zurück!«

Wir hörten, wie die Mädchen die Treppe hinabgaloppierten, als wären sie junge Füllen. Dann stießen sie atemlos zu uns und brüllten wie aus einem Mund nach ihren Männern, sodass sie von Robert und Duncan sogleich in eine feste Umarmung gezogen wurden.

»Dieser verfluchte Schotte hat sie mitgenommen, Kind«, raunte Robert in Amber's Ohr. »Aber sei dir gewiss, wir holen sie da raus, bevor sie auf irgendein Schiff nach Übersee verschleppt werden.«

Kyla horchte auf und ich sah, wie sie in Duncans Armen zitterte wie Espenlaub.

»Ihr müsst jetzt stark sein. Stark für die beiden und hoffen, dass sie keine Dummheiten machen. Wenn sie zu fliehen versuchen, werden sie erschossen wie tollwütige Hunde«, sprach ich sie gefasst an und fügte hinzu:

»Und ihr beide werdet euch ebenfalls fügen, damit ihr sie nicht in Gefahr bringt. Ich kenne euer Temperament. Versprecht es, jetzt und hier. Nein! Schwört es«, befahl ich.

Die Mädels nickten verwirrt, weil sie mich noch nie in ihrem Leben so dermaßen hart gesehen hatten oder einen derartig herrischen Ton von mir kannten. Von Sarah's Schwur animiert, war auch mir die Entschlossenheit, den Kampf gegen die Unbilden der Zeit aufzunehmen, ins Blut übergegangen.

Ich wusste zumindest über Amber so genau, dass sie kopflos zu allem fähig wäre, wenn man ihr nicht von vornherein Einhalt gebot. Daher sah ich es in diesem Fall für notwendig an, Klartext zu sprechen. Kyla war schon etwas ruhiger geworden, seit man ihr die Schwangerschaft ansah. *Dem Himmel sei Dank*, dachte ich. Ich war mir sicher, dass sie kein zweites Kind verlieren wollte. Auch glaubte ich, dass sie mittlerweile auch innerlich so reif war, selbst ein Kind haben zu wollen. Diesmal war sie nicht überrumpelt, diesmal war es gewünscht. Kyla würde sicher nicht aufs Spiel setzen, was ihr nun sehr wichtig war.

Als hätte mein bissiger Ton Sarah aus ihrer inneren Ruhe gerissen, straffte sie sich, als würde Phönix aus der Asche erwachen. Auch das war niemand gewohnt, außer wenn es um ihren Sohn ging. Nicht einmal ich.

»Ich möchte, dass Hamish die Gruppe verfolgt, damit wir immer wissen, wo sie sind. Aidan oder Collin können uns die Botschaft bringen. Duncan kümmert sich darum, dass dieses Gestüt aufgelöst wird. Alle Pferde, die wir nicht als Reittier brauchen, sollten nach Taymouth gebracht werden. Genauso alle Wertgegenstände und die Buchhaltung. Die Kätner befinden sich auf Campbell-Land und können bleiben oder fortgehen, wenn sie ihre Söhne zurückhaben. Allerdings, sicher wird es hier nie wieder sein. Für keinen von uns, auch für sie nicht«, plante sie mit einer enormen Willensstärke, die den Männern nur so das Staunen ins Gesicht zauberte. Doch Al fasste sich bald und sprach sie sanft an, da er dachte, hier spräche die verzweifelte Mutter.

»Frau, lass uns die Angelegenheit regeln, wir müssen doch nicht gleich …«, versuchte er seine Sarah zu besänftigen, doch sie unterbrach ihn harsch.

»Naye, Al. Dies ist nicht das erste Mal, dass wir Schotten alles verlieren. Aber ich schwöre dir, dass dieses Heim das letzte sein wird, das ich verloren haben werde. Dieser Kampf ist meiner und der Plan reift seit zweiundfünfzigeinhalb Jahren. Er ist unumstößlich. Dieser Mann namens Brae Fergusson kann mir nicht mehr antun, als er es zu diesem Zeitpunkt schon getan hat. Aber am Ende, das ist gewiss, werde ich über seinem sterbenden Körper stehen, in sein Gesicht lachen und ihm einen verdienten Aufenthalt in der Hölle wünschen. Und bei Gott, sollte es diesen Versager wirklich geben, hoffe ich auch, dass es die Hölle tatsächlich gibt«, rauschte es aufgebracht aus ihr heraus. Ein gebrochener Staudamm war gar nichts dagegen, so viel Hass floss aus der sonst so sanften Sarah. Doch ich konnte sie so gut verstehen.

Vater schnappte kurz nach Luft und wollte etwas sagen, doch

seine Frau ließ ihn sogleich wieder verstummen.

»Wir hatten eine schöne und relativ ruhige Zeit hier, aber die ist nun vorbei. Dieser Ort wird unweigerlich immer und immer wieder heimgesucht werden. Unser sicherer Hort ist nicht mehr da, begreift das. Wir müssen fort und wir werden uns zurückholen, was uns genommen worden ist. Es gibt keine andere Lösung. Das Einzige, woran wir denken sollten, ist, dass wir die in Sicherheit wissen, die wir verlassen müssen, weil es nicht anders geht. Und die in Sicherheit zu bringen, die wir lieben. Aye.«

Und tatsächlich schienen alle zu erahnen und zu verstehen, was letztendlich der völligen Wahrheit entsprach. Dass in Sarah's Plan eine Idee heranreifte, die uns alle noch schmerzen sollte, ging in diesem Moment keinem auf.

Vater und Robert mussten sich eingestehen, dass Sarah in letzter Konsequenz recht hatte. Die Mädchen kämpften noch immer um Fassung und suchten nach dem tieferen Sinn. Sie hatten nicht die Erinnerung an einen zerstörerischen, alles vernichtenden Krieg. Da waren sie im Nachteil, allerdings waren sie nicht tief verwurzelt, sodass ihre Formbarkeit und Flexibilität niemals ein Hindernis sein würde.

Das allerdings war nun das Problem unserer Männer, die bisher immer die alleinigen Entscheider sein konnten, weil wir sie es immer sein ließen. Hier standen die beiden stolzen Highlander nun vor einer massiven Wand. Sie war erbaut aus Liebe. Gehalten mit Mörtel aus einer Prise Hass, ein wenig Erinnerung, ganz viel Lebenserfahrung mit einem Quäntchen Schmerz zwischen den Steinen. Verputzt mit der Kraft und dem Stolz der Frauen, mit denen sie auf ewig verbunden waren.

Zwar hatten sie immer die Meinungen ihrer Liebsten eingeholt, aber Männer waren halt Gewohnheitstiere. So abrupt zum Umdenken gezwungen zu werden, schmeckte zunächst etwas bitter. Doch als das Einsehen erwachte und selbst die Mädchen es sehen konnten, verbeugten sie sich wie Ritter vor ihren Holden und gaben ihren Schwur noch einmal laut und deutlich ab:

Blood of my blood,
bone of my bone,
I give ye my body,
that we may be one,
I give ye my spirit,
till our life will be done.

»So sei es«, tat Vater noch abschließend kund und Robert nickte ihm bejahend zu. Beide würden sie in diesen Kampf den Frauen beistehen. Mit all ihrer Kraft wollten sie beschützen, was ihres war.

2

Die gepressten Schotten stolperten zumeist hinter den englischen Soldaten her, die sich auf ihren Pferden mit einem rücksichtslosen Tempo in Richtung Norden gewendet hatten. Die jungen Männer waren gezwungen, sparsam mit ihren Kräften umzugehen. Entsprechend schweigsam wurden sie, aufgereiht wie auf einer Perlenkette, durch die schottischen Highlands gezogen. Jeder verharrte in seinen eigenen, dunklen Gedanken und konzentrierte sich auf sich selbst, um nicht zu stürzen. Da die Kolonne sich erst am Nachmittag in Gang gesetzt hatte, kamen sie bis zum Einbruch der Dunkelheit nur bis kurz vor Struy, wo sie an einen großen, einsamen Baum angebunden wurden, der unbelaubt weder Schutz gegen Regen noch ein wenig Windschatten bot.

»Setzt euch so eng wie möglich zusammen und wärmt euch gegenseitig«, raunte Marven den Leuten zu. Sogleich ging ein Gerucke durch die Männer. Der hinterste Gefangene breitete seine Beine aus, sodass sich der nächste davor platzierte und so weiter. So bildeten sich in kurzer Zeit vier Reihen á vier Mann. Diese vier Reihen wiederum rückten nah aneinander und bald hatte sich ein menschliches Quadrat zusammengefügt.

»Gut, Jungs. So können wir uns auch besser verständigen. Bitte seid ganz leise, aye. Wir sprechen gälisch und so wenig wie möglich. Habt ihr verstanden?«, fragte Caelan, der sich mit Marven die Leitwolfrolle teilen wollte. Marven nickte und so taten es ihm die anderen nach, zunächst verunsichert, auf wen sie denn nun hören sollten.

Kaum waren sie nun so eng zusammengerückt, als bereits einer der Engländer kam und ihnen ein hartes Brot hinwarf, während er einen Eimer Wasser mit Kelle beinahe so weit von der Gruppe abstellte, dass er kaum zu erreichen war. Der Soldat war nicht viel älter als der Jüngste der Schotten. Er hatte ein Gewehr geschultert, aber seine Augen blickten ängstlich. Vermutlich war das Bürschchen auch so ein Gefangener gewesen wie jetzt sie, dachte Marven.

»Verdammt, unsere ganze verfluchte Mittelalterausbildung war ja wohl voll für'n Arsch. Sie hilft uns jetzt echt überhaupt nicht«, brummte Caelan leise vor sich hin.

»Naye, im Moment nicht. Aber wir sind ja auch nicht mehr im Mittelalter, Cal. Krieg haben wir nicht auf dem Zettel gehabt. Gefangenschaft auch nicht. Aber ich bin sicher, dass Grandpa und Da schon Pläne schmieden. Wir müssen uns nur ruhig verhalten und dürfen auf keinen Fall fliehen. Die Gewehre und Pistolen haben zwar nur einen Schuss, aber diese Waffen genügen, um uns alle zwölf zu den Engeln zu schicken«, raunte Marven zurück.

»Aye. Verdammte Axt. Ich flüster das mal den anderen, damit die uns nicht aus Versehen durch Kopflosigkeit umbringen. Mein Bedarf an Schusswunden ist erst mal gedeckt«, zischelte Cal zurück und grinste ihn blöde an.

Marven zog seine Lippen zusammengekniffen auseinander und sah aus wie ein Clown mit Pustebacken. Er schüttelte langsam den Kopf. *Caelan ist ein hoffnungsloser Fall, selbst jetzt ist er noch zu Scherzen aufgelegt,* dachte er. Gerade deshalb mochte er den Kumpel schließlich, gestand er sich ein. Caelan war die Leichtigkeit des Seins in Person. Also löste sich seine angespannte Miene und er musste schmunzeln, weil er wirklich, trotz der schlimmen Lage, nicht ernst dabei bleiben konnte, wenn Cal seinen Sarkasmus anbrachte.

Aus dem Augenwinkel bemerkte er, dass ein weiterer Uniformierter auf die Gruppe zukam, und stieß Cal kurz mit dem Ellbogen an, damit auch er auf den Mann aufmerksam wurde. Der Mann kam im Stechschritt auf sie zu und hatte eine Kladde bei sich. Als er vor den jungen Schotten zum Stehen kam, krächzte er:

»Ihr sagt mir jetzt nacheinander eure Namen, damit ich euch in die Rekrutenliste eintragen kann, angefangen mit dem da.« Der Schreiber zeigte auf Hump und so begannen wir auf Blickkontakt unsere Namen aufzusagen, damit der Mann seine Notizen machen konnte. Im Hinterkopf machte sich Marven allerdings die Notiz, dieses Buch verschwinden zu lassen, wenn sie befreit werden sollten. Ganz in Gedanken hörte er nur unaufmerksam zu, wie sich Namen aneinanderreihten. Humphrey MacInnes, Fynn Clyde, Robert Clyde, Caelan MacCraven …, dabei wurde er plötzlich wieder ganz hellhörig und sah Cal vorwurfsvoll an. *Hätte der Depp nicht einen anderen Namen erfinden können?*, grübelte er, sodass er völlig verpeilte, als er an der Reihe war.

»Was is', Bürschchen? Brauchst du 'ne Extraeinladung?«, frotzelte ihn der Schreiber an.

»Ähm, naye, Sir. Ich bin Marven MacDonald«, stammelte er überrascht, dass er auf einmal so fassungslos war.

Als der Mann von dannen zog, drehte er sich sofort zu Cal um.

»Bist du nicht bei Trost? Konntest du nicht Miller oder Smith sagen? Musstest du diesen Hundsfott auf dich aufmerksam machen, hä?«, giftete Marven mit gedämpfter Stimme.

»Aye, musste ich. Ich gehe jede Wette ein, dass der nicht merkt, wer ich bin. Das Hirn dieses Idioten schätze ich maximal auf Walnussgröße«, griente Cal.

»Na, dann können wir ja alle froh sein, dass er dir seine Hirngröße wohl nicht vererbt hat, wo schon alles andere nach Klon aussieht«, ätzte Marven trocken. Sein Freund war manchmal eine echte Zumutung, doch da fiel ihm ein, dass er seinen Freund ähnlich schockieren könnte:

»Um was wetten wir denn?«

Caelan musterte seinen Kumpel ungläubig. Marven wettete nie. Er hasste es direkt. Aber nun, wenn er sich dazu herablassen konnte, konnte er schließlich darauf eingehen.

»Wenn ich gewinne, heißt dein Sohn Hermann, wenn nicht, dann gebe ich dir meinen zweiten Jagdbogen, den du so toll findest.«

»Du hast wohl nicht mehr alle Schweine im Rennen, Alter. Selbst wenn den Blödmann der Name irgendwie aufmerken ließe, würde nicht einmal Einstein auf die Idee kommen, du wärst sein Sohn. Sein Sohn wäre doppelt so alt wie du … Und Hermann, wie kommst du bloß auf diese Idee? Was soll mein Sohn mit so einem blöden Namen? Außerdem darf ich dich daran erinnern, dass dein zweiter Jagdbogen unerreichbar bei Trish ist. Ich wette nicht mit dir, du Stümper, basta«, zischte Marven und zeigte seinem Kumpel einen Vogel.

»Du bist ein Stiesel«, antwortete Cal.

»Ich muss Pi«, flüsterte Fynn irgendwo aus der Mitte des Menschenquaders.

»Was? Wer sagt das?«, fragte Cal genervt.

»Ich, Fynn Clyde«, raunte der kleine Mann aus der Mitte der Gefangenen.

Caelan verdrehte die Augen. Hier mussten alle für einen aufstehen, damit der eine pinkeln konnte.

»Alle Mann aufstehen, auf die andere Seite, und alle, aber ausnahmslos alle werden jetzt pissen. Und dann ist Ruhe, kapiert?«, befahl er der kleinen Truppe, sich zum Gemeinschaftsschiffen zu bewegen.

Marven hatte ausnahmsweise seinen Spaß, auch wenn die allgemeine Lage ganz und gar nicht erheiternd war. Langsam begann es wirklich kalt zu werden und anscheinend rechneten die Sassanachs mit etwaigen Verlusten, die bei jedem Transport zu verzeichnen waren. Ein Schotte mehr oder weniger, ob er nun hier in Schottland starb oder sich in Übersee eine Kugel fing, war völlig egal.

Nach der gemeinsamen Erleichterungsaktion fädelten sich

die Männer wie gehabt ineinander und wärmten sich gegenseitig, obgleich selbst die, die in der Mitte saßen, irgendwann zu bibbern anfingen.

Am nächsten Morgen gab es wenigstens einen heißen, wenn auch dünnen Tee, der die Gruppe jedoch nur mäßig aufwärmte, sodass Marven alle zum Aufstehen zwang und sie animierte, sich nach Möglichkeit zu bewegen. Das wiederum harte Brot, das sie sich teilen mussten, ließ ihre Münder trocken werden. Ungehalten rief er zu den Engländern herüber:

»Was denkt ihr Schurken euch? Wie will Fergusson diese armselige Truppe«, dabei zeigte Marven verächtlich auf die Rotröcke, die ihn anzugaffen begannen, bevor er endete: »... die ihr darstellt auszeichnen, wenn wir halb verhungert am Schiff ankommen? Glaubt er wirklich, dass ihm das Sternchen in seinem Hausaufgabenheft einbringt?«

Nun wendeten sich ihm aufgeschreckt alle Köpfe zu, die der eigenen Mannen eingeschlossen.

»Meinst du, dass uns das jetzt irgendwie Vorteile bei der Verpflegung einbringt?«, fragte Cal trocken, an Marven gewandt.

»Naye, vielleicht nicht. Aber es ist doch wahr.«

»Ich mache mir gerade Gedanken über deinen Geisteszustand, Marv. Das wird definitiv Ärger geben«, raunte Cal, wobei er seinen Freund anstieß, damit er den nahenden Kommandanten Brae Fergusson bemerkte.

»Wer hat das gesagt?«, blökte der verräterische Schotte.

Marven trat vor und gab sich als derjenige zu erkennen, der sich beschwert hatte, während die anderen, außer Caelan, eine selbstschützende Schildkrötenhaltung einnahmen.

»Ich sage das«, gab Marven lauthals von sich und reckte sein Kinn.

»Was ihr esst, wann ihr esst, wann ihr ausruht und wann ihr lauft, bestimme ich. Ich bin für eure Ankunft in Inverness zuständig. Wie ihr da ankommt, steht nirgendwo geschrieben«, schnauzte Fergusson zurück und rief seinen Adjutanten.

»Aufschließen«, befahl er und zeigte auf das Schloss an Marven's Handgelenk. »Den Mann an den Baum binden und zehn Hiebe für seine Aufsässigkeit«, verfügte er und sah Marven kalt an. Doch dann trat Caelan aus dessen Schatten.

»Für einen Schotten hat sich der Mann wohl schnell an englische Strafen gewöhnt, aye Marv. Na ja, wenn man sie austeilt, anstatt sie einzustecken, ist das ja auch einfach«, höhnte der blonde Mann, der hinter Marven stand. Wäre Marven nicht in der Situation gewesen, seinen Stolz präsentieren zu müssen, hätte er die Augen verdreht und ob der Dummheit seines Freundes schwer ein- und ausgeatmet. Aber hier konnte er jetzt keine Anzeichen von Blöße gebrauchen. Er spürte nur, wie Cal neben ihn trat und sich an seine Seite stellte, während er demonstrativ seine Handschellen hinhielt, damit auch er gemaßregelt werden konnte.

»Wie ist dein Name, Dummkopf?«, fragte Fergusson mit boshaftem Blick.

»Caelan.«

»Caelan was?«

»MacCraven.«

Marven und Cal konnten direkt sehen, wie es hinter der Stirn ihres Geiselnehmers arbeitete. Sicherlich war ihm der Name in Erinnerung. Sicherlich überlegte er, warum dieser junge Mann ihm so ähnlich sah. Aber dann wurde beiden schnell klar, dass ihnen die Blöd- und Selbstherrlichkeit persönlich gegenüberstand. Der fragte nicht einmal nach Caelan's Herkunft, wies nur den Adjutanten an, auch Cal loszumachen und an den Baum zu binden, damit auch dieser aufmüpfige Jungspund seine zehn Hiebe bekam.

»Selbst schuld«, sagte Brae, wobei er sich bereits zum Gehen wendete. »Du hast darum gebettelt, tzzz tzzz.«

»Wie jetzt? Bleibt Hochwohlgeboren nicht hier und sieht zu?«, schnauzte Caelan hinter dem Mann her, dass Marven seinen Freund am liebsten k. o. gehauen hätte. Doch Fergusson schaute nur angewidert über seine Schulter zurück und wies den Adjutanten an, dass Cal fünf Hiebe mehr für seine Frechheit erhalten sollte.

Die englischen Soldaten banden die beiden an den Baum.

Das Menschbaumpaket war an den Fußgelenken festgemacht. Mit freien Oberkörpern, die an der rauen Baumborke aufgescheuert wurden, umarmten die beiden den Stamm. Ihre Unterarme waren verschränkt und hielten jeweils den des anderen. Die beiden Freunde hätten sich im Leben nicht freiwillig losgelassen, aber die Sassanachs trauten den Schnöseln keine Willensstärke zu, sodass auch die Arme fest verschnürt waren.

»Du bist so ein Idiot«, zischte Marven seinem Freund zu, bevor das Schlagen begann.

»Hey, ich kann dich das doch nicht allein durchstehen lassen«, quietschte es beinahe vergnügt hinter dem Stamm.

»Danke, Cal. Aber zehn Hiebe hätten doch gereicht. Supermann musste aber noch Nachschlag einholen. Du Pfosten«, gab Marven verächtlich zurück und schon spürte er den ersten Schlag, der ihm zischend in den Rücken biss. Die Gleichzeitigkeit der Hiebe für beide ließ sie den Hieb für den anderen überhören. Allein, wie sich ihre Hände in die Unterarme des anderen verkrallten, sagte aus, wie der andere litt. Doch ihr gemeinsames Leiden, ihr gemeinsamer Schmerz spornte sie gegenseitig an, keinen einzigen Laut von sich zu geben. Auch als Marven's Strafe abgegolten war und Cal seine letzten fünf Hiebe einfuhr, gab ihm Marven die Kraft, es durchzustehen, allein durch seine Hände, die sich um seine Unterarme schlossen.

Der abschließende Guss aus dem Wassereimer, der ihnen lieblos an den Rücken geklatscht wurde, war nicht eben hilfreich. Die Hosen waren nun nass und die blutigen Striemen jenseits von gesäubert. Egal. Sie zogen ihre Hemden wieder über und reihten sich in die gebundene Schottengruppe.

»Geht es euch jetzt besser?«, fragte Hump und sah sie böse an.

»Naye, nicht so richtig, aber wir gewinnen Zeit, Hump«, antwortete Marven kühl.

»Ah, so ist das. Was gewinnen wir denn, wenn sie euch totgeschlagen haben?«, fragte der Knecht nun aufgebracht, aber leise, damit die Rotröcke, die er während des Gesprächs angewidert im Auge behielt, nicht argwöhnisch wurden. Darauf hatte weder

Marven noch Caelan eine plausible Antwort, also zuckten sie einfach nur mit den Achseln.

Eine Weile standen sie noch herum, sodass Caelan und Marven sich einen Moment an das störende Gefühl von rutschigem Stoff auf aufgeplatzter Haut gewöhnen konnten. Doch ehrlich gesagt war der schrinnende Schmerz zum Abgewöhnen und beide kamen zu dem Schluss, dass sie Auspeitschungen demnächst nicht unbedingt provozieren wollten.

»Wenn wir wenigstens wüssten, wohin sie uns bringen. Kannst du dich erinnern? Gingen die meisten Schiffe aus Wick, Inverness oder Edinburgh?«, fragte Cal leise.

»Keine Ahnung, Cal. Ich hoffe, Wick. Das gibt den anderen und uns Zeit. Blöd wäre Inverness«, gab Marven zurück und betete innerlich, dass es nicht das allzu nahe Inverness sein möge.

3

Der Kriegsrat tagte in der Küche, Hamish und Collin waren den Engländern auf der Spur. Wir besprachen und notierten, was alles geschehen musste, um uns abmarschbereit zu machen. Die Diskussion war beinahe zum Erliegen gekommen, als wir Pferdegetrappel auf dem Hof hörten. Vater stand auf und sah aus dem Fenster.

»Collin. Endlich«, sagte er müde und blickte weiterhin in das noch neblige Morgenlicht, um Collin zu beobachten, der gemächlich sein Pferd in den Stall brachte.

Nicht nur Vater war übernächtigt, auch wir anderen hatten vor Sorge kein Auge zugemacht. Allerdings war Sarah verschwunden, seit sie uns ihre Pläne kundgetan und uns zu einer eingeschworenen Kampftruppe zusammengeschweißt hatte. Niemand fühlte sich trotz ihres ganz privaten Rachefeldzuges zurückgesetzt, denn jeder von uns hatte Aktien zu verlieren. Ob Marven oder Caelan, die Bande waren einfach zu vielfältig und zu fast jedem von uns vorhanden, sodass es hier überhaupt keine Einwände gab. Sogar über die Ausführung herrschte letztendlich

Einvernehmen. Die Mittel waren allerdings nur vage angerissen und würden energisch durchgesetzt werden müssen, hatte ich so im Gefühl.

»Ah, da ist auch Sarah. Sie war wohl in der alten Kate«, tat er uns kund, was sich draußen abspielte. Ich war ebenfalls aufgestanden und machte mich daran, Porridge zu kochen, denn Collin würde Hunger haben.

»Kyla, sei doch so lieb und mach ein wenig Wein heiß. Würz ihn gut, damit wir uns alle damit aufwärmen können, aye«, bat ich. »Am, du könntest Brot und Käse beschaffen. Wir sollten uns alle stärken, damit wir diesen Kampf durchstehen«, holte ich auch meine Tochter aus ihrer Sorge. Beschäftigung, und sei sie noch so banal, konnte Anspannung lösen. Das wusste ich aus Erfahrung.

»Heute sollten wir auch Bannocks backen und Proviant zusammenstellen. Ich habe so das Gefühl, dass wir es bald brauchen werden.«

»Aye, das würde ich vorschlagen«, kam es von dem Recken, der mit verschränkten Armen über der Brust am Türrahmen lehnte und meinem lauten Philosophieren zugehört hatte.

»Collin«, keuchte ich überrascht, wobei ich nicht über sein Erscheinen erschrocken war, schließlich hatte Vater ihn ja angekündigt, sondern über seine ruhige Erscheinung. Völlig unaufgeregt kam er in die Küche geschlendert und setzte sich zu Robert und Vater.

»Wo sind sie?«, wollte Robert wissen und konnte seine Anspannung, wie meistens, nicht so gut verbergen.

»Gestern sind sie nicht mehr so weit gekommen. Sie lagerten kurz vor Struy in offenem Gelände. Das können wirklich nur die Engländer. Der Schotte, der diesen Misthaufen anführt, ist dumm wie Bohnenstroh.

»Hast du die Jungs gesehen?«, wollte ich nun wissen, denn das allein war meine Sorge.

»Aye und naye«, meinte Collin mit einem gequälten Schmunzeln. Er hatte keine Ahnung, wie er Jo beibringen sollte, dass die beiden ausgepeitscht worden waren. Also entschied er sich, mit den einfachen Dingen anzufangen. »Ich glaube, sie haben die Gruppe ganz gut im Griff. Da sie auf freier Fläche nächtigen mussten, haben sie allen befohlen, sich so eng wie möglich aneinanderzusetzen, damit sie sich gegenseitig wärmen konnten. Das Essen war nicht so opulent. Wir konnten sehen, dass den zwölfen ein Brot und ein kleiner Eimer Wasser reichen musste.«

»Und weiter?«, hakte ich kritisch nach, denn mit den beschriebenen Unbilden würden die beiden wohl oder übel zurechtkommen.

»Nun, heute Morgen haben die beiden Streit angefangen. Sie haben sich offensichtlich beschwert. Hören konnten wir das nicht, aber es sah so aus. Marven hat den Rotröcken etwas zugerufen. Daraufhin ist der Fergusson dorthin getrabt und hat ihn gemaßregelt. Dann ist Cal neben Marv aufgetaucht und hat den Mann zusätzlich beleidigt, wie es scheint. Aber der junge MacCraven musste noch nachkarten. Dafür hat er dann eine zusätzliche Strafe bekommen. Na ja, zu guter Letzt haben sie sie an einen Baum gebunden und dort haben sie sich Hiebe mit der Gerte eingefangen.«

»Und?«

»Und was, Jo? Die beiden sind Bilderbuchhighlander. Wir haben nicht einen Schmerzlaut gehört und nachher standen sie noch. Sie haben sich wacker geschlagen«, sagte Collin stolz.

»Oh«, drehte ich mich ab und knibbelte meine Tränen fort. Dann ging ich das Porridge umrühren, um einen Moment für mich zu haben.

»Wenn Granny es nicht macht, bringe ich den Typen um«, hörte ich zischend und sah auf. Dass Kyla ebenfalls am Herd war, hatte ich vollkommen vergessen.

»Kyla, es geht Marven gut. Mach dir keine Sorgen. Achte du auf das Kind. Das ist ihm das Allerwichtigste. Er liebt dich und er freut sich auf das Kleine in deinem Bauch. Versprich mir, dass du keine Dummheiten machst, bitte«, flehte ich sie an.

»Jo, ich mache keine kopflosen Geschichten. Das habe ich bei Trish gelernt. Aber auch ich werde beschützen, was mir gehört. Dass dabei das Baby vorrangig ist, steht außer Frage. Aber manchmal hilft auch List. Meinen Kopf darf ich doch wohl benutzen, oder?«

»Aye, das darfst du. Du darfst auch sagen, wenn du eine helfende Idee hast, Lass«, beschwichtigte ich und lächelte sie gequält an.

»Sarah, wo warst du?«, fragte Vater, als seine Frau endlich wieder zu uns kam. Er war aufgesprungen und ihr entgegengeeilt. Nun geleitete er sie zu einem freien Stuhl. Den kleinen Beutel, den sie mit sich trug, legte sie sich besitzergreifend auf den Schoß. Ihre Hände blieben beschützend darauf liegen.

»Jetzt hast du die Neuigkeiten verpasst, Ma«, sagt Robert, dem auch aufgefallen war, dass sie den unscheinbaren Beutel schützte, als wäre er voller Goldnuggets.

»Naye, Collin hat mir auf dem Hof schon alles gesagt. Darum bin ich noch mal zurück in die Kate und habe einige Salben und Heilkräuter eingepackt«, offenbarte sie, warum sich ihre Neugier so in Grenzen hielt.

Das also hat sie in ihrem Päckchen, dachte Robert und dann vergaß er es, als wäre es das Unwichtigste auf der ganzen Welt. Auch Vater schickte sich an, seinen Argwohn fallen zu lassen. Nur mir ging ein Schauer über den Rücken. Für die Heilkräuter und Salben hätte sie keine Minute gebraucht. Ma war aber stundenlang fort. Garantiert hatte sie irgendetwas zusammengebraut, was einen Drachen töten würde. Denn gegen den trat diese Frau doch ganz offensichtlich an. Ich rollte mit den Augen ob der Ignoranz unserer Ehemänner und drehte mich wieder dem Herd zu. Das Porridge war fertig. Teller, Becher, Brot, Schinken und Käse standen auf dem Tisch und Kyla schickte sich an, den Würzwein in Krüge zu füllen. Amber brachte gerade noch die Schalen und Löffel für den Haferbrei, und schon konnte gegessen werden.

Obwohl wir alle wussten, dass die Jungs heute eher darben würden, aßen wir mit Appetit. Nicht einmal eine Nuance von schlechtem Gewissen stellte sich ein. Wir alle waren, glaube ich, dabei, unsere Kräfte zu sammeln, zu bündeln und wenn nötig in einem einzigen, tödlichen Strahl herauszulassen.

»Ich mach mich in einer Stunde wieder auf den Weg zu Hamish und Aidan. Ich denke, die Truppe ist auf dem Weg zum Blarnacuiflich Moor. Wenn's geht, würde ich mich gern noch ein wenig langmachen. Weck mich bitte, aye«, teilte Collin uns mit und stand auf, um seine Kammer über den Ställen aufzusuchen.

»Kyla, geh doch zu Duncan's Kate und bitte ihn her. Er muss etwas sehr Dringendes erledigen«, bat Sarah.

Als Duncan zu uns kam, machte Sarah uns mit ihren Plänen vertraut, die allerdings nur bis zu unserer Schiffspassage nach Übersee reichten. Irgendwie hatte ich den Anflug einer Ahnung, dass dies nicht alles war. In Sarah gärte und brodelte es. Beunruhigt nahm ich vorerst zur Kenntnis, dass die Frau, die immer so liebevoll dahergekommen war, im Grunde ihres Herzens doch eine Kriegerin war. Sie strafte mich Lügen mit meinem Satz: *»Ach Ma, du bist Heilerin, keine Kriegerin, und das ist gut so.«*

»Duncan, ich möchte dich bitten, so schnell wie möglich zu John zu reiten. Es ist wichtig, dass er uns seine ›Eagle‹ absegelbereit in Inverness vorhält. Das Schiff sollte dort in spätestens einer Woche vor Anker liegen. Die Einhaltung der Wochenfrist ist lebenswichtig. Hörst du?«, bat sie inständig um das Verständnis des alten Recken, für den dieser Ritt immens schmerzhaft werden würde. Doch alle am Tisch wussten, dass er sich für uns quälen würde. Er würde sogar für uns sterben, wenn es sein müsste. Der Abschied von diesem gutmütigen Bären trieb mir schon jetzt die Tränen in die Augen.

»Wir, das heißt Joline«, nickte sie mit funkelnden Smaragdaugen in meine Richtung, »nimmt sein Angebot, in Übersee Wurzeln zu schlagen, schon jetzt an«, stellte sie fest und Duncan begriff, dass er uns an diesem Tag vermutlich das letzte Mal sah.

»Aye, ich werde gehen. Aber ich werde mich anständig verabschieden, Sarah«, schluckte er. »Ich bedaure, dass wir nicht zusammenbleiben können. Vorerst. Von Anfang an habt ihr mich in diese Familie aufgenommen. Nun werde ich auf das Altenteil geschickt. Ich darf nicht erleben, wie mein Patenkind

Mutter wird. Ich darf diese Schlacht nicht mit euch schlagen«, sah er Al traurig an. »Ich darf nicht miterleben, wie euer Kampf letztlich ausgeht, doch nehmt meine besten Wünsche für einen guten Ausgang mit euch«, krächzte er ergriffen und seine blauen Augen verwässerten sich ein wenig. Das hatte ich bisher nie gesehen. »Aber eines schwöre ich euch. Wenn ich es einrichten kann, komme ich nach Neuschottland auf euer Gestüt und sterbe dort in Frieden, im Kreise einer Familie, bei der ich mich wohlgefühlt habe«, schloss er seine Abschiedsrede und stand auf. Umständlich stakste er zu Amber, die sich sogleich in seine Umarmung warf und bitterlich zu schluchzen begann. Auch Kyla konnte sich ihre Tränen nicht verkneifen, die wasserfallartig ihre kleinen grünen Teiche verließen. Auch sie wurde gleich mit in die Umarmung gezogen. Wir anderen waren mittlerweile ebenfalls aufgestanden und jeder wurde aufs Herzlichste gedrückt und bekam einen Kuss auf die Stirn. Männlein oder Weiblein, das war dem Hünen völlig egal. Als er uns alle endlich geherzt hatte, drehte er sich abrupt um.

»Macht's gut, Kinder, und holt die Jungs heil aus dieser Sache raus«, brummte er gebrochen und verschwand.

Traurig starrten wir auf die Tür, die vor Kurzem noch von einem einzigartigen Mann, den niemand von uns missen wollen würde, wären wir nicht dazu gezwungen, durchschritten worden war.

Dann räusperte sich Sarah, sah uns unnachgiebig an und machte uns schonungslos klar, dass wir eines nicht im Überfluss hatten: Zeit. Sie brachte uns akribisch auf den Stand, dass jeder seine Aufgabe hatte. Ihr durchdachter Plan beinhaltete, dass dieser Kampf ohne eigene Verluste oder Blutvergießen vonstatten gehen würde. Jedenfalls zunächst.

Was viel später geschehen würde, das malte sie uns nicht aus. Auch nicht, was mit den zurückgebliebenen Kätnern geschehen würde. Doch sie wollte sie warnen und danach lag alles in ihrer eigenen Hand. Wenn sie blieben, würden sie vermutlich untergehen, wenn sie gingen, müssten sie von vorne anfangen. Aber am Ende läge die Entscheidung bei ihnen selbst.

»Sie sind mündige Schotten, keine Kinder. Sie haben ein Gehirn mit auf die Welt bekommen. Wenn sie es nutzen, werden sie sich auch richtig entscheiden«, meinte sie und uns blieb nichts übrig, als ihr wieder einmal beizupflichten.

»So, ich muss noch eine Sache erledigen, aber wenn der Morgen kommt, werden wir bereit sein müssen. Ich hoffe, die Pferde sind in Ordnung, der Proviant ist vorbereitet und ihr alle habt genügend geschlafen. Die Mädchen müssen am ärgsten leiden und ich hoffe, dass eure Anstrengung nicht schädlich für die *bairns* sein wird.«

Damit wollte sie schon gehen, drehte sich aber noch einmal zu Vater:

»Al, würdest du Collin wecken, den haben wir fast vergessen und ich liebe dich«, lächelte sie ihn an. »Aber nun muss ich eine Weile alleine sein. Ich muss mit meiner Mutter sprechen.«

Völlig überfordert standen wir wie eine geistlose Affenbande dort und starrten in das wieder einmal verlassene Türloch. Sarah's Duft nach Rose hing noch wabernd im Raum, aber die eiserne Lady war gegangen. Ihre Mutter, so wussten wir, war schon lange tot. Darum fiel es uns unsagbar schwer, sie wegen dieser Aussage nicht für geisteskrank zu halten.

»Es gibt Dinge in dieser Welt, die glaubt man erst, wenn man sie gesehen, gefühlt oder irgendwie anders erfahren hat«, meint Vater trocken. »Du musst das am besten wissen, Jo«, raunte er mir zu und sein Blick verriet mir, dass mein Gesicht dem einer dummen Gans nicht unähnlich sein musste.

»Mach dir nichts draus, Jo«, schmunzelte mich mein Mann an. »Es ist irgendwas Spirituelles«, fügte er schulterzuckend hinzu.

»Gut, dann ist es ja völlig normal«, schnippte ich zurück.

Wie war das noch, am besten lenkte man sich mit Arbeit oder ähnlichen Beschäftigungen ab und so kümmerten Amber, Kyla und ich uns zum x-ten Mal um die Dinge, die wir mitnehmen mussten.

4

Während die Hälfte der Rotröcke die Gefangenen rücksichtslos hinter sich herzog, registrierte Marven, dass Fergusson mit den restlichen Leuten in eine andere Richtung davonritt.

Gegen Spätbachmittag bemerkte er, dass der Kommandierende nach einer passenden Stelle suchte, wo die Schotten wieder angebunden und das Nachtlager aufgeschlagen werden konnten.

Er hatte die befohlene Richtung strikt eingehalten, sodass Hauptmann Fergusson sie finden würde. *Hoffentlich bringt er nicht nur Männer mit, sondern denkt auch ein einziges Mal an Verpflegung,* dachte Nis Randsome, wobei er hoffnungslos durchschnaubte, als er steif von seinem Gaul rutschte. Wenigstens war ihm ein adäquater Platz für eine ruhige Übernachtung quasi in den Weg gesprungen, als sie den letzten Hügel passiert hatten. Das kleine Tal, das sich vor ihnen geöffnet hatte, war geradezu ideal. Ein Bach versprach frisches Wasser, einige Bäume waren perfekt, um die Pferde und Gefangenen anzuleinen, und der Boden war mit Heide bedeckt, sodass alle einen relativ weichen Schlafplatz haben würden. Dabei dachte er mehr an seine eigenen Leute als an das schottische Kanonenfutter, das sie nach Inverness schleppen sollten. Er wies einen der Soldaten an, die Pferde und Gefangenen zu sichern, zwei andere schickte er los, um wenigstens ein paar Kaninchen zu erlegen, und noch zwei andere hatten dafür Sorge zu tragen, dass ein Feuer gemacht werden konnte. Alle waren also beschäftigt. Grübelnd stand er da und dachte an einen leckeren, heißen Eintopf mit viel Fleisch und Gemüse. Griesgrämig drehte er sich um und begann, eine Plane zu spannen, damit sein Hauptmann ein abgeschiedenes Schlafplätzchen haben würde. Ansonsten würde dieser arrogante Schottenfatzke wieder meckern, grummelte es in ihm. Er mochte den Mann nicht. Aber das spielte hier keine Rolle. Er war sein Vorgesetzter; warum auch immer sich die englische Armee auf diesen dreckigen Verräter verließ, bliebe mal dahingestellt. Er selbst war nur Soldat. *Friss oder stirb, heißt es in der Armee,* dachte er bedauernd. Doch dann entdeckte er Fergusson an der Hügelkuppe, wie er weitere, schottische Männer hinter sich herzog. Das hieß, natürlich von den vier anderen Kameraden. Fergusson leitete diesen Sklavenzug ja nur, korrigierte er sich ärgerlich. Sofort wusste er jedoch, warum die Armee diesen Bastard schätzte. Der Mann kannte sich hier aus. Er hatte bereits ein ganzes Bataillon für diesen Krieg in Übersee ausgehoben. Wenn er auch die Person an sich abstoßend fand, so musste er sich doch eingestehen, dass er seine Aufgabe zur Zufriedenheit der Krone löste. *Besser hundert tote Schotten für den Krieg als hundert Engländer*, dachte er und machte sich wieder an seine Arbeit.

Marven stieß Caelan an, der neben ihm eingenickt war.

»Hey, Cal, Frischfleisch«, brummte er ihm zu und Caelan hatte Schwierigkeiten, diese Information sinnvoll zu verarbeiten. Orientierungslos schaute er erst blinzelnd zu Marven, der ihm nickend die Richtung wies, auf die er schauen sollte.

»Ach du Scheiße«, keuchte der blonde Recke, dessen Füße massiv schmerzten und der am liebsten nur noch geschlafen hätte. Doch nun war er wach. Hellwach.

»Ja, das nimmt langsam Ausmaße an, die uns an die Grenze des Verhungerns bringen werden. Wenn wir mit allen ein einziges hartes Brot teilen sollen, dann haben wir in kürzester Zeit keine Kraft mehr zum Laufen, geschweige denn zum Kämpfen, Cal«, raunte er seinem Freund zu.

»Aye, dann müssen wir wohl wieder Prügel einstecken, nicht wahr, Kumpel«, antwortete Cal trocken.

»Naye!«, ertönte es hinter ihnen, sodass Marven und Caelan ihre Köpfe drehten, um zu erforschen, wer das gesagt hatte.

»Hump!«, hatte Marven als Erster den starren Blick des Knechtes entdeckt, der die beiden fixierte. »Willst du verhungern?«, fragte er, erschüttert über die Weigerung des Mannes, für ihre Rechte einzustehen.

»Naye, aber diesmal werden Clyde und ich die Prügel einstecken«, stellte der Mann mit fester Stimme fest.

»Auf keinen Fall! Wir werden kein Kind für uns die Peitsche

einstecken lassen«, fauchte Cal entrüstet.

»Nicht Fynn, Mister Caelan. Robert und ich werden die Rotröcke bezichtigen und die Schläge kassieren«, flüsterte der kräftige Knecht zurück. »Wir alle sitzen in einem Boot und es steht uns allen zu, für unsere Rechte einzustehen. Ihr beide habt schon euren Anteil geleistet. Nehmt uns nicht unsere Ehre.«

»Aye, also gut. Aber zuerst warten wir ab, ob sie uns mit Wasser und Brot abspeisen, bevor wir Opfer bringen, verstanden!«, richtete sich nun Marven auf und stierte Hump beschwörend an.

»In Ordnung«, meinte der Knecht mit missmutigem Gesicht, was Marven's Kopf wie automatisch hin und her wackeln ließ. *Müssen Männer immer die Heros herauskehren?*, dachte er hoffnungslos.

Die Kolonne um Fergusson war mittlerweile eingetroffen und die gepressten Schotten wurden an denselben Baum gekettet, die bereits die Gruppe vom Loch Bruicheach beherbergte. Einige kannten und begrüßten sich unauffällig, um nicht den Argwohn der Rotröcke heraufzubeschwören.

»Habt Ihr an Verpflegung gedacht, Hauptmann?«, traute sich Randsome seinen Vorgesetzten darauf anzusprechen, dass die eigenen Vorräte äußerst knapp wurden.

»Aye, etwas Brot und Gerste. Daraus lässt sich doch wohl was machen, oder?«, antwortete Fergusson knapp.

»Ich glaube nicht. Die Gefangenen müssen auch was …«

»Mann, das sind Schotten, Randsome. Reißt Euch zusammen. Wir haben doch nicht Hogmanay, wo man erst Armen wohltut und dann feiert, als gäbe es kein Morgen. Wir fangen Rekruten für den König. Wenn die das Hungern nicht aushalten, halten die auch den Krieg nicht aus. *Gesunde Auslese* nenne ich das«, schnauzte er seinen Soldaten so laut an, dass auch die Gefangenen mitbekamen, dass es wohl ohne Essen in die nächste Nacht ging.

»Hump, du hältst die Klappe«, beschwor ihn Caelan. »Bevor wir nicht irgendetwas zu essen bekommen haben, sagst du nicht ein Wort, verstanden!«

»Aye, aber besser, ich kassiere die Prügel heute als morgen früh, wenn wir wieder meilenweit laufen müssen, Mister Caelan«, meinte Hump, der sich schon den ganzen Tag damit beschäftigt haben musste, was nun tatsächlich besser wäre.

»Also gut. Wir werden sehen«, blieb Cal nur noch zu sagen.

»Hump?«, begann er erneut, denn er wollte ein für alle Mal klarstellen, dass es keine Klassenunterschiede gab.

»Aye, Mister Caelan?«

»Hör auf mit diesem bescheuerten *Mister Caelan* oder *Mister Marven*. Wir sind auch nur Menschen, haben einen Arsch aus zwei Hälften wie du und kochen mit Wasser. Klar?«, befahl Cal aufgebracht und blickte sich um, als die gesamte Schottenschar schallend lachte.

»Aye, Caelan. Wir sind alle gleich. Dann wäre damit auch unser Anspruch auf Prügel geklärt«, gluckste nun der Knecht.

»Touché, Hump«, meinte Marven anerkennend. »Aber wir würden es begrüßen, wenn ihr uns als Leader dieser Gruppe weiter akzeptieren würdet. Irgendwer muss schließlich führen. Geht das für euch alle in Ordnung?«, fragte er nun in die gesamte Gruppe.

»Aye, das geht in Ordnung, Chief«, grinste Hump zurück und alle anderen nickten beipflichtend.

»Einer für alle und alle für einen«, quetschte Cal schmunzelnd heraus und erntete verwirrte Blicke, wie Marven augenrollend feststellte, deshalb beeilte er sich anzufügen:

»Caelan hat Verwandtschaft in Frankreich. Das war das Motto der Musketiere des französischen Königs, Leute. Verzeiht ihm seinen manchmal verwirrten Geist. Er ist ein hoffnungsloser Romantiker, aye.« Zwar kassierte Marven dafür einen schmerzhaften Rippenstoß durch Cal's Ellbogen, aber ein einvernehmendes »Aye« von den Gefangenen.

Aidan war losgeritten, als Hamish und ihm klar wurde, dass die Rotröcke die gepressten Schotten nach Inverness bringen würden. Dafür müssten sie über das Moor, wenn sie mit den unberittenen Gefangenen keinen zu großen Umweg in Kauf nehmen wollten. Sie hatten bemerkt, dass weitere Männer angeleint zu dem neuen Lager verschleppt worden waren und es auch an diesem Abend eine Auspeitschung gegeben hatte. Kurz hatten sie überlegt einzugreifen, doch zwei gegen zwölf mit Schusswaffen ausgestattete Soldaten wäre ein ungleicher Kampf gewesen, der niemandem geholfen hätte. Am Loch Bruicheach begegnete Aidan Collin, der sich anschickte, sich Hamish wieder anzuschließen.

»Collin, du bist spät dran, mein Freund, ich hoffe, du hast für Hamish ein ordentliches Proviantpaket dabei«, zog er seinen verfressenen Kampfgefährten auf.

»Aye, tut mir leid, aber ich habe geschlafen wie ein Toter. Al hat mich zu spät geweckt. Wo muss ich hin?«, fragte Collin den anderen Recken, der vor Müdigkeit beinahe vom Pferd fiel.

»Och, ich dachte, du hättest dich vollgestopft mit Sarah's leckerem Kanincheneintopf. Darauf freue ich mich schon den ganzen Tag«, gluckste Aidan müde.

»Naye, ich denke nicht, dass du da Glück haben wirst. Sarah hat die Führung übernommen, gekocht wird nicht mehr und die Mac's sind auf dem Kriegspfad. Wenn du da ankommst, werden sie vielleicht schon bereit sein, dir zu folgen«, klärte ihn sein Kampfgefährte auf.

»Naye«, stöhnte Aidan. »Ich bin todmüde und brauche was Deftiges zwischen die Zähne.«

»Tja, alter Junge, dann beeil dich. Vielleicht hast du Glück und Aileen hat noch was Warmes für dich. Gibt es sonst was Neues?«, fragte Collin und ließ sich kurz von Aidan aufklären, wie es um die Gefangenen stand, bevor er seinen Kumpel endlich seines Weges ziehen ließ.

Als Aidan am Gestüt ankam, sah er Duncan, der gleich einem Trauerkloß sein Pferd sattelte.

»Was ist los, mein Freund?«, fragte er freundlich.

»Es ist so weit, Aidan. Die Ära Gestüt endet heute. Ich gehe zu John. Die MacDonald's befreien ihre Söhne und gehen nach Übersee«, brummte der Hüne.

Obgleich Aidan ein standhafter Kempe und nicht leicht zu erschüttern war, spürte er, wie sich eine kalte Gänsehaut über seine Gliedmaßen in Richtung Brust fraß. Er musste schlucken und sah Duncan ungläubig an.

»Gibt es was Neues von den Jungs«, fragte Duncan, der ganz nebenbei die Gurte an seinem Ross festzurrte.

Aidan brachte ihn auf den neuesten Stand und merkte trotz der Trauermiene seines Freundes an:

»Mag sein, dass Schottland seit sechsundvierzig geschlagen ist, aber eins weiß ich nach diesem Tag gewiss. Die Schotten sind es nicht.«

»Wie meinst du das?«, hakte Duncan nach.

»Na, wie ich schon sagte. Die Jungs haben heute Morgen Schläge kassiert, weil sie aufgemuckt haben, aber scheinbar haben sich die anderen gesagt, dass sie alle in der gleichen Falle sitzen. Heute Abend waren Hump und Robert Clyde diejenigen, die Prügel einsteckten. Da wächst eine Gemeinschaft heran, die es nur früher in den Clans gegeben hat, sag ich dir«, berichtete Aidan voller Stolz, dass er Schotte war.

Duncan stieg auf sein Pferd. Von oben sah er auf Aidan herab.

»Helft ihnen, so gut ihr könnt und soweit sie es zulassen. Wenn sie euch bitten zu gehen, geht ihr, Aidan. Versprich es. Es ist ihr Kampf und sie wollen uns schützen«, beschwor er Aidan, bevor er sein Pferd drehte und davonritt.

Einen Moment starrte Aidan dem Hünen nach, dann drehte auch er sich um und ging in Richtung Haupthaus.

Unterwegs lief ihm Aileen über den Weg. Schüchtern, wie diese junge Frau war, traute sie sich kaum Aidan anzusehen, als sie ihn piepsig nach Hump fragte.

»Oh Aileen«, sagte Aidan mit weicher Stimme. »Heute

Abend hat er für alle Prügel eingesteckt. Er hält sich wacker und ist tapfer. Mach dir keine Sorgen, Mädchen. Bald kommt er zu dir zurück«, erzählte er mit hoffnungsfroher Stimme, bevor er seinen Weg fortsetzte. Doch plötzlich fiel ihm ein, dass er vermutlich nichts zu essen vorfinden würde. So drehte er sich noch einmal zu der jungen Magd um und rief ihr hinterher:

»Aileen, könnte es sein, dass du was Gutes im Kessel hast?«, fragte er schmunzelnd.

»Aye, komm später zur Kate, wenn die Herrschaft nichts mehr hat. Ein Lager kannst du auch bekommen, du siehst müde aus«, sagte sie mit etwas Stolz in der Stimme, was Aidan aufmerken ließ. Doch er nickte ihr nur dankend zu und machte sich auf, nun endlich zu den wartenden MacDonalds zu gehen.

In der Küche fand er alle vor, bis auf Sarah. Sarah hatte das Heft in die Hand genommen, erinnerte er sich an Collin's Bericht.

»Faesgar math«, grüßte er, als er eintrat.

»Faesgar math, Aidan«, erwiderte Vater für uns alle und bat ihn, sich zu uns zu setzen. »Jo, bring doch etwas Ale und Brot, der Junge sieht halb verhungert aus.«

»Ich habe Duncan noch kurz gesprochen«, stellte Aidan emotionslos in den Raum.

»Aye, er war nicht glücklich, nehme ich an«, erwiderte Vater mit säuerlicher Miene.

»Naye, er war nicht glücklich. Ehrlich gesagt hab ich ihn noch nie so traurig gesehen, Al«, gab Aidan uns zu denken. Doch darüber nachdenken musste von uns niemand mehr. Im Grunde genommen hatten wir uns ebenfalls noch nicht wieder, ob der Trennung von einem treuen Freund, erholt. Mit verwässerten Augen brachte ich Aidan das Ale. Er blickte zu mir auf, um mir zu danken. Doch die Worte blieben ungesagt. Sein Blick verfinsterte sich und einen Moment später richtete er seinen Blick auf Robert und Vater.

»Warum?«, keuchte er.

Robert räusperte sich, doch es war Vater, der sich an Aidan richtete. In einer Kurzfassung klärte er Aidan über die gesamte Geschichte von Brae Fergusson und Sarah MacCraven auf. Schonungslos klärte er ihn darüber auf, warum die Campbell-Kämpfer aus dieser Auseinandersetzung herausgehalten werden sollten.

»Al, wir sind schon so lange bei euch, dass die Frage doch überhaupt nicht mehr relevant ist. Ihr seid doch schon eine Ewigkeit unsere Familie, wisst ihr das denn nicht?«, fragte er beinahe entrüstet, sodass Vater schwer durchatmete.

»Aidan, da sich unsere Wege demnächst trennen, sollt ihr alles wissen. Ich erzähle es dir, damit du den anderen dreien, die uns ebenso ans Herz gewachsen sind, die Wahrheit sagen kannst. Vielleicht versteht ihr dann eines Tages. Voraus gebe ich dir mein Wort, dass wir alle euch dankbar sind, dass ihr uns Freund und Schutz gewesen seid«, begann er, und wer noch von uns stand, setzte sich nun, um dieser Offenbarung beizuwohnen.

Offen ging Vater nun mit der Tatsache um, dass die Jungs Zeitreisende waren, die, der alten Zeit für Jahre entrissen, nun den Weg zu ihrer Familie zurückfanden. Auch Joline's Fall durch die Zeit erwähnte er. Kyla sei gebürtig aus der Zukunft, aber Marven aus Liebe in die Vergangenheit gefolgt. Aidan's Palette von Mimik und Gefühlausbrüchen reichte von ungläubig zusammengezogenen Augenbrauen, aufgeblasenen Backen, Schauern, die seinen Körper sichtbar durchliefen, bis zu kurzzeitigen Atempausen. Lange nachdem Vater geendet hatte, hub er an:

»Aber Caelan ist erst fünfundzwanzig Sommer alt. Er müsste nach deiner Geschichte aber schon beinahe«, er überlegte kurz und keuchte auf, »zweiundfünfzig sein, also so alt wie ich«, sinnierte er laut und blickte dann ungläubig auf.

»Aye, aber er ist zeitversetzt in die Zukunft gelangt und in seinem Zukunftsalter zu uns gekommen, worüber wir alle sehr froh sind, besonders Amber«, erklärte ich mit einem vagen Lächeln. Er sah mich an und dachte nach. Dann, als er Vaters Erzählung scheinbar verinnerlicht und begriffen hatte, fragte er:

»Auch wenn das eure wahre Geschichte ist, glaubt ihr wirklich, dass uns das davon abhalten würde, zu euch zu stehen?«

»Naye, das glauben wir nicht. Darum können wir euch auch nur bitten, uns diesen Weg allein gehen zu lassen, Lad«, stöhnte Vater müde. »Wir bitten aus Respekt darum, dass ihr euch in Sicherheit bringt und unsichtbar bleibt. Aus Freundschaft und Dankbarkeit und auch, weil wir John nicht in Misskredit bringen wollen. Zwar wissen wir, dass sein Leben bald endet, aber diesen letzten Weg soll er nicht in Schwierigkeiten mit der Krone verbringen, Aidan.«

»In Ordnung«, gab Aidan es auf. Seine Loyalität dem Earl gegenüber war stark genug, um den Kopf über das Herz entscheiden zu lassen.

»Wo ist Sarah?«, fragte er und alle starrten ihn mulmig an.

»In der Kräuterkate. Warum fragst du?«, wollte Vater wissen.

»Na ja, vielleicht hat sie Verwendung für eine Auskunft, die sie in ihre Pläne einbauen kann«, meinte er beinahe beiläufig, als hätte es das Gefühlwirrwarr vorher gar nicht gegeben.

»Vielleicht gibst du ihr noch zwei Stunden allein, bevor du zu ihr gehst, sie hat gerade ein Treffen«, riet Vater ihm deutlich.

»Gut, dann geh ich zuerst in den Stall und kümmere mich um mein Pferd«, antwortete er gelassen.

Er griff sich ein Ende Brot und ein Stück Käse, stand auf und schlenderte aus der Küche. »Ach, wartet nicht auf mich. Ich gehe später zu Aileen und schlafe noch ein wenig, bevor ich zu Hamish und Collin zurückkehre. Ich verspreche euch, dass wir uns nicht einmischen, aye«, nickte er uns zum Abschied zu und verzog sich endgültig.

Die Befreiung

1

Aidan hatte bei Aileen ein köstliches Mahl bekommen und ein bequemes Lager für drei Stunden, bis sie ihn geweckt hatte, damit er wieder zu Hamish aufbrechen konnte. Er bedankte sich herzlich bei der freundlichen Magd, die ihm ein ordentliches Proviantpaket in die Hand drückte, als er ihre Kate verließ.

»Du denkst daran, worüber wir beim Essen gesprochen haben, Aileen. Halte dich bereit, falls die Lady dich braucht, aye«, mahnte er sie.

»Aye, vergiss nicht, dass auch mein Mann bei den Gefangenen ist, Aidan. Ich werde genauso wenig tatenlos herumsitzen wie die Frauen im Haupthaus«, gab sie sich kämpferisch.

Aidan kommentierte ihre Ansage mit einem Kopfnicken und wandte sich zum Gehen. Mit hochgezogenen Brauen wunderte er sich über die Wandlung dieser schüchternen Frau in eine, wenn auch waffenlose, Amazone. Völlig in Gedanken, auf seinem Weg zum Pferdestall, grüßte er eine weißhaarige Alte, die ihm entgegenkam. Irritiert sah er ihr nach, weil ihm niemand Vergleichbares bekannt war, der hier auf dem Gestüt lebte. Er schwenkte sein Haupt, als wollte er seine Sinne klären, schnaubte einmal durch und ging seines Weges. Schließlich warteten seine Gefährten auf ihn.

Als die weißhaarige Frau in die Küche trat, schauten alle auf. Sarah freute sich, dass sie nicht sogleich erkannt wurde, doch dann begann ihre Fassade zu bröckeln, als sie Vater schwer durchatmen hörte.

»Sarah, was hast du getan?«, fragte er ungläubig. »Wie siehst du aus?«

»Wir alle müssen Opfer bringen, mein Liebling. Die Haare sind gebleicht. Und nun sag was zu meinen Augen, wenn wir schon dabei sind«, forderte sie ihn auf.

»Sie sind blau. Das kann nicht sein!«

»Ah, dann ist es mir gelungen. Schön!«

»Frau, was … wie?«

»Al, ich habe ein wenig mit Knochenleim experimentiert. Den Leim habe ich geklärt und eingefärbt«, verriet sie stolz. Nun, es wird nicht ewig halten. Aber für die Irreführung dieses Verräters muss es reichen.«

»Hast du mit deiner Mutter gesprochen?«, fragte ich und konnte mir meinen Unglauben in Stimme und Blick nicht verkneifen.

»Aye, sie wird uns helfen«, sagte sie völlig emotionslos, was mich noch mehr aus der Bahn warf als ihr Aussehen.

»Also, ich bin bereit. Lasst uns die Wagen packen. Aileen wird mit mir auf dem Proviantwagen fahren. Wie ihr wisst, wollen wir am Moor vorbei und so tun, als wollten wir zum Markt nach Kirkhill, um alles zu verkaufen. Jo und die Mädchen fahren auf dem anderen Wagen und warten auf uns in Kirkhill. Robert und du, nun ja, bitte bleibt in meiner Nähe, aber greift nur ein, wenn ich es euch sage, das ist wichtig.

Los jetzt, wir müssen alles bereit machen. Kyla lauf schnell zu Aileen und bestell sie her!«, klatschte sie in die Hände und scheuchte uns hoch.

Nach einer Stunde war alles verladen und wir verabschiedeten uns von den Alten, die auf dem Gestüt verbleiben sollten, bis die Söhne wieder zurück waren.

»Wir werden nicht wieder hierher kommen, sondern auf das Campbell-Gut nach Neuschottland gehen, wie ihr wisst«, sagte Vater wehmütig. »Haltet euch wacker, am besten wäre, ihr würdet euch wie angeraten schnellstens in Sicherheit bringen. Jeder von euch ist jedoch eingeladen, uns zu folgen, wenn ihr nicht wisst, wohin ihr euch wenden sollt. Geht zu meinem Bruder, der wird euch bestimmt helfen. Bis dahin gilt euch unser Dank … für alles«, grüßte er ergriffen von seinem tänzelnden

Braunen herab, bevor er ihn drehte und sich zu Robert an den Anfang unseres kleinen Reisezuges begab. Auch wir grüßten die Leute, die uns über Jahre ans Herz gewachsen waren, wir winkten traurig, bis wir sie nicht mehr sehen konnten.

Da und Robert hatten Marven's, Caelan's und mein Pferd am Führzügel. Irgendwie hatten wir auf der Fahrt zum Blanacuiflich-Moor das Gefühl, als mutierte er zu unserem Schicksalsplatz. Der letzte Kampf dort war noch nicht lange her und hatte schlussendlich zwei Tote gefordert. Einer davon war mein Sohn William. Mein Magen zog sich ätzend zusammen und ich musste Galle herunterwürgen, als ich daran dachte. Über den Tod von Gordon Fletscher allerdings konnte ich keine mitleidigen Gefühle heraufbeschwören. Der Mann hatte uns so viel angetan, dass mir sein Sterben nur gerecht vorkam. Bedauerlicherweise aber auch zu schnell. Mit einem Hauch von schlechtem Gewissen sah ich zu Amber und Kyla herüber, die meine hasserfüllten Gedanken jedoch nicht in meiner Mimik gelesen hatten. Sie sahen ernst und auf ihre Aufgabe fokussiert nach vorn und ich schwor mir, dass ich sie nicht in Gefahr bringen würde, komme, was da wolle. Sie nicht und auch die Kinder nicht, die sie unter ihren Herzen trugen.

Wir brauchten sieben Stunden, um mit den Wagen zum Moor zu gelangen. Diese Zeit hatten wir in Etwa geplant und auch für den Gefangenenzug in Erwägung gezogen, damit wir etwas eher an Ort und Stelle waren.

Wir hofften, es so einrichten zu können, dass Sarah's Wagen von den Engländern entdeckt werden würde, wenn sie ihr neues Lager einrichteten. Dann hätten wir beinahe gewonnen. Mit ihrem umfangreichen Proviant und dem mitgeführten Kochkessel wäre sie bestimmt eine willkommenen »Kriegsbeute«. Dann musste sie nur noch unerkannt dafür sorgen, dass sie den Männer hüben wie drüben eine Mahlzeit kochen dürfte. Doch wie ich Ma mittlerweile einzuschätzen gelernt hatte, würde ihr das wohl gelingen.

Ihr Äußeres war stark verändert, sodass Brae Fergusson sie schwerlich erkennen konnte. Aber mir war nach ihren Beinahezusammenbrüchen aufgegangen, dass sie sich damit selber schützen wollte. Auch wenn sie die harte Kriegerin herauskehrte, brauchte sie dieses Bollwerk. Sie brauchte es, um ihren Mut, den sie mit ihrer Entschlossenheit untermauerte, auch innerhalb ihrer Festung, aufrecht zu erhalten. So schien es mir und so sahen es wohl auch Robert und Da, die sich ab und an nach uns umdrehten, nur um sicher zu sein, dass es allen gut ging.

Als wir in das Wäldchen einfuhren, das an das Moor grenzte, gaben sie das Zeichen zum Halten.

»Jo, du nimmst jetzt den äußeren Weg und versuchst unbehelligt in Richtung Kirkhill zu fahren. Wir treffen euch dort und bringen die Jungs mit«, erinnerte mich Robert an meine Aufgabe, die lange besprochen war.

»Ich weiß, was ich zu tun habe, Rob. Doch lieber würde ich bei euch bleiben. Den Mädchen geht es nicht anders«, sagte ich schnippisch.

»Ich ahnte, dass meine Jo nicht artig sein würde«, meinte er bedauernd.

»Naye, ich halte mich an den Plan und auch Kyla und Amber werden nicht quertreiben. Trotzdem kann ich ja wohl sagen, dass es uns nicht gefällt, oder?«, fragte ich mit gedämpftem Ärger.

»Aye, ich wüsste euch auch lieber in der Nähe, aber es ist noch weit bis Inverness und der Sicherheit des Schiffes. Der Wagen hindert uns schnell voranzukommen. So ist es nur gescheit, dass ihr euch schon auf den Weg macht«, beschwichtigte er und stellte sich auf den Fußtritt des Wagens, damit er mir einen Abschiedskuss aufdrücken konnte.

»Sie sind noch nicht in Sicht«, stakste nun auch Vater zu uns. »Jo, mach dich rasch auf den Weg, damit ihr Zeit gewinnt und nicht auch noch aufgebracht werdet, aye.«

»Aye, Da. Bis später«, verabschiedete ich mich brüsk und schnalzte, damit die beiden Cleves, die ich im Geschirr hatte, anzogen. Während ich starr nach vorn schaute, bemerkte ich jedoch, das Amber und Kyla die Blicke nicht von den anderen lösten, bis sie nicht mehr zu sehen waren.

»Denkst du, dass der Plan klappt?«, fragte Amber ängstlich, was ich nun so gar nicht von ihr kannte.

»Aye, der Mann ist dumm und deine Granny ist schlau«, stellte ich in den Raum und ließ die Pferde schneller gehen. Letztendlich erkannte ich meine eigenen Angst in dieser Flucht nach vorn und betete, dass ich meine Familie wieder gesund in die Arme schließen konnte.

2

»Aileen, was auch immer geschieht, sei du selbst. Deine Schüchternheit wird uns helfen. Aber um Gottes Willen zeig niemandem, dass du Hump erkennst, wenn du ihn siehst. Er wird hoffentlich genauso wenig zeigen, dass er dich kennt. Unser Vorteil ist, dass diese verdammten Hurensöhne uns beide nicht mit dem Gestüt in Verbindung bringen, aye«, instruierte Sarah ihre Kampfgefährtin.

»Ich habe eine Ahnung von dem, was auf uns zukommt, Miss MacCraven, und vielleicht sind wir uns gar nicht so unähnlich«, antwortete Aileen gar nicht schüchtern, sodass Sarah aufhorchte.

»Und, Mädel? Bist du bereit?«, fragte sie Aileen, als Al ihr das Zeichen gab, dass die Engländer die Steele erreichten, die nah an Gordon Fletcher's Grab stand und sich als idealer Standort zum Anketten der Gefangenen eignete.

»So bereit, wie ich nur sein kann. Stille Wasser sind tief und heute werde ich tief sein wie Loch Ness. Denn ich liebe meinen Mann und ich werde für ihn stark sein.«

»Nun denn, Aileen«, nickte Sarah ihr zu und drückte ihr ein Fläschchen in die Hand. »Versteck es in deiner Rocktasche. Wenn du für die Engländer kochst, kippst du es in den Kessel. Ich habe auch eines und werde es anwenden, wenn ich für die Rotröcke koche. Auf keinen Fall darf es in das Essen der Schotten, verstanden?«

Aileen sah in ihre Hand, als hielte sie eine ekelige Kröte dort, doch dann begriff sie, dass sie Gift hielt, atmete einmal kräftig durch und bejahte mit einem einfachen »Aye«.

»Keine Angst, Mädel«, legte Sarah ihre Hand auf den Unterarm, dessen Hand die Ampulle umfasst hielt. »Wir bringen sie damit nicht um. Sie werden nur eine Weile ausgeschaltet sein, aye. Du wirst dafür nicht in der Hölle schmoren«, tröstete sie Aileen, da sie gemerkt hatte, dass das Mädchen nicht zur Mörderin werden wollte. Dann gab sie ein Schnalzen von sich und der Wagen setzte sich in Gang.

Robert und Al beobachteten das Ganze aus sicherer Deckung. Sie wussten, dass sie nur eingreifen durften, wenn es absolut nicht anders ging. Wenn es den beiden auch noch so schwerfiel, aber sie gehorchten ihrer Lady wie vor etlichen Jahren ihrem Laird in der letzten Schlacht, die sie für Schottland geschlagen hatten. Obgleich ihnen der Plan nicht unbekannt war, zogen sie zischend den Atem ein, als sie sahen, dass Sarah von den Rotröcken aufgebracht wurde. Gänsehaut schlich sich auf ihre Unterarme, ergriff ihre Schultern und ringelte sich wie eine böse Schlange um ihren Brustkorb.

»Halt«, rief der Sassenach, der mit seinem riesigen Pferd auf sie zuraste und kurz vor ihnen zum Stehen kam.

Sarah bremste ihrerseits das Gespann und brachte ihr Gefährt gekonnt zum Stehen. Dann sah sie zu dem Uniformierten auf, der inzwischen Beistand von zwei weiteren Soldaten erhalten hatte.

»Guter Mann, Ihr müsst uns nicht so erschrecken«, zwitscherte sie und schaute verwirrt, während Aileen schüchtern auf ihre gefalteten Hände in ihrem Schoß sah. *Gut so, Mädel*, dachte Sarah.

»Wohin seid Ihr unterwegs und was habt Ihr im Wagen?«, fragte der rotberockte Schnösel von seinem Ross herunter, das er näher zu ihnen gelenkt hatte.

»Wir sind auf dem Weg nach Kirkhill zum Markt, guter Mann. Wir verkaufen Wildbret, Gerste und Gemüse. Von irgendwas müssen wir schließlich leben, aye«, erklärte Sarah und wirkte immer noch ängstlich, wie es für Nis Randsome den Anschein hatte, der sie argwöhnisch beäugte. Auch das Mädchen neben der alten Frau schien mehr als schüchtern. Allerdings lief ihm schon allein bei der Idee von einem Wildeintopf das Wasser im Munde zusammen.

»Ihr braucht nicht so weit zu fahren. Wir benötigen Proviant und könnten es Euch schon hier abkaufen«, meinte er herausfordernd.

»Naye, aber wir könnten Euch einen Teil davon abgeben, gegen Bezahlung natürlich«, sinnierte Sarah laut, »vielleicht«, schränkte sie ein. Um ihre Unsicherheit noch immer zu unterstreichen, zog sie eine nachdenkliche Miene, sah in die Luft, atmete schwer ein und aus. Schließlich fragte sie vage an:

»Möglicherweise, es ist ja schon spät und wir schaffen es ohnehin nicht bis Kirkhill, könntet Ihr uns heute Nacht Schutz gewähren und wir revanchieren uns mit einem Eintopf?«, fragte sie listig und hob ihre Stimme am Ende der Frage. »Aileen hier«, damit wies sie auf die Frau neben sich. »Nun, meine Enkelin ist schon einmal vergewaltigt worden und nun hat sie Syphilis, wenn Ihr versteht?«, erzählte sie nun etwas redseliger und gewahrte den angewiderten Blick des Engländers, mit dem sie sprach. *Der Kerl weiß also, dass diese Pest ansteckend ist und durch Beischlaf übertragen wird*, stellte Sarah froh fest, weil ihr eine Möglichkeit eingefallen war, wie sie Aileen vor eventuellen Übergriffen schützen konnte. Im Stillen schalt sie sich, daran nicht von Anfang an gedacht zu haben. Sie hatte gemerkt, dass das Mädchen diese Diffamierung mehr als unangebracht fand, für Gefühlsduseleien war aber hier und jetzt keine Zeit. Aileen ließ es über sich ergehen und damit war sie eine brauchbare Mitstreiterin.

»Ja, Miss, das hört sich annehmbar für alle Parteien an, ich bitte Euch, uns also in unser Lager zu folgen«, antwortete Nis Randsome und machte sich im Geiste die Randnotiz, dass keiner die junge Frau anfassen sollte. Geschlechtskrankheiten konnte er in seiner Truppe nun wirklich nicht gebrauchen.

Der Rotrock mit dem riesigen Pferd ritt voraus, die beiden

Kameraden bildeten den Schluss, als ob sie verhindern wollten, dass Sarah mit ihrem lahmen Gefährt ausbüchsen würde. Für dieses Gespann hatten sie extra die hässlichsten Klepper eingespannt, die das Gestüt vorzuweisen hatte. Und das war eine einzige Schwierigkeit. Denn eigentlich waren dort alle Pferde ansehnlich. Doch ein bisschen Schafsfett, Holzkohle und Kuhdung und schon konnte man aus jeder Schönheit eine Vettel machen. Vermutlich fühlen sich die Pferde selbst unwohl ob ihres derzeitigen Zustandes, doch Sarah versprach ihnen in Gedanken, dass sie wieder hergerichtet werden würden, wenn dieses Spektakel vorbei war.

Sie zuckelten also mit ihrem Gespann hinter dem Engländer her und die Kessel im Wagen sorgten für einigen Lärm, sodass Aileen sie ansah und böse zischte:

»Ich habe keine Syphilis. Ich habe nie einem anderen Mann beigeschlafen als meinem Hump.«

»Das weiß ich doch, Mädchen«, flüsterte Sarah energisch zurück. »Aber willst du, dass dir diese zwölf Männer in Uniform gleich nachstellen? Sie hatten bestimmt seit Wochen keine Frau mehr!«

»Naye, das will ich natürlich nicht«, raunte Aileen nun einsichtig von der Seite.

Der Engländer wies ihnen einen Stellplatz an und rutschte vom Pferd, dessen Zügel er einem der Soldaten in die Hand drückte, der den Begleitschutz gebildet hatte.

»Zu den anderen, ordentlich füttern und striegeln«, befahl er dem jungen Rotrock, der sich prompt umwandte. Der Kumpan folgte und so hatte Sarah Zeit, sich umzusehen.

»Wer sind denn die da?«, wies sie in Richtung der gefangenen Schotten.

»Neue Rekruten für Georg's Übersee-Armee«, antwortete der Mann kurz.

»Na, dann werden wir zwei Kessel aufsetzen«, meine Sarah stöhnend.

»Naye, das muss nicht sein. Das sind nur Schotten. Die kriegen Brot und Wasser. Das reicht, meint der Hauptmann«, stellte der Sassanach klar.

»Da das nur Schotten sind, so wie ich«, funkelte Sarah den Soldaten an, »tut es mir leid, Euch die Unannehmlichkeit gemacht zu haben, Euch dummerweise begegnet zu sein. Wir werden wohl von Eurem freundlichen Angebot, des Schutzes für diese Nacht, Abstand nehmen und unserer Wege ziehen«, schnalzte sie, sodass die Pferde anruckten. Aileen zuckte erschrocken zusammen. Wenn das jetzt schiefginge, wie sollten sie ihre geliebten Männer dann befreien?

»Nein, bitte bleibt doch. Wenn es euch keine Mühe macht, dann kocht halt für diesen Abschaum mit«, beschwichtigte der Kerl.

»Was ist hier los?«, vernahm Sarah eine Stimme von hinten seitwärts. Doch sie brauchte sich nicht umzudrehen, um zu wissen, warum ihr ein Schauer über den Rücken gelaufen war, als die Schwingungen dieser rauchigen Kratzstimme ihr Trommelfell beleidigten. *Wie hatte ich mich jemals in diesen Mann verlieben können,* stöhnte ihre innere Stimme, bevor sie sich zu dem Ankömmling umdrehte.

»Wer fragt das?«, rutschte es ihr genervt heraus.

»Hauptmann Brae Fergusson. Und wer seid Ihr?«, fragte er mit misstrauischem Blick zurück.

»Na, sagen wir, eine aufgebrachte Händlerin, die von Euren Soldaten«, dabei zeigte sie ungeniert auf Randsome, »hergeschleppt wurde. Er bot mir Schutz für diese Nacht, im Gegenzug bot ich einen Eintopf an. Aber der Handel gilt nicht mehr«, erwiderte Sarah nun kämpferisch.

»Kenn ich Euch?«, fragte Brae und zwischen seinen Braunen hatte sich eine Furche über seiner Nasenwurzel gebildet.

»Weiß ich nicht. Ich kenne Euch jedenfalls nicht. Aber *Fergusson* hört sich nicht englisch für mich an«, bluffte sie.

»Naye ich bin Schotte. Aber wir wären durchaus dankbar für Proviant. Wenn Ihr für uns einen Eintopf machen wollt, ist das mehr als erwünscht«, beschied Fergusson.

»Sir«, räusperte sich Randsome. »Sie kocht nur, wenn sie für die Gefangenen auch einen Kessel kochen darf.«

Giftig sah Fergusson zu ihr herauf und sie hoffte inständig, dass die blaue Leimlinse vor ihren Augen immer noch vorhanden und intakt wäre.

»Das sind Gefangene. Die brauchen nichts. Wasser und Brot reicht für diese Kreaturen vollends«, keifte er, doch Erkennen lag nicht annähernd in seinem Blick. *Blinder, ignoranter Taugenichts. Verräterischer Bastard.*

»Das, mein sehr geehrter Herr Hauptmann, sind Schotten wie Ihr und ich. Und wenn sie sich auch der Krone in Uniform zugewandt haben, werden diese Burschen dort diese Uniform ebenfalls bald tragen, weil Ihr dafür gesorgt habt. Wenn Ihr schon keinen Respekt vor Euren Landsleuten habt, wäre es vielleicht angebracht, der Krone die nötige Huldigung zukommen zu lassen. Denn wie es aussieht, sind dies die neuen Rekruten von Georg dem Dritten, habe ich recht?«, forderte sie den Verräter mit gerecktem Kinn heraus, etwas anderes verlauten zu lassen als die Sitte, Kameraden anständig zu behandeln. Wobei, vorstellen konnte sie sich das allemal. Der Mann war schon immer ein egoistischer Selbstverherrlicher.

»Hmpf, wenn die alte Schachtel das will. Soll sie doch«, warf er einen Arm in die Luft, als wollte er seine Hand fortwerfen, drehte sich wieder um und verzog sich in den mit Plane bewährten Unterstand eines Hügelgrabes.

Als Sarah ihm bis dorthin mit ihrem eisigen Blick folgte, schoss ihr die Erkenntnis durch den Geist, dass es sich um das Grab von Gordon Fletscher handeln musste. So hatten es ihr die anderen zumindest beschrieben. Im Stillen schwor sie, dass der Vater ihres Sohnes sich diesem Heckenschützen wohl demnächst anschließen würde. Dann sah sie Randsome an und hievte sich umständlich vom Wagen.

»Na, Aileen, beweg dich. Wir haben zu tun«, wies sie ihre Kampfgefährtin an und sorgte bei Randsome für ein zweites Feuer in der Nähe der Gefangenen, bevor sie die Plane des Wagens lupfte, um einiges an Zutaten zusammenzusuchen.

Marven und Caelan sowie die anderen Gefangenen hatten das Hin und Her zwischen der alten Frau und den Engländern neugierig verfolgt. Die Worte konnten sie zwar nicht hören, aber letztendlich schien die alte Frau gesiegt zu haben.

»Das ist Aileen«, flüsterte Hump, erschrocken, als das Mädchen endlich das Gesicht hob.

»Aye. Ich erkenne sie auch. Dann sind sie also hier«, raunte Marven.

»Die alte Frau ist Ma, Marven«, hauchte Cal. Seine Gesichtsfarbe wandelte sich gut sichtbar, trotz der Dämmerung, in sehr blass. »Sind die beiden jetzt völlig verrückt geworden? Was tun sie hier? Wo sind die Krieger?«, fragte er erschüttert.

»Cal, ich glaube, sie setzen auf List. Granny ist Heilerin, aye. Sie kennt sich aber genauso gut mit den Mitteln aus, die nicht so gesund sind«, gab Marven leise zu bedenken.

»Du meinst ...«

»So oder so. Wir werden beobachten und nicht zu erkennen geben, dass wir sie erkannt haben«, tuschelte Marven leise zurück. »Alle! Verstanden? Verhaltet euch wie immer, kapiert?«

»Aye, verstanden«, wisperte es zurück und Caelan spürte, wie sich Hump's Griff in seine Nierengegend fraß.

Der Knecht saß hinter ihm und brauchte Halt, weil er seine Frau in unmittelbarer Gefahr wähnte, doch langsam wurde es schmerzhaft, sodass er sich umdrehte und zu seinem Hintermann giftete:

»Hump, wenn ich dir nicht mit meinem Hinterkopf die Nase brechen soll, hörst du jetzt sofort auf, mir eine Nierenquetschung zu verpassen. Ich kann dich ja verstehen. Du hast Angst um das Mädel, aber meine Ma ist ebenso auf dem Schlachtfeld. Also reiß dich jetzt gefälligst zusammen, Mann.«

»Tut mir leid Caelan. Aileen ist nur so ... sie ist keine Kämpferin, weißt du?«, wandte Hump ein, sah jedoch von weiteren Griffattacken gegen Cal ab.

»Hast du Mutter denn schon jemals so erlebt, Hump? Du kennst sie länger als ich und ich habe sie nur sanftmütig in Erinnerung. Vielleicht haben wir ihnen bisher nichts anderes zugetraut. Aileen zumindest würdigt uns keines Blickes und weiß genau, wie sie sich verhalten muss, als hätte sie nie etwas anderes getan, als falsch zu spielen. Wir werden sie nicht durch unsere Dummheit oder Skepsis verraten, aye?«

»Haltet doch jetzt mal die Klappe«, forderte Marven fuchsig auf. »Die Sassanachs gucken schon immer her. Zwar schauen sie auch Ma immerzu in den Topf, aber sie sehen auch nach Aileen und uns. Seid also jetzt vorsichtig. Am besten tut ihr, als ob ihr ein Nickerchen macht, dann könnt ihr sie wenigstens nicht verraten«, riet er inständig und einige der Schotten taten so, als würden sie von ihrer Müdigkeit übermannt.

»Na, wenigstens gibt es heute was zu essen, wie es scheint«, stöhnte Robert Clyde.

Caelan verdrehte die Augen. Eigentlich hätte der Satz auch von ihm selbst sein können, allerdings war ihm der Hunger vor Aufregung abhanden und der Appetit ohnehin wegen Gefahr im Verzug vergangen.

»Es riecht gut. Mir ist kotzelend vor Hunger«, wisperte Fynn.

»Aye, es riecht gut«, flüsterte noch einer aus der Gruppe, dessen Namen Marven nicht mehr erinnerte.

»Heute werdet ihr essen, Jungs. Es kann nicht mehr so lange dauern. Bleibt ganz ruhig«, raunte er der Gefangenenriege zu.

»Ich glaube auch, dass es heute keine Prügel gibt. Ist doch alles super«, setzte Cal noch einen drauf und erntete mal wieder lauter Fragezeichen in den Gesichtern.

»*Super* meint gut oder besser als gut, so in etwa«, erklärte Marven den anderen.

Alle hielten den Atem an, als Aileen davonging und sich in Richtung Wagen aufmachte. Auch Sarah ging dorthin.

»Sie haben ja wohl keine Gewehre versteckt«, meinte Cal entsetzt.

Doch dann sahen alle, dass die Frauen Holzschalen und Löffel holten. Laut rief Sarah:

»Haben die Soldaten ihre eigenen Schalen oder brauchen sie auch welche?«

»Ist das Essen fertig?«, fragte Randsome, dem schon seit

161

Stunden der Magen knurrte. Nicht mehr lange und ihm würde schlecht vor Hunger.

»Aye, gleich. Habt Ihr nun Essgeschirr oder nicht?«, fragte Sarah noch einmal nach. »Wenn Ihr noch Wasser beschaffen könntet, damit alle dazu trinken können, wären wir gleich so weit.«

»Grey, Lovat, Wasser holen«, schmetterte Randsome seinen Befehl und schickte zwei der jüngeren Soldaten mit Eimern in Richtung Bach. Als sie wiederkamen, füllte Aileen bereits die Schalen für die schottischen Gefangenen, die sie einem anderen Soldaten aushändigte, der sie verteilte. Als er damit fertig war, reihte er sich schnell bei seinen Kameraden ein, die Sarah ihre Blechteller hinhielten. Randsome kam schnellen Schrittes herbeigeeilt, um auch endlich eine Portion zu ergattern, nachdem er Fergusson mit einer riesigen Schale gut bedient hatte. Friedlich saßen nun alle umher und schlemmten einen wirklich köstlichen Eintopf.

Sarah und Aileen indes machten sich daran, die Lebensmittel, die nicht mehr gebraucht wurden, wieder in dem Wagen zu verstauen. So fiel überhaupt nicht auf, dass sie selbst nicht aßen.

»Ich hätte das nicht gekonnt«, flüsterte Aileen, als sie den Sack Gerstenmehl über die erhöhte Seite des Wagens hievte, und meinte damit, das Essen der Engländer zu vergiften. Nun gut, Sarah hatte gesagt, die würden daran nicht sterben, aber dennoch. Gift war Gift. Die Dosis konnte das Schlimmste verhindern, aber das Mittel war, was es schließlich war. Gift.

»Wenn du es hättest müssen, hättest du es, glaub mir«, raunte Sarah zurück.

Obgleich sie auch Hunger hatten, konnten sie sich schlecht am Kessel der Schotten bedienen. Den der Engländer mussten sie meiden. Also taten sie geschäftig und gingen so jeder überflüssigen Frage aus dem Weg.

Mutig wagte sich Sarah nach einigen Minuten der Besinnung vor:

»Will noch jemand einen Nachschlag, für eine kleine Portion pro Mann reicht dieser Kessel allemal hin.«

Schnell standen die Uniformierten, angeführt von Randsom, wieder in Reih und Glied und ließen sich auffüllen.

»Wie unaufmerksam von uns. Dann bleibt für euch beide doch gar nichts mehr«, wandte er zähneknirschend ein, weil er den Gentleman herauskehren wollte, aber den Eintopf eigentlich lieber selbst verzehren wollte.

»Aileen, ist in dem anderen Kessel noch etwas?«, schickte sie das Mädchen zu der anderen Kochstelle. Als Aileen deutlich mit dem Kopf nickte und ein kaum vernehmbares »Aye« verlauten ließ, meinte Sarah:

»Also, kein Problem. Esst und wenn die Kessel leer sind, können wir sie wenigstens spülen und müssen nichts fortwerfen. Wäre doch wirklich schade, aye?«, fragte sie heuchlerisch.

»Ja, das wäre wirklich eine Schande. Sehr lecker, Miss …?«, fragte er indirekt nach Sarah's Namen.

»MacNabb. Caren Mary MacNabb, Mister …?«, antwortete sie mit der adäquaten Gegenfrage.

»Nis Randsome, zu Euren Diensten«, empfahl er sich galant, um den Rest seines Mahl, in aller Abgeschiedenheit, die die einbrechende Dämmerung nun bot, gierig zu verschlingen.

3

Da nun auch Aileen und Sarah etwas gegessen hatten und das Tageslicht immer deutlicher schwand, bat sie Aileen, die geleerten Kessel zur Seite zu schaffen. Sie selbst machte sich auf die Suche nach Randsome.

»Ah, hier finde ich Euch endlich, Sir Randsome«, säuselte sie, als sie den gesättigten Engländer an einem großen Stein unweit des Unterschlupfes von Brae Fergusson fand. »Wenn alle fertig sind, würden Aileen und ich es begrüßen, wenn wir zum Bach gehen dürften, um uns zu waschen. Derweil könnten Eure Männer das schmutzige Essgeschirr in die Kessel stellen, die wir dort waschen könnten. Gebt uns ein wenig Zeit für uns und lasst uns die Sachen zum Reinigen bringen. Morgen früh werden sie ja wieder gebraucht, aye«, bat sie freundlich.

»Aber Miss MacNabb, es ist schon viel zu düster, ich bestehe darauf, dass wenigstens einer der Soldaten mit Euch geht und Euch bewacht«, wandte er ein.

»Naye, wenn Ihr meint, dass Aileen und ich uns davonmachen und Euch unseren Wagen und die Pferde hierlassen, täuscht Ihr Euch. Ihr müsst uns nicht bewachen lassen, Mister Randsome«, erwiderte Sarah mit leicht angesäuertem Ton. Eine Bewachung hatten sie sich ja wohl mit ihrem Kocheinsatz nicht verdient.

»Mylady, ich meinte eher beschützen denn bewachen. Man weiß doch nicht, wer sich schließlich hier herumtreiben könnte, oder?«, korrigierte er beschwichtigend. »Euch soll doch nur nichts geschehen.«

Sarah wies mit kreisender Armbewegung über die flache Heidelandschaft, die sich bis zum Bach erstreckte, und meinte:

»Ihr könnt doch sehen, wer am nächsten Morgen hier eintreffen würde. Bis auf das schmale Buschwerk dort hinten, hinter dem wir sichtgeschützt verschwinden könnten, um ...«

»Schon gut. Eine viertel Stunde. Dann schicke ich zwei Rekruten, die Euch mit dem Geschirr zur Hand gehen«, ließ Randsome verlauten.

»Ich hole eben noch die große Schale von Eurem Vorgesetzten, aye. Dann gehen wir«, setzte Sarah den Mann in Kenntnis und bevor der etwas einwenden konnte, hatte sie das provisorische Zelt von Fergusson fast erreicht. Sie räusperte sich kurz, da sich die Plane nicht zum Anklopfen eignete, um auf sich aufmerksam zu machen.

»Mister Fergusson, Sir?«

»Was willst du, alte Frau?«, kam es geringschätzig aus dem geschützten Bereich.

»Hat es Euch geschmeckt?«, fragte sie in zuvorkommendem Ton, obgleich es ihr dermaßen schwerfiel, freundlich zu bleiben, wenn dieser Mann sich weiterhin so herablassend benahm. *Alte Frau*, wenn der wüsste. Der Mann war mindestens vier Jahre älter, als sie selbst, also auch schon jenseits der sechzig. Sie kämpfte kurz gegen den Würgereflex an, der sie ergriff.

»Habe schon besser gegessen«, meinte er. Der Mann war tatsächlich zum Kotzen, bestätigte sie ihrem Körper, dem allein ihr starker Wille Einhalt gebot. Sarah's Gelassenheit stieß an ihre Grenzen. Sie musste schnellstens hier weg, bevor sie diesem Mann, vor seiner Zeit, ein Messer in sein schwarzes Herz rammen würde.

»Bitte, ich würde nur gern das Essgeschirr abholen, damit wir es noch waschen können, bevor es ganz dunkel ist. Darf ich hineinkommen?«

»Naye!« Doch ein Rascheln verriet Sarah, dass sich der Mann erhob. Kurze Zeit später, riss er die Plane einen Spalt breit auf und hielt ihr die Schale, um die sie gebeten hatte, entgegen. Sein Blick verharrte auf ihrem Gesicht und Sarah wurde mulmig. Doch als der Mann seinen Kopf schüttelnd klärte, war sie sich sicher, nicht erkannt worden zu sein. Wortlos übergab er das Geschirr und ließ die Plane los. Dass Fergusson überlegt hatte, ob er sie kannte, hatte sie sehen können. *Der Mann ist schlimmer als der blödeste Esel,* dachte sie beinahe enttäuscht. Ein anderes Gefühl wollte dringend an die Oberfläche, verschaffte sich mit Ecken und Kanten Platz. Plötzlich war sie froh. Immerhin hatte ihre Verkleidung, an der sie getüftelt hatte, sie geschützt.

Dennoch, der Freude wich Pein. So langsam begannen ihre Augen zu brennen. Sie musste sich unbedingt diesen Leim aus den Augen waschen, der zwar treue Dienste geleistet hatte, aber nun seinen Tribut forderte. Also brachte sie die Schale zur Geschirrsammelstelle, schlenderte zum Wagen, wo sie ein Beutelchen und Tücher griff, und rief nach Aileen, die schnell zu ihr kam.

»Wir gehen jetzt runter zum Bach. Du kannst dich erleichtern und wir waschen uns dort. Die Soldaten bringen uns später die Kessel, falls sie es überhaupt noch schaffen, aye«, sagte sie leise und hakte sich bei der jungen Magd ein, als brauchte sie Unterstützung.

Als die Frauen hinter dem Buschwerk verschwunden waren, nutzte Sarah die Zeit, um sich von dem Leim, der ihre Iriden blau erscheinen ließ, zu befreien. Dann löste sie ihre langen Haare und kämmte eine Creme hinein. Kurz setzte sie sich zu Aileen, die in aller Abgeschiedenheit ihr Geschäft gemachte hatte, an die Böschung.

»Was hast du in den Haaren?«, fragte die Magd neugierig, da sie trotz der Dunkelheit, aber in dem hellen Mondlicht meinte, dass das Weiß aus Sarah's langen Locken verschwand.

»Nun, ich bin zwar alt, Lass, aber das heißt nicht, dass ich nicht ein wenig eitel bin«, kicherte Sarah leise. »Ich bin die gebleichten Haare leid. Findest du nicht, dass ich aussehen sollte wie immer?«

»Aye. Wenn du meinst, dass die Rotröcke das nicht mehr erleben, dann bin ich ehrlich. Ich finde, es machte dich steinalt«, herzte Aileen zurück.

Sarah stand auf, nahm einen Krug, den sie bei sich hatte, und spülte ihre Haare gründlich aus. Dann rubbelte sie sie mit einem der Tücher nahezu trocken, kämmte sie mit den Fingern durch und wand sich das trockene Tuch um den Kopf.

»Falls die noch wach sind, müssen sie nicht sofort sehen, dass ich jemand anderes bin, aye«, murmelte sie Aileen zu und trat aus dem Schutz der Büsche.

»Kommt Ihr nun bald mit dem Geschirr?«, rief sie laut über die Heide.

Keine Antwort.

»Hey, Mister Randsome. Es ist dunkel. Wir können doch bald gar nichts mehr erkennen«, hob sie ihre Stimme noch einmal lauter an.

Keine Antwort.

Also gab sie Aileen einen Wink und bedeutete ihr, ihr zum Biwak zu folgen.

Hump, Marven und Cal hatten das Treiben der Frauen mit Argusaugen beobachtet, auch wenn sie durch halb geschlossene Augen sehen mussten. Ihre eigenen Wimpern hatte ihnen die Sicht oftmals versperrt. Die Gefangenen hatten sich geschworen, keinen Hinweis auf Erkennen zu liefern, ausnahmslos alle.

Das war besonders Caelan schwergefallen. Der Junge musste sich deutlich zusammenreißen, um kein dummes Zeug vom Stapel zu lassen. Obgleich die beiden Frauen sehr routiniert und unaufgeregt handelten und offenbar keiner Gefahr ausgeliefert waren, war er hibbelig und aufgeregt. Doch selbst das Zusammentreffen von Sarah und Brae Fergusson war ohne besondere Vorkommnisse verlaufen. Cal hatte das flüsternd mit »Ignoranter Bastard« kommentiert und sich prompt einen Ellbogenknuff von Marven gefangen. Danach hatte er beschlossen, sein Bestes zu geben, um Ruhe zu bewahren. Als die Gefangenen ihr Essen bekamen, war er gottlob so weit abgelenkt, dass er und die ausgehungerten Mitstreiter diese leckere Mahlzeit sogar genießen konnten. Es gab an diesem Abend genug für alle und sie nahmen, was geboten wurde, als gäbe es kein Morgen.

Dann beobachteten sie die Frauen, die sich nicht aus dem Kessel der Engländer bedienten und sich arbeitsam gaben.

»Ich glaube, da hat Ma ein bisschen nachgewürzt«, wisperte Cal vorsichtig, weil er nicht wieder von Marven gemaßregelt werden wollte. Dennoch spannte er sich in Erwartung eines Ellbogenchecks an.

»Aye, scheint so«, raunte sein Kumpel zurück und bei Cal blieb der Schmerz aus, was ihn grinsen ließ.

»Was meinst du? Hat sie die Hölle oder nur einen Tiefschlaf verabreicht?«, fragte Caelan scherzhaft.

»Scht … Da kommt einer von denen«, warnte Hump und Cal zuckte erschrocken zusammen und ruckte seinen Kopf in die Richtung, aus der der vermeintliche Eindringling zu erwarten war.

»Bist du blind? Das ist Aileen, Mann«, zischte Cal zurück und schüttelte sein Haupt.

»Kann ich bitte die Schüsseln zurückhaben«, fragte die Magd schüchtern, beinahe piepsig, und hielt ihre Hand ausgestreckt hin, damit ihr die Schalen angereicht werden konnten. Wenn sie sie nicht mehr halten konnte, setzte sie sie neben sich am Boden ab und sammelte weiter ein. Am Ende lief sie mit einem ganzen Turm ineinandergestapelter Schalen davon.

»Sie kann das nicht«, stöhnte Hump. »Das hält sie nicht lange aus.« Dabei beobachtete er seine Frau, wie sie völlig alleingelassen und scheinbar ängstlich dastand, während Sarah sich in die Höhle des Löwen zu wagen schien. Wenigstens kam ihr keiner der uniformierten Bastarde zu nahe, dachte er beinahe versöhnt.

»Klar schafft sie das«, entgegnete Marven. »Sie spielt ihre Rolle gut. Wäre sie dieser Sache nicht gewachsen, Hump, wäre sie bereits zusammengebrochen«, versicherte er dem Knecht. »Mach dir keine Sorgen. Sie ist taff.«

»Hä?«

»Ähm, sie ist mutig und tapfer«, berichtigte Marven augenrollend. Er musste sich unbedingt abgewöhnen, Worte zu benutzen, die sie hier nicht kannten. Aber Caelan's Ausdruck war da noch viel schlimmer und bedurfte immer wieder der Erklärung, entspannte er sich.

»Aye, scheint so«, antwortete Hump abwesend.

»Da kommt Ma zurück«, flüsterte Caelan zu Marven herüber.

»Aye, sie scheint verärgert, auch wenn sie Gelassenheit demonstriert. Immer wenn Granny böse ist, hat sie diese tiefe Falte über der Nasenwurzel. Siehst du sie?«, raunte Marven.

»Aye, das habe ich auch schon festgestellt. Da ist wohl Wut aufgekommen, könnte ich mir denken.«

Dann beobachteten sie, wie die Frauen sich in Richtung Bach davonmachten, und sahen sich irritiert an.

»Pass auf, gleich bricht hier die Hölle los und unsere Männer hauen uns hier raus«, vermutete Caelan euphorisch.

»Denk nach, Mann, bevor du so einen Unsinn redest«, schimpfte Marven leise. Wobei Cal ihn zornig anfunkelte. »Die vergiften doch die Engländer nicht, um sie dann im Sturm zu überfallen«, wandte Marven zur Erklärung ein. »Ich denke, wir müssen jetzt einfach warten, aye.«

Und das taten sie. Nach und nach suchte sich jeder der Rotröcke eine bequeme Ecke, wo er sich betten konnte. Die Wachen lehnten an Findlingen, doch irgendwann fielen sie einfach um wie ein gefällter Baum.

»Ah, es wirkt«, freute sich Caelan.

»Aye, es wirkt«, bestätigte Marven schmunzelnd. »Jetzt sind wir gleich frei, Leute.«

Nach der Aussage ging ein freudiges Gemurmel durch die Menge, dennoch hielt man sich bedeckt und leise.

Als die Schotten Sarah's Rufe hörten, gingen ihre Köpfe neugierig hin und her. Ob doch noch einer von den Rotröcken stehen konnte oder ob die Frauen mit einer Verstärkung zurückkommen würden? Enttäuscht stöhnten sie nahezu im Gleichklang, als nur Sarah und Aileen auftauchten. Wieder rief Sarah nach irgendeinem Randsome. Doch es regte sich nichts bei den Engländern.

»Ma, ich glaube, die Rotröcke sind eingeschlafen«, traute sich Caelan zu rufen, als er die beiden Frauen näher kommen sah.

»Aye, Cal, ich glaube tatsächlich, dass diese Kerle ihre Pflichten im Augenblick völlig vernachlässigen«, schnaubte sie, als sie näher kam. »Geduldet euch noch einen Moment.« Damit wandte sie sich zu einem der Lagerfeuer, die noch gerade so brannten. Sie griff in ihren Beutel, nahm ein Päckchen heraus und warf es ins Feuer. Einen Moment später loderte eine grün-blaue Flamme hoch, weit sichtbar. Dann beruhigte sich das Feuer wieder. Kurze Zeit später war Pferdegetrappel zu hören. Aus zwei Richtungen kamen Reiter und stürmten aus der Dunkelheit. Al und Robert von der einen und Hamish mit Collin und Aidan von der anderen Seite. Sie rutschten aus den Sätteln. Während Al auf Sarah losstürmte und sie in seine Arme schloss, machten sich die anderen daran, die schottischen Häftlinge zu befreien. Doch gegen die Kettenschlösser waren sie machtlos.

»Der Mann dort am Findling, ein etwas beleibter Typ, hat die Schlüssel sicher an seinem Gürtel«, meinte Marven. Damit machte sich Aidan auf den Weg und suchte den schlafenden Rotrock nach Schlüsseln ab.

»Naye, hier ist nichts«, rief er enttäuscht zurück.

»Dann versuch es bei Fergusson«, riet Caelan und konnte sich kaum mehr beruhigen. Er wollte diese Eisen ein- für allemal loswerden. Als er aufstand, nötigte er auch alle anderen, sich aufzurichten. Auf großen Widerstand stieß er dabei nicht, denn auch den Mitgefangenen stand nun endgültig der Sinn nach Freiheit.

Aidan wollte gerade zum Unterschlupf des Hauptmannes, als Sarah ihn zurückrief.

»Ich gehe«, teilte sie dem großen Schotten mit, den sie seit über zwanzig Jahren kannte. »Ich habe da noch was anderes zu erledigen.«

Als sie sich aus Al's Umarmung winden wollte, hielt er sie noch einen Moment fest und fragte sie eindringlich:

»Willst du wirklich einen Mord auf dem Gewissen haben, mò bheatha? Überleg es dir gut. Du hast dein Leid überlebt, du hast deinen Sohn wieder. Verkauf jetzt nicht deine Seele an den Teufel. Bitte«, riet er seiner geliebten Frau, damit sie in Frieden weiterleben konnte und sich nicht mit einer solchen Untat belastete. Das war dieser Mann nie und nimmer wert, hatte er für sich entschieden. Sarah spürte, wie Al sie aus dem Griff entließ, und sie drehte sich um und eilte zu der Zeltplane, hinter der sie Brae Fergusson wusste.

Da stand sie nun breitbeinig über dem leblos scheinenden Schotten, der ihr so viel Leid angetan hatte. Ihr Skian dubh schwebte über seinem Herzen, bereit, sein Leben auszulöschen. Allein die Hand, die es führen müsste, konnte es nicht. Sarah's Röcke flossen über den Rumpf des Mannes, und ihre gebeugte Haltung, die einer Mörderin, verharrte reglos über ihm. Der Lichtschein hinter der Plane verriet den Männern draußen, was sie tun wollte. Laut und vernehmlich sogen sie zischend ihren Atem ein, als hätten sie im Chor Luft geholt. Doch es geschah nichts. Sarah konnte es nicht zuende bringen. Al hatte recht.

»Verflucht seist du, Brae Fergusson. Verdammt dafür, mir schamlos meine Jungfräulichkeit geraubt zu haben. Verdammt dafür, dass ich mich deinetwegen in die Fluten stürzen und mein Leben und das meines Kindes beenden wollte. Verdammt dafür, dass ich ein Leben lang hinter meinem Kind hergetrauert habe, einem herrlichen Sohn. Wenn ich es auch nicht gern sage, es ist auch dein Sohn, du elender Wicht«, wetterte sie. In Wirklichkeit jedoch schimpfte sie sich selbst. Sie schämte sich, sich diesem Scheusal hingegeben zu haben, sie schalt sich des versuchten Selbstmords und räumte ein, diese lange Zeit ohne ihr Kind als Strafe für all ihre Sünden verdient zu haben.

Al hatte recht. Sie wollte ihrer geschundenen und verdammten Seele nicht auch noch einen Mord an einem Wehrlosen hinzufügen. Doch in einem wurde sie sich von Minute zu Minute sicherer: Sie wollte, dass er erkannte, was für ein arroganter, ignoranter, selbstverliebter Unmensch er war.

Also zog sie ihm den Siegelring ab, der ihn als Hochwohlgeborenen auswies. An seine Stelle schob sie einen Knochenring, den sie einst gefertigt hatte. Eigentlich hatte sie ihn für Cal gemacht. Aber nun kam er diesem Zwecke besser zu. Dieser Ring war geschnitzt. Er war eindeutig hübsch, fand sie, als sie ihn an der Hand des Mannes, den sie zutiefst verachtete, sah. Die Zierden dieses Ringes würden Brae Fergusson massiv erschrecken. Er war immer, auch wenn er es nach außen hin zu verbergen wusste, ein armer Wicht, der an die Mär von Feen, Wechselbälgern und Trollen glaubte. Nun, dieser Ring enthielt außer dem Namen *Sarah MacCraven* auch Verzierungen, die aus dem Feenreich stammen könnten. Außerdem war er aus einem Material, das in dieser Ära des Metallschmucks nicht mehr verwendet wurde. Der Ring würde diesem Ignoranten als ein Ding aus uralten Zeiten vorkommen. Dieses altertümliche Schmuckstück würde ihn zu Tode erschrecken. *Ein Fingerzeig aus dem Jenseits,* schmunzelte Sarah vor sich hin.

Zudem hoffte sie inständig, dass ihr Name von einer Schuld der MacDonalds ablenken würde. Dann zog sie den Siegelring von Brae wieder hervor, brach den Rubin heraus, der ihn zierte, und warf den kümmerlichen Rest dem gehassten Mann hin. Verloren rollte das nun wertlose Teil über den Boden.

»Sarah?«, kam es zaghaft von draußen und sie erkannte Al's Stimme, ohne ihn sehen zu müssen.

Schnell suchte sie die Schlüssel und richtete sich schlussendlich mit einem angewiderten Blick auf, den sie Brae zum Abschied zuwarf.

»Komme, Al«, sagte sie und schlug die Plane zur Seite, um hinauszutreten. Al's Blick, der suchend in die provisorische Unterkunft glitt, um zu sehen, was seine Frau angerichtet hatte, entging ihr nicht.

»Ich habe ihn nicht getötet. Du hattest recht. Er ist es nicht wert, dass ich mich dem Höllenfeuer opfere«, versicherte sie ihm, obgleich sie nicht an Himmel und Hölle glaubte. Doch bestimmt gab es eine ähnliche Strafkammer im Jenseits. Ausschließen konnte sie es nicht, und es Al anders begreiflich zu machen als nach der christlichen Sichtweise, war ebenfalls unmöglich.

Sie hielt die erbeuteten Schlüssel für die Befreiung der jungen Männer hoch.

Al nahm sie, reichte sie Robert, der bei ihm stand, und bat ihn, die Jungs zu befreien. Dann trat er seiner Frau entgegen, nahm sie in seine Arme und drückte sie fest an seine breite Brust. Er hauchte ihr einen Kuss auf den Scheitel, den er ein zweites Mal argwöhnisch betrachtete:

»Mò bheatha, dein Haar …«

»Aye, mein Liebster. Alles auf Anfang«, kicherte sie, löste sich ein wenig, damit sie ihm in sein verdutztes Gesicht schauen konnte. Doch der Augenblick der Verwirrung verging und wich einem breiten Grinsen

»Alles auf Anfang, Frau. Was nun?«, fragte Al mit hochgezogenen Brauen. Doch zu einer Antwort kam es nicht mehr, denn Caelan und Marven stürmten auf ihre Retterin zu und rissen sich bald darum, die Frau umherzuschwenken und zu drehen, als wäre sie gegen Schwindel immun.

»Wir legen die Rotröcke beieinander unter den Baum und ketten sie an. Es wird so ungefähr den ganzen kommenden Tag brauchen, bis alle wieder wach sind. Wenn sie in Ketten liegen, gewinnen wir Zeit«, meinte Sarah leicht schwankend, als sie wieder festen Boden unter den Füßen hatte. Die Männer wollten sich schon an die Arbeit machen, als sie anfügte: »Und deckt sie zu. Wir sind ja keine Unmenschen wie sie, aye.«

»Typisch Frau«, witzelte Cal. »Glaubst du, die Bastarde hat es irgendwie gestört, dass wir gefroren haben?«

»Naye, Cal. Aber wir sind nicht mit denen zu vergleichen. Wenn auch durch unsere Adern ab und an Hass fließen kann«, meinte sie nachdenklich, denn sie hatte es gerade eben am eigenen Leib erfahren.

Als sie fertig waren, hielt Marven den Schlüssel der Eisen hoch und fragte:

»Was machen wir jetzt damit? Wenn wir sie nicht töten wollen, dann sollte der Bund erreichbar sein, oder?«

»Ja, aber wir werden sie schmoren lassen«, überlegte Cal und sah nach rechts, nach links, nach oben. »Ich hab's. Wir binden ihn mit einer Geschenkschleife in den Baum. Möglichst hoch«, gluckste er.

»Das ist eine blendende Idee«, kicherte nun auch Sarah, die neben Aileen und Hump stand. »Der Einzige, der diesen Schlüssel wiederbeschaffen könnte, ist Brae Fergusson. Er ist nicht gefesselt. Aber der arme Mann hat schreckliche Höhenangst«, spie sie aus und konnte sich ein hämisches Lachen nicht verkneifen.

Sie sah sich um und dann zog sie Aileen das rote Haarband aus dem Zopf, was ihr einen verwirrten, beinahe bösen Blick von der Magd bescherte, die ihren Zopf fasste, um Sarah an ihrem Tun zu hindern.

Doch es war zu spät. Das Band baumelte bereits in Sarah's Händen.

»Aileen, du hast so schönes Haar. Trag es offen und zeig deinem Mann, dass hinter der schüchternen Frau eine begehrenswerte Kämpferin steckt«, raunte ihr die Ältere zu und reichte das Band an ihren Sohn weiter.

»Fynn? Wo ist der Bursche?«, rief Caelan, der bereits das Haarband an dem Bund befestigte.

»Aye, Mist … ähm, Caelan. Hier bin ich«, hechelte Fynn, der prompt angelaufen kam, als man nach ihm rief.

»Kannst du da hinaufklettern, wenn wir dich etwas anheben?«, fragte Caelan und wies in die Krone der Kastanie, unter der die Engländer aufgereiht lagen.

»Klar«, brüstete sich der Jüngste der Schotten.

Gesagt, getan. In wenigen Minuten war das Geschenk der Freiheit sichtbar für die Rotröcke platziert, jedoch bald unerreichbar.

»Brae wird sich was überlegen müssen, wenn er da herankommen will. Ich würde zu gern Mäuschen spielen«, scherzte Sarah und dann fiel ihr ein: »Falls er nicht vor lauter Schreck direkt davonläuft … Und damit er laufen muss, jagt die Pferde fort oder nutzt sie für einen Teil eures Rückweges, aber dann lasst sie frei, damit kein Verdacht auf euch fällt«, plapperte sie entspannt. »Dann können wir hier endlich alle verschwinden.«

»Ah, Moment. Da fällt mir was ein«, schlug sich Marven seine flache Hand vor die Stirn. »Das Buch.«

»Was für ein Buch?«, fragte Robert entgeistert.

»Das Buch, in das alle Gefangenen als neue Rekruten eingetragen wurden. Wir müssen es finden«, rief Marven aufgeregt und eilte bereits davon. »Wahrscheinlich ist es auch bei Fergusson«, erreichte die anderen seine Erklärung aus der Ferne. Nach einigen Minuten kam er siegessicher zurück und zeigte das verräterische Werk.

»Wirf es ins Feuer und legt noch ein paar Scheite auf, damit es nicht nur ankokelt, sondern völlig vernichtet wird«, meinte Al trocken und bat dann um einen zeitnahen Abmarsch. »Wir wollen die Mädchen schließlich nicht so lange allein reisen lassen, aye.«

Dann wandte er sich an die alten Recken Hamish, Collin und Aidan.

»Das war es dann also«, meinte er bedauernd.

»Aye, das war es dann wohl«, echote Aidan. »Ich habe den anderen erzählt, worum du mich gebeten hast. Ich nehme an, es ist in eurem Sinne, wenn wir die anderen Gefangenen zurückbegleiten?«, fragte er beiläufig.

»Ja, das wäre schön.«

»Gut, Al. Das machen wir gerne. Wir haben schließlich die ganze Zeit erlebt, wie die Rotröcke mit diesen armen Teufeln umgegangen sind«, beschied er.

Dann trat Collin vor, natürlich kaute er auf irgendwas herum. Er schluckte es mühsam herunter und fragte:

»Fantastische Geschichte, Al. Wir werden Joline wohl nicht mehr wiedersehen, nehme ich an?«

»Naye, sie ist mit den Mädchen bereits vorausgefahren. Uns werdet ihr auch nicht wiedersehen, nehme ich an. Hat Aidan …«

»Doch, er hat. Er hat alles erzählt. Aber man weiß ja nie, vielleicht kommen wir nach«, stellte er in Aussicht.

»Naye, Collin. Letztendlich weiß man nie. Da magst du recht haben. Ihr wisst ja, wo ihr uns finden könnt. Würde mich freuen«, funkelte es in Al's Augen. Im Ernst, es würde ihn über die Maßen freuen, wenn die vier Weggefährten es ebenfalls nach Neuschottland schaffen würden. Sogleich schob sich auch der Letzte der Recken in seinen Sichtkreis.

»Hamish«, stellt Al ergriffen fest und musste sich zusammenreißen, dass seine Stimme nicht anfing zu zittern.

Hamish trat einen Schritt auf Al zu und legte ihm seine große Hand auf die Schulter.

»Aye. Ich hoffe, dass wir euch mit unserem letzten Dienst behilflich sein konnten. Zu gern hätten wir einen guten Kampf mit euch bestritten, aber so … hat es wenigstens keine Toten und Verletzten gegeben. Deine Frau hat das gut gelöst, mein Freund.«

»Das hat sie wohl, Hamish. Und wenn wir Glück haben, erfährt nie einer, dass Campbell-Krieger dabei maßgeblich geholfen haben«, tröstete Al. »Wir wollten euch einfach heraushalten, alter Junge. Ihr bleibt ja hier in Schottland und man weiß nie, was euch noch zustoßen könnte, oder?«

»Das haben wir verstanden und danken euch, aber dennoch. Es wäre uns eine Ehre gewesen, mit euch noch einmal die Schwerter sprechen zu lassen. Wir hätten es gern getan, Alistair MacDonald«, wisperte der alte Fährtensucher genauso ergriffen, wie es um Al's Gemütszustand mittlerweile stand.

Man umarmte sich und Tränen rannen über die Wangen der MacDonalds als auch der drei Campbell-Krieger, doch kein

Laut der Trauer war zu hören. Ein stiller Abschied in der Abgeschiedenheit, die diese Nacht noch durch seine Dunkelheit bot und jedem seine ungesehene Tränen erlaubte.

Marven und Caelan stiegen auf die Pferde, die ihre Väter ihnen mitgebracht hatten. Sarah nahm die Tiere aus dem Wagengespann, eines zum Reiten, eines als Gepäckpferd. Dann dankte sie Aileen und riet ihr, den Wagen wieder mit einem Paar Sassanachpferden flott zu machen, damit die Gefangenen nicht wieder zu Fuß laufen mussten. Mit einem winkenden Gruß verschwand die MacDonald-Reiterschar in Richtung Kirkhill und die anderen brachen auf, um endlich wieder nach Hause zu kommen.

Der schwerste Weg

1

»Wie hast du das gemacht?«, fragte Caelan seine Mutter, die neben ihm ritt.

»Was gemacht?«, erkundigte sie sich irritiert. Meinte er das Gift? Wollte er wissen, was sie zusammengemischt hatte? Glaubte er, sie wäre eine Hexe? Ihr wurde es plötzlich eng ums Herz.

Gut, sie konnte mit ihrer Mutter in Kontakt treten, die einer reinen Druidenlinie entsprungen war. Ihr Leben in dieser Zeit war lange beendet. Aber Druiden hatten viele Leben. Manchmal bedauerte Sarah, ihre Magie nicht geerbt zu haben. Aber im Großen und Ganzen war sie froh, nur dieses eine Leben mit seinen vielen Leiden leben zu müssen. Nur wenn es schön war, wünschte sie sich, es würde niemals enden. Dennoch wusste sie, dass die Leben ihrer Mutter niemals von den gleichen Menschen, Freunden und Druiden begleitet wurden, mit denen sie Freud und Leid, eben alles Bisherige geteilt oder die sie irgendwann geliebt hatte. Es ging so viel verloren, wenn diese besonderen Wesen eine neue Gestalt annahmen. So schätzte sie sich am Ende glücklich, es angetroffen zu haben, wie es war. Sie war die Tochter ihres Vaters, den sie niemals hatte kennenlernen dürfen. Ein ganz normaler Mann aus Fleisch und Blut, der keine Zauberkünste oder Wunder bewirken konnte, außer das eine, das ihm gelungen war: Er hatte ihre Mutter Rigantona einst bezaubert und sie selbst war nun das Ergebnis. Eine Tochter aus den Lenden ihres Vaters, ohne besondere Fähigkeiten, allein mit der Gabe, ihrer Mutter in Trance zu begegnen. Und das hatte sie nur zweimal in ihrem Leben gewagt. Einmal mit der Bitte, von Brae

Fergusson erhört zu werden, was ziemlich schiefgegangen war und sie schwer bedauert hatte. Jetzt, um ihre Familie zu beschützen, das heißt die Kinder, die ihr am meisten am Herzen lagen.

Mit ihrer Mutter hatte sie äußerlich und wohl auch innerlich keinerlei Ähnlichkeit. Die Frau hatte keine dunklen Haare, keine grünen Augen, war schlank und zierlich. Die Erinnerungen waren verblasst, aber wenn sie Joline ansah, dachte sie hin und wieder: *So ähnlich hat meine Mutter wohl ausgesehen, nur viel zarter mit stahlgrauen Augen.* So wie Caelan's, fiel ihr auf.

»Na, das mit dem Feuer. Die Farbe?«, holte Cal sie aus ihren Überlegungen zurück.

»Och«, atmete sie befreit durch. Obgleich sie diesen Herzschmerz in Kürze noch einmal und viel schlimmer erfahren würde, war sie froh, mit ihrem Sohn vorerst über diese Banalität sprechen zu können.

»Eines Tages kamen Zigeuner meines Weges. Sie hatten einen Kranken dabei. Obwohl sie ebenfalls erfahrene Heiler sind, hatten sie kein Mittel gefunden, welches ihrem Freund half. Da es bereits dunkelte, boten sie mir Schutz an, wenn ich mir im Gegenzug den Dahinsiechenden ansehen würde. Den Göttern sei Dank, konnte ich helfen. Die Frau des Todgeweihten dankte mir mit einem Pulver, das sie von einem Chinesen geschenkt bekommen hatte. Die Chinesen benutzten es bei besonderen Feierlichkeiten zusammen mit anderen Pulvern, die sie in kleine Röhrchen pressten und mit brennenden Fäden in die Luft schossen. Dann gaben sie einen höllischen Lärm von sich und plötzlich zeichneten die Geschosse bunte Sterne in den Himmel. Sie nannten es *Feuerwerk.* Bisher hatte ich selbstredend keine Verwendung dafür, aber irgendwie musste ich den Männern heute Nacht zeigen, wann sie kommen sollten, um Aileen und mir zur Hand zu gehen. Da fiel mir dieses Pulver wieder ein. *Kupfersalz* hatte es die Zigeunerin genannt«, klärte Sarah ihren Sohn auf.

»Ah, verstehe. Das macht man in der Zukunft nicht anders, glaube ich. Strontium färbt rot, Kupfersulfat grün, irgendwas anderes blau. Feuerwerke gibt es in vielen Farben. Besonders Silvester wird geböllert, was das Zeug hält«, klärte er seine Mutter auf, dass ihm diese chemische Reaktion geläufig war.

»Was ist Silvester und böllern?«, fragte Sarah erstaunt.

»Entschuldige, Silvester wird hier *Hogmanay* genannt, glaube ich. Böllern nennt man das Abschießen dieser Sprengkörper, weil es einen Krach gibt, vergleichbar mit einem Gewehrschuss, wenn das Pulver in der Luft explodiert und in tausend bunten Sternchen zur Erde zu fallen scheint.«

»Oh, aye. Böllern …«, wiederholte sie dieses fremde Wort und schüttelte den Kopf.

»Du, ähm, du bist weit herumgekommen, oder?«, bemerkte Caelan mit hochgezogenen Brauen. Es war mehr eine Feststellung denn eine Frage, aber trotzdem wollte Sarah ihm antworten.

»Aye. Es war nicht immer leicht, ohne Schutz. Aber seit ich mit Al zusammen bin, habe ich ein schönes Leben. Niemals wieder möchte ich ohne ihn sein, denn dieser Mann ist meine Liebe, mein Schutz und mein Anker. Ich hoffe, dass du irgendwann das Gleiche von Amber behaupten kannst, mein Sohn«, sagte sie. »Nein, ich muss das richtigstellen. Ich hoffe es nicht nur. Ich wünsche es mir aus tiefstem Herzen, Caelan.«

»Danke, Ma. Aber bist du nicht ein wenig zu rührselig? Wir haben bestimmt noch eine lange Zeit miteinander. Al macht auch nicht den Eindruck, als würde er bald von uns gehen. Für sein Alter ist er noch echt fit«, witzelte Caelan, weil ihn das Gespräch zu bedrücken begann.

»Fit?«

»Na, so was wie *agil* oder *gut beieinander*. Gesund und munter«, versuchte Cal eilig seinen Ausdruck zu erklären, wobei er in seinem Sattel hin- und her rutschte, als fühlte er sich unwohl in seiner Haut.

»Wir werden sehen. Noch viel Zeit. Wäre schön«, hielt sich Sarah vage, da sie spürte, dass es ihrem Sohn plötzlich an Leichtigkeit fehlte.

»Schau doch mal nach Jo's Pollux. Er macht mir einen sehr unglücklichen Eindruck. Ehrlich gesagt wundert mich, dass Ro-

179

bert oder Al gar nicht daran denken, dass sich diese Rasse nicht als Verfolger eignet. Das konnte doch Whitesocks schon nicht leiden«, wies sie Caelan an und lächelte ihm liebevoll zu.

Cal seinerseits nahm ihre Anweisung dankend an und ließ sich auf Marven's Höhe zurückfallen, der Jo's treuen Hengst im Schlepptau hatte.

Wie oft werde ich das noch in den nächsten Tagen tun können?, sann Sarah nach, als ihr Sohn verschwunden war. Ihre Gedanken glitten ab. Zu viele Fragen würden in der kommenden Zeit auftauchen. Zu viele Tränen würden fließen. All diese Dinge belasteten sie zutiefst.

Sie sah geradeaus, auf den Weg, den sie nach Kirkhill nahmen. Vage nahm sie Al's breiten Rücken wahr, da er vor ihr ritt. Aber im Grunde sah sie gar nichts. Im Grunde speicherte sie in aller Seelenruhe die Gesichter, die sie bald nie wieder sehen würde, in ihrem Gedächtnis ab. So wie Joline sie alle aus der Erinnerung hätte malen können, so wollte sie sie in ihrem Hirn einschließen. Damit sie sich diese Bilder immer ansehen konnte, wenn sie deren Nähe brauchte oder ersehnte: das Schmunzeln von Caelan, wenn er scherzte, das Lachen von Marven, wenn er glücklich war, das liebliche Gesicht von Amber, die ihrer Mutter so sehr ähnelte, Kyla's grüne Teiche, die sich mit grünen Sprenkeln füllten, wenn sie aufgeregt oder ärgerlich wurde.

Sarah spürte nicht, wie sie unter der Last der zukünftigen Entscheidungen, die sie bisher noch nicht mit den anderen besprochen hatte, auf ihrem Pferd zusammengesackt war. Der Rücken krumm. Die Beine steif. Die Hände wie Krallen um die Zügel gehalten. Der Weg würde so steinig werden, deuchte ihr. Dennoch! Der Mut durfte sie nicht verlassen. Und noch einmal wurde ihre Gestalt kleiner auf dem Rücken des verschandelten Pferdes, das sie sich als Reittier ausgesucht hatte.

Doch plötzlich glomm Hoffnung in ihr auf. Sie bog ihre Wirbelsäule durch und setzte sich aufrecht. Ihre Gebete, zu wem auch immer, schenkten ihr die Hoffnung, dass die Kinder in Sicherheit gebracht werden konnten.

Ihre Bitte für die Möglichkeit, die vier zurück in die sichere Zukunft zu schicken, hatte sie bei Rigantona vorgebracht. Die Mutter hatte zuerst geschimpft, da ihr nicht erlaubt war, Ungleichgewicht herzustellen. Aber Sarah hatte so lange gequengelt wie ein sechsjähriges Mädchen, bis sich die weise Frau breitschlagen ließ.

»*Caren Mary MacNabb, Amber Keith und Paul Guttmann. Sie hatten, so sie noch am Leben waren, wobei ich natürlich weiß, dass Caren und Amber, Joline's Mutter, bereits tot sind, nicht in diese Zeit gehört*«, hatte sie vehement ins Feld geführt. »*Also wäre es nur recht und billig, Caelan, Marven und Amber als Ersatz in die Zukunft zu schicken. Kyla ist ohnehin aus der entfernten Ära und gehört hier sowieso nicht hin*«, wies sie ihre Mutter darauf hin, dass man doch so das Gleichgewicht der Zeiten wiederherstellen könnte, auch wenn Caren und Amber bereits verstorben waren.

»*Tochter, die Toten stören das Gewicht der Welten nicht mehr*«, hatte ihre Mutter eingewendet.

»*Aber möglicherweise haben sie es gestört. Außerdem habe ich mir nur einmal etwas von dir erbeten. Jede anständige Fee gewährt drei freie Wünsche. Willst du dich unter deren Scheffel stellen?*«, war Sarah aufs Betteln verfallen.

»*Ja, es stimmt, du hast mich um nicht viel gebeten. Deinen ersten Wunsch habe ich zwar vernommen, aber nicht gewährt. Das hast du ganz allein geschafft, mein Kind. Dein Schicksal kann ich nicht ändern, Sarah*«, machte Rigantona klar. »*Auch kannst du mich nicht mit billigen Tricks aus dem Futter locken, Tochter. Aber ich verstehe den Wunsch, deine Kinder in Sicherheit zu bringen. Ich büße mit dieser Ausnahme meine Fähigkeiten ein, wahrscheinlich sogar mein Leben. Ehrlich gesagt habe ich auch keine Lust mehr*«, eröffnete sie ihrer Tochter.

»*Wozu hast du keine Lust mehr?*«, hatte Sarah erstaunt gefragt. Sicherlich, sie hatte sich ja schon selber Gedanken gemacht, wie schlimm es sein könnte, nicht endgültig zu sterben.

»*Sarah, jedes neue Leben beginnt man nicht jung und schön. Jetzt bin ich alt und ich bin einsam. Ich tue dir also gern diesen Gefallen und verstoße gegen die Regeln, damit ich gehen kann. Endlich gehen kann. Und, wenn ich ehrlich bin, Sarah, freue ich mich, dich noch einmal gehört zu haben. Ich habe dich vermisst.«*

»Ich dich auch, Mutter. Aber wenn du gehst und ich nie wieder mit dir in Kontakt treten kann, hätte ich noch eine Frage«, merkte Sarah an, denn diese Frage, auch wenn sie sie als Kind oft gestellt hatte, war nie beantwortet worden.

»Ich weiß, mein Kind. Du möchtest immer noch wissen, wer der gutaussehende Mann war, dessen Ähnlichkeit dir aus dem Spiegel entgegenschaut, aye?«

»Ja, Ma. Das würde ich sehr gerne wissen«, keuchte Sarah.

»Also gut, mò leanabh grádhach. Dein Vater war der Bruder von Niall MacDonald. Er war jung und unverheiratet und er wusste niemals, dass ich sein Kind zur Welt gebracht habe. Weil er früh starb, wurde Niall Laird des Clans MacDonald. Sein Sohn Robert, der ihm sehr spät in seinem Leben geschenkt wurde, sollte es nie wissen. Du siehst, du hast einen sehr viel jüngeren Cousin, mein Mädchen. Aber vor allem auch aus Liebe zu seinem toten Onkel, deinem Vater, den er nie kennengelernt hat, werde ich euch helfen«, gab Rigantona endlich ergriffen Aufschluss über einen wichtigen Teil ihrer Herkunft. Doch diese Wahrheit brachte Sarah's Welt für einen Moment ins Wanken. An dem Ton ihrer Mutter hatte Sarah eine tiefe Liebe herausgehört.

»Du hast ihn geliebt, nicht wahr?«

»Aye, ich habe ihn geliebt, aber ich durfte ihn nicht lieben. Ich bin also geflohen und habe dich allein großgezogen, wie du weißt. Von seinem frühen Tod erfuhr ich erst viel später«, gab sie traurig zu.

»Ich weiß und ich bin dir dankbar. Ich habe einen Cousin? Ich hatte immer geglaubt, ich sei allein, ohne Familie«, fragte Sarah ungläubig, weil sie es kaum glauben konnte.

»Aye, du hast einen Cousin. Sag es ihm nur, wenn du musst. Ansonsten bewahre dein Wissen in deinem Herzen, meine kleine Tochter. Ein Kreis hat sich für dich geschlossen. Hätten die Götter es nicht gewollt, dich in den Schoß einer … nein, deiner Familie zu bringen, hätten sie es zu verhindern gewusst«, riet Rigantona. *»Und nun muss ich gehen und mich um das Portal kümmern. Ich*

habe dich immer geliebt und ich werde dich immer lieben, egal wohin ich jetzt gehe, Lassie. Deagh fhortan anns na dóighean agad«, wünschte sie ihrer einzigen Tochter mit liebevoller Vibration in der Stimme einen glücklichen Weg durch ihre Zukunft. Damit entschwand sie aus Sarah's Geist.

So hatte Rigantona schlussendlich eingelenkt, um ihr eine Möglichkeit der Zeitreise für diese vier jungen Leute zu verschaffen, hatte Sarah sich die Unterhaltung mit ihrer Mutter ins Gedächtnis gerufen. Sie würde ihrer Tochter einen Traum schicken, wie das Quartett reisen könnte. Aber mit Tränen in ihren smaragdfarbenen Augen machte sich Sarah klar, dass diese Trance der letzte Kontakt mit Rigantona war. Sie schnaufte unweigerlich durch, schluckte ihre Tränen hinunter und gebot sich wacker in die Zukunft zu sehen. Was ihr allein noch Kopfzerbrechen bereitete, war, dass Caelan und Amber verwandt waren. Cousin und Cousine zweiten, nein eher dritten Grades mit fremdem Blut dazwischen. War das schlimm?, fragte sie sich. Nein, entschied sie und wandte sich anderen Gedanken zu.

Ein wenig Freude auf die neue Aufgabe in Übersee, obgleich sie alle schon älter geworden waren, hatte sich bei Sarah eingeschlichen. *Alles auf Anfang: Wir vier haben das schon einmal geschafft*, sagte sie sich. Ein neuer Lebensabschnitt, der womöglich ebenso ruhig sein würde, wie er in den vergangen Jahren auf dem Gestüt war. Das vergangene Jahr schloss sie kategorisch aus: ein Mörder, zwei Kindstode und Entführungen. Nein, darauf konnten sie alle in Zukunft verzichten.

Marven und Caelan hatten zwar, seit bekannt wurde, nach Übersee zu gehen, von Unruhen selbst in Neuschottland gesprochen, aber die seien im Gegensatz zum Festland geringfügig. Der Teil, wo John Campbell das Gut gekauft hatte, das nun Joline gehören würde, war auf der Ile de Breton und dort war es wohl am ruhigsten. Es war eine Insel, groß zwar, aber abgetrennt vom Rest von Nova Scotia und somit nur per Schiff zu erreichen. Also konnte nicht jeder herumstreunende Militant dorthin. Doch ganz ohne Scharmützel wäre es auch dort nicht abgegangen. Später würden aber etliche Highlander einwandern.

Das wollte sie glauben.

2

Joline, Amber und Kyla hatten ihren Weg nach Kirkhill fortgesetzt, ohne sich umzusehen. So war der Plan und daran hatten sie sich schweren Herzens gehalten. In dem einzigen Gasthof in diesem verträumten Nest hatten sie ihre drei Zimmer bezogen und warteten nun sehnsüchtig auf den Rest der Familie.

»Natürlich brauchen wir noch ein weiteres Zimmer für meine Eltern«, erwähnte ich und stellte fest, dass mich der Wirt umgehend verwirrt ansah.

»Wir haben nur noch eine ganz kleine Kammer unter dem Dach«, brachte er kleinlaut hervor.

»Wie meinen? Ihr unterhaltet das einzige Gasthaus hier und habt nur drei Zimmer und diesen Verschlag?«, entrüstete ich mich beinahe, als wir uns die Gegebenheiten von ihm zeigen ließen.

»Keine Panik«, mischte sich Kyla ein, der der Wirt leidtat. »Hier können Marven und ich schlafen, ist kein Thema. Wenn wir noch zwei warme Decken bekommen könnten«, wandte sie sich mit einem Lächeln an den alten Mann, der kaum ein Wort verstanden hatte und sie anstierte, als wäre sie geisteskrank.

»Ähm, meine Tochter meint, dass wir nicht weiter darüber nachdenken müssen, in welchem Zustand diese Dachkammer ist. Sie würde es tauschen, wenn Ihr zusätzliche Decken bringt«, erklärte ich und warf Kyla einen grimmigen Blick zu. Mussten diese Kinder immer mit Worten um sich werfen, die hier kein Mensch verstand?, haderte ich kurz mit meinem Schicksal.

»Ja, Mylady. Meine Frau wird sich gleich darum kümmern«, bemühte sich der Gastwirt wie ausgewechselt um ein freundlicheres Auftreten. »Wenn Ihr wollt, nehmt doch in der Gaststube Platz und meine Frau wird Euch einen leckeren Eintopf bringen«, bat er uns, damit die wohl sehr beanspruchte Dame des Hauses ihre erweiterten Aufgaben erfüllen konnte.

»Habt Ihr denn keine Magd, die sich darum kümmern kann?«, fragte ich den feisten Mann, der schwer atmete, weil er die Stiegen bis unter das Dach hatte erklimmen müssen.

»Aye, haben wir. Eigentlich«, blies er seine Wangen auf und stöhnte.

»Aber?«, fragte Amber neugierig.

»Aber sie ist schwanger und kommt in diesen Tagen nieder. Sie ist nicht mehr belastbar«, keuchte er.

»Habt Ihr ein Lungenleiden?«, wollte Kyla wissen, der die lauten Fieptöne des Wirtes aufgefallen waren.

»Aye, tut mir leid«, meinte der Mann. »Seit mir ein Rotrock eine Kugel verpasst hat«, dünkelte er und zeigte mit dem Zeigefinger seiner fleischigen Rechten auf seine Brust. Dabei sah er Kyla direkt an.

»Oh, na ja. Dann …«, stammelte sie, weil ich ihr im Sichtschatten mit Gesten zu verstehen gab, die Unterhaltung zu beenden.

»Lasst uns doch heruntergehen und sehen, was uns die Wirtin Leckeres kredenzen kann, aye. Ich habe einen riesigen Hunger«, lenkte ich ab, da ich nicht wollte, dass wir uns noch durch irgendwelche Aussagen verrieten. Schon gar nicht Kyla, die sich keine Gedanken darüber zu machen schien, in welcher Gefahr wir uns alle befanden. Man konnte nie wissen, ob man auf einen loyalen Schotten traf oder auf einen Königstreuen, egal was die einem erzählen wollten.

»Aye, geht doch schon vor, Mylady. Ihr und Eure Töchter seid viel schneller als ich«, wedelte er uns fast die Treppe hinunter, sodass wir nur noch »Komme nach« verstanden.

Wir fanden einen Platz an einem Erkertisch, der uns ein wenig Privatsphäre bot. Er war weit genug von dem Schanktresen entfernt, sodass der Wirt nicht verstehen konnte, worüber wir uns unterhielten.

Immer wieder kamen Fremde herein, aßen oder tranken, bis sie endlich wieder gingen. Zum Abend hin wurde es dann wirklich voller. Die Männer, die nun überwiegend die Gaststube bevölkerten, kamen nach ihrem Tagwerk beisammen, tranken, spielten, und am Ende grölten sie. Einige blickten immer wieder zu uns herüber. Manche zwinkerten, als wären wir Freiwild. Doch einer erhob sich dreist, kam zu unserem Tisch und fragte in deutlich englischer Sprache:

»Kann ich mir eine von Euch aussuchen, oder seid Ihr schon gebucht?«

»Was denkt Ihr? Sehen wir aus, als müssten wir uns Freier suchen? Natürlich sind wir gebucht, Ihr Mi…«, stoppte Kyla kurz ihren ärgerlichen Ausbruch, da sie im Begriff war, den Mann als Mistkerl zu beleidigen. »Mister«, berichtigte sie sich also schnell. Amber und ich sahen sie verschwörerisch an, damit sie nicht noch frecher wurde. Der Grund ihrer Verstimmung war uns beiden sofort klar. Schließlich war sie in ihrer Zeit an solche Kerle verhökert worden.

»Mein Herr, wir sitzen hier nicht zum Spaß, sondern warten auf unsere Ehemänner. Es wäre höchst wünschenswert, wenn wir das auch weiterhin tun könnten, ohne belästigt zu werden«, bat ich gestelzt und schenkte diesem zwar gut gekleideten, aber übel riechenden Individuum einen freundlichen Augenaufschlag.

»Dann wartet mal weiter«, richtete der Mann sich an mich. »Aber der gefüllten Gans dort könntet Ihr mal Manieren beibringen«, ätzte er, bevor er sich wieder seinen Saufkumpanen zuwandte. Die Herrschaften hatten die Szene neugierig beäugt und ihnen waren Kyla's zornige Blicke, die den Engländer verfolgt hatten, nicht entgangen. Das hatten sie dem Mann dann auch gleich blökend auf die Nase gebunden, sodass er laut fluchend durch die Gaststube rief:

»Diese schottischen Flittchen fühlen sich als etwas Besseres.« Damit lenkte er dann auch die Aufmerksamkeit der anderen Männer, die bisher friedlich dagesessen hatten, auf uns. Die Luft knisterte plötzlich unheilschwanger. Mir wurde flau im Magen und ich wusste in dem Moment nicht, wie wir uns schützen sollten, denn ein weiterer Anwärter auf eine Absage machte sich auf den Weg zu uns.

»Ich gehe davon aus, dass diesem Unrat dort drüben«, schnurrte er mit dunkler, weicher Stimme und zeigte auf den abgeblitzten Engländer, »die Mittel fehlen, um diesen auserlesenen Damen und ihren Diensten gerecht werden zu können«, biederte sich der rothaarige Schotte, der vor uns stand, an. »Es wäre mir eine Freude, wenn sich mir die holde Maid auf der rechten Seite zu einem tête-á-tête anschließen würde. An der Entlohnung soll es mal nicht scheitern«, ließ er sich gestelzt herab und zwinkerte Amber zu.

»Ich würde mir nichts Besseres vorstellen können«, räusperte sie sich und ich bekam Angst, dass sie gleich ihr Skian Dubh aus dem Strumpfband zöge, »mir die Zeit zu vertreiben. Auch gibt es hier im Raum keine gepflegtere Begleitung, mein Herr«, zwinkerte sie keck. »Jedenfalls so lange nicht, bis mein Ehemann eintrifft. Er hat ja selbst schuld, wenn er mich so lange warten lässt, aye«, kokettierte sie weiter und Kyla und mir fiel die Kinnlade herunter.

»Oh, Verzeihung, gnädige Dame. Ich hatte ja gar keine Ahnung … ähm, das ist mir jetzt aber sehr unangenehm«, wand sich der Schotte wie ein Aal.

»Ach, macht Euch nichts daraus«, säuselte Amber ihm zu, bevor sie ihm riet:

»Ihr solltet nicht auf diese«, wies sie mit einer vagen Armbewegung auf den Tisch, an dem die grölenden Sassanachs saßen, »oder irgendwelche Engländer hören, die schottische Mädchen der Hurerei bezichtigen. Mir scheint, das ist allein eine englische Marotte, dass jede Frau in einem Gasthaus für eine Dirne gehalten wird. Es ist eine Zumutung, dass verheiratete Frauen wie wir drei nicht unbehelligt auf unsere Männer warten können. Ist es nicht so?«

»Aye, so ist es«, verbeugte sich der Mann. »Es tut mir leid, Euch und Eure Begleiterinnen beleidigt zu haben. Vergebt einem Irrgeleiteten.«

»Schon geschehen«, sagten wir auf, als wäre es das Amen in der Kirche, und nickten dem verstörten Mann zu, der sich rückwärts verzog.

»Was war das denn für ein Pfau?«, rutschte es mir heraus. »Und was war das denn für ein widerliches Gesäusel von dir?«, keifte ich Amber vorwurfsvoll, aber sehr leise an.

»Wieso, der war doch nett und sehr wohl erzogen«, erwiderte sie gelassen.

»Wieso hast du ihm nicht gleich die Meinung gegeigt? Warum warst du nett zu dem Heini, der mit dir ins Bett hüpfen wollte?«, wollte Kyla nun aufgebracht und etwas zu laut wissen. Sowohl Amber als auch ich versuchten sie augenblicklich mit einem zischenden »Schsch« zu bändigen. Mit einem zornigen Blick setzte sie sich eingeschnappt auf ihrer Bank zurück, sodass sie sich nun anlehnen konnte. Dadurch fiel ihr gewölbter Leib auch dem Letzten in diesem Schankraum auf.

»Kyla, ich habe dir nur zeigen wollen, wie man siegt, ohne zu kämpfen. Wenn man jemanden mit netten, gezielten Worten beschämen kann, ist das manchmal viel besser, als die gewetzte Klinge zu ziehen, aye«, richtete sich Amber nun an ihre beleidigte Schwägerin und schmunzelte.

»Ich kenne dich nur aufbrausend und kämpferisch, wie du mich jetzt schimpfen willst«, schnippte Kyla zurück.

»Aber du musst zugeben, dass diese Art wunderbar geklappt hat, oder?«, fragte Amber neugierig.

»Aye«, kam es zwischen Kyla's Zähnen herausgepresst.

»Wo hast du das her?«, wollte ich jetzt von meiner Tochter wissen und sah sie anerkennend an.

»Oh, Paul Guttmann ist nicht nur Arzt. Er ist auch ein guter Lehrer, was diplomatische Kriegsführung betrifft«, raunte sie mir verschwörerisch zu. Ich konnte ihre Mundwinkel zucken sehen und bemerkte, dass sie sich zusammenreißen wollte, um nicht zu lachen. Scheinbar hatte sie gerade mehrere Déjà-vus aus vergangenen Erlebnissen vom Hof ihres Onkels. Mit schiefgezogenem Mund und einem zischenden Ausatmen machte ich ihr klar, dass ich mehr hören wollte.

»Na ja, auf Bulloch Castle hat man es mit einigen Menschen zu tun, damit meine ich Gäste, nicht die Leute, die da wohnen, die nicht so nett sind. Es gibt also eine Sorte und das betrifft Männlein wie Weiblein, die es darauf anlegen, einen irgendwie zu provozieren oder zu kompromittieren. Anfangs hatte ich so meine Schwierigkeiten damit. Bis Paul mich zur Seite nahm und mir einige wirklich gute Ratschläge gab:

›Schlag die Leute mit ihren eigenen Waffen‹, ›nimm den Leuten *den Wind aus den Segeln‹, ›siege, ohne zu kämpfen‹* und *›kämpfe nicht, wo du nicht gewinnen kannst‹«*, zählte sie nur einige Weisheiten auf, die ihr dort im Intrigengetümmel der Schönen und der Reichen geholfen hatten.

»Boah, das sind ja krasse Sprüche«, kommentierte Kyla, die sich interessiert nach vorn auf die Kante ihrer Bank gesetzt hatte und ihren Babybauch damit komplett unter dem Tisch versteckte.

»Aye, das sind lehrreiche und gute Wegweiser, wenn man sie denn anwenden kann«, kokettierte Amber nun mit Kyla, die sich scheinbar die ganze vergangene Situation mit diesem schottischen Beau, wieder vor Augen führte. Eigentlich genau wie wir anderen beiden auch. Als unsere Blicke sich amüsiert trafen, konnten wir nicht anders, als schallend loszulachen.

Leider hatten wir völlig vergessen, dass wir hier nicht alleine waren. Es war nicht einmal eine halbe Stunde her, da hatten wir eine nicht so eine köstliche Ablenkung. Die Bedrohung durch den widerlichen Engländer hatten wir viel zu schnell verdrängt, was verhängnisvoll sein konnte. Gott sei Dank konnten wir uns verkneifen, erschrocken die Hand vor den Mund zu schlagen. Das wäre ja noch auffälliger gewesen, stöhnte ich innerlich.

Anscheinend entschied sich gerade ein weiterer Gast, uns ansprechen zu wollen. Wir bemerkten den großen Kerl, weil wir alle verschreckt in die Gaststube stierten. Also sahen wir, wie er aufstand, zu uns herüberstarrte und seine Jacke zurechtzog. Unsere eben noch freudigen Gesichter waren augenblicklich gelähmt und der Schrecken höchstpersönlich hielt Einzug. Der Mann sah furchterregend aus. Nicht nur, weil er bestimmt jeden Mann, den wir kannten, überragt hätte, nein. Er hatte eine fiese Narbe diagonal über dem Gesicht und blickte mehr als finster in die Welt. Unsere Hände begannen zu zittern, unsere Mägen wurden zu Stein und unsere Lungen waren eingequetscht, als läge ein eisernes Band dort herum, das uns am Atmen hinderte.

Gott sei es gedankt, schlängelte sich einen Augenblick später die dicke Wirtin mit einem angsteinflößenden Blick durch die Wirtsstube. Mit einem barschen Hüftkick verschaffte sie sich

Platz, weil ein Gast in ihrem Durchgang gestanden hatte.

»Mensch Bella, du has' aber wieder 'ne Laune«, scherzte der Mann undeutlich.

»Dann geh aus dem Weg, Fergus. Der Gang gehört mir nicht erst seit heute, klar?«, zischte sie lauthals zurück, was einige der anderen Gäste zum Lachen animierte.

»Ich trage diese sechs Humpen nicht zum Spaß, du Wicht. Steh mir noch mal im Weg und ich lass sie auf deinem Dickschädel zerspringen«, schnauzte sie weiter und kam, nachdem sie die Alehumpen an einen der anderen Tische gebracht hatte, zu uns.

Inzwischen hatten wir nach diesem Narbengesicht Ausschau gehalten, aber anscheinend hatte er das Haus verlassen. Wir konnten ihn nicht mehr ausmachen.

»Ich hoffe, dass ich Euch durch diesen rauen Ton nicht verschreckt habe«, flüsterte Bella, die Wirtin, beinahe. »Vielleicht wäre es besser, die Ladys ziehen sich in eine der Kammern zurück. Heute ist viel Volk da, das nicht wirklich Eurem Anspruch einer netten Gesellschaft entsprechen wird, wenn Ihr versteht, was ich meine«, raunte sie.

»Aye, es geht schon ganz schön zu«, bestätigte Amber mit immer noch suchendem Blick.

»Sind das Engländer dort drüben? Wer ist dieser …«, schloss Kyla eine neugierige Frage an und verschluckte die nächste. Ihre teichfarbenen Augen suchten ganz offensichtlich ebenfalls den Gastraum ab. Gottlob drehte sich die Wirtin nicht um.

»Was ist? Hattet ihr eine Erscheinung?«, stöhnte sie, als ihr klar wurde: »Oh, Hugh der Berg«, riet sie, weil der Mann eben noch in ihrem Sichtfeld erschienen war. Der allerdings war je nach Stimmung harmlos oder mit sehr viel Vorsicht zu genießen. Zugegebenermaßen konnte er den Eindruck erwecken, gefährlich zu sein, und das ohne eigenes Zutun. Sie verzog ihre schmalen Lippen zu einem schiefen Grinsen und hoffte unübersehbar, uns Damen aus dem Schankraum zu bekommen, bevor hier eine Schlägerei oder Ähnliches vom Zaun gebrochen wurde. Die böse Vorahnung, falls wir hierbleiben würden, war ihr jedenfalls anzumerken. Obgleich sie selber keine Auseinandersetzung zu scheuen schien.

»Aye, Schätzchen. Übelste Kerle, einige jedenfalls. Da können schon mal die Fetzen fliegen oder Zähne rollen. Ich bringe Euch gern ein Tablett mit Brot und Käse und etwas Wein auf die Stube. Folgt mir zur Tür, die zu den Gästezimmern führen. Mein Mann und ich können sonst nicht für Eure Sicherheit garantieren«, forderte sie uns zwar leise, aber sehr bestimmt auf.

Da uns der Weg durch die Männer bis zu diesem Zeitpunkt Angst gemacht hatte, waren wir sitzen geblieben, doch nun ergriffen wir die Chance, in Bella's Fahrwasser heil zu unseren Unterkünften zu gelangen. Also standen wir sofort auf und folgten der schwergewichtigen Matrone wie Entenküken ihrer Mutter.

»Au, was soll das?«, hörte ich Kyla aufschreien, die den Schluss bildete.

Sofort drehte sich Bella um. Diese Geschwindigkeit hätte ich ihr gar nicht zugetraut, wenn ich ehrlich bin. Aber die Frau war wie eine Bärin, die ihr Junges verteidigte. Sie schob Amber und mich etwas rüde zur Seite und stampfte auf den Engländertisch zu, von denen es einer gewagt hatte, Kyla einen Klapps auf den Po zu verpassen.

»Was fällt dir ein, englischer Schurke«, fauchte Bella den Mann an, der sich wie automatisch zu ducken schien. »Entschuldige dich gefälligst bei der Lady und mach das noch einmal bei meinen Gästen, dann breche ich dir eigenhändig deine hässliche Sassanach-Nase, kapiert?«, warnte sie den Engländer wütend und schob ihren massigen Oberkörper, der scheinbar nur aus Busen bestand, über den Tisch, sodass sich die Nasen der Kontrahenten beinahe berührten.

»Gut. Entschuldigung, Miss. Ich mach das nie wieder«, röchelte der Mann, der sich vor Schreck an seiner eigenen Spucke verschluckt hatte, als Bella ihn sich vornahm. Dann drehte sie sich zu Kyla um, nahm sie am Arm und schob sie vorsichtig, als wäre das Mädchen aus Porzellan, zu uns. Noch breiter, was ich niemals für möglich gehalten hätte, bahnte sie uns eine Schneise und geleitete uns zu besagter Tür. Wir atmeten einvernehmlich durch, als wir diesem Gemenge entkommen waren.

»Kommt mit in mein Zimmer, das ist das Größte, denke ich. Außerdem liegt es am nächsten. Dann muss Bella nicht so weit laufen, wenn sie uns das Essen bringt«, schlug ich vor und die Mädchen bestätigten mit einem Nicken, dass diese Idee in Ordnung war. Da es das einzige Zimmer war, welches Ausblick zum Marktplatz hatte, war er ohnehin die beste Wahl. Aus der Richtung, vermuteten wir, würden doch wohl die Männer am ehesten erscheinen, wenn sie endlich kämen.

3

Vom Fenster unseres Zimmers aus konnte ich beobachten, dass die Gäste nach und nach oder in kleinen Gruppen die Wirtschaft verließen. Gerade, als ich dem Gefühl nach meinte, dass nun alle gegangen sein mussten, kam die Reiterkarawane an, die von Vater und Robert angeführt wurde. Mein Herz machte einen freudigen Sprung und ich drehte mich fröhlich um.

»Sie sind …«, erstarb es mir auf den Lippen, da ich feststellte, dass die beiden Mädchen eingeschlafen waren. Wie kleine, müde Kätzchen lagen sie aneinander gekuschelt auf dem großen Bett. Unwillkürlich musste ich schmunzeln. Das war so ein liebliches Bild, wie sich blonde mit roten Locken vermählten und die entspannten Gesichter dieser schönen Mädchen rahmten. Mein Lächeln blieb, doch schlich ich leisen Fußes aus dem Zimmer, um die anderen zu begrüßen. Als ich in den Gastraum erreichte, hörte ich die Wirtin nur noch sagen:

»Kann ich Euch noch ein wenig von dem Eintopf anbieten?«

»Naye, danke, gute Frau. Es ist ja schon spät. Danke, dass Ihr noch auf uns gewartet habt«, lehnte Vater ihr Angebot ab, weil er ihr keine Mühe mehr machen wollte. Ihr Mann hatte sich augenscheinlich schon zurückgezogen, denn ich sah ihn nicht mehr in der Gaststube.

»Aber gegen Ale oder Wein, vielleicht auch ein wenig Whisky hätten wir nichts einzuwenden, nachdem wir uns um die Pferde gekümmert haben«, lenkte Robert ein, der zwar auch müde aussah, aber allem Anschein nach großen Durst hatte.

»Gern, meine Herren. Eure Frauen warten bestimmt schon sehnsüchtig auf Euch. Soll ich sie rufen?«, bot Bella an, als ihr einfiel: »Die Pferde können hinter dem Haus in den Stall gebracht werden. Dort findet Ihr Heu und Wasser. Ich gebe Euch eine Laterne mit, Mylord.«

»Oh, da ist ja schon eine der wartenden Damen«, zwinkerte Bella mir zu, als sie mich bemerkte.

»Danke, gute Frau. Ihr braucht dann auch nicht aufzubleiben, Missus. Allerdings wäre es schön, wenn wir noch einen Moment an einem der Tische in dieser Stube sitzen könnten«, bat Robert. Als er Bella's Blickrichtung folgte und mich sah, kam er schnellen Schrittes auf mich zu, um mir einen eiligen Kuss auf den Scheitel zu drücken

»Geht es den Mädels gut?«, raunte er mir fragend zu und ich nickte.

»Sie sind eingeschlafen«, flüsterte ich zurück, obwohl ich sie mit dieser Feststellung ja nicht hätte wecken können, dennoch passte ich mich automatisch der Lautstärke meines geliebten Mannes an.

»Gut, dann stelle ich derweil die Getränke bereit und ziehe mich zurück. Morgen früh bekommt Ihr dann aber ein ordentliches Frühstück«, erwiderte die Wirtin dankbar und brachte uns beide damit wieder ins Hier und Jetzt. Sie beeilte sich, die gewünschte Bestellung auf dem Tisch abzusetzen, den ich schon am Nachmittag mit Kyla und Amber besetzt hatte.

»Jetzt ist es ja wieder sicher«, flüsterte sie mir grinsend zu, als sie an mir vorbeikam, bevor sie verschwand.

Ma setzte sich steif auf die Bank und rutschte umständlich in der umlaufenden Sitzgelegenheit herum, damit die nachkommenden Männer sie von beiden Seiten her flankieren konnten. Ich tat es ihr nach. Bald kamen Vater und Robert und etwas später Marven und Caelan. Die beiden platzierten sich mit etwas Abstand, wie mir schien, und mein Sohn begegnete meinem fragenden Blick mit einem Schulterzucken und schiefen Grinsen.

»Wir haben seit Tagen kein Bad genossen«, meinte er trocken.

»Dafür aber 'ne Menge frische Luft. Ich weiß gar nicht, worüber du dich beschwerst«, wandte Cal ein und schmunzelte, während er seinem Kumpel freundschaftlich auf den Arm klopfte.

»Na, wenigstens seid ihr wieder bei uns«, sagte ich freudig und blickte von einem zum anderen. »Ist alles nach Plan verlaufen?«, erkundigte ich mich neugierig.

»Aye. Es war eigentlich nicht spektakulär und alle haben mitgespielt. Es war eigentlich meine größte Angst, dass sie uns durch ihr Erkennen verraten könnten«, gab Ma nun ihre Sicht auf die vorausgegangene Befreiung der Gefangenen preis.

»Hast du Fergusson …?«, fragte ich leise, weil mir in dem Augenblick einfiel, was sie geschworen hatte. Schwer ausatmend schüttelte Ma den Kopf.

»Naye. Er lebt. Dein Vater meinte, er sei es nicht wert, mich mit einer solchen Tat zu belasten«, räumte sie ein und ihre funkelnden Smaragde sagten mir, dass sie froh darüber war.

Cal und Marv tranken ihren Humpen Ale aus und setzten sie lautstark auf dem Tisch ab.

»Wir … Wo sind unsere Frauen?«, wollten sie beide zeitgleich wissen.

»Sie schlafen in Robert's und meinem Zimmer. Ich zeige euch, wo die Kammern sind. Dann könnt ihr euch vielleicht ein wenig frisch machen und sie danach in eure Gemächer holen?«, diente ich mich fragend an, wobei ich es eher als wohlgemeinten Ratschlag meinte.

So langsam bekam ich eine Ahnung davon, was tagelange Waschabstinenz ausrichten konnte. Ich zog meine Nase kraus, ohne es unterdrücken zu können. Beide nickten mir bestätigend zu, als sie meinen Gesichtsausdruck sahen, der sich zwischen Abneigung und Übelkeit nicht entscheiden konnte. Ob sie meinen Rat, sich erst zu waschen, oder die Tatsache, dass auch ich gemerkt hatte, dass sie stanken, als wären sie aus einem Fuchsbau entkommen, damit bestätigten, erschloss sich mir nicht.

Also ging ich ihnen voraus in das schlecht beleuchtete Treppenhaus, zeigte ihnen die Tür, hinter denen ihre Liebsten schlummerten, wies Caelan seine Zimmertür und sagte Marven, dass er sich ganz nach oben begeben musste und die Tür nicht verfehlen konnte, bevor ich mich wieder zu den anderen begab.

Vater war nun an Sarah's Seite gerückt, sodass ich mich zu Robert gesellte. Ich hakte mich bei ihm ein und lehnte meinen Kopf an seinen Oberarm.

»Gut, dass wir allein sind«, stöhnte Ma. »Ich möchte etwas mit euch besprechen, das wirklich sehr wichtig ist und uns allen nicht schmecken wird, aber ehrlich gesagt sehe ich keine andere Lösung«, gestand sie ernst.

Unsere Köpfe schnellten zu ihr herum und wir sahen sie verwirrt an, dachten wir doch, bereits alles getan zu haben, um unsere Lieben zu retten.

»Was wird uns nicht schmecken?«, fragte Robert und ich war froh darüber, dass er sprach, denn mir schnürte es gerade die Kehle zu.

»Nun, wie ihr wisst, ist diese Zeit für junge Männer sehr gefährlich. Egal, ob sie hier in Schottland sind oder drüben in den Kolonien. Der Krieg wird sie verschlingen«, warnte sie heftig.

»Aber wir gehen doch extra auf die Ile-de-Breton, Sarah«, wandte Vater ein.

»Aye, das tun wir. Aber wir werden zuerst durch das englisch besetzte Inverness müssen und später in Halifax landen, wo ebenfalls Rotröcke herumstreunen und junge Männer in den Krieg pressen«, mahnte sie erneut. »Ich bin nicht gewillt, in der Angst zu leben, unsere Kinder immer und immer wieder zu verlieren. Ich will sie in Sicherheit wissen, Al«, stellte sie mit einer Inbrunst fest, die an ihre Regimentsübernahme am Loch Bruicheach heranreichte.

»Und? Was stellst du dir vor? Wie soll das gehen?«, fragte er mit hochgezogenen Brauen.

»Es gibt nur einen einzigen Weg, der sie für immer beschützen kann«, bemerkte Sarah mit einer Endgültigkeit, die mir

Gänsehaut bereitete. Irgendwie ahnte ich, was sie meinte. Ich wollte es aber nicht hören. Ich wollte mich verschließen. Taub- und Blindheit sollten mich sofort überkommen, doch ich hörte die Frage, die sich wie ein schwirrender Pfeil in meinen Schädel rammen wollte.

»Und welcher Weg soll das sein?«

Es war Robert's tiefe, angenehme Stimme, die plötzlich zu diesem pfeifenden Surren mutiert war und mir Tränen in die Augen treten ließ.

»Wir schicken sie in die Zukunft zurück!«

Da stand dieser Satz im Raum wie ein Gesetz, dessen Über- tretung mit einem grausamen Tod bestraft werden würde. Dieses Gesetz, alternativlos und schmerzhaft, wurde größer und größer. Es nahm bald die ganze Wirtsstube ein, schnürte uns den Atem ab und ängstigte mich.

Laut keuchend quiekte ich, so hörte es sich zumindest für mich an:

»Es sind unsere Kinder, Ma«, dann brach mir die Stim- me. »Wie können wir sie wegschicken? Ich liebe sie, ich kann nicht ...«, schluchzte ich und starrte Sarah mit meinen verwäs- serten Augen an. Doch wirklich sehen konnte ich sie nicht.

Robert fasste meine Hand. Auch ihn hatte ich keuchen hö- ren. Und seine Hand war jetzt genauso eisig wie meine.

»Wie?«, stöhnte er kaum hörbar.

»Meine Mutter hat mir versprochen, dass sie einen Weg findet. Sie schickt mir einen Traum«, blieb Sarah's Stimme ent- schlossen.

»Deine Mutter?«, fragte Robert nuschelnd, dessen Kopf ge- rade noch auf seine Brust gefallen war, von wo er auf unsere Eishände starrte, als könnte er Sarah's Antwort nicht glauben.

»Aye, meine Mutter. Meine Mutter war es, die Finley schick- te. Meine Mutter war es, die uns die Jungs und Kyla sandte. Meine Mutter hatte den Becher besprochen, den zuerst Gale Keith, dann Amber Keith und zuletzt du, Joline, für die Zeit- reisen nutzten«, erklärte sie. »Deine Reise war unfreiwillig, ich weiß. Aber was ich damit sagen will ... Sie, meine Mutter, hat die Magie. Sie wird uns helfen«, wanderte ihre Stimme jetzt ins Bittende ab.

»Erst Willie. Jetzt Marv, Am und Kyla. Auch Caelan. Wie soll ich das aushalten, Ma?«, fragte ich sie weinerlich und zog meine Nase ziemlich undamenhaft hoch.

»Wo ist Willie denn?«

»Was?«

»Wo bewahrst du die Erinnerungen an Willie denn auf?«, verdeutlichte Sarah ihre Frage.

»Im Herzen natürlich!«, zischte ich genervt und tippte zornig und mit aller Härte meinen Zeigefinger auf die Brust.

»Aha, also hast du ihn bei dir?«, fragte sie nicht wirklich.

»Joline. Ich habe nur diesen einen Sohn. Aber ich gebe ihn gern her, wenn ich ihn in Sicherheit weiß. Es tut mir genauso weh wie dir. Aber denk daran, dass nun du es bist, die Marven – und Amber gleich mit – retten kann«, drang sie mit bohrender Vehemenz in mich.

Robert und Vater sahen aus, als hätten sie Culloden noch einmal erlebt. Diesmal allerdings konnten sie nicht fliehen. Jedoch schienen sie sich merkwürdigerweise in ihr Innerstes verzogen zu haben. Ihre Blicke waren leer. Ihre Mienen zeigten keinerlei Regung. Sie waren nicht lesbar. Ich fühlte mich allein gelassen.

Ma hatte sich bereits seit Tagen mit dieser Geschichte abgefunden, doch für mich war das der schlimmste Orkan, den ich mir vorstellen konnte.

»Wir werden sie nie wiedersehen?«, fragte ich eigentlich mehr mich selbst, doch Ma antwortete:

»Naye, nie wieder. Wir werden auch unsere Enkel nie sehen«, schränkte sie die Konsequenzen noch mehr ein, die diese Trennung hätte. »Doch wir wissen, dass sie alle leben werden. Ist das nicht wertvoll genug, um Opfer zu bringen, Jo?«, ließ sie die Frage langsam fließen, als wollte sie zähen Honig in ein heißes Glas Tee tropfen lassen. »Mutter hat damals dafür gesorgt, dass Caelan in die Sicherheit der Zukunft gelangte, weil sie glaubte, ich würde sterben. Für mich persönlich konnte sie nichts tun. Aber sie tat das aus Liebe zu mir, was ich jetzt erst verstanden habe. Sie schickte Finley in unsere Zeit, damit er Marven holt, der dich später retten sollte. Auch das tat sie aus Liebe zu mir. Marven und Caelan hat sie den Weg in die Vergangenheit geebnet. Die Jungs hätten nicht herkommen müssen. Aber sie taten es aus Liebe. Selbst Kyla kam aus Liebe zu Marven mit hierher. Jetzt erschafft sie ein Portal, damit die vier hindurch, in die Sicherheit der Zukunft, gehen können. Sie müssen es nicht. Aber wenn wir ihnen die Entscheidung jetzt nicht überlassen? Lieben wir sie dann genauso wie sie uns?«

Ich sah sie an und ich musste ihr recht geben. Selbst die Männer hoben ihre Köpfe, als hätten sie ihren Winterschlaf endlich beendet.

»Wieso holte sie Marven aus Liebe zu dir?«, fragte ich fassungslos.

»Weil ich endlich meine Familie gefunden hatte, Jo. Meine wahre Liebe, Al. Meinen einzigen, lebenden Verwandten, Robert und dich, mein Mädchen.«

»Robert?«

»Aye. Lange hat Mutter mir vorenthalten, wer mein Vater war. Aber … da auch ich nun aus Liebe zu meinem Sohn auf den Kontakt mit meiner Mutter verzichten muss, hat sie es mir gesagt. Mein Vater war der ältere Bruder von Robert's Vater Niall«, eröffnete sie uns. Und irgendwie schien sie zu strahlen.

Robert's Kopf ruckte herum. Er sah sie erstaunt an.

»Onkel Colum war dein Vater?«, fragte er verwirrt.

»Aye. Du hast ihn nicht mehr kennengelernt, weil er früh verstarb, aber ja. Sie hat gesagt, er sei mein leiblicher Vater. Somit bist du mein Cousin, schätze ich«, klärte sie Robert auf und ein wehmütiges, leichtes Lächeln hielt in ihre bisher ernste Miene Einzug.

»Ich bin überwältigt. Aber ich denke, es könnte sein. Die schwarzen Haare, die grünen Augen. Dein Gesicht«, zählte Robert die gescannten Merkmale abschätzend auf. »Ja, wenn ich mir das Gemälde im Galeriegang meiner Ahnen so vor Augen führe«, stoppte er kurz. »Warum ist mir das nicht schon viel eher in den Sinn gekommen, oder dir?«, wandte er sich vorwurfsvoll an seinen Patenonkel.

»Wir hatten doch zu der Zeit, als wir Sarah kennengelernt hatten, ganz andere Dinge im Kopf. Wir waren traumatisiert und wir hatten auch nicht den geringsten Schimmer einer Ahnung, dass die Ähnlichkeit des Gemäldes mit Sarah irgendwie in Zusammenhang gebracht werden konnte. Tu bitte nicht so, als hätte mir das schon immer klar sein müssen. Ich bin nicht ihr Cousin«, blaffte Vater, zwar gebremst, aber immerhin zurück.

»So war das ja nicht gemeint. Aber du kanntest Colum doch sogar lebend«, hielt Robert dagegen.

»Aye, aber er war gerade ein richtiger Mann, da war er auch schon tot. Ich habe mir nie Gedanken darüber gemacht, dass er eventuell eine Liebschaft hatte«, grummelte Vater.

»Ist doch egal jetzt. Im Augenblick haben wir ein ernsthafteres Thema, oder? Immerhin könnte es sein, dass wir morgen die letzten gemeinsamen Stunden mit unseren Kindern verbringen dürfen«, lenkte Robert ein, griente seine neu gewonnene Cousine jedoch an, als würde er sich freuen, auch ein Familienmitglied in der Nähe zu wissen, wenn die anderen bald fortgingen. Er bemerkte meinen abschätzigen Blick und zog mich an sich.

»Sie müssen es bald gesagt bekommen und wenn sie gehen wollen, werden wir sie in Liebe gehen lassen!«, stellte er fest.

»Aye, wir sollten sie entscheiden lassen, denke ich«, lenkte ich traurig ein.

»Das glaube ich auch, Jo«, raunte Sarah. »Allerdings sollten wir ihnen die Entscheidung für die Zukunft nicht allzu schwer machen«, gab sie zu bedenken und meinte damit, dass wir alle ihnen nicht mit Traurigkeit, sondern mit Zuversicht begegnen sollten, wenn sie es erführen.

»Ja. Ich nehme an, dass wir es alle verstanden haben. Wir werden ihnen den Weg aufzeigen, der für sie der beste ist«, war es nun Vater, der sich einschaltete.

»Wie auch immer es ist oder wird. Es ist die Liebe, die uns leiten sollte. Alles auf Anfang«, sagte Sarah und schubste Vater an, damit der sich erhob. »Wir sollten endlich schlafen gehen, ich erwarte einen Traum, aye«, meinte sie flapsig, um den Ernst der Lage zu überspielen. Doch merkte man ihr an, dass sie am liebsten hundert Jahre schlafen würde, so sehr hatte sie das alles belastet und tat es wohl noch.

»Aye«, erwiderten wir alle und machten uns auf den Weg in unsere geliehenen Gemächer.

4

Da wir alle Fremdenzimmer dieses Etablissements gemietet hatten, die irgend zur Vermietung zur Verfügung standen, waren wir auch im Gastraum unter uns, als wir uns nach und nach zum Frühstück einfanden. Unsere Blicke suchten Sarah's und mit einem Nicken bestätigte sie die stumme Frage, ob ihr ein Traum gesandt worden war, der ihr das Portal für die Kinder gezeigt hatte.

»Später«, vertröstete sie uns. »Jetzt wird gegessen und das in Ruhe und ohne Ballast auf der Seele, aye?«

Wir Älteren nippten also bereits den heißen Tee und löffelten Porridge, als die Jungs mit roten Gesichtern durch die Vordertür eintraten. Caelan und Marven hatten sich des Nachts mit einer Katzenwäsche begnügen müssen, deshalb hatten sie sich in den Stallhof begeben und sich eine kalte Dusche mit Brunnenwasser genehmigt. Sehr erfrischt erwarteten sie ihre Herzdamen, die ihnen viel später und gemächlich, direkt aus ihren Kammern, in der Gaststube ihre Aufwartung machten. Schnüffelnd setzten sie sich neben ihre jungen Ehemänner.

»Also, jetzt reicht es aber«, pflaumte ich sie schmunzelnd an. »Die beiden haben tagelang gelitten, nun haben sie auch noch eine Eiswäsche ertragen. Ihr solltet euch für euer arrogantes Benehmen schämen.«

»Ma, was sich neckt, das liebt sich«, witzelte Amber und griff sich ein Stück Brot, das sie ordentlich butterte, bevor sie genüsslich abbiss und Cal den Rest anbot, der es mit einem Happs verschlang.

»Nun esst erst einmal kräftig, damit wir die Reise gestärkt

fortsetzen können, Kinder«, mischte sich Sarah ein, als wäre sie wieder die alte, schützende Glucke, die sie vor Brae Fergusson's Eintreffen auf dem Gestüt gewesen war.

Ich maß sie argwöhnisch. Doch aus irgendeinem Grund entschied ich mich, dass sie einen hoffnungsfrohen Traum hatte, und vertraute ihr.

Lockere Sprüche, Witze und Erzählungen über die Erlebnisse der vergangenen Tage machten das Frühstück kurzweilig. Wir lachten gemeinsam, mit Galgenhumor im Nacken zwar, aber wir alle genossen und fühlten die Wärme dieser familiären Gemeinschaft.

»Na, das ist ja mal eine nette Familie«, gluckste Bella, als sie gebratene Würste und Speck mit Rührei an den Tisch schleppte.

»Aye, gute Frau. Bei dem leckeren Essen kann man ja wohl nur fröhlich sein«, gab Marven das Kompliment postwendend und mit einem himmelschreiend schönen Lächeln an die Wirtin zurück.

»Na, nicht dass ich glaube, dass es bei Euch zu Hause nur Wasser und Brot gäbe, aber ein so nettes Lob nehme ich gerne entgegen«, bedankte sich die Wirtin. Ich konnte es beinahe nicht glauben, dass man dieser resoluten Person rote Wangen zaubern konnte, aber mein Sohn hatte es mit seinem verboten hübschen Lächeln tatsächlich geschafft. *Wie werde ich das vermissen*, dachte ich traurig.

»Ach, Frau Wirtin, wenn Ihr wüsstet, wovon man alles so träumen kann, wenn man nur Wasser und Brot bekommt, dann kommt das Euren Leckereien schon sehr nahe«, setzte Caelan noch eins drauf.

Ich dachte, Bella bliebe gleich das Herz stehen, als der blondgelockte Jüngling, der Marven gegenübersaß, die Wirtin mit einem ebenso verführerischen Grienen bedachte.

»Och«, machte sie nur, wedelte mit den Händen vor ihrem Gesicht herum und suchte völlig benebelt schnell das Weite. Das hätte ich niemals für möglich gehalten, dass es jemand schaffen könnte, diese starke Frau aus der Fassung und ins Wanken zu bringen. Doch diese beiden Kavaliere hatten das tatsächlich fertiggebracht. Ich schmunzelte in mich hinein, denn die Situation war einfach zu köstlich. Ein Blick zu Robert zeigte mir, dass er die Galanterie der beiden ebenso belächelte. Vater und Sarah schlossen sich schweigend an, aber auch ihre Mundwinkel zuckten verdächtig.

»Eure Charmoffensive in allen Ehren, aber wenn ihr ahnen würdet, was ihr damit angerichtet habt«, säuselte Kyla, sodass sie sofort zumindest Cal's Aufmerksamkeit hatte.

»Wieso?«

»Ihr müsstet die Frau mal in Aktion erleben. Wenn sie weiterhin so warmgeduscht wird, kommt sie mit den Rüpeln, die hier sonst so verkehren, doch gar nicht mehr klar«, foppte sie die beiden.

»Erzähl!«, forderten sie Kyla nun beide auf und sie erzählte, mit ihrem sehr zukunftsorientierten Wortschatz, was sich am gestrigen Abend zugetragen hatte.

»Das ist ja …«, mischte sich Robert wütend ein.

»Ach Da, keine Angst. Die Ladys sind doch ohne unsere Schwerter und unter dem Schutz dieser fleißigen und gebrüsteten Wirtin gut geschützt gewesen«, wiegelte Marven ab und brachte seinen Vater wieder in einen entspannteren Zustand.

»Wir werden sie gebührend entlohnen«, brachte Vater zufrieden ein, als Robert sich beruhigt hatte, was der nur nickend bestätigte.

»Das ist das Mindeste, was wir jetzt noch tun können«, meinte Robert abschließend dazu.

Mittlerweile hatten wir eine gute Stunde geschmaust und langsam wurde uns Älteren mulmig. Wie sollten wir der Jugend beibringen, dass sich unsere Wege für immer trennen sollten? Inzwischen war sogar ich der Meinung, dass Sarah's Lösung richtig war. Doch keiner fand so richtig den Mut, den Kindern die Entscheidung kundzutun.

»Was habt ihr?«, nahm uns Kyla's argwöhnische Stimme zumindest den Zeitpunkt der Veröffentlichung unserer Pläne ab. Einerseits stöhnte alles in mir und ich verfluchte ihre Gabe, Stimmungsschwankungen nahezu schlafwandlerisch aufzuspüren. Andererseits hatte es auch keinen Zweck, etwas so Wichtiges aufzuschieben. Also sah ich Sarah auffordernd an. Sie allein wusste, wie der Weg für die Kinder sein würde, mal abgesehen von der Tatsache, dass wir alle wussten, wohin sie gehen sollten. Sarah räusperte sich.

»Ich – nein, wir möchten vorausschicken, dass wir euch lieben«, sagte sie und schaute in die Runde, besonders aber verweilte ihr Blick aus grünen Smaragdaugen auf jedem der Kinder, dabei schloss sie Kyla nicht aus. »Ihr habt uns ein großes Geschenk gemacht, als ihr im Frühjahr des Jahres 1775 zu uns kamt.«

»Naye«, widersprach Marven. »Wir wollten kommen, weil wir euch kennenlernen wollten. Meine Mutter hatte ich ja schon gesehen, aber meinen Vater kannte ich nicht, und weil ihr unsere Familie seid. Wir gehören hierher.«

»Und trotzdem hättet ihr nicht kommen müssen, Marven. Es war eure Entscheidung … Aber ihr seid gekommen, weil ihr zu eurer Familie wolltet und das wiederum war Liebe, die euch bewegt hat. Gebt ihr mir da recht?«

»Aye, könnte sein«, antwortete Cal und die zwei anderen nickten im Gleichklang. »Nenn es, wie du willst, Ma. Neugier, Liebe, die Sehnsucht nach Familie. Aber ihr solltet wissen, dass wir nicht einen Tag bereuen«, sagte er viel zu ernsthaft für den Mann, den man gut und gerne Luftikus hätte titulieren können.

»Aber nun möchten wir euch ein Geschenk zurückgeben. Wir tun das einerseits aus Liebe, andererseits aus Egoismus. Nennt es Selbstsucht, nennt es Grausamkeit, nennt es, wie ihr wollt. Aber wir möchten, dass ihr wieder in die Zukunft zurückgeht«, eröffnete ihnen Sarah und erntete eine Menge verwirrter, fragender Blicke, gepaart mit beleidigten Gesichtern, die sich ganz langsam in wütend verzogene Mienen wandelten.

»Was soll das heißen, sie sollen zurückgehen?«, war es Amber, die zornig fragte. »Cal ist mein Ehemann. Wir gehören zusammen. Ich lasse ihn nicht gehen!«, beschied sie zischend und griff mit ihrer Hand nach der von Cal, als könnte er im nächsten Moment weggezaubert werden.

»Du gehst natürlich mit, Schätzchen. Was denkst du denn?«, beruhigte Sarah ihre Enkelin.

»Aber warum? Gerade erst sind wir hier. Gerade erst haben wir euch richtig kennengelernt und fühlen uns in diese Gemeinschaft aufgenommen. Unumstößlich, verlässlich. Und nun?«, mischte sich auch Marven, bestürzt über Sarah's Vorschlag, ein.

»Marven, sieh deine Frau an, was siehst du? Caelan, sieh du auch deine Frau an, was siehst du?«, wandte sich Sarah mit gehobener Stimme an die Jungs.

»Ich sehe meine Frau, meine Gefährtin, meine Liebe«, antwortete Marven und bemühte sich, es nicht aggressiv zu sagen.

»Genau das sehe ich auch in Amber«, brummte Cal, der sich nicht so viel Mühe gab, seinen Unmut zu verbergen.

»Nun, dann seht ihr nur einen Teil«, zischte Sarah, die sich von Caelan's Missstimmung anstecken ließ.

»Seht ihr nicht eure Kinder, die von euren Frauen unter den Herzen getragen werden?«, mischte ich mich ein. »Wollt ihr diese Kinder nicht aufwachsen sehen? Was ist euch gerade passiert? Was wird euch morgen oder in sechs Wochen passieren?«, fragte auch ich nun ganz aufgebracht.

»Was Jo damit sagen will«, begann Vater, ganz die Ruhe selbst, zu erklären, »ist, dass ihr in der Sicherheit der Zukunft, in der es keinen Krieg gibt, wie ihr uns erzählt habt, eure Kinder kennen werdet. Ihr seht, wie sie aufwachsen. Sie werden wissen, wer ihr Vater ist. Ihr könnt eine Familie sein. Hier«, wedelte er mit seinem Arm bedeutungsvoll im Kreis. »Hier lauft ihr tagtäglich Gefahr, wieder gefangen und in einen Krieg gerissen zu werden, den wir Schotten nicht verschuldet haben. Wir Alten sind nicht in Gefahr, aber ihr beide seid es. Und wenn ihr eure Frauen im Stich lassen wollt, dann …«, schnaufte auch Vater, da er sich eigenartigerweise in Rage geredet hatte, was ich von ihm überhaupt nicht kannte.

»Ich habe Jo auch erst kennengelernt, da war sie bereits sechzehn. Ich habe verpasst, wie sie aufwuchs. Ich konnte nicht da sein und sie trösten, wenn sie weinte. Ich konnte ihr das Reiten, Bogenschießen oder Lesen nicht beibringen. Ich bekam zwar ein gut ausgebildetes, mutiges und tapferes Töchterlein, aber ihr wisst überhaupt nicht, was mir entgangen ist«, knurrte er und mir wurde klar, woher der Wind wehte. Ich sah ihn an und seine Augen hatten sich in Pfützen auf einem Torfmoor verwandelt. Allein der Anblick meines zutiefst ergriffenen Vaters verwässerte auch mir die Iriden. So starrten sich braune Pfützen und Whisky an und obgleich sich sowohl bei Vater als auch bei mir die Sicht nicht gerade verbesserte, strömte so viel Liebe zwischen uns, dass dies auch den anderen nicht entging.

»Aber die Frau auf dem Jahrmarkt in Kirkhill hat gesagt, dass es für uns kein Zurück mehr gäbe, wenn wir erst einmal hierher kämen«, holte uns Kyla aus unseren Gefühlsduseleien. Klar. Sie war einfach zu analytisch und immer schnell mit einem Thema fertig, um das andere abzuklären.

»Ja, das glaube ich dir gern«, erwiderte Sarah. »Mutter war immer schon sehr konsequent.«

»Mutter?«, keuchten die Kinder im Chor und richteten sich nun wieder mit verwirrten Gesichtern an Sarah.

»Aye. Die alte Frau mit dem Zigeunerwagen ist Rigantona MacCraven, meine Mutter.«

»Kann sie auch durch die Zeit reisen? Wird sie herkommen?«, wollte Caelan wissen und keuchte schließlich noch einmal, als ihm aufging: »Dann ist die Frau meine Granny?«

»Aye und naye«, wackelte Sarah unentschlossen mit dem Kopf. »Es ist kompliziert. Deine Grandma ist sie natürlich, Cal«, beantwortete sie wenigstens einen Teil seiner Fragen. Dennoch sah man Caelan an, dass er damit noch nicht zufrieden war, und Sarah druckste herum, bis sie keine andere Lösung wusste, als die Wahrheit zu sagen.

»Rigantona MacCraven ist eine Druidin«, begann sie und wurde von ihrem Sohn brüsk unterbrochen:

»Ja, Ma. Es war einmal der Weihnachtsmann, der hatte rote Stiefel an …«, frotzelte er, fing sich jedoch von seiner Frau einen Hieb mit der flachen Hand. Er starrte sie entgeistert an und sie wütend zurück.

»Du bist manchmal so ein arroganter, einfältiger Depp«,

zischte sie ihn rotgesichtig an. »Bist du durch die Zeit gereist? Ist das normal, dass man mal hier im 18. Jahrhundert, mal in der Steinzeit, mal in der Zukunft sein kann, wie es einem beliebt? Warum habe ich das bloß bisher nicht gemacht? Ma, Da, was war das für ein langweiliges Leben, immer nur in dieser Zeit zu sein«, fauchte sie bissig um sich.

»Ähm, tut mir leid«, nuschelte Caelan schuldbewusst. »Ich wollte doch nur die Wahrheit wissen«, versuchte er seiner Frau zu erklären, die ihn immer noch zornig ansah.

»Dann lass deine Mutter gefälligst zu Wort kommen, oder weißt du die Wahrheit besser als sie?«, grummelte sie und blickte zu Sarah, als Cal ihr nickend zu verstehen gab, dass sie ja recht hatte. »Bitte, Granny. Erzähl«, forderte sie Sarah nun auf.

Und so erzählte Sarah den jungen Leuten, die sie gebannt ansahen, was Druiden sind, aus welcher Zeit sie kommen, dass sie ewig leben und deshalb keine Angst haben, aus dem einen Leben zu scheiden, weil ein nächstes schon auf sie warte. Doch wenn sie gegen die Regeln ihrer strengen Statuten verstießen, hätte das auch für diese magischen Wesen, die mit den verschiedensten Gaben gesegnet waren, Konsequenzen.

»Und Rigantona ist eine Druidin, die Zeitportale schaffen kann?«, stellte Marven in den Raum. »Aber wenn ich dich jetzt richtig verstanden habe, dürfte sie das in diesem Falle gar nicht, richtig?«, fragte er dann genauer.

Sarah nickte. Sie erklärte, warum ihre Mutter mit dieser Ausnahme gegen die heiligen Regeln verstoßen würde, aber beschwichtigte im gleichen Atemzug die aufkommenden Einwände der Jugend.

»Sie ist in ihrem derzeitigen Lebensabschnitt alt. Sie ist aber ohnehin alt. Älter, als sich ein Normalsterblicher das vorstellen kann, und sie hat einfach keine Lust mehr auf noch ein Leben. So hat sie es mir gesagt und deshalb möchte sie mir diesen Wunsch erfüllen. Sie bot mir an, eine Möglichkeit für euch zu schaffen, damit ihr in Sicherheit seid.«

»Aber Granny, wie können wir das annehmen, wenn wir wissen, dass sie dafür sterben muss?«, stöhnte Amber.

»Aus Liebe?«

»Wie, aus Liebe?«

»Sie tut es aus Liebe. Wir möchten es, weil wir euch lieben und ihr reist aus Liebe zu uns in die Zukunft. Dreh und wende es, wie du möchtest, Kind. Es ist, was es ist. Liebe«, endete Sarah und endlich hatten wir das Einverständnis unserer Kinder.

Es blieb Ma nur noch, ihren Traum vorzutragen und zu erklären. Aber das wollte sie, wenn sich unsere Wege für immer trennen würden, damit keine noch so winzige Kleinigkeit in Vergessenheit geraten und die Reise glücken würde.

5

John hatte Paul ein Stadthaus in Inverness gekauft. Dort weilte der Arzt gelegentlich, wenn Gefahr drohte, dass das Liebesverhältnis der beiden auffliegen könnte. Die vielen Gäste, die auf Bulloch Castle weilten, waren dem Earl nicht immer wohlgesonnen. Er war und blieb Schotte. Seine Loyalität wurde gern einmal in Frage gestellt, aber seine Neigung zum männlichen Geschlecht schwebte wie eine Giftwolke über ihm, seit er vor Jahrzehnten London verlassen hatte. Auch Amber's Einsatz als Frau des Hauses Breadalbane hatte da scheinbar nicht alle Vorurteile ausgeräumt. Paul wollte seinen Schatz beschützen. Allein aus dem Grund zog sich der Arzt gern immer wieder für eine Weile nach Inverness zurück.

Nun kam diese Unterkunft uns, den fliehenden MacDonalds, zugute, bevor wir mit der »Eagle« in See stechen konnten. Dass die beiden allerdings anwesend sein würden, als die Reisenden am Abend müde eintrafen, ahnten wir nicht.

»Da seid ihr ja endlich«, begrüßte uns Paul freudig, als er uns die Tür öffnete und den alten Butler sanft zur Seite schob. »Graham, sorgen Sie bitte dafür, dass wir in einer halben Stunde essen können, aye. Ich kümmere mich selbst um die Herrschaften«, raunte er dem alten Mann zu, der sich mit einem devoten Nicken davonschlich.

»Oh, Paul ...«, antwortete ich erstaunt, weil ich nicht mit seiner Anwesenheit gerechnet hatte, und stammelte hinterher: »Das ist ja eine Überraschung.«

»Aye, nicht wahr«, gluckste er freudig über meine Verwunderung, »Aber ihr scheint ja auch immer für eine, sagen wir, Überrumpelung Verwandter und Freunde gut zu sein.«

»Na ja, nicht, dass wir das unbedingt wollten«, brummte es nun in meinem Rücken. »Manchmal lassen einem die Umstände keine andere Wahl«, vernahm ich erklärend die tiefe Stimme meines Vaters.

»Ja, das kenne ich«, erwiderte Paul gedrückt und machte einen Schritt zur Seite, um uns endlich ins Haus zu winken.

Eine kleine, hagere Magd erschien schüchtern im Gang. Sie machte keinen verängstigten Eindruck, aber ihr Blick hatte irgendetwas Gehetztes, als sie die große Menschenmenge gewahrte, die ins Haus spülte.

»Isobel, bitte zeig den Herrschaften ihre Zimmer, aye«, bat Paul sie bedacht. Ich hatte das Gefühl, er wolle sie mit seiner Anweisung nicht verschrecken. Warum? Was war mit dem Mädchen? Mein fragender Blick zu Paul wurde mit einem geflüsterten »Später« kommentiert und so folgten wir dem kleinen Geist in unsere Kammern, legten ab, machten uns frisch und folgten danach Paul's Aufforderung, ins Speisezimmer zu kommen, um einen Imbiss einzunehmen.

Als hätte eine Glocke zum Essen geklingelt, füllte sich der Flur, auf dem unsere Zimmer lagen, und wir wanderten pärchenweise die Treppe hinab. Eine Tür in der Empfangshalle stand auf und so brauchten wir nicht zu rätseln, in welche Richtung wir uns begeben sollten. Als Vater den Raum als Erster betrat, hörten wir nur sein verwundertes »John?«.

»Aye, Al. Du glaubst doch wohl nicht, dass ihr ohne Abschied davonsegeln könnt«, antwortete der Earl vom Kopfende einer gedeckten Tafel aus.

»Aye und naye«, rief er beinahe freudig aus und beeilte sich, zu seinem Halbbruder zu stürmen, der sich schwerfällig erhoben hatte. Die beiden lagen sich einen Augenblick später in den Armen. Auch wir anderen begrüßten ihn fröhlich.

»Nehmt Platz, nehmt Platz«, forderte er uns glücklich auf. »Ihr müsst hungrig sein, meine Lieben. Außerdem möchte ich jede Szene eurer Untaten hören«, kicherte er. »Aber zuerst essen wir!«, beschied er und gab Paul zu verstehen, dass er der Küche Bescheid geben möge, aufzutragen.

Sowohl zur Erleichterung des Personals als auch zur Wahrung unser aller Privatsphäre hatte Paul alle Speisen auf einmal auftragen lassen. So konnten wir uns in aller Ruhe bedienen und die Angestellten huschten nicht um uns herum. Das hatte den Vorteil, dass wir uns nicht mit unsinnigem Geplänkel aufhalten mussten, sondern sogleich anfangen konnten zu erzählen, was uns widerfahren war.

»Aye, Duncan. Ich habe ihn ehrlich gesagt noch nie so niedergeschlagen erlebt«, wandte John ein, als Vater ihm von Sarah's Auftrag und der Trennung von dem Hünen erzählte.

»John, wir hoffen, dass Duncan uns nicht gram ist. Wir alle lieben diesen bärenhaften Mann. Wir wollten die Campbell-Recken und überhaupt die Campbells aus der Schusslinie wissen«, vergewisserte sich Vater, ob John unser Verhalten verstanden hatte.

»Aye, so habe ich es verstanden und anders hätte ich es von dir und den deinen auch nicht erwartet, Al«, bestätigte John. »Du bist mir ein guter Bruder gewesen, auch wenn du nicht Campbell heißt«, gluckste er.

»Immerhin erweist sich das jetzt als Vorteil, aye?«, fügte er schmunzelnd an.

»Hoffentlich«, stöhnte Vater mit verkniffenen Lippen.

»Al, mach dir keine Sorgen, Junge. Ich bin bald tot und ihr in Übersee. Meinst du wirklich, dass mir noch irgendjemand Angst machen könnte?«, wiegelte John ab. »Ein armer Wicht aus der Linie der Cousins meines Vaters wird mich beerben, fertig aus. Aber ich kann meinen Schwur erfüllen und euch beschützen. Das macht mich glücklich. Und jetzt … erzählt weiter, um Himmels willen, sonst sterbe ich noch, bevor ich alles weiß«, witzelte er und griff nach seinem Rotweinglas.

So verging eine Zeit mit diversen Erzählungen. Die Jungs schilderten ihre Gefangenschaft. Robert und Al stellten den Umgang mit den Campbell-Kriegen dar. Sarah wurde aufgeforderte, ihre Befreiungsaktion zu beschreiben, und ich konnte unsere Erlebnisse im Gasthaus von Kirkhill zum Besten geben. Die ganze Zeit sahen wir das Leuchten in John's Augen.

»Ich bin so stolz auf euch«, kommentierte er ergriffen, als er unsere Berichte vernommen hatte, und ergriff Paul's Hand, der nicht eine Sekunde von seinem Angetrauten gewichen war.

»Und morgen segelt ihr nach Übersee?«, fragte der Arzt nun, auch um John's Gemütszustand wieder auf festen Grund zu bringen. Er wusste am besten, dass seinen Lebensgefährten diese Trennung auch gesundheitlich beeinträchtigen würde. Auch wenn Paul sich für die MacDonalds freute, dass sie dieser Verfolgung entkommen würden, dachte er an John.

»Aye und naye«, antwortete Vater nun wieder und John und Paul schauten ihn irritiert an.

Wir anderen wandten uns jetzt Sarah mit flehenden Blicken zu, die sich aufrichtete und die Aufforderung aller verstand, unsere weitere Reise preiszugeben.

Verwirrt, reglos, mit offenem Mund oder zischendem Einatmen, um nur einige von den Reaktionen zu nennen, die John und Paul durchlebten, sahen sie die Frau mit den smaragdgrünen Augen am Ende konfus an.

»Ihr geht zurück … in die Zukunft?«, keuchte Paul, der sich als Erster gefangen hatte.

»Aye, so ist der Plan«, druckste Marven herum.

»Wenn Ma uns denn sagt, wie das vonstatten gehen soll«, wendete Caelan ein.

»Ja, geht das denn nun?«, fragte John erstaunt und wendete sich wieder an Sarah.

»Aye.«

»Kann Paul mit ihnen gehen?«, wollte John wissen. Er behielt dabei den Augenkontakt zu Sarah eindringlich aufrecht. Doch wir sahen, wie sich seine Hand um die von Paul leicht verkrampfte, sodass seine Knöchel weiß hervorschienen.

»Ähm …«, räusperte sich nun Paul und sah John bewegt an. »Es ist kein exklusives Recht der Schotten, Ehre zu haben, mein Freund. Ich habe dereinst einen Eid geschworen und gedenke ihn auch einzuhalten«, gab er mit aller Deutlichkeit bekannt. *»Blood of my blood, bone of my bone, I give ye my body, that we may be one, I give ye my spirit, till our life will be done«*, zitierte er. »Erinnerst du dich? Ich bin zwar aus einem anderen Land, aber auch dort weiß man um den Schwur: … *bis dass der Tod uns scheidet«*, hielt er nachdrücklich fest und schüttelte sein Haupt. »Vergiss es, John«, unterstich er bestimmt und tat John's Idee damit ab.

»Nun gut«, quälte John heraus, bedankte sich allerdings mit tiefgründigen Blicken bei Paul. »Sarah, erklärst du uns … oder vielmehr den Kindern, wie sie es machen müssen? Ich würde es gern hören, wenn ihr nichts dagegen habt.«

Sarah musterte die Kinder fragend und alle schienen nur wissbegierig darauf zu warten, was auf sie zukommen würde. Einmal hatten zumindest drei von ihnen bereits die Zeit gewechselt. Sie wussten also, was passieren würde. Amber jedoch rutschte leicht zappelig auf ihrem Stuhl hin und her. Anspannung war ihr anzumerken, sodass ich ihr nur einen von Paul's Sprüchen zuraunte, mit dem sie uns gestern noch belehrt hatte.

»Kämpfe nicht, wo du nicht gewinnen kannst.«

»Wie meinst du das?«

»Kämpfe nicht dagegen an, wenn es so weit ist. Du kannst und solltest in dem Moment nichts anderes wollen, als es durchzustehen. Danach steht dir die Welt wieder offen«, flüsterte ich und streichelte ihr über die Hand.

»Also, morgen werden wir uns trennen. Ihr werdet zum Cottage am Loch Alish ziehen«, begann Sarah und behielt die Kinder wachsam im Auge. Es war wichtig, dass sie sich an alles hielten. Genauestens! »Wenn ihr den Hügel zu dem kleinen Gehöft hinunterreitet, wird sich ein Nebel auftun. Bevor ihr hineinreitet, werdet ihr euch bei den Händen fassen, die Beine fest um die Leiber eurer Pferde drücken und im Jahr 2015 landen.«

»2015? Warum 2015? Wir sind 2017 hier hergereist«, fragte

Caelan entgeistert und verschluckte sich an seinem Wein.

»Cal. Ich kann es dir nicht sagen, aber Rigantona wird sich irgendetwas dabei gedacht haben. Nimm es einfach so hin. Was ich euch versprechen kann, ist, dass ihr wieder mit dem gleichen Alter dort ankommen werdet, welches ihr jetzt habt. Das ist schon allein Kyla geschuldet. Marven würde eingesperrt, wenn er eine Dreizehnjährige geschwängert hätte. So ist alles in Ordnung. «

»Dann lebt Finley noch und Hamish auch«, stellte Marven fest.

»Naye, Marven. Das tut mir leid. Aber dadurch, dass ihr hier aus der Zeit verschwindet, gibt es keine direkten Nachfahren. Ihr werdet die Linie erst im einundzwanzigsten Jahrhundert weiterführen«, korrigierte Sarah Marven's Irrglauben geduldig.

»Dann haben wir Marven völlig umsonst fortgegeben«, keuchte Robert.

»Aye und naye. Was gewesen ist, ist tatsächlich gewesen. Zumindest hier in dieser Zeit. Aber in der Zukunft ist einiges ausgelöscht oder anders passiert. Manches ist aber noch da. Sie werden es herausfinden müssen, Robert«, antwortete Sarah mit einem gequälten Lächeln.

»Ist es dann dort auch nicht sicher für die Kinder?«, japste ich,

»Ach Jo. Dort ist es allemal viel sicherer. Mach dir keine Sorgen. Alles wird gut. Sie werden wohlauf dort ankommen und aufgehoben sein«, redete sie mir ins Gewissen.

»Aber dann haben wir keinerlei Identitäten?«, fragte Caelan ungläubig.

»Im Grunde wäre das so. Aber meine Mutter ist keine Anfängerin. Sie hat euch nicht nur ein Portal geschaffen, sondern auch eine Vita. Ihr werdet alles im Cottage finden. Lernt eure Lebensläufe auswendig und beginnt ein schönes, neues Miteinander.«

So geschah, was hinter den Türen der Church Street 10 besprochen war. Der Abschied war tränenreich, aber alle waren sich einig, auch erforderlich. So brachen keine Herzen, aber dennoch, sie trugen eine deutliche Narbe davon.

Während Vater, Sarah, Robert und ich uns aufmachten, mit der Flut, auf der Eagle nach Übersee zu segeln, begleitete Paul mit einigen campbelltreuen Reitern die junge Truppen zum Hügel am Cottage, nahe des Loch Alish.

»Also, das war es dann wohl«, stöhnte Paul traurig. Die Begleitmannschaft hatte er bereits auf die Rückreise geschickt. Er würde sie bald einholen, aber die Leute sehen zu lassen, was hier geschehen würde, konnte und wollte er nicht verantworten.

»Aye, wir werden dich nicht vergessen, Paul«, verabschiedeten sich Kyla und Amber.

»Mach es gut und behalt immer den Kopf auf den Schultern, Paul. Und danke für die Rettung meines Lebens«, witzelte Cal. Allerdings merkte man ihm eine ordentliche Portion Ergriffenheit an. Der sonst so lockere Typ war ins Straucheln gekommen.

»Nun. Paul«, schloss sich nun auch Marven an. »Wir müssen wohl los. Aber ich möchte dir noch etwas sagen. Wenn du irgendwann die Zeit wechseln möchtest, versuch es mit dem Becher, der in der alten Destille dort unten im Wald versteckt ist. Er wird dich nach 2016 bringen. Soweit ich Sarah verstanden habe, ändert sich wohl mein Leben, aber nicht das meiner Mutter. Versuch es, wenn du so weit bist. Vielleicht sehen wir uns wieder, alter Freund«, raunte er dem Arzt zu, klopfte ihm freundschaftlich auf die Schulter und gesellte sich zu den anderen.

»Bereit?«, fragte Marven seine Reisebegleiter, als sie alle Hand in Hand, hoch zu Ross, vor dieser Nebelwand warteten.

»Aye, bereit«, sagten alle mit völliger Entschlossenheit und so gaben sie ihren Pferden einen kurzen Schenkeldruck, um im Schritttempo in diese magische Nebelwand zu reiten.

Nova Scotia 2017

Nia's Sorgen

1

Nia wurde benachrichtigt und kam umgehend nach Hause, als sie vom Tod ihrer Mutter erfuhr. Von Enola selber hatte Joline erfahren, dass ihr Leichnam niemals der Erde überlassen werden sollte. Doch die Unsicherheit, wie ihre beste Freundin, Gefährtin, Vertraute nun gebührend geehrt werden konnte, setzte Joline zu.

Froh darüber, dass Etenia wieder da war, die ihr die Art und Weise der Beisetzung abnahm, gab sich Jo einmal mehr der Trauer hin. Doch das durfte nicht viel Zeit in Anspruch nehmen, so jedenfalls hatte es sie das Leben gelehrt. Also kroch sie wieder aus ihrem Kokon und stellte sich dem Diesseits.

Obgleich sich Mutter und Tochter unterschieden wie Tag und Nacht, wünschte sich Joline, dass sich eine ähnlich vertraute Gemeinschaft entspinnen würde wie mit Enola. Etenia, die sie immer nur *Nia* gekost hatten, war wesentlich introvertierter als ihre Ma. Das hieß nicht, dass das Mädchen nicht dasselbe Kämpferherz hatte.

Joline erzählte Nia, so ganz beiläufig während der gemeinsamen Arbeiten, die lange Geschichte einer Frau aus vergangener Zeit. Auch, wie sich Enola und sie kennengelernt hatten. Für Nia waren die Erzählungen spannend, sie lernte die Freundin ihrer Mutter einmal mehr kennen. Zwar hatte sie ja die ganze Kindheit mit Miss Jo und ihrer Mutter, sozusagen als Familie, verbracht. Doch solche Geschichten hatten die beiden nie erzählt. Das Leben war dennoch immer abenteuerlich. Nia war als Naturkind aufgewachsen. Joline und Enola hatten ihr von Reiten, Bogenschießen, Fallenstellen und Tierhäuten alles beigebracht, was heute kein Mensch mehr brauchte. Obgleich es ihr als Kind sehr viel Spaß gemacht hatte, verlegten sich ihre Interessen als erwachsene Frau mehr auf Literatur und Geschichte. Gerade deshalb liebte sie nichts mehr, als wenn Miss Jo über diese ominöse Frau aus der Vergangenheit erzählte.

Joline hingegen genoss es, Nia von ihrer Vergangenheit zu berichten, und dachte überhaupt nicht mehr daran, dass das Mädchen nicht wusste, woher sie und ihre Mutter in Wirklichkeit stammten. Allein die Nähe zu Nia war ihr wichtig. Sie wollte, dass ihr wenigstens dieses Mädchen bliebe, als wäre es die letzte Bastion.

Dennoch, etwas stimmte nicht und Joline wurde sich täglich sicherer, dass es an ihr selber lag. Doch wo der Fehler steckte, konnte sie einfach nicht benennen.

»Ein Liebesbrief, Mädchen?«, fragte Jo mit einem kleinen Schmunzeln. Sie sah ja förmlich, wie sich das Mädel vor ihr wandte und nun auch noch rosa Wangen bekam.

»Nein, Miss Jo. Vermutlich nicht, aber ich …«

»Hol ihn her. Ich würde mich freuen, wenn du mir vertraust und mich teilhaben lässt. Ich habe doch auch keine Geheimnisse vor dir, Kind«, regte sie an, damit Nia sich endlich etwas öffnete.

Nia schlängelte sich wie ein Aal auf dem Trockenen und Jo hatte Mühe, zu verstehen, warum.

»Ich kann mir nicht vorstellen, dass du etwas Schlimmes getan hast. Heraus mit der Sprache, Nia!«

»Nun, Miss Jo. Du weißt, dass ich gerne schreibe«, begann sie und sah auf das erwartungsvolle Nicken von Jo, die sie händeringend um weitere Erklärungen bat.

»Ja, also, ich habe mir erlaubt, meinen kleinen Roman an einen Verlag zu schicken. Ich … ich wollte wissen, ob er vielleicht etwas taugt«, zuckte Nia mit ihren Schultern. Jo tat es leid, dass dieses hübsche Wesen so wenig Selbstvertrauen hatte.

»Und? Was schreiben die nun? Der Brief ist doch von diesem Verlag, oder?«, wollte Jo nun energischer wissen.

»Ich hatte ihn noch nicht geöffnet. Schließlich gehst du vor. Dein Frühstück …«

»Papperlapapp, geh und hol ihn. Du hast mich neugierig gemacht«, befahl Joline nun fast.

Nia verschwand sogleich. Jo atmete einmal durch und überlegte, worüber das Mädchen wohl geschrieben haben konnte. Einen Verdacht hegte sie, war jedoch noch völlig unentschlossen, diesen gutzuheißen oder sich zu verbitten.

Nia rauschte mit dem Brief in der Hand wieder in den Salon und wollte gerade etwas sagen, doch ihre Freude über Miss Jo's Interesse erstarb sogleich, als sie in das fragende Gesicht der alten Dame sah.

»Hast du was vergessen, Nia?«

»Du wolltest doch wissen, was in meinem Brief steht, Miss Jo.«

»Ach Kind, das ist doch *dein* Brief, oder? Warum sollte ich das wissen wollen?«, wehrte Jo ab und wand sich ihrem Essen zu, das in kleinen Häppchen vor ihr lag. Ihr Blick wandte sich in weite Ferne, in ein anderes Land und in eine andere Zeit, davon war das Mädchen fest überzeugt.

Nia biss sich auf ihre Unterlippe und stöhnte innerlich. Gerade noch hatte sie sich ermutigt gefühlt, mit Miss Jo zu teilen, was ihre Mutter mit dieser freundlichen Frau geteilt hatte. Und schon, keine zwei Minuten später, wusste sie nichts mehr davon. Es war zum Haareraufen.

Also ging sie zurück in die Küche und öffnete den Brief. Ganz vorsichtig löste sie die Klebeleiste von dem Briefrücken, als könnte er bei einer falschen Bewegung explodieren. Dann zog sie den Briefbogen heraus und las.

Sehr geehrte Miss Eswik,
wir waren hingerissen von Ihrer Geschichte, die geschrieben ist, als wären Sie selbst dabei gewesen. Ihr Schreibstil ist ganz hervorragend und ein solch präziser und durchdachter Zeitreise-Roman ist mit Sicherheit ein lohnenswertes Projekt.

Wenn Sie einverstanden sind, werden wir hier einen Lektor beauftragen, der die zugegebenermaßen wenigen Fehler ausradiert und das Buch verkäuflich für den Druck herstellt.

Außerdem müssen wir ein unschlagbares Cover erstellen, das allein durch sein Äußeres schon die Kaufbereitschaft anregt.

Wir möchten ausdrücklich darauf hinweisen, dass wir Ihnen die Kosten dafür nicht berechnen, denn wir sind uns sicher, dass der Verkauf diese absolut decken wird und auch für Sie ein attraktiver Verdienst in Aussicht gestellt werden kann.

In der Anlage finden Sie eine Vorauszahlung per Scheck. Dieser gehört bereits Ihnen, sollten Sie gewillt sein, unseren Verlag mit dieser Arbeit zu beauftragen.

Bitte rufen Sie uns an.

Mit besten Grüßen
Caren Huntly

Nia ließ das Blatt sinken und nestelte ein weiteres Papier aus dem Umschlag. Bei der Zahl, die auf dem Scheck stand, setzte kurz ihr Herz aus. 100.000,00 – in Worten: einhunderttausend – Dollar Anzahlung auf das Buchprojekt

Eine Frau überwindet die Zeit
written by
Ete »Nia« Eswik

Dieser enorme Geldbetrag sollte nur der Anfang sein?

Für Nia war es jetzt schon eine unvorstellbar hohe Summe. Sollte ihre Mutter ihr tatsächlich einen Namen gegeben haben, der sich in seiner Bedeutung erfüllen sollte? *Etenia* bedeutet ›reich‹ auf Indianisch. Nun schien es so, als sollte sie es auch werden. Allerdings war Nia durchaus bewusst, dass dieses ›reich‹ nicht materiell gedacht war.

Nein, beschloss sie.

Ich bin ohnehin reich, weil mir jemand seine Geschichte ge-
schenkt hat, die so unglaublich ist, dass kein Schatz der Welt sie
aufwiegen könnte, und weil ich ein kleiner Teil davon bin.

2

Miss Jo wurde mittlerweile von einer seltsamen Vergesslichkeit heimgesucht. Erinnerungsstörungen. Alles, was lange zurück lag, konnte sie beinahe auswendig aufsagen, aber Dinge, die eben besprochen waren, vergaß sie viel zu schnell.

Nia war nicht dumm. Sie müsste über kurz oder lang einen Arzt kommen lassen. Der würde die Frau als Pflegefall diagnostizieren und vermutlich in ein Heim einweisen lassen. Aber das konnte Nia mit ihrem Herzen, das so groß war wie der Eriesee, nicht verantworten.

Sie konnte diesen Schwätzer beinahe hören: »Die Pflege für eine so kranke Frau sollten Sie Spezialisten übertragen, das können Sie nicht leisten.« Dieser arrogante Fatzke würde sie abschätzig, vielleicht sogar angewidert von oben bis unten betrachten und mit einer Siegesgewissheit äußern, dass Nia ja nur eine kleine Person war. Die offensichtliche Sache mit den indianischen Genen würde er natürlich nicht laut äußern, aber man würde es ihm so was von ansehen können. Da war sich Nia hundertprozentig sicher und ihr Magen zog sich schmerzhaft zusammen. Oh, wie sie diese aufgeblasenen Götter in Weiß verabscheute! Aber auch andere Leute hatten sie schon abgeurteilt, bevor sie überhaupt gehört hatten, was sie wollte. Was sie konnte, interessierte schon gleich gar nicht mehr. Sie war indianischer Abstammung und das reichte, um aus einer Kokosnuss eine Walnuss zu machen. Denn ein größeres, brauchbares Gehirn als das eines kleinen Raubtieres konnte genetisch nicht möglich sein, hatte sie einmal einen Professor referieren hören, der ihre Anwesenheit nicht bemerkt hatte. Als er sie dann gesehen hatte, war er nicht beschämt gewesen, sondern stolz, mit einem mitleidigen Blick, an ihr vorbeigetrabt. In dem Augenblick hätte sie, gestand sie sich ein, zur Mörderin werden können.

Ihre wirklich genetisch bedingte Veranlagung war die ausgesprochene Ruhe, die sie in sich fühlte. Das hatte weder mit Kokosnüssen noch mit Walnüssen zu tun. Wohl aber, da gab sie diesem überheblichen Professor recht, mit Raubtieren. Indianer waren Jäger. Wie hätten sie ohne die Tugenden der absoluten Ruhe und Geduld erfolgreich sein können? Dieser Kretin von einem Gelehrten hatte überhaupt nicht begriffen, wie nah und doch wie überaus fern er der Wahrheit gewesen war, schüttelte sie resignierend den Kopf.

Über die Gabe der ausgeglichenen Ruhe war sie in diesem Moment unendlich froh, denn jeder normale Mensch wäre allein bei den Reflektionen, die sie eben noch hatte, rückwärts aus der Haut gefahren. Aber sie war schließlich kein normaler Mensch. Sie war ein Indianerbastard. Damit schob sie diese unsägliche Geistesattacke beiseite und sortierte ihre Hirnwindungen neu.

Sie beschloss, Joline ihre Ausflüge in ihre Traumwelt zu gönnen. Somit entschied sie in aller Seelenruhe für sich selbst, dass Miss Jo's Zustand noch nicht so schlimm war, dass sie damit nicht fertig würde. Noch nicht! Und sie wusste auch: Ihre Mutter Enola würde sich im Grabe umdrehen, wenn sie Joline diesen Weißkitteln überließe.

Da fiel ihr ein, dass der Roman eine große Chance war. Er würde ihr immerhin das Geld zur Verfügung stellen, um für Joline und sich selbst sorgen zu können. Auch könnte sie Miss Jo zurückzahlen, was diese Frau so großmütig in den letzten Jahren für sie getan hatte. Aber gerade war dieser Gedanke in ihrem Oberstübchen erschienen, nahm ihre Sorge eine andere Richtung.

Es war eine gestohlene Geschichte, die sie lediglich in ein geschriebenes Werk verpackt hatte, und sie hatte Skrupel, Miss Jo einfach zu übergehen. Sogar an dem Stil der erzählten Abenteuer von der alten Dame musste sie kaum etwas ändern, als sie ihre handgeschriebenen Notizen abtippte. Gut, sie hatte noch die Sichtweisen der anderen Protagonisten eingefügt. Aber das waren eigentlich nur schlüssige Ergänzungen. Wenn Joline über die Menschen gesprochen hatte, war ihr immer gleich aufgegangen, wie diese Leute gefühlt hatten. Ihre Taten und ihr Verhalten sprachen letztendlich Bände. Und hin und wieder hatte sich Nia zu ihnen hingeträumt. Diese kraftvollen Männer, diese Liebe, diese Ehrenhaftigkeit knisterte in Joline's Erzählungen. Ja, sie hatte wirklich beinahe alles von Joline übernommen. Der Roman müsste zwei Autoren haben.

Eine Frau überwindet die Zeit
told by Joline MacDonald
written by
Ete »Nia« Eswik

Ihr Gesicht verzog sich zu einem breiten, glücklichen Lächeln. Mit dieser Änderung würde sie erst einmal leben können. Weshalb aber im gleichen Augenblick schon wieder dieses nervige *aber, aber, aber* auftauchte, ließ sie gequält aufstöhnen. Warum war sie bloß immer so unentschlossen, verfluchte sich Nia ein weiteres Mal.

Konstruktiv konnte sie sich auf Miss Jo nicht wirklich verlassen. Die alte Dame verstand, wenn sie bei sich war, alles und konnte sich sogar sinnvoll dazu äußern, aber eine Minute später war sie jenseits der Realität. Dennoch überlegte Nia, wie sie an eine Art Absolution kommen könnte.

»Ich werde ihr den Roman vorlesen«, beschloss sie laut und ging, um ihr Skript zu holen. Das war das Einfachste, denn sie las Miss Jo jeden Tag etwas vor, immerhin war die alte Dame an ihren Rollstuhl gefesselt und sie, Nia, war immerhin ihre Gesellschafterin.

Nachdem sie das Frühstück bei Miss Jo abgeräumt und die Küche wieder in einen reinen Zustand gebracht hatte, ging sie zurück in den Salon.

»Miss Jo? Hast du Lust auf eine Geschichte, die ich dir vorlesen kann?«

»Ja, natürlich, Kind. Es ist ja sterbenslangweilig hier. Den ganzen Tag sitze ich hier am Fenster und schaue Löcher in die Luft.«

Froh, dass diese Antwort ihr zeigte, dass Miss Jo anscheinend im Hier und Jetzt weilte, griff Nia nach ihrem Skript und setzte sich der alten Damen gegenüber in den Blümchensessel. Ein letzter Blick in Miss Jo's wachsamen bernsteinfarbene Augen sagte ihr, dass sich ihr Zustand noch nicht wieder in ein Traumland verabschiedet hatte. So begann sie, mit ihrer voluminösen Stimme laut vorzulesen:

1746 in den schottischen Highlands

Ich fühlte mich, als wäre eine Herde Stiere über mich hinweggetrampelt. Mein Unterleib schmerzte und es brannte in mir, als hätte jemand direkt unter mir ein Feuer entzündet, um mich zu schmoren. Mir war übel von dem Schmutz, der auf mir getrocknet war und juckte wie verrückt. Am liebsten hätte ich geschrien. Doch davor hatte ich Angst. Angst, dass sie wiederkämen.

Es waren zwei Tage vergangen seit der großen Schlacht von Culloden und fünf Tage seit meinem sechzehnten Geburtstag. Die Engländer zogen wie Götter der Verwüstung über das Land hinweg und töteten alles, was schottisch aussah. Sogar vor Frauen und Kindern wurde nicht haltgemacht. Frauen wurden vergewaltigt und somit ungerechterweise mehr gequält als Männer. Wie auch immer, zu schnell waren sie da. Schneller, als man laufen konnte.

»Jo, versteck dich … lauf!«, schrie meine Stiefmutter Anna, die mit dem kleinen Jamie auf dem Arm über das Feld gerannt kam. Sie hatte zuerst bemerkt, dass Rotröcke auf unser kleines Gehöft zusteuerten.

Ich hatte nicht richtig verstanden und das Rufen von Anna hatte die Soldaten auf uns aufmerksam gemacht. Es war nur ein kleiner Trupp von fünf Reitern, die daraufhin ihren Pferden die Sporen gegeben hatten. Noch ehe ich aufsah, waren sie bei ihr. Sie hatte Jamie auf den Boden gesetzt und sich schützend vor ihn gestellt, doch gegen die scharfe Klinge eines Schwertes war selbst die Kraft einer Mutter machtlos. Sie wurde plötzlich starr und dann sank sie zu Boden.

Bei Jamie gaben sie sich keine solche Mühe. Sie ritten einfach über ihn hinweg und überließen den Pferdehufen das schmutzige Amt.

Ich stand wie angewurzelt da und konnte nicht glauben, was ich sah. Wie gelähmt konnte ich weder schreien noch laufen, noch sonst irgendeine Bewegung zustande bringen.

Mein Leben schien nach sechzehn Jahren ein schreckliches Ende zu finden. Ich wartete auf den Tod. Doch der wartete nicht auf mich. Es sollte schlimmer kommen.

Die Soldaten waren bei mir angekommen. Einer von ihnen stieg vom Pferd und zog seine Klinge. Doch unter dem Schock, der mir in den Knochen saß, musste es ihm so vorgekommen sein, als wäre ich geistig zurückgeblieben. Er ging um mich herum, griff in mein langes, zu einem lockeren Zopf gebundenes, blondes Haar und zog eine Strähne achtlos heraus. Er ließ sie durch seine Hand gleiten und gaffte mich mit seinen gierigen Schweinsaugen an. Es war selbst für einen Engländer nicht zu übersehen, dass sich unter dem weißen Hemd, über dem ich ein Plaid trug, ein junges, gut gebautes Mädchen befand. Mit der eben gezückten Klinge schnippte er die Brosche fort, mit der es gehalten wurde, und der wollene Schal löste sich.

Die übrigen Soldaten, die mittlerweile mit der Durchsuchung der Gebäude fertig waren, standen grölend um uns herum. Sie feuerten sich gegenseitig mit unanständigen Zurufen und animalischem Gegrunze an, als sich das Plaid nun vollends selbstständig gemacht hatte. Es lag mir nun zu Füßen, sodass ich einzig mit dem dünnen Leinenhemd bekleidet war, das bei günstigen Lichtverhältnissen durchscheinen ließ, was sich darunter verbarg.

Der Schweinsäugige kam näher und griff mir an die Brust, schob mich bis an die Hauswand zurück und ich bekam seinen widerlichen Atem ins Gesicht.

Meine Lebensgeister regten sich und ich begann mich zu wehren. Von mir aus sollten sie mich töten, aber ich hatte nicht vor, mich erst noch von ihnen quälen zu lassen.

Meine Wildheit schien den Mann nur noch mehr anzustacheln und als er merkte, dass er allein nicht zurechtkam, gab er Befehl, mich ins Haus zu schaffen. Sie banden mich bäuchlings auf den Tisch in unserer Kate. Dafür rissen sie mir die Arme auseinander

223

und befestigten Lederriemen an den Handgelenken. Diese wurden an den Tischbeinen festgezurrt, um mir keinerlei Bewegungsfreiheit zu lassen. Mein Brustkorb wurde fest auf die Tischplatte gezwungen und meine Hüftknochen schmerzten auf der harten, kantigen Unterlage.

Doch das war gar nichts im Gegensatz zu dem, was folgte.

Schweinsauge schlitzte mir das Hemd am Rücken auf und nahm mich von hinten.

Die anderen hatten sich ebenfalls im Raum versammelt. Es stank nach Schweiß. Das Gegröle und die Brutalität meiner Peiniger raubten mir fast den Verstand. Jeder von ihnen stieß mir seine Manneskraft in den Leib, wobei es den meisten nicht reichte, die von Gott gegebene Körperöffnung zu benutzen. Sie verschafften sich Befriedigung, ohne Rücksicht auf Verluste. Jedes Mal war es, als würde mir ein geschliffener, scharfer Vierkant eingeführt. Die Schmerzen waren kaum noch auszuhalten und ich bat um Erlösung. Keiner von ihnen erbarmte sich jedoch, mir den kleinen Dienst zu erweisen und einen endgültigen Schlussstrich zu ziehen. Die ganze Zeit war ich froh, dass ich den Schweinen nicht ins Gesicht sehen musste, während sie sich meines Körpers bedienten.

Der Letzte, der sich über mich hergemacht hatte, bedankte sich bei mir, indem er nachher um den Tisch herumkam, sich niederbeugte und mir mit seiner warmen, schleimigen Zunge durch das Gesicht leckte. Er raunte mir mit seinem ekelig stinkenden Atem zu:

»Du machst es eh nicht mehr lange, kleine Hure.«

Als er ging, löste er wenigstens noch einen Riemen vom Tischbein.

Ich war noch am Leben und hörte sie fortreiten, doch lieber wäre ich tot gewesen.

Gott, was hätte ich in diesem Moment dafür gegeben, blutüberströmt neben Anna, meiner Stiefmutter und meinem süßen, kleinen Bruder zu liegen. Ich dachte an Jamie, den ganzen Stolz meines Vaters. Der kleine Sonnenschein durfte nicht einmal ein ganzes Jahr erleben.

Mir glitten die Beine weg und ich rutschte unsanft über die Tischkante auf den Boden. Mir fuhr plötzlich ein furchtbarer

Schmerz in die Schulter. Obwohl ich keinen Ton von mir geben wollte, schrie ich auf und augenblicklich schossen mir die Tränen in die Augen.

Irgendwie schaffte ich es, das andere Handgelenk von dem abschnürenden Lederriemen zu befreien. Ich konnte ihn lösen, verlor aber das Gleichgewicht und krachte kraftlos auf die verletzte Schulter. Ein weiteres Mal bohrte sich ein kreischender Schmerz bis in mein Hirn. Wäre nicht alles um mich herum schwarz geworden, hätte ich mich sicherlich übergeben müssen.

Draußen dämmerte es bereits und ich spürte ein Beben, als würde sich der ganze Boden schütteln. Doch als ich endlich richtig zu mir kam, bemerkte ich, dass es mein Körper war, der von Zitteranfällen ergriffen wurde. Es war April und noch sehr kalt. Die ganze Nacht hatte ich nur mit dem aufgeschlitzten Hemd bekleidet auf dem kalten Fußboden gelegen. Sämtliche Gliedmaßen waren steif und zu keiner Bewegung fähig.

Am liebsten wäre ich gleich wieder ohnmächtig geworden, denn kurz nach meinem Erwachen hörte ich wieder Pferdehufe. Meine Augen ließen sich nicht öffnen und mein Körper war ein einziger Schmerz. Die Angst, die mich befiel, ließ mich von Schüttelfrostanfällen heimsuchen. Sie waren so heftig, dass mein geschundener Körper nur so bebte.

Stimmen waren zu hören, doch ich konnte sie nicht zuordnen. Für mich war klar, dass die Engländer wiedergekommen waren. Ich hatte keine Kraft mehr, noch einmal alles durchzustehen, und schloss die Augen.

»Bring die Frau und das Kind hierher«, hörte ich eine Männerstimme sagen. »Ich sehe nach, ob noch jemand da ist. Wir werden sie alle zusammen begraben, bevor wir weiterreiten.«

Jemand öffnete die Tür, hielt einen Moment inne, um sich zu orientieren, und dann kam er auf mich zu. Meine Augenlider waren schwer wie Blei.

Ich konnte hören, aber nicht sehen. Ich glaubte irrsinnig werden zu müssen.

»Hey, Lassie«, sprach der Mann, den ich draußen schon gehört hatte. Tief und sonor klang es in meinen Ohren. Eine große, warme

Hand griff unter meinen Kopf und hob ihn ein wenig an.

»Kannst du mich hören, Mädchen?«

Zwar versuchte ich zu nicken, aber anscheinend verstand der Mann die Geste nicht.

Er schüttelte mich und griff dabei so unglücklich an meine Schulter, dass ich vor Schmerzen ächzte.

»Argh, meine Schulter … meine Schulter. Es tut sooo weh«, stöhnte ich und gab mir Mühe, endlich zu sehen. Der Schmerz hatte geholfen und die Starre gelöst. Endlich hob sich der Vorhang.

Ich blickte in ein atemberaubend gutaussehendes Gesicht, das allerdings seinen Träger älter erscheinen ließ, als er vermutlich war. Auch bei seiner Stimme hatte ich auf jemand Älteren getippt. Seine Sprache verriet mir, dass er aus den Highlands stammte, und was viel wichtiger war, er trug keine rote Uniform. Ich gewann ein wenig Zuversicht. Sein ernster Blick aus den blauesten Augen, die ich jemals gesehen hatte, und sein müdes Gesicht verrieten mir, dass seine Lage nicht viel besser zu sein schien als die meine. Sein wildgelocktes, langes Haar hatte eine undefinierbare Farbe. Irgendetwas zwischen Dunkelblond und Braun. Vermutlich hatte er, wie so viele, seit Tagen kaum geschlafen. Er war auf der Flucht vor den Engländern und war nach der Schlacht entkommen. An der verschmutzten, blutbefleckten Kleidung, den kleineren, sichtbaren Blessuren in Gesicht und an den Händen ließ es sich unschwer erkennen. Unter dem Geruch von trockenem Blut und Schweiß erhaschte ich dennoch eine Note von Lavendel. Ich liebte Lavendel.

»Lass mal sehen«, sagte er und machte sich gleich daran, meine Schulter abzutasten und zu untersuchen.

»Kein Wunder, Kleines, dass sie weh tut«, zog er scharf die Luft ein.

Er schob mir ein Stück Leder zwischen die Zähne, das er aus seiner Felltasche gekramt hatte, und übte einige für mich unnachvollziehbare Hebelübungen auf Arme und Schulter aus, die mir einen so schmerzhaften Stich versetzten, dass ich mich fast übergeben hätte.

»So, die wäre wieder drin«, kommentierte er sachlich. »Du musst sie jetzt nur eine Weile ruhig halten, damit das wieder richtig

in Ordnung kommt ... Was mir größere Sorgen macht, ist, dass du kalt bist wie ein Eisblock. Wie lange liegst du hier schon so?«, und er nickte mir entgegen und meinte meinen Aufzug.

»Seit gestern Nachmittag, als die Engländer mich gesch...« Mir brach die Stimme und er hatte sowieso verstanden, was passiert war.

Das ehemals weiße Hemd, welches jetzt nur noch als Fetzen bezeichnet werden konnte, war mit getrocknetem Blut und männlichen Sekreten beschmutzt und meine Blöße hatte ihm ebenfalls genügend Aufschluss über das Geschehene gegeben.

Mir standen die Tränen in den Augen. Als ich zu ihm aufsah, bemerkte ich, dass sein Blick voller Mitleid auf meinem geschundenen Körper ruhte. Ich folgte ihm und sah das erste Mal an mir herab. Der mit blauen Flecken übersäte Körper mit den schlimmen Schürfwunden an den Hüften schien nicht zu mir zu gehören. Dennoch bedeckte ich ihn mit dem Fetzen, der noch wie eine nicht vollständig abgestreifte Schlangenhaut an mir hing, so gut es ging. Ich spürte, wie sich eine leichte Röte in meinem Gesicht breit machte, und schämte mich unsäglich. Was musste ich für ein jämmerliches Bild abgeben.

Nia sah auf, um sich zu versichern, dass Miss Jo noch nicht eingeschlafen war, was häufig passierte, wenn sie der alten Dame vorlas. Doch heute wurde sie Zeugin einer ganz neuen und besonderen Begebenheit. Sie spürte, wie die klaren bernsteinfarbenen Augen aus weiter Ferne zurückkamen. Nun auf sie gerichtet, fixierten sie sie einen Moment, als wollten die Blicke von Miss Jo sie an den Blümchensessel nageln.

»Nia, das ist so, wie ich es selbst erlebt habe. Selbst die Schmerzen waren so authentisch, dass sie kaum auszuhalten waren. Wo hast du dieses Buch bloß aufgetrieben? Beinahe hätte ich Lust, dir das nächste Kapitel zu erzählen, nur um herauszufinden, ob der Autor auch da mit mir übereinstimmt.«

Nia wand sich wie ein Egel. Wenn sie doch nur sagen könnte, dass diese Geschichte von keinem anderen war als von Miss Jo selber, nur aufgeschrieben von ihr. In dem Moment stutzte sie.

»Wie! Wie du es selbst erlebt hast? Die Frau lebte vor zweihundertsiebzig Jahren, Miss Jo.«

»Aye? Bin ich schon so alt?«, faselte die alte Frau und Nia rollte mit den Augen und bat die Zimmerdecke, ihr Geduld zu schenken. *Mut!*, raunte sie sich in Gedanken zu. Nicht eine Sekunde verschwendete Nia an den Gedanken, dass es eine Geschichte sein könnte, die authentisch nacherzählt worden war, obgleich Joline in der Ich-Form erzählt hatte. Das konnte schließlich überhaupt nicht sein, nicht wahr? Doch wollte sie Miss Jo nicht verlieren. Sie wollte ihren Geist in diesem Augenblick aktiv behalten und nicht an die krankhaften Sinnestäuschungen, die Miss Jo befielen, entlassen. Jetzt nicht, dachte sie verzweifelt.

»Aber Miss Jo, das ist deine Geschichte und ich bin mir sicher, dass du alles, was in diesem Roman steht, hundertmal genauso erzählen könntest«, eiferte sich Nia so sehr, wie es ihr überhaupt möglich war, und griff verzweifelt zu dieser Notlüge. Glauben konnte sie nicht, was sie sagte.

Dazu musste man allerdings wissen, dass Nia, was Gefühlsausbrüche betraf, eher die Dynamik einer Dampfwalze hatte. Auch wenn sie durchaus gut begründen konnte und diese Argumente auch durchzusetzen vermochte, so konnte man davon ausgehen, dass das Ganze in einer stoischen Ruhe geschah. Ihre eigenen Emotionen würde man nicht einmal aus ihrer sinnlichen, tiefen Stimme heraushören. Mit einer Kraft und Energie, so leise und unterschwellig sie auch herüberkam, stellte man später fest, dass man nicht gemerkt hatte, wie man im Schneckentempo überfahren worden war.

»Ja, natürlich ist das meine Geschichte, das sagte ich ja schon. Aber sie ist auch so geschrieben, als hätte ich sie selber erzählt.«

Miss Jo war die Decke auf ihren Knien herabgerutscht und bildete eine gestauchte Manschette an ihren Füßen. Nia stand auf und zog das wollene Karo wieder zurecht. Die Enden steckte sie an der Taille der alten Dame fest, damit sie nun länger dort verbleiben würde. Dann setzte sie sich wieder zurück in ihren Sessel und beobachtete ihren Schützling.

In diesem Augenblick wurde ihr sonnenklar: Allein durch Joline's Feststellung, dass sie es mit genau den gleichen Worten erzählt hätte, war diese Geschichte perfekt. Sie gewahrte, wie heftig ihr Herz schlug. Nia würde diese Frau hegen und pflegen, bis diese die Augen für immer schloss. Genau das hätte auch ihre Mutter getan. Eine dicke Träne kullerte über ihren hohen Wangenknochen seitwärts an ihren Kiefer und fiel.

3

»Also gefällt dir das Buch, Miss Jo? Soll ich weiterlesen?«, fragte Nia, wieder einigermaßen unaufgeregt, denn sie meinte ihren eigenen Herzschlag in den Ohren zu hören. Doch sie wollte es wissen. Sie musste wissen, ob sie authentisch und gut geschrieben hatte. Beinahe hörte es sich ja so an.

»Soll ich weiterlesen, Miss Jo?«, fragte sie noch einmal.

»Ich weiß nicht, Nia. Manches tut weh, anderes wäre so schön, dass ich es ewig anhören könnte.«

»Wie wäre es dann mit einer kleinen Pause? Wir könnten auch nach draußen gehen. Es ist schön mild heute und trocken. Ich hole dir etwas zu trinken, dann gehen wir, aye?«, schlug Nia vor und erhob sich.

»Wir könnten endlich mal wieder raus. Whitesocks wartet doch bestimmt schon am Ufer auf mich«, gurrte Miss Jo und sofort drehte sich Nia um, obwohl sie schon auf dem Weg zur Tür war. Sie wandte der Frau im Rollstuhl ihren argwöhnischen Blick zu. Sofort erkannte Nia, dass die alte Lady wieder ins Land ihrer Erinnerungen abgetaucht war und dort eine Weile verbleiben würde.

In dem Moment rollte sie ihre eigenen, beinahe schwarzen Augen gen Himmel und flehte um Gelassenheit. Diese würde sie in Demut von der Macht annehmen, die sie ihr gewährte. Sie glaubte nicht an Gott, den Allmächtigen. Sie war mit einer Halb-Indianerin und einer Atheistin groß geworden. Allerdings schätzte sie schon, dass es Mächte gab, die für die verschiedensten Dinge zuständig waren. Rein pragmatisch gesehen erschien es ihr auch unmöglich, dass sich ein einziger Gott um die ganze Menschheit würde kümmern können. Außerdem hatte sie den Eindruck, dass sich die Menschen, im Umkehrschluss, viel zu wichtig nahmen. Welche Allmacht hatte wohl Interesse an jedem x-beliebigen Wurm auf dieser Welt? Nia wedelte ihre Gedanken beiseite und ging zurück zum Rollstuhl.

Sie packte Miss Jo warm ein, indem sie eine dicke Felldecke um sie herum feststeckte, und schob sie in die Eingangsdiele. Dort verließ sie ihren Schützling für einen kleinen Moment, holte eine Trinkflasche und schob ihre Schutzbefohlene nach draußen.

Wie immer eigentlich, machte sie sich auf einen Spaziergang zu den Pferden. Es waren nicht mehr so viele da wie früher einmal. Doch Miss Jo's Augen funkelten immer, wenn sie Pferde sah.

»Sieh dir das Fohlen dort drüben an«, ereiferte sich Joline und wies auf einen kleinen Hengst, der hinter seiner Mutter hersprang. Er war braun und hatte weiße Fesseln. Ein aufgewecktes Tier, fand Nia.

»Ja, ich sehe ihn. Er ist sehr lebhaft, Miss Jo. Aber Leon sagt, dass er nicht sehr zugänglich ist«, erklärte sie der alten Dame.

»Natürlich nicht«, meinte Miss Jo augenrollend. »Das ist Whitesocks. Er wird einmal mein treuester Freund.«

Ah, dachte Nia. Ein kurzer Geistesblitz war durch das wolkenverhangene Gedächtnis von Joline gerauscht, gehörte aber definitiv in den Traum, in dem ihr Schützling immer wieder gefangen gehalten wurde.

Natürlich kannte Nia die Gemälde, die Miss Jo aus dem Gedächtnis gemalt hatte. Sie schmückten Treppenhaus und Salon des Herrenhausens und machten es ihr leicht, sich die Personen und Pferde vorzustellen, die Joline in ihren Geschichten beschrieb. Nia war mit ihren Gesichtern aufgewachsen. Sie hatte es als Kind geliebt, auf der Treppe zu sitzen und diese gutaussehenden Menschen aus der Vergangenheit zu betrachten. Robert strahlte ihr immer mit seinen schönen, blauen Augen entgegen und sie konnte nicht anders, als zu verstehen, dass Miss Jo diesem Mann verfallen war. Diesem Mann konnte niemand das Wasser reichen, so sehr hatte Joline ihn geliebt und nie mehr geheiratet, dass wusste Nia immerhin ganz sicher.

Damals hatte sie selbst Abenteuer erfunden, die sie mit William, Marven oder der wirklich hübschen Amber erlebt hätte. Amber musste das Ebenbild ihrer Mutter sein, und so fiel es Nia nicht schwer, sich die junge Joline vorzustellen.

Auch Alistair, Joline's Vater, und Sarah waren ansehnlich. Caelan, der Ehemann von Amber, erschien ihr als blonder Halbgott, wie es in der Antike Achilles gewesen sein mochte. Dabei dachte sie immer an den Achilles aus dem Film *Troja*. Geringe Abweichungen gab es zwar schon zu dem Darsteller, aber der Mann, der mit stahlgrauen, wachen Augen aus dem Gemälde schaute, war schön. Sie stellte sich ihn ein wenig arrogant, mit einem Quäntchen Oberflächlichkeit vor. Allerdings erzählten seine Augen von einer Gabe, die sich ihr nicht erschloss. Aber sie war da. Fesselnd irgendwie.

Die Pferdebilder waren natürlich im Salon drapiert und Whitesocks zierte das herausragendste Portrait. Auch ein Pollux, ein Castor, ein Blizz und eine Bella hingen gemalt an der Wand. Irgendwann hatte Joline aufgehört, Bilder zu malen. *Schade eigentlich, denn sie hatte eine gute Hand für Genauigkeit und Farben*, dachte Nia.

Automatisch griff sie nach der Trinkflasche und wollte sie der alten Dame reichen, die sich schon seit einiger Zeit nicht mehr zu Wort gemeldet hatte. Als die Flasche nicht ergriffen wurde, beugte sie sich herum und sah, dass Jo eingeschlafen war. Also verstaute sie den Getränkebehälter wieder im Transportnetz, wendete den Rolli und machte sich auf den Weg zum Haupthaus.

So ging Nia auch heute auf, dass Jo ihr nie große Umstände machen würde. Nein, sie hätte es schlimmer antreffen können, machte sie sich klar und versprach Jo im Stillen, für sie da zu sein. Immer.

4

Die Tage vergingen in gleichbleibendem Muster: Miss Jo für das Frühmahl waschen, anziehen und in den Salon bringen, das Frühstück bereiten und wieder verräumen und den Aufwasch machen. Danach schauen, ob Joline ansprechbar war. Vorlesen oder spazieren gehen. Nebenbei die aktuellen Bedürfnisse der wenigen Mitarbeiter oder der erforderlichen Arbeiten abstimmen und sich wieder Miss Jo widmen. Nia hatte nicht mehr viel Zeit für sich, aber sie war damit zufrieden.

»Nia, könntest du mir weiter aus deinem Buch vorlesen? Es ist wirklich wunderbar geschrieben. Ich bin gespannt, wie es weitergeht«, bettelte Miss Jo.

Nia sah sie interessiert an, nur um festzustellen, dass diese Aufforderung ernsthaft gemeint war. Die bernsteinfarbenen Augen waren nicht leer, sondern sehr intensiv auf sie gerichtet. Sofort griff Etenia nach dem Skript, legte die bisher gelesenen Seiten zur Seite und las sich in den neuen Absatz ein, nur um nicht aus Versehen etwas zu wiederholen, was sie schon vorgelesen hatte.

»Ah«, sagte sie mehr zu sich selbst. »Da sind wir. Das ist eine gute Anekdote. Ich habe sehr darüber geschmunzelt, weil die Szene manchmal ganz komisch war. So begann Nia mit ihrer warmen, tiefen Stimme zu lesen:

Ich setzte Roberts Einverständnis voraus und nahm mir sein großes Jagdmesser. Meine Felltasche mit kleineren verwertbaren Utensilien schnallte ich mir um die Taille. Dann verließ ich die Grotte zu Fuß durch die schmale Schlucht, durch die wir hergekommen waren, und versuchte dabei trockenen Fußes den Ausgang zu erreichen.

Das kleine Tal schien mir wenig erfolgversprechend, aber zu größeren Beutezügen fehlte mir der Mut. Ich sah mich um und beschloss erst einmal dem Bächlein weiter zu folgen. Es war April und langsam begann die Natur ein hellgrünes Kleid anzuziehen. Sträucher fingen an lebendiger zu werden, Bäume bekamen wieder Blätter und die Gräser erneuerten sich. Leider würde es noch keine brütenden Vögel geben, denen man das Gelege für eigene Zwecke entwenden konnte.

Vielleicht hatte ich jedoch Glück und konnte wenigstens ein Kaninchen dingfest machen. Wie sehr sehnte ich mir meinen kleinen Jagdbogen herbei! Aber das Sinnieren nutzte nun nichts. Ich musste das Beste aus meiner Lage machen. Leise pirschte ich mit dem geschärften Blick eines Raubvogels voran, damit mir nicht die kleinste Bewegung entging. Beinahe hätte ich jedoch vor lauter Anspannung das Opfer übersehen. Es war ein gut getarntes Haselhuhn, das sich seitlich im Unterholz versteckt hielt. Schnell ging ich mein Jagdrepertoire durch und stellte fest, dass dieser Fang nicht ganz einfach werden würde. Doch fest entschlossen fasste ich einen Plan. Für eine Schlinge benötigte ich Schnur und eine starre Verlängerung. Erstgenanntes fand ich in meiner Felltasche. Für die Verlängerung suchte ich mir einen dickeren Ast von einer Zitterpappel, den ich an einem Ende einkerbte, um dort die Schlinge einzuhängen und den Zug ausführen zu können. Das Mittel war also da, das Opfer saß ebenfalls noch dort, wo ich es vorher ausgemacht hatte, nun fehlten nur noch das passende Nervenkostüm und ein Quäntchen Jagdglück.

Ich umging das Gebiet und näherte mich dem Huhn von der Böschung auf der anderen Seite seines Unterschlupfes. Ganz langsam legte ich mich auf den Bauch und schob Inch um Inch den Stab nach vorn. Ich hatte das Gefühl, Stunden für diese Aktion gebraucht zu haben, als ich endlich mit der Stellung meines Fangarmes zufrieden war. Die Schlinge schwebte nun direkt über dem Huhn und jetzt war das Glück gefragt. Blitzschnell ließ ich den Stab sinken, um den Hals des Huhns in die Schlinge zu bekommen, und zog zu. Flatternd wehrte sich das Tier gegen sein Schicksal. Ich zog es schnell zu mir heran, um es nicht unnötig lange zu quälen, nahm meinen ganzen Mut zusammen und schnitt ihm mit Roberts Jagdmesser den Kopf ab. Immer noch wehrte sich der flatternde Körper und verspritzte Blut in alle Richtungen. Kurz verfluchte ich mich dafür, dass ich das Tier nicht richtig betäubt hatte, wie Vater es mir gezeigt hatte. Dann hätte es sich nicht sogar im Tode noch so gewehrt. Nun, geschehen war geschehen, zuckte ich die Schultern hoch und ließ sie mit tiefem Ausatmen wieder fallen.

Nachdem alles Leben aus dem Vogel gewichen war, nahm ich ihn aus und überließ der Natur die glibberigen Innereien. Mit meinen blutigen Händen strich ich mir den Schweiß aus der Stirn und machte mich auf den Rückweg zu unserem Lager.

Mit so viel Brennholz beladen, wie ich außer dem Huhn noch tragen konnte, erreichte ich die Grotte. Robert schlief noch immer. Also machte ich mich gleich daran, aus der glimmenden Glut wieder ein Feuer zu entfachen. Da mir kein heißes Wasser zur Verfügung stand, mit dem ich das Huhn zum Rupfen hätte abbrühen können, wollte ich ihm die Federn abbrennen. Nach kurzer Überlegung, was ich als Spieß benutzen konnte, fiel mir Roberts Schwert ein. Ich zog es aus seiner Scheide hervor und wollte mich wieder meinem Braten zuwenden.

Im gleichen Moment sprang Robert, alarmiert von dem schleifenden Geräusch, auf und starrte mich verwirrt an.

Ich wusste nicht, wie mir geschah, als er mir das Schwert aus der Hand riss und sich wie ein Kreisel um seine Achse drehte, um gegen vermeintliche Angreifer anzutreten. Erst als er in Ermangelung eines echten Gegners wieder in meine Richtung kam und ein Gesicht machte, als stände ihm ein Geist gegenüber, sah ich an mir herab. Mir wurde sofort klar, dass meine blutbespritzte Kleidung, die blutigen Hände und das abgestreifte Blut in meinem Gesicht ihn augenblicklich in höchste Alarmbereitschaft versetzt hatten.

»Es ist nichts passiert«, beruhigte ich und zuckte mit den Schultern. »Es ist alles in Ordnung. Ich habe nur ein Huhn geschlachtet, damit wir was zu essen haben, bevor es nachher weitergeht.«

»Das darf ja wohl alles nicht wahr sein! Wie kannst du mir nur solch einen Schreck einjagen! Das gibt es alles nicht.« Er schlug sich mit der flachen Hand vor die Stirn und regte sich über meine Unüberlegtheit auf. Einige grobe Flüche rauschten in meine Ohren und seine tiefe Stimme ließ sie wie Donnerhall klingen. Inzwischen verwandelte sich mein anfängliches Grinsen während seiner Tiraden in einen zitronensauren Ausdruck. Ich spürte förmlich, wie mir die Gesichtszüge entglitten, als hätte ich tatsächlich in etwas sehr, sehr Saures gebissen.

»Aye, wenn du meinst, dass dir zusteht, mich derart anzufahren,

dann möchte ich dir nur sagen, dass ich nichts für deinen eingebil-
deten Verfolgungswahn kann. Ich wollte lediglich dafür sorgen, dass
du nicht noch schmaler wirst, als du ohnehin schon bist. Du hast
doch tagelang nichts Vernünftiges zwischen die Zähne bekommen
und ehrlich gesagt, mir hängt der Früchtekuchen zum Hals raus.
Aber jetzt ist mir der Appetit vergangen«, schrie ich ihn an und
warf ihm das blöde Huhn mit seinen angesengten Federn vor die
Füße.

»Ah, ich kann mich daran erinnern. Wir kannten uns noch
nicht so lange. Eigentlich gar nicht. Aber ich hatte schrecklichen
Hunger und der Mann im Grunde auch. Er meinte, wir würden
angegriffen. Da hätte ich sein Gebaren ja noch verstanden. Aber
sein Gefluche und Geschimpfe machten mich ärgerlich. Diese
Undankbarkeit, obwohl ich ihn bat, sich zu beruhigen, brachte
mich in Rage. Ich war so stolz darauf, dass ich dieses Huhn er-
legt hatte. Seine Flüche, die er über mich ausschüttete, kränkten
mich damals direkt«, kommentierte Miss Jo und sah mit hochgezogenen Brauen zu ihrer Vorleserin herüber. Vielleicht erwartete sie eine Beurteilung, dachte Nia und sagte:
»Es gibt wohl für beide Verhaltensweisen eine Begründung.
Einmal für die Angst des Schotten, in einen weiteren Kampf
verwickelt zu sein, und die Verantwortung für ein unschuldiges
Mädchen zu haben, das er mit seinem Leben verteidigt hätte
und das er bereits nach kurzer Zeit so verehrte, dass er …«
»Wieso *verehrte*?«, keuchte Miss Jo dazwischen, und nun war
es an Nia, ihre Arbeitgeberin verständnislos anzusehen. »Wir
kannten uns kaum zwei Tage, da war ich schließlich nur eine
Last für diesen Mann. Ich wäre gern früher als später davon geritten, um ihn dieser Verantwortung, die er sich anscheinend
selber aufgebürdet hatte, zu entheben«, erklärte Joline weiter
und grunzte ein »Tzztzz« hinterher.
»Aber Miss Jo. Der Mann war doch schon verliebt, als er das
Mädchen in der Kate vergewaltigt vorgefunden hatte. Er hatte
sich die Verantwortung nicht aufgrund seiner Ehre aufgebürdet.
Er trug sie wie ein edles Banner aus Liebe vor sich her«, ereiferte

sich Nia.

»Wie kommst du denn bloß auf diesen Unsinn, Etenia«, erwiderte Miss Jo missbilligend und hob einmal mehr den Blick, in dem nun eine eigentümliche Schärfe lag. »Du hast dich in Robert verliebt, oder?«, wollte Joline wissen und in ihrer Frage klang Eifersucht mit.

Nia sah Miss Jo entgeistert an. Natürlich mochte sie diesen Mann. Er war ein Superheld für eine hoffnungslose Romantikerin, wie Nia eine war. Aber sie sprachen doch über eine fiktive Person und da rechnete sie nicht mit derartigen Emotionen. Joline machte ein direkt verärgertes Gesicht und die sonst so dunklen Ränder um die bernsteinfarbenen Iriden schienen Feuer zu spucken. So schluckte Nia und antwortete zaghaft:

»Nun, Miss Jo. Dieser Robert ist ein Ehrenmann. So etwas gibt es doch in Wirklichkeit gar nicht. Ganz im Ernst. Selbst wenn ich mich in diesen Mann verliebt hätte, hätte er nur Augen für dieses Mädchen aus den Highlands.«

»Hmpf«, kam es von ihrem Gegenüber. »Trotzdem. Du schreibst in deinem Buch aus seiner Perspektive, als hättest du ihn gekannt. Als könntest du in seine Seele sehen«, wandte Joline ein, weil es ihr nicht gefiel, dass eine andere Frau ihren Robert durchschaut hatte oder wusste, wie er fühlte. Besonders nicht, da es ihr selber erst beinahe zu spät aufgefallen war, dass sie von diesem schönen Highlander von Anfang an geliebt worden war und für ihn genauso empfunden hatte. Nur war sie einfach viel zu unbedarft gewesen, um das schon früher hätte ermessen zu können.

Jetzt hatte eine andere Frau beim ersten Erzählen herausgefunden, was mit Robert und ihr geschehen war. Nia hatte sofort begriffen, dass es Liebe war.

Wie konnte das Mädchen so anmaßend sein! Von der Liebe ihres Lebens zu erfahren und darum zu wissen, war ihre eigene heiligste Erkenntnis, die sie jemals erlangt hatte. Diese Einsicht stand allein ihr selber zu. Nie und nimmer Nia.

»Nun gut, Miss Jo. Sieh es einfach mal so. Es ist ein Buch. Dieses Buch muss interessant geschrieben werden und so etwas erreicht man, wenn man die Blickwinkel ab und an wechselt. Die Geschichte ist doch nicht wirklich so gewesen. Du hast sie mir erzählt und ich habe sie aufgeschrieben und ausgeschmückt. Ganz einfach«, erklärte Nia sachlich, sah jedoch Joline's Blick abdriften. Die Zeit war um und keine konkrete Antwort mehr erhältlich.

Verdammt noch eins, dachte Nia. *Auch wenn es Miss Jo nicht gefällt. Diesem Verlag, der ihr Skript drucken möchte, sagt mein Roman zu und damit wäre der Käse gegessen.* In diesem Moment entschied sie, dass sie das Angebot annehmen würde.

Allerdings waberten mal wieder Zweifel durch Nia's Hirn. Warum echauffierte sich Joline so sehr über den Umstand, dass sie eine innige Beziehung zu ihrem Protagonisten aufgebaut hatte? Die Geschichte an sich war alt. Selbst wenn es eine wahre Erzählung gewesen wäre, was Nia nur ansatzweise glaubte, so wäre dieser Mann seit ewigen Zeiten tot. Dann bestand diese Frau auch noch darauf, ein Eifersuchtsdrama vom Zaun zu brechen, und erzählte dauernd so, als hätte sie an diesem Erlebten teilgenommen. Doch die Zeitreisen darin waren derart fantastisch, dass sie immer wieder an den Rand von Legenden und Märchen heranreichten.

Nia schüttelte den Kopf. Auch sie hatte schließlich in der Ich-Form geschrieben, da die Geschichte aus Sicht des Mädchens viel besser herüberkam. Eben so, als hätte sie diese Abenteuer selbst erlebt. Der Roman erhielt dadurch Lebendigkeit, viel mehr, als hätte sie über diese Person berichtet. Auch hatte sie die Zeitreisen in ihren Roman übernommen, weil es die Geschichte spannend und einzigartig machte.

Natürlich konnte sie aus auch in die Seele des Mannes sehen, den Joline Robert nannte. Miss Jo beschrieb ihn so eindeutig: sein Aussehen, seine Handlungen, seine Mimik. Wenn dieser Mann nicht so explizit beschrieben worden wäre, hätte sie einfach das Gemälde von Joline's Ehemann Robert anschauen müssen. Denn so ungefähr hätte sie ihn sich vorgestellt. Zumindest vom Aussehen.

Nia begriff in diesem Moment, dass das Mädchen das alles

gar nicht hatte merken können, da es nur aus einer Perspektive sah. Nia jedoch hatte durch ihre Zuhörerposition einen ganz anderen Blickwinkel. Sie konnte die ganze Szene übersehen und musste sich nicht einbilden, dass da Liebe entstand. Es war so offensichtlich, dass man hätte blind und taub sein müssen, um das nicht wahrzunehmen.

Vielleicht war das Mädchen blind und taub. Vielleicht war das Mädchen verängstigt. Das sicherlich. Auch das hatte Nia erkannt. Aber am größten war das Problem der Verlassensangst. Das Mädchen scheute Bindungen, weil es bereits mehrfach verlassen worden war, außer von seinem Pferd. Nia verzog ihren Mund. Ihr Gesicht sprach von Hohn, aber der begleitende schwere Atem deutete auf Last, gar Not hin. Sie hatte in diesem Moment tiefstes Mitleid mit dem Mädchen. Das arme Ding konnte in ihrem Schock überhaupt nicht verstehen, was ihm Gutes mit diesem Mann widerfahren sollte.

Was Nia allerdings überhaupt nicht in den Sinn kam, waren die Zusammenhänge, die sie selber gerade reflektiert hatte. Sie sah nicht die Ähnlichkeit ihrer beiden Hauptpersonen mit den vorhandenen. Sie sah nicht, was direkt vor ihrer Nase saß, beziehungsweise hing. Einfach, weil nicht sein konnte, was nicht sein sollte. Sie waren einfach so sonderbar abwegig, dass es mehr Vertrauen und Glauben erfordert hätte, als Nia im Moment zu geben oder zu tun bereit war.

Was sie allerdings wusste, war, dass dieses Mädchen drei Kinder mit Robert hatte und irgendwann in Neuschottland gestrandet war. Auch vermutete Nia, dass es eine Familiengeschichte von Miss Jo sein konnte, aber das wurde ihr nie sicher kommuniziert.

Gut, Miss Jo hatte das Mädchen *Joline* genannt, und alle Namen, die ansonsten auftauchten, waren ihr von den Gemälden her bekannt. Aber war es so unwahrscheinlich, dass Namen von Generation zu Generation wiederholt wurden. Eigentlich nicht, gestand sich Nia ein. Wäre da nicht diese Abnormität von Zeitsprüngen, würde sie es ja durchaus mit einer Familiensaga zu tun haben können, die Miss Jo direkt betraf. Aber so?

Sie war mit einer Mutter aufgewachsen, die indianisches Blut in sich trug und durchaus spirituelle Aspekte aufwies. Auch Nia selbst, die nur noch zu einem Viertel indianisch war, fühlte sich zu ihrem alten Volk hingezogen. Das konnte sie nicht verneinen, auch wenn sie durch ihre Abstammung immer wieder Probleme hatte. Bei den Ureinwohnern gab es durchaus den Glauben, dass man eine andere Lebensform in sich trug. Tiere beispielsweise waren einer Sippe zugeordnet oder Naturerscheinungen im Stammesnamen verankert. Auch wusste sie, dass manchen Schamanen die Möglichkeit zugesprochen wurde, durch die Augen von Adlern oder anderen kreisenden Vögeln zu sehen. Auch gab es Vorhersehung unter ihnen, aber niemand hatte die Zeit verlassen und war später wieder erschienen. Zeitsprünge waren ihr nicht bekannt und gehörten für sie in die Welt der Fantasie. Nun, vielleicht konnten sie durch das trancebringende Pfeifenrauchen hervorgerufen werden. Durch Drogen konnten immerhin diverse Sinnestäuschungen entstehen, aber nur geistig. Nicht körperlich, oder? Außerdem hatte Joline nie von Drogen geredet. Sie hatte von umgestoßenen Knochenbechern oder verwunschenen Schals, Nebelwänden und keine Ahnung wovon gesprochen.

Was sollte sie glauben? Wie könnte sie herausfinden, was die Wahrheit war?

»Weißt du noch, wie dir deine Mutter und ich beigebracht haben, wie man Fallen aufstellt und sich in freier Wildbahn ernähren kann?«, fragte eine krächzende Stimme und holte Nia aus ihren Gedanken.

»Aye, das weiß ich. Ich habe es zwar nie anwenden können, aber ich glaube, ich bin dankbar, allein weil ich eine Idee hätte, wie ich überleben könnte«, antwortete Nia mit ebenfalls rauer Stimme. Sie schluckte ihren Frosch im Hals, der ihr das Reden erschweren wollte, hinunter.

»Ja, deine Ma hatte eine andere Technik als ich. Sie war gut. Ihr Vater hatte es ihr beigebracht. Er war Trapper, wie du weißt, und kannte sich bestens damit aus. Leider war er schon tot, als ich herkam. Enola war, glaube ich, nicht so traurig darüber. Er war ein sehr grober Mann. Ohne Liebe«, erklärte Joline.

Sie war wieder da und hatte Sinnvolles zu erzählen. Deshalb stellte sich Nia sofort darauf ein. Sie sog die Informationen nur so auf, die sie in den hellen Momenten von Miss Jo erhaschen konnte. »Aber mit dem Bogen konnte ich genauso gut umgehen. Übst du noch fleißig, Kind?«, erkundigte sich Miss Jo interessiert und ihre Stimme wurde weicher.

»Mit den antiken Bögen von Ma kann ich kaum noch umgehen. Und mein Kinderbogen ist nun wirklich zu klein«, entgegnete Etenia.

»Antik? Sie sind kaum älter als ein paar Jahre. Du musst sie geschmeidig halten, Nia. Also übst du nicht mehr?«, wollte Joline nun entrüstet wissen.

»Aye und naye. Nicht so viel, wie ich müsste, um wirklich gut zu sein, aber immerhin treffe ich ein Ziel, wenn ich will«, gab Nia beschämt zu und wollte nicht wieder Ärger heraufbeschwören, weil sie die Dinger wirklich schwer antik fand. Sie hatte in der Tat nicht mehr viel geübt, aber im Supermarkt war ein Bogen auch nicht wirklich notwendig. Irgendwie schien Miss Jo tatsächlich in einer lang vergangenen Welt zu leben. Der Gedanke brachte ihre Mundwinkel zum Zucken, bis schließlich ein zahnweißes Lächeln auf Nia's Gesicht erschien.

»Ich mache mal eine schöne, heiße Schokolade, aye. Das würde uns beiden doch wohl den Tag etwas versüßen, was meinst du, Miss Jo?«, fragte Nia mit ihrer warmen, tiefen Stimme.

Als sie wiederkam, war Joline eingeschlafen und Nia stellte das Tablett zur Seite, deckte Miss Jo gut zu und verließ den Salon.

Die Bögen sollten nur einige Jahre alt sein, hatte Miss Jo gesagt. Das wusste sie definitiv besser. Sie machte sich auf in Enola's altes Zimmer, wo sie die Bögen ihrer Mutter aufbewahrt wusste, und sah sie sich an.

Antik!

An diesem Abend schrieb Etenia Eswik an den Verlag, dass sie mit der Verlegung einverstanden wäre und sich über ein baldiges Probeexemplar sehr freuen würde.

Schottland Highlands 2015

Landung

1

»Es war anders, oder täusche ich mich?«, fragte Kyla verängstigt. »Haben wir es nicht geschafft?«

Marven sah sie verwirrt an. Auch Caelan machte nicht den Eindruck, als hätte er einen Zeitwechsel gespürt.

Der Koben, den sie sahen, mutete alt an und auch die kleine Scheune unterschied sich nicht wirklich von dem, was sie aus dem achtzehnten Jahrhundert kannten. Das kleine Anwesen war gepflegt, aber keinesfalls modern.

»Ich weiß nicht, Ky. Zumindest ist nicht mein ganzes Leben an mir vorbeigerauscht wie in dem Broch und ihr beide sitzt auch noch putzmunter im Sattel«, meinte Marven die beiden Frauen. Die Erfahrung hatte schließlich gezeigt, dass die Weiblichkeit eher mit Krankheit auf Zeitreisen reagierte. Alle hörten seinen Zweifel in der Stimme. Er drehte sich im Sattel um und erspähte die Nebelwand. Das Tal vor ihm allerdings lag in völligem Sonnenlicht. So langsam begann er zu glauben, dass sie es geschafft hatten. Auch Cal war Marven's Blicken gefolgt.

Die Einzige, der gewiss aufzufallen schien, dass etwas anders war, war Amber.

»Ich weiß zwar nicht genau, wovon ihr da redet. Das Wäldchen dahinten leuchtete in allen Farben. Es scheint Herbst zu sein. Seht ihr das Laub der Bäume? Es ist nicht mehr grün.«

»Aye, du hast recht, m'anam«, murmelte Caelan, dem der Unterschied zu dem frühlingshaften Grün, das sie verlassen hatten, nun auch auffiel. Dabei sah er seine Frau neben sich an und keuchte:

»Liebling, geht es dir gut?«

»Natürlich geht es mir gut. Warum fragst du?«, erwiderte sie verstört.

»Weil du die Ausmaße einer Wassertonne hast«, raunte Caelan und spähte verschreckt zu den anderen Weggefährten. Amber sah an sich herunter und ihr entfleuchte ein quietschendes »Oh Gott«.

Inzwischen waren auch Marven's und Kyla's Blick auf Amber gerichtet. Doch es dauerte nur einen Wimpernschlag, bis Marven erfasste, was seinen Freund schockiert hatte. Sogleich sah er seine eigene Frau an. Kyla war ebenfalls rund, als hätte sie einen Mordskürbis verschluckt. Dem folgte ein genauso entrüstetes »Wahnsinn« von Kyla und ein ungläubiger Blick flog zu allen anderen. Beide Männer waren augenblicklich alarmiert und rutschten ohne viel Drama aus ihren Sätteln. In diesem Stadium der Schwangerschaft sollte wohl keine Frau mehr auf einem Pferd sitzen. Schnell eilten sie an die Seite ihrer Liebsten und hoben sie ehrfürchtig aus den Sätteln.

»Aber was ist passiert?« Amber's Stimme erschien den anderen immer noch recht grell. Offenbar war sie kurz vor einem hysterischen Anfall.

»Ich erinnere mich«, versuchte Marven sie zu beruhigen, indem er mit einer Hand sanft über ihren Rücken streichelte. »Wir haben tatsächlich vier Monate gebraucht, um hier zu landen. Genau wie damals Joline, als sie schwanger zurück in die Vergangenheit gereist war.«

»Aber wir haben doch damals keine vier Monate gebraucht, wir sind eher vier Monate vorher wieder gelandet«, wandte Kyla ein, die ihren ungewohnt vorgewölbten Leib streichelte, ohne es wahrzunehmen.

»Aye, vielleicht gibt es einen Unterschied, welche Richtung man nimmt. Es könnte sein, dass wir bei einem Zurück wieder vier Monate vorher herauskämen«, meinte Caelan.

»Kann alles sein, aber langsam wird mir kalt und ich habe

Hunger«, störte Kyla die Diskussion über Hätte-Wäre-Wenn, die ihr auf die Nerven ging. Sie nahm die Zügel in die Hand und zog ihre schöne Stute Rina den Hügel abwärts in Richtung Kate.

»Schau, Marven«, schnappte sie plötzlich, als sie die Scheune beinahe erreicht hatte. Von da aus konnte man bereits sehen, was sich hinter dem Häuschen verbarg. »Finley's Dusche«, bellte sie aufgeregt.

»Mò chridhe, Finley gibt es nicht. Aber du hast recht. So haben wir dieses kleine Gehöft gekannt, aye?«

»Huch«, entwich es Kyla schallend und sie rieb sich die rechte Seite ihres, wie Marven fand, enormen Bauches. Nun ja, man hatte es ihr auch schon in der Vergangenheit ansehen können, dass sie in Umständen war, aber nun hatte Kyla einen ordentlichen Vorbau. Er konnte nicht anders, als sie argwöhnisch anzusehen.

»Er hat mich getreten«, beschwerte sie sich, nahm diesem Mosern aber sogleich die Schärfe, weil sie schmunzeln musste. Die Erinnerung daran, wie sie damals Joline's Bauch gestreichelt hatte und spüren konnte, wie sich Klein William in deren Leib rührte, kam ihr augenblicklich in den Sinn. Nun konnte sie am eigenen Leib erfahren, wie sich Marven's Mutter damals gefühlt hatte. Ihr Gesicht nahm ein weiches Lächeln an, das sie Marven schenkte, um ihn zu beruhigen.

»Keine Angst, mein großer Highlander, das ist ganz normal, denke ich.«

»Hmpf«, raunte er, ließ aber seine Hand auch auf Kyla's Wölbung kreisen, während er sie mit seinem anderen Arm umschlang. Langsam aber sicher lenkte er sie in Richtung Eingangstür vom Koben, in dem Caelan und Amber bereits verschwunden waren.

Als die beiden die Tür zum Eintreten öffneten, schlug ihnen eine wohlige Wärme entgegen. Ein Feuer knisterte im Kamin, und der Duft frisch gebackenen Brotes, wie Sarah es immer machte, waberte durch die Kate. Amber und Caelan standen an einem Tisch und versperrten Marven und Kyla die Sicht auf die sitzende Person, mit der sich die beiden zu unterhalten schienen. Als sich Caelan umdrehte, da er ihr Eintreffen bemerkte, sahen Marven und Kyla die alte Frau vom Jahrmarkt in Kirkhill. Sofort war ihnen klar, dass es nur Sarah's Mutter Rigantona sein konnte, die auf sie gewartet hatte.

Cal trat noch ein wenig mehr zur Seite und stellte Kyla und Marven seine Großmutter vor, von der er ja nun wusste, dass sie die Mutter seiner Mutter war. Amber rührte sich und nahm umständlich gegenüber der alten Frau am Tisch Platz. Auch Caelan setzte sich. Nun blieb nur noch ein Stuhl übrig, doch Marven wandte sich sofort der Hintertür zu, wo er in den angrenzenden Räumen noch Sitzgelegenheiten wusste. Als hätte er diesen Hof nie verlassen, war auch dort alles noch so, als wäre er niemals fort gewesen. Einen Moment später, nachdem er sich einen Hocker gegriffen und in die Wohndiele geschleppt hatte, saß auch er nun mit am Tisch, auf dem Brot, Käse und Butter standen.

»Greift zu, Kinder. Ich habe das extra für euch gemacht«, knatschte die alte Frau.

»Danke, das ist sehr lieb«, säuselte Amber und lächelte die alte Dame schüchtern an.

»Nun ja, ich wusste ja, dass ihr kommt, nicht wahr. Es gibt nur noch wenig für mich zu tun, bevor ich für immer gehe. Aber ich muss euch das ein oder andere erklären, damit euch kein Malheur passiert, aye?« kicherte Rigantona, als hätte sie sich selber einen Witz erzählt. Doch dann fixierten ihre stahlgrauen, jungen Augen ihren Enkelsohn. Caelan sah sie mit einem mulmigen Gefühl an.

»Du siehst aus wie dein Vater, Lad. Hoffentlich bist du wie meine kleine Sarah und nicht so ein ausgemachtes Scheusal«, knurrte sie.

»Aye und naye«, erwiderte Caelan. »Vielleicht sehe ich tatsächlich so aus. Nein! Ich sehe so aus, schließlich habe ich den Mann kennengelernt. Ich denke jedoch, dass ich mich ganz deutlich von ihm unterscheide. Er ist dumm und ignorant, Granny«, begann er mit seiner Analyse, doch Rigantona wedelte mit den Händen und verhinderte weitere Vorträge.

»Aye, ich habe den Mann auch gekannt. Doch außerdem, was du vermutlich auch festgestellt hast, ist er arrogant, was man dir nicht komplett absprechen kann, mein Junge«, teilte sie ihrem Enkelsohn unverhohlen mit, der sie beleidigt ansah.

»Du kennst mich doch gar nicht«, nölte er. Damit wandte er sich seiner Frau zu, die ihn abschätzend betrachtete.

»Deine Großmutter hat doch gar nicht so danebengelegen. Du bist eingebildet«, tischte sie ihm süffisant auf, begann dann aber zu grinsen. »Doch, mein geliebter Ehemann, du bist so viel mehr. Deine Überheblichkeit ist stets nett verpackt und macht einen großen Teil deines Charmes aus. Das ist doch nichts Schlimmes«, beruhigte sie ihren Gatten. Marven und Kyla kicherten leise, weil sie sich über die Einschätzung der Damen, die Caelan am nächsten standen, über Gebühr amüsierten.

»Seid ihr mal ganz ruhig, da auf den billigen Plätzen, aye. Ich schätze es nicht, wenn ihr euch über mich lustig macht«, brummte Cal die beiden an.

»Ach Cal, wer austeilt, muss auch einstecken können«, witzelte Marven und griff sich noch ein Stück Brot, das er Kyla hinlegte, damit sie es mit Butter krönte, bevor er es sich genüsslich zwischen die weißen Zähne schob.

»Wie auch immer, Caelan. Ich glaube, ich mag dich«, offenbarte Rigantona mit einem Schmunzeln. Dabei leuchteten ihre Augen, als sie ihn stolz musterte. »Du bist gut geraten. Ein hübscher Bengel, aber das hatte ich ja schon entdecken können, als wir uns in Kirkhill gesehen haben«, neckte sie und Caelan entspannte sich ein wenig.

»Wie auch immer, deine Geschichte bleibt, wie sie war. Du hast die gleiche Vita wie vorher. Denk nur daran, dass du im Moment noch bei der Baugesellschaft in Edinburgh arbeitest. Zwar hast du Urlaub, aber nicht ewig. In einer Woche musst du wieder ran, mein kleiner Enkel«, erklärte sie Caelan.

Stöhnend stützte er seine Ellbogen auf den Tisch, formte eine Schale aus seinen Händen und legte schmollend seinen Kopf hinein.

»Dazu habe ich so viel Lust, wie auf Pollux zu reiten«, beklagte er sich.

Pollux war eines der eigensinnigen Pferde, die Joline gezüchtet hatte. Selbst wenn man es auf seinen Rücken geschafft hatte, konnte man sicher sein, dass dieses Biest es bewerkstelligte, einen abzuwerfen. Immer wieder eine sehr schmerzhafte Erfahrung und nur der allgemeinen Belustigung anderer zuträglich, erinnerte sich Cal.

»Ach Caelan, so schlimm kann das ja nicht sein. Außerdem hast du jetzt eine Frau, für die du sorgen musst. Auch wenn deine Erbschaft immer noch steht, so wirst du bald auch noch ein Kind haben, das du füttern musst. Ein bisschen Arbeit hat noch keinem geschadet, aye«, tröstete Marven. Er wusste genau, dass es Cal bei seinem Job mies ging. Er mochte nicht eingesperrt werden und ständig nur planen. Außerdem war er kein Verkäufer. Er war ein Macher. Damit fühlte sich sein Freund wohl. Nur, mit einem Abenteuerspielplatz wie das Boot's n Paddels würde er seine Familie nicht durchbringen, das war klar.

»Du hast gut reden, Marven. Aber wer zuletzt lacht, lacht am besten. Vergiss das nicht«, schnappte Caelan zurück.

»Ja, bei dir ist es etwas komplizierter, Lad«, ächzte Rigantona und Marven schaute sie mit verkniffenen Lippen an, wobei ihm die Schadenfreude auf Cal's Gesicht nicht entging. Er blickte seinen Freund grimmig an, bevor er sich Rigantona widmete.

»Ich höre, gute Frau. Bestimmt wird das spannend.« Marven setzte sich ein wenig gerader auf seinen Hocker und wartete auf die Enthüllung seines Lebenslaufes. Finley und Hamish waren auf keinen Fall seine Familie. So war er gespannt und sah, wie Kyla ebenfalls mit hochgezogen Brauen darauf wartete, wie sich Marven's Lebensgeschichte verändert hatte.

»Nun, du bist ein MacDonald geblieben, weil dich ein Ehepaar namens MacDonald aus einem Waisenhaus adoptiert hat. Aber auch deine Adoptivmutter hat mittlerweile das Zeitliche gesegnet. Was Gillian MacDonald, ihres Zeichens Hobbyhistorikerin, herausgefunden hatte, war, dass du aus einer BastardLinie der Campbells entspringst.« Marven grunzte, schließlich entsprach das Gehörte der Wahrheit, irgendwie.

»Ich weiß, dass dich das noch nicht so richtig in Schwingung bringt, aber hör weiter zu«, forderte Caelan's Großmutter ihn unwirsch auf. »Du oder ihr erinnert euch an das hagere, unscheinbare Mädchen, dass ihr bei Paul Guttmann in Inverness getroffen habt?«, fragte sie in die Runde.

Auch wenn das Mädchen keinen großen Auftritt hatte, konnten sich alle entsinnen, da sie Joline's Aufmerksamkeit errungen hatte, und nickten.

»Nun, dieses Mädchen hieß Isobel und wurde von John Campbell adoptiert, weil sie William's Tochter war.«

»Das ist doch nicht möglich. William war unglücklich verliebt, aber hatte niemals …«, entrüstete sich Marven und die anderen verdeutlichten mit empörten Gesichtern, dass das nicht stimmen konnte.

»Aye, das war er. Unglücklich verliebt. Aber er hatte dem Mädchen mit ihrem Einverständnis die Unschuld genommen. Dabei hatte er ihr seinen Samen eingepflanzt, bevor sie in die Ehe mit diesem versprochenen Taugenichts gegangen war. Die Dame wurde allerdings schnell Witwe. Doch vor lauter Scham hat sie niemals mehr den Kontakt zu William gesucht. Als sie sich dann doch meldete, konnte John ihr nur noch von William's Tod berichten, so zog sie wieder von dannen«, erklärte Rigantona weiter und die jungen Leute regten sich darüber auf, dass weder John noch Paul jemals davon erzählt hatten.

»Nun, sie wussten ja nichts von ihr. Wie ihr wisst, war das Mädchen, welches ihr gesehen habt, beinahe erwachsen, aye«, fuhr die alte Frau fort.

»Naye, sie war vielleicht fünfzehn oder so, denke ich«, schnaubte Kyla. »Das war unmöglich die Tochter von Willie. Und niemals hätte John sie so herumlaufen lassen. In Lumpen und ungepflegt wie ein Gossenkind«, echauffierte sie sich.

»Aye, das hätte nicht zu John und Paul gepasst«, pflichtete Amber mit entsprechender Ernsthaftigkeit bei. »Mich hat John immer ausstaffiert, als müsste ich den König persönlich umschmeicheln. Niemals wäre so eine Kreatur der Öffentlichkeit präsentiert worden.«

»Naye? Wie alt muss ein Mann denn sein, um ein Kind zu zeugen? Aber ihr habt recht. Niemals hätten John und Paul das Mädchen so ärmlich herumlaufen lassen. Nun, da das Mädel ebenfalls, genau wie ihr, erst an diesem Tag bei Paul erschienen ist, mussten sie sich wohl erst mit dieser neuen Situation anfreunden. Dafür war am Tag eures Besuches jedoch keine Zeit. Später widmeten sich die beiden dieser neuen Geschichte und entdeckten den eindeutigen Beweis für ihre Abstammung. Einen Liebesfleck auf dem Rücken«, offenbarte Rigantona. »Aber wenn ihr genau hingeschaut hättet, hättet ihr gesehen, dass die kleine Isobel auch ansonsten die Tochter ihres Vaters war. Sie sah ihm ähnlich, dass werdet ihr später einmal feststellen, Kinder. Nun ja, jetzt hatte John Campbell zwar eine unerwartete Tochter, allerdings war er mit der Mutter nie verheiratet. Er hätte nichts vortäuschen können, was nicht war. So wurde das Mädchen auch niemals seine Erbin.«

»Argh«, schnaufte Caelan. »Verdammte Axt. Da hatte Willie eine Tochter und er hatte keinen Schimmer, bis er starb. Dann wird das Mädchen von dem großzügigen Campbell adoptiert und was hat sie davon? Nix!«, brummte er weiter.

»Naye. Ganz so ist es nicht, Caelan. Dieses Mädchen bekam das Gelände am Loch Bruicheach.« Das ließ Rigantona auf die Runde einwirken. Die Blicke trafen sich, die Gesichter waren für den Moment überflutet mit Trauer, Unglauben, Verwirrung, Hochspannung. Marven verlor als Erster die Nerven und fragte:

»Du willst mir jetzt aber nicht sagen, dass dieses Mädchen meine Ahnin mimte und meine Adoptivmutter das herausfand, oder?«

»Oh, das und noch mehr, mein lieber Junge, mal ganz davon abgesehen, dass sie deine Nichte war. John hat sein Vermächtnis so gesteuert, dass dieser Grund und Boden eines Tages an dich geht. Es sollte wieder der Familie gehören, die es jahrelang bewirtschaftet hatte. Es gibt aber noch eine Überraschung, mein Junge«, machte sie ein vielsagendes Gesicht und erhöhte die Spannung. Marven rutschte nervös auf seinem Hocker herum und sie erlöste ihn grinsend.

»Gillian war mit Finley verheiratet. Also hat sich nicht ganz so viel für dich geändert, oder?«

Marven sah sie baff an. Er konnte es kaum glauben. Auch Kyla setzte eine kritische Mine auf, bevor sie japste:

»Unser Finley? *Der* Finley? Finley?«

»Aye, er hat mir etwas für euch mitgegeben, als ich ihn besuchte«, strahlte Rigantona Marven an und tippte auf ein vergilbtes Dokument. »Er hat gedacht, ihn träfe der Schlag, als er mich sah. Vermutlich hatte er seine Zeitreise von damals noch immer nicht verwunden. Aber als ich ihm erzählte, was geschehen war, war er ganz aus dem Häuschen und wollte sofort mit hierher kommen«, kicherte sie.

»Aber warum ist er dann nicht hier? Offenbar hast du es ihm verboten, oder?«, wollte Kyla schnaubend wissen.

»Ach Kind, verboten ist so ein endgültiges Wort. Ich habe ihn gebeten, euch allein willkommen heißen zu können, weil ich so einiges mit euch zu besprechen hatte. Er wird kommen, bald, denke ich«, zwitscherte Rigantona zurück, um Kyla ein wenig die Schärfe und Skepsis zu nehmen.

»Nun, wo waren wir?«, konzentrierte sich die alte Frau wieder auf den roten Faden ihrer Offenbarungen. »Ach ja, und du bist der Letzte, der diese Erbschaft antritt. Allerdings sehe ich, dass das nicht ganz der Wahrheit entspricht«, kicherte sie. »Deine Frau sieht aus, als würde sie dir bald einen Erben schenken, sodass dieser Boden immer MacDonald-Land bleiben wird, aye«, fügte sie an und streichelte mit ihren knotigen Händen über Kyla's Arm.

»Donnerwetter, das ist ja weise Voraussicht, das muss ich ihm lassen«, keuchte Marven und meinte John Campbell.

»Ach, so weise war das nicht. Immerhin wusste er, wohin ihr vier geht. Aber die Ausarbeitung der Bedingungen für die Erbweiterführung, die war durchaus durchdacht. So konnte dieses Vermächtnis bis heute bewahrt werden und gelangt nun in deinen Besitz, Lad«, bekräftigte Rigantona und reichte ihm die vergilbte Besitzurkunde.

»Danke«, raunte Marven und sah auf das abgegriffene Papier.

Dann kam ihm noch eine andere Frage in den Sinn. »Wem gehört denn dieser Koben?«

»Auch dir, Junge. Steht da drin«, murmelte Rigantona. Marven nickte nur, mehr aus Automatismus denn aus Dankbarkeit oder Glauben. Er empfand sich gerade irgendwie als Sache, nicht als Mensch. Dass er Finley jemals wiedersehen würde, machte ihn glücklich. Doch im nächsten Moment kam ihm der Gedanke an seinen Tod in zwei Jahren. Da würden Kyla und er wohl noch einmal durch dieses Tal der Tränen müssen, schwante ihm. Dann jagte ein neuer Aspekt durch sein Hirn.

»Aber?«

»Wie, aber?«, fragte die alte Frau und sah Marven's zusammengezogenen Brauen, die eine tiefe Furche über seiner Nasenwurzel erzeugte.

»Was bin ich? Bin ich immer noch bei Scotland Yard? Was ist sonst noch mit mir und was ist mit unseren Frauen, Rigantona?«

»Aye, du bist bei Scotland Yard. Auch du musst in einer Woche wieder an Bord sein. Im Moment seid ihr alle auf Hochzeitsreise«, kicherte sie. »Dein Pass bleibt, wie er ist. Aber wie ich euch kenne, habt ihr jetzt andere Pläne. Cal hat keine Lust im Baugewerbe und du möchtest bei deiner Frau bleiben, so jedenfalls war es, bevor ihr in die Vergangenheit gegangen seid. Außerdem bist du jetzt Landbesitzer. Du wirst eine Entscheidung treffen müssen ... Bald«, fügt sie an und gab ihm Zeit, zu überlegen.

»Aber ich kann mir nicht vorstellen, dass wir dort irgendwas Intaktes vorfinden«, wandte Marven ein.

»Aye, vielleicht. Aber ich würde vorschlagen, ihr wagt es.«

»Was ist mit Kyla und Amber?«, fragte jetzt Caelan, da seine Großmutter Marven's Frage komplett übergangen hatte.

»Die beiden sind, was sie auch früher schon waren. Die Keith-Schwestern aus Knockan. Allein ihr Geburtsjahr hat sich dahingehend verändert, dass Kyla jetzt 19 ist. Amber ist wie gehabt eineinhalb Jahre älter. Alles andere findet ihr so vor, wie es Kyla und ihre Schwester von damals, also Joline's Mutter, verlassen hatten.«

»Fletscher und Helen?«, keuchte Kyla erschrocken.

»Fletscher ist zwar in der Vergangenheit 1775 getötet worden, dennoch erst nach eurer Zeitreise. Allerdings hat sich diese leidige Geschichte so zugetragen, wie sie tatsächlich geschehen ist. Nur hab ich es so gedreht, dass es bereits vor einem Jahr passiert ist, dass sich dieser Rüpel so an euch vergangen hat«, erklärte Rigantona mit Bedauern, »sonst wäre zu viel Zukunft verändert worden. Jetzt ist das so lange her und für alle Gras über die Angelegenheit gewachsen, dass niemand mehr darüber nachdenkt. Also gibt es Fletscher nicht mehr und Helen hat sich umgebracht wie gehabt. Und da ihr schon volljährig wart, ist das egal«, vervollständigte sie die vergangenen Geschehnisse und zuckte resigniert mit den Achseln.

Kyla fasste wie automatisch an ihren Hals und spürte ihre Kette, in der sich normalerweise zehn schöne Diamanten versteckt halten sollten. Plötzlich befiel sie Unruhe, was Rigantona nicht entging.

»Keine Angst, mein Kind. Alles, was früher geschehen ist, ist auch geschehen. Dein Schatz ist noch da, aber nur, weil du diese Kette anscheinend niemals abgelegt hast. Ansonsten wäre es möglich, dass du ihn am Loch Bruicheach wiederentdecken könntest. Mit etwas Glück, versteht sich«, griente sie das rothaarige Mädchen an, dessen Wangen nun rot wurden.

»Woher weißt du …«, setzte Kyla zu fragen an, wurde aber durch Rigantona's Blick, der Selbstverständlichkeit ausdrückte, aufgehalten. Kyla ruckte nur mit dem Kopf, zum Zeichen, dass sie verstanden hatte.

»Bedient euch an den Identitäten, die bestehen. Ich habe euer Einverständnis vorausgesetzt und dachte, es wäre besser, wenn ihr als verheiratet geltet, richtig, Kinder?«, sah sie die jungen Frauen mit hochgezogenen Brauen an. »Ihr wollt doch nicht, dass eure Männer ihre eigenen Kinder adoptieren müssen, oder?«

Amber und auch Kyla bekamen glänzende Augen, als Rigantona ihnen Familienbücher herüberschob.

»Hier sind die Dokumente, die euch zu Eheleuten macht.

Ob ihr noch in die Kirche wollt, ist euch überlassen. Zumindest habe ich gedacht, dass die Zeit knapp werden könnte, bis die kleinen Larven ihren Kokon verlassen, und besser, es ist bereits alles in Ordnung, aye«, säuselte sie und die beiden Mädchen bedankten sich gleichzeitig und lächelten selig.

»Heiße ich denn jetzt wieder Spencer oder bleibt es bei Mac-Craven, Granny?«, wollte Caelan wissen und holte die kleine Gesellschaft aus dem Schwelgen.

»Oh, gut, dass du fragst, Lad. Leider wird der Name Mac-Craven mit mir fortgehen. Du heißt in Zukunft Spencer, mein Junge. Tut mir leid«, tat sie traurig kund und sah in ihren Schoß, in dem sie ihre knotigen Hände rieb, weil sie ihr wehtaten. Dann lichtete sich ihr trauriger Blick und sie hob ihr faltiges Gesicht Caelan entgegen.

»Junge. Geh zu Trish. Sie hat den Brief von Caren Mary MacNabb. Den kannst du natürlich in keiner Behörde vorlegen, dann sperren sie dich gleich in eine geschlossene Anstalt. Aber sie wird noch einen Brief haben, den ich ihr unterjubeln werde. Heimlich, ohne ihr Wissen, versteht sich«, schmiedete sie ihren Plan laut und deutlich weiter: »Darin wird deine Abstammung genannt werden und der Name MacCraven. Vielleicht kannst du bei den Behörden erwirken, dass sie dir deinen eigenen Namen zugestehen und nicht deinen Adoptivnamen. Versuch macht klug«, zwinkerte sie Cal zu und streichelte seine Hand einmal.

Bei der Erwähnung von Trish's Namen war Kyla ganz hellhörig geworden.

»Granny?«, hakte Caelan nach. »Wenn alles geschehen ist, was geschehen ist, wie du sagst … Dann habe ich doch auch alle meine Konten aufgelöst und mein Eigentum an Trish überschrieben. Dann gehört mir doch nichts mehr«, fragte er verzweifelt. Kyla hatte ihr Gut um den Hals hängen, aber er hatte es vergessen, mitzunehmen.

»Ach Cal. Freu dich, dass du eine Mutter hattest, die dir auch deinen Schatz bewahrt hat. Deine Münzen, Goldbarren und Wertgegenstände, die du mit nach 1775 genommen hattest, hat sie gut versteckt. Hier hast du eine kleine Schatzkarte. Marven wird dir sicher erlauben, ihn auf seinem Grund zu bergen«, schmunzelte Rigantona und zerrte ein weiteres, vergilbtes Blatt aus ihrer Rocktasche.

»Und da wir gerade dabei sind, weil deine Mutter daran gedacht hatte, dass deine Geldmittel in Sicherheit kamen, habe ich mir gedacht, dass ich dein Haus in Edinburgh zurückhole. Ich habe also die Übertragungsurkunde vernichtet. Trish hat sie ja noch nicht, also ist alles beim Alten«, fügte sie an, als wäre das eine Belanglosigkeit.

»Sie hatte wirklich von Anfang an geplant, uns zurück in die Zukunft zu schaffen, oder?«, fragte Caelan betroffen. »Und du auch, nicht wahr?«

»Ja, das hat sie. Und sie hatte recht damit. Hier seid ihr in Sicherheit, Lad. Mir blieb eigentlich nur die Vervollkommnung dieser Planung … in dieser Zeit«, antwortete seine Großmutter scharf.

»Können wir Trish besuchen, Marven? Ich würde sie so gern wiedersehen«, bettelte Kyla, die die kurze Atempause in dem Gespräch zwischen Enkel und Granny nutzte, um sich endlich an ihren Mann zu wenden.

»Aye, von mir aus«, antwortete Marven, wurde jedoch von Rigantona ausgeschimpft.

»Trish kennt dich. Aber sie kennt Kyla nicht.« Damit wies sie auf das rothaarige Mädchen, das sie wütend anstarrte. »Nichts von dem, was sie dort erlebt hat, ist bisher geschehen. Trish wird immer noch das garstige Frauenzimmer sein. Mach deiner Frau klar, dass sie nicht von Dingen träumen soll, die nicht sind«, wedelte die alte Frau aufgebracht mit den Händen, wobei sie Kyla funkenschlagende Stahlaugen zuwandte. Das war natürlich nicht Kyla's Ding. Es begann smaragdgrün in Kyla's Iriden zu funkeln und dann brach sich Bahn, was ihr auf der Seele lag.

»Es mag ja sein, dass noch nicht geschehen ist, was geschehen würde, wenn wir uns erneut auf die Reise in 2017 begeben würden und nicht, wie jetzt, wieder zurück wären. Aber ich habe diese Frau kennengelernt. Ich bin nicht das dumme Ding, für das Sie mich halten, Lady. Bitte sagen Sie meinem Mann nicht, wie er mich zu belehren hat. Ich bin keine Träumerin. Aber ich weiß, was ich gelernt habe. Trish ist eine tolle Frau und das werde ich ihr beibringen, wenn ich die Gelegenheit noch einmal bekomme. Und Gott sei mein Zeuge. Ich werde die Gelegenheit bekommen, basta«, pustete sie erhitzt aus.

Rigantona nickte ihr zu, als die packende Rede zu Ende war. Im Stillen wünschte ihr die alte Frau viel Glück. Dann sah sie noch einmal in die Runde, wies darauf hin, dass in den Schlafräumen Gepäck stehe, das möglicherweise gebraucht werde, und machte Anstalten, zu gehen.

»Wo gehst du hin, Granny?«, fragte Caelan ungläubig und hielt sie an der einen Hand fest.

»Junge. Ich habe einen Weg vor mir, den ihr nicht mitgehen könnt. Ich freue mich, dass ich dich erleben durfte, Lad«, sagte sie wehmütig. »Genauso sehr, wie deine Mutter sich gefreut hat, dich einen kurzen Weg begleiten zu dürfen, aber jetzt muss ich fort. Ich habe noch eine Aufgabe und dann lasse ich diese Welt los.«

»Naye. Du kannst doch bei uns bleiben«, rief er sie an, als müsse er sie irgendwie retten.

»Caelan! Sarah hat es dir gesagt. Ich möchte fort. Lass mich ziehen. Ich bin einfach nur müde«, wimmerte sie beinahe und Cal ließ sie los. Traurig sah er, wie sie ihm ihren gebeugten Rücken zuwandte und zur Tür wankte. Im letzten Moment blieb sie stehen und drehte sich um. Dann kam sie schnellen Schrittes zurück, griff ihrem Enkel mit ihren alten Händen um den Nacken und zog ihn etwas zu sich herunter.

Marven traute seinen Augen nicht. Schon wieder hatte er den Eindruck, dass etwas Leuchtendes von dieser Frau ausging. So stellte er sich insgeheim eine Aura aus Feenstaub vor. Doch er traute sich nicht zu fragen, ob es auch den anderen aufgefallen war. Zu albern kam er sich vor. Nur Kyla's große Augen gaben ihm Hoffnung, dass er nicht verrückt war, sondern auch ihr eine Ahnung von Magie gezeigt worden war.

Rigantona küsste Caelan die Wangen, löste ihre Hände, die

sein Gesicht noch einen Moment hielten, und sah ihm tief in seine Augen.

»Ich liebe dich, mein Junge.« Damit drehte sie sich schluss-endlich um, blieb noch einen Augenblick bei Amber stehen, grinste sie an und sagte: »Eins und eins macht zwei. Zu zweit ist man niemals allein, mein Mädchen.« Ihr Blick mutete be-deutungsschwanger an. Dann ging sie zur Tür. Alle starrten ihr hinterher, als wären sie eine Bande dummer Ziegen. Doch dann regte sich Marven's Hirn:

»Halt! Rigantona, was ist heute für ein Tag? Das Datum?«

Rigantona hielt in ihrem Schritt nach draußen inne und drehte den Kindern noch einmal ihr müdes Gesicht zu.

»Heute ist Samstag, der 31. Oktober 2015. Ich habe noch viel zu tun, Kinder und muss mich beeilen. Lebt wohl«, krächzte sie, bevor sie sich irgendwie auflöste.

2

»Schau, Marven!«, quietschte Kyla mit einem glücklichen Lä-cheln. Sie kam aus den hinteren Räumen des Kobens. Sie hatte die Gepäckstücke gefunden, die sie selber dort deponiert hatten, bevor sie die Zeiten gewechselt hatten. Allerdings hielt sie nichts von dem in der Hand, was ihr damals schon gehört hatte. Sie wedelte eine unförmige Umstandshose mit spitzen Fingern in die Weltgeschichte und über ihrem Arm hingen diverse weite Oberteile. Ein buntes Wirrwarr aus verschiedenen Stoffen segel-te aus Unachtsamkeit auf den Fußboden.

»Uups«, keuchte sie und verdrehte ihre Augen, weil sie sich nun umständlich bücken musste, um alles aufzuklauben. »Am, geh mal nach hinten. Bestimmt sind für dich auch Sachen da. Diese Frau hat seherische Fähigkeiten. Sogar die Größen sind richtig«, schnatterte Kyla begeistert. Als sie zu Amber herüber-sah, war diese allerdings blass um die Nase.

»Amber, geht es dir nicht gut?«, fragte sie beunruhigt und eilte zu ihrer Schwägerin, wobei sie unterwegs die Schwangerschaftskleidung achtlos über den freien Stuhl warf.

»Du meinst, ich soll Beinkleider …?«, japste Amber verwirrt mit einer Spur Missfallen.

»Na klar, Am. Wir sind im einundzwanzigsten Jahrhundert. Heute trägt man keine langen Röcke mehr und keine Fischus oder Schnürbrüstiers. Heute trägt man … Ach, weißt du was? Komm mit«, wies sie Amber an und zeigte auf die Tür zu den Hinterzimmern.

»Marven, dein Rucksack ist auch in der großen Kammer. Schau, ob wir irgendetwas Nützliches gebrauchen können, um in die Zivilisation zu gelangen. Wenigstens nach Knockan oder so. Ach, ich kann es gar nicht abwarten, ein Stück Marzipanschokolade zu essen, oder Schaumküsse oder Hamburger oder …«, schwatzte sie unaufhörlich in einem fort, bis sie endlich mit Amber im Schlaftrakt verschwunden war.

»Ich glaube, meine Frau wird just von einem Kulturschock-Tsunami überrollt. Hoffentlich wird diese Vergewaltigung, die Kyla da gerade vom Zaun bricht, keinen langfristigen Schaden hinterlassen«, stöhnte Caelan und schaute seinen Freund mit einem schiefen Lächeln an.

»Aye, das kann ich dir nicht versprechen, aber eins ist klar, Cal. Amber wird in null Komma nichts eine moderne Schottin. Kyla musste in acht Wochen den Crash-Kurs Achtzehntes Jahrhundert meistern. Und so ist es jetzt eben mit meiner Schwester. Sie hat die beste Lehrerin, die sie kriegen kann, mein Freund«, rühmte Marven die Fähigkeiten seiner kleinen Amazone.

»Ja nun, in einem hat sie auf jeden Fall recht. Wir sollten irgendwie nach Knocken, oder? Da war doch das Haus von Am und Kyla, oder?«, riet Caelan an. Er richtete sich etwas auf und sah aus dem kleinen Butzenfenster. »Es wird langsam dämmrig. Vielleicht vertagen wir den Ausflug auf morgen, aye. Lass uns die Pferde füttern, Kumpel«, schlug er Marven ernüchtert vor. Da ein Ortswechsel tatsächlich nicht mehr in Frage kam, stand er auf. Marven nickte ebenso frustriert, aber zu Pferd würden sie einen halben Tag bis Knockan brauchen und das kam bei Dunkelheit und mit den schwangeren Frauen schon gar nicht in die

Tüte. Da waren sich die beiden Freunde einig.

Doch da fiel Marven ein, dass Finley kommen würde. Der hatte ein Auto. Somit brauchten sie eigentlich nur auszuharren und das würde nicht so lange dauern, wie er seinen … Ja, was war Finley denn nun? Aktuell sein Adoptivvater. Stammte er nun auch von dieser ominösen Ahnin ab und war mit ihm verwandt, irgendwie? Dann wäre er ja auch aus William entsprungen. Das machte ihn einen Moment glücklich, doch dann verfinsterten sich seine Gedanken wieder. William hatte bis zu seinem Tod nichts von seinem Kind gewusst. Traurig! Er würde Finley fragen, schwor er sich. *Tja, egal jetzt*, dachte er dann. Finley war Finley und er liebte ihn, so oder so. Damit machte er erst einmal einen Strich unter seine Überlegungen.

»Wir warten einfach auf Finley. Der wird sich wohl in Kürze blicken lassen, Cal.«

»Oh, gut, hatte ich fast vergessen, dann brauchen wir nur was zu essen, so langsam bekomme ich Kohldampf«, griente der blonde Adonis und rieb sich seinen flachen Bauch.

»Ja, irgendwie ist Brot allein nicht die beste Aussicht«, gestand Marven, da auch ihn nach Deftigerem verlangte. Also beschlossen sie sich erst einmal vor die Tür zu begeben und dann würde man sehen.

»Es ist noch hell genug für eine kleine Jagd. Wollen wir versuchen, Kaninchen oder Fasane zu schießen?«, fragte Caelan übermütig und schlug seinem vorausgehenden Kumpel freundschaftlich auf die Schulter.

»Womit denn, Cal?«, rollte Marven mit den Augen. »Sollen wir sie mit Steinen totwerfen, oder wie hast du dir das gedacht? Die bleiben bestimmt artig sitzen und warten nur darauf, getroffen zu werden, um am Grillspieß zu enden.«

»Marven, sei nicht so mürrisch. Du glaubst doch wohl nicht, dass ich meinen teuren Bogen zurückgelassen hätte«, schnalzte Caelan mit der Zunge und überholte seinen Freund, um zur Scheune zu gehen und sein Gepäck, das er am Sattel befestigt hatte, zu holen. »Schau«, forderte er Marven stolz auf, das eingeschlagene Paket, das er ihm entgegenhielt, zu begutachten.

»Du hast echt deinen Bogen mitgenommen?«, fragte Marven ungläubig, da er seinen Freund eher nur oberflächlich kannte. Jedoch ärgerte er sich gleichzeitig mehr über seine eigene Fahrlässigkeit, nicht an seinen mindestens ebenso wertvollen Jagdbogen gedacht zu haben.

»Klar, Mann, und hier: tadaaa!«, trötete Cal noch euphorischer. »Deinen habe ich auch.«

»Naye, echt jetzt?«, erkundigte sich Marven noch ein wenig skeptischer, wobei er nicht geglaubt hätte, dass es eine Steigerung zu seinen bereits aufgekommenen Zweifeln hätte geben können. »Du bist echt 'ne coole Sau«, brachte er dann aber anerkennend heraus, als Cal seinen angefertigten Jagdbogen aus der Decke gewickelt hatte und Marven ihn als sein Prachtexemplar wiedererkannte. Caelan hörte beinahe die Steinlawine, die Marven vom Herzen fiel, als er seinen heiligen Bogen glücklich in Empfang nahm.

»Na ja, allein auf meinem Mist ist das nicht gewachsen. Das muss ich zugeben. Ma hat sie mir mitgegeben. Ich hätte sie glatt liegen gelassen«, gab der Blondschopf reumütig zu. Doch dem Ergebnis tat das keinen Abbruch, sodass die beiden schlussendlich loszogen und Beute mitbringen wollten, um ihre runden Frauen zu ernähren.

»Die beiden sind echt aufgegangen wie Hefekuchen, aye?«, konnte sich Caelan dann auch nicht zurückhalten. Er hatte zwar schon Schwangere gesehen, aber nicht wirklich beachtet. Nun war seine Amber rund wie ein Fass und er musste sich eingestehen, dass er anfangs sehr schockiert war. Andererseits würden die beiden jetzt nicht mehr lange auf den Nachwuchs warten müssen.

»Aye, kannst du wohl laut sagen, aber Bonus ist, dass wir vier Monate gar nicht erleben mussten. Obgleich die ersten Monate wohl die schlimmsten sind, wenn die Damen nicht wissen, ob sie rechts oder links, sauer oder süß wollen. Bin echt gespannt. Kyla meint, es sei ein Junge«, plauderte Marven. Caelan hatte so etwas Ähnliches gedacht und nickte nur.

»So, jetzt sollten wir leise sein, sonst wird es nix mit dem

Sonntagsbraten, Marv«, flüsterte Cal und wies Marven an, stehen zu bleiben. Er ging in die Hocke, weil er eine Spur in Form von Karnickelköddeln ausgemacht hatte. Auch Marv suchte nun das Gelände mit Argusaugen ab. Dann sah er, was sein Freund gemeint hatte. In erreichbarer Schussentfernung spielten einige Kaninchen. Er überlegte nicht lange, spannte den Bogen und schoss. Dass Caelan gleichzog, bekam er erst mit, als zwei tote Kaninchen im Gras lagen.

»Super Schuss«, beglückwünschten sie sich, holten ihre Beute und machten sich auf den Rückweg.

»Der letzte Tag in der Vergangenheit?«, erkundigte sich Caelan schmerzlich. Marven dachte, er könne an der Stimme seines Freundes spüren, wie diesem das Herz blutete.

»Aye und naye, denke ich. Irgendwie werden wir immer ein bisschen hier und ein bisschen dort sein, meinst du nicht?«, antwortete Marven zuversichtlich. »Wenn das Grundstück am Loch Bruicheach Wild hergibt, werden wir die alte Schule beibehalten. Allein schon, weil wir die Vergangenheit damit ehren. Aber ich möchte auch meine Kinder lehren, mit den alten Werten umzugehen, und da fangen wir am besten mit den Pferden, Bögen und Holzschwertern an, Alter«, tat Marven munter kund.

»Gute Idee«, kommentiert Cal ebenfalls frohgemut.

»Hier, das ist ein BH und der passende Slip dazu«, warf Kyla der auf dem Bett sitzenden Amber die Unterwäsche dieser Zeit zu, während sie in ihrem Koffern kramte.

»Weißt du, ich denke nicht, dass ich diese kleinen Becherchen über meinen Busen ziehen kann, und dieses Ding hier sieht auch nicht besonders …«, hielt Amber die zugeworfenen Kleidungsstücke mit spitzen Fingern hoch. Kyla sah auf und kontrollierte sogleich ihre eigene Auslage. Mit zusammengezogenen Brauen musterte sie wieder ihre Unterwäsche, die nun von Amber hin und her gewedelt wurde.

»Leg weg. Du hast recht. Viel zu klein«, kicherte sie mehr aus Galgenhumor denn aus echter Freude. »Bald kann ich mich da wieder hineinzwängen«, fügte sie hoffnungsfroh an.

»Das ist das richtige Stichwort, Ky. Zwängen! Ehrlich gesagt bin ich mit der momentanen Freiheit ganz zufrieden. Nichts kneift, nichts reibt, alles gut. Ich bin froh, dass dieses Wollkleid so dehnbar ist. Mich wundert, dass es nicht gerissen ist«, schnaubte Amber und rieb sich beide Seiten, aus denen faustgroße Wölbungen ragten. Kyla bekam große Augen und quietschte:

»Oh mein Gott, Am. Was geschieht dir? Das kann doch nicht. Liegt das Baby quer? Kopf rechts, Hintern links? Ist das schon lange so?«, schnappte sie einen Gedanken nach dem anderen und tat sie aufgeregt kund.

»Ich weiß nicht, Kyla. Ich habe schließlich vier Monate meiner Schwangerschaft verpasst und bin gerade eine Regentonne geworden. Was soll ich also dazu sagen? Irgendwie regt sich dieses kleine Wesen und nimmt enorm viel Platz weg. Das ist alles«, prustete Amber, die eben gerade sehr wenig Platz zu atmen hatte.

»Stimmt. Mir geht es ja nicht anders. Alles kommt mir so umständlich vor. Die Bewegung ist nervig eingeschränkt. Na ja. Vielleicht hat es ja auch was Gutes, Am. Vier Monate, die wir geschenkt bekommen haben, aye?«, räumte Kyla ein und machte sich wieder an ihre Schatzsuche im Koffer. Diverse Toilettenartikel wechselten die Besitzerin, wie Zahnbürste und Zahncreme, Deoroller und Feuchtigkeitscreme. Doch dann hörte Kyla auf mit ihrer Warenausgabe und Amber sah sie argwöhnisch an.

»Wir haben hier gar kein Bad«, wütete Kyla plötzlich. »Was wir haben, ist eine vorsintflutliche Kaltdusche hinter dem Haus«, wetterte sie weiter und Amber sah sie immer erstaunter an. Kyla redete sich in Rage, bis sie diesen abschätzigen Blick von ihrer Schwägerin bemerkte. Ihre Wangen röteten sich augenblicklich. Beschämt sah sie auf ihren gewölbten Leib.

»Tut mir leid, Amber. Ich habe ganz vergessen, wo ich die letzten Jahre verbracht habe. Und eigentlich war es schön. Aber wenn du erst einmal gelernt hast, was diese fortschrittliche Zeit zu bieten hat, dann wirst du mich vielleicht ein bisschen verstehen«, sagte sie kümmerlich.

»Bestimmt, Kyla. Aber wir müssen doch auch immer ein wenig zufrieden mit dem sein, was wir haben, oder?«

»Du hast recht. Wir bleiben ja nicht ewig hier und bald gewöhnst du dich auch an die Annehmlichkeiten von Warmwasser aus dem Wasserhahn. Den brauchst du nur zu öffnen, um dir ein Bad zu bereiten. Oder elektrisches Licht, das den Raum erhellt und nicht nach Talgkerzen riecht«, räumte Kyla ein und griff nach Ambers Hand.

»Weißt du was? Ich habe Hunger. Du auch?«

»Oh ja. Ich habe das Gefühl, dass ich ein ganzes Kaninchen allein verschlingen könnte«, kicherte Amber.

»Dann lass uns schauen, ob Rigantona so weise war, mehr als Brot und Butter hierzulassen.« So quälten sich die beiden Schwergewichte auf und gingen zurück in den Hauptraum, der Küche, Speisezimmer und Wohnzimmer in einem war.

Sobald die beiden Frauen den Wohnraum betreten hatten, öffnete sich auch die Eingangstür. Das Erste, was Kyla und Amber sahen, nachdem sie sich von ihrem Schreck erholt hatten, weil sie dachten, dass von außen Eindringlingen kamen, mit denen sie nicht gerechnet hatten, waren zwei nackte Kadaver, die nach abgezogenen Kaninchen aussahen. Darauf folgten zwei ausgelassene Highlander, die immer noch in ihrer Kleidung aus dem achtzehnten Jahrhundert herumliefen und recht verwegen aussahen. Kyla wurde ganz warm ums Herz, als ihr Mann sie mit seinen azurblauen Augen anlächelte. Auch Amber lächelte verliebt, als ihr blonder Strubbelkopf von Ehemann, der Marven folgte, seinen Blick auf sie richtete.

»So, Ladies, Essen ist beschafft. Kochen müsst ihr«, bestimmte Caelan belustigt.

»Gut«, konterte Kyla. »Dann mal ran mit den Häschen, die reichen wohl für Am und mich. Was habt ihr für euch mitgebracht?«

Die entgleisten Gesichtszüge von Marven und Caelan brachten die Frauen nun endgültig an den Rand der Ernsthaftigkeit und sie lachten schallend los. Die Fassungslosigkeit, mit der sie betrachtet wurden, trieb ihnen die Tränen in die Augen. Allein ihre schmerzenden Bäuche nötigten sie, sich wieder zu beruhigen. Allerdings brauchten sie einander nur wieder anzusehen, um sogleich wieder loszugackern.

»Ein Fall von Schwangerschaftswahnsinn, Cal. Jetzt bin ich froh, dass wir vier Monate davon nicht miterleben mussten«, raunte Marven seinem Freund über die Schulter zu. Allerdings hörte er sich erfreut an.

»Aye, ich gebe dir recht. Lachflash! Wir sollten darüber nachdenken, ob wir weitere Kinder zeugen wollen«, murmelte Cal zurück, konnte aber seine zuckenden Mundwinkel nicht mehr beherrschen und lachte ebenfalls los.

Gemeinsam machten sich die jungen Leute daran, sich ein vorzügliches Mahl herzurichten. Schnell erkannten die Männer, dass sich der Hunger der schwangeren Frauen in Grenzen hielt und mehr für sie abfiel, als sie sich erträumt hatten. Das war allerdings allein dem Umstand geschuldet, dass die Mägen der Mädchen durch ihre Untermieter in der Ausdehnung sehr eingeschränkt waren.

»Na, geht nicht mehr rein?«, fragte Caelan neckisch, als Amber sich geschafft mit roten Wangen auf ihrem Stuhl zurücklehnte und frustriert ächzte.

»Naye. Mehr geht beim besten Willen nicht, Schatz«, antwortete sie schwer ausatmend.

»Bei mir auch nicht«, pflichtete Kyla bei. »Meine Augen waren größer, als mein Magen aufzunehmen bereit ist«, stöhnte sie zufrieden und schob ihren Teller Marven hin, der sich augenblicklich über die noch unangetastete Kaninchenkeule hermachte.

3

»Mist«, stöhnte Amber in den frühen Morgenstunden. Es war noch sehr dämmrig, fast dunkel, und sie kannte sich in diesem Haus nicht aus.

»Was ist denn, òmar?«, krächzte Caelan verschlafen neben

ihr. Seine schläfrige Stimme waberte nur gedämpft an ihr Ohr, da Cal es sich zur Gewohnheit gemacht hatte, sich das Kopfkissen vors Gesicht zu knuddeln.

»Ich muss mal«, verriet sie ihm mit belegter Stimme. Es war ihr ein wenig peinlich, ihren Mann mit diesem niederen Bedürfnis behelligen zu müssen.

»Okay, dann geh halt auf den Abort«, brummte Caelan.

»Aye, die Idee ist mir auch schon gekommen, Blödmann«, konterte Amber ärgerlich und hatte den Eindruck, dass, wenn nicht in Windeseile eine Lösung geschaffen würde, eine echt missliche Pfütze unter ihr entstehen würde.

»Was hast du gesagt? Blödmann?«

»Ja. Ich weiß nicht, wo der Abort in diesem verdammten Haus ist«, wieherte sie.

»Oh«, fiel es Cal plötzlich wie Schuppen von den müden Augen und er hievte sich auf. »Komm, wir müssen nach draußen«, grunzte er mürrisch, weil er die angenehme Wärme seines Bettes verlassen musste.

Kaum waren sie auf den Gang gelangt, an dem die Zimmer lagen, sahen die beiden eine kleine Person aus der anderen Schlafkammer huschen.

»Kyla?«, flüsterte Amber aufgeregt und hielt Caelan mit der Hand zurück, die eilig vorgeschnellt war, als sie die andere Frau entdeckt hatte.

»Aye. Ich habe keine Zeit. Es drängt mich«, keuchte die rothaarige Sirene zurück und hastete schon der Tür zum Wohnraum entgegen.

»Ich muss auch, verdammt!«, wimmerte Amber und bewegte ihren voluminösen Körper so schnell es ging.

»Dann komm! Beeil dich«, hechelte Kyla.

»Dann geh ich mal wieder ins B…«, wollte Cal nur noch informieren, doch keiner hörte ihm mehr zu. Also ruckte er resigniert die Schultern und kroch zurück in sein gemütliches Bett.

Die Mädchen machten sich eiligst auf, um das Wasserklosett draußen aufzusuchen.

»Kannst du es noch aufhalten?«, fragte Kyla.

»Ich glaube nicht«, knurrte Amber. Ihre Stimme hörte sich verdächtig nach Anspannung an.

»Gut, geh du zuerst. Lass die Tür auf, dann hast du wenigstens das Licht des Mondes«, riet Kyla, als sie ihrer Schwägerin den Vortritt gewährte. Sie selber spürte ebenfalls ihren Drang stärker werden und versuchte tanzend zu verdrängen, dass ihre Blase bald platzen würde. Als sie es nicht mehr aushielt, ging sie einfach hinter dem Klohäuschen in die Hocke und ließ dem warmen Strahl seinen Lauf. Automatisch entfleuchte ihr ein genüsslicher Stöhnlaut.

»Fertig, du kannst, Kyla«, stieß Amber glücklich aus, als sie befreit aus dem Klohäuschen trat, und spähte in der Dämmerung nach ihrer Schwägerin.

»Zu spät«, kam es aus der Gegend hinter dem Häuschen und Amber verspürte ein immens schlechtes Gewissen. »Hast du dich eingenässt? Das tut mir leid. Aber ich konnte nicht schneller«, räusperte sie sich verlegen.

»Wo denkst du hin? Naye. Ich habe nur die Natur etwas gedüngt«, quietschte Kyla, als sie sich aufhievte und dabei keuchend ins Wanken geriet. Hätte Amber, die neugierig um die Ecke gekommen war, sie nicht im gleichen Augenblick ergriffen, wäre sie vermutlich in ihrer eigenen Pfütze gelandet.

»Danke, Am. Das wäre beinahe schiefgegangen, oder?«, schnaufte Kyla und trat mit dem größtmöglichen Schritt, den sie machen konnte, zu Amber herüber, die sie helfend zog. Dabei fing sie an zu gackern und Kyla war sofort angesteckt. Auch sie kicherte nun und hakte sich bei Amber unter.

Kaum waren sie um die Hausecke gebogen, konnten sie zwei Lichter ausmachen, die auf dem Hügel erschienen und sich offenbar näherten. Ein eigenartiges Brummen alarmierte Amber.

»Schnell zurück. Da ist irgendwas, das herkommt. Lass uns Marven durch das Fensterchen warnen. Er muss Caelan wecken«, zog sie an Kyla's Arm und wollte sie in den Schutz des rückwärtigen Hauses ziehen.

Kyla hatte die Scheinwerfer auch gesehen und obgleich sie seit Jahren kein Auto mehr gehört hatte, schien ihr diese Erfahrung wie Radfahren oder Schwimmen. Einmal gelernt, vergaß man halt nichts. Sie musste nur ihre verstörte Schwägerin jetzt beruhigen.

»Gut, geh du zum Fenster und weck Marven. Aber du brauchst keine Angst zu haben, Amber. Ich nehme fast an, dass Finley das Warten nicht länger ausgehalten hat und uns mit einem leckeren Frühstück wecken wollte«, gluckste Kyla.

»Wie meinst du das? Was ist denn das für ein Radau? Reitet er denn nicht her?«, fragte Amber japsend und holte tief Luft, da sie vor lauter Schreck vergessen hatte zu atmen.

»Naye. Heutzutage reitet man nur noch zum Spaß, süße Amber. Jo fand Autos auch ganz schrecklich, aber ich denke, du wirst dich nun daran gewöhnen müssen«, feixte sie. Amber, die wenigstens versucht hatte, Marven durch Klopfen an den Fensterscheiben zu wecken, schloss eiligst wieder zu Kyla auf. Ob sie es geschafft hatte, ihren Bruder wach zu bekommen, entzog sich ihrer Kenntnis. Kyla nahm sie am Arm und zog sie jetzt frohen Mutes und unbeirrt wieder mit zur Haustür. Amber war immer noch ganz mulmig, doch als sich die Tür öffnete und die beiden schlampig gekleideten Ehegatten herausstürmten, fühlte sie sich zumindest nicht mehr völlig ungeschützt.

»Was?«, erkundigte sich Marven noch leicht verschreckt. Auch Cal, der ihm beinahe in den Rücken geknallt wäre, schaute aufgewühlt in den recht dämmrigen Morgen.

»Da vorn kommt Besuch«, klärte Kyla die beiden auf und wies auf die Lichtkegel, die ruckelig näher kamen.

»Der ist ja früh auf«, schnappte Marven.

»Aye. Ich habe keine Kühe gesehen, die gemolken werden müssen«, meinte Caelan, bestürzt über die frühe Störung seines Schönheitsschlafes. Doch dann fiel ihm ein, das dieser Mann nicht der erste Störenfried des Morgens war, und er schritt zu seiner Frau herüber, die er von hinten umschlang.

»Meine Güte, òmar. Meine Arme reichen bald nicht mehr um deinen Leib«, neckte er seine Frau, die sich ein wenig beruhigt hatte. Sie stieß ihm spielerisch einen Ellbogen in den straffen Bauch und kiekste:

»Du bist ein Ekel.«

»Oh, gut. Heute bin ich schon vom Blödmann zum Ekel aufgestiegen und der Tag ist noch jung«, raunte er trocken, aber laut genug, dass er von Marven und Kyla erstaunt beäugt wurde. Also zuckte er lässig mit den Achseln und sah wieder in die Richtung der Scheinwerfer, die im nächsten Augenblick die wartende Truppe in Licht hüllte. Amber zuckte erschreckt zusammen und beschirmte sofort ihre Augen.

»Keine Angst, mein Herz«, mahnte Cal und nahm sie fester in die Arme. Kyla und Marven traten einige Schritte vor und schafften so ein wenig Lichtschatten für das verängstigte Mädchen, dem nicht nur das Licht, sondern auch das laute Knattern zu schaffen machte.

»Ich glaube, ich kann Ma verstehen«, keuchte Amber.

»Wieso, was ist mit Jo?«, fragte Caelan flüsternd.

»Sie mochte Autos nicht besonders, hat mir Kyla eben erzählt. Sie hatte, glaube ich, recht. Die Dinger sind laut und stinken, aye«, meinte sie ebenso leise und sah ihren Mann an.

»Aye. Nicht ganz so bodenständig wie ein Pferd, aber viel, viel schneller. Irgendwann wirst du selber eins fahren und ich bin sicher, dass du es lieben wirst«, versicherte Caelan. Ihm war klar, dass es zwar ein langer Weg werden könnte, aber sich genauso entwickeln würde, wie er es seiner geliebten Frau nun prophezeite. Sie liebte die Geschwindigkeit.

Da Finley nicht zu rasen pflegte, stoppte er seinen Rover, als er die kleine Gruppe junger Leute in seinem Lichtkegel entdeckt hatte, und schaltete den Motor aus.

»Was ist jetzt los?«, fragte Amber beunruhigt.

»Er hat die Maschine ausgemacht. Der Wagen ruht jetzt. Anders wie bei Pferden, die weiterleben, weiterschnauben, wiehern oder sonst was machen, ist dieses Ding da jetzt so was wie tot. Bis man es wieder startet, mein Herz«, erklärte Cal und nahm seine Arme etwas zurück, weil er meinte, dass sich seine Frau nun weniger bedroht fühlte.

Die Karre ging auf und ein Mann stieg aus. Blieb bei offener Fahrzeugtür stehen und sah die Gruppe beinahe ungläubig an, doch dann wurde er lebendig.

»Marven, mein Junge«, stürmte er los und hielt die Arme weit auseinandergebreitet auf, um seinen Adoptivsohn darin aufzufangen, der dem Mann ebenso freudig entgegenstürzte.

»Finley? Vater? Da? Was habe ich immer zu dir gesagt?«, hielt er den etwas kleineren, älteren Mann jetzt in seiner Umarmung gefangen und hob ihn an, um sich mit ihm zu drehen.

»Da. Du hast *Da* gesagt, Lad. Auch wenn ich jetzt weiß, dass ich das nie im Leben werde sein können, würde es mich freuen, wenn du dabei bleiben würdest«, antwortete Finley mit zittriger Stimme und Tränen in den Augen.

»Aber klar bleibe ich dabei. Es wäre mir eine Ehre«, sagte Marven andächtig und auch er spürte, wie ihm die Augen verwässern wollten. So stellte er seinen geliebten Finley wieder ab und machte sich mit ihm auf, um den Rest der Bande vorzustellten.

»Das ist Kyla, meine Frau«, zog er die rothaarige Sirene aus dem wartenden Trio.

»Hi Finley«, grüßte Kyla zaghaft. Sie war sich nicht sicher, wie sie dem Mann begegnen sollte. Mit ihm hatte sie so viel Zeit verbracht und er hatte sie so liebevoll und geduldig gelehrt, was sie für die Reise in die Vergangenheit benötigt hatte. Nun schien die Zeit vorgedreht und sie war ihm unbekannt.

»Latha math, Kyla«, grüßte Finley zurück und zwinkerte ihr zu. Nun war sie vollends verwirrt, was ihr Blick auch dem dümmsten Beobachter verriet, sodass Finley sich gezwungen sah, ihrer Verstörung entgegenzuwirken.

»Ich habe von dir gehört, Lassie. Rigantona hat mir alles erzählt und ich bin mir fast sicher, dass ich dich schon lange kenne«, lächelte er wissend.

»Na, und das ist meine Schwester Amber. Caelan kennst du ja vermutlich noch«, erlöste Marven seine Frau zusätzlich aus ihrer Verwunderung.

»Amber, ja. Ich sehe die Ähnlichkeit mit deiner Großmutter und mit deiner Mutter ebenfalls. Wie ein Klon, nur etwas hochgewachsener«, wandte sich Finley nun der einzigen Person zu, die nicht aus dieser Zeit kam und möglicherweise schonend auf die neue Welt vorbereitet werden sollte.

»Latha math, Finley. Tha mi air tòrr a chluinntinn dherdhinn«, begrüßte Amber den Neuankömmling, der ihr bisher nur als Dieb ihres Bruders bekannt war. Doch nachdem sie gesehen hatte, wie Marven sich über dieses Wiedersehen gefreut hatte, schob sie eine ordentliche Portion Abneigung beiseite und reichte ihm ihre Hand.

»Ich hoffe, dass es nicht nur Schlechtes war, was man dir von mir berichtet hat, Lass«, neigte er sich hinunter und deutete einen Handkuss an.

»Sagen wir es einmal so, lieber Finley. Bisher waberte natürlich das Vorurteil des Kindesentführers durch mein Hirn. Nun vermute ich, dass ich dem Nachfahren meines anderen Bruders gegenüberstehe. Und irgendwie kann ich ihnen nicht böse sein. Marven scheint sie zu vergöttern«, säuselte sie und beugte einer Grundsatzdiskussion vor, die sie eventuell losgetreten hatte. Sie wusste, dass sie in der Vergangenheit so einige Fettnäpfchen getroffen hatte, weil sie allzu spitzfindig war. Doch indem sie die Abstammung des Mannes in die Waagschale geworfen hatte, hoffte sie nun auch auf eine Antwort. Offen war ihr Blick noch auf die blauen Augen von Finley gerichtet, der sie interessiert musterte.

»Aye, Lassie. Ich bin untrennbar mit dir und deinem Bruder verwandt. Euer Bruder William ist mein Stammvater und ich weiß, dass er es leider nie erfahren hatte, einst ein Kind gezeugt zu haben. Vielleicht könnt ihr mir später einmal von meinem Urahn erzählen. Ich würde mich sehr freuen«, bestätigte Finley nun auch Marven seine Vermutung, dass dies hier alles kein Zufall war.

»Gut, das machen wir«, fuhr er nun aber galant dazwischen, bevor Amber und Finley ihre ganze Familiengeschichte vor der Kate im dämmrigen Morgenlicht ausdiskutierten. »Warum kommst du denn jetzt schon? Es ist noch nicht einmal hell, Da! Konntest du es nicht abwarten?«, nahm er seinen Adoptivvater nun hoch und winkte alle hinein.

»Warte, Sohn«, forderte Finley. »Hilf mir mal eben, den Karton mit dem Einkauf hineinzutragen. Ich nehme an, ihr habt nichts gegen ein ordentliches Frühstück?«, fragte er, wobei er keine Antwort erwartete, sondern sich sofort umwandte, um den Kofferraum zu öffnen. »Cal, du kannst auch helfen, die Getränke sind mir zu schwer«, forderte er weitere Dienstbeflissene an. Caelan schob Amber in Richtung Kobeneingang und trottete sogleich los, um die Kiste mit gemischten Getränken in Empfang zu nehmen. Gemeinsam trugen die drei Herren alles hinein.

»Gut, danke. Ihr könnt euch jetzt in Ruhe frisch machen und den Frauen zur Hand gehen. Ich kümmre mich um das Frühmahl, aye«, entließ Finley die beiden Burschen und scheuchte sie quasi in den Schlaftrakt.

Kurz danach kamen die beiden zurück und huschten halbnackt an Finley vorbei, der sie schmunzelnd betrachtete. Stattliche, muskulöse Jungs, dachte er stolz.

»Soll ich warmes Wasser für die Frauen machen, damit sie sich waschen können?«, fragte er den beiden hinterher.

»Naye, nicht nötig, Da. Sie duschen auch gleich draußen«, gab Marven lachend zurück.

»Aber …«

»Nichts aber Finley. Das sind Highlanderinnen. Die kann ein bisschen kaltes Wasser nicht schrecken«, witzelte Caelan, der das Angebot dennoch nett fand.

»Nun gut, dann mach ich mich mal an die Kocherei, aye«, murmelte der alte Mann vor sich hin, da die beiden ohnehin schon entschwunden waren.

Gerade hatte er die Hafergrütze zum Quellen angesetzt, da kamen auch die Damen aus dem Schlaftrakt. Eingewickelt in große Tücher, schlichen sie so anmutig, wie es schwangeren Frauen möglich war, an ihm vorbei. Auch ihnen machte Finley das Angebot, warmes Wasser zu bereiten, blitzte jedoch ab und schüttelte belustigt sein Haupt.

»Das riecht ja schon köstlich«, vernahm Finley das erste wirkliche Kompliment des Tages von dem immer hungrigen Caelan.

»Hmmh«, ich freu mich schon auf Bacon und Eier«, benannte Marven die Düfte, die durch den Koben waberten.

Damit verschwanden die beiden wieder in den hinteren Räumen, um sich anzuziehen.

»Ähm, Marv? Kannst du mir eine Jeans und ein Shirt leihen? Ich hab jetzt erst einmal keinen Bedarf mehr, die alten Klamotten wieder anzuziehen«, fragte Cal seinen Freund.

»Klar. Komm mit und such dir was raus. Ich hatte hier ja alles verstaut, wie du weißt«, antwortete Marven freudig.

Nachdem sich Caelan bedient hatte, zog er los in seine Kammer und kleidete sich in der modernen Art der Zeit. Dann wartete er artig auf seine Frau, der er helfen musste, wenn sie sich ankleidete. Er setzte sich auf das Bett, das er notdürftig gerichtet hatte, und starrte Löcher in die Luft. Das dauerte allerdings nicht lange, denn Amber kam einen Moment später durch die Tür. Sie schüttelte sich vor Kälte. Dann sah sie ihn an, weil er aufgestanden war, um ihr beim restlichen Abtrocknen zu helfen.

»Was um alles in der Welt …?«, quiekte sie beinahe.

»Was denn?«, fragte Cal fassungslos.

»Was hast du da an?«

»Na das, was man heute trägt. Marven hat es mir geliehen. Die Hose ist vielleicht ein bisschen lang, aber so schlimm jetzt auch nicht«, meinte er beruhigend.

Amber maß ihn argwöhnisch erst, aber dann schien sie sich an den neuen Look zu gewöhnen und fand ihn am Ende recht nett, was sie dann auch sagte.

»Wie, recht nett?«, fragte Caelan beinahe beleidigt. »Jede Frau dieser Zeit würde dich aus dem Weg schaffen, dir die Augen auskratzen oder dich sogar k. o. schlagen, nur um mich so ansehen zu dürfen, wie ich jetzt hier vor dir stehe«, frotzelte er. Amber überhörte diese arroganten Schwingungen keineswegs.

»Nun, dann wollen wir mal sehen, was die lange Schlange der Damen, die mir demnächst meinen Ehemann streitig machen will, von einem guten Schwertkampf hält, mein überheblicher Gatte«, säuselte sie sarkastisch und drehte ihrem Mann den Rücken zu, den sie abgerubbelt haben wollte.

»Hmpf«, hörte sie nur noch, als Cal sich seiner Aufgabe, sie abzutrocknen, hingab. Sie rechnete fast mit einer lustlosen Prozedur, doch wurde sie eines Besseren belehrt. Ihr Mann ließ das Tuch zärtlich über ihre Schultern gleiten und nahm scheinbar jeden Tropfen, der sich auf Amber's heller Haut befand, als potentiellen Gegner sehr ernst. Am Ende kniete er sich hin und trocknete gewissenhaft Gesäß und Beine ab. Kurz nachdem Amber keine Berührung mehr spürte, gewahrte sie, wie seine warmen Lippen ihr Hinterteil liebkosten und seine Hände von unten ihren gewölbten Leib hinauffuhren.

»Ich liebe dich, meine Schöne«, murmelte er, als er sich aufrichtete und sie nun von hinten umfing. Er neckte ihren Hals und seine Lippen spielten mit ihren Ohrmuscheln, dass ihr Leib erschauderte.

»Cal«, stöhnte sie. »Wir sollten uns«, begann sie, wollte aber eigentlich nicht, dass diese Liebkosungen endeten. Doch als Caelan sie zu sich umdrehte und ihr in die Augen sah, wusste sie, dass die Verführung ein Ende hatte.

»Aye. Sie warten auf uns, Liebling. Aber aufgeschoben ist nicht aufgehoben, nicht wahr«, stupste er ihre Nasenspitze mit seinem Zeigefinger und half ihr schnell in ihre Umstandskleider, wobei Amber es vorzog, das alte Wollkleid zumindest als Rock zu tragen, weil ihr die Hose im Schritt unangenehm war.

Mit rosigen Wangen folgte sie ihrem Mann in den Wohnraum, wo die beiden schon sehnlichst erwartet wurden. Sie gönnten sich zusammen mit Finley ein köstliches Frühstück.

Kyla hielt immer wieder inne, zog die Brauen zusammen und wartete einen Moment, bis sie wieder auf ihrem Teller zu picken begann.

»Schmeckt es dir nicht?«, fragte Marven von der Seite, weil er dieses zurückhaltende Gebaren von seiner Frau nicht kannte.

»Naye. Es ist ganz köstlich. Alles gut«, beschied sie ihm, sodass er sich beruhigt seinem eigenen Essen widmete. Doch Finley beobachtete sie argwöhnisch, wenn auch heimlich. Er hatte so eine Ahnung, was mit dem Mädchen geschah. Sie schien keine großen Schmerzen zu haben, sodass sie möglicherweise nur von Senkwehen geplagt wurde. Aber Kyla hörte nicht auf, ständig die gleichen Symptome zu zeigen. Irgendwann legte sie ihre Gabel ganz zur Seite und begann schwerer zu atmen. Da wurde es dem Arzt zu bunt.

»Kyla«, sprach er sie in einer ruhigen Phase an und forderte sie auf, ihn anzusehen. »Wann erwartest du die Niederkunft, Mädchen?«

»Ich weiß nicht. Bald, schätze ich. Warum?«

»Warum? Weil ich dich die ganze Zeit beobachtet habe, Lass. Du hast Wehen und sie kommen immer schneller, aye?«

»Na ja. Wehen habe ich mir schmerzhaft vorgestellt, aber irgendwas zieht sich ab und an merkwürdig kräftig zusammen«, gab sie kleinmütig zu.

»Ich hab dich doch eben gefragt, ob was nicht stimmt«, erkundigte sich Marven nervös.

»Aye, das hast du. Es ist vielleicht ja auch gar nichts. Es fühlt sich einfach nur so merkwürdig an«, räumte Kyla ruppig ein. Man spürte, dass es sie nervte, in den Mittelpunkt gerückt zu werden. Allerdings gestand sie sich ein, dass es sie auch ein wenig beängstigte. Sie hatte keinen Zugriff auf ihren Körper. Er gehorchte ihr nicht und das machte sie nervös. Kaum hatte sie das gedacht, japste sie auf, denn das Empfinden hatte sich geändert. Als der Schmerz nachließ, atmete sie gestresst aus.

»Amber, mach Wasser heiß. Marven und Caelan, bringt das Mädchen in die Schlafkammer und legt sie aufs Bett. Ich schau mir das mal besser an, aye.«

»Aber du bist Tierarzt«, wandte Kyla ein, die bereits von den Männern gegriffen wurde.

»Aye, aber ich denke, für einen Humanmediziner ist es zu spät. Außerdem unterscheidet sich der Mensch nicht so besonders von Tieren, zumindest nicht beim Kinderkriegen«, antwortete Finley brüsk.

Kaum hatten die Männer Kyla hochgenommen, plätscherte es süßlich auf den Fußboden.

»Gut«, beschied der alte Mann. »Dann wäre das ja geklärt. Das Kind will auf die Welt, das ist jetzt so klar wie das Amen in der Kirche. Beeilt euch, Jungs, und schön vorsichtig«, wies er sie energisch an.

Caelan stahl sich sofort wieder aus dem Zimmer. Auch wenn er neugierig war, so sah er sich nicht im Recht, seine Schwägerin in dieser prekären Situation zu beschämen, indem er blieb. Er eilte zu Amber, der er lieber zur Hand gehen wollte.

»Marven, zieh ihr die Hose aus. Ich muss sehen, wie weit der Muttermund geöffnet ist«, befahl der alte Mann.

Der Jüngere zögerte kein bisschen. Er vertraute Finley und wusste um das Können seines Adoptivvaters. Auch wenn der bisher Tiere auf die Welt geholt hatte, konnte es tatsächlich keinen so riesigen Unterschied zum Menschen geben.

»Kyla, Schatz, öffne die Beine. Ich muss jetzt einmal in dich hineinfühlen. Keine Angst. Das tut nicht weh«, erklärte Finley ruhig, sodass Kyla ihre Scham vergaß und tat, wie der Mann befohlen hatte. Nachdem Finley das Offenkundige für sich abgeklärt hatte, ging er seine Strategie durch. Bei Menschen hatte die Geburt einfach nur reinlicher vonstatten zu gehen, also stand er auf und wandte sich der Kammertür zu.

»Und was jetzt«, fragte Marven schroff, weil er sich überflüssig und linkisch vorkam. Mehr als streicheln und murmeln konnte er für den Augenblick nicht tun und das reichte ihm nicht.

»Einen Moment, Lad. Ich muss Amber um das Wasser bitten und um so viele saubere Tücher, wie ich kriegen kann. Du bekommst noch deinen Auftritt, Junge«, fuhr er Marven bestimmt, aber auch ruhig, an.

Amber brachte einen Moment später die gewünschten Utensilien und fragte, ob sie weiterhelfen könnte.

Finley schaute von ihr zu Marven und wieder zurück und dann zu Kyla.

»Willst du, dass Marven bleibt, oder möchtest du, dass Amber dir hilft?«, fragte er das gestresste Mädchen, das gerade versuchte, eine weitere Wehe wegzuatmen.

»Er bleibt«, keuchte Kyla und sog tief Luft ein, als die flache, schnelle Atmung ihr nicht mehr ausreichte.

»In Ordnung, Marven, dann schieb das Mädchen zum Ende des Bettes und setz dich hinter sie. Greif um ihre Achseln und halt sie fest, aye«, wies Finley seinen Sohn an. Dann sah er zu Amber auf, die sorgenvoll dreinblickte, als sie die Szene beobachtet. Finley's Blick blieb auf ihr haften, aber nicht auf ihrem kummervollen Antlitz, sondern auf ihrer Taille, die zu beiden Seiten enorm ausgebuchtet war. Erst als die Wölbungen zu schmerzen begannen, ging Amber dazu über, sie vorsichtig zurückzumassieren. Dies geschah allerdings nicht gesteuert, wie Finley bemerkte, sondern völlig automatisch, denn Ambers Blick ruhte immer noch auf der angespannten Kyla.

»Dann werde ich mal«, riss Amber plötzlich ihren Blick los und wandte sich ab, um aus dem Zimmer zu gehen. »Falls ihr noch etwas braucht, ruft mich, aye.«

»Aye, Mädchen. Danke«, raunte ihr Finley laut genug hinterher, dass sie es mitbekam. Er war froh darüber, dass die andere Frau die Geburt nicht mitbekommen musste. Das Mädchen tat ihm jetzt schon leid. Doch kaum hatte er sich in seinen Gedanken verstrickt, johlte Kyla los:

»Ich muss, ich muss, ich muss.«

Marven wollte schon aufstehen und seine Frau zum Abort bringen, als er zurückgepfiffen wurde, bevor er sich hinter Kyla befreit hatte.

»Wo willst du hin, hä? Schieb sie noch weiter vor, sodass sie vor dem Bett in die Hocke gehen kann, und halt sie fest, Junge. So fest du kannst«, befahl Finley streng. Kaum war Kyla in Position gebracht, konnte sie die erste Presswehe gar nicht zurückhalten. Sie bekam ein Gefühl dafür, dass es jetzt in den Endspurt ging, und entwickelte entfesselte Kräfte, als Finley sie bei der nächsten Wehe aufforderte, dem Kind auf die Welt zu helfen, indem sie es mit reiner Muskelkraft aus sich herausschob.

»Fein, Lassie. Ich sehe den Kopf. Einmal noch und du hast es geschafft«, spornte der alte Mann sie an und machte sich mit einem großen Tuch bereit, das Baby aufzufangen, bevor es seiner gequälten Mutter vor die Füße fiel. Es dauerte tatsächlich nur noch eine Wehe. Da machte es einen Laut, als würde man einen gefüllten Luftballon loslassen, und Finley fing einen kräftigen kleinen Jungen auf.

»Hier ist auch William geboren. Genau hier in dieser Kammer«, murmelte Finley ehrfürchtig, als er das schmierige Baby in das Tuch wickelte.

Mit großen Augen starrte Marven seiner Frau über die Schulter und fixierte das Neugeborene, das nur einen Moment später anfing, wie am Spieß zu schreien. Dieser zitternde, gellende Laut eroberte im Nu den Raum und das Grinsen des stolzen Opas, der den jungen Eltern ins Gesicht sah, war einfach nur herrlich. Damit er sich weiter um die Mutter kümmern konnte, reichte er den kleinen, puterroten Gesellen an seine Mutter, die ihn vorsichtig in Empfang nahm. Er setzte zwei Klemmen auf die Nabelschnur, die langsam aufhörte zu pochen. Dann trennte er sie und hatte den neuen Erdenbürger von seiner Mutter befreit.

»Marven, bring ihn zu Amber. Sie soll ihn waschen, ich kümmere mich um den Rest«, nahm er Kyla den Jungen wieder weg und reichte das kleine Bündel seinem Vater, der sich vorsichtig von Kyla gelöst hatte.

»Kyla, wir müssen noch einmal ran. Du schaffst das schon. Schieb dich wieder hoch aufs Bett. Ich massiere deinen Bauch ein wenig und dann löst sich die Plazenta im Nu«, klärte er seine Patientin auf, die nur nickte und sich mit seiner Hilfe bemühte, seinen Forderungen nachzukommen.

Alles war geschehen, alles wieder frisch und sauber hergerichtet, da bekam Kyla ihren Sohn endlich frisch gebadet in die Arme gelegt. Sie sah eine Weile auf ihn herab und schaute dann hoch in Marven's verliebtes Gesicht. Etwas pikiert, dass dieser Blick nicht ihr galt, stieß sie ihn an:

»Was hältst du von *Niall*? So stürmisch, wie dieser kleine Mann auf die Welt wollte, kann es sich im Großen und Ganzen wohl nur um einen Siegertypen handeln«, schlug sie glückselig vor. Sie erinnerte sich an das Kind, das sie in der Vergangenheit zurücklassen musste. Nicht größer als ein winziges Hähnchen, war er verloren, bevor er gelebt hatte. Der kleine William. Dieser kleine Mann hier, sah sie stolz auf das Baby in ihrem Arm, hatte sich jedoch stürmisch sein Leben erkämpft.

»Aye, warum nicht. Das war der Name von meinem Großvater. Ein guter Name, denke ich«, ging Marven auf Kyla's Vorschlag ein und freute sich über den kleinen Mann, als wäre er bereits ein Großer.

Die anderen ließen den dreien einen Augenblick der Ruhe, bevor sie neugierig die Nasen ins Zimmer schoben.

»Kommt schon rein«, lud Marven Cal, Amber und auch Finley ein, in die Entbindungsstube zu kommen und Kyla zu gratulieren.

»Süß«, herzte Amber dem Kleinen mit ausgestrecktem Zeigefinger die Wange.

»Aye, strammer Bursche«, klopfte Cal seinem Freund auf die Schulter, doch konnte jeder die Angst vor der eigenen Courage aus seiner Stimme heraushören. Marven und Finley grinsten. Dann fragte Amber:

»Und? Habt ihr schon einen Namen?«

»Aye, haben wir«, teilte Kyla stolz mit. »Wir haben einen kleinen Niall.«

Als sich Kyla anschickte, ihr Baby anzulegen, um es zu stillen, verzogen sich die drei Neugierigen wieder und ließen die kleine Familie allein.

Caelan ging hinaus, weil er austreten musste. Diese Chance nutzte Finley, um allein mit Amber zu reden.

»Amber, ich habe dich eben beobachtet und ich möchte etwas fragen, wenn ich darf.«

»Mir geht es gut. Ich habe bestimmt keine Wehen und außerdem wäre eine Geburt noch viel zu früh«, beeilte sich Amber zu sagen. Sie hatte für heute die Nase von Geburtsaufregungen voll.

»Naye. Das glaube ich dir ja. Aber könnte es sein, dass du zwei …«

»Was zwei?«, brummte eine männliche Stimme von der Eingangstür her, während Amber drei Nuancen blasser geworden war. Für Finley gab es kein Zurück und er äußerte seine Vermutung nun frei heraus:

276

»Zwillinge!«

»Wie kommst du denn bloß auf den Bolzen, alter Mann?«, fragte Caelan skeptisch, war allerdings nicht sehr überzeugend in dem Versuch, seinen Schrecken darüber zu verheimlichen.

»Amber ist viel runder, als Kyla es war. Amber ist noch nicht so weit, dass sie niederkommen müsste. Das heißt, sie wird noch zulegen, und ich habe zwei Hintern gesehen, die ihr gleichzeitig aus beiden Seiten der Taille ragten«, tat Finley schonungslos kund. Amber keuchte kurz, wurde erst käseweiß und dann kam ihr die Erleuchtung.

»Cal, deine Granny hat mir zum Abschied so einen eigenartigen Spruch aufgesagt: »*Eins und eins macht zwei. Zu zweit ist man niemals allein, mein Mädchen*«, wiederholte Amber, was Rigantona ihr zugeraunt hatte, bevor sie sich quasi in Luft auflöste. »Sie hat es gesehen, Cal. Sie hat zwei Kinder in mir gesehen.«

Das war dann der Moment, in dem sich der unerschütterliche Highlander Caelan MacCraven alias Spencer setzen musste.

»Ein Whisky wäre jetzt gut«, krächzte er, bevor ihm der Vorteil des Ganzen in den Sinn schoss. »Ist doch gut, Am. Dann gibt es für dich nur einmal dieses Drama, ähm, Leiden, wollte ich sagen«, strahlte er sie zufrieden an. Doch sein Blick verdunkelte sich schnell wieder.

»Wir fahren morgen zur Klinik. Meine Frau bekommt die Zwillinge nicht hier«, stellte er energisch fest.

»Aye, gute Idee, Junge«, bestätigte ihn Finley. »Ich glaube, das wäre gut für das Mädchen.« Irgendwie hatte Finley das mulmige Gefühl, dass Amber eine schwere Geburt vor sich haben würde, und diese Verantwortung wollte er nun wirklich nicht übernehmen.

4

Kyla war eingeschlafen und Klein Niall schlummerte in einer provisorischen Wiege, die Marven neben das Bett gestellt hatte. Dann hatte er sich leise aus dem Zimmer geschlichen und war zu den anderen gestoßen, die sich in dem Wohnraum aufhielten. Er spürte eine bestimmte Anspannung und fragte nach:

»Ist irgendwas?«

»Aye, Marv. Amber und ich bekommen Zwillinge, die Pferde müssen hier weg und bald müssen wir wieder anfangen zu arbeiten. Ich schätze, wir müssen langsam aus diesem Traum aufwachen und uns der neuen Wirklichkeit stellen«, eröffnete ihm Caelan analytisch und Marven schaute seinen Freund misstrauisch an. So viel Voraussicht war er von seinem Kumpel nicht gewohnt. Doch die Bestimmtheit, mit der Cal aufgezählt hatte, was zu geschehen hatte, war alarmierend. Dann erst stolperte er über die Aussage, dass seine Schwester zwei Kinder trug.

»Echt jetzt?«, richtete er seinen Blick auf Amber. » Zwei?«

»Aye«, erwiderte sie und ihre funkelnden bernsteinfarbenen Augen verrieten ihm Angst, aber auch Glückseligkeit und ein bisschen Stolz.

»Ihr geht aber sofort in die Klinik, Cal«, richtete er sich sofort wieder an seinen Freund. »Du riskierst nichts mit meiner Schwester, hörst du?« Marven's Stimme ließ keine Option offen. Dies war eine Aufforderung, keine Kann-Bestimmung. »Weißt du ungefähr, wann die Kinder kommen könnten?«, richtete er sich wieder an seine Schwester, doch Cal ruckte auf seinem Stuhl nach vorn und meldete sich als Erster zu Wort.

»Klar, Mann. Meinst du, ich bin blöd?«, fragte Caelan, sehr verärgert darüber, dass sein Freund ihn immer noch für einen oberflächlichen Tunichtgut hielt.

»Wenn ich mich richtig erinnere, habe ich ungefähr drei Wochen nach Kyla gemerkt, dass ich schwanger bin«, mischte sich Amber in die Anspannung der Freunde ein und lenkte deren Aufmerksamkeit gekonnt um. »Vermutlich habe ich dann wohl noch drei Wochen, bis die Kleinen kommen«, stellte sie ihre Rechnung auf.

»Na, dann solltet ihr bald ins Krankenhaus gehen«, riet Finley, der wusste, dass eine Zwillingsschwangerschaft selten bis zum letzten Tag des ermittelten Geburtstermins ausgetragen wurde.

»Aber Caelan sprach noch von Pferden«, lenkte er jetzt das Gespräch von Amber fort, um den erregten Gemütern ein wenig Ruhe zu gönnen.

»Aye. Wir haben vier Tiere hier, die irgendwo untergestellt werden müssen. Wir müssen schließlich hier weg und sie müssen versorgt werden, wenn wir uns nicht um sie kümmern können. Wenigstens für ein oder zwei Wochen«, informierte Marven seinen Vater Finley.

»Wie findest du Trish?«, mischte sich Caelan in das Gespräch ein.

»Perfekt eigentlich. Ich kenne niemanden, der Pferde so sehr liebt. Aber sie selber ist … na ja. Vielleicht schwierig, oder?«

»Wir nehmen die Pferde gleich mit, wenn wir sie fragen. Wenn sie die Tiere sieht, dann kann sie gar nicht nein sagen. Ich schwöre«, eiferte sich Caelan.

»Kann sein, wenn wir auf ihren Hof kommen, ohne erschossen zu werden«, wandte Marven ein. Er hatte bisher keine erfreulichen Erlebnisse mit Trish, die ihm wie ein hässlicher blonder Unheilsengel vorkam.

Aber er hatte sie auch liebevoll, emotional, beinahe weich erlebt, nachdem Kyla dort acht Wochen verbracht hatte. In der Berserkerin verbarg sich also auch eine Frau, wie er sich eingestehen musste. Nur war diese liebevolle Seite zu diesem Zeitpunkt ja noch nicht hervorgekitzelt worden.

»Zeigt mir die Pferde doch mal«, bat Finley.

»Gut, komm mit.« Marven stand auf. Finley und Caelan taten es ihm gleich und gingen nach draußen. In der Scheune war das Licht nicht so gut, aber Finley konnte schon bei dem ersten Pferd sehen, dass es sich um ganz prachtvolle Tiere handelte.

»Die weiße Stute ist eine Karthäuserin, oder?«, fragte Finley ehrfürchtig. Diese Tiere waren zwar keine wirkliche Seltenheit mehr, aber in den alten Zeiten wurden nur Hengste in andere Länder fortgegeben. Besitzer einer Stute zu sein, war etwas Besonderes.

»Aye. Sie gehört Amber und ist nicht mehr die Jüngste«, gab Caelan dem Tierarzt recht.

»Die anderen sehen aus wie Cleveland-Bays mit einem Hauch Araberblut«, schätzte Finley nun.

»Du hast ein gutes Auge, aber ich glaube, dass du ohnehin schon wusstest, dass Ma diese Rasse züchtete«, klopfte Marven seinem Adoptivvater auf die Schulter. »Tu nicht so, als wärst du jetzt der absolute Kenner, denn diese Rasse gibt es heute nicht, das weiß ich bestimmt«, schmunzelte er. Finley tat es ihm nach und gab zu, dass er die Information aus seiner eigenen Reise ja schon hatte. Nur freute er sich jetzt, diese Tiere vor Augen zu haben.

»Ich hatte beinahe vergessen, wie schön sie waren«, murmelte er respektvoll.

»Rina ist Kyla's Stute. Aber sie gehörte zur Hauptzüchtung, New Cleveland-Bay, eine Kreuzung aus Cleveland-Bay und Andalusier«, stellte Marven weiter vor. »Sie ist noch die liebste von allen. Nicht ganz so eigensinnig wie die beiden Hengste dort«, präsentierte er die etwas größeren Tiere in den letzten Boxen, die nervös an ihren Leinen zerrten. »Das Araberblut ist eben noch genügend vorhanden, um ihnen eine leichte Verrücktheit anzudichten.«

»Tango und Cash«, mischte sich Caelan ein und erntete einen verwirrten Blick von dem Tierarzt. Diese Namen waren wohl eher ungewöhnlich, aber für Marven und Cal waren diese beiden listigen Biester den beiden Cops aus dem gleichnamigen Film ebenbürtig. Eckig, kantig, listig, kämpferisch, aber auch treu. Zumindest ihnen.

»Nun gut«, kommentierte Finley, immer noch ohne verstanden zu haben. »Ich denke, einer von euch sollte mit mir nach Knockan fahren und den Pferdelaster herbringen. Der andere könnte vielleicht für einen Braten sorgen. Heute ist Sonntag. Da ist alles zu und wir haben bestimmt nachher Hunger«, schlug er vor.

Also fuhren Marven und Finley nach Knockan, während Caelan Amber kurz informierte, was die Männer geplant hatten. Nicht ohne sie zu bitten, in dem kleinen Gemüsegarten nach brauchbaren Zutaten für den leckeren Eintopf zu suchen, den Sarah immer gekocht hatte, ging er auf Beutezug. Bis die anderen wieder zurück sein würden, wäre auch er bestimmt erfolgreich gewesen. Mit dem Gedanken machte sich der blonde Adonis auf die Pirsch.

Altes und Neues

1

»Einen Tag müsst ihr noch hier aushalten«, raunte Marven Kyla zu, die noch im Bett saß und gerade den kleinen Niall stillte.

»Aye, kein Problem. Nach Bäumeausreißen ist mir noch nicht«, erwiderte sie beiläufig.

»Cal und ich fahren die Pferde zu Trish«, informierte Marven seine Frau genauso beiläufig, da sie ihm just abgelenkt genug erschien, dass sie nicht mitwollte. Doch da täuschte er sich gewaltig.

»Wie, ihr fahrt zu Trish! Ich will mit«, forderte sie bestimmt und trennte ihren Sohn mit einem kleinen Plopp von ihrer Brust. Sie wollte Marven sofort das kleine Bündel herüberreichen, um sich anzuziehen, als der sie wieder zurückdrängte. Er ergriff seinen Sohn gar nicht erst, damit Kyla nicht in die Lage kam, sich ihnen anzuschließen.

»Naye, Liebes. Heute nicht. Du musst dich noch ausruhen und schonen und ich möchte den Kleinen hier in Sicherheit wissen«, sagte er nun energisch und ließ Kyla keine Wahl. »Das nächste Mal. Heute nicht!«

Damit verließ Marven schnellen Schrittes die Kammer, sodass Kyla ihm nur fassungslos hinterherstarren konnte. Er ergriff seinen Freund, der bereits auf ihn wartete, brüsk am Ellbogen und zog ihn eilig mit zum Pferdetransporter.

»Schnell weg, sonst kommt der Fluch der kleinen Hexe noch über uns und wir haben ein Problem«, keuchte er, als er die Wagentür aufriss, um einzusteigen. Caelan kicherte, während er sich auch auf seinen Sitz hievte.

»Man gut, dass Amber nicht so ein Hausdrache ist«, zog er seinen Freund auf, der bereits den Motor startete.

Marven ließ langsam die Kupplung los und das Gefährt setzte sich vorsichtig in Gang. Die wertvolle Fracht war diese Transportart nicht gewohnt. Es war schon schwierig genug gewesen, die Pferde in dieses Gefährt zu verfrachten, aber nun sollten sie sich nicht auch noch verletzen. Als er den LKW mit wenig Tempo den Hügel hinan steuerte, hatte er einen Moment Zeit und sah seinen Freund grimmig an.

»Amber ist eine MacDonald, Cal. Vielleicht ist sie ein wenig weitsichtiger als Ky. Sie ist ja auch älter, aber freu dich nicht zu früh. Auch sie hat einen Dickschädel«, fauchte er.

»Nun ja, im Augenblick habe ich aber gute Karten, Marv«, entgegnete Caelan gelassen. »Am kennt sich noch nicht aus und wird handzahm sein«, kiekste er.

»Ach wirklich?«

»Ach wirklich!«

Marven verdrehte die Augen, sah wieder nach vorn und konzentrierte sich auf die Fahrt. Fünf Jahre hatte er nun nicht mehr hinter dem Steuer eines Fahrzeuges gesessen und er musste sich mit den Eigenarten dieses Transporters anfreunden. Außerdem hatte er keine Lust, mit Caelan zu streiten. Sollte der sich doch in Sicherheit wähnen, dachte er. Amber war schließlich nicht blöd und lernte schnell. Die würde ihm schon beibringen, wie entspannt und handzahm sie war. Aus der Vergangenheit kannte er sie selbstbewusst und stur. Das würde sich hier wohl kaum ändern. Ein Gefühl von Zufriedenheit machte sich in Marven breit und er lächelte in sich hinein. Dass er auch nach außen hin schmunzelte, merkte er nicht. Dafür bemerkte es sein Beifahrer. Cal kommentierte das amüsierte Gesicht seines Schwagers mit einem leisen Grollen und sah ebenfalls stur geradeaus durch die Windschutzscheibe.

Sie hatten Kirkhill längst passiert und näherten sich der Einfahrt zu Trish's Hof.

»Was denkst du? Sie wird Ärger machen, oder?«, fragte Marven beinahe bange und betete innerlich ein Vaterunser.

»Ach was. Trish ist zwar manchmal eine blöde Zicke, aber sie kann nett sein. Glaub mir«, erwiderte Caelan, hörte sich aber

283

an, als würde er sich selbst nicht glauben.

Marven zuckelte mit dem Transporter, lahm wie eine Schnecke, den Privatweg hinauf, der auf der Hoffläche endete. Er wollte Trish die Möglichkeit geben, sie zu entdecken. Kurzschlusshandlungen bei dieser Frau konnten schmerzhaft werden. Kaum hatte er den Motor ausgestellt und beide Jungs waren dabei, aus dem Fahrerhaus zu klettern, erwischte sie eine bellende Begrüßung:

»Was wollt ihr? Seht zu, dass ihr Land gewinnt!«

»Hi Trish«, trällerte Caelan, der sich als Erster vorwagte, schließlich war sie seine Cousine und er hatte den Vorschlag gemacht, die Pferde hier abzuladen. Er wagte sich ein paar Schritte vor, während Marven lieber in der Deckung der offenen Wagentür abwartete.

»Ich dachte«, begann Caelan mit seinem entwaffnenden Charme, der bei Trish natürlich ankam, als würde er Perlen vor eine trächtige Wildsau werfen. Breitbeinig stand dieses Mannsweib da, in Klamotten, die ihr nun ganz und gar nicht schmeichelten. Ihr Pferdegesicht war zu einer Grimasse verzogen, die sie nicht anmutiger aussehen ließ als der hässlichste Esel an den Cal sich erinnern konnte.

»Ach, du hast gedacht, Cal«, erwiderte sie auch gleich kaltschnäuzig. »Das liegt nicht in deiner Natur, Cousin. Denken solltest du den Pferden überlassen, die haben größere Köpfe.«

Das war sein Stichwort, innerlich amüsierte er sich, dass Trish ihm diese Steilvorlage aus Versehen gab.

»Du hast recht, Trish. Darum habe ich die Pferde ja auch schon mitgebracht. Vielleicht kannst du ein paar Pfund gebrauchen und sie unterstellen, aye? Marven, mach doch mal die Verladetüren auf«, ging Caelan gar nicht mehr auf Trish ein, sondern änderte seine Taktik in *»Feind-einfach-überrollen«.*

Marven wandte sich ab, um seine Anweisung zu befolgen, während ein kurzer, prüfender Blick auf Trish ihm bestätigte, dass er sie zumindest neugierig gemacht hatte. Also schlenderte er ganz offen sichtbar ebenfalls zur Rückseite des LKW und half Marven dabei, die Rampe herauszuziehen.

»Kommt sie?«, fragte er Marven flüsternd, ohne aufzublicken. Keinesfalls wollte er Trish's Interesse dadurch brechen, indem er kontrollierend nach ihr Ausschau hielt. Hier setzte er jetzt auf Geduld, die ihm selber einiges abverlangte. Besonders, als Marven, der unauffällig nachgesehen hatte, ob sich dieses Biest von einer Frau nun zu ihnen bequemte, verneinte. Caelan atmete schwer durch und trat aus dem Sichtschatten des Fahrzeuges.

»Was ist nun? Komm her und sieh dir an, worum es geht«, forderte er sie auf.

»Was soll das werden, Cal? Pack das alles wieder zusammen und nimm deinen Sheriff mit. Verschwindet! Ich habe dich nicht gerufen«, wieherte sie. Marven prustet genervt, aber wenigstens leise.

Trish's Fehler war, dass sie sich einige Schritte in ihre Richtung bewegt hatte, was Caelan nicht entgangen war. Der Jäger in ihm war sogleich erwacht und so ging er in die Offensive.

»Okay. Marven, schieb die Stege wieder ein. Wir hauen ab«, sagte er laut und drehte sich dann Trish zu. »Du hast mich in der Tat nicht gerufen und in Zukunft wirst du das auch nicht mehr tun. Such dir einen anderen Aufpasser für deinen Hof, wenn du mal was vorhast.«

Marven war fertig mit Laden und verschoss die Hintertür des Transporters, als er Caelan's Befehl hörte:

»Steig ein, Kumpel. Wir hauen ab.«

»Also gut. Lass mal sehen«, lenkte Trish ein. Ihr waren gerade die Argumente ausgegangen. Cal war der Einzige, der nach dem Rechten schaute, wenn sie mal fort musste. Außerdem wollte sie auch niemand anderen hier alleine lassen. Caelan war ihr Cousin und auch, wenn sie ihn nicht abgöttisch liebte, so war er ihr einzig lebender Verwandter.

»Nee, lass mal stecken, Trish. Wir finden schon jemanden, bei dem wir vier Pferde unterstellen können. Deine widerliche Art geht mir schon seit Jahren auf den Sack«, schmetterte er der Walküre, die allerdings nun sichtbar zusammenzuckte, entgegen. Dann winkte er Marven zu, endlich ins Führerhäuschen zu steigen.

Die beiden schlossen krachend die Wagentüren von innen und Marven ließ den Motor aufheulen. Als er vor dem LKW Bewegung bemerkte, tat er so, als würde er sie nicht sehen.

»Was jetzt«, keuchte er und bückte sich alibimäßig nach unten, als suchte er etwas im Fußraum.

»Jetzt haben wir gewonnen«, erklärte Caelan ebenso flüsternd und tat genauso unaufmerksam wie sein Freund, bis seine Beifahrertür brüsk aufgerissen wurde.

»Vier?«, fragte Trish, natürlich ohne Entschuldigung.

»Vier!«, nickte Caelan. »Zwei Stuten, zwei Hengste«, fügte er erklärend hinzu. »Aber wenn ich es mir richtig überlege, und das meint Marven auch, dann sind die vielleicht auch ein bisschen zu schwierig für dich«, setzte er eine weitere Spitze, nur weil er wusste, dass Trish keine Herausforderung ablehnte.

»Quatsch mit Soße. Du weißt genau, dass Pferde kein Problem für mich sind. Lass sehen!«, ordnete sie an.

Caelan sah Marven mit rollenden Augen an, weil Trish das nicht sehen konnte, und fragte laut genug, dass sie es hörte:

»Was meinst du? Sollen wir meiner lieben Cousine eine Chance geben, wo sie doch so nett bittet?«

Marven begann das Spiel zu lieben und tat erst einmal sehr skeptisch:

»Aber Tango und Cash sind echt speziell. Denkst du wirklich, dass ...«

»Jetzt reicht es aber! Entweder ihr entscheidet euch jetzt oder ihr haut ab«, knirschte Trish wütend durch ihr Pferdegebiss. Das war dann auch der Augenblick, wo die beiden Freunde den letzten Strohhalm greifen mussten, wollten sie die Tiere hier lassen.

»Gut. Marv, abladen!«, befahl Cal und quetschte sich aus dem Wagen, dessen Tür halb von der Riesin versperrt wurde.

»Bringt sie oben zum Stall. Handsome, Fly und Nell können noch eine Woche auf die Weide. Eine Box ist sowieso noch frei. Oder können eure Pferde draußen bleiben?«, schnalzte Trish.

»Wohl eher nicht. Sie sind, nun, sagen wir mal, wertvoll. Wir möchten nicht, dass sie irgendwie abhandenkommen«, stellte Cal klar. Trish nickte und ging zum Pferdestall voraus, um die eigenen Pferde schon herauszuholen. Marven und Caelan machten sich daran, die nervösen Tiere, die die Fahrt zwar heil, aber gestresst überstanden hatten, abzuladen. Sie ließen sich Zeit, damit die Mannsfrau auch sehen konnte, was ihr gebracht worden war. Als Trish die Tiere sah, leuchteten ihre stahlgrauen Augen, was Cal nicht für möglich gehalten hätte.

»Das sind ja wahre Prachtexemplare«, nuschelte sie anerkennend. Auch das hatte Caelan noch nicht erlebt. Marven schon gleich gar nicht, aber er hatte auch kein Ohr für diese Beweihräucherung, da er Tango und Cash führte, die etwas zickig und widerspenstig folgten. Rina und Snowwhite waren viel weniger eigensinnig und kein Problem für Caelan.

»Das kannst du laut sagen, Lass«, ließ Caelan verlauten und drückte ihr die Zügel in die Hand, um Marven zu helfen. Trish hatte die beiden Stuten schon in ihre Boxen gebracht und unter ständigem Gemurmel beruhigt. Als sie wieder aus der Boxengasse trat, wurde sie neugierig von vier anderen braunen Pferdeaugen angestarrt.

»Na, ihr beiden?«, säuselte sie, sodass sich die beiden Männer mit hochgezogenen Brauen beäugten, während ihre zuckenden Mundwinkel ein schallendes Lachen forderte. Jedoch erschien es den beiden schlauer, sich zu beherrschen. Trish nahm einen Hengst nach dem anderen und verbrachte sie in ihren Stall. Ohne viel Federlesen folgten die Tiere wie in Trance.

»Das kann sie«, meinte Marven leise.

»Aye, trotzdem sollten wir sie warnen. Reiten muss sie die beiden nicht unbedingt, aye. Wir wollen schließlich eine lebende Tierpflegerin«, kicherte er.

Trish kam mit ganz verliebtem Blick wieder zum Vorschein, sodass Cal erst Marven einen fragenden Blick zuwarf und dann wieder Trish ansah.

»Alles in Ordnung?«, erkundigte er sich.

»Klar, Cal. Wie lange werden sie bleiben, sagst du?«, fragte Trish, immer noch abwesend.

»Nun. Vielleicht zwei Wochen. Vielleicht länger«, mischte sich jetzt Marven ein.

»Jungs. Es ist Oktober! Wenn sie länger bleiben, muss ich noch Boxen bauen. Also ein bisschen präziser, wenn's geht«, murrte sie.

»Was hältst du davon, wenn wir das an diesem Wochenende erledigen? Dann brauchst du dir keinen Kopf zu machen und wir uns nicht zu beeilen, sie wieder abzuholen, Trish«, schlug Caelan in weiser Voraussicht vor und blickte seine Cousine neugierig an.

»Deal. Und jetzt verschwindet. Ich hab noch zu tun«, schnappte sie und war wieder ganz die Alte.

Marven und Caelan schlenderten zurück zum Transporter. Dann drehte sich Cal plötzlich um und rief zu Trish herüber:

»Trish, Rina und Snowwhite sind in Ordnung, aber versuch nicht die beiden Hengste zu reiten. Setz dein Leben nicht aufs Spiel, aye. Ach was, ich verbiete es dir sogar.«

Seine Cousine kommentierte seine Warnung mit verdrehten Augen, bevor sie ausspie, als hätte sie auf Tabak herumgekaut wie im wilden Westen.

»Cal, du bist ein Idiot. Jetzt wird sie es auf jeden Fall versuchen. Wenn einer der beiden die Frau umbringt, dann bist allein du schuld«, raunte Marven seinem Freund zu. Der lupfte nur seine Schultern, als würde er sagen wollen: Wenn sie es versucht, ist sie selbst schuld. Stattdessen schlug er seinem Freund vor:

»Jetzt sind wir schon mal hier, sollen wir uns das Gelände vom Gestüt ansehen? Dann können wir anfangen zu planen, es wieder herzurichten.«

Marven nickte und änderte das Blinkzeichen des Pferdetransporters. Sie fuhren in Richtung Struy.

2

»Siehst du, was ich sehe?«, keuchte Marven, der seinen Augen nicht traute.

»Aye«, antwortete Caelan beinahe hauchend. Der Mund stand ihm offen. Wenigstens einen Moment, aber er schloss ihn schnell wieder. Er wäre auch nicht Cal, wenn er lange geschockt sein würde.

Das Anwesen, auf dem das Gestüt sich einst befand, unterschied sich nicht von dem Anwesen, auf dem sie noch vor einiger Zeit gelebt hatten. Als säßen sie in einer Kinologe und würden einen modernen Märchenfilm betrachten. Dornröschen mal anders. Im Gegensatz zu *Nachdem-der-Prinz-seine-Prinzessin-wachküsst* war hier bereits alles am Laufen. Sie beobachteten einen quirligen Betrieb. Knechte, freilich in Jeans und T-Shirt, liefen umher. Pferde standen angebunden da und wurden gestriegelt. Aus dem Haupthaus trat eine Frau mittleren Alters, auch in Hosen, aber mit Kittelschürze. Sie machte sich daran, die Tür mit einem gut sichtbaren Schlüssel abzusperren. Mit Putzzeug bewaffnet, welches sie mit hinausgenommen hatte, schlenderte sie zu einem roten Mini Cooper Clubman und verstaute die Sachen im Kofferraum mit der geteilten Heckklappe. Sie rief einem der Knechte etwas zu, winkte und setzte sich in ihr Auto, welches sie gekonnt wendete. Dann brauste sie in null Komma nichts an dem LKW von Marven und Caelan vorbei davon.

»Bist du sicher, dass deine Großmutter richtig damit lag, dass dieses Gestüt mir gehört?«, fragte Marven, nachdem er laut hörbar geschluckt hatte.

»Na ja, eigentlich schon. Aber das können wir herauskriegen«, gab Caelan zurück, hatte sich allerdings schon der Beifahrertür zugewandt und sprang aus dem Wagen.

»Hey, warte«, rief ihm Marven hinterher und machte sich sofort daran, seinem Freund zu folgen, der ihn jedoch mit erhobener Hand stoppte und ihn bat zu bleiben, wo er war. Im LKW.

»Latha math«, sprach Caelan den ersten Mann an, den er greifen konnte. »Ich suche den Inhaber von diesem Gestüt. Ich muss ihn unbedingt sprechen«, machte er sich wichtig und wies mit ausgestrecktem Arm auf das Manor.

Der Mann sah ihn verdattert an, doch dann straffte er sich und antwortete:

»Aye, das wollen viele. Aber Mr. MacDonald weilt in Übersee und niemand weiß, wann er zurückkommt. Sie müssten sich einstweilen mit dem Verwalter in Verbindung setzen, Sir.«

»Mr. Marven MacDonald weilt in Übersee?«, fragte Caelan nach und tat so, als wäre er beinahe erbost.

»Aye. Wir haben ihn noch niemals gesehen, aber wir warten jeden Tag auf seine Rückkehr. Mister Guttmann, der Verwalter, ist sehr erpicht darauf, dass hier alles gut läuft. Darum ist hier alles in Schuss, wie Sie sehen können«, erklärte der Mann mit einigem Stolz.

»Mister Guttmann?«, tat Caelan überrascht, als hätte er bei der Nennung des Vertreters, der scheinbar über dieses Anwesen wachte, vorhin nicht zugehört.

»Aye, Sir. Der Verwalter. Allerdings wohnt der in Inverness und kommt nur einmal die Woche her. Sie haben ihn leider heute verpasst«, verdeutlichte der Mann händeringend noch einmal, dass dieses Gestüt nicht völlig herrenlos war.

»Gut. Ich lasse Ihnen meine Karte hier«, wollte sich Caelan gerade an seine Gesäßtasche fassen, um sein Portemonnaie zu zücken, als ihm aufging, dass er ja gar keines dabei hatte. »Shit«, entfleuchte es ihm lautstark, womit er einen erstaunten Blick seines Gesprächspartners erntete.

»Mister?«

»Ähm, ich habe meine Brieftasche gar nicht dabei, aber sagen Sie ihm bitte, Caelan Spencer-MacCraven wünscht ihn zu sprechen, aye? Es ist dringend«, wiegelte Caelan seinen Fluch ab und wendete sich noch im Sprechen von dem Mann ab, wobei er wichtigtuerisch mit den Armen wedelte.

Zurück im Pferdetransporter, sagte er nur kurz:

»Ab zu unseren Frauen. Mach schon.«

Marven startete den Wagen, drehte und fuhr zurück zur Hauptstraße. Dann hielt er es nicht mehr aus.

»Und? Sag schon!«

»Sie warten seit einer Ewigkeit auf den Eigentümer dieser Besitzung. Allerdings wird das alles hier«, zeigte er auf die Ställe, das Manor und die Weiden, um Marven sein Eigentum noch einmal nahezubringen, »von einem Mister Guttmann aus Inverness verwaltet – und nun rate mal, wie der Hausherr heißt?«, tat Caelan, als ob er sich aufregte, allerdings verrieten ihn seine zuckenden Mundwinkel.

»Mar-ven-Mac-Donald?«, fragte Marven gedehnt, weil er es kaum glauben konnte.

»Aye, eben der. Und meiner Meinung nach sollte der sich langsam zu Hause ankündigen«, grinste Cal seinen Freund nun frech an.

»Aye, das sollte er wohl«, sinnierte Marven und konnte andererseits sein Glück kaum fassen. »Weißt du, was ungerecht ist?«, kam es dann plötzlich aus ihm herausgeschossen, als wäre in den Alpen eine Lawine abgegangen.

»Naye, weiß ich nicht«, gab Cal bedächtig zurück, denn er hatte den ärgerlichen Unterton seines Freundes nicht überhört.

»Dass Amber nichts davon gehören soll. Sie ist genauso Erbin dieses Anwesens, oder?«, grollte Marven.

»Hey, sieh mich an, Kumpel«, dröhnte Caelan nun aufgebracht zurück. »Amber ist meine Frau und ihr wird es an nichts fehlen. Traust du mir so wenig zu, mich um sie kümmern zu können? Traust du mir immer noch nicht zu, deiner Schwester alles mir Mögliche geben zu können?«, fragte er bissig.

»Ach Cal, darum geht es doch gar nicht. Versteh mich nicht falsch. Du bist das Beste, was sie haben kann. Du hättest dein Leben für sie gegeben. Ich vertraue dir doch. Aber sie hat es doch genauso verdient wie ich. Sie sollte doch auch eine Erinnerung haben an …«, stöhnte Marven, der begriff, dass sein Freund ihn missverstanden hatte.

»Aye, ich verstehe, was du meinst, aber mach dir keine Sorgen. Sie hat mehr Erinnerung an ihre Familie, als du sie jemals haben wirst. Sie hatte die Menschen, die uns in so kurzer Zeit ans Herz gewachsen sind, ihr Leben lang um sich«, versuchte Caelan wenigstens versöhnlich zu klingen.

»Aber sie hat keine Mitgift!« So, nun war es raus und Caelan schüttelte fassungslos den Kopf.

»Meine Güte, Marv. Arschgeleckt! Wir sind im einundzwanzigsten Jahrhundert. Da gibt es das Wort doch gar nicht mehr. Bist du so sehr im Mittelalter hängen geblieben, dass das tatsächlich dein Hauptproblem ist?«, regte Caelan sich auf und sah seinen Freund immer noch ungläubig von der Seite an.

Mit einem gequälten, erzwungenen Grinsen antwortete Marven mit einem kurzen Seitenblick in die Richtung seines Freundes und dann herrschte Stille, soweit das Motorengeräusch des Pferdetransporters es denn zuließ. Trotzdem hatte eine eiskalte Hand seine Magengegend grimmig im Griff. Es dauerte eine Weile, bis sich diese kalte Pranke entspannte und ihn wieder einigermaßen gelöst sein ließ.

Sie fuhren eine Weile schweigend dahin, der eine sah, obwohl völlig in Gedanken, durch die Windschutzscheibe und versuchte sich dennoch auf die Straße zu konzentrieren. Der andere sah aus dem Seitenfenster und genoss einfach nur das Dasein.

Doch dann ging ein Ruck durch Caelan und er wandte sich an Marven.

»Sollten wir Paul vielleicht auch einen Besuch abstatten? Was meinst du?«

»Naye, heute nicht mehr, Cal. Ich will zu Kyla und Niall. Wir müssen heim. Sie warten auf uns und sie sollten vielleicht dabei sein, einverstanden?«, fragte Marven ermattet. Die Erkenntnis, dass sie nicht in eine völlig ungewisse Zukunft geraten waren, war zwar beruhigend. Doch die Verantwortung, die nun auf ihnen lastete, setzte ihm zu. »Bist du überhaupt nicht müde? Machst du dir überhaupt keinen Kopf, um morgen?«, fragte Marven und gab sich im Stillen bereits die Antwort: *Nein, warum? Ist doch spannend.* Doch nun lernte er eine neue Seite seines Freundes kennen.

»Ein wenig ruhebedürftig vielleicht. Und natürlich mache ich mir Gedanken.«

»Cal, alles in Ordnung bei dir?«, erkundigte sich Marven mit einem besorgten Seitenblick. Doch sofort achtete er wieder auf die Straße. Schließlich war er an das lockere Autofahren nicht mehr gewöhnt und dies war kein Auto, sondern ein Pferdetransporter. Behäbig, zwar mit Überblick ob des erhöhten Sitzes, aber wenn man von der Fahrbahn abkam, konnte dieses Gefährt den Untergang bedeuten. Dafür war er nicht so weit gereist und außerdem war er jetzt Vater. Stolz wärmte seine Brust und ein Schmunzeln erreichte sein Gesicht. Er freute sich auf seine Frau, die ihren Sohn so tapfer auf die Welt gebracht hatte.

»Du grinst wie ein Lebkuchenpferd«, neckte ihn Caelan, der seinen Freund eine Weile beobachtet hatte.

»Wirst du auch bald, mein Freund. Wirst du auch bald«, gab Marven fröhlich zurück.

»Aye. Vielleicht«, flüsterte Cal beinahe. Noch bevor Marven nachfragen konnte, was ihn bewegte, fuhr Caelan fort: »Aber ich mache mir auch Sorgen, Marv. Finley hat gesagt, dass Amber schnellstens in ein Krankenhaus gebracht werden sollte. Er ist Tierarzt ... und Paul könnte doch ...«

»Okay. Wir fahren in die Church Street, klingeln und wenn er nicht da ist, fahren wir zum Cottage, aye?«, bestimmte Marven und ärgerte sich halbherzig. Seine Schwester lag ihm genauso am Herzen und wenn Paul einen Blick auf sie werfen könnte, wäre ihm auch wohler, obgleich er wusste, dass der Mann in einem anderen Jahrhundert Arzt gewesen war. »Du weißt aber, dass er nicht ganz up-to-date ist, oder?«, konnte er sich dann auch diese Frage nicht ganz verkneifen.

»Aye, das weiß ich. Aber sie hat ja auch nicht Ebola. Sie ist schwanger mit Zwillingen. Das hat es ja wohl schon im 18. und 19. Jahrhundert gegeben«, ging Caelan leicht genervt auf Marven's Anspielung ein. »Es ist doch völlig egal, wann er Arzt war. Kinder sind seit jeher geboren worden. Aber bevor ich Am in die Klinik bringe, ist es vielleicht gut, wenn es ihr ein Bekannter ebenfalls sagen kann. Dass sie dann beruhigter wäre und Paul ihr die Angst nehmen könnte. Oder mir«, gab er kleinlaut zu.

»Du hast recht. Ich habe kurz vergessen, dass das ja eine völlig fremde Umgebung für sie sein wird. Das grelle Licht, die vielen Geräte. Entschuldige, Cal«, lenkte Marven ein und hasste sich plötzlich für seine Unüberlegtheit, die ja ansonsten Caelan's Territorium war.

Nach einer Stunde hatten sie den Pferdetransporter geparkt

und wandten sich in die Church Street. Am Haus Nr. 10 blieben sie stehen, sahen sich kurz an und nickten sich bekräftigend zu.

»Also?«

»Also!«

Caelan drückte die Klingel und horchte, ob man das Schellen auch tatsächlich draußen hören konnte. Man konnte, sodass er seinen Finger nach einer gefühlten Minute vom Knopf nahm. Marven wollte ihn schon in die Rippen boxen, dass er aufhörte, die Schelle so lange zu traktieren, da öffnete sich auch schon die Tür mit einem Summton. Mit einem allgemeinen »Hallo« traten die beiden ein und standen in dem gleichen Flur wie vor einigen Tagen noch, nur dass es nun Autos auf den Straßen gab und definitiv das einundzwanzigste Jahrhundert außerhalb dieses Gemäuers stattfand.

»Kommt ins Esszimmer, Jungs«, waberte eine ihnen bekannte Stimme durch den dunklen Gang.

Sie machten sich also auf den Weg und fanden Paul Guttmann, der diesen Raum ganz offensichtlich zu einem Büro umfunktioniert hatte, vor einem Bildschirm sitzend vor. Als sie ihre Köpfe ungläubig durch die Tür steckten, stand Paul freudestrahlend auf und breitete seine Arme aus, um die Ankömmlinge zu begrüßen.

»Da seid ihr ja endlich«, merkte er fröhlich an, als er zu den beiden ging, die sich nun aus der Deckung trauten.

»Hey Paul. Du bist … jünger«, stellte Marven fest und hielt kurz an der Tür an, komischerweise akzeptierte er diese Veränderung ohne großes Staunen. Letztendlich war das nur eine Feststellung, also fuhr er fort:

»Wir haben es zwar eben erst erfahren, aber nun, wo wir dich tatsächlich und leibhaftig hier sehen, können wir es auch glauben«, entgegnete Marven, der sich als Erster gefasst hatte, und ließ sich in die Umarmung eines alten Weggefährten ziehen. Cal schloss sich an und begrüßte Paul selbstredend mit einem lockeren Spruch und wunderte sich, warum Paul nicht beeindruckt oder zumindest fragend die Brauen hochzog.

»Vergiss es, Caelan. Ich bin schon eine Weile hier. Ich habe mich an die Sprache gewöhnt. Du kannst mich nicht mehr schocken«, kicherte er und grinste den blonden Schönling an.

»Wie lange, Paul?«, fragte Marven, der es kaum erwarten konnte, Näheres über Paul und das Gestüt zu erfahren, obgleich sie deshalb ja nicht hergekommen waren. Dass Cal das alles nun gerade gar nicht interessierte, machte er dann auch gleich lautstark klar:

»Erde an Marven, Schwangerschaft! Schon vergessen?«

»Wie wäre es, wenn ich mich gerade landfein mache und euch begleite? Dann können wir uns unterwegs austauschen und verlieren keine Zeit, um nach den werdenden Müttern zu sehen.«

»Amber. Nur noch Amber«, keifte Caelan fast und erntete einen fragenden Blick von Paul.

»Ky hat gestern ihren kleinen Niall auf die Welt gebracht. Aber wenn du schon mal da bist, kann es bestimmt nicht schaden, wenn du auch nach ihr siehst«, mischte sich Marven nun aufschlussreich ein und bedachte Caelan mit einem wütenden Seitenblick.

»Also gut. Ich ziehe mich um und komme mit dem großen Besteck mit«, beschloss Paul und ließ die beiden Kampfhähne stehen.

»Nun erzähl schon«, forderte Marven Paul auf, als sie die Brücke über den Ness nahmen und Schulter an Schulter gedrängt im Führerhaus des Pferdetransporters saßen. Auch Caelan war gespannt wie ein Flitzebogen, obwohl er das niemals zugegeben hätte. Doch die Fahrt würde noch eine Stunde dauern, und das war Zeit, die nicht vergeudet werden sollte.

»Aye, wir sind gespannt«, rang er sich ab und Marven sah ihn interessiert an.

»Jetzt nun doch?«, fragte er seinen Freund schmunzelnd.

»Ja doch. Wir haben Zeit, oder?«, gab der mürrisch zu. Als Paul, der in der Mitte saß und die Anspannung der beiden beobachtet hatte, sich endlich räusperte, kehrte wieder eine erholsame Gelassenheit ein.

»Also, als ich euch fortreiten sah und ihr in dem Nebel verschwunden wart, blieb ich noch einen Moment und trauerte euch nach. Ich dachte, ich würde meinen Augen nicht trauen, als an der gleichen Stelle, an der ihr dieser Zeit entwichen wart, eine alte Frau auftauchte.«

»Grandma?«, keuchte Caelan.

»Aye. Sie stellte sich mir als Rigantona MacCraven vor«, gab Paul entrückt von sich, was Cal mit einem »Hmpf« kommentierte.

»Sie gab mir einen Schal und sagte: *» Wenn die Zeit gekommen ist, dann nimm diesen Schal, geh bei Vollmond zum Broch an der Fohlenweide und leg ihn dir um. Du gehörst nicht in diese Zeit. Wohin ich dich schicke, dorthin gehörst du ebenso wenig, aber dort hast du eine Aufgabe zu verrichten. Dort, mein Lieber, wirst du auch deinem Schicksal begegnen. Lass dich überraschen ... und, mein Sohn, ich schenke dir zwanzig Jahre. Du wirst ein hübscher Kerl mit dem Verstand eines alten Mannes sein«*, hat sie kichernd erklärt. Dann zählte sie mir auf, was ich zu tun hätte.«

»Was meinte sie mit ›wenn die Zeit gekommen ist‹?«, fragte Caelan dann. Weder er noch Marven machten sich um das schleierhafte Geschwafel, über Schicksal und Überraschung Gedanken. Sie hatten längst akzeptiert, dass Granny Rigantona ab und an solche merkwürdigen und kryptischen Sätze von sich gab.

»Nun, als John gestorben war, das war 1782, hatte ich ja keinen Grund mehr, dazubleiben«, verriet Paul traurig. »Da habe ich dann die Zeit gewechselt, wie sie mir geheißen hat, und kam im Jahr 2010 hier an. Dein Tipp, dass ich nachkommen sollte, war also gar nicht so falsch, nur dass ich eben vorausgegangen war, aye«, meinte er an Marven gewandt.

»Und? Was solltest du tun?«, wollte Marven nun wissen.

»Liegt das nicht auf der Hand, Marv? Denk nach!«, forderte ihn Caelan auf und rollte seine Augen gen Führerhausdecke. Er hatte die ganze Zeit aufmerksam zugehört und ärgerte sich über die Begriffsstutzigkeit von Marven, der ansonsten immer so pfiffig war. Was war bloß mit seinem Freund los? Das war immerhin nicht das erste Mal, dass sich ihre Schicksale irgendwie magisch geändert hatten. Im Stillen schwoll ihm allerdings die Brust. Immerhin war es seine Großmutter, die diese Fäden gestrickt hatte.

»Na ja. Ich sollte das Vermächtnis deines Onkels und deiner Familie schützen und so weit in Ordnung bringen, dass ihr erst mal eine Bleibe hättet, wenn ihr heim kämt«, meinte Paul ziemlich ruhig. »Allerdings hat mir das so viel Spaß gemacht, dass ich einen beachtlichen Betrieb aufgebaut habe. Als Pferde nicht mehr so ein ergiebiges Einkommen brachten, habe ich noch andere Handelsgüter mit einfließen lassen«, erklärte Paul voller Stolz. Beide Männer schauten ihn recht verdattert an, was Paul amüsierte.

»Nun, Jungs. Als Arzt war ich nicht zu gebrauchen. Die Technik und die Forschung haben mich bereits mehrfach rechts und links überholt. Seht ihr ein, oder?«, fragte er grinsend. Ein Kopfnicken von beiden Seiten zeigte ihm, dass die Herren verstanden hatten.

»Da hast du dich auf Handel verlegt?«, fragte Caelan.

»Aye, da habe ich mich auf Handel verlegt. Na ja. Eigentlich war mir das Prinzip klar; dafür habe ich zu viele Jahre an der Seite von John gelebt, als dass ich nicht mitbekommen hätte, wie das geht«, schwächte er die scheinbar unerhörte Entwicklung, die er genommen hatte, ab und zuckte mit den Schultern.

»Ich hatte überlegt, welche Handelsgüter seit dem achtzehnten Jahrhundert niemals an Wert verloren hatten und die habe ich mir näher angesehen und in unser Portfolio aufgenommen.«

»Hä? Was für ein Portfolio?«, krächzte Marven, der nur Bahnhof verstand. Er war Kriminalpolizist und kein Wirtschaftsexperte.

»Eine Art Warenkatalog, Junge«, antwortete Paul in seiner ruhigen Art. »Allerdings online.«

»Oh!«, war das Einzige, was Marven darauf erwidern konnte. Es hatte ihm einfach die Sprache verschlagen. Ein Arzt aus dem ersten Weltkrieg war ein Online-Händler geworden.

»Mann, Marven«, erklärte Cal nun etwas genervt, obwohl ihm klar war, wo seinen Freund der Schuh drückte.

»Paul oder du, für den er den ganzen Mist macht, durften doch als Person nicht in Erscheinung treten. So hat er das so anonym wie irgend möglich für dich aufgezogen. Habe ich doch richtig verstanden, oder?«, wandte sich Caelan nun an Paul und bat mit seinem Welpenblick um dessen Bestätigung.

»Aye, so könnte man es vereinfacht ausdrücken, Caelan. Aber es ist kein Mist«, erwiderte Paul mit einem gelassenen Grienen, wobei er die Betonung auf »Mist« legte.

»Kapiert. Und womit handeln *wir* nun online? Und wer ist überhaupt *wir*?«, fragte Marven dann, nachdem er vorher schon über das Wort »Portfolio« gestolpert war.

»Nun, das ist kompliziert und auch wieder nicht«, versuchte Paul zu erklären. »John hat deiner Schwester ein bestimmtes Kapital vererbt. Mit dem habe ich arbeiten können und du hattest das Gestüt und ebenfalls einen Batzen Geld.«

»Ich hatte gar kein Geld, Paul!«, widersprach Marven aufgebracht.

»Doch, mein Junge. John hat dir ebenfalls eine Apanage von mehreren hundert Pfund pro Jahr hinterlassen … und was soll ich sagen: Es wächst sich an, wenn es so ungenutzt auf der Bank rumliegt.«

»Also gut. Nehmen wir mal an, das hat alles so seine Ordnung. Wovon ich ausgehe, weil ich dir vertraue«, meinte Marven. »Wovon reden wir dann?«

»Wir reden von einem Umsatzvolumen von ungefähr zwanzig Millionen Pfund im Jahr, plus-minus«, räumte Paul ein und das ließ Marven auf die Bremse treten. Gott sei Dank befanden sie sich bereits im Niemandsland hinter Bonar Bridge, sodass mit einem Auffahrunfall nicht zu rechnen war. Plötzlich stand das Gefährt still. Caelan war von der Vollbremsung am meisten überrascht worden. Er hatte sich bestimmt arge Reibungsverbrennungen an der Schulter, die dem angelegten Sicherheitsgurt geschuldet waren, zugezogen. Zumindest zeugte sein Stöhnen davon, doch das war momentan für Marven zweitrangig. Zusätzlich oder aus einem Reflex heraus hatte Cal sich gerade noch an dem Türgriff halten können, um nicht durch die Windschutzscheibe zu rauschen, sodass auch sein Handgelenk schmerzte. Er knetete es mit schmerzverzerrtem Gesicht. Paul hatte sich ebenfalls mit aller Kraft mit den Füßen in den Fußraum und mit den Händen gegen das Armaturenbrett gestemmt. Allerdings hatte er gesehen, dass Marven sein linkes Bein auf die Bremse verlagert hatte, und war nicht besonders verblüfft gewesen, als die Bremse tatsächlich quietschte. Ein betroffenes »Argh« hatte er sich allerdings wegen des Kraftaufwandes auch nicht verkneifen können. Er schüttelte langsam, aber einigermaßen bestürzt das Haupt. Mit so viel Kopflosigkeit hatte auch er nicht gerechnet, obwohl er zugeben musste, dass dies alles schwer zu begreifen war. Er konnte Marven jedenfalls gut verstehen.

»Bist du jetzt völlig durchgeknallt?«, giftete Caelan an Paul vorbei und blickte zornig zu Marven herüber, als er sein Überleben registriert hatte und der Schmerz nachließ.

»Naye, bin ich nicht«, antwortete Marven. »Paul, du sagst mir jetzt sofort, womit wir handeln und so viel Geld verdienen, und dann sagst du mir, wer *wir* sind, und dann möchte ich …« Marven verstummte, als sich Paul's Hand beruhigend auf seinen Arm legte.

»Es ist alles legal. Wir handeln mit Pferden, mit Whisky, mit Kunst und Antiquitäten, aber auch mit Wein, allerlei Gewürzen, Kaffee, Tee und Büchern, ähm, alten Büchern. *Wir*, das meint Amber mit 33,33 %, du mit 33,33 % und ich mit 33,33 %. Können wir jetzt weiterfahren?«

»Aye.«

Marven startete den abgebockten Transporter neu. Während der Fahrt wurde geschwiegen. Doch sowohl Marven als auch Caelan war nun klar, dass Amber keinesfalls leer ausgegangen war. Besonders Marven fiel ein Stein vom Herzen, wobei er seinem Freund durchaus ein wenig angekratzten Stolz unterstellte. Paul lehnte sich zurück und hoffte auf eine friedlichere Zukunft.

Finley hatte zu Hause noch ein paar Lebensmittel zusammengeklaubt, die er mit zum Cottage nehmen wollte. Marven war bereits vor langer Zeit mit dem Pferdetransporter losgefahren, um Caelan und die tierische Fracht abzuholen. In wenigen Minuten würde auch er sich wieder zum Landhaus begeben, um das zu tun, worum ihn Marven so dringend gebeten hatte. Mit einem schlechten Gewissen, da er bereits sechs Stunden überfällig war, machte er sich endlich auf den Weg. Doch er hatte noch einige Dinge zu erledigen gehabt und die Frauen waren zäh und aus einer Zeit, in der sie nicht verhätschelt worden waren. Er war sich sicher, dass die beiden selbstständig genug waren, um diese kurze Zeit allein zurechtzukommen.

Er würde auf die beiden Frauen aufpassen, solange die jungen Männer mit der Unterbringung der Pferde beschäftigt waren. Und er würde gut aufpassen, das hatte er hoch und heilig versprochen. Schon lange hatte er keine wirkliche Aufgabe mehr gehabt, aber nun schien sich für ihn das Blatt wieder zu wenden. Eine ganze Familie war ihm beschert worden und darüber war er immens glücklich. Auch wenn er jahrelang gedacht hatte, dass der Familienzweig der MacDonalds mit ihm enden würde, lag die Sache jetzt anders. Er würde auf diesen neuen Spross, der sich so unverhofft vor seine Füße geworfen hatte, achten wie auf einen Schatz. So war es auch nicht verwunderlich, dass er sich sofort zu Kyla und Niall begab, als er wieder am Cottage ankam.

»Na, mein Kind? Wie geht es dem neuen Erdenbürger?«, fragte er fröhlich, die Klinke der Tür noch in der Hand. Doch einen Augenblick später schien die Welt unterzugehen, als er Blut auf dem Fußboden sah und der Spur mit seinem Blick folgte. Amber lag leichenblass mit dem Kopf in Kyla's Schoß, die leise auf ihre Freundin einredete und mit ängstlichem Blick aufsah, als sie Finley's Stimme hörte.

»Endlich«, keuchte sie ergeben. Finley sah, dass das Mädchen am Ende ihrer Kräfte war. Nicht nur der vorangegangene Geburtsstress, sondern auch die Angst um ihre Schwägerin hatte

sich mit tiefdunklen Ringen unter den herrlichen grünen Teich-
augen eingegraben. Schnell ging er um das Bett herum und
strich Amber vorsichtig die gelösten goldenen Haarsträhnen aus
dem makellosen Gesicht. Sie sah aus, als wäre sie aus leicht zer-
brechlichem Porzellan.

»Wann kam sie zu dir? Seit wann blutet sie?«, fragte er Kyla,
ohne diese anzusehen.

»Vor einer halben Stunde vielleicht. Vielleicht auch eher.
Finley, ich weiß es nicht so genau«, wimmerte sie und die Teiche
füllten sich mit Tränen.

»Ich muss ihren Unterleib untersuchen. Es tut mir so leid.
Aber ich muss«, verkündete Finley, der alles Emotionelle aus-
blendete, um sich dem Problem sachlich nähern zu können.

»Aye. Tu das«, bat Kyla. »Bitte«, unterstrich sie geradezu flehentlich.

Finley legte Amber ausgestreckt auf das Bett, schob ihr ein
dickes Kissen unter den Kopf und machte sich sofort an ihren
Röcken zu schaffen. Die Blutungen hatten aufgehört, aber man
sah deutliche Spuren an ihren Beinen, die die Lachen auf dem
Fußboden erklärten. Dennoch war er mehr als beruhigt, dass
zurzeit kein Blut mehr floss. Was allerdings nicht bedeutete, dass
die Irritation überstanden war. Es musste ein Arzt her, und zwar
schnell.

»Sie braucht einen Arzt«, sagte Finley und sah Kyla dabei in
das verstörte, ängstliche Gesicht.

»Ruf Marven an oder Caelan«, schlug sie vor, doch dann fiel
ihr ein, dass die beiden ja kein Mobiltelefon hatten. »Shit!«

In dem Moment fing Niall an, sich in seiner kleinen Wiege zu rühren. Zuerst gab er nur kurze Laute von sich wie ein
kleines Lämmchen. Kyla und Finley sahen zu dem Frischling
herüber und lächelten trotz der verfahrenen Situation, in der sie
sich mit Amber befanden. Noch rührte sich das Mädchen nicht,
aber dann gewann der Hunger des kleinen Niall an Intensität
und das Wimmern wurde zu einem wütenden Schreien. In dem
Moment schlug auch Amber die Augen wieder auf. Finley, der
Niall aus der Wiege gehoben hatte, beeilte sich, den zornigen

Sprössling an seine Mutter weiterzureichen, damit sie ihn stillen konnte. Dann schoss er um das Bett zu Amber, die er während seiner Schritte mit Engelszungen bekniete, sich nicht zu rühren, da sie im Begriff war, sich aufzurichten.

»Bleib so, wie du bist. Beweg dich nicht und halte einfach Ruhe, Mädchen. Die Zwillinge wollen scheinbar auch bald an die Luft. Du hattest Blutungen und ich möchte nicht, dass sie wieder anfangen. Bleib also in Gottes Namen so liegen, Lass«, gebot er. »Ich mache jetzt Wasser heiß. Vielleicht kann Kyla dich waschen, wenn sie den Kleinen gestillt hat«, wandte er sich an die junge Mutter, die ihm mit einem Nicken zusicherte, das zu tun.

»Bist du dir sicher, dass du stark genug bist?«, versgewisserte er sich nochmals bei Kyla, die mit einem lauten »Aye« bestätigte, dass sie aufstehen könne.

»Wir sollten sie ausziehen, dazu brauche ich allerdings deine Hilfe«, merkte sie an, bevor Finley davoneilte und dies mit einem »Natürlich« quittierte.

Finley holte Wasser, schürte die kleine Glut, die noch im Kamin vorhanden war, und legte einige Scheite Holz auf, damit das Feuer an Stärke gewann. Dann sah er sich um. Amber hatte scheinbar kochen wollen. Kaninchenteile lagen bereits pariert auf dem Tisch und einiges an Wintergemüsen war ebenfalls eingeholt.

Fluchend stand er da. Das Mädchen hatte sich übernommen. Der Boden war bestimmt viel zu fest, um das Gemüse freiwillig herzugeben. Sie hatte mit Sicherheit zu hart arbeiten müssen und dann noch die Schlepperei. Wäre er doch früher hier gewesen! Doch alle Vorwürfe nutzten nun nichts. Er würde zwar auf Amber's Mithilfe angewiesen sein, aber zusammen würden sie es schaffen, diese Kinder nicht zu verlieren.

Nach einer halben Ewigkeit, die sein Gemüt beinahe überstrapaziert hatte, war das Wasser endlich heiß. Er verdünnte es mit bereits abgekochtem Wasser vom Vortag und brachte es in einem Holzeimer zu Kyla, die das Baby bereits gesäubert und wieder zurück in die Wiege gelegt hatte. Nun stand sie da, mit abstehenden Locken wie eine rothaarige Furie, und sah ihn kämpferisch an.

»Also dann?«

»Also dann.«

Sie zogen Amber das Kleid aus, das von einer anderen Zeit erzählte und welches sie aus Gewohnheit wieder angezogen hatte. Finley hatte zuerst gedacht, wie unpraktisch. Doch als er sie hatte untersuchen müssen, waren seine Zweifel wie weggeblasen gewesen. Da die schottischen Frauen damals keine Unterhosen trugen, hatte er leichtes Spiel und brauchte vorhin nur die Röcke zu lupfen. Doch das Ausziehen dieser Kleidung im Ganzen hatte eine andere Qualität. Obgleich Amber sich nicht gewehrt hatte, konnte man ihr ansehen, wie unwohl sie sich fühlte, dass sie sich einem fremden Mann gegenüber hatte nackt zeigen müssen. Doch Kyla zog ihr diesen Zahn ziemlich schnell.

»Finley hat mich auch schon so gesehen, Am. Glaub mir. Es ist alles noch so wie vorher. Er hat mir nichts abgeguckt. Er hat mir prima geholfen und er wird auch dir helfen, aye?«

Amber hatte nur vage genickt und so gut es ging mitgeholfen, obwohl Finley immer darauf hingewiesen hatte, dass sie sich so wenig wie möglich bewegen sollte. Als sie endlich so weit waren, verließ er den Raum und ließ Kyla die Schwangere waschen. Da musste er nun wirklich nicht dabei sein, um dem Mädchen noch mehr Schamgefühl herauszukitzeln. Als die beiden endlich fertig waren und Amber nur noch ein T-Shirt von Marven trug, das im Normalfall viel zu groß gewesen wäre, stand den beiden der Schweiß auf der Stirn.

»Ich koch mal zuende. Eine gute Mahlzeit hilft Berge versetzten«, hatte er sich verabschiedet.

Dann machte er sich daran, das Gemüse zuende zu putzen und den geplanten Eintopf aufzusetzen, der halb vorbereitet war. Nach einer Weile, er war gerade dabei, den Tisch wieder zu reinigen, hörte Finley das Motorengeräusch des Pferdetransporters. Seine Gebete waren erhört worden. Ständig hatte er gehofft, dass die Jungs bald aufkreuzen würden. Jetzt war es also endlich so weit. Schnell raffte er die Schalen und den Abfall vom

Tisch in einen Futtereimer und eilte nach draußen.

Aus dem Führerhaus stiegen drei Männer, wobei er den dritten nicht kannte. Ungeachtet dessen stürmte er auf Marven zu und empfing ihn mit einem herzzerreißenden:

»Endlich, Junge!«

Sofort war Marven alarmiert.

»Finley, Da. Was ist passiert?«

Doch da sah Finley schon zu Caelan herüber und würgte nur ein ersticktes »Amber« hervor. Dann griff er reflexartig nach dem Arm seines Ziehsohnes und seine Knie wurden weich. Marven konnte den alten Mann gerade noch greifen, bevor der ihm vor die Füße fiel, zeitgleich rauschte Caelan an ihnen vorbei ins Haus und geistesgegenwärtig kramte Paul seinen Arztkoffer aus der Fahrerkabine des Transporters und folgte Cal.

»Das Mädchen verliert vielleicht die Kinder«, krächzte Finley und begann zu weinen. Marven konnte nicht anders, als ihn fest zu umarmen. Tröstend strich er ihm über den Rücken.

»Keine Angst, Da. Paul ist Arzt. Am wird nichts geschehen. Keine Angst«, wiederholte er in einem fort, bis Finley sich wieder gefangen hatte und sie den anderen ins Haus folgen konnten.

Paul kniete vor Amber und hielt sie in seinen Armen, bis sie aufhörte zu schluchzen, nachdem Caelan auf seine Frau zugestürzt war und er ihn mit sanfter Gewalt von Amber herunterbefördern musste. Nun stand der verstörte Hüne mit ängstlichem Gesicht in Marven's und Kyla's Gemach und wusste nicht, was er tun sollte. Er vernahm allein das stetig beruhigende Gemurmel, das Paul von sich gab, und das Wimmern seiner Liebsten. Es zerriss ihm beinahe das Herz. Da grub sich eine kleine Hand in seine und aus weiter Ferne schien ihn jemand anzusprechen:

»Keine Angst, Cal. Jetzt wird alles gut.«

Wie aus einem Albtraum erwacht, starrte er die Person an, die auf ihn einredete. Kyla versuchte ihn zu trösten und jemand stöhnte, als würde ihm das Herz aus der Brust gerissen. Als ihm klar wurde, dass dieser schmerzliche Laut seinem eigenen Leib entsprungen war, nickte er der rothaarigen Frau zu, die ein kleines Bündel in ihrem anderen Arm hielt. Sie reichte es ihm und sprach weiter auf ihn ein.

»Halt ihn mal kurz für mich, Caelan, aye?«

Caelan tat es ganz automatisch, und mit aller ihm möglichen Vorsicht wiegte er das kleine Geschöpf, dessen Schlaf augenscheinlich durch die augenblickliche Situation und emotionelle Aufgewühltheit im Raum nicht getrübt werden konnte. Das beruhigte auch sein Gemüt.

»Komm, lass uns in den Wohnraum gehen, Cal. Paul sollte Amber in Ruhe untersuchen können. Was meinst du?«, raunte Kyla ihm nun zu und zog ihn liebevoll hinter sich her.

Marven, der sich inzwischen alles von Finley hatte erklären lassen und gemeint hatte, dass genügend aufgebrachte Leute im Hause nur noch viel mehr Ungemach bringen würden, saß am Tisch. Er beobachtete Finley dabei, wie er stoisch den Eintopf rührte und durch seine Erzählung sein eigenes Gemüt kühlte. Auch die Aufklärung, wer denn Paul sei und dass dieser Mann Arzt war, halfen Finley, seine innere Ruhe wiederzufinden. Wenn er gekonnt hätte, hätte er laut und deutlich aufgeatmet. Aber er war zu alt für so viel Stress, das stand ein für alle Mal fest, beschied er und wollte die Verantwortung für das Mädchen gern diesem Paul Guttmann überlassen. Marven vertraute diesem Mann, dann würde er das auch tun.

Dann trat Kyla in den Wohnraum und zog den angeschlagenen Caelan hinter sich her, der den neugeborenen Sohn im Arm hielt. Obgleich Marven versucht war, aufzuspringen und seinem Freund den kleinen Mann zu entreißen, allein aus Angst um sein Kind, hielt er sich zurück. Kyla würde etwas damit bezweckt haben, denn sie warf ihm einen warnenden Blick zu. Als Cal sich ebenfalls setzte und Niall vorsichtig wiegte und hielt, als wäre er zerbrechlicher als Glas, entspannte er sich und nickte seiner Frau zu.

Als Paul dann nach einer Weile zu ihnen kam, sahen alle gebannt auf.

»Nun, die Kinder, zumindest eines von ihnen, liegt schon ziemlich tief. Es sieht so aus, als hätte es dieser neue Erdenbürger eilig«, grinste er. »Wir sollten allemal vorbereitet sein, aye?«

»Hat sie Schmerzen, kann ich was tun? Was soll ich machen?«, fragte Caelan aufgeregt. Seine geistige und körperliche Regungsstarre hatte mit einem Mal ein Ende.

»Sie sollte ruhig liegen bleiben und nein, sie hat keine Schmerzen, Cal. Doch sie wird welche bekommen, sie wird zwei Kindern das Leben schenken und das hat noch nie eine Frau ohne Schmerzen geschafft, das kannst du mir glauben. Ich überlege nur, ob es nicht besser wäre, einen Notarzt zu rufen. Als Hebamme bin ich wirklich nicht so gut. Wenn es aber sein muss, werde ich dafür sorgen, dass alle überleben«, gab Paul als Erklärung ab.

»Hier gibt es kein Netz. Wir können den Arzt nicht mobil anfordern«, meinte Finley, als spräche er übers Wetter. Doch dann besann er sich der vertrackten Situation und es gab nur eine Lösung. »Ich fahre nach Hause und rufe den Notarzt. Dann geleite ich ihn her. Wie viel Zeit haben wir?«, wandte er sich nun an seinen Kollegen. Humanmedizin oder Tierarzt, das war ihm im Moment völlig egal.

»Kann man schlecht sagen, aber ich denke, wir haben vielleicht zwei oder drei Stunden. Ist das machbar für sie?«, fragte Paul.

»Aye, das müsste gehen. Ich mach mich sofort auf den Weg«, beschloss Finley, ließ den Kochlöffel los, an dem er sich, wie er kopfschüttelnd bemerkte, festgehalten hatte, als wäre es eine Rettungsleine für Schiffbrüchige.

Damit griff er nach seiner Wachsjacke, die er vorhin einfach über einen Stuhl geworfen hatte, und war verschwunden. Nur das Aufheulen seines Rovers, den er augenscheinlich hastig auf Geschwindigkeit zu bringen versuchte, zeugte von der Abfahrt. Marven hoffte, dass sein Ziehvater nicht die Nerven verlor und heil sein Ziel erreichte.

»Hat jemand Hunger?«, fragte nun Kyla, und Marven sah auf, erkannte seine Frau, die stets Essen anforderte, wenn sie im Stress war oder diesen abbauen musste, und schmunzelte.

»Aye. Riechen tut es wie bei Mutter. Mal sehen, ob es genauso gut schmeckt«, mutmaßte Caelan, der nun wieder ganz der Alte war. Nachdem die Kavallerie angefordert war, schien seine Angst um Amber eine gemäßigte Umlaufbahn genommen zu haben. Er stand auf, reichte Kyla das Baby und holte vier Holzschalen und Löffel. Dann hievte er den Kessel mit dem Eintopf auf den Tisch, bewaffnete sich mit einer Kelle und füllte die Schalen.

Paul schnupperte kurz und dann stöhnte er leise, dennoch so laut, dass alle aufsahen. Verlegen murmelte er:

»Es ist so lange her, dass ich so was Herrliches zu essen bekommen habe. Verzeiht, wenn ich mich gerade seelisch labe.«

Alle lächelten sich an und gruben ihre Löffel in den gehaltvollen Eintopf, dem Finley noch einige Kartoffeln beigefügt hatte, die hier nun nicht mehr vorrätig waren. Kyla löffelte umständlich um das Baby herum, sodass Marven ihr das Bündel abnahm. Sie bedankte sich mit einem liebevollen Blick und setzte ihre Nahrungsaufnahme fort, die in einen großen Nachschlag mündete. *Es sei ihr gegönnt*, dachte Marven stolz, als sich das Bündel in seinem Arm regte und seine Augen aufschlug. Nun konnte er seinen Sohn das erste Mal eingehender betrachten. Seine Augen waren blau. Der Flaum auf dem Kopf hell, fast golden. Aber das würde sich wohl alles noch ändern. Doch der Schwung dieser Lippen erinnerte ihn an jemanden, den er als Robert MacDonald kannte. Einen ganz ähnlichen Eindruck hätte er gewinnen können, wenn ihm jemand aus dem Spiegel entgegensah, sollte er persönlich einmal hineinschauen. Heimweh nach seinen Eltern, Stolz auf seinen Sohn und Liebe für seine kleine Frau erfüllten sein Herz. Dann besann er sich aufs Essen und hoffte, dass Niall seine Mutter nicht in den nächsten Minuten forderte, sondern die Zeit im Arm seines Vaters genauso genoss.

Als Kyla ihm das Kind wieder abgenommen hatte, machte er sich daran, den Tisch abzuräumen, nachdem er sich versichert hatte, dass alle gesättigt waren. Er wusch auf und stellte die gewaschenen Schalen auf ein Abtropfgestell, das den einzigen Hinweis auf die Neuzeit darstellte. Es war zwar aus Holz gefertigt, hatte aber die Form eines Plastikgestells, das er aus seiner Junggesellenbude in Edinburgh kannte. Die Arbeit hatte etwas Beruhigendes und er ahnte, dass dies die Ruhe vor dem Sturm war. Die anderen würden, wie sie jetzt gesättigt und in sich gekehrt auf ihren Stühlen saßen, wohl ihre kleine Auszeit mehr als benötigen. Kaum hatte er das zuende gedacht, hörten sie ein gequältes Zischen aus dem Nebenraum. Die Türen hatten aufgestanden, damit sie Amber jederzeit vernehmen konnten, und als dieser Laut durch ein gepresstes Stöhnen unterstrichen wurde, sprangen Paul und Caelan bald zeitgleich auf und eilten in das Schlafgemach. Im Lauf zischte Paul:

»Heißes Wasser machen.« Damit war er verschwunden.

Als Finley ein sich mit Blaulicht ankündigendes Fahrzeug auf das fernab jeder Zivilisation liegende Gehöft leitete, war bereits ein kleines Mädchen geboren.

Der Notarzt stieß die Tür zum Cottage auf und überraschte Kyla dabei, wie sie den Frischling in einem Kübel mit warmem Wasser badete, während ein weiteres Bündel in einer riesigen Holzschale lag.

»Wir kommen zu spät, wie es scheint«, murrte der Mann.

»Ich denke nicht«, antwortete die junge Mutter ärgerlich, da sie zum Äußersten angespannt war. Sie konnte es nicht haben, wie Amber litt. Obgleich sie selber gerade geboren hatte und den Geburtsschmerz noch im Sinn hatte, den sie sich schlimmer vorgestellt hatte, würde sie das nicht zweimal sofort hintereinander durchstehen mögen. Sie wies dem Mann die offene Tür ins Hinterhaus und dem folgenden Sanitäter, der einen Koffer und irgendwelche weiteren Utensilien schleppte, ebenfalls.

Gerade, als der Notarzt zur Tür hereinkam, war der Kopf des zweiten Kindes zu sehen und Paul ließ sich keine Sekunde ablenken und bat Amber um Kraft für die nächste Presswehe.

»Mach schon, Lass. Einmal noch, dann ist es vorbei. Du hast es gleich geschafft«, feuerte er die entkräftete Frau an, die von Caelan gehalten wurde und wie ein Preisboxer kurz vor dem K. o. in den Seilen, sprich in seinen Armen hing. Die Wehe kam und Caelan und Amber pressten das Kind gemeinsam auf die Welt.

Ein kleiner Junge flutschte in Paul's Hände. Der sofort dafür sorgte, dass der Geburtsschleim von der Nase entfernt wurde, als der Lümmel auch schon gellend schrie.

»Kollege«, raunte der Notarzt Paul zu, der erst jetzt bemerkte, dass der Mann neben ihm kniete. Mit einem fragenden Blick sah er auf die Klemme, die Paul während der Geburt bereits aus dem Koffer gezogen hatte und nach dem Schrei des Kindes auf die die Nabelschnur gesetzt hatte, die Mutter und Kind noch verband.

»Aus welchem Antiquariat haben Sie das denn?«, fragte der Mann erstaunt. »Hoffentlich ist die steril.«

»Ein Erbstück, wie der ganze Koffer dort, aber ich kann Ihnen versichern, dass diese Sachen gepflegt und keimfrei sind, mein Herr. Im Übrigen war nichts anderes verfügbar«, erklärte Paul dem Notarzt und hatte so viel Selbstbewusstsein in seine Stimme gelegt, dass keine Fragen offen blieben. Der Mann nickte. Bei einer Geburt war es nun tatsächlich so, dass die Ärzte nicht gefragt wurden, ob der Termin passend war oder nicht. Da galt nur Handeln und das hatte dieser Mann ganz offensichtlich gut hinbekommen.

»Wenn Sie nichts dagegen haben, machen wir hier jetzt weiter. Den Säugling können Sie der Dame draußen mitnehmen, damit sie ihn wäscht. Ich schau mir die Kinder nachher an, alles klar?« Damit wandte er sich mit dem Wort »Schere« an seinen Sanitäter, der ihm diese bereits halb ausgepackt anreichte. Ein hörbares »Sscht« trennte Mutter und Kind und schon wurde Paul angewiesen, zu gehen.

Hätte Caelan nicht so viel Sorge um Amber gehabt und noch die Kraft, sich aufzubäumen, hätte er dem Arzt die Meinung gegeigt, aber Amber hatte ihn ausgelaugt und nun war er nur noch froh, dass sich jemand um sie kümmerte, der modernes Gerät bei sich hatte.

»Oh, wie süß, ein Pärchen«, säuselte Kyla als sie den kleinen Jungen gereicht bekam. Marven hatte sich Niall aus dem Butterfass gefischt, als das kleine Mädchen gebadet und eingewickelt worden war. Die Ablage wurde für das neue Baby gebraucht. Dann hatte Kyla frisches Wasser beschafft und nahm den nächsten Frischling in Empfang.

»Die Herren sind jetzt mit Amber beschäftigt und ich bin über«, knurrte Paul, sichtbar in seiner Ehre gekränkt. Er hatte die ganze Arbeit geleistet und dieser Notarzt machte sich noch über ihn lustig!

»Ach Paul, sieh nur, was du geleistet hast. Die Kinder sind bildhübsch und gesund. Sei nicht betrübt. Du bist ein guter Arzt und wenn du behauptest, als Hebamme nicht zu taugen, dann unterhalte dich mit Finley«, knipste sie ihm ein Auge und schmunzelte ihn schelmisch an. Dieses Gesicht konnte ihn nur aufheitern und Finley kam bereits mit einem Glas Whisky auf ihn zu.

»Gut gemacht, Herr Doktor. Ich bin beeindruckt«, zwinkerte auch dieser Mann. Vorbei war der Missmut, und Freude begann sich breitzumachen, als auch Marven ihm mit einem Lächeln und einem »Slàinte« zuprostete.

Paul's Blick verfinsterte sich noch einmal an diesem Abend, als der Notarzt in die Wohnstube eintrat und die Kinder begutachtete. Zuerst schaute er sich die Zwillinge genau an und hatte nicht das Geringste auszusetzen. Dann sah er sich auch Niall an, weil Kyla ihn nett dazu aufforderte. Auch Niall hielt der Begutachtung stand, sodass der Mann die Geburten der drei Kinder schriftlich bestätigte und die Eltern bat, diese Meldungen pronto beim Gemeindebüro ihrer Wohnorte abzugeben.

»Hausgeburten sind ja schön und gut, Leute. Aber nicht bei Risikoschwangerschaften! So was, wie ihr hier abgezogen habt, grenzt ja bald an Fahrlässigkeit. Mannomann, das muss ich aber echt schon sagen. Na ja«, grinste er, als Finley ihm auch einen Whisky in die Hand drückte. »Gut, dass hier ein Mann zugegen war, der selbst mit diesem mittelalterlichen Material was anzufangen wusste.«

Paul räusperte sich kurz, überlegte, ob er darauf antworten sollte, doch der Stupser in die Rippen, den er von Marven bekam, änderte seine Meinung und er rang sich ein gequältes Lächeln ab.

»So, wir machen uns auf den Weg. Wie wäre es, wenn Sie der Mutter nun ihre Kinder bringen?«, verabschiedete sich der Notarzt, dessen treuer Kofferträger ihm auf dem Fuß folgte und mit ihm von dannen zog.

Zusammen enterten die aufgeforderten Herrschaften das Geburtszimmer und gaben der Mutter, die von Caelan inzwischen ordentlich gewaschen und hergerichtet worden war, die Kinder. Umständlich nahm sie jeweils eines in die rechte und linke Armbeuge und wusste nicht, wo sie mit ihren verwässerten Augen zuerst und zuletzt hinschauen sollte. Caelan setzte sich neben sie und beugte sich ebenfalls vor, um seine Brut zu betrachten. Hin- und hergerissen schaute auch er vom einen zum anderen.

»Herzlichen Glückwunsch, Am«, ging Marven stolz zu seiner Schwester und drückte seinen Freund sanft an die Seite, um ihr einen Kuss auf die Stirn zu geben. »Und? Habt ihr auch schon Namen für die beiden?«, ächzte er, als er sich wieder in die Senkrechte begab.

»Aye, haben wir«, meinte Caelan stolz.

»*Liam* für den Jungen, im Andenken an seinem Onkel William und *Enya* für das Mädchen, die wie die Feuerwehr auf diese Erde wollte. Das Feuer des Lebens soll sie dann auch sein, denke ich«, erklärte Caelan feierlich.

»Oh, ich habe dich gar nicht für so einen Poeten gehalten«, witzelte Kyla.

»Naye, bin ich auch nicht. Die Namen hat mir Am erklärt. Aber selbst wenn sie die beiden Dick und Doof hätte nennen wollen, wäre ich eben einverstanden gewesen«, gab er ermattet zu. Wäre Amber nicht immer noch zu sehr damit beschäftigt, ihren Zwillingen verliebte Blicke zuzuwerfen, hätte sie Cal für diesen blöden Spruch eins übergezogen.

»Okay, alle Mann raus hier«, befahl Kyla, als Liam und Enya unruhig wurden. »Die Kinder sollten jetzt endlich gefüttert werden. Dafür brauchen wir euch nicht«, verscheuchte sie die Männer einschließlich des stolzen Vaters und half Amber mit den Säuglingen, wobei sie einen der Zwillinge selber anlegte, da beide anfingen zu schreien und ihre Schwägerin nicht in der Lage war, beide gleichzeitig zu stillen. Niall war bereits satt und schlief.

»Dann wirst du für Niall nicht mehr genug haben, wenn er wach wird«, moserte Amber mit schlechtem Gewissen.

»Ach was. Die Brust ist eh bald leer und zum Nuckeln und für eine kleine Portion wird es wohl reichen«, beschwichtigte sie ihre Schwägerin, die ihr mehr Freundin oder Schwester war, liebevoll.

4

Die Männer saßen im Wohnraum um den Tisch, fast wie in alten Zeiten, wenn sie sich berieten und die Frauen ihrer Arbeit im Haus oder im Kräutergarten nachgingen. Als die Euphorie der Geburten und der erste Whisky sich gesetzt hatten, fiel ihnen das auf.

»Was machen wir denn jetzt?«, fragte Caelan in die Runde.

»Wie, was machen wir jetzt?«, hakte Marven nach, weil er seinem Freund nicht folgen konnte.

»Na ja, es gibt das Gestüt. Es gibt unsere Jobs in Edinburgh, die wir Montag wieder antreten müssen, und wir haben Trish versprochen, die Boxen zu bauen. Also, was machen wir jetzt?«

»Tja, das mit den Boxen hat sich ja wohl erledigt«, meinte Marven lapidar.

»Aye, sehe ich genauso. Allerdings würde ich da mal nicht ohne meine Cousine drüber hinweg denken. Die hat sich heute in vier Pferde verliebt und sie wird nicht begeistert sein, wenn wir sie nach einem Tag wieder dort abholen, Marv«, gab Caelan zu bedenken. »Auch die Pferde sind noch gestresst. Vielleicht sollten wir sie nicht schon wieder verladen und auf das Gestüt bringen. Ich weiß zwar, dass sie es dort besser haben würden, also rein stallmäßig, aber Trish kümmert sich besser als jeder Knecht dort. Jede Wette.«

»Hmpf. Vielleicht sollten wir ihre Pferde für eine Weile dorthin bringen. Wir sollten sie fragen«, erwiderte Marven nachdenklich.

»Das wäre sicher eine Möglichkeit. Ich hoffe, sie zieht nicht gleich einen Colt und schießt uns um. Du kennst sie ja«, griente Caelan, doch bei der Nennung von Schusswaffen wurde Paul hellhörig.

»Ihr wisst aber schon, dass ihr jetzt Familie habt, oder? Ihr könnt es euch nicht leisten, umgebracht zu werden. Wer ist denn diese hitzige Person?«

»Meine Cousine Patricia Spencer. Paul, du machst dir kein Bild. Aber wenn du einen blutrünstigen Wikinger mit einem hässlichen Pferd kreuzt, dann kannst du es dir womöglich vorstellen«, witzelte Caelan und Paul machte ein Gesicht, als hätte er in eine Zitrone gebissen.

»Keine Angst, Paul. Cal übertreibt. Stell dir das gleiche Bild vor, das passt schon, aber Kyla mag sie und hat immerhin acht Wochen mit der Berserkerin auf ihrem Hof überlebt. So schlimm kann sie nicht sein. Wir müssen sie nur wieder weichkochen«, beschwichtigte Marven.

»Häh, weichkochen? Wie soll das gehen? Granny hat doch gesagt, dass Trish diese Episode eher nicht im Gedächtnis gespeichert hat. Also müssten wir bei null anfangen«, widersprach Caelan seinem Freund.

»Aber wenn der Junge recht hat und man das nur an die Oberfläche bringen muss, vielleicht funktioniert das ja«, gab nun Finley zu bedenken.

»Aye, rein psychologisch gesehen wäre das machbar«, mischte nun auch Paul mit.

»Könnt ihr vergessen, Jungs. Ich werde diesem Teufelsbraten nicht meine kleine Kyla vorwerfen und nachher nur noch ihre Knochen aufsammeln. Sie hat ein Baby. Unser Baby!«

»Wenn deine kleine Kyla aber gar keine Angst davor hat, der Hünin gegenüberzutreten«, säuselte eine sehr lieblich Stimme von der Tür aus in die Männerrunde und alle starrten sie an, als hätte sie Pestbeulen im Gesicht.

»Naye! Kommt nicht in Frage, Kyla. Niall braucht dich und kann keinesfalls auf dich verzichten und ich übrigens auch nicht«, stellte Marven klar und musste sich zurückhalten, um nicht auszurasten. Vielleicht hatte er doch ein wenig Temperament von seinem Vater geerbt. Nicht das ruhige, überlegte Gemüt von Al, der ja sein Großvater war, kam da gerade an die Oberfläche.

»Herrschaftszeiten, Marven. Bitte komm wieder runter. Die Frau wird mir nichts tun. Glaub mir einfach«, wütete Kyla ihn an. Sie maßen sich mit Blicken und die Luft flirrte, bis Marven aufstand und erbost das Cottage verließ.

»Ich weiß nicht, ob das nun der gesamten Planung geholfen hat«, sinnierte Finley.

»Nee, wohl nicht«, kommentierte Cal. »Jetzt bleiben immer noch die Fragen, wohin wir gehen und was mit Montag ist. Apropos Montag. Wann ist das überhaupt? Als wir gekommen sind, hat Granny gesagt, in einer Woche am Montag müsst ihr wieder arbeiten gehen. Am nächsten Tag kam Finley, also am Dienstag. Am Mittwoch, ach, das ist ja heute, haben wir die Pferde weggebracht, Paul aufgetrieben und noch mal Kinder bekommen. Also in fünf Tagen, richtig?«, erkundigte er sich mit einem Rundumblick und erntete fragende Blicke.

»Naye, Niall ist am Sonntag geboren, also seid ihr Samstag, am 31. Oktober angekommen, dann ist heute Montag und das heißt, ihr müsst nächsten Montag wieder arbeiten«, stellte Finley klar.

»Aye, ich erinnere mich. Granny hatte gesagt, es sei der 31. Oktober. Stimmt!«, gab Caelan zu und schwadronierte weiter: »Okay, umso besser. Also denke ich, wir sollten uns morgen auf den Weg zum Gestüt machen und die Frauen dort unterbringen. Geht das?«, sah er Paul fragend an.

»Prinzipiell schon. Ein paar Anrufe und das läuft. Allerdings geht das ja augenscheinlich nicht von hier. Kein Netz«, gab Paul zu denken. Caelan nickte bedächtig.

»Wir brauchen außerdem das komplette Equipment für Säuglinge, von der Windel bis zur Trockenmilch. Danach müssen wir zu Trish. Dann am Sonntag müssen Marven und ich nach Edinburgh«, stellte Cal sachlich fest und verzog seinen Mund in die Breite, sodass seine Lippen beinahe einen Strich darstellten und seine Augen zu Schlitzen wurden. Er überlegte, ob er etwas vergessen hatte. Dann entspannte sich alles blitzartig. Anscheinend war er mit seiner Zusammenfassung zufrieden.

»Können wir das alles so hinkriegen?«, richtete Cal sich nochmals an Paul, der bedächtig nickte.

»Wir brauchen für den Einkauf eine komplette Liste, dann kann ich das bestellen und alles ist am Gestüt, bevor ihr da auftaucht. Dazu muss ich aber telefonieren. Vergiss das nicht«, schränkte Paul seine Möglichkeiten wieder einmal ein.

»Das mit dem blöden Telefon bekommen wir hin. Dann müssen wir eben zu mir nach Hause fahren, wenn alles fertig geplant ist«, bot Finley an.

»Kyla, kannst du alles aufschreiben, was wir für die Babys brauchen? Vergiss möglichst nichts. Schreib für ein Kind auf und nimm es nachher einfach mal drei. Aber lass Liam nichts Rosafarbenes tragen, wenn es geht«, verteilte er bittend, geradezu flehentlich, eine Aufgabe an Kyla.

»Aye, mach ich«, gab Kyla erregt zurück. Sie ging zurück zu Amber und bezog ihre Wünsche mit ein.

Da ging auch wieder die Haustür auf und Marven kam mit einem Hauch kalter Luft hinein. Er hatte sich abgekühlt, indem er draußen eine kalte Dusche genommen hatte. Mit seinem T-Shirt hatte er sich notdürftig abgetrocknet und nur die Jeans wieder angezogen. Sein nasses Haar, das nun noch eine Nuance dunkler erschien, hatte er nur grob ausgeschüttelt. Wie ein begossener Pudel stand er nun da, mit freiem Oberkörper und seinem durchfeuchtetem T-Shirt in der Hand. Jede Frau wäre bei dem Anblick in Ohnmacht gefallen. Da stand ein Sexsymbol, wie einem Pin-up-Kalender für Damen entsprungen, und selbst die Männer am Tisch schauten beinahe neidisch auf. Nur Caelan, der sein körperlicher Zwilling hätte sein können, zumindest war er genauso attraktiv, nahm seinen Blick schnell wieder von ihm und richtete ihn auf die älteren Männer, insbesondere auf

Paul, der einigermaßen beeindruckt schien. Mit einem Kopf-schütteln und einem lockeren Spruch holte er den Arzt in die Wirklichkeit zurück.

»Hey, wenn du Fliegen fangen willst, ist das einfacher mit einem Schlappen als mit dem Mund.«

»Das war fies«, raunte der, doch schon klappte Paul's Mund hörbar zu und ein rosiger Schleier überzog seine Wangen. Marven, der das sah, machte sich ab ins Hinterzimmer und suchte sich was zum Anziehen. Dann kam er zurück und setzte sich wieder zu den anderen, als wäre nichts geschehen. Das fehlte ihm noch, dass er Paul auf seine Fährte brachte. Auch wollte er den Mann keinesfalls in Verlegenheit bringen. Krampfhaft überlegte er, wie er die Aufmerksamkeit aller umlenken konnte. Da kam ihm der Gedanke, der ihn bereits unter der Dusche heimgesucht hatte:

»Paul, ich schäme mich zu Tode, aber ich oder wir waren bisher völlig abgelenkt«, begann er stotternd. »Weißt du was von Ma, Da, Al und Sarah?«

Augenblicklich fiel Paul quasi in sich zusammen.

»Es gab ein Schiffsunglück. Die einzig Überlebende war Jo-line«, erzählte Paul traurig. »Sie soll ganz traumatisiert auf Fai-rydale, so hatte John sein Gut auf der Ile de Bretone genannt, angekommen sein. Als es ihr wieder besser ging und das Ge-stüt dort zur Hochform auflief, war sie plötzlich spurlos ver-schwunden, zusammen mit ihrer treuen Dienerin Enola, einem Halbblut. Mehr wissen wir nicht. John wäre ja hingefahren, aber seine Krankheit ließ diese Reise nicht zu und so folgte er kurze Zeit später seinem Bruder, seiner Schwägerin und Robert in die Anderwelt.«

Ein lauter Hauch des Schocks kam aus Marven's und Caelan's Brust. Marven ärgerte sich, dass er gefragt hatte, nur um Paul von einer Verlegenheit in tiefe Trauer zu stürzen. Denn die stand dem Mann in Form von Tränen in den Augen. Aber auch er musste gegen den Wunsch zu weinen ankämpfen. Genauso wie sein Freund Cal.

»Shit!«, krächzte Caelan. »Damit hatten wir nicht gerechnet.

Dass sie derzeit alle schon tot sind, das war uns ja klar, aber so was«, winselte er beinahe wie ein getretener Hund.

»Freude und Trauer liegen immer so schrecklich nah beieinander«, knurrte Finley.

»Aye, das ist wohl so«, hauchte Marven ergriffen und schloss die Augen, um die aufsteigenden Tränen vor den anderen zu verbergen, doch es war umsonst. Als er spürte, wie sich die erste Träne ihren Weg über seine Wange bahnte, weinte er. Er weinte leise, allein das Hochziehen der Nase, die beinahe keinen Atemzug mehr durchließ, zeugte davon. Aber die Geräusche neben ihm, die von der gleichen Qualität waren, verrieten ihm, dass er nicht allein mit seiner Trauer war. Allein Finley weinte nicht und Paul hatte schon lange keine Tränen mehr. Die hatte er Jahrhunderte früher reichlich vergossen.

»Wir sagen es den beiden noch nicht, aye«, wisperte Marven, als er sich wieder beruhigt hatte.

»Naye. Wir sagen es den beiden nicht. Noch nicht!«, beschied ihm Cal und legte seine Hand auf Marven's Unterarm, der in seinem Schoß mündete. Sosehr dies eine sehr intime Geste war, deuteten die anderen sie als Zeichen inniger Freundschaft. Und das war sie. Die beiden würden ein Leben lang durch Dick und Dünn gehen, das wusste Finley ohnehin. Aber nun sah es auch Paul, der es natürlich ebenfalls immer schon geahnt hatte. Nicht umsonst hatte sich Marven beinahe zu Tode geritten, um ihn für Cal auf das Gestüt zu bringen. Nicht umsonst hatte er ihn um das für diese Zeit unmögliche Unterfangen einer Bluttransfusion gebeten. Die beiden hatten bereits einen langen Weg zurückgelegt, der ihre Seelen untrennbar vereinte, und das tröstete ihn. Mehr noch, es freute ihn sogar, denn sie würden auch zukünftig zusammenhalten müssen, das stand mal fest.

»Duschen?«

»Duschen!«

Zeitgleich standen die beiden auf und verließen das Cottage. Zurück blieben Finley und Paul.

»Ich habe die Liste …, oh«, kam Kyla aus dem Hinterhaus und stutzte, als sie nur die zwei dort sitzen sah. »Wo sind sie?«

»Gemüter kühlen. Sie wollten duschen«, erklärte Finley.

»Aber Marven hatte doch schon geduscht«, stellte sie irritiert fest.

»Aye Lass, manchmal ist kaltes Wasser öfter als einmal nötig.«

»Oh, na ja. Paul, wenn du dies alles bestellen könntest, wäre uns für den Anfang geholfen, denke ich.«

Paul zog die Liste zu sich hin und überflog die Wünsche der Frauen, wobei Amber sich vermutlich mehr auf Kyla verlassen hatte, da sie gar keine Ahnung davon hatte, was Babys in dieser Zeit so brauchen würden.

»Geht klar, Mädchen. Wenn Finley mich jetzt zu sich nach Hause bringt, dann wird morgen alles am Gestüt sein. Weiß Amber schon von ihrem Glück? Ach, am besten sehe ich noch mal nach ihr, bevor ich gehe«, murmelte Paul vor sich hin.

»Naye, sie schläft und alles ist prima. Glaub mir. Wenn du morgen nach uns siehst, wird das reichen«, hielt sie ihn davon ab, zu Amber zu gehen.

»Na gut, dann sollten wir jetzt los. Grüß die beiden, aye. Bis morgen«, sagte Paul und verließ das Haus. Finley folgte ihm auf dem Fuß und ließ ebenfalls einen Gruß zurück.

Kyla zuckte mit den Schultern und ging zurück ins Schlafgemach, das nun eindeutig ein Frauen-Kinder-Zimmer geworden war. Die Männer würden sich den anderen Raum teilen müssen. Für diese eine Nacht würde das wohl gehen, immerhin hatte sie schon so einiges geteilt, lächelte sie vor sich hin.

Am nächsten Tag zogen die Zeitreisenden also auf das Gestüt um und richteten sich vorerst dort ein. Paul hatte das Manor auf den neuesten Stand der Technik gebracht. Bad und Küche waren für Amber die ersten Lernfelder, die Kyla geduldig erklärte, wie sie es schon mit Joline getan hatte. Das war lange her, dachte sie bei sich.

Inzwischen sahen sich Caelan und Marven auf dem Gestüt um.

»Was machen wir nun mit unseren Pferden?«, fragte Marven beiläufig, während sie an den Boxen entlangschlenderten und den Bestand begutachteten.

»Vielleicht bieten wir ihr tatsächlich an, zunächst ihre Schindmähren hier einzustellen. Aber ganz ehrlich? Wenn ich diese Qualität hier sehe, wäre ich dafür, unsere Pferde so schnell es geht herzubringen«, meinte Cal. »Wir brauchen den Pferdetransporter von Finley wenigstens nicht, schau mal da«, wies Caelan auf einen hochmodernen Transporter, der selbst dem aufgeregtesten Pferd wie das Paradies vorkommen musste.

»Gut. Probieren wir es. Meinst du, Amber könnte Niall eine Weile mit beaufsichtigen, damit Kyla mir nicht die Hölle heiß macht, wenn sie wieder nicht mit darf?«, fragte Marven.

»Tja, am besten fragen wir sie, oder?«

»Aye.«

5

Aufgeregt rutschte Kyla auf dem Doppelsitz des Führerhauses herum, den sie sich mit Caelan teilte.

»Hör auf, so nervös herumzuzappeln, Kyla«, motzte Caelan, dem dieses Gehampel anfing auf die Nerven zu gehen.

»Hast du Angst, mò chridhe?«, fragte Marven, der erst durch Cal's Gemoser auf Kyla's Unruhe aufmerksam geworden war. Sie zitterte ein wenig. Er wusste nur nicht, ob es Aufregung oder tatsächlich Angst war.

»Naye. Aye, ein bisschen vielleicht. Wenn sie mich doch nicht erkennt«, philosophierte sie.

»Du hast sie schon einmal im Sturm erobert. Sei nicht bange. So schlimm wird es nicht«, beschwichtigte er sie.

»Was redest du? Trish ist ein Ungeheuer und sie kennt Kyla nicht, also rede der Frau gefälligst nichts anderes ein«, grummelte Caelan.

»Sie kannten sich damals auch nicht und trotzdem ist Kyla nicht umgekommen, Cal. Also bereite ihr jetzt nicht noch mehr Furcht, klar?«, fuhr Marven seinen Freund ärgerlich an. Konnte dieser Mann nicht einmal im Leben etwas Feingefühl an den

Tag legen? Zu weiteren Gedanken war keine Zeit, denn sie hatten die Hofauffahrt erreicht.

»Sie wollte doch unbedingt mit«, nuschelte sich der angefahrene Caelan in den Bart, den er nicht hatte. Er selbst war zwar nicht ganz mutlos, aber Vorsicht war die Mutter der Porzellankiste.

»Gleich gilt es«, warnte Marven seine Frau noch einmal vor und schenkte ihr ein aufmunterndes Lächeln.

Sie hielten den hochmodernen Transporter an der gleichen Stelle wie vormals Finley's Wagen und stiegen aus.

»Trish?«, rief Caelan. Doch es kam keine Antwort. »Lass uns in die Boxen sehen. Wie ich die Frau kenne, hat sie sich eins der Pferde geschnappt und macht 'ne Spritztour«, schlug er vor.

Der Gang durch die Boxen zeigte ihnen sehr schnell, dass Cal's Cash nicht in seiner Box stand.

»Na, hoffentlich bricht sich das Weib den Hals«, stampfte er wütend auf, während Marven an ihm vorbei in die letzte Box ging und Tango begrüßte.

»Wenigstens hat sie deinen Bruder genommen und nicht dich, aye«, murmelte er seinem Hengst zu, wobei er ihm die Stirn streichelte. Der Hengst kommentierte das mit einem Schnauben, was Marven grinsen ließ.

Nachdem Kyla die beiden Stuten gesehen hatte, hatte sie sich nicht damit aufgehalten, den beiden Männern zu folgen, sondern machte sich in Richtung Weiden auf den Weg, auf denen Handsome, Fly und Nell, ihrer Einschätzung nach, stehen könnten. Goliath, Kashmir, Lucie, Bee und Hendrix standen im Stall. Tango, Rina und Snowwhite ebenfalls, sodass die verrückte Frau es wohl mit Caelan's Cash aufgenommen hatte. Nun, mutig genug war Trish, und wenn Cash sie mochte, würde er sie wohl wenigstens aufsitzen lassen. Da sie aber nicht wie ein Denkmal im Hof stand, musste Kyla schmunzeln. Sie erinnerte sich spontan an Jo's Beschreibung von Earl John's Reitversuch auf Whitesocks. Also kam sie zu dem Schluss, dass der Hengst sich wohl bequemt haben musste, die neue Reiterin ein Stück des Weges zu tragen. Hauptsache, er hatte sie nicht abgeworfen oder verletzt und selbst Reißaus genommen.

Sie stand am Gatter der ersten Weide und sah die Pferde, die für ihre eigenen Reittiere Platz gemacht hatten. Sie konnte nicht anders und rief sie. Kurz schauten die drei Reittiere auf und dann setzten sie sich in Bewegung. Zuallererst kam Nell. Auf Nell hatte Kyla reiten gelernt und obgleich sie im Vergleich zu Rina eher schäbig anmutete, liebte Kyla dieses treue, geduldige Tier. Nell begrüßte Kyla mit einem Schnauben und dann sog sie den Duft des Besuchers hörbar mit den Nüstern ein. Als sich die Stute sicher war, diesen Geruch zu kennen, nickte sie heftig mit ihrem Haupt und machte die letzten Schritte auf Kyla zu, damit diese sie streichelnd begrüßen konnte. Fly registrierte das rothaarige Mädchen, aber konnte nichts mit ihm anfangen, sodass er flugs wieder abdrehte und lieber die letzten Gräser zupfte. Allein Handsome, der im Schneckentempo auf sie zukam, schien sie ebenfalls zu erkennen und ließ sich die Stirn reiben. Völlig abgelenkt von den alten Weggenossen, hatte Kyla das Hufgetrappel von der Seite nicht gehört.

»Was machst du hier, verschwinde, aber ganz schnell«, bellte die Frau, die auf Cash saß. Sie sah Kyla von oben herab an, dass diese am liebsten den Kopf geschüttelt hätte. Cash begann zu tänzeln, doch er erkannte Kyla, die murmelnd und mit ausgestreckter Hand auf ihn zuging, sodass Trish es beinahe mit der Angst bekam.

»Hau ab da. Das Pferd ist nervös und überrennt dich, dämliches Weib! Niemals von vorne kommen, Herrgott«, keifte Trish, doch Kyla ließ sich nicht beirren. Diese Weisheit hatte sie schon vor langem gelernt, aber sie wollte ihre Lehrerin ja schocken, nicht wahr? Außerdem war Cash ja kein fremdes Pferd und er würde sie nicht umrennen, da war sich Kyla hundertprozentig sicher.

»Hey Cash, alter Junge. Na, bist du deinem Reiter untreu geworden? Das wird Caelan aber gar nicht gefallen, mein Freund«, redete Kyla nun auf das Pferd ein, das aufhörte zu tänzeln und einen langen Hals machte, um Kyla's Hand zu beschnuppern. Trish saß auf dem Hengst und schaute wie ein Auto. Fehlt nur noch, dass sie jetzt wiehert, dachte Kyla und musste sich ein Grinsen verkneifen, denn sie wollte die Berserkerin noch sprachloser machen.

»Wo...her?«, stotterte Trish.

»Sagen wir mal so, wir sind gekommen, um die Pferde abzuholen. Handsome, Nell und Fly können dann jetzt wieder in die Boxen, Trish«, erklärte Kyla und zeigte auf die drei Pferde, die sich wieder dem Fressen hingegeben hatten. »Wenn du möchtest, kann ich Nell und Handsome schon mit zum Stall nehmen. Um deinen verrückten Fly kannst du dich besser selber kümmern«, bot Kyla geziert an, weil sie wusste, dass es Trish ärgern würde, und um dem Ganzen die Krone aufzusetzen, riet sie:

»Ach, und Trish, wenn du nicht ganz viel Ärger bekommen möchtest, sitz ab und führ Cash zum Transporter, sonst flippt Caelan aus.« Damit drehte sie sich um und ließ die Frau dort perplex samt dem Pferd stehen.

»Hey, Nervensäge, was soll das? Ich hab dich hier noch nicht gesehen und ich lasse mir auch nicht von kleinen Zwergen auf der Nase herumtanzen. Wenn Cal was zu motzen hat, soll er es mir selber sagen«, schnauzte Trish, wieder zur Besinnung gekommen.

»Na, ich denke, das würde er, wenn du ihm nicht das Pferd aus der Box gestohlen hättest, obwohl er dir gesagt hatte, du mögest ihn nicht reiten«, schnippte Kyla. »Soll ich die beiden jetzt mitnehmen, oder was?«

»Ich stehle keine Pferde, dumme Nuss. Ich habe selber genug«, wieherte Trish genervt.

»Ach, und warum reitest du dann Cash? Reite Fly oder Kashmir oder meinetwegen Hendrix. Nein, eine echte Westernlady braucht die Herausforderung. Aber glaub ja nicht, dass ich dir deine Gräten wieder zusammenflicke, wenn er dich in die Jagdgründe schickt«, spuckte Kyla frech zurück. Sie begann zur Hochform aufzulaufen, nun, da sie sich nicht mehr erpressen lassen musste. Obwohl sie Trish mochte, hatte sie immerhin gelitten. Na ja, ein bisschen wenigstens. Das sollte die Frau jetzt auch. Selbstgefällig nahm Kyla wahr, dass ihr Gegenüber ein Gesicht machte, das nur so vor Unglauben überfloss, bevor es im nächsten Moment ärgerlich wurde. Endlich rutschte die Hünin von Cash's Rücken herunter und verließ sich auf ihren Pferdeverstand. Hochmütig hielt Trish locker die Zügel und glaubte, der Hengst würde ihrem leichten Zug gehorsam folgen, damit sie sich bedrohlich vor dem rothaarigen Winzling aufbauen konnte. Doch erstens sah die kleine Amazone keineswegs furchtsam aus und zweitens schrillte ein Pfiff durch die Luft, der Cash alarmierte. Im nächsten Moment rammte er Trish, die ins Straucheln kam. Vor lauter Schreck ließ sie die Zügel fahren und das Pferd nahm Fahrt auf und rannte in Richtung Hof davon. Der Weidezaun beendete dann Trish's tragischen Versuch, einen Sturz abzuwenden. Sie konnte nicht verhindern, dass sie ihren Kopf in einen Pfahl rammte und Sterne sah.

»Oh nein, das habe ich nicht gewollt«, stöhnte Kyla, die das Ganze wie einen falschen Film wahrgenommen hatte. Sie kniete sich neben die gestürzte Frau, die einer antiken Statue gleichkam, hätte sie nicht geblutet.

»Verdammt«, schlug Kyla mit der flachen Hand auf den Zaunpfahl ein und verfluchte sich für ihren eigenen Dummstolz. »Ich näh das nicht! Diesmal nicht«, schrie sie die ohnmächtig geglaubte Wikingerfrau wütend an.

»Da sei dir mal nicht so sicher«, stöhnte Trish, die sich begann zu rühren. Aufgeschreckt blickte Kyla augenblicklich auf sie nieder.

»Auf keinen Fall, Punkt!« Grüne Augen sprühten noch grünere Funken.

»Du hast das angerichtet, du wirst das auch wieder in Ordnung bringen, dumme Pute«, krächzte die Berserkerin und griff mit einer Urkraft um Kyla's Arm, der sich augenblicklich so anfühlte, als würde der Blutfluss unterbrochen. Dennoch konnte sie ihre Klappe nicht halten:

»Lass mich gefälligst los, Ungeheuer. Vielleicht solltest du Puten halten, wenn du so darauf stehst, und nicht so einen albernen Hahn, der auch noch Karl-der-Große heißt und ohnehin im Kochtopf landet«, zischte sie.

»Wer bist du? Ich kenne dich nicht. Keiner weiß, wie meine Tiere heißen. Du Hexe«, grollte die Berserkerin.

»Ich bin dein Albtraum«, brummte Kyla zurück.

»Aye, das bist du wohl. Ich habe oft von einem nervigen Eindringling geträumt. Die Figur und die Haarfarbe stimmen sogar. Aber da war ein gehorsames Mädchen, das in die Vergangenheit reisen wollte und dafür lernen musste zu reiten, mit dem Bogen umzugehen, das im Stall schlief, im kalten Bach badete und den Abort draußen nutzte«, murrte Trish. Kyla spürte, wie der Ärger wich. Trish tat ihr leid. Sie hatte von ihr geträumt. Vielleicht träumen müssen.

»Ich bin zurück, Trish. Ich bin zurück«, gab sie nun zurück und wurde von einer unglaublichen Betroffenheit eingeholt. Die leuchtend grünen Sprenkel in ihren Augen verschwanden und zwei Ententeiche blickten auf die pferdegesichtige Trish nieder.

»Aye, das bist du wohl, oder? Aber trotzdem wirst du meinen Kopf nähen, wenn es sein muss«, versuchte Trish sich aufzurappeln. Kyla half ihr, so gut es ging, und zusammen gingen sie zurück zum Cottage.

Die Jungs guckten nicht schlecht, als sie Pat und Patterchon den Weg hinunter kommen sahen, den Cash vor Kurzem entlanggetrabt kam, nachdem Cal ihn mit einem Pfiff gerufen hatte.

»Cal«, begrüßte Trish ihren Cousin, der sie erstaunt ansah und ihr blutiges Haar entdeckte.

»Hat er dich abgeworfen«, fragte er mit ein wenig Häme.

»Naye, hat er nicht. Erst dein blöder Pfiff hat ihn wild gemacht, da hat er mich beinahe über den Haufen gerannt, Blödmann.«

Inzwischen hatten Marven und Caelan die Pferde verladen und sie wollten umgehend die Heimreise antreten.

»Naye, ich muss mich erst um die Wunde kümmern! Bitte, Marv«, wandte Kyla ein, als Marven sie mit sich ziehen wollte.

»Tu mir bitte den Gefallen und bring die Pferde zum Gestüt und dann komm zurück. Schaff mir bitte Niall her, mein Schatz. Ich muss ihn bald anlegen, sonst werde ich noch verrückt. Die

Brüste schmerzen unerträglich. Sie hat mich wiedererkannt. Ich möchte noch bleiben, verstehst du?«, flüsterte sie ihrem Mann zu.

»Gut, mò chridhe. Ich beeile mich«, antwortete Marven und rief Caelan herbei, damit der ihn begleitete.

»Was ist mit ihr?«, fragte Cal und wies auf die kleine Frau, die mutig an ihm vorüberging, um zu Trish zu gelangen.

»Sie kümmert sich erst um die Verletzung. Ich fahre nachher noch mal her und hole sie ab. Komm jetzt, los«, forderte Marven seinen Freund auf und sie machten sich auf den Weg zum Gestüt, wo die neuen Pferde mit einigen »Ohs« und »Ahs« begrüßt wurden.

Inzwischen machte sich Kyla mit Trish zusammen auf den Weg ins Cottage. Kyla rechnete mit dem Schlimmsten, blieb allerdings verblüfft in der Küchentür stehen.

»Du machst sauber und hältst Ordnung?«, fragte sie erstaunt und klappte den Mund zu, von dem sie erst jetzt bemerkte, dass er offen stand.

»Klar mache ich sauber«, wieherte Trish aufgebracht. Allerdings schlich sich ein zartes Rosa in das Pferdegesicht und die Hünin knetete verlegen ihre Hände.

»Hast du das auch geträumt?«, fragte Kyla schmunzelnd, da ihr aufging, dass es wohl so war. »Also setz dich hin, ich schaue mal, wie schlimm es ist, und inzwischen erzählst du mir von deinen Träumen. Ist das für dich in Ordnung?«, schlug Kyla vor und nahm Trish ein wenig von dieser ungewohnten Befangenheit, die sie doch immer so bedächtig hinter dieser Berserkerfassade versteckte.

Nachdem Trish sich ausgesprochen hatte, erzählte Kyla von ihren Erlebnissen. Sie erzählte von der Zeitreise, sie erzählte von Gordon Fletscher, den sie umgebracht hatten, sie erzählte von William, der gestorben war, und dass sie Mutter geworden sei. Im Nu war die kleine Wunde mit zwei sauberen Stichen verschlossen. Dank der spannenden Schilderungen hatte Trish die Stiche und das Brennen der Jodtinktur, die nötig war, um alles zu desinfizieren, nicht bemerkt. Letztendlich hatte Trish das

Ganze mit einem hastigen Einatmen abgetan.

Kyla hatte so wenig Haar wie möglich wegrasiert und die Wunde mit einem Pflaster schützend verschlossen. Danach hatte sie Trish noch einen ordentlichen Zopf geflochten und das übrige Haar so über die Verletzung gebunden, dass man nichts mehr davon sah.

»Na, wenigstens hast du mich jetzt nicht die ganze Zeit mit irgendwelchen Frisurvorschlägen vollgetextet«, bedankte sich Trish, wie es eben Trish's Art war. Darüber ging Kyla schmunzelnd hinweg.

»So, jetzt sollte sich mein Mann aber langsam einfinden, sonst platze ich«, stöhnte Kyla.

»Ich kenne das. Die Schafe von Gordy schreien fast, wenn die Lämmer nicht säugen kommen.« Oh Mann, dachte Kyla. Sie vergleicht mich mit einem dummen Schaf. Das darf ja wohl nicht wahr sein. Allerdings fiel ihr aber sofort die Unschuld dieser Frau ein, die noch niemals mit einem Mann intim gewesen war. Zumindest damals, ähm, in der Zukunft nicht. Sie verzieh Trish den Vergleich mit den Lämmern und fragte neugierig:

»Ah, hast du mit Gordy mittlerweile ein engeres Verhältnis?« Diese Romanze hatte sie ja noch eingefädelt, vielleicht hatte Trish das ja auch geträumt und in Angriff genommen.

»Aye. Ich glaube, ich mag ihn sehr«, gab sie verlegen zu und wurde zum zweiten Mal rot.

»Mann, Trish. Schnapp dir den Mann. Er liebt dich doch auch. Trau dich endlich, Herrschaftszeiten!«

Als sie die Lichtkegel eines Autos sah, in dem Marven endlich mit Niall kam, war sie froh, den Druck aus ihren vollen Brüsten bald los zu werden. Trish war schon ganz gespannt auf das Baby und hoffte, dass sie die Zwillinge von Cal und Amber auch bald kennenlernen würde.

Dass sich dieser Wunsch nun augenblicklich erfüllen würde, ahnten weder Kyla noch Trish.

Trish begrüßte die Neuankömmlinge, als wäre sie eine andere Person. Aufgeschlossen, freundlich und nett. Der Abend gestaltete sich gelassen und fröhlich. Caelan bat um die Papiere, die Trish unwissentlich für ihn aufbewahrte. Rigantona hatte schon dafür gesorgt, dass die Besitzurkunde verschwunden war. Trish wurde in die Familie aufgenommen und war ganz hin und weg von den Zwillingen, von Niall und von der Liebe, die zwischen den Paaren waberte wie Wasserdampf über der brodelnden Kohlsuppe. Das wollte sie auch und sie nahm sich vor, den Mut aufzubringen und mit Gordy zu reden. Vielleicht konnte sie das auch haben. Wenigstens ein bisschen von dem Glück, dessen sie an diesem Abend angesichtig wurde. Amber drückte sie zum Abschied ganz herzlich und Kyla konnte nicht anders, als sie nochmals aufzufordern:

»Trau dich endlich Trish. Gordy wartet schon so lange auf dich.«

Caelan hatte mit Marven's Hilfe und aufgrund von Sarah's Weitsicht seinen Schatz gehoben und war nun kein armer Mann mehr. Dennoch trieb ihn sein Stolz um. Er blieb also in seiner Baufirma angestellt. Nun ja, so schlecht war es dort auch nicht, immerhin hatte er sich bereits einen Namen gemacht. Obgleich die Familie von Amber's Geld gut hätte leben können, wollte er beweisen, dass er sie versorgen konnte. Allein die ständige Reiserei von Edinburgh zum Gestüt und zurück machten ihm zu schaffen. Aber er konnte seiner Frau unmöglich zumuten, aus dem Schutz der ländlichen Highlands direkt in eine pulsierende Metropole umzuziehen, ohne sich an die neue Welt, an die Sprache und an die Technik gewöhnt zu haben. Also biss er die Zähne zusammen.

Die Kinder wuchsen gemeinsam auf und die Frauen, insbesondere Amber, gewöhnten sich langsam an die modernen Gegebenheiten. Als sie fit genug war, um die Stadt und das Leben dort zu verkraften, bat Caelan sie, über einen Ortswechsel nachzudenken, sodass die Familie in die Hauptstadt der Highlands zog, als die Zwillinge zwei Jahre alt waren.

Marven hatte seinen Job nach kurzer Zeit bereits aufgegeben. Er wollte bei seiner Familie sein und hatte Freude an dem Gestüt, auf dem er die Zucht zunächst so beließ, wie Paul sie strukturiert hatte. Doch nach einer Weile konnte er es nicht lassen, seiner Mutter nachzueifern. Er kaufte zwei englische Vollblutstuten und packte sie mit Tango und Cash zusammen. Das war die Grundlage für die Seitenlinie, die er züchten wollte. Ein Vollbluthengst war auf dem Gestüt, dem gab er einige Cleve-Stuten und hoffte auf schöne Fohlen.

Der New Cleveland-Bay war selten geworden und diese belastungsfähigen Tiere sollten eine Renaissance erfahren. Nur so nebenbei wollte er Joline's Sonderzüchtung aufleben lassen. Nur so nebenbei. Allerdings so erfolgreich, dass *nebenbei* zu exklusiv wurde.

Wer konnte schon Pferde anbieten, die sich ihre Reiter selber aussuchten? Wenn sich also ein Käufer derart glücklich schätzen konnte, von einem dieser exquisiten Tiere erwählt worden zu sein, war das schon sehr besonders. Also hatte Paul gemeint, dass *besonders* auch ruhig etwas teurer sein könnte. So wurde das Gestüt in Kennerkreisen zu einem hippen Geheimtipp für außergewöhnliche Pferde. Obwohl das Angebot limitiert war, wuchs das Interesse ohnegleichen.

»Dennoch, lass die Zucht klein und exklusiv«, hatte Paul ihm geraten und das wollte er auch so halten.

Immer wieder dachte Marven an seine Mutter, natürlich auch an seinen Vater und an all die anderen Weggefährten aus der Vergangenheit. Vieles konnte Paul ihm erzählen, aber dessen Wissen hörte 1783 auf. Also forschte er im Internet. Er durchsuchte Schiffslisten, Auswanderungslisten, Landwirtschaftsregister. Er nötigte sogar seine Polizeikollegen, nach Hinweisen zu suchen, die ihn auf die Fährte der Vergangenheit brachten. Seine Suche wurde beinahe krankhaft. Doch irgendwann gab er auf. Für die Recherchen gingen ganze Nächte drauf, sehr zum Unmut von Kyla. Sie und Amber wollten zwar auch gern wissen, wie die Geschichte der Vergangenheit verlaufen war, jedoch wollten sie nicht mit vergeudeter Zeit oder Hoffnung leben, weil man einfach nichts finden konnte. Amber hatte irgendwann die Sinnlosigkeit von Marven's Suche begriffen und die Geschichte so akzeptiert, wie sie, in kleinen Bröckchen, zu rekonstruieren war. Auch wenn sie es bedauerte, war ihr doch klar, dass, auch wenn sie etwas wüssten, diese Menschen bereits längst Staub waren. Also behielt sie lieber die Erinnerung und bat auch ihren Bruder darum, ihnen und sich selbst endlich Ruhe zu gönnen. Also ließ auch Marven die Vergangenheitsbewältigung einschlafen und stellte fest, dass sich auch damit ganz gut leben ließ.

Amber's Bitte war natürlich auch den neuen Einflüssen geschuldet, die sie aufsog wie ein Schwamm. Sie lernte Autofahren, sie lernte mit dem PC umzugehen, sie erzog die Kinder prima und ganz nebenbei liebte sie nichts mehr als Bücher. Das allergrößte Geschenk hatte ihr Caelan mit einem E-Reader gemacht. Sie fand die Erfindung der Glühbirne, die elektrisches Licht für sie verkörperte, bereits als große Errungenschaft. Diese elektronische Bibliothek jedoch, schlug die herausragende Entdeckung der Lampe, ihrer Meinung nach, um Längen. Nicht nur, dass kein Baum mehr für das Papier sterben musste, das ihr beinahe als Vergeudung vorkam. Nein, diese digitale Sammlung wog kaum ein Pfund und konnte überall mit hingenommen werden. Sie war in der kleinsten Pause einsatzbereit. Großartig. Also verschlang sie Märchenbuch um Märchenbuch, allein für die Kinder, Roman um Roman für sich, nur um in ein Traumland abzutauchen, wenn alles andere zu viel wurde. Sie vermisste die Ruhe des Gestüts, die Natur, die Pferde, aber am meisten vermisste sie die große Familie, die sie gewohnt war. Obgleich Caelan seine Familie oft einpackte, um das Wochenende bei Marven und Kyla zu verbringen, war das doch nicht das Gleiche. Also war die Nische Lesen und Träumen ein willkommener Ausweg. Auch wenn Kinofilme und Fernsehen am Markt waren, so konnte sie durch die Geschichten ihre eigenen Filme im Kopf laufen lassen. Ab und an wurde dann auch ein Buch verfilmt und sie war gespannt, wie die Regisseure das Buch umgesetzt hatten. Nur selten war sie beeindruckt, oft enttäuscht, sodass sie Kino und Fernsehen mied. Es brachte ihr einfach nichts. Sie hatte es früher nicht gebraucht und würde auch in Zukunft keine Medien brauchen, die den Kopf verwirrten. Auch die Kinder hoffte sie vor diesem Wahnsinn beschützen zu können. Das waren die Momente, wo sie sich sehnsüchtig die Vergangenheit zurückwünschte. Dazu hätte sie jedoch damals auf Cal's Liebe verzichten müssen. Auch wäre sie vermutlich bei dem Schiffsunglück ums Leben gekommen. Letztendlich oder unter dem Strich wäre sie demnach heute schon über zweihundertfünfzig Jahre tot. Nein, Caelan war ihre Liebe und sie wartete jeden Abend, entweder lesend auf dem Sofa oder bereits im Bett. Sie hätte ihren E-Reader auch dort mit hinnehmen können. Doch in ihr kuscheliges Himmelbett gehörten allein ihr Mann und sie, denn ihre Liebe wollte sie niemals opfern. Für das Lesen nicht und für nichts auf der Welt. Die Kinder waren in seltenen Fällen die Ausnahme.

Spuren von Joline

1

»Ma, lies uns doch bitte noch einmal das Märchen von dem Liebesfleck vor«, kuschelte sich Enya an ihre Mutter, während Liam bereits in den Armen seines Vaters eingeschlummert war. Die Eltern grienten sich an und rollten mit den Augen.

»Bitte, bitte«, schob Enya hinterher und zog einen Schmollmund, um die Eltern weichzukochen, da ihr dieser Blick nicht entgangen war.

Caelan stöhnte, glaubte er doch, dass seine Frau auf dieses süße Mädchengesicht hereinfallen würde.

Er war einerseits müde, aber nicht müde genug, um seine Finger diese Nacht bei sich zu behalten. Der Wunsch seiner Tochter nach dem »Liebesfleck« machte ihn darauf aufmerksam, dass er die Liebesträne seiner schönen Frau schon länger nicht zu Gesicht bekommen hatte. Lust keimte auf. Amber's Stimme war ein Aphrodisiakum für ihn, aber sollte sie noch ein Märchen vorlesen, dann würde auch er einschlafen. Das entsprach nicht im Ansatz seiner Vorstellung, wie er diesen späten Abend ausklingen lassen wollte. Mit einem ersten Blick und einem kurzen »Hmpf« sah er zu Enya. Sie war schon ein rechter Nimmersatt und schien keinen Schlaf zu brauchen, während ihr Zwillingsbruder die Ruhe selbst war.

»Das dauert nun viel zu lange und morgen brauche ich auch noch eine Geschichte für euch, meine kleine Katze, okay? Jetzt wird endgültig geschlafen. Papa und ich sind auch müde«, rutschte Amber, die die Geste ihres Mannes in aller Deutlichkeit verstanden hatte, ein wenig zur Seite und stand aus dem Kinderbett ihrer Tochter auf. Sie bettete das Mädchen richtig, damit es nun bequem schlafen konnte. Caelan befreite sich vorsichtig von seiner eigenen kindlichen Last und deckte Liam wieder richtig zu, der die Verlagerung seines zarten Körpers mit einem leisen Grunzen quittierte.

Arm in Arm sah das Elternpaar liebevoll auf die beiden Kinder, drehte sich dann um und verließ das Kinderzimmer, in dem immer ein kleines Nachtlicht an blieb, das kleine Sterne an die Zimmerdecke projizierte.

Diese Maßnahme galt allerdings dem egoistischen Selbstschutz der immer noch verliebten Eltern, die aufgrund von Enya's Träumen oftmals des Nachts aufgesucht worden waren und ihr Bett plötzlich mit ihrem Nachwuchs teilen mussten. »Böse däumt«, hatte sie immer nur genuschelt und zwei starke Arme hoben sie stets in die Mitte des elterlichen Schlafdomizils. Auch wenn allein Enya vom Alb heimgesucht wurde, so brachte sie es stets fertig, auch Liam zu wecken. Sodass auch der sich nicht mehr wohl in seiner Haut fühlte und hinter seiner Schwester herdackelte, um ebenso in Mamas und Papas Bett Schutz zu suchen.

Irgendwann entdeckte Amber diese herrliche Erfindung Nachtlicht auf einem Einkaufsbummel. Sie dachte sich dazu eine Geschichte aus, die dem Mädchen die Angst nehmen sollte, zumal sie bisher ja nie Zeuge dieser wilden Träume geworden war. Weder Caelan noch sie selber hatte eine Erklärung. Dem Mädchen war nie etwas wirklich Traumatisches widerfahren. Mit diesem Nachtlicht nun hoffte sie die nächtlichen Anstürme auf die Initmsphäre von Cal und sich endgültig eindämmen zu können. Es klappte. Seit Wochen konnten sie und ihr Mann wieder zärtlich miteinander sein, ohne die Angst, entdeckt zu werden, und auch endlich mal wieder durchschlafen.

Nicht nur das. Das Bett war für sie beide auch nicht nur ein Ruheort. Sie hatten sich zurückerobert, was ihnen immer schon so wichtig gewesen war. Dieses Kingsize-Himmelbett war immer schon, seitdem sie in Cal's alter Villa in Edinburgh lebten, ein Hort. Endlich war es wieder ein Ort zum Schmusen, zum Reden, zum Erinnerungenwälzen und ab und an sogar zum Picknicken des Nachts. Wenn sich die beiden hungrig geliebt hatten, fand nicht selten der halbe Kühlschrank nach und nach Platz in diesem Federkerndomizil.

So lieb und gern sie ihre beiden *Wunder,* wie sie die Zwillinge insgeheim nannten, auch hatten, in ihrem Ehebett waren sie einfach nur im Weg und hatten dort nur ganz ausnahmsweise etwas zu suchen, immerhin waren sie zu zweit.

Frei nach dem Motto: *Kinder sind Durchgangsposten – man liebt sie, man hegt und pflegt sie, man bringt ihnen alles für ihr Leben bei, aber dann lässt man besser los, damit sie ihren Weg auch finden* – kamen die beiden von Anfang an überein, dass sie nicht glucken wollten. Etwas verwöhnen und Nähe schaffen ja, aber nicht anbinden und in Watte packen. Darum hatten sie sofort ein Kinderzimmer hergerichtet, in dem die beiden von Anfang an schliefen. Amber musste dann zwar des Nachts raus, solange sie noch nicht entwöhnt waren, aber da es zwei Kinder waren, beteiligte sich Caelan und so war keiner im Nachteil. Niemals vergaß der eine den anderen, immer stand die Liebe zwischen ihnen an erster Stelle und sollte niemals enden, so hatten sie es sich vor langer Zeit, in einer anderen Zeit, geschworen.

Endlich konnte Caelan seine blonde Sirene in seine Arme ziehen, nachdem er die Schlafzimmertür geschlossen hatte. Er lehnte noch immer mit dem Rücken an der Tür, als er anfing, sie zu küssen. Amber stöhnte und gewährte ihm nur zu gern Einlass in ihren honigsüßen Mund. Seine Küsse durchströmten ihr Innerstes und sie liebte es, von ihm begehrt zu werden. Doch heute schien es bei den Anfängen zu bleiben, da ein schriller Schrei aus dem Kinderzimmer beide wie vom Blitz getroffen auseinanderfahren ließ. Augenblicklich öffneten sie wieder die Tür, um zu ihrem kleinen Mädchen zu rennen, das offenbar furchtbar in Angst war.

Als sie in das Kinderzimmer gestürmt kamen, saß Liam wie ein betender, goldgelockter Engel kniend vor seiner im Bett stehenden Schwester und horchte, was diese von sich gab. Verschreckt und fasziniert starrten Caelan und Amber die kleine, schwarz gelockte Fee an. Ihre grünen Augen waren in eine ungreifbare Ferne gerichtet und so hörten sie einfach zu, genau wie Liam. Sprachlos nahm Caelan seine Amber in den Arm. *Wie können Zwillinge nur so verschieden aussehen und sein*, schwappte es durch seinen Geist, bevor er der Szenerie wieder sein Ohr lieh.

Leute sind auf einem großen Schiff mit Segeln. Die Wellen sind hoch und es ist stürmisch. Auf einmal legt der Wind noch zu. Blitz und Donner kommen dazu und alles zusammen wird ein schlimmer Sturm.

Da ist eine Frau, die aussieht wie ein Engel mit honigfarbenen Augen. Sie wird ins Meer gespült. Ein Mann springt ihr nach, aber er kann sie in den hohen Wellen nicht finden. Der Mann erwischt sie dennoch wie zufällig, und versucht sie krampfhaft an der Oberfläche zu halten. Die See ist mächtig, die Wellen hoch, der Sturm zu stark und es ist dunkel. So dunkel. Sie ertrinken, oder? Ertrinken sie? Ein anderes Paar umklammert sich ängstlich. Das Schiff bricht auseinander. Auch sie sind plötzlich fort. Da, wo sie gestanden haben, ragt ein gestürzter Mast durch die gebrochene Reling. Schlimme Laute, berstendes Holz, Schreie, tosender Wind. Ein schauriges Musikstück, von Poseidon selbst komponiert. Viele Sachen treiben im Meer. Holz von Segelmasten, Teile von Holzfässern, Truhendeckel hüpfen wie Weinkorken auf die Wellendächer, um anschließend in tiefe, schwarze Täler zu fallen, nur um auf einer neuen, hohen Woge wieder zu erscheinen. Und immer noch ist es dunkel. Nur die weißen Wellenkronen werden noch im Mondlicht sichtbar. Nur der weiße Schaum. Selbst das schwimmende Holz verschwindet in der tiefschwarzen Nacht der stürmischen See. Der Mann schafft es, die Frau auf ein schwimmendes Holzteil zu schieben. Das Wasser ist kalt. Eiskalt. Sie treiben dahin, schlucken das salzige Wasser. Sie husten und haben Angst zu ersticken. Irgendwann wird die See ruhiger. Der Mann lässt das provisorische Floß fahren und sinkt in die Tiefe. In die eisige Tiefe und ist für immer verschwunden. Die Frau bemerkt gar nicht, wie ihr Körper vor Kälte nur so klappert. Dann schabt Holz auf Sand.

334

Plötzlich sprach sie nicht mehr und es war Stille. Enya ging in die Hocke, kroch wieder unter ihre Decke und schlief weiter, als wäre nichts geschehen. Mit offenen Mündern sahen Amber und Caelan auf ihre Tochter und verarbeiteten, was Enya laut und deutlich und mit einer Stimme, die hell und klar war, erzählt hatte. Das war nicht ihre Stimme und das war auch nicht, was eine Vierjährige gesagt hätte. Auch war dies das erste Mal, dass sie eine solche Episode live miterlebt hatten.

Aber die Erinnerung an diese Stimme waberte in ihren Köpfen. Doch nun war es Liam, der seine Eltern aus der Trance holte und mit Tränen in den Augen vor ihnen stand, um Trost zu finden. Caelan nahm seinen verängstigten Sohn auf den Arm, drückte ihm liebevoll seine warmen Lippen an die Halsbeuge und wiegte ihn beruhigend, wobei er Amber über seine schmale Schulter hinweg nicken sah.

»Komm, kleiner Mann, du darfst eine Weile bei Ma und mir bleiben. Keine Angst, wir passen auf dich auf, wenn du schläfst, aye«, raunte er seinem leicht zitternden Sohn zu.

»Und Enya«, wandte Liam mit großen Augen wimmernd ein, da er nicht verstand, dass er seine Schwester alleinlassen sollte.

»Sie schläft jetzt ganz ruhig und hat von all dem überhaupt nichts mitbekommen, Laddie«, schuckelte er den Kleinen, als er ihn zum Elternschlafzimmer herübertrug.

Doch kaum hatte er seinen Sohn im Bett abgesetzt, spurtete der zurück zu seiner schlafenden Schwester. Er krabbelte zu ihr unter die Decke und kuschelte sich an sie.

Amber beugte sich indes noch einmal zu ihrer Tochter hinab, zog ihre Zudecke zurecht und hörte einen Moment ihrem Atmen zu. Als sich der kleine Mann an ihr vorbeidrängelte, staunte sie einen Moment, lächelte und ging dann auch. Sie ließ die Tür einen Spalt weit auf, damit sie wenigstens hören konnte, wenn sich etwas ändern würde, verließ sich aber insgeheim auf den Sternenhimmel, den das Nachtlicht an die Decke warf.

»Was sagst du dazu, Caelan?«, fragte Amber ihren Mann, als sie sich in seine Arme kuschelte. »Das hört sich doch sehr nach dem Schiffsunglück von Ma an, oder?«

»Aye, Schatz. Aber vielleicht wiederholt sich so ein Traum nicht. Wir sollten es beobachten. Mach dir keine Sorgen«, wollte er seine Frau beruhigen, die sich aber aus seiner Umarmung wand und sich aufsetzte und ihn mit ihren bernsteinfarbenen Augen anblitzte.

»Cal, wir wissen, dass sie schon immer von Albträumen geschüttelt wurde. Wenn das immer solche Träume waren«, begann sie zu schniefen. »Das arme Kind.«

»Am! Wir wissen es doch nicht, oder? Bisher hat Enya nicht wirklich darunter gelitten. Sie ist ein wildes, normales Kind. Wenn es ihr schaden würde, wäre sie bestimmt völlig introvertiert und ängstlich, meinst du nicht?«

»Aye, vielleicht. Trotzdem«, wollte sie noch einwenden, doch Caelan hatte anderes im Sinn. Auch wenn es egoistisch war, seine Frau nehmen zu wollen, so würde es sie ablenken und auf andere Gedanken bringen. So zog er sie auf sich und verschloss ihre Lippen mit seinen, bevor sie noch etwas sagen konnte. Er streichelte ihren Rücken, bis sie sich entspannte und seine Liebesdienste zuließ. Seine Zunge erbat Einlass in ihren süßen Mund und bald spielte sie mit seiner. Je forscher sie wurde, desto härter wurde er. Drängend zog er sie noch weiter auf sich, sodass sie sich rittlings auf ihn begeben musste. Sie spürte, was Cal wollte, und zog sich ihr Schlafshirt über den Kopf, was Caelan den Blick auf ihre vollen Brüste ermöglichte, die er sofort sanft zu kneten begann. Ihre harten Nippel luden direkt zum Nuckeln und Bespielen ein und er warf seinen Plan um, sich von seiner Frau reiten zu lassen. Sein Sixpack spannte sich automatisch an und beförderte seinen Oberkörper in Sitzposition. Dann umspielten seine Lippen schon die eine Knospe von Amber's Brüsten, was ihr ein genüssliches Stöhnen abrang. Er fasste ihren Rücken und brachte sie unter sich, um bequemer auch die andere Brust zu verwöhnen, während seine harte Männlichkeit zaghaft den Bauch seiner Frau trommelte.

»Cal, komm zu mir. Ich will dich in mir spüren«, keuchte sie erregt und griff mit beiden Händen fest in Caelan's Gesäß, um ihn vor ihren feuchten Eingang zu bringen. Als er endlich in sie eindrang, begann sie sich vollständig zu fühlen. Mit einem langsamen Rhythmus, der immer schneller wurde und in einer gemeinsamen Explosion mündete, versuchten sie ihren befriedigenden Schrei so leise wie möglich zu halten.

»Ich liebe dich, m'anam«, keuchte Caelan, als er sich aus Amber zurückzog, um sich an ihre Seite zu legen und an sich zu ziehen.

»Ich liebe dich auch, Cal. Aber ich liebe meine Kinder auch, verstehst du das?«

»Natürlich verstehe ich das. Nur, du kennst auch unsere Geschichte. Wir sollten Enny beobachten und nicht sofort mit ihr zum Arzt rennen. Nachher nehmen sie uns die Kleine noch weg, weil sie …«

»Du meinst, das können die?«, fragte Amber alarmiert. »Einfach so?«

»Aye, das können und das tun sie, wenn es was zu erforschen gibt, was die noch nicht kennen. Ich bitte dich also, lass uns Ruhe bewahren, Amber«, erklärte Caelan und war darauf bedacht, so schonend wie möglich mit dieser schlimmen Wahrheit herauszurücken.

»Cal. Ich will mein Mädchen nicht verlieren. Ich sage nichts. Zu keinem werde ich sprechen«, wimmerte sie beinahe, sodass Caelan plötzlich großes Mitleid empfand. Aber noch mehr bestürzte es ihn, dass er nicht helfen konnte. Nicht wirklich jedenfalls. Er konnte seiner Frau nicht die Sorgen um Enya nehmen und Enya nicht die Träume. Es war ein Dilemma.

Am nächsten Abend kam Caelan nach Hause und überreichte seiner Frau ein Päckchen. Sie sah ihn überrascht an und fragte:

»Oh Cal, für mich?«

»Auch«, meinte er mit einem schwachen Lächeln. »Ich dachte, es ist besser, wir schaffen uns eins an, nur so zur Beruhigung«, wies er auf den Geschenkkarton und forderte Amber auf, ihn auszupacken.

»Ein Babyphone? Was? Wofür?«, überschlugen sich laut ihre Gedanken, bis sie erfasste, was Caelan damit bezweckte. Er sah beinahe, wie ihr Hirn arbeitete und zu welchem Schluss sie kam.

»Aye, für Enya«, raunte er und küsste Amber auf ihr dichtes Goldhaar. »Wo sind die Zwerge überhaupt?«

»Oh, sie müssten auch gleich wieder da sein«, verriet sie, während sie die Bedienungsanleitung auspackte, um das Gerät schnellstmöglich zu installieren, bevor ihre neugierige Tochter mitbekam, dass man sie abhören wollte. »Paul ist mit den beiden ein Eis essen gegangen. Er wird ein paar Tage in der Stadt bleiben, ist das nicht schön?«

»Das ist es. Aber sag ihm bitte auch noch nichts, aye?«, bat er.

»Warum nicht? Er ist doch der Einzige, mit dem wir darüber reden könnten, Cal.«

Ihre Resignation war nicht zu überhören, doch Caelan wollte nicht zu früh irgendwelche Schlüsse ziehen, obwohl er ahnte, dass Enya's Träume durchaus mit Joline zu tun haben könnten. Doch wenn Amber mit Kyla oder Marven reden würde, finge dieser Albtraum einer vergeblichen Suche, die gerade seinem Freund so arg zugesetzt hatte, wieder von vorne an. Natürlich schätzte er Paul als verschwiegen ein, doch nur die kleinste Andeutung und ein Vulkan würde ausbrechen. Lieber wollte er der Sache mit Amber allein auf den Grund gehen, um eben keine schlafenden Hunde zu wecken, und das erklärte er ihr dann auch in aller Ruhe. Er endete gerade noch früh genug mit seinen Bedenken, bevor es klingelte. Amber öffnete, noch immer in Gedanken, die Tür und zwei kleine Windspiele eilten an ihr vorbei und rannten in Richtung Küche, wo Caelan seine Zwillinge in der Hocke sitzend in Empfang nahm und liebevoll herzte. Paul beobachtete das Treiben von der Eingangstür aus, sodass er Amber's besorgte Miene nicht wahrnahm. Was er jedoch bemerkte, war der kleine Stich in seinem Herzen. Wie gern hätte auch er einmal so reizende Kinder in seine Arme geschlossen, mit der Gewissheit, dass es seine waren! Nun, diesen Wunsch musste er wohl ein für alle Mal begraben. Schwulsein war eben auch Verzicht.

»Komm endlich rein, Paul«, trällerte Cal nun aus der Küchentür. »Wir heizen doch nicht für den Hof.«

Diese Aufforderung beendete Paul's tranceartige Überlegung und holte auch Amber in die Gegenwart zurück. Beinahe schüchtern lächelte sie Paul an, der sich immer wie ein weiterer lieber Onkel für sie angefühlt hatte.

»Paul. Caelan freut sich auch, dass du uns ein paar Tage besuchst. Wir wollen auch auf dem Laufenden gehalten werden wie Marven und Kyla. Was macht Niall? Alles gut mit meinem Patenkind?«, raspelte sie Süßholz und Caelan wusste genau, dass ihr das momentan echt schwerfallen musste. Er war stolz auf sie. Letztendlich hatte sie diese Spielart Paul zu verdanken, der ihr am Hofe von John so einiges beigebracht hatte, um mit den intriganten Damen dort umgehen zu können. Ein wenig fürchtete er jedoch, dass Paul sie durchschauen würde, immerhin war er ihr Lehrer gewesen, aber der schien abgelenkt. Kurz atmete Cal auf, als Paul nun nicht argwöhnisch nachhakte, ob irgendetwas nicht stimme.

So langsam gewöhnten sich Caelan und Amber an das permanente Anspringen des Babyphones. Wollten sie zu Beginn bei jedem Geräusch aufspringen, um zu Enya zu hasten, lernten sie schnell, dass dieses Gerät bei geringeren Lauten ebenfalls anschlug. Also hörten sie bald darüber hinweg.

»Es nervt schon irgendwie, oder?« nuschelte Caelan, der nicht wirklich einschlafen konnte, es aber krampfhaft versuchte.

»Hmmm«, summte es von Amber's Seite herüber, die offenbar weniger Probleme mit dem Auseinanderhalten von unwichtigen und wichtigen Informationen via Babyphone hatte. Cal atmete tief durch und nahm sich fest vor, einzuschlafen. Vorzugsweise versuchte er es mit Geräuschezählen, das bot sich gerade an. Es dauerte nicht lange, da fand sein müder Geist das nicht mehr so spannend und gab endlich Ruhe.

Doch irgendwann in der Nacht warnte das Gerät anders als sonst. Amber hatte es sofort geweckt und Cal brauchte nur einen leichten Anstupser, um auf Alarmbereitschaft gebracht zu werden.

»Sie fängt an zu reden, Cal. Mach schnell«, keuchte Amber,

sprang wie von der Tarantel gestochen aus dem Bett und sprintete ins Kinderzimmer. Ihr folgte ein Mann mit Boxershorts und wirrer Mähne, der aussah wie ein Designermob für Frauen, die bisher keinen Spaß am Putzen hatten. Hätte Amber gerade nichts absolut Wichtiges zu tun, hätte sie laut gelacht und diesen Gedanken gern zuende gesponnen. Doch sie sah, wie ihre kleine Fee wieder im Bett stand und ihr treuer Peter Pan davor hockte und aufpasste, dass seine Schwester nicht stürzte. Die ersten Worte hatten Amber und Caelan auf dem Weg verpasst, doch den Rest der Episode bekamen sie mit:

»...wiegt sich hin und wiegt sich her wie ein junger Baum im Wind. Sie versucht, ihren tiefen Schmerz hinfortzuschaukeln, aber es gelingt ihr nicht. Ihre bernsteinfarbenen Augen starren durch das Fenster, vor dem sie sitzt, aber sie sehen nichts. Hinter ihr ist ein Schatten, so wie eine dunkle Aura. Doch ... nein, es ist eine andere Frau. Eine fremdartige Frau mit langen, schwarzen Haaren. Eine Indianerin. Das Gegenteil von der Kranken Frau, sozusagen. Sie unterscheiden sich, wie Licht sich vom Dunkel unterscheidet, aber eines ist ihnen gleich. Die Erfahrung mit Schmerz und Kampf, Gewinn und Verlust. Wenn man die beiden sieht, begreift man, dass es eine Seele gibt, die verletzt werden kann. Die Dunkle streichelt das traurige Wesen vor ihr und redet unermüdlich auf sie ein. Dann steht sie auf und versucht die Trance der blonden Frau zu brechen. Es gelingt ihr. Sie beginnt, die Kranke zu füttern wie ein Kind und lobt jeden Bissen, der in ihr verschwindet. Irgendwann scheint der Blick der einen Frau sich zu ändern, als käme er von einer langen Reise zurück. Er haftet einen langen Moment auf der Indianerin und dann spricht die Lady sogar. »Ich danke dir. Ich danke dir so sehr, Nola. Ich glaube, ich möchte zurück ins Leben. Hilfst du mir?«

Liam sah sich um, als Enya sich wieder unter ihre Bettdecke verkrochen hatte.

»Ich bleibe bei Enny, Da«, raunte er und lupfte Enya's Oberbett, krabbelte zu ihr, legte seinen Arm um ihre Brust, als könnte er sie so beschützen, und schlief ein.

340

Caelan zog Amber aus dem Kinderzimmer und führte sie schnurstracks zurück ins Schlafzimmer, damit sie nicht auf den Gedanken kommen konnte, die Zwillinge noch mitleidig zu knuddeln und damit richtig aufzuwecken. Das schätzte er als tatsächlich schädlich ein.

»Denk dran: ›*Eins und eins macht zwei. Zu zweit ist man niemals allein, mein Mädchen.*‹ Das hat meine Granny gesagt, erinnerst du dich? Vielleicht hat sie das damit gemeint«, flüsterte Cal Amber zu, kurz bevor er die Tür hinter sich schloss und mit seiner Frau wieder ins Bett huschte.

»Aye. Vielleicht ist das gut so, dass sie nicht allein ist. Aber hast du Liam gesehen? Hast du seinen Blick gesehen, als er dir sagte, er würde bei Enny bleiben? Ich dachte immer, das Mädchen würde Schlimmes erdulden, Cal. Aber ich glaube, der Kleine leidet viel mehr und das ganz allein. Oh Cal! Was sollen wir tun?«, wandte sie sich weinerlich an ihren Mann. Ihre honigfarbenen, verwässerten Augen blickten ihn an und Caelan zog sie liebevoll an sich.

»Am, er ist ihr Beschützer, glaube ich. Hab keine Angst, er leidet nicht. Er ist stark«, raunte er ihr zu, obwohl er nicht ganz so fest in seinem Glauben war, wie er sich anhörte. Auch ihm war dieser schmerzvolle Blick seines Sohnes nicht entgangen, aber er hatte auch noch etwas anderes gesehen. Stärke und Entschlossenheit.

Daran wollte er sein Gemüt klammern, bis sie eine Lösung gefunden hatten, die beiden von dieser Heimsuchung zu befreien.

»Kann ich nicht doch Paul fragen, ob …«, setzte Amber an, doch davon wollte Caelan nichts hören und fuhr ihr über den Mund:

»Noch nicht. Bitte, Am. Lass uns noch ein oder zwei Nächte warten. Wenn es dann nicht aufhört, dann bin ich einverstanden. Okay? Okay, Liebes?«, bat er inständig und sie nickte stumm.

In der nächsten Nacht wurden Amber und Caelan wieder geweckt:

»Da ist ein großer Mann mit dunkelblondem Haar und blauen Augen. Sie sind so blau wie ein Eiswassersee. Sie funkeln, wenn er die Indianerin sieht, und sie haben einen treuen Ausdruck, wenn er die blonde Frau anschaut. Er hilft den Frauen auf einem Pferdehof. Dort gibt es Fohlen, Stuten, einige Hengste. Schöne, stolze Tiere. Ein Indianer ist da und spricht mit ihnen, dann schwingt er sich auf sie und reitet sie. Leute kommen und nehmen Tiere mit. Sie geben Geld dafür, das der große Mann annimmt und an die blonde Frau weitergibt. Die Leute sind wohl glücklich, aber die blonde Frau ist oft traurig. Sie geht jeden Tag zu einer großen Eiche. Dort steht ein Stein, den sie liebevoll streichelt. Sie spricht mit ihm, dann geht sie wieder zurück und lächelt.

Die Indianerin humpelt auf den Hof. Ihre Haare sind wirr, ihre vollen Lippen bluten. Sie weint ganz fürchterlich. Die blonde Frau nimmt sie in die Arme, tröstet sie und führt sie ins Haus.«

»Das war Ma's Stimme«, keuchte Amber erschrocken auf und schlug sich die Hand vor den Mund.

In dieser Nacht zitterte sie im Bett wie Espenlaub und Caelan hatte Mühe, sie einigermaßen zu beruhigen.

Seine Sorge, ob Am den nächsten Tag überstand, wuchs ins Unermessliche. Doch am Morgen funktionierte sie wie immer und er verwarf den Gedanken, sich frei zu nehmen, um auf sie achten zu können. *Sie ist stark genug*, gestand er sich ein und schwor sich, kein Sterbenswörtchen über Enya's Traum verlauten zu lassen.

Und ein weiteres Mal wurde die Nachtruhe der Eltern unterbrochen:

»Die Lady steht mit dem großen Mann und der Indianerin zusammen. Sie sprechen über etwas, das dem Mann nicht so gefällt, aber schließlich nickt er einwilligend. Die Blonde gibt ihm zusammengerollte Pergamente. Dann dreht sich die Indianerin um. Man sieht, dass sich ihr Leib gewölbt hat. Sie trägt ein Kind. Es ist kein Kind der Liebe, aber dieses Kind wird Liebe erfahren und es wird Liebe geben können, dafür werden die beiden Frauen sorgen.

*Die Frauen heben kleine Bündel auf und schnallen sie auf ihre
Rücken. Dann winken sie dem großen Mann noch einmal zu und
wandern los. Sie laufen einen Tag und noch einen halben Tag.
Dann erreichen sie eine Höhle. Sie sehen sich um. Sie sehen sich an,
nehmen sich bei der Hand und verschwinden im Dunkel des Höh-
leneinganges. Es vergeht Zeit um Zeit. Sie kommen nicht heraus. Sie
kommen einfach nicht zurück. Was ist bloß geschehen?«*

»Jetzt reicht's, Caelan. Du kannst von mir verlangen, was du
willst, aber ich werde heute mit Paul darüber sprechen. Ich halte
das alles nicht mehr aus. Und weißt du was? Wenn das nicht
Ma's Geschichte ist, dann fresse ich einen Besen quer«, donnerte
Amber los, als sie nach dieser Traumphase von Enya wieder im
Elternschlafzimmer angekommen waren. Schon in der vergangen Nacht hatte sie kaum noch ein Auge zugetan. Nun, mit der
heutigen Fortsetzung, so wusste sie, wäre an Schlaf nicht mehr
zu denken. So gern sie wissen wollte, wie es mit ihrer Mutter
weiterginge, so sehr wollte sie, dass dieses Leid für ihre Kinder
endete. Sie brauchte Hilfe und sie musste mit jemandem reden.
»Ich weiß, mò òmar. Ich hatte es versprochen. Sprich mit
Paul. Aber bitte ihn um Verschwiegenheit, aye«, gab Caelan seiner Frau nun endlich grünes Licht. Es machte ihn ja selber total
fertig und Amber hatte schon dunkle Ringe unter den Augen.
Er vermutete, dass Paul sie ohnehin demnächst darauf ansprechen würde. Daher war es vielleicht gut, wenn sie zuerst mit der
Sprache herausrückte.
»Was glaubst du, was Paul ist? Eines von diesen neuzeitlichen
Klatschblättern?«, regte sich Amber über seine Bitte auf, Paul
um Diskretion zu bitten.
»Naye, das denke ich nicht von ihm. Aber ich möchte meinen Freund schützen!«
»Aye, Entschuldigung. Marven wird nichts erfahren, das
schwöre ich. Er ist mein Bruder, Cal. Glaubst du, ich wüsste
nicht, wie sehr er während seiner Suche gelitten hat?«, ruderte
sie ihr Temperament etwas zurück.
»Doch! Dass du das weißt, glaube ich dir. Aber du weißt

nicht, dass dieser verrückte Mann das alles noch einmal durchziehen würde, wenn er dabei nur einen Millimeter weiter käme. Ich will meinen Freund behalten und keinen Zombie gewinnen, Am«, erklärte Cal hingegen mit einem Aufwärtstrend an Hitzigkeit.

»Gut, Caelan. Ich rede mit Paul und wir behalten alles andere für uns, in Ordnung. Können wir uns darauf einigen? Es geht hier in erster Linie um die Kinder, aye?«, konterte sie bestimmt, aber dennoch gezügelt. Sie wollte sich nicht mit Caelan streiten und war sich sicher, dass er das auch nicht wollte. Aber sie mussten zu einer Einigung kommen. Cal's Art, ihrer Meinung zuzustimmen, äußerte sich in zärtlichen Umarmungen oder Küssen, bei schwerwiegenden Entscheidungen in völliger körperlicher Hingabe. In diesem Fall glaubte sie, dass ihr eine ordentliche Portion Zärtlichkeit, wo auch immer sie hinführen würde, ebenfalls gut täte. So ließ sie sich von ihm auf eine erotische Reise zu den Sternen mitnehmen.

»Danke, Cal«, wisperte sie zufrieden. Bald darauf ging ihr Atem sehr, sehr gleichmäßig. Cal schmunzelte.

»Gern geschehen, mò bheatha« raunte er zurück, zog sie noch enger an sich und schlief ein.

2

Amber stand wie jeden Morgen zeitig auf, hüllte ihren nackten Körper in einen weißen Bademantel, der eine riesige orangegelbe Calla auf der Rückseite trug. Noch immer berauscht von der vergangenen Nacht, weckte sie liebevoll ihren müden Krieger, der immer noch tief schlummerte. Dann verschwand sie im Bad, kämmte ihre lange, blonde Mähne, raffte sie zu einem losen Zopf, drehte ihn auf und klemmte sich eine große Spange hinein. Dann putzte sie ihre Zähne und blickte einigermaßen zufrieden in den Spiegel, denn die Schatten unter den Augen waren blasser geworden. Als sie aus der Badezimmertür trat, quälte sich Cal gerade aus dem Bett.

»Latha math. Beeil dich, mein Herz. Ich mach dir Frühstück«, flötete sie und verschwand in die Küche.

Nachdem sich ihr Mann in einen vorzeigbaren Bau-Planer verwandelt hatte, trat er lässig hinter seine Liebste, die am Herd werkelte und hauchte ihr einen Gutenmorgenkuss auf den durch die hochgesteckten Haare freigelegten Hals. Amber bekam eine Gänsehaut und wandt sich aus dieser Liebkosung, obgleich sie ihr nicht unangenehm war. Doch wie Standhaftigkeit in diesem Fall enden würde, wusste sie auch.

»Cal, nicht«, zuckte sie. »Wir haben Besuch.«

»Aye, den haben wir«, raunte er zurück, ließ sich jedoch schweren Herzens zurückweisen und nahm am Küchentisch Platz. Lieber würde er seine schöne Frau auf die Arbeitsplatte setzen, sich zwischen ihre langen Beine schieben und ihr Freude bereiten, bis sie schrie. Aber die Uhr, auf die er gerade sah, als seine Blicke durch die Küche schweiften, sagte ihm, er habe nicht die Zeit. Mit einem ächzenden Stöhnlaut verlegte er sich darauf, seinen Porridge zu löffeln. Gerade als er die Schale beiseiteschob, landete schon Rührei auf seinem Teller. Ein lauter Klacklaut zeigte Amber an, dass der Toast fertig war. In einer flüssigen Bewegung stellte sie die Pfanne auf den Herd zurück, zupfte den Toast mit spitzen Fingern aus dem Gerät und legte ihn an das leckere Ei auf Caelan's Teller. Eine Cherrytomate wanderte hinzu und aus dem Ganzen wurde eine Augenweide.

»Das Auge isst bekanntlich mit, mein geliebter Mann. Lass es dir schmecken«, säuselte sie vergnügt, als sie seinen nebligen Blick gewahrt hatte.

»Wenn du glaubst, die Tinte sei leer, meine liebe Frau, dann irrst du«, zischte er.

»Aber, aber. Nur, wenn sie leer wird, hilft uns das auch nicht weiter, nicht wahr? Besser, man füllt die Reserven öfter mal auf«, zog sie ihn auf und lächelte süffisant.

»Wenn ich nicht zur Arbeit müsste …«

»Musst du aber, mein Herz. Iss und heute Nacht kannst du mir zeigen, wie voll der Tank noch ist, aye«, neckte sie ihn weiter und genoss Caelan's Handicap, sie nicht vom Gegenteil über zeugen zu können, weil die Arbeit rief.

»Ha«, stand er auf, nachdem er sich die Cherrytomate in den Mund gestopft hatte. »Du wirst morgen breitbeinig durch die Gegend laufen, meine Liebe.« Damit eilte er aus der Küche. Wenig später fiel die Eingangstür zu und Amber räumte lächelnd ab, um für Paul und die Kinder frisch zu decken. Danach wäre genügend Zeit, sich anzuziehen.

Erfrischt trat Amber nach einer ausgiebigen Dusche wieder aus dem Bad in ihr Schlafzimmer, öffnete den Kleiderschrank und wollte sich an der bequemen, modernen Kleidung bedienen, die Caelan ihr gekauft hatte. Er hatte so reichlich eingekauft, dass sie ein Leben lang damit auskommen könnte, schätzte sie und musste wieder schmunzeln. Sie liebte diesen Kerl abgöttisch. Da knackte das Babyphone und mehrere kratzige Laute folgten, bis sie eine Stimme vernahm.

»Warum liegst du schon wieder in meinem Bett, Liam?«, fragte Enya ihren Bruder fast vorwurfsvoll.

»Weil du andauernd träumst«, antwortete Liam nun mindestens genauso missbilligend.

»Na und? Jeder träumt. Du doch auch«, schnippte das Mädchen zurück. »Du nimmst zu viel Platz weg und ziehst mir die Decke fort. Dann friere ich.«

»Wenn ich träume, dann stehe ich wenigstens nicht im Bett und mache anderen Angst«, zischte der Junge.

Ein Kratzen und Knacken rammte sich in Amber's Ohr, dass sie sie am liebsten mit den Händen zugehalten hätte. Aber sie war gespannt, ob die beiden sich noch weiter unterhalten würden. Doch das Gerät krächzte unendlich lange weiter. Bis sich wieder eine Stimme durch dieses »Krrrrr« winden konnte.

»Ich gehe frühstücken«, teilte Liam seiner Schwester mit und Amber hörte bald sein leises Tapsen auf dem Flur.

Der Junge läuft schon wieder barfuß, rollte Amber ihre Augen, stand schnell auf, nahm sich nun nicht mehr die Zeit, von dem umfänglichen Kleiderfundus auszuwählen. Sie griff das erstbeste, zog sich schnell an und folgte ihrem Sohn in die Küche. Dort fand sie ihn wie ein Häufchen Elend auf der Bank. Er hatte sein Gedeck zur Seite geschoben und den Kopf auf seine verschränkten Arme auf dem Tisch gebettet.

»Na, mein Kleiner? Hungrig?«, fragte Amber, darauf bedacht, gute Miene zum bösen Spiel zu machen.

»Aye, schon. Könnte es heute mal was anderes als Porridge geben?«, bettelte Liam.

»Ah, und was schwebt dir da so vor?«, erkundigte sich Amber gespannt.

»Weiß nicht. Ich habe irgendwie Hunger auf Vanillepudding. Dann wieder möchte ich irgendwas mit Zimt und dann …«

»Halt, mein Sohn!«, verlangte Amber und Liam sah sie erstaunt an. Nie hatte seine Mutter ihn derart bestimmt in die Schranken gewiesen. Heute schien nicht sein Tag zu sein. Seine Schwester hatte sich beschwert, seine Mutter wollte seine Wünsche nicht hören, sein Vater war sicherlich schon lange arbeiten. Blieb zu hoffen, dass Onkel Paul etwas versöhnlicher war. Frustriert rutschte er von der Bank und wollte sich auf den Rückzug ins Kinderzimmer machen, als besagter Hoffnungsschimmer in der Küchentür erschien.

»Latha math, Liam. Gut geschlafen?«, sprach Paul ihn frohgelaunt an und wandte sich an Amber, der er auch einen guten Morgen wünschte.

»Naye. Und jetzt sind alle auch noch doof zu mir«, beschwerte sich Liam, bei Paul, der sofort in die Hocke ging, um mit dem jungen Mann auf Augenhöhe zu reden. Paul hatte Amber's hochgezogene Brauen gesehen, bevor er dem Kleinen wieder seine Aufmerksamkeit schenkte. Liam klagte ihm sein Leid und wiederholte, worum er seine Mutter gebeten hatte. Er fuchtelte mit seinen Armen herum und unterstrich seinen Unmut, nicht ohne sich zu beschweren, dass selbst seine Mutter seinen Wünschen nicht entsprechen wollte. Er legte sich wirklich sehr ins Zeug, um in den Worten eines Vierjährigen vorzutragen, was diesen gewissermaßen, untragbaren Morgen so unerträglich für ihn machte. Paul's Brauen wanderten bei Liam's Beschwerderede Klage um Klage weiter die Stirn hinauf. Amber begann sich zu fragen, ob sie einer optischen Täuschung unterlag oder ob es tatsächlich möglich war, die Brauen nahezu bis zum Haaransatz hochzuziehen. Als Liam endlich endete und der Leibarzt ihres Onkels sich gefasst hatte und seine Miene sich normalisierte, atmete sie tief durch.

»Ah, weißt du was, kleiner Superheld? Du gehst dich waschen und anziehen und ich erkläre deiner Mutter eine Speise, die es in meiner Heimat gegeben hat. Sie war immer eine Ausnahme und man bekam sie nur, wenn man etwas Heldenhaftes oder ein gutes Werk getan hatte. Ist das eine Abmachung?«, ergriff Paul die Schultern des Jungen und tat, als hätten sich die beiden gegen die ganze Welt verschworen. Liam nickte, erleichtert, dass er immerhin einen Menschen auf seiner Seite hatte. Paul gab ihm einen liebevollen Klaps auf den Po und schickte ihn ins Kinderbad.

»Du wärst ein toller Vater geworden«, entwich es Amber. Aber sie hätte diese Szene nicht anders beschreiben können. Sie hörte Paul schlucken, aber er fasste sich augenblicklich und tat, als hätte er dieses Lob gar nicht gehört. In Wirklichkeit gab es ihm einen Stich ins Herz, aber er hatte sich irgendwann entschieden und so würde er eben nie ein »toller«Vater werden. Er unterdrückte dieses Gefühl und setzte auf Professionalität.

»Also? Gibt es ein Problem?«, richtete er sich wieder zur vollen Größe auf und sah Amber auffordernd an.

Die nickte und sah beschämt zur Seite. Doch dann erinnerte sie sich daran, dass Caelan ihr ja gestattet hatte, Paul ins Vertrauen zu ziehen. Liam litt, das hatte sie gerade mit eigenen Augen gesehen und das musste ein Ende haben.

»Aye, es gibt ein Problem. Aber zuerst möchte ich wissen, was ich für Liam kochen soll. Du hast ihm versprochen, dass er ein Superheldenessen bekommt, und nun rück mit diesem Rezept heraus«, beharrte Amber auf der Einlösung dieser Zusage, schon allein, um den Jungen wieder glücklich zu sehen. »Dann warten wir, bis Lisa die Kinder holt und zum Kindergarten bringt, damit sie nicht hören, worüber ich mit dir sprechen muss. Hast du überhaupt Zeit?«, fragte sie plötzlich verlegen. Was war nur mit ihr los? Sie konnte doch nicht so einfach über Paul bestimmen, auch wenn sie ihn jetzt nötiger brauchte als jemals zuvor.

»Aye, ich nehme mir die Zeit, Mädchen. Es scheint mir wichtig. Und nun zu der Eisbergsuppe«, antwortete Paul verständnisvoll, erntete jedoch einen merkwürdig orientierungslosen Blick von Amber.

»Was zur Hölle soll das sein?«, fragte sie mit säuerlichem Gesicht.

Paul musste lachen. Erstens, weil die einstige Vorzeige-Highlanderin von John sich diesen erdigen Slang ihres Mannes angeeignet hatte, was komisch auf ihn wirkte, und zweitens, weil sie aussah, als würde er von ihr verlangen, eine fette Made zu braten.

»Vanillesuppe mit geschlagenem Eiweiß und Zimtstreu auf den Spitzen der Eischneeberge. Das ist alles, Lassie«, gluckste er und Amber gewann ihr schönes Gesicht zurück, das nun ein Lächeln zierte.

»Also gut. Das sollte hinzubekommen sein, Mylord«, kicherte sie und suchte alle Zutaten heraus. Als sie fertig war, kamen die Zwillinge Hand in Hand in die Küche und setzten sich artig auf ihre Plätze. Amber füllte die Vanillesuppe, die eigentlich mehr eine dünne Vanillesoße war, auf Teller, kleckste mehrere Löffel Eischnee darauf, die in der Suppe schwammen, und streute ein wenig Zimt-Zucker auf deren Spitzen. Dann sah sie Paul an, der nickend bestätigte, dass diese Speise seiner Vorstellung entsprach.

»Dann denke ich, dass der liebe Onkel sie auch zum Tisch bringen sollte, aye«, flüsterte sie Paul zu. Der ließ sich dann auch nicht zweimal bitten und stellte den wartenden Kindern die Suppenteller vor die Nase. Liam's Augen wurden so groß wie die Teller, die vor ihnen standen. Seine grauen, mit honigfarbenen Sprenkeln durchsetzten Iriden funkelten, als hätte man ein Feuer in seinem Schädel angezündet. Enya besah die Angelegenheit zunächst kritisch, aber nachdem sie geschnuppert hatte, griff sie beherzt zu ihrem Löffel und versuchte die Speise.

»Hmmm, lecker«, kommentierte sie undeutlich mit vollem Mund, was Liam grinsen ließ. Anscheinend war seine Welt wieder in Ordnung, gewahrte Amber zufrieden. Eine einfache Kinderspeise hatte das bewirkt. Vielleicht auch das Gespräch mit Paul, in dem sich der kleine Mann völlig ernst genommen gefühlt hatte. Sei es drum. Amber war in diesem Augenblick ein wenig glücklicher als noch eine Stunde zuvor.

Nachdem die Kinder gesättigt waren, dauerte es auch nicht lange, bis Lisa endlich schellte. Sie brachte ihr eigenes Kind in den Kindergarten und nahm die beiden morgens mit, da es auf dem Hinweg lag. Amber holte die Kids am Nachmittag ab und brachte den kleinen Tom natürlich im Gegenzug zurück zu Lisa. Als alle fort waren, der tägliche *Vergiss-dies-nicht-vergiss-das-nicht-Stress* mit dem Verschließen der Eingangstür für eine Weile ausgesperrt war, atmete Amber einmal hörbar durch, dann begab sie sich zurück in die Küche, ließ sich auf einen Stuhl fallen und sah Paul lange an. Dann nickte sie, als hätte sie mit sich selbst eine Vereinbarung getroffen, und begann:

»Ich hatte dir ja schon früher erzählt, dass Enya sehr unruhig schläft und ich die Vermutung hatte, dass sie viel träumt, aber nun ist es ganz schlimm.«

Paul sah sie interessiert an und konnte nicht verhindern, dass sich über seiner Nasenwurzel eine tiefe Furche bildete, denn Amber's Stimme war mehr als angespannt.

Als sie ihm von Enya's gesprochenen Traumsequenzen und Liam's beschützerischem Verhalten berichtet hatte, begann auch er sich Sorgen zu machen. Er konnte Caelan verstehen, der nicht nur seine Tochter vor den derzeitigen Ärzten schützen wollte. Auch seine Angst, dass Marven wieder den Boden verlor, den er sich langsam aber sicher wieder erobert hatte, konnte er gut nachvollziehen. Die beiden waren mehr als Brüder, stellte er wieder einmal fest. Hin und wieder waren sie wie Feuer und Wasser, aber sobald es nötig war, an einem Strang zu ziehen, taten sie es, ohne zu fragen. Sie vertrauten sich. Sie vertrauten sich sogar gegenseitig das Leben ihrer Liebsten an. Das beeindruckte Paul immer wieder. Natürlich war das nicht so eine Liebe, wie er sie mit John erfahren hatte, aber es war definitiv eine Art von Liebe. Und er war absolut zwiegespalten, ob diese Liebe nicht auch viel mehr aushalten würde als die, die er erfahren hatte.

Nun aber musste er zunächst Amber beruhigen und ihr versichern, dass dieses Gespräch unter der Verschwiegenheitspflicht zwischen Arzt und Patientin bleiben würde. Das schien ihr Hauptproblem zu sein und auch er wollte sich unbedingt an diese heilige Klausel halten. Er hatte ebenso ein Interesse daran, dass diese Menschen nicht an psychischen Sorgen zerbrachen. Damit meinte er alle. Auch Marven's kleine Familie. Schließlich war das seine Aufgabe. Es war seine Aufgabe, John's letzten Wunsch, unter Aufbietung all seiner Kräfte, zu erfüllen. Das wollte er, denn diese Menschen waren auch seine Familie geworden und er liebte sie. Er musste Amber ablenken, irgendwie, auch wenn ihm klar war, dass dies kein leichtes Unterfangen würde. Doch die saloppe Sprache dieser Zeit würde es ihm ermöglichen.

»Darum war Liam heute Morgen so angezickt«, folgerte er.

»Aye, er leidet. Er will seine Schwester beschützen, meint Cal, und die zischt ihn undankbar an und ich …«

»Da habt ihr aber harten Tobak verstickt, Lass«, sagte er, so locker es ihm möglich war, und lehnte sich lässig zurück.

»Himmel, Arsch und Wolkenbruch«, fluchte Amber herzzerreißend, wobei sie ihre Arme hochriss und kraftlos wieder fallen ließ. Paul machte große Augen und zog seinen Mund etwas schief.

»Zwirn«, korrigierte er dann aber trocken.

»Was?«

»Es heißt: Himmel, Arsch und Zwirn«, verbesserte Paul noch einmal.

»Herrje, Paul. Ist klar. Aber ich war noch nie gut in Handarbeiten, wie du weißt«, konterte Amber, die ihre scharfe Zunge wenigstens noch nicht verloren hatte, und brachte ein halbherziges Lächeln zustande.

»Wenn wir davon ausgehen, dass die Träume tatsächlich Jo's Erlebnisse widerspiegeln, was sie vermutlich tun, dann werden sie vielleicht jetzt enden, da Joline verschwunden ist«, gab Paul zu bedenken, was Amber zum Überlegen brachte.

»Meinst du? Könnte natürlich sein, aber was ist, wenn nicht?«, hörte er die Mutter in ihr sorgenvoll fragen.

»Amber, lass uns das doch noch einige Nächte beobachten. Ich bin doch noch einige Tage hier. Ich helfe euch, wenn es den Zwillingen Schaden zufügt. Aber eigentlich glaube ich ...«

»Paul! Liam hat heute das erste Mal in seinem vierjährigen Leben derartig betrübt reagiert. Er ist immer die Ruhe selbst gewesen, aber Enya's Vorwürfe haben ihn verletzt und ich war auch nicht wirklich hilfreich, als ich ihm den Mund verboten hatte«, wandte sie verdrossen ein.

»Aber er war doch schnell versöhnt, oder? Das ist das Gute bei Kindern. Sie tragen in der Regel nicht lange nach, was ihnen geschieht, solange es nichts absolut Traumatisches ist«, entgegnete Paul aufmunternd. »Lass es uns beobachten, aye? Auch wäre ich gern dabei, wenn das wieder passiert. Ist das möglich?«, fragte er.

In Amber's Kopf arbeitete es und dann schien sie eine Lösung gefunden zu haben, denn ihr Mund öffnete sich, doch sie klappte ihn sogleich wieder zu, als hätte sie eine Idee verworfen. Doch wenig später eröffnete sie:

»Wir machen das Zimmer neben den Kindern frei und richten dir dort eine Schlafgelegenheit ein. Zuerst dachte ich, du könntest bei ihnen schlafen, doch möglicherweise ist das keine gute Idee«, schlug sie vor.

»Hört sich doch gut an.«

»Aye, aber ich brauche deine Hilfe. Wir müssen das kleine Wohnzimmer ein wenig umräumen, Paul. Es wird ja nicht für ewig sein, dass du so unbequem untergebracht wirst«, warnte sie ihren Gast vor und verzog verlegen ihr schönes Gesicht.

»Ach Mädchen. Es wird wohl immer noch besser sein als ein Schützengraben im 1. Weltkrieg, oder?«, witzelte er und stand auf, um den Vorschlag mit ihr zusammen in die Tat umzusetzen, bevor es sich dieses Mädchen noch anders überlegte. Fordernd reichte er ihr die Hand, um sie vom Stuhl hochzuziehen.

»Lass uns das erledigen und dann hole ich die beiden heute ab. Mal sehen, ob sie mir von selbst irgendwas erzählen, wenn ich sie wieder mit ihrem Lieblingseis abfülle«, gluckste er und wollte aufmunternd wirken, was ihm gelang.

Alles war zur Observation der Zwillinge bereit. Caelan war unterrichtet und bedankte sich im Voraus für Paul's Hilfe und Geheimhaltungsversprechen. Doch Enya träumte nicht mehr. Na ja, wahrscheinlich träumte sie, aber die nächtlichen Sprechattacken gab es nicht mehr. Amber kam sich unheimlich dämlich vor, Paul behelligt zu haben, aber der beruhigte sie damit, dass er diese Vermutung ohnehin hatte:

»Erinnere dich, Lass. Ich habe dir gesagt, dass Enya's Träume vielleicht mit Jo's Verschwinden enden. Also scheint es da einen Zusammenhang zu geben. Die Kinder machen ansonsten einen ganz normalen Eindruck. Sie sehen weder gestresst aus, noch scheint ihre Seele gepeinigt. Mach dir also keine Sorgen mehr.«

Paul war aufgrund dieser Geschichte einige Tage länger in Edinburgh geblieben, aber dann zog es ihn wieder nach Hause. Er hatte schon lange alles erledigt, was die Geschäftstermine betroffen hatte, und nun wollte er in Inverness und am Loch Bruicheach nach dem Rechten sehen. Als er fuhr, sahen Caelan und Amber ihm wehmütig nach.

»Komisch, ihn mit einem Auto davonfahren zu sehen, aye?«, fragte Amber, die ihren Blick kaum von der Straße reißen konnte, bis die Rücklichter von Paul's Rover endgültig verschwunden waren.

»Aye. Wirklich komisch. Genauso seltsam, wie dich in diesen sexy Klamotten im Arm zu halten, mò òmar!«, stellte Caelan vernarrt fest und sah auf seine liebliche Frau nieder, die nun den Blick auf ihn richtete und ihre Augen zu ihm aufschlug. Ihre langen, dunklen Wimpern bildeten einen herrlichen Kontrast zu dem Bernstein, den sie umrandeten. Verliebt raunte sie ihm entgegen:

»Oh, dafür kann ich nichts, die Kleidung kauft mein Mann. Der hat wohl diesen eigenartigen Geschmack«, neckte sie schelmisch.

Die Kinder waren bei Tom und so konnte Caelan davon ausgehen, dass er mit seiner Frau noch einige Zeit sturmfrei hatte. Also packte er das Geschöpf seiner Begierde und trug sie so schnell er konnte ins Schlafzimmer, wobei er alle Türen, die zu schließen waren, mit einem Tritt und einem lauten Knall ins Schloss fallen ließ. Als hätten sie sich Jahre nicht gesehen und geliebt, rissen sich die beiden ihre Kleider vom Leib und nahmen sich grob vom anderen, was sie brauchten. Später gaben sie sich einem zärtlichen, langsamen Liebesspiel hin und genossen ihre bemessene Zweisamkeit.

3

Marven konnte sich auf seine Leute auf dem Gestüt verlassen und hatte verspochen, sich ein verlängertes Wochenende zu leisten, um Kyla mit den Kindern und Cal's Familie im Cottage zu besuchen, die dort einige Tage Urlaub machten. Er freute sich auch auf Finley, der zwar oft zum Loch Bruicheach kam, dem es aber zusehends schwerer fiel, die Autofahrt dahin zu überstehen. Von Knockan zum Cottage war es viel kürzer. Weil die Familie angewachsen war, hatte Caelan ein Appartement über den Stallungen ausgebaut, sodass nun alle bequem untergebracht werden konnten. Allein die Einfachheit, was Küche und sanitäre Anlagen betraf, war nicht angerührt worden. So hatten die Zeitreisenden immer wieder einen Punkt auf dieser Welt, an dem sie die Erdung fanden, die ihnen wichtig geworden war, obgleich jeder von ihnen die modernen Möglichkeiten zu schätzen wusste. Mit einem großen Hallo wurde der Nachzügler begrüßt und kaum hatte er sich eingerichtet, verschwand er mit seinem Busenkumpel Caelan, der ihm seinen Bogen in die Hand drückte, auf die Jagd.

»Und? Alles klar bei dir?«, erkundigte sich Cal, während die beiden so durch die Umgebung pirschten.

»Aye, alles gut. Aber du solltest deinen Hengst öfter besuchen, Cal. Zwar ist er durchaus abgelenkt, wenn er eine rossige Stute schnuppert, aber er braucht eindeutig mehr Bewegung«, schwatze Marven drauflos und grinste seinen Freund an, der die Aufforderung nicht missdeutete, sich öfter auf dem Gestüt sehen lassen zu sollen. Im Grunde genommen täte er nichts lieber, wäre da nicht dieser Job als Bauplaner. »Warum hast du die Pferde nicht mitgebracht, du Depp?«

»Na, weil sie sich gerade mit ihren Stuten treffen«, griente Marven zurück, wobei er schicksalsergeben mit den Achseln zuckte.

»Ja, dann sollte ich wohl öfter kommen. Aber du weißt selber, wie das ist. Der Reisestress und am nächsten Tag ein neues Projekt oder das Weiterführen eines alten«, stöhnte Caelan auf hohem Niveau.

»Hey, dir ist klar, dass du das nicht machen musst, oder?«, reizte ihn Marven zum gefühlt hundertsten Mal. »Du kannst jederzeit zum Gestüt kommen. Da gibt es Arbeit genug. Ich könnte dich da gebrauchen und wir wären alle wieder zusammen«, bot er seinem Freund, ebenfalls das x-te Mal, an.

»Ich weiß, Marv. Ich … Du weißt genau, dass ich diesen Zwang nicht ertrage und nur erdulde, weil ich eine Familie habe, die ich ernähren muss. Wenn es nach mir allein ginge, dann wäre ich schon …«

»Dann tu es, Cal. Amber wäre doch auch bei uns glücklich. Das Haus ist groß genug. Wir haben damals mit acht bis zehn Erwachsenen dort gelebt und alle konnten sich aus dem Wege gehen oder hatten ihren eigenen Bereich. Mein Gott, wie ich das vermisse«, klagte Marven.

»Ich auch.«

»Kyla auch!«

»Sie kann mich nicht ausstehen. Konnte sie noch nie«, jammerte Caelan gespielt.

»Vergiss nicht, dass ihr Blut in deinen Adern fließt, mein Freund. Das würde diese Frau nicht jedem geben. Sie mag dich«, konterte Marven, obgleich er Caelan's Versuch, einem halbherzigen Veto begegnen zu müssen, nicht wirklich nötig hatte. »Ich kann dich auch bezahlen, wenn es das ist, wo dich der Schuh drückt. Aber mal ganz ehrlich, Cal, was brauchen wir denn wirklich? Wir können nur so viel essen, wie in uns reinpasst, und wir hätten alle ein komfortables Dach über dem Kopf. Wir würden mit Tieren arbeiten, die Natur genießen und auf die Jagd gehen können, wann es uns gefällt«, schwafelte Marven, der sicher war, seinen Freund an der Angel zu haben.

»Schscht«, hielt ihn der von weiteren Ausführungen ab, indem sich der feste Griff seiner Hand um Marven's Unterarm legte.

»Ein Reh, siehst du es? Wie viel Platz hast du im Eisschrank?«, fragte Caelan flüsternd, aber ohne eine Antwort zu erwarten. Er legte bedächtig einen Pfeil ein und hoffte nicht ganz aus der Übung zu sein. Sein Pfeil flog und traf das Tier hinter dem Schulterblatt. Es verharrte geschockt einen Moment, bevor es zusammenbrach.

»Guter Schuss«, lobte Marven und war froh, dass Caelan so gut getroffen hatte. Im Stillen hatte er tausend Gebete gen Himmel geschickt. Wenn Cal dieses Tier verfehlt hätte, würde er wieder einmal Zweifel ausräumen müssen. Aber Bogenschießen war im Grunde wie Fahrradfahren. Wer es einmal konnte …

»Du brichst es auf und trägst es nach Hause«, unterbrach Caelan die Gedanken seines Freundes und nahm ihm den Bogen ab.

»Echt jetzt?«, keuchte Marven

»Echt jetzt!«, grinste Cal. »Dafür rede ich mit Am, okay?«

»Deal!«

Am Cottage beobachteten Kyla und Amber die Kinder, die sich ebenfalls im Bogenschießen übten. Caelan hatte für alle drei zu Weihnachten Kinderbögen anfertigen lassen, und jedes Mal, wenn er mit seiner Familie zum Gestüt kam, hatte er die kleinen Nervensägen geduldig unterrichtet.

»Immerhin treffen sie die Zielscheibe«, sagte Kyla, die endlich wieder schwanger war. Niall würde am 1. November fünf werden. Nachdem Marven und sie bereits die Hoffnung aufgegeben hatten, für ihren Sprössling ein Geschwisterchen zu bekommen, war es plötzlich passiert.

»Aye, sie treffen. Sie brauchen mehr Übung. Aber in der Stadt lässt sich das wohl schlecht machen. Was wohl die Nachbarn sagen würden, wenn Enya und Liam in unserem Garten Pfeile verschießen würden, die im Unglücksfall töten könnten?«, witzelte sie, aber ein Hauch Wehmut klang mit. »Niall ist schon viel sicherer, siehst du.«

»Kommt doch wieder zum Loch Bruicheach, Am. Ich würde mich so freuen. Niall würde sich freuen. Ich habe ihn lange nicht so glücklich gesehen wie mit den beiden dort«, bot Kyla fröhlich an. Sie war sich sicher, dass sie Marven nicht erst würde beknien müssen. Ihr Mann sehnte sich genauso nach dieser Großfamilie zurück, die es einmal dort gegeben hatte, wie sie selbst.

»Ach, du glaubst gar nicht, wie gern ich dir ein Ja geben würde. Aber Caelan will mir unbedingt beweisen, dass er uns ernähren kann, ohne dass wir jemals mein Geld gebrauchen müssten. Lächerlich, oder?«, klagte Amber. »Was brauchen wir denn wirklich? Wir können nur so viel essen, wie in uns reinpasst, und wir hätten alle ein komfortables Dach über dem Kopf. Wir würden die Kinder gemeinsam erziehen, könnten unseren Garten kultivieren wie früher. Du weißt schon, Gemüse, das wir selber essen und von dem wir wissen, dass es gesund ist. Heilkräuter, die uns damals geholfen haben und heute beinahe vergessen sind. Dieser ganze synthetische Mist, den die Ärzte uns einflößen wollen, den brauchen wir dann nur zur Not. Wir könnten reiten, die Natur genießen und müssten uns nicht irgendwelcher Mode beugen«, philosophierte sie weiter, dass Kyla nur so die Ohren wackelten.

»Oh, wie ähnlich ihr euch doch seid«, rief sie begeistert, sodass Amber sie irritiert von der Seite beäugte. »Marven sagt das so oft. Ich kann es schon bald nicht mehr hören, Am«, erklärte sie selig. Ihr Mann würde sich so was von freuen, wenn Amber mit ihrer kleinen Armee …

Eine seltsame Bewegung, die sie im Augenwinkel wahrgenommen hatte, unterbrach ihren Gedanken und schon schepperte ein herzzerreißendes Jaulen in ihren Ohren. Amber war bereits aufgesprungen, bevor Kyla überhaupt gerafft hatte, was passiert war.

»Ma, das wollte ich nicht. Der Pfeil ist einfach losgegangen. Ma-a-a«, jaulte Niall und stand mit hängenden Schultern da und machte ein Gesicht, als hätte er jemandem das Herz herausgerissen. Er starrte auf seinen brüllenden Cousin nieder. Amber, die ein heftiges Déjà-vu erlebte, sah auf ihren Sohn nieder, während Kyla sich vor ihrem Sohn auf die Knie warf, um ihn zu trösten.

»Niall«, keuchte Amber. »Es ist nicht dein Pfeil. Deine Federn sind blau, diese hier ist rot.« Sie sah sich um und erspähte eine geschockte Enya. Das Mädchen stand etwas abseits und öffnete und schloss ihren Mund, als hätte sie Schnappatmung.

»Oh nein«, krächzte sie. »Kyla, kümmere dich bitte um Liam. Lass den Pfeil, wo er ist, und schick Niall, damit er Finley holt, bitte.« Damit raffte sich Amber auf und ging langsam zu ihrer Tochter. Sie versuchte nicht bedrohlich auszusehen, dennoch warf das Mädchen plötzlich den Bogen fort, streifte seinen Köcher ab, der sich zu der Kinderwaffe gesellte, und lief davon, so schnell seine kurzen Beine es tragen konnten. Amber fiel ihre eigene Kindheit ein. Auch sie hatte so etwas schon durchlebt. Damals war ebenfalls ein Bruder das Opfer gewesen. Sie hatte Willie beinahe an der gleichen Stelle erwischt, daher wusste sie, dass Liam es überleben würde, auch wenn er im Augenblick vor Schmerzen jammerte. Was hatte sie damals getan? Wohin war sie verschwunden? Sie war genauso fortgelaufen, bis ihre Lungen so geschmerzt hatten, dass kein einziger Schritt mehr möglich war. Al hatte sie gefunden und mit stoischer Ruhe auf sie eingeredet, bis sie ihm nach Hause gefolgt war. Ihre Eltern hatten den Unfall bis dahin gefasst überwunden und machten ihr keinerlei Vorwürfe. Unfälle geschahen. Warum sollten Enya und Liam davor gefeit sein? Sie hoffte, dass Caelan bald käme und sich der Kleinen annehmen würde. Besser noch Marven, hatte der doch Al's Geduld, wenn es darauf ankäme.

Niall war wie vom Teufel verfolgt ins Cottage gelaufen und hatte Finley geholt. Sein fachmännischer Blick hatte sofort erkannt, dass es sich um keine lebensgefährliche Verletzung handelte, und er redete mit Engelszungen auf Liam ein, um ihn zu trösten. Sein Brüllen wurde leiser und bald vernahm man nur noch ein Wimmern. Kyla entspannte sich zusehends. Was für ein Tag. Was wäre bloß gewesen, wenn Niall seinen Cousin abgeschossen hätte? Wäre dann die Freundschaft zwischen ihnen allen zerbrochen? Sie hoffte nicht. Unfälle passierten, das Tragische war nur, dass es eines der Kinder erwischt hatte.

»Ich muss dich ins Haus bringen, Laddie. Da holen wir dann den Pfeil aus dir heraus, aye? Den kannst du dann als Trophäe behalten«, versprach der alternde Tierarzt.

»Was ist eine Tro-ho-phäe?«, fragte der kleine Liam weinerlich.

»Oh, na ja. Eigentlich ein Geweih oder Kopf von einem ansehnlichen Tier, das man selber geschossen hat«, begann Finley seinen Patienten aufzuklären, während er sich daranmachte ‚ihn aufzuheben und ins Haus zu tragen. »Aber in deinem Fall, mein Lieber, würde ich sagen, sie kann dir immer voller Stolz mitteilen, dass du diesen Schuss überlebt hast, aye.« Der Junge nickte verstehend, starrte jedoch Finley warnend an, als wollte er ihm sagen, bloß vorsichtig zu sein. Finley's blauen Augen versenkten sich hypnotisch in die des Jungen und es entstand ein Vertrauen, das Schmerz und Leid billigte.

Die Männer kehrten fröhlich zurück und freuten sich über ihr Jagdglück. Als sie über den Hof liefen, sah Caelan zuerst, dass die Zieltafel mit allerlei Pfeilen gespickt war.

»Gar nicht so schlecht, diese Rasselbande«, lobte er, wobei er Marven's Blick mit einem Kopfnicken auf die Tafel lenkte.

»Aye, nur mit der Ordnung scheint es zu hapern«, setzte Marven entgegen und wies seinen Freund seinerseits auf die herumliegenden Bögen und Köcher hin.

»Von mir haben sie das nicht«, zischte Cal und hob die zwei Anfertigungen seiner Kinder auf. »Grün und Rot habe ich«, grummelte er. »Siehst du Blau?«

»Naye. Blau liegt nicht hier herum«, raunte Marven, der sich mit dem Reh auf seiner Schulter einmal um die eigene Achse gedreht hatte. Er wusste, dass Blau Niall's Bogen war, und empfand einen Stolz, den er nicht nach außen tragen wollte, weil sein Freund sich gerade über die Behandlung dieses edlen Geschenkes ärgerte.

»Wir müssen das Tier aus der Decke schlagen, bevor uns die Frauen aus dem Haus jagen«, meinte Caelan aufgelockerter.

»Aye, besser wär es. Aber mehr Angst hätte ich vor Finley. Wenn wir die Schweinerei in der Wohnstube veranstalten, können wir unser blaues Wunder erleben«, rutschte es ihm raus und er erntete einen wütenden Blick. Im Stillen schalt er sich: *Warum musst du Blau sagen, du Idiot?*

Als sie fertig waren, ihre blutigen Hände im provisorischen Bad gereinigt hatten, genauso wie ihre scharfen SkianDubhs, hängten sie den Kadaver in die Scheune. Der Tierleiche fehlte ein Bein.

»Es wird sie erschrecken«, meinte Marven und meinte die Kinder, wenn sie zur Nacht an diesem toten Tier vorbei nach oben ins Appartement mussten.

»Egal, lass uns reingehen. Ich könnte einen Whisky vertragen und die Keule kann schon über das Feuer, damit sie nachher gar ist«, schlug Cal vor und Marven nickte.

Im Cottage saßen Kyla, Niall und Finley am Tisch und spielten Karten.

»Wo ist Am?«, fragte Caelan sofort mit suchendem Blick.

»Sie ist im Appartement, Cal«, antwortete Kyla nervös. »Liam hatte einen Unfall«

Damit ließ der ansonsten relaxte Schotte Whisky Whisky sein und rannte zum Appartement in der Scheune. Immer zwei Stufen auf einmal nehmend, hastete er durch den Flur zu dem Kinderzimmer, in dem Liam im Bett lag und Amber ihm vorlas. Beim Näherkommen stellte er jedoch fest, dass sich seine Frau mit dem Jungen unterhielt, denn Liam antwortete hier und da oder stellte Fragen. Er lehnte sich an die Flurwand und hörte ihnen eine Weile zu, schon allein, um sich etwas zu beruhigen. Die Nachricht, dass es einen Unfall mit seinen Bögen gegeben hatte, hatte ihn doch mitgenommen, musste er sich eingestehen.

»Weißt du, Liam, sei Enya nicht böse. Sie hat das nicht absichtlich getan. Im Grunde genommen weiß sie, dass du ihr Beschützer bist und immer auf sie achten wirst«, sagte Amber. »Es war ein blöder Unfall, mein Kleiner. Ich hatte als Kind auch einen liebevollen Bruder und mir ist genau das Gleiche passiert«, erzählte sie ihm.

»Hat Onkel Marven denn auch einen Pfeil abbekommen? Tante Kyla sagt, dass Onkel Marven einen keltischen Vornamen hat und dieser ›Beschützer‹ bedeute«, meinte der Junge träge.

»Nein. Ich hatte noch einen Bruder. Er hieß William. Du bist nach ihm benannt, mein Süßer. Du siehst ihm immer ähnlicher, je älter du wirst. Nun scheint es, dass du auch seine Narbe tragen wirst, Liam«, klärte Amber ihren Sohn auf und Caelan konnte sich ihr schwaches Lächeln vorstellen, das sie bei dieser Erzählung aufgesetzt hatte. Selbst sein Gesicht verzog sich zu einem Grienen, obgleich es wehmütig war. Sein Schwager war ein netter Kerl gewesen und ist für seinen Geschmack viel zu früh gestorben. *Es war letztendlich derselbe Kampf, der auch ihn beinahe das Leben gekostet hatte*, dachte er grimmig. Bevor er jedoch wieder schlechte Laune bekommen würde, stieß er sich von der Flurwand ab und ging ins Kinderzimmer.

»Hier, Da«, ergriff Liam den Pfeil mit den roten Federn, der stets neben ihm lag, seitdem Finley ihn aus seinem Körper entfernt hatte. Er hielt ihn mit dem Arm seiner heilen Schulter hoch, als wäre er das Wertvollste auf der Welt. »Eine Trophäe«, erklärte er stolz. Amber sah zu ihrem gehetzten Mann auf, der beim Anblick des Pfeils einer Ohnmacht nahe kam und nur noch ein gekrächztes »Enya« herausbrachte.

»Aye, Enya hat mich getroffen, aber ich habe überlebt und nun ist das meine Trophäe. Ma sagt, Onkel Willie hätte genau an der gleichen Stelle eine Schussverletzung, weil sie ihn da getroffen hatte. Nur hatte Onkel Willie keine Trophäe, aye. Die ist was ganz Besonderes«, erläuterte Liam stolz weiter und brachte überhaupt kein Verständnis für die Verwirrung seines Vaters auf.

Amber rollte mit den Augen und bat ihn still um einige Worte des Lobes oder irgendwas Aufbauendes für den Jungen. Als Caelan verstand, setzte er sich kurz mit aufs Bett und ließ sich die Geschichte von Liam erzählen. Dann pries er seinen Sohn als tapfer, dass er diese verdammten Schmerzen ausgehalten hatte, und versprach ihm, ihn nachher herüberzuholen, wenn er bereit sei, ein wenig zu schlafen. Da das immerhin der schnellen Heilung zuträglich wäre, erklärte sich Liam bereit und entließ seine Eltern, um sich nach Enya umzusehen.

Bevor sie mit dem einigermaßen aufgeregten Caelan ins Cottage zurückging, zog sie ihn auf die bequeme Couch im Wohnraum des Appartements und erzählte ihm die ganze Geschichte noch einmal. Dann berichtete sie, dass ihr in der Kindheit das Gleiche widerfahren war und sie Willie angeschossen hatte. Sie bat ihn inständig, Enya keine Vorwürfe zu machen, und erklärte ihm, dass es besser wäre, wenn Marven sie fände und das Mädchen beruhigen würde. Da sprach sie ganz aus Erfahrung und hoffte inständig auf sein Verständnis.

Cal's Puls mäßigte sich und dann lenkte er endlich ein. Bevor sie allerding ins Haupthaus gingen, eilte er zurück ins Kinderzimmer, schnappte sich seinen schlafenden Sohn, den er so vorsichtig wie möglich in seine Arme nahm.

»Er kann genauso gut drüben im Bett liegen, wo wir ihn bei uns haben«, knurrte er, aber das war für Amber in Ordnung, sodass sie ihn zu den anderen begleitete.

Enya wurde von Marven gefunden und in den Schoß der Familie zurückgebracht. Alle waren sich einig, dass man dies tatsächlich als Sportunfall werten wollte, und da ja nichts Schwerwiegendes passiert war, verbrachten alle noch einige schöne Tage in dem alten Gehöft in der Nähe vom Loch Alish.

Trotz und gerade wegen dieser Erlebnisse wuchsen die Kinder noch enger zusammen. Sie erinnerten stark an Musketiere. Nach dem Motto »Einer für alle, alle für einen« nahmen sie dann auch Caelan die finale Entscheidung ab, zurück zum Loch Bruicheach zu ziehen.

»Es wird aber ein wenig dauern. Ich muss das laufende Projekt noch beenden«, verabschiedete Cal seinen Freund, als der sich anschickte, wieder zum Gestüt zu fahren.

»Kein Problem Cal. Ich freue mich, dass du kommst. Ich habe dich so vermisst«, antwortete Marven und lächelte seinen

Freund dankbar an.

»Bis bald?«

»Bis ganz bald, Marv!«

<h1 style="text-align:center">4</h1>

Amber genoss es bald, ihren Haushalt nach und nach aufzulösen und in Teilen, das hieß in Umzugskartons verpackt, zum Gestüt zu schicken. Was weg konnte, wurde fortgeschafft. Was bleiben sollte, weil es nicht doppelt und dreifach gebraucht wurde, konnte bleiben und möglicherweise dem neuen Mieter der Villa nutzen.

Caelan hatte zwar gekündigt, aber weil er diese blöde Baustelle unbedingt erledigen wollte, zog sich der tatsächliche Umzug hin. Das Haus konnte aber nicht mehr als sauber übergeben werden, sodass Amber wieder die Zeit fand, ihre geliebten Romane zu lesen. Sie nutzte die Zeit und lud sich alle möglichen Bücher herunter, die sie zukünftig hier oder abends auf dem Gestüt lesen wollte. Unter anderem stieß sie auf eine Familiensaga, die sie sehr interessierte:

Eine Frau überwindet die Zeit
written by
Ete »Nia« Eswik

Die Autorin war neu. Ein unbeschriebenes Blatt sozusagen, aber die Buchbeschreibung, die sie gelesen hatte, hatte sie für dieses Buch eingenommen. Es dauerte nicht lange und Caelan machte Überstunde um Überstunde, sodass Amber, die lange um den E-Reader herumgestreunt war, der Versuchung nicht mehr widerstehen konnte. Die Kinder waren im Bett, das Sofa lud zum Kuscheln ein, also holte sie sich ein Glas Tee aus der Küche, legte sich die warme Wolldecke um die Schultern, zog ihre langen Beine an sich und begann zu lesen.

Schon die ersten Worte brachten sie völlig aus dem Gleichgewicht. Sie kannte diese Geschichte. Hatte sie ein ähnliches Buch bereits gelesen? Nein, natürlich nicht, schalt sie sich. Dieses war die Lebensgeschichte ihrer Mutter und wer sollte sie erzählen, wenn nicht sie selber? Das würde heißen, dass ihre Mutter noch leben würde, oder? Konnte das sein? War sie in diese Höhle, von der Enya geträumt hatte, gegangen, um die Zeit zu wechseln? Aber warum war sie dann nicht hier? Sie würde doch wissen, wo sie ihre Kinder suchen müsste, verdammt. Wer war diese Nia Eswik und warum war dieses Buch jetzt erst auf den Markt gekommen?

Wie eine Verrückte wischte sie Seite um Seite des E-Books beiseite, las immer wieder hinein, um zu prüfen, ob ihr die Geschichte geläufig war. War es so, wischte sie wieder weiter und geriet irgendwann in eine Episode, die sie nicht kannte. Sie ging zurück an den Anfang dieses unbekannten Kapitels und atmete tief durch. Sie hielt vielleicht den Schlüssel in der Hand, um endlich zu finden, woran Marven beinahe zerbrochen wäre. Wollte sie das Gleiche durchmachen? Sollte sie es den anderen sagen? Sie schloss die Augen, wenngleich sie nicht verhindern konnte, dass Tränen durch ihre geschlossenen Lider quollen.

Doch als sie hörte, wie sich ein Schlüssel in der Haustür drehte, der Caelan's Heimkehr ankündigte, war sie froh, sich in seine Arme werfen zu können. Sie würde schweigen, aber sie wollte nicht leiden wie ihr Bruder. Im Moment wollte sie nur die Liebe ihres Mannes spüren. Fühlen, dass er da war. Am liebsten würde sie in ihn hineinkriechen und diese Recherche aus der Sicherheit seines gestählten Körpers heraus betreiben. Sie hastete in den Flur und fiel ihrem Mann um den Hals.

»Oh«, brachte der völlig überrascht, aber nicht ohne Freude darüber, dass sie scheinbar sehnsüchtig auf ihn gewartet hatte, heraus. »Mein Liebling.« Doch nachdem ihm die Heftigkeit von Amber's Umarmung klar wurde, fragte er doch argwöhnisch nach: »Ist etwas geschehen? Sind die Kinder wohlauf?«

»Aye, den Kindern geht es gut, mò bheatha«, raunte sie ihm zu, wobei sie Küsse auf seinem Hals verteilte. »Ich lese nur gerade ein Buch, das mich völlig aus der Bahn wirft«, gestand sie flüsternd.

»Ach so? Vielleicht solltest du öfter solche Bücher lesen, mein Herz«, erwiderte er belustigt. »Wenn ich dadurch so sehnsüchtig begrüßt werde, dann soll mir das recht sein«, witzelte er und übersah Amber's eigentliche Seelennot, was der aber gar nicht so unangenehm war, gestand sie sich ein.

Wenn Cal wüsste, dachte sie. Sie konnte sich zwischen Schwermut und Erleichterung nicht wirklich entscheiden und beschloss nicht beleidigt zu sein, dass Cal nicht sofort begriffen hatte, dass sie ein Problem hatte. Eigentlich war sie froh, dass er sich mit dieser unbedenklichen Begründung für ihren Leidenschaftsanfall abspeisen ließ.

Einen Tag hatte sie gebraucht, um sich darüber klar zu werden, ob sie sich mit dem Buch der Bücher, denn das war es für sie geworden, auseinandersetzen wollte. Doch sie war zu dem Schluss gekommen, dass sie wissen mochte, was mit ihrer Ma geschehen war. Sie wollte wissen, ob es überhaupt ihre Geschichte war. Und wenn, wollte sie wissen, ob ihre Mutter noch lebte und wo, beziehungsweise wann. Wenn ja und wenn in dieser Zeit, dann würde sie, sie finden, das schwor sie beim Leben ihrer Kinder. Wenn aber die Zeit nicht stimmen würde, dann, schwor sie ebenfalls, würde sie die Vergangenheit für immer ruhen lassen.

Nova Scotia
2017 / 2018 / 2019

Lebenswege

1

»*Wieder einmal hatte ich alles in meinem Leben verloren. Meine Eltern, meine Kinder und meinen geliebten Mann. Alle waren mir genommen worden. Ich war, glaube ich, so gut wie tot. Diese Leere in mir war bodenlos, grenzenlos, aber nicht unbekannt. Das Gleiche hatte ich schon einmal erlebt, doch da hatte ich jemanden, der mich rettete. Robert! Aber dieses Mal ging mir dieser salzige Geruch des Meeres nicht aus der Nase. Ständig erinnerte mich dieses ätzende Aroma an Tod und Verderben.*«

»Nia, glaub mir. Wenn es einen gnädigen Gott geben würde. Hätte er mich dann nicht auch zu sich gerufen?«, hatte Miss Jo ihre Ziehtochter gefragt, als sie ihr aus ihrem Leben erzählte. »Wenn es einen gnädigen Gott geben würde, würde er einem einzigen Menschen dieses Leid zweimal in seinem kurzen Leben aufbürden? Und warum?«

»*Ich habe es jeden Tag versucht. Ehrlich. Bis zur Schmerzgrenze habe ich mich gequält, um aus diesem Albtraum zu erwachen, das schwöre ich bei meiner Seele. Die schien jedoch zutiefst verletzt. Zumindest war sie mir keine große Hilfe, wie ich immer wieder feststellen musste. Wäre da nicht diese schwarzhaarige Frau gewesen, die mich geduldig fütterte und meinen Schmerz mit ihrem stetigen Gemurmel milderte, wäre ich sicherlich längst verloren. Diese freundliche Person sorgte wenigstens dafür, dass ich nicht auch noch meinen Körper aufgab, wo sich doch mein Herz verabschiedet hatte. Mein Herz war, so glaubte ich zumindest, mit Robert gestorben.*

Dort, wo es sich befunden haben musste, klaffte eine Wunde, die mich beißend folterte. Nur mit dem unentwegten Schaukeln meines Oberkörpers schien sich dieses Brennen eindämmen zu lassen. Also verbrachte ich Tag um Tag, Nacht um Nacht in diesem Zustand, wie mir die Indianerin, die sich um mich kümmerte, als hinge ihr eigenes Leben von mir ab, später einmal erzählte.«

Nia konnte sich gut daran erinnern, wie ihr die Tränen leise über die Wangen gelaufen waren, als sie diese Episode abtippte. Wenn Miss Jo ihr aus ihrem Leben erzählte, hatte sich Nia angewöhnt, wenigstens die wörtliche Rede in Kurzschrift mitzuschreiben. Joline's Wortlaut machte irgendwie das Buch aus. Er hatte sich im Laufe ihres Lebens verändert, das war ihr bereits aufgefallen. Aber gut, Sprache lebte und wandelte sich ständig. Das hatte sie bereits in ihren dreiundzwanzig Lebensjahren erfahren.

Den Rest der Geschichte notierte sie sich allenfalls in Stichworten, denn es gab durchaus eine logische Folge. Hin und wieder wurde ein Rückblick eingeschoben, aber im Großen und Ganzen konnte sie sich immer gut an die Geschehnisse erinnern, wenn sie die Dialoge nachvollzog.

»Eines Nachts dann, träumte ich von Robert. Er sagte etwas zu mir, das mich endlich aufwachen ließ:

›Atme mò chridhe. Atme, damit du am Leben bleibst, und dann steh auf und kämpfe für das, was du liebst. Du hast immer noch Kinder und du hast eine neue Kraft an deiner Seite. Enttäusche sie nicht.‹

Ja, das wollte ich tun. Ich wollte die junge Frau, die mich so selbstlos pflegte, nicht mehr aussaugen wie ein gefühlloser Vampir. Ich hatte lange genug von ihrer Kraft gelebt. Wie ein trockener Schwamm hatte ich sie aufgesaugt, obwohl auch sie eine schlimme Geschichte erlebt hatte. Nein, ich musste aufstehen und mich bedanken. Ich musste für diese junge Frau genauso da sein wie sie für mich. Robert hatte mich auf diese neue Kraft aufmerksam gemacht und er hatte recht. Sie war mein neuer Halt. Ihre stoische Ruhe war mir ein neuer Fels in der Brandung geworden. Bei dem Wort ›Bran-

dung‹, das durch mein Hirn waberte, wurde mir beinahe schlecht. Ich hatte nach dem Schiffsunglück genug Salzwasser geschluckt, dass ich ein- für allemal damit fertig war. An diesem Tag schwor ich, nie wieder die Planken eines Schiffes zu betreten. Mein Radius wäre der, den diese Insel zu bieten hatte. Im Grunde genommen war ich in Schottland ja auch nicht viel herumgekommen. Damit, dass dies jetzt mein Zuhause war, konnte ich leben. Damit, dass diese wunderschöne, exotisch anmutende Frau jetzt meine Schwester war, damit konnte ich noch besser leben. Sie musste es nur noch begreifen. So also fand ich ins Leben zurück.«

Nia war stolz auf ihre Mutter, als Miss Jo sie als ihre Schwester bezeichnet hatte. Auch wenn sie darüber schmunzeln musste, dass diese sture Frau bis zu ihrem letzten Atemzug, den ja traurigerweise niemand miterlebt hatte, »Miss Jo« zu Joline gesagt hatte. Nun ja, obgleich Miss Jo ihr auch schon oft genug gesagt hatte, dass man Familienmitglieder nicht mit Titel anredete, war ihre Mutter dabei geblieben. Joline's Argument, dass man schließlich in einer modernen Zeit angekommen sei, zog absolut nicht. Wie oft hatte Miss Jo geschimpft, dass dies nicht mehr das achtzehnten Jahrhundert sei, wo das in Adelshäusern durchaus noch praktiziert worden sei. Aber Nia selbst hatte die Anrede von Enola übernommen und niemals geändert. Sie schob das auf die Erziehung ihrer Mutter und wollte das aus Gewohnheit und vielleicht ein wenig Nostalgie auch so beibehalten. Immerhin hatte sie sich auf ›Miss‹ und ›du‹ eingelassen, mit diesem Kompromiss konnte sie gerade so leben. *Miss Jo würde es ohnehin nicht mehr merken*, dachte sie fuchsig.

Wenn die Frau nur ein wenig öfter bei sich wäre. So wie früher, als »Nola«, wie Joline ihre Mutter gerne nannte, noch lebte. Wie viel hatten die beiden Frauen ihr beigebracht! Wie behütet und dennoch kämpferisch war sie erzogen worden! Die beiden hatten sich wie Eltern ergänzt. Während ihre Mutter ihr beigebracht hatte, wie Heilkräuter verwendet wurden und wann wie auf offenem Feuer gekocht wurde und wie man es ohne moderne Geräte wie Feuerzeuge oder Brandbeschleuniger entfachen konnte, brachte ihr Joline das Reiten, Bogenschießen und Jagen bei. Auch Sprachen, ein wenig Geografie und Geschichte vermittelte sie ihr, genau genommen die Geschichte der Schotten von 1746 bis 1780. Wenn Nia länger darüber nachdachte, schien dieser Zeitraum tatsächlich der wichtigste für Miss Jo gewesen zu sein. So, als hätte es die Antike oder das Mittelalter oder andere Zeiten überhaupt nicht gegeben. Seltsam. Sie beschloss, diese Zeit irgendwann einmal zu googlen, um zu überprüfen, ob es damals wirklich so hätte sein können, wie es Joline gepredigt hatte.

»*Nola hatte inzwischen einen Highlander, der auf dem Gestüt arbeitete, bekniet, die Führung zu übernehmen, so lange die Ladyschaft – und damit hatte sie mich gemeint – zu unterstützen. Dieser Mann hatte allein durch seine absolut männliche Präsenz dafür gesorgt, dass nicht alles den Bach hinunterging, während ich mich in meinem Selbstmitleid suhlte. Er mochte Enola, glaube ich, ganz gern. Aber seine Loyalität galt mir, darüber gab es keinen Zweifel. Als ich mein Leben wieder in die eigenen Hände genommen hatte, äußerte sich das in unserer gemeinsamen Arbeit ganz deutlich. Er setzte meine Wünsche um, traute sich aber auch, mir Ratschläge zu erteilen, wenn es Dinge gab, die nicht im Sinne des Erfinders gewesen wären. Er wickelte die Geschäfte ab, da Frauen scheinbar nicht als geschäftsfähig galten. Aber er tat alles, ohne jemals Forderungen zu stellen. Das Geld, das wir verdienten, lieferte er immer vollständig ab und ich hatte nie das Gefühl, ihm misstrauen zu müssen. Dieser Perditus MacKenna wurde mir ein wahrer Freund. Aber er schaffte es nie, mehr als ein Freund für Enola zu werden. Vielleicht hielt ihn ihre Herkunft ab. Ein Halbblut war nicht wirklich hoch angesehen. Sie war nicht Indianerin und sie war nicht Schwedin. Sie war für damalige Verhältnisse ein Wagnis, das er sich möglicherweise nicht zutraute. Andererseits schien Enola den Mann zwar zu mögen, aber sie liebte ihn nicht. Ob die beiden eine Übereinkunft hatten, kann ich nicht sagen. Ich muss gestehen, dass ich es nie hinterfragt habe.*«

Joline's Lebensgeschichte war von Anfang an eine spannende Geschichte für Nia. Doch als ihre Mutter mit in den Erzählungen auftauchte, wurde sie fast zu ihrer eigenen. Gut, als sie auf das Internat geschickt wurde, hatte sie natürlich den Faden verloren. Aber durch Joline's Erzählung wurden die Lücken bildhaft geschlossen. Wobei, gab Nia zu, die Geschichte vor ihrer eigenen Zeitrechnung viel interessanter für sie war. Ihre Mutter hatte ihr nicht so viel erzählt, sodass sie in Joline's Worten badete, als säße sie in einem duftenden Whirlpool, dessen Blubbern ihren ganzen Körper streichelte und vollständig massierte. Ja, sie genoss diese Aneinanderreihung von Episoden, die sich in ihrem Roman zu Kapiteln fügten, und labte sich an dieser Aufbereitung der eigenen Herkunft, als wäre es warme Milch mit Honig.

»›Nola, was ist dir?‹, fragte ich das abgekämpfte, verletzte Mädchen, das sich auf das Gestüt zurückgekämpft hatte. Sie hatte deutliche Schrammen und Prellungen im Gesicht. Ihre Augen waren gerötet, weil sie geweint hatte. Aber die Tränen waren versiegt. Niemals hätte sich dieses sture Weibsbild die Blöße gegeben, vor mir zu weinen. Doch die Spuren waren mehr als sichtbar.

›Ein Mann, er hat mir ...‹, stammelte Enola.

›Er hat dir wehgetan? Hat er dich geschändet, Nola? Sag es mir!‹, fragte ich sie aufgebracht. Böse Erinnerungen kamen in mir hoch. Eine kalte Hand legte sich um meinen Magen und drückte zu. Ich hätte brechen können und verfluchte Gott ein weiteres Mal für seine beschissene Gnade. Enola sagte nichts. Sie nickte nicht einmal und dennoch wusste ich, was ihr widerfahren war.

›Oh, nein. Oh, nein. Mein armes Täubchen‹, überließ ich mich meinem Leid und zog die eigentlich Leidende in meine Arme und küsste ihr gesenktes Haupt. Aber in dem Moment, in dem ihr geschundenes Gesicht an meiner Brust lag und meinen Herzschlag hörte, erlaubte sich Enola, doch wieder zu weinen. Ihr Körper zuckte und wenig später schniefte sie. Ich war so froh, dass mir dieses Menschenkind, obgleich wir optisch nicht unterschiedlicher hätten sein können, so ähnlich war.

›Weine ruhig. Weine dich aus, meine liebe Freundin. Egal, was

auch immer geschieht, wir beide schaffen das. Ich halte zu dir und
bin für dich da‹, raunte ich ihr zu und streichelte ihr samtenes,
schwarzes Haar.

Bald darauf war klar, dass Enola ein Kind erwartete. Sie war
aufgelöst und jenseits ihres üblichen Gleichgewichtes. Ich nahm sie
zur Seite und versicherte ihr, dass ich ihr beistehen würde.

›Nola, wir schaffen das. Dieses Kind, das in dir wächst, kann
nichts dafür, wie es entstanden ist. Siehe es als Geschenk. Ich freue
mich auf dieses Baby. Wir werden eine kleine Familie sein, hörst
du‹, versuchte ich sie aufzumuntern. Aber ich muss dazu sagen, dass
ich einmal in genau der gleichen Situation gewesen war und lieber
gestorben wäre, als einen Vergewaltigungsbastard auf die Welt zu
bringen. Damals war ich allerdings allein, krank und von mehre-
ren Männern geschändet worden. Vielleicht machte das den Unter-
schied, aber wahrscheinlich nicht. Vermutlich wehrte sich alles in
Enola, dieses Kind zu bekommen. Doch es gab auch keine Alterna-
tive. Engelmacherinnen gab es nicht auf dieser Insel, auf jeden Fall
kannte ich keine. Wenn ich es richtig bedenke, wollte ich auch kei-
ne kennen. Mein egoistischer Wunsch, eine neue Familie zu haben,
war einfach übermächtig.

Mein Heucheln half. Nun ja, ich hatte nur die Geschichte mit
dem ›wie das Kind entstanden ist‹ abgeschwächt. Das andere stimm-
te wortwörtlich. Ich freute mich schließlich auf das Kind. Mein Zu-
reden funktionierte wenigstens mit der Zeit. Immer öfter erwischte
ich die junge Frau, wie sie liebevoll ihren Bauch streichelte.«

Die Milch wurde sauer und der Honig vermochte diesen Umstand nicht zu verbessern, als Nia von der Entstehung ihrer eigenen Person, erfuhr. *Bei Manitu*, dachte sie. *Wie musste meine*
Mutter gelitten haben, als sie spürte, dass ich in ihr wuchs. Wie
musste sie mich gehasst haben. Gut, dass Joline bei ihr war und ihr
Mut gemacht hat. Nia durchlief im Folgenden diverse Wechsel-
bäder der Gefühle. Einerseits war sie froh, dass ihre Mutter sich
dafür entschieden hatte, sie zu bekommen. Andererseits hoffte
sie inständig, dass sie diese Entscheidung niemals bereut hatte.
Wenn Nia näher darüber nachdachte, so hatte sie sich bei ihrer

Mutter wohl gefühlt. Die Frau hatte ihr nicht eine Minute ihres Lebens vorgegaukelt, geliebt zu werden. Sie hatte sich in Wahrheit nie als ein ungewolltes Ungeheuer erspürt. Auch Joline hatte sie immer behandelt, als wäre sie ein ersehntes Geschenk gewesen. Na gut, das konnte sie nachvollziehen, so wie Miss Jo ihre Freude geschildert hatte. Sollte sie das nun tatsächlich glauben oder waren diese beiden Frauen zu so einer Täuschung fähig? Nia konnte sich zwar die Frage kritisch stellen, aber die Antwort gab ihr ihr Herz. Sie war von Anfang an geliebt worden. Von beiden Frauen, die sich als Elternpaar ergänzt hatten, solange sie denken konnte.

»*Nachdem ich Nola davon überzeugt hatte, dass wir in einer anderen Zeit möglicherweise besser dran wären, weil ein Kind ohne Vater dort nicht so viele Schwierigkeiten hätte, willigte meine indianische Freundin sofort ein, mit mir zu kommen. Wir bereiteten uns vor. Verträge und Urkunden wurden erstellt, damit MacKenna den Betrieb für mich weiterführen konnte. Die Abreise planten wir für Ende Mai, da ich noch von früher wusste, dass uns die Reise ungefähr vier Monate kosten würde. Nola sollte ihr Kind in jedem Fall noch im Leib tragen, schließlich hatte ich keine Erfahrung damit, ob wir es geboren bei uns behalten würden. Klar, Finley hatte es mit Marven geschafft, aber ich wollte kein Risiko eingehen.*

Den größten Spaß allerdings hatten wir daran, Kleidung herzustellen, die ich nur aus der Erinnerung entwerfen konnte, damit wir nicht gleich auffielen, wenn wir zurückkämen.

›Schau!‹, hatte Nola gerufen, nachdem sie aus dem ersten meiner gerüschten Nachthemden ein Umstandskleid genäht hatte und es mir zur Anprobe vorzeigte.

›Ich weiß nicht, aber du bist wirklich nicht gut in Handarbeit‹, schluckte ich, als sie mit diesem windschiefen Kleidungsstück vor mir stand und mich freudestrahlend anlächelte. Prompt wich das Lächeln einer erschreckend finsteren Miene.

›Dann macht Ihr es besser!‹, keifte sie mich an.

›Aye, das werde ich wohl müssen, Nola. Mein Vorrat an Unterkleidern oder Nachthemden würde wohl nicht reichen, bis du

etwas Tragbares zustande gebracht hättest‹, fuhr ich sie an. ›Und noch eins, junge Frau, gewöhn dir dieses bescheuerte Miss Jo und ihr-euch-sie ab. Das gibt es dort nicht, wohin wir gehen, daingead.‹

Ihr Blick wurde noch finsterer und ich versuchte ihrem bockigen Gesichtsausdruck standzuhalten, allerdings zuckten dabei meine Mundwinkel verdächtig, bis ich mir ein lautes Lachen nicht mehr verkneifen konnte. Zu schön war dieses mürrische Gesicht. Auch Enola konnte, stur oder nicht, diese sauertöpfische Fratze nicht lange aufrechterhalten, so sehr sie sich auch bemühte. Sie gab auf und das erste Mal nach ihrer Vergewaltigung hörte ich ihr raues Lachen, das aus tiefstem Herzen kam. Wir verbrachten noch einige Abende damit, meine Kleider zu ändern und anzuprobieren. Ich hatte einmal vom Karneval in Venedig gehört, aber die meisten unserer Kostüme konnten am ehesten auf einem Hexentanzplatz angezogen werden.

Wir packten einige gelungene Sachen ein, verabschiedeten uns von Perditus MacKenna auf unbestimmte Zeit, nicht ohne darum zu bitten, dass er diesen Besitz im Notfall auch über Generationen hinweg schützen sollte, und machten uns auf die Reise.

Wir erreichten die Höhle nach zwei Tagesmärschen. Dann sahen wir uns an, nickten uns zu und nahmen uns bei der Hand. Dann gingen wir hinein und als wir herauskamen, war es Ende September im Jahr 1996. Zu früh. Es war zu früh.«

Nia hatte gestutzt. Warum meinte Miss Jo, dass sie zu früh waren? Wofür zu früh? Doch als sie die alte Damen fragte, war die in eine Traumwelt abgedriftet, aus der sie nicht erwachen wollte. Manchmal hatte Nia den Eindruck, dass Joline extra zumachte, aber dann sah sie den Blick der Frau, der in die Ferne zielte. Es war nicht extra. Es war einfach so. Schade! Zwar wollte Nia später noch einmal nachhaken, war aber aus irgendeinem Grund darüber hinweggekommen. Im Übrigen wäre dies eine Frage von hunderten, die ihr Hirn in Wallung gebracht hatten. Sie würde Prioritäten setzen müssen. Zuerst sollte sie den Roman fertig schreiben, dann einen Verlag suchen und dann, wenn wieder Muße eingekehrt wäre, könnte sie ihren Fragenkatalog festhalten und nach und nach abarbeiten, nahm sich die Erstlingsautorin vor. Für den Leser würde es egal sein, wenn die Geschichte spannend genug ausfiele und fesselte. Also wollte sie das als Allererstes so verfassen. Dann wollte sie sehen, wie viele sinnvolle Antworten sie erhalten würde. Sie war sich nicht ganz sicher, ob Miss Jo's verwirrter Geist ihr behilflich sein würde.

2

Nia war so glücklich. Sie hielt ein Hardcoverbuch in der Hand und sie hatte diesen Roman geschrieben. Caren Huntly hatte ihr diese Sonderausgabe mit Goldschnitt und einem tollen Titelbild geschickt. Sie hatte eine Überraschung versprochen und Wort gehalten. Hier war sie nun. Ihr Roman.

Nun gut, dachte sie. Es waren schwere Auseinandersetzungen gewesen, die sie mit dieser Karrierefrau auszufechten hatte. Der Titel gefiel ihr nicht ganz, Miss Jo sollte gar nicht darin auftauchen und am Text hatte sie einige »Verbesserungen« vorgenommen, die Nia nicht wirklich gut fand. Allerdings hatte sie das Geld von diesem Verlag angenommen und den Vertrag unterzeichnet zurückgesandt. Im Großen und Ganzen müsse sie damit zufrieden sein, wie der Verlag ihre – nein, sie korrigierte sich, Miss Jo's – Geschichte nun veröffentlichen wollte, immerhin hätte der die Kosten für das Lektorat, das Layout und den Vertrieb übernommen. Doch als kleine Wiedergutmachung für das Entgegenkommen der Autorin wolle sie sich eine Überraschung einfallen lassen.

Wie immer hatte sie ein Paket an der Haustür angenommen und zunächst mit in die Küche genommen, wo sie dabei war, das Frühstück für Miss Jo zu richten. Als sie mehrmals auf die Adressen gesehen und endlich begriffen hatte, dass dieses Paket für sie war, hielt sie mit den Vorbereitungen inne und packte es aus.

»Bei allen Göttern«, entwich es ihr aufgeregt und bestürzt zugleich. So ein wertvolles Geschenk hatte sie wohl noch nie erhalten. Ihr kamen beinahe Zweifel, ob es blasphemisch von ihr war, dieses Buch »heilige Schrift« – für sie war es nämlich eine – zu nennen, gerade weil sie keine gläubige Christin war. Aber der Roman war für sie himmlischer als die Bibel selbst, mit der sie nie etwas hatte anfangen können. Dann kamen ihr Skrupel, weil sie sich von Caren Huntly hatte überfahren lassen und eingewilligt hatte, auf die Erwähnung von Joline zu verzichten. Doch als sie das Buch nun in ihren Händen drehte und wendete, dieses Bild von einer blonden Frau mit honigfarbenen Augen sah, die in verschiedenen Altersstufen gezeigt wurde, war sie hingerissen. Diese Frau sah Miss Jo zum Verwechseln ähnlich, was im Grunde genommen kein Wunder war, denn als Muster hatte Caren das Gemälde von Miss Jo's Tochter Amber mitgenommen. Natürlich hatte sie es zurückgebracht, aber was die heutige Technik konnte, zeigte sich in diesem Titelbild. Joline's Gesicht erschien nahezu durchsichtig, zunächst als Jungmädchenbild am oberen rechten Rand des Covers. Es wurde mit jeder Abbildung, die ähnlich einer Ziehharmonika begann, immer älter und immer größer und weniger durchscheinend. Am Ende dieser halbmondförmigen Wiederholung eines wunderschönen Gesichts wurde schließlich die ältere Dame nahezu klar und deutlich dargestellt, die nun im Salon auf ihr Frühstück wartete.

»Oh, bei Manitu«, schlug sich Nia, erschreckt von ihrem eigenen Ausruf, auf den Mund. Sie hatte Miss Jo völlig vergessen. Also beeilte sie sich, das Tablett zu vervollständigen, um ihren Pflichten nachzukommen. Immerhin wartete ihr Schützling nichtsahnend, im wahrsten Sinne des Wortes, auf die erste Mahlzeit des Tages, obgleich sich Nia nicht sicher war, ob Miss Jo das überhaupt wusste.

Wieder schweifte ihr Blick ab und landete automatisch auf dem Bucheinband. Es war keine klare Darstellung wie auf einem Foto, sondern wie ein feines Aquarell. Derjenige, der das entworfen hatte, hatte auf eine Transparenz gesetzt, die diese Frau wie eine Fee oder einen Geist darstellte, und es war ihm gelungen, dieses Titelbild wie einen Spiegel der Zeit, ein zurücklaufendes Uhrwerk aussehen zu lassen.

Ihre Stirn runzelte sich im nächsten Moment. Warum hatte dieser Mann oder diese Frau eine Anordnung gegen den Uhrzeigersinn gewählt? Aber dann klärte sich diese Überlegung. Joline war im Grunde immer wieder *zurück*gereist, nachdem sie einmal aus Versehen die Zeit gewechselt hatte. Genialer Einfall, dachte sie versöhnt. Dennoch schüttelte sich ihr Haupt. Zeitreisen gibt es doch gar nicht, oder? Doch gerade das hatte dieses Buch so interessant gemacht, also wollte sie das nicht wirklich hinterfragen. Sie wollte dankbar sein, dass sie diese Geschichte von Miss Jo geschenkt bekommen hatte. Dann zwang sich Nia eisern, sich endlich von diesem Buch loszureißen, und ging in den Salon.

»Latha math, Miss Jo«, begrüßte sie die alte Dame freundlich.

»Latha math, Nia«, antwortete diese. »Du hast dich verspätet, Lass. Ich habe wirklich langsam Hunger«, beschwerte sich Joline halbherzig. Doch ein leises Magenknurren sorgte umgehend für das schlechte Gewissen, das Nia augenblicklich plagte.

»Tut mir leid, Miss Jo. Ich war etwas abgelenkt«, entschuldigte sich Nia. Sie fühlte sich erbärmlich mit ihrem Egoismus, den sie an diesem Tag bereits bekundet hatte, und nahm sich vor, es wiedergutzumachen, da Miss Jo scheinbar eine helle Phase, wie sie es mittlerweile nannte, hatte.

»Was sollen wir heute machen? Möchtest du nach dem Frühstück an die frische Luft?«, erkundigte sich Nia beflissen. »Es ist so herrlich heute.«

»Aye, gute Idee, Kind. Whitesocks wartet bestimmt schon auf eine Mohrrübe, was meinst du?«

»Sicher, Miss Jo«, antwortete Nia deprimiert. Joline schien gerade wieder in eine andere Welt entschwinden zu wollen. Wie um Himmels Willen könnte sie sie nur von diesem irren, wirren Weg abhalten?, fragte sie sich bestimmt zum tausendsten Mal. Nun gut, entschied sie. Nach dem Frühstück würde sie auf alle Fälle mit der alten Dame nach draußen gehen. Das war beinahe zu einem täglichen Zeremoniell geworden. Jeden Tag, der sonnig und trocken daherkam, nutzte Nia, um die Lady in ihrem

Rollstuhl zu der großen Eiche zu schieben, unter der die Gräber von Robert MacDonald und Enola Eswik waren. Das war mit Sicherheit, das gab sie gerne zu, nicht nur für Miss Jo ein ritueller Spaziergang, obgleich es für die Frau irgendwann mal einer gewesen sein mochte. Für sie selber war es mittlerweile ebenfalls ein wichtiger Weg, um mit ihrer toten Mutter Zwiesprache zu halten. Auch wenn sie keine Antwort bekam, indem jemand mit ihr sprach, so zog sie dennoch Kraft aus dieser Liturgie, um mit Miss Jo's verwirrtem Geist umzugehen.

Sie war gerade noch dabei, Miss Jo die letzten Häppchen zwischen die Zähne zu schieben, als sich die Welt draußen zu verdunkeln schien. Ein Blitz mäanderte über den fast geschwärzten Himmel.

»Ach du liebe Zeit. Das Wetter ist ja wie in Schottland. Da konnte es auch von einer Minute zur anderen umschlagen«, erregte sich die alte Dame. »Nia, sind die Pferde im Stall?«, zuckte Joline zusammen, als es wie zu erwarten heftig donnerte.

»Aye, ich nehme an, Henderson hat früh genug gesehen, dass sich was zusammenbraut. Er weiß doch, wie wichtig dir die Pferde sind, Miss Jo«, erwiderte Nia hin- und hergerissen zwischen Freude über Joline's Geistesblitz und der Annahme, dass dieser gleich wieder vorüber sei.

»Ich habe ein neues Buch, Miss Jo. Da wir nicht hinauskönnen, könnte ich doch daraus vorlesen, aye?«, wagte Nia zu fragen und hoffte auf eine bewusste Antwort.

»Eigentlich warst du mit der anderen Geschichte ja noch nicht fertig, Kind. Kann ich die nicht erst zuende hören, Mädchen? Sonst komme ich noch ganz durcheinander«, fragte Joline hoffnungsfroh, während Nia über das ›durcheinander‹ beinahe schmunzeln musste, wenn es nicht so tragisch gewesen wäre, dass die Frau in der Tat viel zu oft desorientiert war.

»Aye. Das kannst du natürlich, Miss Jo«, gab Nia bewegt auf, die Stelle in ihrem neuen Buch zu suchen, wo sie bisher in ihrem Skript waren, um dieses Schönheit einzuweihen. Nun gut, dachte sie versöhnlich, dann bliebe das Buch wenigstens noch in seinem Neuzustand.

Sie räumte zusammen, brachte das Frühstückstablett fort, streichelte noch einmal liebevoll über ihren Roman, als sie die ordentliche Küche wieder verließ und in den Salon schlenderte. Ein Blick auf Miss Jo zeigte ihr, dass die Frau im Hier und Jetzt weilte, und begann zu lesen:

»»*Herrschaftszeiten, was denkst du, was du da tust, Nola‹, fragte ich ruhig und stand im Türrahmen von Enola's Zimmer. Ich stand dort mit gekreuzten Armen über meiner Brust und einer hochgezogenen Augenbraue. Eine Mimik, die ich bei Robert so oft gesehen hatte, wenn er mein Tun besonders eigenartig fand. Als mir das bewusst wurde, löste ich diese Geste augenblicklich auf und ließ meine Arme sinken. Ich hatte meine hochschwangere Freundin schon den ganzen Morgen beobachtet und mir wurde von Stunde zu Stunde klarer, dass sie bald niederkommen würde.*

›Ich gehe an den Bach am Pools Pond‹, schulterte Enola ein vollgestopftes Rückentragetuch und schniefte schwer, um eine Wehe wegzuatmen.

›Ich fasse es ja wohl nicht. Nirgends gehst du hin, dummes Weib‹, fuhr ich das Halbblut an. »*Was, denkst du, willst du da tun?‹*

›Ich werde zurücksein, wenn mein Kind geboren ist‹, keuchte die Hochschwangere.

›Was glaubst du, wo wir sind? Dies ist das zwanzigste Jahrhundert, Nola. Heute gehen die Frauen ins Krankenhaus, um ihre Kinder zu bekommen, und nicht in die Wildnis wie die Tiere. Wir sind nicht mehr unter den Wilden im Jahr 1783, wo das möglicherweise üblich war. Selbst wir Schotten taten das nicht. Wir bekamen unsere Kinder vorzugsweise im Schlafzimmer. Hier und jetzt versteckt sich niemand mehr hinter einem Busch und kriegt sein Kind in freier Natur. Du auch nicht, das erlaube ich nicht‹, bellte ich meine Freundin an, die so stur wie ein Esel sein konnte. Ich hoffte beinahe, dass sie das Kind in diesem Augenblick gebären würde, damit ihr Plan ohnehin vereitelt würde.

›Ich muss sie unter Manitu's Augen zur Welt bringen. Wenn wir beide das überstehen, sind wir gesegnet‹, keuchte sie schmerzverzerrt.

›Also gut, dann gehe ich mit‹, fauchte ich sie an.

›Nein, das darfst du nicht‹, giftete Enola zurück, verlor jedoch an Kraft. Sie hatte sich verschätzt. Das Kind würde ihr aus dem Leib rutschen, bevor sie den Schutz des nächsten Gebüsches erreicht hätte.

›Wenn dein Manitu so ein großer Gott ist, dann sieht er dich überall, Nola. Dafür musst du nicht draußen sein. Er kann durch Dächer und Wände sehen und ist immer bei dir‹, sagte ich erschöpft. Diese Indianerin war ein sturer Esel, das stand jetzt erst recht fest.

Inzwischen war den Leuten auf dem Gestüt unser Disput nicht verborgen geblieben und so kam es, dass Enola einlenkte und sich beschämt in ihre Schlafkammer zerren ließ.

›Knie dich hin! Ich massiere deinen Rücken. Wenn es beginnt, wirst du es merken. Es ist ein gewaltiges Gefühl, beinahe als würdest du dich erleichtern müssen, aber das trifft es nur annähernd. Ich habe schon drei Kinder auf die Welt gebracht, Nola. Dann lass es einfach geschehen, aye‹, säuselte ich ihr beruhigend zu und strich mit meinen Fäusten und leichtem Druck die Wirbelsäule entlang bis zu ihrem Steiß. Es dauerte nicht lange, da begannen die Presswehen und ich machte mich bereit, das Baby in Empfang zu nehmen, während Enola vor ihrem Bett kniete und ihre Hände in die Bettdecke krallte. Für mich war kaum Platz. Ich konnte nur von der Seite aus helfen und aufpassen, dass der Zwerg nicht mit dem Kopf auf dem Fußboden landete. Ein Reflex suggerierte mir, mit der Gebärenden zu pressen, und mit einem einzigen Schrei flutschte das kleine Wesen in meine betuchten Hände. Als hätte seine Mutter es animiert, fing auch der Säugling, nach einer extrem langen Schrecksekunde, an, sich lautstark Gehör zu verschaffen. Unwillkürlich musste ich an Willie denken. Der war zunächst leise, aber dann brüllte er los, als hätte man ihm die Wärmflasche gestohlen, was ja im Prinzip so stimmte. Diese junge Dame hatte zumindest im zweiten Anlauf ein ähnlich lautes Organ. Enola sank blutverschmiert auf ihre Waden und bat um ihr Kind. Ich schlug das Baby mit dem Tuch, in dem ich es aufgefangen hatte, ein und reichte es ihr.

›Ruh dich einen Moment aus, dann leg sie an, damit der Mutterkuchen schnell geboren wird, aye‹, raunte ich ihr zu und band *die still gewordene Nabelschnur ab, damit ich das Kind von der Mutter trennen konnte.*

Ich half ihr, sich einigermaßen bequem hinzusetzen, und verließ den Raum, um warmes Wasser herbeizuschaffen. Als ich zurückkam, war auch die Nachgeburt aus Enola herausgeflutscht und ich begann die Kleine und auch Enola zu waschen.

›Danke‹, sagte sie kaum hörbar, als ich ihr half, in ihr Bett zu steigen.

›Keine Ursache, bhramair‹, gab ich ergriffen zurück und reichte ihr abermals das kleine Bündel, in dem ein zartes, kleines Mädchen steckte, dass augenscheinlich eine Brust suchte.

›Etenia‹, wurde es sogleich von der müden Mutter begrüßt und Enola zog dem Mädchen die kleine Faust aus dem Mund, an der sie angestrengt nuckelte. Stattdessen bot sie dem hungrigen Baby ihre freigelegte Brust an. Wie eine kleine Wilde suchte das Kind die Warze und begann laut schmatzend zu saugen, als sie diese endlich mit ihrem Mund erwischt hatte.

›Was bedeutet Etenia?‹, fragte ich und sah in glückliche, schwarze Augen.

›Reich. Es bedeutet reich, Miss Jo‹, antwortete Enola leicht angespannt. Ich sah ihr an, dass ihr das Stillen wehtat. Nur zu gut wusste ich, dass es noch eine Weile dauern würde, bis man sich an diese Zugschmerzen gewöhnt hatte. Heute würde ich viel dafür geben, dieses Weh willkommen zu heißen. Tränen des Glücks und Tränen der Trauer verlorener Menschen vermischten sich und brannten in meinen Augen.

›Aye, das ist sie wohl‹, rang ich mir ab. ›Wer so eine tapfere Mutter hat, kann sich wahrlich reich schätzen.‹

›Ja, und wer so eine starke Frau an seiner Seite weiß, auch. Wenn ich nicht mehr sein sollte, hat sie immer noch dich‹, philosophierte Enola zu meinem Erschrecken.

›Wag es nicht. Du wirst dieses Kind aufwachsen sehen, Nola. Ich werde sie als meine eigene Tochter sehen, aber du wirst sie füttern, erziehen und lieben, wie es sich für eine Mutter gehört, verstanden?‹, zischte ich sie an. Doch es war die Angst, wieder alles zu verlieren, was mich aufgebracht hatte.

›Natürlich, Miss Jo.‹

›Hör endlich auf mit diesem blöden Miss Jo, Nola. Ich heiße
Joline. Begreif das endlich‹, schnauzte ich und verließ das Zimmer.«

»Ah, kleine Nia. Ich kann mich gut daran erinnern, wie du auf
die Welt gekommen bist«, kommentierte Joline. »Deine Mutter war so eine sture Person, aber sie hat nicht einen Ton von
sich gegeben, als sie dich geboren hat. Und ich weiß, was sie für
Schmerzen ausgehalten hat, das kannst du mir glauben«, ereiferte sich die alte Frau und Nia staunte ein weiteres Mal darüber,
wie wach Miss Jo war, wenn sie ihre eigene Geschichte erzählt
bekam.

»Ich kann kaum glauben, dass du das alles noch so genau
weißt, Miss Jo«, erwiderte Nia erstaunt, da es sie wirklich immer
wieder überraschte, wie das Langzeitgedächtnis ihres Schützlings
funktionierte, während ihr das Hier und Jetzt zumeist sehr be-
denklich vorkam. Aber sie hatte sich daran gewöhnt, gab sie innerlich zu. Doch es wäre so schön, wenn die alte Dame auch an
ihrem jetzigen Leben teilnehmen würde. Dass sie dies nicht in
vollem Umfang, was allerdings mehr als geschönt war, konnte,
war ab und an selbst für die geduldige Nia ein harter Brocken.

»Doch, das kann ich, mein Kind. Ich bin froh über meine
Erinnerungen, auch wenn sie noch so fern in der Vergangenheit
liegen«, bestätigte Joline und sah glücklich aus.

Aber was sollte das heißen? Die Frau war jetzt siebenund-
siebzig Jahre alt, so fern lag das alles doch gar nicht in der Vergangenheit. Oder doch? Nia war unschlüssig, ob sie versuchen
sollte, der Sache auf den Grund zu gehen. Jetzt, wo sie Zeit hatte, das Buch fertig war und sie ihre freie Zeit nicht am PC verbringen musste, um alles zu tippen, könnte sie doch die Fragen,
die sich ihr immer wieder gestellt hatten, aufklären, dachte sie.

»Miss Jo, wo wart ihr – ich meine, Ma und du – denn, bevor
ich geboren wurde? Vor 1996?«, versuchte Nia, die erste Antwort zu bekommen.

»Na hier. Wo sonst?«, erwiderte Joline. Argwöhnisch schaute
sie die anmutige Frau, die ihr gegenübersaß, an. »Sie waren doch

schon öfter hier, oder? Ich kenne sie irgendwie.«

Nia gab es auf. Sie atmete einmal hörbar durch, bevor sie einfach sagte, dass sie Enola's Tochter Nia sei und ihr Gesellschaft leistete. Dann stand sie auf, schenkte Miss Jo noch ein Lächeln, strich ihr liebevoll über die Schulter und riet der alten Dame, ein bisschen zu schlafen.

Schottland Highlands / Nova Scotia
Frühjahr 2019

Aufklärungen

1

Amber hatte sich in die Stadt getraut, was sie wirklich nicht gern getan hatte, zumindest nicht allein. Aber Caelan hatte keine Zeit. So nutzte sie die Abwesenheit der Kinder und fuhr mit ihrem kleinen Mini in die Außenstadt. Lieber war ihr ein Bummel in der Altstadt von Edinburgh, aber hier nun gab es ein großes Einkaufszentrum, in dem sich auch eine Buchhandlung befand. Sie hatte den Roman von dieser Eswik verschlungen. Schon als sie die Sequenzen aus Enya's Träumen, zwar in einem anderen Wortlaut, aber vom Inhalt völlig identisch, gelesen hatte, stand für sie fest, dass sie ihrer Mutter auf der Spur war.

Kurz hatte sie überlegt, ob sie ihrem Bruder nacheifern und bis an die Grenze des Verrücktwerdens gehen würde, um Joline MacDonald zu finden, die, nach normalen Verhältnissen zu urteilen, seit bestimmt zweihundertzwanzig Jahren tot sein müsste. Aber sie hatte sich entschieden, einen klugen Kopf mit einzuweihen. Einen Freund, ein Familienmitglied mit genügend Verstand, um gegebenenfalls die Notbremse zu ziehen. Seine Meinung, so hatte sie sich geschworen, würde sie sofort akzeptieren. Wenn es dieser Person als aussichtslos erschiene, wäre sie bedingungslos bereit, ihre Suche aufzugeben. Aber um Paul ins Boot zu bekommen, musste sie ihm eine Spur aufzeigen. Diese Spur stand Schwarz auf Weiß in dem Buch von Nia Eswik. Diese Spur war so offensichtlich, als hätte ein Tornado eine kilometerbreite Schneise in einen Urwald gefräst.

Sobald sie die Buchhandlung beteten hatte, drängte sich ihr ein riesiges Plakat auf. Das Titelbild des Buches, nach dem sie Ausschau halten wollte, erschien ihr in der bescheidenen Größe von ca. dreißig mal neun Fuß in Kopfhöhe über einem riesigen Tisch, der stapelweise Taschenbücher beherbergte. Automatisch steuerte sie darauf zu. Leicht hatte sie eine Verkäuferin angerempelt, weil sie den Blick nicht von diesem Werbeschild losreißen konnte. Ihr prangte das Gesicht ihrer Mutter entgegen, oder vielleicht auch ihr eigenes, das schien ihr völlig belanglos, denn die Ähnlichkeit zu ihrer Ma war ohnehin frappierend. Doch die letzte Abbildung zeigte ihr Antlitz in der Fassung »alte Lady«.

»Pardon, Mam. Ich wollte Ihnen nicht im Wege stehen. Kann ich Ihnen irgendwie behilflich sein?«, wurde sie von einer Frau angesprochen. Sie löste kurz ihren magnetischen Blick von dem Plakat, um nicht unhöflich zu erscheinen und blickte die Frau an, ohne sie wirklich zu sehen.

»Oh, mein Gott. Ich … entschuldigen Sie …«, japste die Verkäuferin, was Amber's Trance abrupt beendete.

»Was?«, fragte Amber verwirrt.

»Sie sind es. Sie sind es doch«, stellte die blau-kostümierte Frau immer noch keuchend fest.

»Wer bin ich?«, fragte Amber mit hochgezogenen Brauen, da sie die Aufregung der Frau gar nicht verstand. Doch dann rieselte es in ihren Verstand, als würde eine Lawine abgehen. »Oh, oh nein. Nein, nein, nein«, wiegelte sie mit gezücktem Zeigefinger ab. »Ich bin nicht die Dame auf dem Titelbild«, stellte Amber mit aller Bestimmtheit klar. Doch davon wollte die Frau nichts wissen. Ihre Hoffnung sank in dem Augenblick ins Bodenlose, als die Verkäuferin ein Smartphone aus der Blazerjacke zog und sie um ein Selfie bat. Um nichts in der Welt war sie davon abzubringen, sich mit der Protagonistin des absoluten Bestsellers des Monats abzulichten.

In Amber stieg Panik auf. Sie wollte doch nur dieses Buch kaufen und wieder heimfahren! Nun sah sie sich einer völlig Irren gegenüber und ihr fehlten alle Vorschriften, die in so einem Fall abzuarbeiten waren, um der Situation zu entkommen. Allerdings war sie sicher, dass dieses dämliche Selfie helfen würde, die Lage zu entschärfen und Zeit zu gewinnen. Also lächelte sie die erregte Dame halbherzig an und ließ sich fotografieren.

»Das muss ich sofort meiner Freundin schicken«, faselte die Buchhandlungsangestellte und war einen Moment abgelenkt, um das Foto abzusenden. Diesen Schwenk nutzte Amber. Ohne nach rechts oder links zu sehen, hastete sie über den Parkplatz, sprang in den Wagen und rauschte ab, nach Hause.

Sie war fürs Erste kuriert, noch einmal allein in die Stadt zu fahren, und nahm sich vor, das Buch online zu bestellen und gleich an die richtige Adresse senden zu lassen. Als sie das erledigt hatte, rief sie Paul an.

»Paul?«, spie sie beinahe ins Telefon, als ihr Freund abnahm.

»Amber, Lass. Was gibt es? Ist irgendwas passiert?«, fragte der alarmiert, denn dieses »Paul« kam beinahe panisch in seine Ohrmuschel gesprungen, sodass er den Hörer ein wenig weiter von seinem empfindlichen Hörorgan weghielt.

»Ähm, aye. Ich wollte sagen, naye, nichts Besonderes«, stammelte sie und versuchte sich darauf zu konzentrieren, was sie eigentlich mitteilen wollte. »Also, schon was Besonderes, Paul. Ich brauche deine Meinung. Darum habe ich etwas bestellt und direkt zu dir schicken lassen. Bitte nimm das Päckchen an, wenn es kommt. Bitte, Paul.«

»Amber, was ist das, was du mir bestellt hast? Sag mir, was dich derart belastet, dass ich dein Herz bis hier nach Inverness schlagen hören kann«, bat Paul ruhig um Aufklärung.

»Paul, es ist ein Buch, und ich möchte, dass du es liest. Danach sagst du mir bitte, was du davon hältst. Es ist wichtig, Paul. Sehr wichtig«, machte sie klar und legte auf.

Ungläubig schaute Paul den Hörer an. War das zu fassen? Amber kannte er nicht unbedingt als panische Person. Gut, vielleicht konnte sie hin und wieder kopflos erscheinen, aber davon hatte er seit Caelan's Schussverletzung nicht mehr gehört. Und das hatte er eben auch nur durch Marven's Erzählungen erfahren. Etwas Bedeutendes trieb dieses Mädchen um und er wollte ihr helfen.

Paul hatte sich angewöhnt, morgens am Ness zu joggen. Er wollte sich in jedem Fall fit halten. Er hatte festgestellt, dass die Leute heutzutage liefen oder in einem stickigen Fitnesscenter ihren Körper stählten. Nun, für diese irren Geräte in einer schweißtriefenden Umgebung hatte er kein Verständnis, daher entschied er sich für das Laufen an der frischen Luft. Dafür hatte er sich so einen bequemen Anzug gekauft, den man landläufig ›Jogginganzug‹ nannte. Als er eines Morgens von seinem Ausdauertraining nach Hause kam, stand ein Lieferwagen vor seiner Tür. Sein Herz erhöhte augenblicklich seine Schlagfrequenz, die ohnehin schon über der Normallinie lag. Das Blut rauschte in seinen Ohren. Am liebsten hätte er sich gern die Hände darübergelegt, um diese Irritation verstummen zu lassen. Aber ihm war klar, dass diese Anomalität seiner momentanen Aufregung geschuldet war. Er würde sie nicht eindämmen können. Mit Spannung hatte er dieses Mal auf den Lieferanten gewartet, den Amber angekündigt hatte, und nun schien der Moment gekommen. Tage der Anspannung. Tage der Neugier.

Tage später also öffnete er das Päckchen, das ihm ein unfreundlicher UPS-Mitarbeiter an der Tür in die Hand gedrückt hatte. Na gut, berichtigte er sich kopfschüttelnd. Wie man in den Wald hineinruft, schallt es hinaus. Er selbst war ja gespannt wie eine Bogensehne auf den Kurier zugestürmt und hatte ihm das Päckchen quasi aus der Hand gerissen. Er hatte den armen Mann von hinten überrascht, als er im Jogginganzug nach Hause kam. Den panischen Blick des Lieferfahrers hatte er genervt ignoriert, kurz die Annahme gegengezeichnet und auf ein weiteres freundliches Wort, wie sonst üblich, verzichtet. Natürlich musste der Mann da konsterniert reagieren.

Eine Frau überwindet die Zeit
written by
Ete »Nia« Eswik

prangte ihm in satten, honiggelben Lettern entgegen. Sie konkurrierten ganz offensichtlich mit den bernsteinfarbenen

Augen, die einen quasi ansprangen. Man konnte sich wirklich schlecht entscheiden, was man zuerst anschauen wollte. Doch Paul's Blick blieb auf den Gesichtern an sich hängen, die gegen den Uhrzeigersinn eine Sichel bildeten. Gesichter verschiedener Altersstufen, aber immer der gleichen Person.

»Joline«, keuchte er und musste sich setzen, um nicht ohnmächtig in sein Büro zu stürzen. Bevor er sich Halt suchend an seinen Schreibtisch klammerte und sich in die nächstbeste Sitzmöglichkeit plumpsen ließ, schloss er die Augen und wunderte sich einen Moment später, dass er diesen Stuhl blind getroffen hatte. Gleichzeitig wurde ihm klar, warum das Mädchen, das er schon so lange kannte, derartig durcheinander war.

Mit geschlossenen Augen saß er nun vor seinem Schreibtisch, als wäre er zu Besuch. Als er seinen ersten Schock überwunden hatte, öffnete er seine Augen und entschied, dass er duschen müsste. Danach wollte er frühstücken und dann vielleicht … Er war sich nicht sicher, aber er hatte das Gefühl, Angst davor zu haben, was ihn erwarten würde, wenn er dieses Buch aufschlüge. Doch er musste Amber wenigstens Bescheid geben, dass er ihre Lieferung erhalten hatte.

»Amber?«, schnaufte er in den Hörer, als Amber ihr Telefon abnahm.

»Paul, hast du das Buch erhalten?«, kam sie gleich gespannt auf den Punkt

»Aye. Ich bin … überrascht«, dehnte er seine Antwort. »Ich werde es lesen und mich melden, wenn ich fertig bin, ist das für dich in Ordnung, Lass?«, fragte er so gelassen, wie es ihm möglich war. Im Prinzip war ihm zum Brechen übel. Aber er wollte stark erscheinen und dem Mädchen nicht noch mehr Sorgen machen als die, mit denen sie sich gewiss bereits umtrieb.

»Gut, Paul. Ich bin dir so dankbar. Ich möchte, dass du mir ehrlich sagst, was du denkst, und ich möchte, dass diese Sache unter uns bleibt, aye. Nicht einmal Cal weiss davon.«

»Das versteht sich von selbst. Ich melde mich, Kind«, erwiderte er und erhob sich behutsam, nachdem er aufgelegt hatte. Paul hatte zwar noch nichts gegessen, aber er wollte auch nicht hier in seinem Büro seinen Magen entleeren. Einen Augenblick noch blieb er stehen, schnaufte tief durch und dann machte er sich langsamen Schrittes auf in sein Bad. Dort kniete er eine gefühlte Ewigkeit vor dem WC-Topf, den er umschlossen hielt wie einen langersehnten Geliebten, aber mehr als krampfhaftes Würgen passierte nicht.

»Warum habe ich nicht nach dir gesucht?«, fragte sich Paul stöhnend. Sein schlechtes Gewissen quälte ihn nun mit dieser Übelkeit, die er verdient hatte. Oh ja. Er hätte verhindern können, dass Joline verloren gegangen war. Vielleicht. Vielleicht hätte er das verhindern können.

2

Paul war sich sicher, dass er ein wenig Abstand brauchte, bevor er zu lesen begann. Außerdem hatte er Marven versprochen, zum Gestüt zu kommen, also nahm er die längst fällige Dusche. Er unterzog sich einer ausgiebigen Einseifung, spülte Shampoo und Duschgel warm ab und dann stellte er auf eiskalt. Nachdem er mit einem schauderndem »Burr« die Tortur beendete, kam er erfrischt aus der Duschkabine und startete den Tag neu.

Ohne noch einmal in das Büro zu gehen, in dem sein derzeitiges Wohlgefühl, mit einem Blick auf das Buch zunichte gemacht würde, machte er nur noch kurz in der Küche halt. Schlussendlich verließ er diese mit einem Sandwich in der Hand. Mit dieser wenig nahrhaften Stärkung setzte er sich in seinen Cherokee und machte sich auf zum Loch Bruicheach.

»Paul, endlich«, kam ihm Marven mit langen Schritten entgegen, als der sich aus dem Fahrzeug stemmte.

»Marven, auch dir einen schönen Tag«, grüßte Paul zurück und sah, wie der junge Mann ein wenig zusammenzuckte, weil er seine Manieren vergessen hatte.

»Leisgeul, Paul. Dir natürlich auch einen schönen Tag, aber ich bin ein wenig reizbar«, entschuldigte Marven sich sofort. Paul konnte schließlich nichts für die bereits ertragene Hiobsbotschaft an diesem Morgen.

»Was hat dir denn den Porridge versalzen, Lad? Erzähl!«, forderte Paul ihn auf. Alles wäre geeignet, um ihn von seinen eigenen Sorgen abzulenken und auf andere Gedanken zu bringen, dachte Paul beinahe glücklich.

»Ach, der Hengst aus Wales sollte heute gebracht werden. Ein wunderbares Tier. Nun rief mich das Gestüt an, dass der Transporter einen Unfall hatte und das Pferd so sehr verletzt war, dass man es töten musste«, erklärte Marven in einem Tonfall zwischen Trauer und Zorn. »Du hattest hoffentlich noch nicht die gesamte Summe überwiesen.«

»Natürlich nicht, Marv. Aber das ist auch unerheblich. Der Transport gehört noch zu den Pflichten des Lieferanten. Die bereits gezahlte Summe muss zurückerstattet werden. Ganz einfach«, erwiderte Paul, obwohl er wusste, dass sich Marven mit diesem Hin und Her gar nicht wirklich beschäftigte. Sein Missmut musste eine andere Ursache haben.

»Noch was?«, erkundigte sich der wissende Arzt mit ein wenig Belustigung in der Stimme und blickte direkt in die azurblauen Augen, die ihn bei der Frage sofort fixierten.

»Naye«, antwortete Marven mit verkniffenen Lippen, bis er sich umentschied. »Aye, ich bin sauer.«

»Ach, sag bloß. Das merkt man gar nicht«, witzelte Paul, doch die Erheiterung verflog. Er erinnerte sich, dass er sich vor nicht mehr als drei Stunden ebenso gefühlt hatte. Nur schien hier nicht der Magen, sondern das Herz angefressen zu sein. Also legte er väterlich die Hand auf Marven's Schulter und forderte ihn auf:

»Heraus damit!«

Marven versuchte sich aus der angeforderten Erklärung herauszuwinden, aber nach mehreren tiefen Atemzügen gab er auf und begann:

»Du weißt, dass Caelan und Amber wieder herziehen. Aber immer wieder verschieben die beiden den Termin. Gut!«, regte er sich auf. »Immerhin ist schon ein Teil ihrer Umzugskartons hier, aber sie nicht, verdammt noch mal.«

»Nun gut, Marven. Ich kann mir vorstellen, dass du die beiden herbeisehnst. Aber wenn sie jetzt wieder herkommen, kommen sie doch für immer, oder? Meinst du nicht, dass sie dann wirklich alles in bester Ordnung zurücklassen wollen? Was sind denn ein oder zwei Wochen gegen die Ewigkeit, die sie dann bei euch sind?«, drang Paul in Marven's Innerstes. Dass er genau da getroffen hatte, wo er es vorgehabt hatte, äußerte sich im Hängenlassen von zwei breiten Schultern. Paul kam es so vor, als stünde ein enttäuschter kleiner Junge vor ihm, dem das Spielzeug kaputt gegangen war. »Lass die beiden und gib ihnen die Zeit, die sie brauchen, aye. Irgendeinen wichtigen Grund wird es geben. Freu dich einfach, dass sie überhaupt kommen, Junge«, tröstete er den betrübten Jungen und verfluchte erneut, dass er den Grund kannte. Mit Erschrecken kannte.

»Ja. Ich freu mich. Ich habe sie so vermisst. Klar, ich habe Kyla und Niall. Aber ich hatte mich an die große Familie gewöhnt, die hier immer gewohnt hatte«, fuchtelte er mit seinen Armen herum. »Ich möchte das wiederhaben!«

»Aye, das kann ich nur zu gut verstehen. Ich hätte auch gern jemanden, aber das ist vergangen«, rutschte es Paul wehmütig heraus. Er verfluchte sich für seine Schwäche. Andererseits hatte er genau das gesagt, was auch ihn jahrelang schmerzte.

In einem Bruchteil von Sekunden änderten sich die Vorzeichen. Nun stand ein verzweifelter Mann vor Marven, dem man ansah, dass er litt. Er litt unter Einsamkeit, wie Marven aufging. Sofort straffte er sich und ging auf Paul zu.

»Hast du Lust auf einen Ausritt zum See, Paul?«, erkundigte er sich mit einem schmalen Lächeln. »Ich glaube, wir müssen mal reden, oder?«

Nun war es Paul, der sich nahezu verdrehte wie ein Aal in der Reuse, um einen Ausweg zu finden. Aber genau wie Marven vorhin brauchte er eine Schulter zum Ausheulen, wie ihm aufging, als hätte ihn jemand mit voller Kraft geohrfeigt. Also raffte er sich auch auf und griente gezügelt zurück.

»Sterntaler?«

»Aye, Sterntaler. Sie ist schon ganz sehnsüchtig und wartet in ihrer Box. Geh schon und sattel sie. Bewegung wird ihr gut tun. Ich besorg uns mal ein kleines Picknick«, klopfte Marven ihm auf den Rücken und machte sich auf den Weg zum Haupthaus.

In der Küche steckte er wahllos Brot, Käse und Ale in einen Rucksack. Dann stand er da, als würde noch etwas Grundsätzliches fehlen. Marven hatte nicht bemerkt, dass Kyla mit verschränkten Armen über der Brust in der Küchentür stand und ihn interessiert beobachtete. Als er sie sah, erschrak er kurz, doch dann grinste er sie unsicher an.

»Männergespräch«, klärte er seine Frau lahm auf.

»Aha«, kommentierte sie, sodass Marven sich schon mit einem schlechten Gewissen umzutreiben begann, als sie sich einfach umgedreht hatte und in den Salon verschwunden war. Doch als wäre sie kaum fort gewesen, eilte sie mit einer Flasche Whisky in der Hand zurück und stopfte sie lächelnd in den Rucksack.

»Ich glaube, das wäre auch noch hilfreich«, griente sie und dachte an das Männergespräch zwischen Duncan und ihrem Mann vor einer halben Ewigkeit. Sie wusste noch ganz genau, wie betrunken Marven nachher gewesen war. Nichtsdestotrotz hatte dieses Gespräch geholfen. Das hoffte sie nun auch von diesem Ausflug. Sie hatte gemerkt, wie angespannt Marven seit Tagen war, und lieber sollte er sich einmal betrinken und dann wieder ausgeglichen sein, als weiter den Trauerklos zu mimen. Dass Paul auch Sorgen hatte, war ihr nicht klar.

»Du weißt schon, dass ich dich unendlich liebe, mò chridhe«, raunte Marven verliebt und zog seine kleine, schwangere Sirene in seine Arme, wobei er sich einen gewaltigen Tritt in den Unterleib einfuhr. »Oh, das Baby mag mich nicht«, schäkerte er glücklich, schob Kyla ein wenig zurück und streichelte über ihren gewölbten Leib.

»Aye, ich weiß, dass du mich liebst, und naye, das Baby ist nicht dumm genug, um seinen Vater nicht zu mögen. Es will nur seine Aufmerksamkeit und die Mutter übrigens auch«, kicherte Kyla.

»Wenn ich zurück bin, meine süße Frau! In Ordnung?«, fragte Marven mit gespielter Betrübnis.

»Ich werde dich daran erinnern, mein geliebter Gatte«, verabschiedete sie ihren Mann mit einem dicken Schmatzer auf seine wunderschön geschwungenen Lippen und entließ ihn in seine Verabredung mit Paul, den sie bereits aus ihrem Schlafzimmerfenster gesehen hatte.

Sterntaler schnaubte aufgeregt, als Paul sie aus der Box in die Gasse führte, um sie aufzusatteln. Die Stute hatte sich von Anfang an in ihn verliebt und er musste zugeben, dass es ihm nicht anders gegangen war. Sie war Marven's Züchtung entsprungen und als der Junge sie ihm schenkte, war er mehr als gerührt.

»Sie ist für alle anderen verdorben, mein Freund. Nimm sie und gib ihr einen schönen Namen«, hatte Marven gesagt und war verstört, als Paul sie ›Sterntaler‹ taufte. Doch als Paul ihn über dieses alte deutsche Märchen aufgeklärt hatte, beruhigte ihn das und er fand den Namen mehr als angemessen.

»Bis du startklar?«, erkundigte sich Marven, der mit einem Rucksack auf dem Rücken in die Boxengasse linste. Tango war bereits vor den Stallungen angebunden und Marven ritt ihn oft ohne Sattel. Das hatte er auch heute vor. Als Paul ihm signalisierte, dass Marv aufsteigen möge, löste er die Zügel des Hengstes und schwang sich auf seinen Rücken. Einen Augenblick tänzelte das Pferd, doch als Paul mit Sterntaler auf sie zukam, wurde der Hengst ruhiger.

»Vielleicht hat er seine Herzdame gefunden«, feixte Paul, dessen Laune sich während der Arbeit mit dem Pferd gebessert hatte.

»Vielleicht? Mal sehen, ob die Dame ihn auch mag«, spottete Marven belustigt zurück und gab Tango die Fersen. Es war ein schöner Tag und so nahmen die beiden Männer einen kleinen Umweg, nachdem sie an der Fohlenweide nach dem Rechten gesehen hatten. Um die Mittagszeit kamen sie am See an.

»Na, Lust auf ein Wettschwimmen? Das kalte Wasser klärt die Sinne«, forderte Marven Paul auf und grinste übers ganze Gesicht.

»Das kalte Wasser macht mir nichts aus, Junge, aber ich werde keinen Bockermann in diesen Tümpel stecken«, gab Paul schaudernd zurück.

»Warum nicht? Hast du Angst vor den Enkelkindern von Nessie? Ich kann dich beruhigen, außer ein paar Fischen gibt es hier nichts«, feixte Marven.

»Schlingpflanzen!«

»Was? Siehst du hier irgendwo Schilf oder sonst was außer Steinen und Gras am Ufer?«, fragte Marven irritiert.

»Naye, aber sie sind da!«, antwortete Paul energisch. Gut, dachte Marven, wenn der Mann sich fürchtete, würde er ihn nicht zwingen, und wies auf einen großen Findling, wohin er Tango lenkte. Paul folgte ihm und stieg ebenfalls ab, als Marven es ihm vormachte. Der ließ Tango laufen und so konnte er es mit Sterntaler ebenso halten, denn diese Pferde reagierten auf Pfiff und kämen zurück, wenn sie gerufen würden.

Marven setzte sich auf den großen Fels, der bequem für eine ganze Familie gereicht hätte, und klopfte darauf.

»Ich nenne ihn Duncan«, erklärte Marven wehmütig. »Auf diesem Felsen habe ich Duncan mein Leid geklagt, als klar wurde, dass Willie sterben würde. Weißt du, ich hatte mir die Schuld dafür gegeben, aber dieser alte Haudegen hat sich mit mir eine Flasche Whisky hinter die Binsen gekippt und mir den Zahn gezogen. Seitdem heißt dieser Stein so.«

»Aye, ich kann mich erinnern«, entgegnete Paul und schwieg eine Weile. Seine Gedanken flogen in die Zeit zurück, von der Marven erzählt hatte. Zeiten, in den für ihn noch jemand am Leben war, den er schrecklich vermisste. Dann raffte er sich auf und sagte:

»Das waren noch Kerle damals, nicht wahr? Ehrenhafte Männer, die für ihre Familie gestorben wären. Duncan litt wie ein Hund, als Sarah ihn zu uns zurückgeschickt hatte. Aber als das Mädchen auf das Gestüt zog, ging er mit und auch Aidan, Hamish und Collin. Sie haben die Maid, du weißt schon, William's Tochter, bis zu ihrem letzten Atemzug beschützt. Eine schöne Idee, sie so in Erinnerung zu behalten, findest du nicht?«

»Aye. Die Idee, dass die vier hier an diesem Ort alt geworden sind, gefällt mir sehr. Sie gehörten mit zur Familie Paul. Ich hoffe, das wussten sie und haben es niemals vergessen.«

»Ja, Marven. Das wussten sie und sie haben verstanden, warum sich eure Wege trennen mussten. Doch als sie von dem Schiffsunglück hörten, waren sie untröstlich«, eröffnete ihm Paul.

»Ich verstehe. Aber das ist es wohl. Man ist untröstlich, wenn man die Familie nicht mehr um sich hat. So jedenfalls geht es mir. Ich brauche Caelan und Amber, Enya und Liam um mich, genauso, wie ich Kyla und Niall brauche. Die einen sind mein Herz, die anderen meine Seele«, rechtfertigte sich Marven. Doch Paul wusste genau, was der Junge meinte. Ihm ging es ja nicht anders.

»Als ihr wieder aufgetaucht seid, hatte ich meine Seele auch wieder, Marven. Aber ich weiß nicht so recht, wo mein Herz ist, verstehst du?«, äußerte Paul und wendete seinen fragenden Blick in Richtung See.

Marven zerrte seinen Rucksack heran und legte Käse und Brot zwischen sich und Paul. Dann entkorkte er den Whisky und hielt seinem Freund die Flasche hin. Geistesabwesend griff Paul danach und als hätte Marven eine Fernbedienung dafür in der Hand, fand der Flaschenhals Paul's Mund. Nach einem kräftigen Schluck schüttelte er den Kopf und reichte den Buddel zurück. Auch Marven trank und stellte den Whisky dann in die Mitte.

»Du vermisst John, oder?«

»Aye und naye. John ist schon so lange tot. Es wäre dumm, an ihm hängen zu bleiben. Aber irgendwie möchte ich etwas Ähnliches«, gab Paul zu. »Er muss nicht genauso aussehen, er muss nicht reich sein. Er muss nur einen guten Charakter haben. Ehrenvoll und treu sein, verstehst du, was ich meine?«

»Aber so jemanden gibt es doch und heutzutage brauchst du keine Angst zu haben, für deine Neigung in den Knast zu kommen oder aufgehängt zu werden. Du bist schon so lange hier. Hast du dich noch nie umgesehen? Die Männer verstecken sich doch nicht mehr«, ereiferte sich Marven.

»Ach Marven. Zuerst nicht. Zuerst habe ich noch getrauert. Aber später habe ich schon mal nach jemandem gesucht. Doch diese Männer suchten nur nach sexueller Befriedigung«, stöhnte Paul frustriert. »Ähm, nicht dass mir die intime Bindung unwichtig wäre, aber die meisten wollten keinen Partner. Die, die vielleicht einen suchten, waren wie Frauen in einem falschen Körper. ›Tunten‹ nennt man sie wohl«, sah Paul zerknirscht zu Marven auf.

»Aber ich kenne auch andere«, wandte Marven ein, da er merkte, dass Paul seine Suche augenscheinlich aufgegeben hatte, da ihn die Ausbeute desillusioniert hatte.

»Ach ja?«, fragte Paul voller Ironie. »Dann war ich sicher immer am falschen Ort. Es gibt keine Männer, die Männer lieben. Es gibt nur noch Memmen. John war bestimmt kein Krieger, aber er war ein Mann mit einem starken Willen und einem wachen Geist … Und er war ein Gefährte.«

Marven dachte einen Moment darüber nach. Paul wollte einen Mann, der auch ein Mann, aber natürlich homosexuell, war. Dann sollte dieser jemand ein Ehrenmann sein, der treu zu seinem Partner stand. Er suchte einen Gefährten, einen Seelenverwandten. Nur der Vollständigkeit halber, räumte Marven für sich selber ein, sollte dieser Jemand optisch zu Paul passen. Das sollte doch wohl …

»Erik MacIan!«

»Wer soll das sein?«, forschte Paul nach, griff aber wieder zu der Flasche und setzte sie an. Eigentlich trank er nicht, aber heute war er so offen wie niemals zuvor. Er hatte das Gefühl, dass der Whisky nicht nur seine Zunge löste, er kochte auch sein Hirn weich. Doch dieses Gespräch tat so gut. Und Marven hatte in der Vergangenheit so offen mit ihm gesprochen, dass er bei ihm keinerlei Hemmungen verspürte.

»Erik war ein Kumpel aus der Reenacting-Gruppe, in der Cal und ich alles über das Leben im alten Schottland gelernt haben. Er ist etwas älter als wir und ta-daaa, er ist schwul«, informierte Marven stolz.

»Du willst mich doch wohl nicht verkuppeln, oder? Das will ich nicht. Man muss sich doch begegnen und Sympathie empfinden und sich die Zeit nehmen, sich kennen zu lernen und …«

»Paul! Wo soll das alles stattfinden, was du mir hier erzählst? Schreib an deine Haustür ›Come in and find out‹, dann hast du vielleicht eine Chance. Aber wo soll der Ort sein, an dem man dich kennenlernen kann? In deinem Büro?«, knurrte Marven ihn an.

Paul griff aus lauter Verzweiflung zu einem Stück Käse und biss hinein. Mit einer stoischen Langsamkeit zermalmte er ihn und schluckte laut hinunter, was in seinem Mund zu einem aromatischen Brei geworden war. Er spülte mit Whisky nach und fühlte sich irgendwie entrückt.

»Ja, aber …«

»Was, ja aber? Ich würde vorschlagen, wir laden ihn mal hierher ein und vielleicht gefällt er dir. Er ist ein feiner, guter Kerl. Glaub mir. Ihm geht es bestimmt nicht anders. Schon früher hatte er Angst, sich zu outen, obwohl es rechtlich gar keine Gefahr für ihn gab. Er wollte sich nur weiterhin als Mann fühlen und nicht als Tunte verschrien werden. Er würde zu dir passen, Paul.«

»Ja, aber.«

»Ach Paul. Versuch macht klug. Eine unverbindliche Begegnung. Kein Muss, okay?«, bat Marven wie ein Kind, das auf der Kirmes um Zuckerwatte bettelt.

»Aber erst, wenn Caelan auch hier wohnt«, bestimmte Paul vehement. Anscheinend hatte ihm der Whisky noch nicht komplett den Verstand vernebelt. »Dann fällt das nicht so auf, wenn er eingeladen wird. Schließlich wart ihr Weggefährten. Ist das klar? Außerdem habe ich noch ein Projekt zu erledigen. Wenn das geschehen ist, dann bin ich einverstanden.«

»Klar! Was meinst du, alter Mann, sollten wir nicht heute alle Ängste begraben? Wettschwimmen?«, forderte Marven Paul ein weiteres Mal heraus, aber dieses Mal, damit der Mann auf andere Gedanken kam und sein Einverständnis nicht zurückzog.

»Aye, möglicherweise ist heute der Tag, um seinen Dämonen zu begegnen«, beschied Paul, rutschte vom Stein und begann sich zu entkleiden. Marven tat es ihm gleich und beide liefen Sekunden später splitternackt und mit lautem Johlen in die eiskalte Flut.

3

Paul kam guten Mutes zurück nach Hause und wunderte sich sogar, dass er ohne Angst sein Büro betrat.

Er würde Amber den Gefallen tun und das Buch lesen. Zuerst war es einfach nur ein spannendes Buch, das in eine Liebesgeschichte mündete. Die Zeitreisen warfen ihn nicht wirklich aus der Bahn, schließlich hatte er diesbezüglich ganz eigene Erfahrungen. Doch dann gelangte er an die Stelle, die selbst für ihn völliges Neuland war.

Die Autorin hatte den Sturm geschildert, in dem John's Familie umgekommen war, als wäre sie dabei gewesen. Berstendes Holz und heulender Wind, die Zerstörung herausschrien. Wie sinnlos erschien es ihm, dass sich diese Katastrophe so kurz vor Neuschottland ereignet hatte. Beinahe am Ziel. Grusel tobte durch sein Hirn, als ihm Bilder von der hilflosen Suche Robert's in der tobenden See vor Augen flimmerten. Doch er hatte seine Frau wie durch ein Wunder retten können. So kurz vor dem Ziel war die Reise in das gemeinsame neue Leben vom Schicksal beendet worden. Allein Joline hatte überlebt.

Der Bericht über die völlig verstörte Frau, die eigentlich darauf wartete, dem Ende ihres eigenen Lebensfadens zu begegnen, ließ ihn weinen. Er war zwar nur Allgemeinmediziner, aber es brauchte nicht viel Psychologie, um sich ausmalen zu können, wie Joline gelitten hatte.

Wieder einmal verfluchte er sich dafür, nicht nach ihr gesucht zu haben. Wäre er nur ein wenig länger in der Vergangenheit geblieben, nachdem John tot war, hätte er sie finden können. Aber er war schwach gewesen. Er wollte fort, weil er es ohne John nicht mehr ausgehalten hatte. Die neue Aufgabe, die

Rigantona MacCraven ihm verschafft hatte, war zu verlockend gewesen.

Stolz erfüllte ihn, als er las, dass Joline sich gefangen hatte und mit Hilfe dieser Enola Eswik und eines gewissen MacKenna wieder ein gut gehendes Gestüt aufgebaut hatte. Doch von Nackenschlägen war sie nicht verschont geblieben. Auch wenn das Leid nicht sie persönlich betraf, sondern ihre neue Familie, die sie sich erschaffen hatte, um nicht allein zu sein. Sie musste die Indianerin wirklich sehr gemocht haben, wenn sie das Wagnis auf sich genommen hatte, diese Frau durch eine Zeitreise zu schützen. Gut, sie hatte wohl auch gehofft, ihre eigenen Kinder dadurch wiederzufinden. Doch der Eintritt in das neue Zeitalter war falsch, sodass sie neunzehn Jahre hatte warten müssen, um mit ihnen zusammentreffen zu können.

Das neue Kind, auch wenn sie es nicht selbst geboren hatte, sollte ihr geholfen haben, auch diesen Schicksalsschlag zu verkraften.

Nun aber stellten sich Fragen. Was war geschehen? Irgendetwas hatte Joline davon abgehalten, nach Marven und Amber Ausschau zu halten, als es endlich an der Zeit war. Joline hatte gewusst, dass die Kinder im Jahr 2015 landen würden. Warum hatte sie sich bis heute, vier Jahre später, nicht zu erkennen gegeben?

»Oh Paul, schön, dass du anrufst. Hast du das Buch gelesen?«, fragte Amber stürmisch, als Paul sie endlich anrief.

»Aye, Amber. Ich hab es gelesen und ich schwanke zwischen Erschütterung und Unglauben«, gab er aufrichtig zu.

»Unglauben? Glaubst du nicht, dass Ma noch lebt?«, fragte Amber bestürzt und ihr bebte die Stimme genauso heftig wie das Herz. Sollte Paul ihr gleich sagen, dass sie aufgeben sollte, einer Halluzination nachzujagen?

»Naye. Aber etwas muss geschehen sein, dass dieses Buch erst jetzt erscheint. Amber, ich bin mir nicht sicher, aber wir müssen von dem Schlimmsten ausgehen«, sagte Paul betäubt, da er selber nicht an das Übelste glauben wollte.

»Aber«, verstummte es abrupt am anderen Ende der Leitung.

»Amber, bist du noch da?«, fragte Paul irritiert. Und als das Mädchen mit einem gewürgten »Aye« antwortete, stand für Paul fest, wie er vorgehen würde.

»Ich fliege nach Halifax. Dann nehme ich einen Leihwagen und fahre nach Fairydale auf die Ile-de-Bretone. Wenn ich deine Mutter dort finde, bringe ich sie nach Hause. Wenn sie nicht mehr lebt, Kind, dann hoffe ich wenigstens, Antworten zu haben, aye.«

»Aye. Soll ich dich begleiten, Paul?«

»Nein, Lass. Nutzt die Zeit und zieht endlich um. Marven wartet schon sehnsüchtig. Ihr habt schon lange keine triftige Ausrede mehr. Ich komme zum Gestüt, wenn ich wieder zurück bin. So lange wirst du schweigen, hast du mich verstanden?«, befahl er barsch, wie Amber sich zu verhalten hatte, und hoffte, seine schroffe Art würde ihr genügend Verstand einhauchen, um gescheit zu handeln. Er hoffte für sich selber, auch ein wenig sinnvoller zu handeln, aber die Idee, den Kindern die lang ersehnte Mutter zurückzubringen, beflügelte ihn mehr, als dass ihm sein Plan absolut dämlich und unüberlegt vorkam.

Im Flieger nach Neuschottland las er das Buch noch einmal.

»Es ist ja auch nicht normal, dass ein gutaussehender Mann wie Sie einen Frauenroman liest«, surrte die junge Dame neben ihm, die seine Gefühlsausbrüche, die sich von Schrecken über Mitleid bis hin zu Stolz und ein wenig Eifersucht erstreckten, beobachtet hatte. »Ich kenne den Roman und er ist herzergreifend, oder?«

Mit tränenfeuchten Wangen sah Paul seine Sitznachbarin an und schämte sich schlagartig seiner desolaten Verfassung. Das Einzige, was ihn davon abhielt, unverzüglich sein Taschentuch aus dem Jackett zu zerren und die Spuren seiner Emotionen fortzuwischen, war das Lächeln, das ihm wissend entgegenstrahlte.

Diese schwarzen Augen schafften es, nicht wie tiefe, gefährliches Löcher auszusehen, sondern in einem Glanz zu lodern, der ihn hätte verbrennen können, würden sie im Kopf eines Mannes sitzen. Der Blick dieser schwarzhaarigen, exotischen Frau war wie ein dunkler Tunnel, an dessen Ende man eine leuchtende Seele finden konnte. Auch roch sie gut. Die ganze Zeit schon hatte er diesen eigenartigen Duft in der Nase gehabt. Aber als passte er zu den Wörtern, die er völlig vertieft gelesen hatte, war ihm seine Herkunft gar nicht aufgefallen. Etwas verlegen ob seines momentanen Gefühllebens räusperte er sich.

»Aye«, gab er krächzend zu. »Eine ergreifende Geschichte.«

Mehr brachte er beim besten Willen nicht heraus. Er war definitiv durcheinander. Das Mädchen, das neben ihm saß, brachte ihn durcheinander. Nie im Leben hatte er damit gerechnet, dass eine Frau derart auf ihn wirken könnte. Er war schwul, verdammt noch mal. Doch sein Körper signalisierte ihm Anziehung, sogar Begehren. Zum Glück lag das Buch aufgeschlagen auf seinem Schoß, sodass die Regungen, die sich in seinen Lenden taten, nicht offensichtlich wurden.

»Sie sehen müde aus«, eröffnete sie ihm mit ihrer tiefen, wohligen Stimme, die er erst jetzt bemerkte. »Wir haben noch zwei Stunden Flug vor uns, vielleicht sollten Sie versuchen, ein wenig zu schlafen«, riet sie ihm weiter. Ja, vielleicht sollte er das. Das würde seinen zerstreuten Geist bestimmt klären und seinen gestörten Körper sicherlich auch, dachte Paul grimmig und nickte ihr kurz zu, bevor er seine Augen schloss. Tatsächlich schlief er ein.

Ein leichtes Antippen an seiner Schulter und wieder dieser Duft, den er nicht richtig definieren konnte, Weihrauch-Orange oder Sandelholz-Orange, er konnte sich nicht entscheiden, weckten ihn aus einem traumlosen Schlaf. Er öffnete seine Augen und musste sich kurz orientieren. Ein Seitenblick bestätigte ihm jedoch, dass immer noch dieses liebliche, schwarzhaarige Geschöpf neben ihm saß und ihm zulächelte. Die weiße Zahnreihe zwischen schön geschwungenen Lippen, die eine Farbe von heranreifenden Brombeeren hatten, blitzte ihm keck entgegen. Überhaupt stand dieses Weiß in einer unübertroffenen Konkurrenz zu den grundsätzlich warmen Farben, die dieser jungen Frau zu eigen waren. Teint, Haar, Lippen, alles war dunkler als bei den Frauen, die er kannte. Er konnte aber bei Gott nicht sagen, dass ihm das nicht auch sehr gefiel. Viel zu gut, dachte er wieder beklommen. Wurde er verrückt? Was war mit ihm los?

»Sie sollten sich anschnallen. Wir landen gleich«, machte ihn die indianische Grazie auf die Leuchtdiode am Flugzeughimmel aufmerksam, die ihn aufforderte, den Gurt zu schließen.

»Na, dann sollte ich wohl gehorchen«, schaffte er es, sich kontrolliert zu geben, obwohl er deutlich das Gefühl hatte, die Kontrolle schon wieder komplett zu verlieren.

»Machen Sie Urlaub in Neuschottland?«, fragte sie und Paul fragte sich, ob die Frau ihn mit Absicht quälen wollte.

»Naye, ich besuche jemanden auf der Ile-de-Bretone«, verriet er und bemühte sich um Freundlichkeit. Doch der Missklang war bei seiner Sitznachbarin durchaus angekommen und sie wendete sich ab und sah aus dem Lukenfenster des Flugzeuges, als gäbe es etwas Interessantes zu sehen.

»Ich habe immer ein wenig Angst und eigentlich rede ich nicht so viel. Entschuldigen Sie, wenn ich Sie belästigt habe«, flüsterte sie gegen die Scheibe, dennoch hatte Paul verstanden, was sie gesagt hatte, und sofort tat ihm leid, dass er sich so blöde verhalten hatte. Nun gut, es war ja eine riesige Portion Selbstschutz involviert gewesen. Die Frau brachte ihn auf dumme Gedanken und krempelte sein Innerstes um. Dennoch konnte er nicht behaupten, dass es besonders wehtat. Es war schlicht und einfach ungewohnt, neu, unheimlich.

»Ist schon gut, Mylady. Ich war ein wenig rüde, das tut mir leid«, brummte er zurück. »Ich heiße Paul«, stellte er sich vor, um sich die Frau wieder gewogener zu machen. Es nutzte ja nichts, sich Feinde zu machen, wo es nicht nötig war, dachte er.

»Nia«, gab sie abwesend zurück, wobei sie immer noch durch die bereits halb beschlagene Scheibe starrte.

Paul's Herz setzte einen Augenblick aus. Er fühlte es genau. Es blieb einfach stehen. Dann schlug es erneut los, als würde es ein Wettrennen gewinnen müssen, bis sich wieder ein akzeptabler Rhythmus ergeben hatte.

»Eswik?«, rutschte ihm die Frage förmlich laut aus seinen

Gedanken, aber immerhin leise genug, um niemanden auf sich aufmerksam zu machen, außer der Frau neben sich.

»Aye, Eswik«, antwortete sie ungerührt, als wäre sie nicht alarmiert, erkannt worden zu sein. Er hätte sich doch nun als völlig irren Fan outen, um ein Autogramm betteln oder laut durch das Flugzeug schreien können, dass eine Berühmtheit mitflog. War er auf einem Holzweg? War diese Frau nicht die Autorin, deren Buch ihn noch vor Stunden das zweite Mal zum Heulen gebracht hatte? Er musste es herausfinden, aber wie?

Was konnte nur diese Frau wissen, wenn Joline es ihr erzählt hätte? Was würde Joline voller Stolz jedem erzählen? Es war so einfach, dass er sich schalt, so kompliziert gedacht zu haben, und so sagte er einfach:

»Marven und Amber suchen schon so lange nach ihrer Ma!«

Das wunderschöne Gesicht wanderte in Zeitlupe zu ihm zurück und die tiefschwarzen Iridien der Frau schienen ihn an seinem Sitz festzunageln. Einen Augenblick dachte Paul, er hätte die junge Frau verloren. Doch dann sah er wieder dieses Lodern in den Tiefen ihrer Augen. Ein Leuchten erschien und sog an seinem Geist. Dann bewegten sich diese wundervollen Lippen und ihre warme Stimme summte in seinen Ohren:

»Dann leben sie?«

»Aber ja. Sie leben«, gab er bittersüß zurück. Einerseits fühlte er sich als Glückspilz, dass ihm dieses Mädchen zufällig zur Sitznachbarin geschenkt worden war, andererseits war er sich immer noch nicht sicher, ob er dadurch seinem Ziel auch nur einen Inch näher gekommen war. Darum setzte er nach und ergriff die Flucht nach vorn:

»Erweisen Sie mir die Ehre, mit mir zu reisen, dann könnten wir darüber reden, Mylady.«

Nia hatte zwar selber Geld genug, aber sie hatte nicht vergessen, wie schwer daranzukommen war. Sie war beileibe nicht geizig, aber sparsam. Wenn dieser Mann nun den gleichen Weg hatte, so würde sie sein Angebot annehmen, beschloss sie. Doch wollte sie sich auch keiner unnötigen Gefahr aussetzen und überlegte, wie sie sich ihre eigene Sicherheit beteuern lassen konnte. Immerhin hatte sie nicht das geringste Verlangen, zu erleben, was ihrer Mutter widerfahren war. Paul, der ihr Hirn direkt arbeiten sehen konnte, nahm ihr die Entscheidung ab:

»Sie haben über mich geschrieben, meine Liebe. Ich bin der Paul Guttmann in Ihrem Roman. Glauben Sie mir, dass ich mich ehrenhaft betragen werde.«

»Aye, dann nehme ich das Angebot gerne an. Eine Bedingung hätte ich allerdings«, grinste sie ihn an.

Paul zog seine Augenbrauen hoch und sah sie fragend an.

»Ich habe Fragen. Einen Haufen Fragen, die ich gern beantwortet hätte.«

»Oh, natürlich. Aber ich habe auch eine. Eine einzige Frage, bevor ich meine Reise überhaupt fortsetze«, erwiderte er und sah sie durchdringend an. Doch sie hielt ihm mit stoischem Blick stand.

»Ich höre?«, gab sie dann doch nach.

»Lebt Joline noch?«

»Aye, sie lebt.«

»Also gut, kommen wir dann ins Geschäft, ich meine, reisen wir gemeinsam zum Gestüt?«

»Ich denke, wir haben einen Deal, Paul Guttmann«, sicherte sie Paul zu, indem sie ihm ihre zierliche Hand entgegenhielt. Als er sie ergriff, um den Handel nach alter Sitte zu besiegeln, traf ihn beinahe der Schlag.

Bei keiner Menschenseele, und er dachte in einem Zeitraum von mehreren hundert Jahren, hatte er erlebt, dass ihn eine Berührung derart unter Strom gesetzt hatte. Mit Mühe und Not vermied er, ihr seine Hand erschreckt zu entreißen. Irgendetwas war zwischen ihnen. Da war mehr als nur dieser gemeinsame Flug. Doch die Gewohnheit des Seins, *seines* Seins, berichtigte er sich, bewahrte zunächst den Schutzwall, der ihn doch gegen Frauen bislang immun gemacht hatte.

4

Nia spürte diesen seltsamen Magnetismus, der sie durchströmte, als sie Paul's Hand in ihrer hielt, und war einen Augenblick so gefesselt, dass sie ihm die ihre nur sachte entzog. Die Anziehung war im gleichen Augenblick unterbrochen und schon fühlte sie sich irgendwie alleingelassen, obgleich der Mann ja noch ganz in ihrer Nähe war. Mit einem Ruck setzte das Flugzeug auf der Landebahn in Halifax auf und der Eindruck schwand vollständig und wurde von der Bemühung abgelöst, Leben in die eigenen Beine zu bringen, um in die Gangway zu treten und sich in den Strom der aussteigenden Passagiere einzureihen. Eine gefühlte Ewigkeit später traten Paul und Nia an den Schalter der Autovermietung, wo Paul ein Fahrzeug reserviert hatte. Die restlichen dreieinhalb Stunden bis zum Ziel würden sie in einem Auto verbringen. Ein uniformierter Mann der Leihwagen-Firma geleitete die beiden zu dem Rover, der für Paul bereitstand, drückte seinem Kunden den Wagenschlüssel in die Hand und wünschte eine gute Fahrt.

»Na, das war ja mal eine kurzangebundene Übergabe«, nuschelte Paul.

»Aye«, kommentierte Nia, die sich über den Autoverleiher nicht wirklich wunderte, denn das Fahrzeug, welches Paul gemietet hatte, entsprach allen Wünschen, die ein Auto so zu erfüllen hatte. Wer sich so etwas reservieren ließ, brauchte wohl keine Einweisung, da er es von vornherein nicht anders gewohnt war. Nun, dachte sie, womöglich war Paul eine bucklerische Überlassung gewohnt, da die Gebühr bestimmt nicht niedrig war. Nun denn, dann musste sich der Mann eben an die kurz angebundene Art der Neuschotten gewöhnen, schmunzelte sie vor sich hin.

»Was ist denn so lustig?«, fragte Paul, verunsichert darüber, dass ihm etwas Interessantes entgangen war.

»Oh, nichts, Mister Guttmann. Alles in Ordnung«, flunkerte Nia.

»Eines stellen wir mal von vornherein klar, liebe Nia. Da du mich schon eine Ewigkeit kennen dürftest und nun für uns eher als Jo's Tochter giltst, sind wir quasi eine Familie. Ich möchte daher darum bitten, dass du dieses beleidigende Mister Guttmann unterlässt und mich Paul nennst«, machte Paul reinen Tisch. Erschrocken sah Nia zu ihm auf und er fluchte innerlich. Er hätte das Ganze ja auch ein wenig netter verpacken können. Sein Gewissen zerrte ein weiteres Mal an diesem Tag an seinen Nerven. »Entschuldige, vielleicht bin ich einfach nur nervös, weil ich Joline wiedertreffen werde«, entschärfte er seine Ansage lahm. Konnte er denn bei dieser Frau nicht einfach so gleichmütig daherkommen wie bei jeder anderen auch? Nein. Diese hier war besonders. Sie war anders. Natürlich, bescheiden, freundlich, exotisch, begehrenswert! Begehrenswert? Na, das konnte ja heiter werden, wenn ihm dieser Gedanke stets wieder in den Sinn rauschte, als würde man ihm immer die gleiche Impfe gegen ein und dieselbe Krankheit geben. Wollte ihm jemand seine wahre Neigung streitig machen? Er stand nicht auf Frauen! Was also sollte das?

»Also gut, Paul. Sie haben gewonnen und Sie sind der Chef auf dieser Autofahrt«, erwiderte Nia ein wenig verdrießlich. Paul atmete hörbar durch.

»Du! Nia, bitte sag ›Paul‹ und ›du‹! Und ich bin überhaupt kein Chef. Ich bin Jo's angeheirateter Onkel. Mehr nicht«, korrigierte er, wobei er dies wirklich nett tat, damit das Mädchen sich nicht schon wieder überfahren fühlte.

»Das wird mir schwerfallen, Paul. Selbst zu Miss Jo sage ich immer noch Miss Jo. Obwohl ich sie seit über zwanzig Jahren kenne und sie mir immer so etwas wie eine zweite Mutter war«, deutete Nia darauf hin, dass er vermutlich nicht gleich mit einer zufriedenstellenden Anrede zu rechnen brauchte.

»Aber Nia, das kann wirklich nicht so schwer sein und Joline wird es dann wohl schon zwanzig Jahre lang auf die Nerven gehen, dass du sie nicht Joline oder Jo nennst«, erwiderte Paul grinsend. Nia's Probleme wollte er haben, dann wären seine Sorgen so nichtig wie ein umgefallener Sack Reis in China.

»Das weiß ich nicht zu beantworten. Ich denke, dass sie es

mittlerweile vergessen hat, mich stetig darüber zu belehren«, kommentierte sie mit einem Achselzucken, wobei ihr Mund sich zu einem Lächeln verzog, aber die Freude ganz offensichtlich ihre Augen nicht erreichte.

Das machte Paul stutzig und irgendwie konnte er den Arzt in sich nicht ausschalten. Obwohl er an den heutigen Standard nicht annähernd heranreichte, hatte er sich das Hören zwischen den Zeilen, in diesem Fall zwischen den Worten, niemals abgewöhnen können. Als er das Auto endlich aus der Metropole herausgelenkt und der Verkehr merklich nachgelassen hatte, fragte er:

»Vergisst sie viel?«

»Aye«, antworte Nia bedrückt. »Sie ist manchmal aufmerksam im Hier und Jetzt und einen Moment später in einer anderen Welt.«

»Aber die andere Welt, wie du sie nennst, ist ihr präsent?«, hakte er nach. Der Arzt in ihm war erwacht. Zwar hätte er niemals wieder praktizieren können, dafür hätte er ein ganz neues Studium gebraucht, aber das weltweite Netz hatte es ihm möglich gemacht, sich wenigstens einigermaßen auf dem Laufenden zu halten.

»Oh ja. Sie könnte ihre Vergangenheit erzählen, als hätte sie die Bibel auswendig gelernt. Es würde nicht eine Zeile fehlen. Darum habe ich das Buch ja auch in der Ich-Form geschrieben. Miss Jo hat erzählt und erzählt. Ich habe es einfach nur zu Papier gebracht, Mi…, ähm, Paul«, erklärte Nia und nun lächelte sie wirklich.

»Okay, dann hat sie sicherlich auch über mich erzählt, vermutlich mehr als in diesem Buch seht, oder? Was ich aber eigentlich sagen möchte, ist: Dann weißt du, das ich Arzt bin oder besser *war*, und darum frage ich dich: Was erwartet mich?«

»Ich würde sagen, dass dich eine Joline MacDonald erwartet, wie du sie von früher her kennst. Aber … im nächsten Moment kannst du ihr fremd erscheinen«, beschrieb Nia kummervoll.

»Für mich ist das kein Problem mehr. Ich habe mich darauf eingestellt. Außerdem bin ich ständig um sie herum. Aber auch ich habe schon oft die Momente verflucht, in denen ich Fragen hatte, die sie mir nicht mehr beantworten konnte, weil sie entrückt war. Ja! Ich glaube das ist der richtige Ausdruck. Sie entrückt der Zeit.«

»Vielleicht können wir die Zeit nutzen, die wir auf dieser leblosen Straße unterwegs sind, um einigen deiner Fragen auf den Grund zu gehen«, bot Paul ihr an, weil er sie aus ihrem schwermütigen Zustand holen wollte. So kam es, dass sich die beiden ohne Schwert und Schild unterhielten. Paul verheimlichte nichts und überzeugte die immer noch pessimistische Nia, dass sie alle durch die Zeit gereist waren. So wie sie ihn aus Fleisch und Blut hatte anfassen können, waren auch Amber, Marven, Caelan, Kyla, er selbst, erst recht Joline und zu guter Letzt ihre Mutter, durch ein Zeitportal gegangen. Das, was sie lange als Fantasie von Joline abgetan hatte, war die Realität. Ihr wunderschönes Gesicht hatte alle Ausdrücke, von Erstaunen und Unglauben über Überraschung, Kummer und Freude, Qual, Entrüstung und Frohsinn, durchlaufen und jede einzelne Miene hatte Paul hingerissen. Wenn er es nicht besser wüsste, hätte er behauptet, er hätte sich in diese indianische Schönheit verliebt, weil sie war, wie sie war. Authentisch! Sie hinterfragte, begegnete einem aber nicht mit bösem Argwohn oder Misstrauen. Nein, sie legte eine unglaubliche, zweifelsfreie Akzeptanz an den Tag, die Paul für dieses Mädchen mehr als einnahm. Mitnichten naiv, eher mit einer enormen Weitsicht, *wissend*. Aber, so dachte er, war ihr der ein oder andere Gedanke in diese Richtung schon so oft gekommen, dass sie nur noch eine Bestätigung gebraucht hatte, um zu glauben, was sie selber bereits seit einiger Zeit dachte. Sei es drum. Er war fasziniert.

»Wenn das alles wahr ist, was Miss Jo mir erzählt hat, dann wäre auch ich nicht aus dieser Zeit, Paul. Ma und Jo haben die Vergangenheit 1783 verlassen. Ich bin mir nicht sicher, ob ich in dem Jahr oder in 1784 geboren worden wäre. Aber auch ich bin scheinbar ein Relikt«, stellte sie anschließend schmunzelnd fest. »So wie du, Paul«

»Aye, so wie ich, Nia!«

»Paul?«

»Nia?«

»Stimmt alles, was Miss Jo über dich erzählt hat?«

»Ich weiß nicht, Nia«, schluckte Paul schwer. Ihm war so was von klar, worauf Nia hinauswollte, und in dem Moment war er sich wirklich nicht sicher, ob er selber wusste, was alles über ihn stimmte.

Nia drückte sich in ihren Sitz und starrte auf die Straße. Nach einer Weile summte sie mit ihrer wohligen Stimme:

»Schade, Paul. Ich glaube, ich mag dich. Im indianischen Glauben haben die Menschen Seelengefährten. Nun, es handelt sich dabei um Tiere wie den Wolf, den Bären, den Adler oder vielleicht eine Schlange. Aber in mir fließt nur noch zu einem Viertel Indianerblut. Möglicherweise könnte bei mir auch ein Mensch in Frage kommen.«

Pauls Herzschlag setzte aus. Er konnte es fühlen, wie bereits einige Stunden vorher. Dann begann es wieder zu schlagen und er hätte schwören können, dass sein Brustbein sich vorgewölbt hatte. Er schaute zu Nia herüber, die allerdings aus dem Seitenfenster sah. Sie hatte es also nicht sehen können, wenn es denn so gewesen wäre. Wenn das so weiterginge, würde er an einem Infarkt sterben, waberte es durch sein Hirn. In einer anderen Windung seines Oberstübchens wühlte ein ganz anderer Gedanke. Ein Wunsch begann sich zu manifestieren, ein übermächtiger Wunsch. Konnte er nicht mehr lieben, weil er seinen Seelengefährten in dieser Zeit noch nicht gefunden hatte? Und was, wenn dieser Seelengefährte in diesem Augenblick neben ihm säße? Mann, Frau, Hund, Katze, Maus? War es diese Frau, die über ihn gekommen war wie ein Hurrikan der schlimmsten Sorte und seine Halbherzigkeit, seine losen, vielleicht bereits verfaulten Ecken und Kanten hinfortgefegt hatte, weil sie im Wege waren? John hatte ihm mal gesagt: *»Wenn du dich nicht entscheiden kannst, dann mach eine Für-und-wider-Liste. Überwiegt das Für, bleib bei deiner Meinung, überwiegt das Wider, ändere sie.«*

Er konnte sich nicht im Jetzt und Hier entscheiden, aber

er würde sich die Zeit nehmen, eine solche Liste anzufertigen, denn Nia's »Schade, Paul«, war es ihm wert, wenigstens die Chancen auszuloten.

»Seelengefährten, hmmm?«, raunte er zurück, in der Hoffnung, die Verbindung zu dieser herrlichen Frau nicht zu verlieren.

»Hmmm«, murmelte sie zurück.

Endlich auf Fairydale angekommen, es dämmerte schon, sprang Nia aus dem Rover und eilte auf das Herrenhaus zu.

Paul parkte den Leihwagen und schaute sich ein wenig um. Alles, was er erblickte, hätte ebenso in Schottland sein können. Die Landschaft war ähnlich, dieses Gestüt war ähnlich. Vielleicht nicht so geschäftsmäßig, dachte er. Wenn man sich vor Augen führte, dass Joline seit Jahren an Demenz litt, wie ihm Nia erzählt hatte, ohne die Krankheit beim Namen zu nennen, war das nicht weiter verwunderlich. Paul war in den letzten Jahren zu einem Geschäftsmann geworden und sah durchaus Potenzial, diesen Betrieb wieder zum Erblühen zu bringen. Nur, wer sollte oder wollte das tun? Jo's Kinder würden in Schottland bleiben. Er wollte auch nicht herziehen und ganz nebenbei hoffte er Joline dazu zu bringen, heimzugehen. Nia? Vielleicht hätte sie Interesse, aber eigentlich wollte er sie nicht hierlassen. Nicht bevor er sich sicher war, was er eigentlich wollte. Aber ganz klar war ihm im Augenblick, dass er es nicht eine Sekunde ohne sie aushalten würde. Er schüttelte den Kopf über diesen unsinnigen Gedanken, schlenderte zurück zum Auto und holte seine Reisetasche.

»Miss Jo, ich bin wieder da«, hastete Nia in den Salon. Während sie sich noch ihrer Jacke entledigte, spähte sie ihren Schützling an, um die augenblickliche Ansprechbarkeit festzustellen. Joline strahle sie sogleich freudig an, wandte sich dann aber wieder ihren Häppchen zu, die wohl das Abendessen darstellten.

»Nia, Liebes. Warst du denn fort? Das ist mir gar nicht aufgefallen«, begrüßte sie die alte Dame, während sie sich darauf konzentrierte, einen der kleinen Happen mit ihrer Gabel aufzuspießen. Etenia schluckte schwer. Sie hatte sich zwar beeilt, damit Joline nicht völlig durcheinandergeriet, weil sie während ihrer Lesung in Inverness eine andere Betreuerin einsetzen musste. Die Ehefrau des Vormanns war Miss Jo bekannt und sie sprang hin und wieder mal ein, wenn Nia was vorhatte. Dass Joline allerdings ihre Abwesenheit nun gar nicht bemerkt hatte, machte sie dann doch ein wenig traurig. Anderseits dachte sie: *Umso besser.*

»Ja, aber nur kurz, und ich habe dir jemanden mitgebracht. Du wirst es nicht erraten, Miss Jo«, setzte sich Nia über ihr blutendes Herz hinweg und hoffte darauf, dass Joline noch bei ihr war.

»Oh, wir bekommen Besuch? Dann müssen wir Zimmer herrichten. Kümmerst du dich darum, Nia?«

»Ähm, ja, natürlich, Miss Jo. Interessiert dich denn gar nicht …?«, wollte Nia wissen, doch da war die Tür hinter ihr bereits aufgegangen und sie machte nahezu untertassengroße Bernsteinaugen in Joline's Gesicht, aus.

»Paul«, keuchte Joline. »Wie schön, dass ihr kommt. Wo ist John? Schon in den Ställen?«

Nia war baff. Wie schnell Miss Jo sich an diesen Mann erinnert hatte. Aber gut, dachte sie, der Arzt war Teil ihrer Vergangenheit, genauso wie John Campbell. Damit hatte die alte Dame ohnehin nie Schwierigkeiten.

»Joline. Ich freue mich, dich endlich wiederzusehen. John ist leider nicht mitgekommen, mò bhrámair. Er ist tot«, kam er freudestrahlend auf sie zu und bückte sich zu einer Umarmung. Doch Joline's Arme blieben unten. Sie erwiderte seine Begrüßung nicht, sodass er sich von ihr löste und sie anschaute. Was er sah, dafür brauchte er kein Arzt zu sein, war Leere. Erschrocken wandte er sich an Nia, die mit rollenden Augen kommentierte, dass er etwas falsch gemacht hatte.

»Was?«, fragte er also entnervt.

»Du hast vom Tod gesprochen Paul«, klärte sie ihn auf. »Das war bestimmt unklug, wenn auch nicht das einzige Wort, bei dem sie in ihre eigene Welt verschwindet.«

410

»Was kann ich tun, um sie wiederzuholen?«, wollte Paul wissen. Er hatte die vage Hoffnung, dass Nia sich eine Liste gemacht hatte. Doch ihre nun eher verschlossene Miene zeigte ihm sofort, dass er einem Irrglauben aufgesessen war. Stöhnend setzte er sich Joline gegenüber in einen Ohrensessel und studierte ihr starres, wenn auch immer noch schönes Gesicht. Er durchwühlte sein Hirn nach Hinweisen über Erkenntnisse, die ihm bei der Frage helfen könnten, wie er vorgehen sollte. Doch alles, was er bei Google darüber erfahren hatte, war so kompakt und auch derart individuell, dass ihm keine Lösung einfallen wollte. Daher ließ er seinen Blick durch den Salon schweifen und blieb an Joline's Gemälde von Whitesocks hängen. Dieses Bild gab es bereits und es hing ganz gewiss im Salon vom Gestüt am Loch Bruicheach. Er schnappte nach Luft. Natürlich, scheppterte es beinahe in seinem Kopf, als hätte jemand einen Blechtopf auf Steine geworfen.

»Was macht Whitesocks? Der alte Knabe bekommt bestimmt schon sein Gnadenbrot, aye?«, fragte er Joline und hoffte, dass sein Versuch nicht scheiterte.

Tatsächlich schien Joline's Blick aus weiter Ferne zurückzukommen, dass er nicht anders konnte, als sie seinerseits begierig anzustarren.

»Oh Paul, Whitesocks ist oben auf der Fohlenweide. Ihm geht es gut«, erzählte sie mit einem seligen Lächeln.

»Auf der Fohlenweide? Ist das nicht ungewöhnlich? Früher hattest du keine Hengste auf der Fohlenweide«, erkundigte sich Paul und zählte darauf, dass Jo's Interesse nicht erlosch.

»Nun ja, die meisten Pferde sind fort und die Weide ist nah, da kann ich öfter nach ihm sehen. Du verstehst?«

»Aye, das leuchtet ein. Du warst schon immer praktisch veranlagt«, lobte Paul und lächelte sie an. »Wäre es nicht schon dunkel draußen, würde ich gern mit dir dorthin gegangen sein, um den Burschen zu begrüßen. Wie wäre es mit morgen früh?«, erkundigte er sich neugierig. Er beobachtete sie gründlich und erkannte sehr genau, dass ihre Aufmerksamkeit schwand und ihr Geist abdriftete.

Nia hatte der Unterhaltung gespannt gelauscht und sich innerlich gescholten, nicht bereits selbst auf die Idee gekommen zu sein, dass es augenscheinlich Schlüsselwörter gab, mit denen man Miss Jo mobilisieren konnte. Doch als Paul sie nun mit traurigen Augen ansah, konnte sie nur mit den Achseln zucken und ebenso kummervoll zurückschauen.

»Wir sollten uns um dein Zimmer kümmern und um ein Essen, aye?«, fragte sie, wobei sie aufstand und ihm ihre Hand entgegenhielt, die er wie von einer seltsamen Macht gesteuert ergriff und sich von der zierlichen Indianerin aus dem bequemen Sessel hochziehen ließ. Eine eigenartige Wärme durchfloss ihn und er merkte, dass es Nia auch spürte, da sie ihn mit lodernden Augen maß, seitdem diese Berührung bestand. Er entzog ihr vorsichtig seine Hand, weil ihm dieser Wärmestrom unheimlich wurde, und räusperte sich:

»Aye, zeig mir das Zimmer. Ich kann mich darum kümmern, dann hast du Zeit, uns etwas zu kochen, wenn du magst. Ich … ich muss zugeben, ich habe Hunger.«

Paul kam sich feige vor und sah, dass er Nia verunsichert hatte. Aber er konnte es nicht ändern. Er konnte irgendwie nicht über seine Schatten springen. Also folgte er ihr die Treppe hinauf und bog in einen breiten Flur ein. Abrupt stoppten seine Gedanken, die sich um Nia gedreht hatten, denn er wurde von gemalten Augen fixiert. Grüne Augen, blaue Augen, bernsteinfarbene Augen, die ihn verfolgten, egal wie er sich bewegte. Diese Augen gehörten Menschen, die er kannte oder gekannt hatte. Zwei Personen davon lebten noch und warteten auf ihn. Besonders die honigfarbenen Augen, die ihm von Amber's Gemälde entgegensahen, erinnerten ihn an sein Versprechen. »*Ich bringe dir deine Mutter zurück, wenn ich sie finde.*«

Nia drehte sich zu ihm um und schaute ihn fragend an. Er überlegte, warum.

»Ich verstehe«, sagte sie und da begriff Paul, dass er den Satz wohl laut gesagt haben musste.

»Vielleicht tust du das, Lassie«, erwiderte er müde. Also drehte sich Nia wieder um, öffnete eine Tür und ließ ihn eintreten.

Ich bringe frische Bettwäsche und Handtücher. Das Zimmer hat ein eigenes Bad. Du findest zurück?«

»Aye«, antwortete er einsilbig und stellte seine Reisetasche auf einen Sessel am Fenster. Nachdem er alles bekommen hatte, um sich einzurichten, ließ er sich auf das Bett plumpsen und fühlte sich Jahrhunderte alt.

»Genug Selbstmitleid«, schnaufte er nach einigen Minuten, stand auf, bezog sein Bett, nahm eine Dusche und schlenderte den Flur entlang, an den Gemälden von Joline's Familie vorbei und dann die Treppe hinunter und folgte einem herrlichen Aroma, das sich im Erdgeschoss verströmte.

»Hmmm, es duftet köstlich«, würdigte er die exotische Nia, die umherwuselte, um ihm ein schmackhaftes Mahl zu kredenzen. Der Tisch in der Küche war für zwei gedeckt und er wagte zu fragen:

»Was ist mit Joline?«

»Ich habe Miss Jo schon zu Bett gebracht«, informierte sie ihn, ohne von der Pfanne aufzublicken, deren Inhalt ihre volle Aufmerksamkeit hatte, wie Paul seltsam bitter feststellte. Doch er fasste sich schnell wieder und erkundigte sich:

»Hast du sie allein die Treppe hinaufgetragen, das hätte ich doch machen können.«

»Oh, oh nein. Sie schläft schon lange nicht mehr oben«, sah sie ihn kurz an, um dann wieder ihr Bratgut zu beobachten. »Seit sie im Rollstuhl sitzt, habe ich sie in Mutter's Räumen untergebracht. Wir haben hier ja keinen Fahrstuhl im Haus«, schenkte sie ihm einen entschuldigenden Blick und bat ihn, sich zu setzen. Dann nahm sie die Pfanne vom Herd, drehte die Flamme aus und legte ihm und sich selbst ein ordentliches Steak auf den Teller.

Aus dem Backofen zog sie mit behandschuhten Händen eine Auflaufform, die sie auf den Tisch stellte, und setzte sich ihm gegenüber.

»Das schmeckt großartig«, rühmte Paul das Essen. »Was ist das? Es schmeckt nach Wild, oder?«

»Karibu und Kartoffel-Pilz-Auflauf.«

»Karibu? Ich hätte nicht gedacht, dass es diese Hirschart hier auf der Insel gibt«, staunte Paul. »Aber es schmeckt vorzüglich.«

Nia ging nicht weiter auf die Herkunft des Fleisches ein. Sie räumte in aller Seelenruhe die Küche auf und wirkte eher weltabgewandt. Gedankenverloren, undurchdringlich, wie ihm schien. Vielleicht hatte der Umgang mit Joline auf sie abgefärbt, dachte Paul. Doch dann setzte sie sich wieder, hob den Blick und drang mit ihren lodernden, schwarzen Augen in ihn. Als sie sich sicher war, dass er sie anhören würde, senkten sich ihre Lider und auch ein wenig ihr Kopf. Paul schluckte. Zwei dichte Kränze tiefschwarzer Wimpern schienen auf dem dunklen Teint ihrer hohen Wangenknochen zu liegen. Paul betete um Gelassenheit. Sie atmete einmal hörbar durch und begann:

»Weißt du, Paul. Ich wurde als Zwölfjährige in ein Internat geschickt. Ein Mädcheninternat, du verstehst«, erzählte sie und Paul nickte nur. »Dort waren nur Mädchen aus guten Häusern und ich, die Tochter eines Halbblutes. Bis ich zwölf war, wuchs ich hier auf. Die einzigen Eltern, die ich kannte, waren zwei Frauen. Das Halbblut, also meine Mutter und Miss Jo«, klärte sie ihn auf, wobei sie unterstützend auch mit ihren Händen redete. »Was ich eigentlich damit sagen möchte, ist: Nur, weil ich mein Leben lang mit Frauen oder Mädchen verbracht habe, wovon ich sicherlich einige gemocht und einige sogar geliebt habe, gibt es für mich noch eine andere Ebene. Ich meine, davon hängt nicht ab, wie sich eine Neigung entwickelt, wie zum Beispiel die körperliche«, unterbrach sie ihren Vortrag. »Bitte versteh mich nicht falsch, von der körperlichen Liebe habe ich gar keine Ahnung, jedenfalls nicht so, wie du vielleicht denkst«, schaute sie auf und Paul konnte einen rosa Schimmer auf ihren Wangen ausmachen. Er schmunzelte innerlich und musste sich eingestehen, dass er ihre offene Art mochte. Ihm blieb nicht verborgen, dass sie ihn genau ansah. Seine Reaktion war ihr wichtig, das fühlte er.

»Die Seele, Paul!« Damit stand sie auf, wünschte ihm eine gute Nacht und war verschwunden.

Paul schlief nicht gut, und im Grunde genommen war das eine gewaltige Untertreibung. Obwohl er sich todmüde fühlte und sich nach allen Regeln der Kunst um Schlaf bemüht hatte, begnügte er sich letztendlich mit Ruhen. Das hatte zumindest den Vorteil, dass er nicht mehr wälzend sein Bett ausmaß. Als es endlich zu dämmern begann, beschloss er aufzustehen. Er zog legere Kleidung an, was für ihn Jeans und Sweatshirt bedeutete, und nahm sich vor, die Fohlenwiese aufzusuchen, wo der angebliche Whitesocks stehen sollte.

Die Luft war frisch und erinnerte ihn an die Vergangenheit, wo sie nicht von Abgasen und Industrieschornsteinen verpestet wurde. Es hatte eine leichte Feuchte, so ähnlich wie Frühnebel, aber die Sicht war klar. Also lief er an den Weiden vorbei, die hier, anders als in Schottland, mit breiten Brettern eingezäunt waren. Dann machte er eine Stute aus, um die ein Füllen herumsprang. Dieses süße Fohlen hatte tatsächlich vier weiße Strümpfe an und seine Farbe war Braun. Mähne und Schweif kamen wesentlich dunkler daher und Paul schwante, dass dies der »neue« Whitesocks war und Joline's Erinnerung ohne Weiteres bis in ihre Kindheit zurückreichte. Aber bis wohin reichte sie in die Gegenwart? Das, nahm er sich vor, würde er herausfinden. Als er näher kam, konnte er die Blesse ausmachen, die auch dem »original« Whitesocks zu eigen war. Eine Weile betrachtete er Mutter und Sohn. Dann ließ er den Blick weiter über die Gegend gleiten und sah die Eiche, die in dem Buch beschrieben wurde. Er versuchte, seine Sehschärfe genauer einzustellen, und tatsächlich konnte er zwei Steinplatten ausmachen. Also folgte er dem Weg weiter, bis er vor den Steintafeln angelangt war. *Robert MacDonald, mein geliebter Mann, 1722 – 1781. Die andere Stele hatte den Eintrag: Enola Eswik, treue Freundin, geliebte Schwester im Herzen, 1971 – 2016.*

Paul's Stirn krauste sich. Das machte doch gar keinen Sinn. Erstens lagen weder Robert noch Enola in einem diese Gräber und zweitens waren Enola's Daten komplett falsch. Nun, ging ihm auf, konnte dort wohl kaum 1761 – 2016 stehen, aber warum hatte Joline dann nicht komplett auf Jahreszahlen verzichtet?

»Ma liegt da nicht«, drang Nia's volle Stimme an sein Ohr und erschreckt drehte sich Paul um.

»Hallo Nia«, krächzte er und konnte nicht verhindern, dass seine Hand zu seiner Brust gefahren war, als könnte sie sein heftig pochendes Herz vom Schlagen abhalten.

»Ich wollte dich nicht erschrecken«, summte sie und wirkte verlegen. »Ma liegt in einer Höhle am *Pools Pond*«, verriet sie.

»Tja, dann liegt hier wohl niemand, oder?«, sinnierte Paul und schloss sich Nia's meditativem Gehabe an. Eine Weile starrte er genauso nachdenklich auf die Grabplatten, doch dann begriff er, dass es völlig egal war, ob dort tatsächlich ein Leichnam verscharrt war. Hier stand nichts anderes als die mahnende Erinnerung an die Seelen, die verloren gegangen waren. *Seelengefährten*, waberte es durch sein schummriges Hirn. Sie beide waren Joline's Seelengefährten, stellte er endgültig fest und schaute verstohlen zu Nia herüber, deren Blick mittlerweile in nord-westliche Richtung abgedriftet war und augenscheinlich einem kleine Greifvogel folgte.

»Mutter schaut oft vorbei«, sprach sie abwesend und griff in die Luft, als wollte sie diesen Vogel mit ihrer Hand fassen. Es war eine liebevolle Bewegung, eher ein Streicheln der Luft. Paul begann ein Gefühl dafür zu bekommen, wie Nia's Glaube tickte, obwohl sie vielleicht bereits einige Dinge der indianischen Religion infrage stellte. Sie glaubte an Seelengefährten, aber mittlerweile räumte sie sich selbst gegenüber ein, dass dies nicht unbedingt auf Tiere beschränkt sein müsse.

Paul kam sich vor, als würde er gerade einer Hirnwäsche unterzogen, und schüttelte klärend seinen Kopf, schließlich war er nur aus einem einzigen Grund hergekommen.

»Ich habe Amber versprochen, Joline nach Hause zu bringen. Marven ist bei der Suche nach seiner Mutter beinahe verrückt geworden. Er weiß noch nicht, dass wir sie gefunden haben«, eröffnete er schonungslos sein Vorhaben. »Wirst du mir helfen?«

Auch wenn ihm gestern schon aufgefallen war, dass Nia bei

der Erwähnung seiner Mission blass geworden war, sah er sich außerstande, rücksichtsvoller zu bitten. Er spürte die Gefahr, die von dieser Frau ausging, wenn er sie jetzt ansehen würde, darum sah er einfach weiter auf die Steintafeln.

»Aye, ich werde dir helfen, Paul Guttmann! Denn ich glaube, dass sie deswegen in diese Zeit gekommen ist. Sie hoffte ihre Kinder zu finden und auf diesem langen Weg hat sie ihr Ziel aus den Augen verloren«, krächzte sie mit Bedauern. »Einfach vergessen.«

Paul zog sich der Magen schmerzhaft zusammen. Sie stand neben ihm, stolz wie eine Kriegerin, die ihr Wertvollstes zu opfern bereit war, um eine Endschlacht zu gewinnen. In dem Moment begann er diese Frau zu lieben, wie er noch nie einen Menschen geliebt hatte. Nicht einmal John.

»Ich werde hierbleiben, falls sie zurückwill. Sie sollte jemanden haben, den sie kennt, aye?«, sagte sie gleichmütig, als hätte sie ihren Frieden mit ihrem Verlust gemacht hatte.

»Dort, mein lieber wirst du auch deinem Schicksal begegnen. Lass dich überraschen« – Es war Rigantona MacCraven, die in seinem Kopf spukte und ihm gerade schmerzhaft klar machte, wer hier vor ihm stand, und Paul hörte sich beinahe panisch aufschreien.

»Naye!«

»Wie, naye?« Nia zuckte so stark zusammen, das es Paul leid tat, derart heftig reagiert zu haben. Ihre Augen starrten ihn angsterfüllt an.

»Naye, ich möchte nicht, dass du hierbleibst«, keuchte er. »Ich möchte, dass du mit uns kommst«, stellte er beschämt klar. »Es tut mir leid, dass ich dich angebrüllt habe«, entschuldigte er sich bei dem sanftesten Geschöpf auf Gottes Erde. Als er sie nun anschaute, sah er die schwarzen Iridien, in denen brennende Fragezeichen loderten.

»Kommst du mit mir, Nia? Ich denke, ich bin meinem Schicksal begegnet. Und das scheint die schönste und geheimnisvollste Frau zu sein, die mir jemals begegnet ist«, sagte er mit aller Inbrunst und Überzeugung. Er hatte sie gefunden, die Liebe, die er zu lange gesucht hatte. *»Lass dich überraschen.«* Oh ja, er war überrascht aber glücklich, als er hörte:

»Aye, Paul Guttmann. Ich komme mit dir.«

Epilog

Paul hatte die Rückkehr der verlorenen Mutter angekündigt. Er hatte ihren Zustand nicht beschönigt und nichts ausgelassen, damit Amber ihren Bruder so gut es ging vorbereiten konnte. Eigenartigerweise hatte Marven die Einschränkung durch die Demenz überhaupt nicht belastet. Zu froh waren sie alle, dass Joline heimkehrte.

Caelan, Amber, Marven und Kyla waren sich einig, dass sie diese Sache gemeinsam durchstehen würden. Immerhin waren sie seit Willie erprobt, was die Betreuung eines Kranken betraf. Die Hauptsache war, dass ihre Mutter nicht sich selbst überlassen in Neuschottland dahindarbte. Wenn nicht eine gewisse Etenia Eswik die Lebensgeschichte von Joline MacDonald aufgeschrieben und veröffentlicht hätte, wäre genau das passiert. Man sollte dieser Frau auf ewig dankbar sein.

Schnell richteten die jungen Leute ein großes Zimmer im Erdgeschoss her, damit Joline in ihrem Rollstuhl hin- und hergefahren werden konnte. Im Großen und Ganzen, war das Manor so erhalten, wie Joline es kannte. Die technische Aufrüstung war so umsichtig wie möglich erfolgt. Natürlich waren Küche und Bäder modernisiert und auf dem neuesten Stand, aber das würde ihrer Mutter vermutlich nicht auffallen.

Paul hatte bestimmt, dass er sich allein um die Anreise kümmern würde und sich gefälligst keiner am Flughafen blicken lassen sollte. Auch möge man dafür sorgen, dass kein Getümmel auf dem Hof wäre, das Joline in irgendeiner Weise aus dem Gleichgewicht bringen könnte. Ruhe und Besonnenheit seien sehr wichtig, hatte er am Telefon gesagt, und alle wollten sich natürlich daran halten. Doch alle guten Vorsätze konnten nicht verhindern, dass alle völlig aufgeregt nach draußen stürzten, als Paul's Rover auf den weitläufigen Hof fuhr.

»Daingead«, fluchte Paul leise und wusste sich nicht anders zu helfen, als die stürmende Gesellschaft mit Lichthupe aufzuhalten und das Gefährt sachte zu stoppen. Er hatte mitbekommen, dass Nia, die neben Jo auf der Rücksitzbank saß, sich sofort als Sichtschutz aufgebaut hatte, sich zu Joline gewandt und sie von diesem Ansturm abgelenkt hatte, um auf eine wunderschöne, weiße Stute aufmerksam zu machen, die neugierig ihren Kopf gehoben hatte und das Auto anstarrte.

»Snowwhite«, keuchte Joline. »Das ist Snowwhite, Amber's Stute.«

»Aye, das ist sie«, bestätigte ihr Paul, der Nia mit einem drängenden Blick anflehte, Joline weiterhin zu beschäftigen, während er so gelassen wie möglich ausstieg und zum Kofferraum schritt. Außerhalb des Fahrzeuges hielt er die Kinder mit ausgestrecktem Arm auf und mahnte sie so daran, Ruhe zu bewahren. Er lud den Rollstuhl aus und ging zur Autotür, wo er die wertvolle Fracht ausladen und in den Rolli setzen konnte. Nachdem das überstanden war, schob er Jo um das Fahrzeug herum und das war der Moment, der ihre Sichtbarkeit für ihre Kinder offenbarte. Doch die Wartenden standen wie angenagelt da und rührten sich nicht. Alle schienen abzuwarten, wie Joline reagieren würde – und sie reagierte:

»Marven, Amber«, rief sie stotternd. Man konnte ihr abgehacktes Schluchzen hören und es brauchte keine große Vorstellungskraft, um sich ihre tränenverschleierten Whiskyseen vorstellen zu können, die sie für den Rest der Gesellschaft vorübergehend blind machen würden. Als die beiden Gerufenen nun auf Joline zueilten und ihrer Mutter um den Hals fielen, war es ohnehin mit einer trockenen Begrüßung vorbei. Kyla und Caelan folgten mit den Kleinen an der Hand und warteten geduldig, bis sich der erste Ansturm gelegt hatte.

Joline zog wenig damenhaft die Nase hoch und rieb sich die Tränen aus den Augen. Ihr Blick fiel auf die Schwiegerkinder, die sie genauso erkannte und benennen konnte wie die eigenen.

»Kyla, Caelan, und wen haben wir denn da?«, fragte sie neugierig.

Kyla führte Niall vorsichtig zu seiner Großmutter, der sich vorbildlich, vielleicht ein wenig eingeübt vorstellte, und Caelan begrüßte sie ebenfalls mit Enya und Liam, die er als Amber's und seine Zwillinge vorstellte. Während sich Liam, ganz nach seiner eigenen Art, sehr zurücknahm, kletterte Enya auf Joline's Schoß, als würde sie diese Frau bereits ihr Leben lang kennen.

»Enya«, quietschte Amber erschreckt auf und wollte das Mädchen wieder herunterheben.

»Lass sie, Kind. So ein süßes Ding. Die Augen von Sarah sehen mich gerade an«, wehrte Jo ihre Tochter ab und hielt das Mädchen fest bei sich.

Paul hatte sich ein wenig zurückgezogen und Nia aus dem Auto gebeten. Die beiden lehnten entspannt am Wagen und genossen die ergreifende Begrüßungsszene. Als Paul seinen Blick von der überglücklichen Familie lösen konnte und seine kleine Indianerin ansah, machte er glänzende Flüsse auf ihren Wangen aus und zog sie in seinen Arm.

»Wenn sich etwas richtig anfühlt, dann ist es diese Szene. Wie lange hat sie gewartet und gehofft! Die Krankheit hätte ihr diese Liebe beinahe genommen«, schniefte Nia.

»Aye, aber die Krankheit hat ihr diese Liebe genommen, meine Schöne. Du hast ihr dies hier geschenkt. Ohne dein Buch hätten wir nie von ihr erfahren«, raunte Paul ihr zu und küsste sie liebevoll auf ihren Scheitel.

»Bist du bereit, mò leannan? Jetzt wirst du Geschwister bekommen, samt Neffen und Nichten, ob du magst oder nicht«, nahm Paul zärtlich ihr Gesicht zwischen seine Hände und blickte sie Mut spendend an. Sie nickte vage und straffte sich.

Paul stellte Nia als die Frau vor, die für diese Familienzusammenführung letztendlich verantwortlich zeichnete. Mit großem Staunen, aber viel mehr mit großer Dankbarkeit nahmen sie Etenia Eswik unter Beschlag. Im Folgenden wurde Nia umarmt, mit tausenden Fragen bombardiert und ständig wieder geherzt.

Als sie irgendwann mit ihren Blicken nach Paul suchte, der sie aus dieser Situation retten sollte, machte sich ihr Held umgehend auf den Weg, um sie aus der Bedrängnis loszueisen.

Joline hatte erstaunlicherweise eine lange Zeit durchgehalten, bis sie in ihre andere Welt abdriftete. Nia war mit Amber mitgegangen, um ihr zu zeigen, wie Joline zu Bett gebracht wurde.

»Ich danke dir so sehr, Nia. Du hast mehr Zeit mit Mutter verbracht als Marven und ich weiß, dass du ihr eine Tochter warst. Würdest du Marven und mir erlauben, dich als unsere Schwester zu sehen?«

»Ich weiß nicht, was ich sagen soll, Amber. Ich kenne euch eigentlich schon mein ganzes Leben lang. Eure Gemälde hängen in den Fluren auf Fairydale. Und irgendwie hatte ich mir als kleines Mädchen immer gewünscht, dazuzugehören«, eröffnete Nia ergriffen. »Doch es tatsächlich zu sein … Schwester und Bruder zu haben …«

»Wir bitten dich darum, weil du es *bist*«, hörte Nia eine tiefe, klare Männerstimme aus dem Hintergrund, bis Marven sich durch den Türrahmen in das Zimmer schob und Nia mit seinen azurblauen Augen anvisierte.

Sein Blick hatte nichts Bedrohliches oder Berechnendes. Es standen einfach nur Bruderliebe und Dankbarkeit darin. Nia kämpfte einen Augenblick gegen ihre Tränen an, doch dann ließ sie ihnen freien Lauf und stürzte sich in die Arme ihres neuen Bruders.

Als er sie freiließ, ging sie zu Amber und wurde auch dort in eine warme Umarmung gezogen.

Paul und Nia blieben einige Tage auf dem Gestüt, berichteten von Fairydale und alle hielten Kriegsrat darüber, wie man mit dem fernen Landbesitz verfahren sollte. Doch ausschlaggebend für die Entscheidung, dort einen Reiterhof aufzuziehen und Urlaubern ein wunderschönes Feriendomizil zu offerieren, war Nia.

»Es ist nicht so, dass es mir gehören würde, das tut es ja nicht, aber ich bin dort aufgewachsen. Es würde mir das Herz brechen, zu wissen, dass ich niemals mehr heimkehren könnte«, sagte sie so bescheiden, wie sie eben nun einmal war.

»Aber es ist deins!«, kam es von Amber und Marven beinahe zeitgleich.

»Wir haben es noch nicht einmal gesehen und du warst dort dein Leben lang zu Hause«, erklärte Marven, nachdem Amber und er sich mit einem Blickwechsel darüber geeinigt hatten, wer von beiden nun weiterreden wolle. »Wir möchten, dass es dir gehört, Nia. Wirklich.«

»Das kann ich nicht annehmen«, japste Nia. »Ich wollte doch kein Mitleid schüren oder betteln«, kämpfte sie abermals gegen Tränen.

»Das tust du doch gar nicht, mò nighean. Wenn sie sagen, es gehört dir, dann gehört es dir«, tönte es aus dem Hintergrund. Alle blickten sich erstaunt um und hatten für einen Augenblick vergessen, dass Joline dort in ihrem Rollstuhl am Fenster saß, damit sie die Pferde beobachten konnte. Nun blickte sie klar zu ihren Kindern, wobei sie tatsächlich keinen Unterschied machte. Nia wurde ebenso liebevoll angestrahlt wie Marven und Amber.

»Aye, wenn wir und Mutter sagen, dass dir Fairydale gehört, solltest du es glauben, meinst du nicht?«, stellte Amber schlicht fest, bevor sie sich das aufziehende Lächeln nicht verkneifen konnte. Trotz der allgemeinen Einvernahme konnte Nia nur überwältigt nicken und ein leises »Danke« hauchen.

Am Ende ihres Besuchs ließ Paul dann noch eine Bombe platzen.

»Ich werde Nia begleiten. Wenn sie nach Neuschottland will, werden wir dort einige Zeit verbringen und wenn sie Sehnsucht nach Schottland und ihrer Miss Jo haben sollte, ist Inverness unser Heim. Doch bevor wir abreisen, werden wir Hochzeit feiern, meine Lieben«, verkündete er stolz.

Die zuerst eher zweifelnden Blicke, von denen sich Paul beinahe durchbohrt fühlte, als wäre er in einen Pfeilhagel geraten, wichen einem wissenden Daumenhoch-Gehabe. Auch weil seit Tagen keinem das lodernde Feuer in Nia's Augen entgangen war, die ihren zukünftigen Mann geradezu anzuhimmeln schien. Andersherum verhielt es sich nicht anders und Paul passte auf seine kleine Grazie auf, als wäre sie das Kostbarste auf der ganzen Welt.

Danksagung

Eine Ära geht zuende. Joline's Geschichte hat nicht nur mich nahezu drei Jahre lang begleitet.

Auch meine wunderbaren Helferinnen Elke Fischer, Mutter Inge und Schwiegermutter Gisela waren mir eine Stütze, wenn es darum ging, Fehler auszumerzen, am Ausdruck zu feilen oder überhaupt ein Feedback zu erhalten. Manchmal gab es längere Wartezeiten, bis ich wieder etwas Lesbares zur Verfügung stellen konnte, sodass sich die Damen oftmals wieder in den Stoff einarbeiten mussten. Tut mir leid, wenn ich euch Kummer gemacht haben sollte, aber ihr wart wirklich super. Danke.

Mein lieber Ehemann Olaf durfte, nein, musste sich wieder als Leser und Kritiker zur Verfügung stellen. Auch wenn ihn Fußball mehr interessiert, bin ich dankbar, dass er sich die Zeit für mein kleines Hobby genommen und so viel Verständnis gehabt hat. Es ist nicht immer leicht für die Familie, mit jemandem zu kommunizieren, wenn der sich im Tunnel eines Schreibflashs befindet. Dennoch war er geduldig und hat mir auch seine Meinung zur Verfügung gestellt.

Zudem bedanke ich mich recht herzlich bei Andrea Stangl, die wie immer die letzte Feile an dieses Buch gesetzt hat. Danke für das Korrektorat. Auch für die Gestaltung der Cover bedanke ich mich. Die Kreativität von Andrea Stangl überrascht mich immer wieder von Neuem, sodass auch der letzte Band wunderbar in die Reihe der Vorgänger passt.

Zum Schluss, und das will ich am Ende dieser Geschichte wirklich nicht vergessen, möchte ich auch den Leserinnen und Lesern danken, die diese fantastische Reise bisher mit mir unternommen haben. Ich hoffe, dass euch dieser letzte Band ebenfalls gefällt. Wenn ja, dann würde ich mich super freuen, wenn ihr das auch in euren Bewertungen kundtun würdet.

Herzlichst
Tina Sieweke